沧浪之水

阎真 著

湖南文艺出版社

图书在版编目(CIP)数据

沧浪之水 / 阎真著. -- 长沙：湖南文艺出版社，2021.3（2025.12重印）
（阎真作品插图典藏版）
ISBN 978-7-5404-9844-3

Ⅰ. ①沧… Ⅱ. ①阎… Ⅲ. ①长篇小说－中国－当代 Ⅳ. ①I247.5

中国版本图书馆CIP数据核字(2020)第215812号

沧浪之水
CANGLANG ZHI SHUI

阎真　著

出　版　人：陈新文
责任编辑：陈小真　袁甲平
装帧设计：弘毅麦田
插图绘制：曹　勇

湖南文艺出版社出版、发行
（湖南省长沙市东二环一段508号　　邮编：410014）
网址：www.hnwy.net
湖南省新华书店经销
长沙鸿发印务实业有限公司印刷

2021年3月第1版　　2025年12月第23次印刷
开本：970 mm×670 mm　　1/32
印张：16.75
字数：432 千字
书号：ISBN 978-7-5404-9844-3
定价：56.80元

本社邮购电话：0731-85983015
若有质量问题，请直接与本社出版科联系调换

沧浪之水清兮,可以濯吾缨;
沧浪之水浊兮,可以濯吾足。

——屈原《渔父》

序篇

1

父亲的肖像是在整理他的遗物时发现的。他已经死了,这个事实真实得虚幻。

那天从山上送葬回到土坯小屋,我就失去了悲痛的感觉。悲痛在极点上持续,就不再是悲痛。那些山民,我平时称作婆姨姑嫂爷舅叔伯的,都在屋子里站着,翻来覆去地说着那几句话:"人死了就活不回来了。""再说老天爷要收人,毛主席他自己都没办法。"屋子里弥漫着烟雾。秦三爹不停地卷着喇叭筒给身边的人抽。这是我非常熟悉的气息,只有山里未经制作的土烟才是这样浓烈而辛辣。父亲生前经常在煤油灯下一坐就是几个小时,缓慢地卷起一支喇叭筒,凑在灯上点燃,吸完了,又开始卷下一支,一句话不说,就过了一晚。昏黄的煤油灯把山民们的身影映在墙上,看久了就会产生某种幻觉。在那些逝去的夜晚,我在父亲的对面复习功课,越过他的肩看见墙上的身影,一动不动,看着看着就觉得那身影不很真切,像墙上凹进去了一块。那些日子一去不复返,父亲在山中,在永远寂静的黄土深处。

夜深了,人渐渐散去。我在油灯下枯坐一会,在门槛上坐下来。今夜的风很大,也很纯,风中裹着一丝丝衰草的气息,这是山里人才能分辨出来的气息。没有月亮,稀疏的星星散落在天幕上,衬出远山朦胧的轮廓。山们这么沉默着,已经有无数世纪,这是山外人很难想象的。我在风中听到了一种声音，很多年来我都听到这种声音，像是召唤，又像是诉说。仰望星空使我想起了很久以前的岁月，时间尽头的岁月，还有那些遥远的地方，被称作天尽头的地方，那里一定有什么存在。可是父亲他死了，死了就活不回来了。我想不通，一个人怎么能这么轻易地死去。可这是真的，真的，这个事实无法拒绝。

我极度疲倦又极度清醒。无法入睡，我想把父亲留下的东西清理一下。几件衣服，几十本医学书，这就是一切。我把搁在横梁上的那口软牛皮箱取了下来，打开箱子我闻到一种陈旧的气息，这是藏在隐秘的时间深处的气息。我端起煤油灯照了照，里面是几本书躺在那里。我在平整箱底时忽然感到中间有一块稍稍凸了出来，把油灯移近了仔细摸索，可以摸到一个明显的边缘。我的心突突地跳起来，一下一下生动可感。我仔细摸索着，那深红色的绒面有一侧是被刀割开了的。我小心地把手伸进去，慢慢地掏了出来，凑到灯下一看，是本很薄的书：《中国历代文化名人素描》。

书的封面已经变成褐黄，上海北新书局民国二十八年出版，算算已经三十八年了。我轻轻地把书翻开，第一页是孔子像，左下角竖着写了"克己复礼，万世师表"八个铅笔字，是父亲的笔迹。翻过来是一段介绍孔子生平的短文。然后是孟子像，八个字是"舍生取义，信善性善"。屈原"忠而见逐，情何以堪"，司马迁"成一家言，重于泰山"，嵇康"内不愧心，外不负俗"，陶渊明"富贵烟云，采菊亦乐"，李白"笑傲王侯，空怀壮气"，杜甫"耿耿星河，天下千秋"，苏东坡"君子之风，流泽万古"，文天祥"虽死何惧，丹心汗青"，曹雪芹"圣哉忍者，踏雪无痕"，谭嗣同"肩承社稷，肝胆昆仑"，一共十二人。我翻看着这些画像，血一股一股地往头上涌，浑身筛糠般地颤抖。那种朦胧而强烈的感情冲击着我，我自己也无法给予确切的说明。我准备把书合上的时候，发现了最后一页还夹着一张纸，抽出来是一个年轻的现代人的肖像，眉头微蹙，目光平和，嘴唇紧闭。有一行签名，已经很模糊了，我仔细辨认才看出来：池永昶自画像，一九五七年八月八日。下面是一横排钢笔字：高山仰止，景行行止，虽不能至，心向往之。这是父亲的像啊，二十年了！我一口一口地喘着粗气，声音在夜中被放大了，像门外传进来的。山风呜呜地响着，天亮了。

2

十年前，父亲带着我来到这个名叫三山坳的山村，那是一九六七年，我十岁。父亲在我出生那年被划为"右派分子"，虽然在六二年摘帽了，但在清理阶级队伍的运动中还是被赶出了县中医院。十年来，他就在这一带行医，活人无数。三天前，他突然倒了下去，再也没有起来。

当时我正打算进山去采草药，刚走出村，就听见有人喊："大为崽呀，你爸爸摔倒了！"我甩下竹篓就往回跑，到家门时看见父亲躺在地上，村民们都围着他不知所措。我跑过去掐着他的人中，没有反应，就哭了起来。秦三爹说："送卫生院！"马上有人抬来一张竹躺椅，两根楠竹扎起来成了一副担架。马二虎、秦四毛抬着就走，几个年轻人跟在后面准备接替。我跌跌撞撞跟在后面，路上摔了几个跟头，下巴都摔出了血，也没有一点感觉。走到半路，父亲的身体老是往下滑，秦三爹把裤腰带解下来想把父亲的身子绑在竹躺椅上，正绑着，他的手停了下来，眼睛望着我。我惊恐地问："怎么了？"秦三爹把父亲的手抓起来说："大为崽，开始冷了。"

医生说父亲死于脑溢血，我根本没有听说过他有这种病。我不相信，可人已经凉了。我在父亲全身上下摸着，把手插到身子下面去摸背脊，想找到一处温热的地方，又把衣服掀开来，脸贴在胸前细听，凉意传了过来，越来越明显，最后我绝望了。将父亲抬回三山坳的时候，全村的人都来了，接着邻近的村庄也来了很多人。秦三爹说："池爹他有后人，还是按老规矩办吧。"马七爹把自己的寿材抬来了，他拍着胸脯说："我这把骨头，还可以熬个三年五年的吧。"我给他磕了头，马七爹说："我受了你磕的这个头，棺材我就送给池爹了，他人真的好呢！"父亲在世的时候经常说："做个好人真的合算，是最合算的。"他的话我懂了，却又不太懂。我还不能充分想象，自己吃了亏，还有什么合算。现在我似乎懂得了，做一个好人真的合算啊！

竹棚扎了起来，这就是灵堂了。我跪在那里烧了九斤三两纸钱，把灰用布袋装了，给父亲做枕头。守夜的那天晚上，马二虎下山请来了响器班，买了两只花圈，还有鞭炮和冥币。晚餐开了五桌烂肉饭，有身份的人入席坐了，其他人自己拿只碗，在饭甑里舀一碗饭，加一瓢汤，再夹一撮剁辣椒，也算吃了一餐丧饭。九点钟一到，响器敲了起来。唱夜歌的拿着调儿唱道："孝子磕头！"我还没反应过来，马七爹一捅我的腰，我就在灵柩前跪下了。响器停下来，放了一挂鞭炮，唢呐又吹起来。我平生没有听过如此凄凉悲婉的曲子，像天上飘来的声音，那调子都吹到心里去了。灵棚旁边生了六堆大火，烟弥散着，火光映着人的脸，在唢呐声中给人一种非人间的感觉。

第二天清晨出殡，他们把赶制出来的寿衣给父亲换上，按照父亲生前的交代，用一块白布把他的身子裹了起来。几个小伙子把我从灵柩边架开，我远远看见他们换了寿衣，裹上白布，把许多生石灰塞进去，再把白布一层层盖上。一切准备好了，又架着我过去见最后一面。我看见父亲躺在那里，只露出一张脸，像睡着了一样。我想到这就是永别了，哭得气绝。唱夜歌的庄严地喊道："时辰到！"鞭炮响了起来。两个年轻人把棺材盖上，马七爹走上去长揖三次，拿着竹钉钉了起来。

我挣扎着要扑上去，秦三爹说："按规矩办！"两个年轻人把我死死地架住，按在地上跪着。杠头唱了声："咦哟嗬，起！"十六个人就把棺材抬了起来。主杆的前面站着一只翅膀被扎起来的雄鸡，后面是一只巨大的银色纸鹤。我端着遗像在前面走着，每一次换杠我都转过身来给抬杠的人磕头。唢呐在山间小路上凄婉地响着，唢呐一停，鼓和钹就响了起来，回声从四周的山上荡了过来。

到了坟场，坑已经挖好，秦三爹把雄鸡一把抓下来，宰了，倒提着，把血淋到坑底。两根粗大的绳索吊起棺材，缓缓地放了下去。我跪在坑边，头伏了下去。我闻到了泥土的气息，来自另一个世界的气息，有着涩涩的腥味。我看着父亲无可挽回地离我远去。

父亲下葬后第二天，秦四毛来找我说："这里有封信是你的。那天我碰到乡邮员，他要我把信带给你。我把信给了池爹，他看了以后就倒下了。我这几天只记得忙，信塞在口袋里都忘记了。"我接过信一看，是我的入学通知书，北京中医学院，我考上了！可是，父亲却因此离开了我。

当时父亲接了信，盯着信封看了好一会儿，口里说："可能是的，可能是的，等大为崽回来再拆。"可还是忍不住拆了。他看了信，便仰面哈哈大笑起来，一只手举了上去，吼了一句："苍天有眼，公正在时间的路口等待！"就一头栽在地上，再没有起来。

我完全明白为什么这份通知书会给父亲那样巨大的震撼。

我出生那年父亲被划为"右派"。其实他并不热心于政治，在鸣放中也没说什么。他的同事朱道夫在整风会上给县中医院的吴书记提了三条意见，吴书记当时很虚心地接受了。可一个星期以后风云突变，那三条意见成了向党进攻的罪状。朱道夫大感意外，声泪俱下地表白自己对组织的赤胆忠心，而且公布的罪状与他当时的发言相去实在太远。他哀求那天参加会议的人出来作证，可大家都沉默了。一天晚上朱道夫来找父亲，一进门就跪在地上，请父亲出来说句公道话。父亲没有迟疑就答应了，在他看来，这不过是维护自己做人的起码原则，他并没有足够的想象力去设想站出来陈述一个事实意味着什么。朱道夫当时拉着父亲的手连声说："好人，好人啊！"可父亲的证词毫无意义。吴书记笑着问他："是这样的吗？你再想想？"父亲认真地点点头说："我以人格担保。"书记又笑了说："你的人格就那么值钱？"又一只手在父亲眼前一点一点地说："再好好想想，仔细想一想。"父亲被激怒了说："才多久的事我会记错？一个人他做人总要实事求是。"吴书记反问他："那你的意思是组织上没实事求是？"

　　我就是在那一年出生的。父亲怎么也想不到，那几分钟的对话，要以几代人的牺牲作为代价。一九六一年，爷爷又气又病还吃不上饭，饿死了。我从小就生长在歧视的眼光之中，六一年我四岁，整天饿着向大人要吃的。后来父亲告诉我，那一年大人都得了水肿，而我常常是坐在门槛上碗不离嘴就把一碗饭吃下去了。"文革"来了，父亲挨了斗，戴着尖尖的纸帽，敲着一面铜锣游街。那时我在读三年级，我迷惑了。难道父亲不是好人吗？好人怎么会被游斗呢？不是好人他怎么常常告诉我要做个好人？那时我心中装满了"黑帮"和"潜伏特务"一类的词，真不敢把这些词与父亲联系起来。同学们一唱"拿起笔做刀枪，集中火力打黑帮"的歌，我就恨不得找一道地缝钻进去。后来人们就忘了他，抓"活老虎""走资派"去了。那时朱道夫常到我家来和父亲说话，两人同病相怜。一九六七年底，《人民日报》登出了文章，"我们也有两只手，不在城里吃闲饭"，这时朱道夫突然站出来揭发了父亲，说父亲讲了怎样的反动言论，而自己讲的那些话，不过是为了引蛇出洞，让池永昶充分暴露活思想。这样父亲就下放到深山之中的小村三山坳来了。而母亲，她无法接受这样的现实，带着五岁的妹妹离开了。朱道夫因为揭发有功，就留在县城了。没有人比我们更懂得"家破人亡妻离子散"这几个字的沉重分量。我读了初中，尽管成绩优秀，仍不能升高中，回到山里成了一名社员。而父亲他倒是找到了自己的位置，成了远近闻名的乡间医生。

我的命运似乎已经确定。父亲开始教我探脉、采药、配方。我崇敬他，但内心却强烈地反抗着这样的命运。就这样过了五年，我也是一个乡间医生了，我认了命，不再敢奢望命运会有任何转机。从我懂事以来，父亲从来没有打骂过我。唯有一次，我在绝望中轻声抱怨了几句，怨父亲不该为朱道夫那个猪都不如的东西说话。万没想到父亲突然发了脾气，身子簌簌抖着，一根指头一点一点地指着我，说："崽子，你还没有学会做人，做人！"看着父亲身子颤抖，我很后悔，自己戳到他视为神圣不容亵渎的东西了。当时父亲说："我一辈子什么都没有，就图了个清白。我死后用白布把我裹起来，你别忘了。"开始有人给我提亲了，我竭力地推辞着，却感到了巨大的阴影正在一步步无可阻挡地逼近。我绝望了。

这天，初中同学胡一兵和刘跃进来到了三山坳，告诉我一个惊人的消息，中国的大学要开考了。我说："高中都不让我读，还让我读大学？"他们互相望一眼，都不作声。他们走后我把这件事告诉了父亲，那一天父亲整夜没睡，垂着头在灯下一支接一支抽烟。我装着睡着了，咬着被子，眼泪把枕头濡湿了很大一块。清早父亲对我说："我下山走一趟。"就进城去了。晚上回来，他喘着说："你可以考，我问了，你可以考！"边说边把拳头对着土墙用力打去，皮都破了，血渗了出来。我豁出命来读了三个月的书，在十一月份参加了全省统考。从那以后父亲每天就坐在门槛上，望着乡邮员走上来的那条小路。虽然要一个星期才送一次信，他还是每天那么望着。消息传来，刘跃进和胡一兵都拿到通知书了，一个到武汉大学去学哲学，一个到复旦大学学新闻。我简直没有勇气面对父亲那若有所询的眼光，垂了头恨不得夹

我拈起一撮土,放在嘴里慢慢地咀嚼,吞了下去。

到胯里去。父亲说："就算没考上，那还能怪你吗？也可能是他们讲政治条件。"我心里想："没考上明年还可以考，要讲政治条件我这一辈子就吹灯拔蜡了。"我强烈希望是自己没考好，那样明年还有希望。没想到录取通知书最后还是来了，更想不到父亲就那么去了。

去北京之前我到了坟地，在父亲的墓前跪下了。中午的阳光带着一丝暖意照在我身上，风吹起了衰草，也吹起了我的头发。不知名的鸟儿在看不见的地方歌唱。一只鹰在天上孤独地盘旋，盘旋，突然，箭一般地扎到山崖中去了。坟拱起来是一个锥形的小土堆，泥土的气息还没有散去。父亲已经死了，我还活着。我心里似乎在恨着，却不知恨谁。我拈起一撮土，放在嘴里慢慢地咀嚼，吞了下去。群山起伏，静卧在阳光之下。对它们来说，一年，十年，一百年，时间并不存在。北风呜呜地吹着，像天边传来的召唤。

3

刚进大学的时候，我对父亲的一生进行了长时间的思考。我为父亲感到委屈，那么好的一个人，又那么有才华，却那么凄凉地过了一生。"做个好人"，鼻子下面那张嘴吐一口气就说出来了，可做起来容易吗？还有，父亲他值得吗？那个朱道夫回过头来还咬了他一口呢。

不过我到底还是没有把这些问题放在心中反复纠缠。在那些岁月里我心中充满了放眼天下的激情，无论如何都不能满足于那种把日子当作日子，把自己当作终极的生活，也不能设想把视野局限于以自我为中心、以私利为半径的那个小小圆圈之中。那种庸人哲学轻如鸿毛，我觉得实在很可笑，也实在是不屑一顾。别人愿意用世俗的方式体验世界，那是他的可怜选择，我决不会走上那条路的。似乎有一种神秘的声音，从灵魂深处生长出来的声音提醒着我，我注定是要为天下，而不只是为自己活着的，这是我的宿命，我别无选择。我在内心把那些将物质的享受和占有当作人生最高目标的人称为"猪人"，在精神上与他们划出了明确的界线，并因此感到了心灵上的优越。人应该追求意义，意义比生活更重要，不然怎么还叫作人呢？那时候农村改革刚刚兴起，暑假里我和胡一兵、刘跃进一起，每人背上一个挎包，到丘山全县的各个乡去搞调查，找各种各样的人了解情况，把农民们说的话都用小本子记下来。晚上，就睡在草丛里，蚊子多得要命，就轮着摇扇子，把白天了解的情况做出种种分析，得出宏伟的结论。睡在青草中仰望无边的星空，真有临环宇而小天下的豪迈气概。为了一个问题我们可以争上大半夜，似乎结论有关民族前途人类命运。漂流了二十多天，我们到了刘跃进家，关上门忙了几天，写出了一份调查报告，三万多字，寄到国务院去了。虽然如石沉大海，但几个人还是觉得办了一件大事。

在大学四年级的那一年，一九八一年，一个春天的夜晚，我从图书馆回到宿舍，活动室的黑白电视正在放足球比赛，人声鼎沸。我平时很少看球，这天被同学们的情绪感染了，也搬了凳子站在后面看。那是中国与沙特队的比赛，中国队在0∶2落后的情况下，竟以3∶2反败为胜。比赛一结束，大家都激动得要发疯。宿舍外有人在呐喊，大家一窝蜂就拥下去了。有人在黑暗中站在凳子上演讲，又有人把扫帚点燃了举起来当作火把。这时，楼上吹起了小号，无数的人跟着小号唱了起来："起来，不愿做奴隶的人们，把我们的血肉，筑成我们新的长城……"火光照着人们的脸，人人的脸上都闪着泪花，接着同学们手挽着手，八个人一排，自发地组成了游行队伍。走在队伍中，我心中充满了神圣的感情，哪怕要付出生命也在所不惜。我忽然想起了文天祥，还有谭嗣同，那一瞬间我入骨入髓地理解了他们。挽着我左手的一个女同学哭出声来，我借着火把的微光望过去，原来是班上的许小曼。前面有人喊起了"团结起来，振兴中华"的口号，这口号马上就变成了那一夜的主题，响彻校园上空。那一天是三月二十日，北京几乎所有的大学都举行了校园游行。"三二〇之夜"使我好几天都处于亢奋的状态，我觉得自己的灵魂受到了圣洁的洗礼，也极大地激发了我的责任意识。我坚定了信念，它像日出东方一样无可怀疑，无可移易。

　　游行后有一天我在操场边碰到许小曼，我点点头与她擦身而过。走过去后她叫我："池大为。"我乖乖地站住了，转过身去。她站着不动，也不作声，笑着。我怔了一会说："有什么事吗，许小曼？"她说："谁规定了有事情才能叫你？"我站在那里很不自在，说："那，那……"话没说完，她头那么轻轻一点，似乎是叫我过去。我怕自己领会错了，仍站着。她手抬起来，食指轻轻勾了一下，我像接到了命令，挪步走了过去。她说："前天药理分析我缺课了，要抄你的笔记，拿来。"我从书包里把笔记本拿出来。她接过去，也不说什么，仍望着我，笑着。我心中发慌，说："还要什么，许小曼？"她仍然望着我，说："不要什么。"我躲着她的眼光，盯着她的脚。她轻轻一笑说："池大为。"我猛地抬头说："什么事，许小曼？"她抿嘴一笑说："没什么事。"我站着不动，额头上的汗都出来了，抬手用衣袖擦了一下。她咔地一笑，手很优雅地一扬说："没什么事，你去吧。"过几天上课时，她当着同学的面把笔记本还给我，旁边的男同学都感到惊奇，直对我挤眼睛。我看看笔记本的封皮已经包好，里面破损的地方也都用透明胶带粘上了。我心中大为感动，却不敢往深处想。许小曼是我这样的人消受得了的吗？她的漂亮在我们系里甚至全校都是出了名的，寝室里的男同学经常站在楼上窗口，看她打了饭从楼下经过回宿舍去。有一次我看见她在食堂里喝粥，外系一个男同学坐到她身边想搭话，她把勺往碗里一扔，"当"的一响，端着就走。何况她是北京人，父亲又是军级干部。传说班上有八个同学想追求她，被称为"八老"。这样的女孩我从来视若天人敬而远之，想都没想过自己能与她有什么特殊的交往。上大学三年多来，我很少跟女同学说话，更不用说跟许小曼了。我并没有小看自己，内心甚至还很骄傲，我尽量把这点骄傲从学习上特别是考试中表现出来。同时我又很现实地看自己，我凭每月二十一块钱的助学金生活，衣服也没有一件潇洒的，书包还是帆布的军用书包。校园里还有几个人用这种老式书包？以前寝室里几个同学在争论许小曼的挎包是仿皮还是真皮的，面红耳赤几乎要吵架，最后考察的结论是真皮的，还是澳大利亚进口的小牛皮。就凭这点差别，我根本没有想过自己会跟许小曼有什么特殊的来往。不是自己的东西，想它干吗？我心如止水，也就不必像"八老"等人辗转反侧，夜不能寐。因此我感动过后，只觉得许小曼是个好女孩，别的也没去想了。

　　一天晚上我去教室自习，刚坐下许小曼就进来了，凑到我跟前说："池大为你也在这里啊。"她坐在我后面几排。看着书我总觉得后脑勺麻酥酥的，几次想扭头看看，都忍住了。书看得越来越含糊，心神都转到了后面那个人身上。一会儿许小曼过来问我一个问题，不幸我说得语无伦次含糊不清。她走了我十分遗憾，几年才等到这么一个表现的机会，反而丢脸了。她会不会在心中小看了我？我真希望她再给我一次机会。就好像有心灵感应似的，正想着她又过来了，这一次我讲得有条有理。她头发中散发出一种奇异的芳香，我忍不住装着要讲得更详细些，把头靠近了用力地吸了几下。这天晚上我躺在床上心神不定，那种淡淡的芳香总是在我身边缭绕。

　　第二天晚上我又到那间教室去，模糊地希望再见到许小曼。到了九点多钟她还没来，我心神不定，又说服自己说："几年才碰到一次，还有第二次吗?"渐渐地我反而安心了,想入非非,那可能吗?正想着她进来了,我简直不相信自己的眼睛,使劲眨一眨眼,可不就是她。她笑一笑,我点点头,又低下去装作用心看书。她在我的左前方坐下,掏出笔来写着什么。我的头不听使唤似的,老忍不住微微偏了斜着眼去瞟她的侧影,鼻子、耳朵、头发,无一不是恰到好处。看见她头一动,我马上就把头转向书本。这样好几次,我看着看着忘了情,她突然一转头,我似乎不记得应该掩饰,仍是那么微张着嘴呆呆望着。她眼睛询问似的一眨,我才意识到自己失态了,把眼睛转到书上,书上写了什么,却是一个字也看不进去了。再往后我就不敢去那间教室了,许小曼是谁,池大为又是谁,那可能吗?能那么近距离地看一看就已经很奢侈了,还真能一厢情愿?我从来没有想过要在这方面作超水平的发挥,那不可能,也不符合我的性格。

这天在图书馆与许小曼迎面相逢,她把我叫住说:"池大为,你最近怎么老躲着我?"这话没头没脑大有意味,可我还是不敢充分展开自己的想象,给予准确的解释。我跟她说话,眼睛不住地往两边瞟,怕同学看见了把我列为"老九"。她说:"池大为你的眼睛怎么老是鬼鬼祟祟的?"我只好把"八老"之说讲了。她说:"有这样的事?那现在放你走,明天晚上,老地方。"不等我回答她就走了。

第二天我不敢不去,在那间教室等了很久,许小曼也没来。我心痒难熬,跑到楼下去,又跑上来,上蹿下跳十几个来回,一直到打熄灯铃了,才泄了气。我太自作多情,人家顺口说句话,我就当了真。心中又怨着她,你那没意思我也不敢有什么妄想,偏要惹我,害我乱了方寸,这一乱不知何时才能平息。第二天上课仍不见许小曼的身影,我想问女同学,又不敢问。晚饭前在寝室听见汪贵发和伍巍议论,说许小曼因急伤风引起胃痉挛,在校医院住院,他们已经去看过了。我心中直跳,装着若无其事,出了门马上往医院跑,在病房门口看见有几个男同学围在病床前，就退了出来。我在窗外来来回回地走，总想找到一个机会，单独地看一看她。可不断有人来往，一待就是半个多小时一个小时。天黑之后又来了一个男的，高高大大，在她的床前坐了很久，恨得我心中痒痒的。本来还想就这么进去，看同学嘛！到后来越发失去了勇气，人家有人看有人守，我是谁？回到寝室想找另一个同学一起去，可没有勇气开口，好像一开口别人就会知道我想什么。又回到医院，那人还没走。一直到医院关门，看那男的出来，我在他后面跟了一段才回寝室。

　　第二天上午我没去上课，一打铃就直奔校医院，老天保佑，她床前没人。许小曼很兴奋，说："大为你怎么早不来看我？"我说："反正你有人看。"她说："我一直在等你。"我说："昨晚上我来了，这里一直有人，有人守到关门，我就没进来。"她笑了说："傻哥哥呢，那是别人，不管他。人家要来，我总不能叫他走，那是别人。"我们说着话，她眼睛里的那点东西似乎是很明确，又不明确，我不敢确定。说着话她一只手从毯子下缓缓伸过来，似乎不经意地，触到了我搁在床边的那只手，停下。我没有动，她冰冷的手指摸索上来，在我的手背上轻轻握了一下，又慢慢摸上去，在我的手腕上来回抚摸，最后把我的右手握住，攥紧，渐渐攥热了，说："你好。"眼睛也闪着一种奇异的光，像是一种能量在瞬间被点燃了。我感动得直想哭，说："是真的吗？不可能，真的不可能啊！"她说："谁说不是真的，不可能？"把我的手握得更紧，手心传过来一种湿热，一种渴念。我全部的感觉都集中到那只手上，感到手心一下又一下有着节奏均匀的微颤，像有一颗小小的心脏在那里跳动。

　　正在这幸福的时刻，她妈妈来了，要接她回去。我叫了一声"阿姨"，她点点头，不说什么。看着她妈妈在收拾东西，我待在那里，手脚都成了多余的东西。她妈妈扶起她的时候，我想上去帮一把，手往前一伸又缩了回来。许小曼说:"池大为你拿东西。"我心里一热,把网兜提在手中。这时进来了一个军人,她妈妈说:"小李把东西提到车里去。"我就乖乖地把网兜递了过去。小李把车发动起来,我呆站在那里。许小曼说:"大为我很快就会好的。"我刚把手扬上去,车就开了。回到寝室,我把右手放到鼻子前闻了闻,又闻了闻,犹豫着,在脸颊上摸了摸,脸上一阵发烧,羞怯地偷笑了一声,又犹豫着,揭开衣服,把浑身上下都摸了一遍。

4

这样我跟许小曼就明确了那点意思。不可思议的事情竟然就这样发生了,我幸福地觉得世界是一个虚构。我不放心,总是问她怎么会喜欢了我,还有那么多优秀青年呢。她说:"他们太聪明了,看上去那么浮着,轻飘飘的。"我还不放心,再问几次,她说:"喜欢就是喜欢吧,爱就是爱吧,为什么一定要问那么多为什么?"又说:"我就那么不会看人?杜聿明的女儿,那么多公子哥儿围着转,她都看不上,偏看上了布衣子弟杨振宁,怎么样?那才是眼光呢。"她这么一说我感到惭愧,我哪能有那么大的出息?我沉醉了好些日子,捧在手里都怕手心那点热气把她融化了。跟许小曼的交往大大地激发了我的奋斗精神,我不做点事出来怎么对得起她?我真觉得她样样都好,连生气都让人爱。在一个台湾作家写的书上看到,他声称自己的妻子是"亚洲最漂亮的女人",我觉得简直是胡说八道,真恨不得一拳把他打到墙上变幅画。想来想去还是原谅了他,他没到北京中医学院来过,也没见到过许小曼啊。

因为许小曼,我得罪了那几个同学,他们把我看作情敌。伍巍说:

"大为你爆冷门了,你有时考试爆冷门,没想到别的方面也爆冷门。"我老实说:"我自己也没想到。"又恨自己不争气,他这么说,我怎么不反击?马上又说:"难道谁规定了谁一定是属于谁的?"汪贵发在一边说:"没想到他倒吃着天鹅肉了。"这个汪贵发,前几年经常耍我。有一次我从外面回寝室,几个人围着一副哑铃在说什么。汪贵发说:"池大为,刚才我们几个人举哑铃,看谁能双手举两只坚持十分钟,没有一个人能坚持下来的,你敢试试?"我说:"这算什么!"举了有五分钟,汪贵发一本正经看着表说:"快了,快了。"另外几个人开始发笑,渐渐笑得前仰后合。我这才知道上当了,硬是咬着牙坚持了十分钟。伍巍说:"我肚脐眼都笑疼了。"现在汪贵发竟又这么说我,我憋了一会儿,冲口而出说:"你才是癞蛤蟆呢!"他马上跳起来说:"池大为你骂人干什么,我说你了吗?"我说:"那难道我说了你?"两人吵了起来,被伍巍拉开了。

跟许小曼交往久了,我感到她被家里惯坏了,也被男孩子们惯坏了,她的愿望在任何时候都是不可以讨论的绝对命令。开始我还忍着,为了她别说忍这一时,忍一辈子也是应该的。可日子久了也难免发生一些小冲突,她就像受了天大的委屈,眼泪直流。这时候我就要把男性的倔强强压下去,赔着笑作出深刻检讨。我能够忍受她的任性,可是任性后面的那点意味,那点居高临下和恩赐的意味,却是我绝对接受不了的。更令我难以接受的,是她那种等级观念,她认为人天生就分为了上等人和下等人,连血液和脑垂体都不同,这是遗传基因决定的,因此不可能改变。而我的观念完全是平民化的,我看到那些山民的孩子并不比谁傻些,只是没有一种适合的环境。我说:"我就是山坳里出来的,那我也是下等人。"她说:"你不是,不然怎么你没读高中也考出来了,别人就出不来?你爸爸也是读了大学的。那种不同在血液里骨头里脑髓里。"我们辩论了好多次,我总无法说服她。后来她带我去了她家，知道她是在怎样的环境中成长起来的。这是我在北京看到过的最好的房子，五室两厅，要转几个圈才能够把房子的结构弄明白，比起来学校那些教授的房子就太寒酸了。而许小曼自己，也拥有一套一室一厅的房中之房。我刚坐下，就有保姆倒了茶，摆上了点心，不一会又是勤务兵送来了开水，把垃圾提了下去。我坐在那里目瞪口呆，感到了强烈的震撼，人跟人这距离真远过天地之遥啊。快到中午她妈妈回来了，举手投足之间都有着一种高贵的气质，把提包放下来的动作特别优雅，给我留下了深刻的印象。我坐在那里感到了很大的压力，许小曼说："这就是池大为，我跟你讲过的，妈。"我被她妈妈镇住了，她问我很多话，我回答得语无伦次。硬着头皮吃完了饭，回到许小曼的房间，我才松了口气。许小曼说："以后这就是我们的爱情小巢了。"我心想："那我还不如住到贫民窟去呢。"

　　交往了几个月，我发现许小曼把我想错了。她觉得自己的愿望对我来说都是圣旨，因为她是许小曼，我只是池大为。我压抑了自己去迎合她，反抗冲动却越来越强烈。有些事情，我心中明白要怎么做才会让她高兴，可事到临头心里就别扭着，怎么也做不出来。她的目标是要把我培养成一个上等人，有上流社会的风度和情感方式。我知道这是不可能的，正如我也没有力量把平民意识灌输到她大脑中去。我不能没有止境地扭曲自己，哪怕是为了许小曼也不行。父亲的血流淌在我的血管之中，形成了既定的体验方式。遗传密码作为一种神秘的信号，其选择方向是那样固执，它无可更改地决定了我。

　　应该让许小曼知道真实的我，我池大为虽然穷，虽然没有显赫的家庭背景，但并不是没有自己的意志的。许小曼要带我去交结一些"有层次"的朋友，我陪她去了几次，觉得格格不入。那些人的优越感，我感到非常可笑，他们自己却十分认真。特别是有一次，许小曼向别人介绍说，我父亲是省城著名的中医，医学院的教授。我别扭得不行，也只好点点头。事后我生气地说:"我什么时候跟你这么说过!"她说:"那些人都是很讲究的,如果连教授都不是,他们会有想法。"我说:"管他怎么想呢,他算老几?"她说:"你怕什么,他们又不会去调查。你也理解理解我。"也许,我是得理解理解她,她按照自己的观念与人交往,她爱面子。可她说顺了口,对谁也这么说,我生气也没有用,她不在意,说:"大为你别太认真,也让我对朋友有个交代。"我说:"你这是把我放在火上烤,我站在那里都想钻地缝了。"两人争了一会儿,我还是退了下来。她是许小曼,我不能跟她生气,我只能憋着自己。

渐渐地我对许小曼的感觉有些变了,我相信她也是如此。这是一种危险的征兆,我必须悬崖勒马。可我扭着自己,扭得了一时还扭得了一世吗?我在她面前太被动了,我原想通过自己的奋斗扭转局面,可这奋斗一时半会也无法见效。我想,女人是给人爱怜的,没有那点怜惜,那爱就没有根底,就像女人涂胭脂不打底粉,托不住。

我决心对许小曼的任性进行抵抗。如果连我都认为自己是欠了她的而放弃了自我立场,那以后还有个完?这天她要我陪她去人艺看话剧《明月初照人》,我说要做实验,已经安排好了。她再三要求,我都没松口,这使她大感意外。争执之间她说:"你今天不去就是心里没有我,那还有什么意思?"我还赔了笑脸解释,她打断说:"到底去不去?一二三。"我咬了牙说:"不去。"她说:"你好好想一想,仔细想一想。"我不假思索地说:"想好了。"她说:"你爱我还是没有爱到骨头里面去。"又说:"我总找得到一个人陪我去吧。"扭头就走。事后我希望她来找我,她没有来。我犹豫着是不是该去找她,向她认错。可又想,这么一认错,我一辈子就错到底了。在极度的痛苦中,经过了许多辗转反侧之夜,我意识到许小曼并不是属于我的,也许她现在也从浪漫而伟大的牺牲激情中省悟过来。毕竟,我们的血管里流着的是不同的血。事情就这么过去了,汪贵发等人模糊而明确地说着刻毒的话，我都装着听不懂，忍了，忍了。父亲当年不也是这么忍过来的？我还是感到了一点轻松，一点安慰，平民也可以坚守自己心灵的高贵。

毕业后，许小曼去了卫生部，我把铺盖一卷搬到研究生楼，开始了新的学生生活。

那三年我在研读古代医典的同时，把很多文化名人的书也找来看了。在阅读中我发现了一个事实，那些大人物，从屈原到曹雪芹，没有几个不是命运凄凉一生潦倒的。我特别把父亲那本《中国历代文化名人素描》上的人的生平都找来看了，真的为他们感到委屈。好些夜里我把那本书翻开，在久久的凝视中理解了那些人物，也理解了父亲把心灵的原则当作绝对命令，要付出怎样沉重的代价，可这才是真正的人啊。

三年很快就过去了。这期间许小曼来过一次，告诉我她已经结婚了。她反复对我说一定要写入党申请书，我就写了，很顺利地入了党。一天，系里的人事干事找了我去，问我愿不愿留校。我说愿意，我心里早作了这种准备，在药理学专业的四个研究生中，我发表的论文是最多的。过了几天他碰见我，把我拉到路边说："有人看上你了。"他说的是系里姜教授的女儿，我见过一次，印象挺不错的。我心里觉得可以试试，又不好意思就表态。他见我迟疑着，又说："这件事对你各方面都有帮助。"我以为他说学术上，说："我又不是那个专业的。"他说："学术是一方面，还有个人发展，在北京发展啊。"我知道姜教授说话的分量，我的导师那么神气，也要让他几分。可把这件事跟留校联系起来，我很难接受，那样我不成了投机分子？我说："让我想想。"他很感意外，说："尽快给我一个答复。"又暧昧地说："毕业的安排也就在这几天了。"

回到宿舍我想来想去，决定即使要跟那姑娘试一试感觉如何，也得等毕业了再说。还没开始就欠下一个人情，那怎么行？我没去找人事干事。他遇见我，询问地望我一眼，我模糊地笑一笑，他就再没表情了。半个月后，消息传出来，留下来的是我的一个同学。我感到委屈，可跟谁去说，又怎么说？我体会到哑巴吃黄连的滋味。原则千条万条，利害关系是第一条。实质性问题，都是在这种微妙之处决定的。我的导师问我愿不愿去药检局，我说："我回省里去。"到底我在北京待了八年，还是待出了感情。我安慰自己说："北京有什么好？最大的好处就是难得进来。"又想着自己如果玩点小聪明，先应了人事干事，以后该怎么样还怎么样，岂不就没了这场委屈？可如果那样，我池大为还是池大为吗？

在离开北京的前一天晚上，我心中感到郁闷，就到街上走一走，最后看一看北京。数日来的彻夜静思，使我更坚定了自己的信念。尽管现实中有很多不动声色的力量笼罩着我，推动着我，似乎无可抗拒，我还是要走自己认定的道路，哪怕孤独，哪怕冷落，因为，我是一个知识分子。

夏日的夜晚，我在街头漫步。凌晨三点，翻过围墙，回到了宿舍。

第一篇

5

在那个炎热的上午，我走进了省卫生厅大院。我准备去厅办公室报到，然后把关系转到中医研究院去。在办公大楼前，我非常奇怪地被楼前那一架紫藤吸引了，便移步过去。紫藤叶密得几乎不透阳光，茎干泛着暗绿，如少女腕上脉脉的血管，弯弯曲曲地生长上去，一串串果荚垂下来，毛茸茸的很可爱。在绿叶的荫庇下我身上的汗消退了，心中莫名其妙地轻快起来。

办公室只有一个年轻人，埋头写着什么。我咳了一声，他抬头扫我一眼，又埋下头去。我只好开口说："同志，同志，我来报到的。"他眼皮慢悠悠向上翻一翻，头也不抬起来，说："有话就说。"我把派遣证摊在桌上，一根指头顺势在"医学硕士"几个字上一划。他斜了眼一瞥，似笑非笑，不理我。我退到沙发上，拿起一张报纸来浏览，心里为刚才那一划感到惭愧。好半天他并没有理我的意思，我只好再过去，吸口气缓声说："同志，我是北京分来的，去中医研究院，已经同意接收了。"他模仿着我的声调说："同志，你没看见我在给马厅长写材料？马厅长的事重要呢，还是你的事重要？"他一边把双手五指捏拢搓着，头晃过来晃过去两边看着："哪个大，哪个小？"我心里堵着，抓起派遣证就走。冲到门口想着这里就是一关，怎么说自己还是要过这一关的，只好回头问："您呢，同志您什么时候有空打发我？"他品一口茶，很有表情地吞下去，咂着嘴唇慢悠悠说："下午，OK？"

尾音长长地拉上去，不知是轻蔑呢还是嘲讽。

我下午再去时，那年轻人等久了似的从椅子上一跃而起，好像有人按下了迫击炮的机关，趋步到门口来迎我，做了个伸手要握的动作，我还没反应过来，手垂着没动。等我明白了时，他的手已经缩回去了，又再一次伸过来，抓住我的手使劲地摇了摇。他把我让到沙发上，把落地电扇对着我吹，再倒杯冷开水放在茶几上，说："丁小槐，这就认识了，是吗？"我简直想不明白是怎么一来，狸猫就变了太子。我掏出派遣证说："办了吧。"他说："先凉快凉快，刘主任要跟你谈谈，马厅长吩咐了的。"他自我介绍说是前年从医科大毕业的，就留在厅里了，又叹气说厅里的工作就是打杂，当下手，虚度年华，还不如去当医生或搞研究。我说："厅里就是厅里，鲨鱼掉片鳞下来比鲫鱼还大呢，前途无量。"我说着举起一根指头往上戳一戳。他要把脑袋从脖子上甩脱似的拼命摇头说："前途无亮，真的一点亮都没有，我最大的愿望就是搞个副科级退休，还不知这个理想能不能实现。"

丁小槐跟我说话，说来说去就说到马厅长身上去了。马厅长我认识，四年前我们班十二个同学到中医研究院实习，那时他是院长。这时门外传来一阵脚步声，丁小槐说："刘主任来了，让他跟你说。"话刚落音，门口果然出现了一位五十多岁的人，进了门一直走到我跟前。我刚站起来，手就被握住了。我说："刘主任您好，您好，刘主任，好，好。"他说："你的情况我们知道，想把你留在厅里工作，这是马厅长的决策，他亲自点了你的名。"我感到意外说："本来我想到中医研究院去。"他说："那边也需要高学历的人才，厅里呢，就更需要，要不怎么叫厅里呢？"又把头转向丁小槐："是不是？"丁小槐连连点头："是的，是的，厅里就是厅里。"刘主任说："我给舒院长打个电话，就说是马厅长的意思。"我说："我可能做不好行政工作。"他说："谁说的？我们不这样看。留你在厅里是马厅长亲自提出来的，马厅长。"说着身体前倾,右手食指在茶几上点了点。马厅长点名要留我,难道是那年我给他留下了很深的印象?自尊心受到了意外的尊重,心里感觉到温暖。我一时还转不过弯来,说:"要不我明天决定?"

我打电话给胡一兵,想跟他商量一下。几年前他分到省电视台,一直在那里做《社会经纬》栏目。不一会他开车来接我,说:"到刘跃进那里去。"刘跃进在华中大学教书。三个人一起去吃晚饭,我就把厅里要留我的事说了,刘跃进说:"行政有什么搞头?到头来两手空空,一辈子连一本做枕头的书都没有,还是搞业务好些。"胡一兵说:"一个医生吧,治一个人也就治一个人,到厅里就站得高了,全省都看到了。"我说:"那是厅长站的地方。"他说:"《宪法》上哪条规定了池大为就不能站?要办点大事,小地方办得成?刘跃进说:"你一个研究生给别人去做狗腿子干什么?"胡一兵说:"谁不是狗腿子做上去的?"第二天我去厅里,心里还没拿定主意。刘主任说:"哎,你来晚了,马厅长到省政府去了,他本来想亲自跟你谈一谈呢。"听他这一说,我不由自主地说:"如果厅里一定要留我做点杂事……"刘主任马上说:"哎,还能让你做杂事?厅里管全省,管政策,管地县。这个大院里就你一个研究生,第一个!培养对象,马厅长说了的,培养对象!"丁小槐附和说:"当然,当然。"神色不太自然。

我到行政科去领派房单,申科长上下打量我说:"池大为?"又说:"刚报到就一个人一间,在厅里还是第一次呢。这间房子是马厅长亲自打了招呼的。"我心中一热,觉得自己留下来还是对的,领导为我考虑得多细啊。房子倒是其次,难得的是一份看重。人活在世界上,有一半也是为了"看重"这两个字活,不然追求成功干什么?

申科长要陪我去看房,我拦着他,他说:"把新来的同志安排好,这也是我们的责任吧。特别像你,我们更要表示一个态度。"走在路上他给我介绍厅里的情况:"别看院子里就这几百人,房子紧得很!马厅长到厅里几年了，还住在中医研究院，每天来回折腾，不愿来挤着别人，三八作风！"到了单身宿舍，上了四楼，楼道里黑黑的。申科长不知从什么地方摸到了开关，把灯开了。住户把楼道当作了厨房，两边放了桌子、煤炉，只剩一条窄窄的过道。我不小心碰翻了什么，掉在地上咣的一声，是一只锅，里面还有剩稀饭。进了房间我觉得不错，挺大的一间，已经粉刷好了，窗前一株银杏树给房中染上了绿意。申科长说："空房有三间，一楼呢，地上能养活泥鳅，六楼呢，热天能烤火焙鱼。"我去招待所拿行李，申科长还要陪我去。下了楼他说："你猜我在这个位子上坐几年了？"我说："三年。"他摇摇头说："往上。"我说："未必有五年？"他说："猜不着吧，谁猜得着？我自己也猜不着，八年！八路军一场抗战都打完了，我还坐在这里。再坐那么两三年，就超龄了，科长养老了。"我说："科长你兢兢业业工作，我们都看在眼里了，人心就是评价。"他摇头说："要说看在眼里，这一百一万个人看在眼里不如那一个人看在眼里。一万个人说你好那不管用，你还坐在老地方。老地方坐久了心里发凉双眼发黑，人活就是活那一线光。"

　　到了招待所，申科长提了箱子就走，我抢上去说："还能叫您提这么沉的东西？一箱子书！论年龄也轮不到您。"服务员进来要我等一下，开了票我签个名就算结了账。申科长望着我，欲说还休的神态。我望着他笑一笑。他说："马厅长跟你早就认识了吧？"我说："好几年了。"他明白了似的点点头："你跟马厅长挂点亲？"说着左右手食指勾在一起。我摇摇头。他说："那跟你爸爸是老同事？"又把两只手掌并在一起。我说："我四年前实习见过他，他长什么样子都忘记了。我昨天才知道马厅长是厅长了。"他耸耸肩，拼命摇头说："那怎么可能？"我说："怎么不可能？"他再次摇头表示不相信，见我很认真的样子，就信了，很遗憾地叹口气说："那马厅长他是真正尊重人才呢！"我说："我也不懂，那您说呢？"他说："那当然，当然，谁说不是？谁也不能说！"停一停又把双手拍得啪啪响说:"糟了,糟了,我得去了,到时间了,来不及了,已经晚了!"说着站起来头也不回往外走,一边说:"下次再来帮你搬!"看着他的影子一闪,留下一个空门,我愣住了。

星期一我在办公楼碰见马厅长,我还记得他的模样。我站在那里,不知上去招呼好呢,还是不上去好。我不愿做出迫不及待的样子,就愣在那里了。马厅长走上台阶,望我一眼说:"是小池吧!"我一下子觉得非常感动,这么多年了,他还能一眼就认出我。我说:"马厅长早。"我知道下面该说谢谢关心的话,可就是说不出口。心里谢着就可以了,说出来感恩似的,反而俗了。马厅长说:"房子安排好了没有?"我感到了一个很自然的表示感谢的机会,嘴上却说:"分好了。"马厅长往楼上走,一边说:"我对你还有点印象,一看到你的名字,就从舒院长那里挖过来了。"我又感到了一次机会,自己应该对这种器重表示一种姿态,话都涌到了嘴边,"马厅长这样看重我,也是我们有缘,我以后要扎扎实实为厅里干点事,不辜负了马厅长的关心。"可话含在嘴里就是说不出来,只是机械地点头说:"谢谢马厅长。"自己都觉得这几个字太不够劲了,没有力量,等于没说,问个路也得说声谢谢呢。

办公室三张办公桌从窗边排到门边,临窗的是刘主任的。前天刘主任告诉我,袁震海调到医政处当副处长去了,他的办公桌归我,是中间那一张。我见丁小槐坦然地坐在那里,就拉一下抽屉给他一个暗示,谁知抽屉是锁上的。丁小槐说:"那张是你的。"手往后面一指。怎么过了一个星期天桌子搬了?看来他周末并没闲着。桌子的排法也有点意味,靠窗的光线好通风好,当然是刘主任的,然后按身份排下来。说起来坐在哪里也一样工作,可位子的位置不同,那种感觉就不同,这点小小的不同就可以带来很多不同,甚至是很大的不同,至少在人们的印象中,谁在前谁在后就从这里看出来了。想着丁小槐是这么一个牛角尖也要钻一钻的人,看着他的后脑勺,越看越不顺眼,总觉得有说不明白的不对劲。我池大为还没堕落到要跟他来争这点鸡屁眼事的地步吧。丁小槐站起来把热水瓶摇一摇，瞥我一眼，我不由自主地站起来说："我去打水，我去。"下了楼我心里疙瘩着，不说学历说资历吧，我还比他高一届呢，他有什么资格命令我？又恨自己心太软，就坐着不动装不懂，他拿我杀肉吃？这么一接，就接上手甩不脱了。提两瓶水累不死人，可那一瞥的眼神实在太难看了。这时丁小槐也提了两只热水瓶来打水，不用说是隔壁马厅长办公室的。提开水还分了贵贱？可笑！我就不相信马厅长会因为这两瓶开水对他另眼相看。我回到楼上，刘主任已经来了。他说："打开水去了？好。"他这么一说，以后这事就得由我承包了。我拍一拍身边的桌子说："我坐这儿？"心里希望他说话把桌子调过来。他说："怎么，换过来了？"又笑一笑说："算了小池，算了。"我也只好算了。

坐下来我又发现刚才还放在自己桌边的落地台扇，已经被丁小槐拿到自己桌边去了。我觉得可笑。这又是一个便宜吗？这么一拿，就拿出了一种意味，他不把我放在眼中，否则他敢？我在心中骂了一句"小人"，又想到自己若跟他在这个层次计较，那我成了什么？不屑于！我翘一翘嘴角，把这几个字轻轻吐出来："不屑于！"声音轻得只有自己的心感觉得到。我不觉得这些小事有什么计较的价值，可心里还是像卡着一块鸡骨头似的。丁小槐他敢，他居然就敢！

6

慢慢地我熟悉了环境，也熟悉了一些人。上班没事干，我就到斜对面的监察室去串串门，跟小莫说说话，刘主任也不说什么。我问小莫：

"你们这几年都是怎么坐过来的？"小莫笑了说："池大为你才坐这么几天就坐不住了？坐十几年几十年的老科长多得是！都有个过程，坐几个月脾气就坐顺了。"我说："办公室真的是改造人的地方啊！"小莫说："你是培养对象，你不同。"我说："说起来我也真是个对象，我女朋友的对象。"她赶紧问我女朋友是什么人，知道我还挂单，马上表示要帮忙，说："你有什么条件？"我说："三个硬条件，第一必须是个人，第二必须是个女人，第三必须是单身女人。"小莫说："真的给介绍一个你要不要？我先生他们医院里护士一个比一个动人，脸蛋嫩得出水。我先生说他结婚结早了，刚一结婚，漂亮姑娘不知从什么地方都冒出来了。"

正说笑着，丁小槐在楼道里喊："池大为！池大为！"我赶紧跑回办公室，丁小槐正在看报，头也不抬。我说："刚才是谁在喊我呢？"他说："怕马厅长看你不在，那样不好。"他这么阴，他做得出来，他要告诉所有的人我串门去了。我生气地说："我上厕所去了，不必请假吧？"他眼睛盯着报纸说："厕所在莫瑞芹的办公室，那是男厕所还是女厕所呢？"我气得一股无名火要从嗓子里喷出来。我想说："那你去问小莫，她会告诉你。"可没说出来。我跟你争这口闲气，我值得吗？

天天这么坐在办公桌旁，没做什么像样的事，倒是坐出了一种感觉。这种感觉好像是荒原上的草，不知不觉它就长出了模样。这么混混沌沌过了几个月，就到了秋天。每天翻翻报纸做点杂事就过去了，我心里很不踏实，又觉得奇怪，世界上还有这么拿工资的人。我每天都在盼望着有点什么像样的事让我来做，这盼望总是落了空。每过去一天，我都像在黑暗的台阶上踩了个空，心中空落落的。人吧，活着就要活那一线光，人谁不想往亮的地方走？我的一线光在哪里呢，先要当上个科长，然后再一步步上去。坐在这张桌子前面，眼前就是这一线光。我自己也觉得奇怪，以前根本不屑一顾的东西，现在倒成了向往的目标。我在不知不觉中把别人的目标当作了自己的目标。这是怎么回事？我说不清，办公室真能改造人啊。

马厅长带小袁去北京开会了。这天厅里分柚子，每人两袋，一百斤。丁小槐叫我一起把柚子送到马厅长家去，大徐开车。我说："你们俩送去算了，三个人两袋柚子，吃都吃了！"徐师傅在一边说："去吧，一起去。"大徐平时跟我关系好，听他这么说我就去了。去工会拿柚子的时候，丁小槐在里面翻来翻去，要选大个的，他对工会黄主席说："马厅长家的。"黄主席也帮着选。怕那些来领柚子的人心里会怎么想我，我站在一边不动。把柚子抬到小车上，开到了中医研究院，我和丁小槐抬了柚子上楼去。开了门丁小槐叫马厅长夫人"沈姨"，我也跟着叫了一声。丁小槐说："柚子是黄主席帮着选的，这一次的都不怎么大。"沈姨说："卫生厅就没买过一次好柚子，你回去跟黄主席说别发算了。"走下楼来大徐说："送脱手了？"丁小槐苦笑着点点头。大徐说："今天运气不错。"

回去时丁小槐在半路下了车。大徐说："今天运气算不错，沈姨没说什么。"我说："我们辛辛苦苦抬了柚子上去，她谢谢都不说一声，别说泡杯茶了，还说什么？今天就是你要扯我来，害得我鼻子都碰扁了。"他说："这叫碰了鼻子？这是给你一个留点印象的机会。"又说："你不知道，去年丁小槐扎扎实实受了一烙铁呢。"去年分柚子是丁小槐送上楼去的，沈姨嫌个太小，说还不如不要。丁小槐硬是搬了下来，又运回来，把自己分的两袋中大个的塞进去，小的换出来，再送去。沈姨说："就知道有好的。"我说："怪不得今天要把我扯上，找个垫背的。柚子送到家里还要受烙铁，天下它偏有这样的事。不知马厅长知不知道？"他说："这些小事，我想他不知道。刁钻古怪那一套是娘们儿的脾气。"我说："我还以为丁小槐他分半边马屁给我拍呢。"

星期六下午快下班的时候，丁小槐说："我今天早点走，我妈妈住院了,一大堆事堆在那里。"我说:"谁也不是苹果树上结的,别说早走,请几天假也是应该的。"他刚走,袁震海就从北京打了电话来,说马厅长明天回,要厅里派车去接机。我把事情告诉了刘主任,他说:"丁小槐去不了,明天你也去一个吧。"又打电话给孙副厅长几个人,再叫上我一起到小车班安排车。我说:"两个人要这么多人去接?"他说:"要的,要的,一定要的。

星期天上午我去小车班,丁小槐已经站在那里。他说:"听说小袁他们要回来了,我也去看看。"一会儿孙副厅长刘主任几个人来了,我一看人这么多,就有点紧张。刘主任说:"挤挤还是能挤下。"我算一算,两部车连司机八个人,再加上马厅长和小袁,正好能挤下。孙副厅长说:"怎么样老刘?会不会挤了点,还有行李呢。"我望望丁小槐,他赶紧往车边走去,站在车门口。去不去我是无所谓的,可现在人都站到了这里,偏偏把我剔出去,实在太难堪了。我希望刘主任说句话,我和丁小槐都不去了。刘主任说:"去去,大家都去,挤一点就挤一点。"我感激地望刘主任一眼。

听到广播的通知,我们都到三号出口去等。孙副厅长走在前面,我也跟着走。我本来跟在人事处贾处长后面,这时丁小槐似乎是无意地插到我前面,在出口前站住了。这倒提醒了我,我发现几个人按职位自动地排成了一线,刘主任和贾处长还在相让着要对方站前面。这前后还值得让值得推辞,就说明这还真是个事。事关自己在圈子里的定位,说起来也是件大事,滑稽可笑的大事也是大事。我呢,站在第几是无所谓的,只是丁小槐那根鸡肠子实在太细了点,那个前趋的动作也实在太难看了点。我老这么让着他,让起来就没个完了,心里有一种明确的冲动逼我不得不去计较,不得不摆出一副寸土必争的姿态,不得不陪着小人做小人。树欲静而风不止,老是想着不屑于也不行,总之我就是没有办法扮演一个君子。我打算回去以后厚着脸皮跟刘主任把话说明白了，要他明确了我和丁小槐到底谁先谁后。醒悟到自己今天竟然要在这些毛细的事情上伤神，又可怜起自己来。不知不觉我就落到了这种地步？

我在车里憋了一口气，回到厅里下了车，我就把路上想好的话对丁小槐说："还不去医院？你妈妈好不容易盼来一个星期天，哪里知道你就这么忙？"丁小槐用异样的眼神望着我，显然没估计到我会主动来惹他。他笑眯眯地说："谢谢你的关心，我替她老人家在这里谢过你了，别人的事也操了这么多心。"转身走了。我愣在那里，心里对自己说："还是不行啊你！要挑战就要把前面几步棋想好，还要把拉下脸来的勇气准备好。你行吗你？"我是君子，我没有那么强的心理承受能力，我脸皮薄。哪怕做个小人吧，其实也不是件容易的事啊。

快到年底的时候，丁小槐对我慢慢地好了起来，没事也找些话来跟我讲。这天中午他问我找女朋友有什么条件，要不要介绍一个。又说到食堂的饭菜太难吃了，吃了这几年闻了那股气味就要反胃。我说："我从读大学吃食堂吃到如今，都八九年了，麻木不仁了。"他说："说到吃我们也应该照顾一下自己的胃了，得给它喂点像样的东西才行。"邀我到外面去吃饭。我对他的提议感到意外，想着等会儿自己抢着付钱就是，于是去了。到了外面我说吃便餐，他说："难得出来一趟，别让胃白盼了一场。"领我到美丰酒家，一口气点了六个菜，红烧水鱼都点出来了，我拦都没拦住。我说："两菜一汤就可以了。"他手一举说："吃！钱就是为人服务的，冬天进补，水鱼是首选。"我说："别信酒店老板虚构的神话，水鱼有多补我还不知道？"吃着饭他讲一些厅里的轶事，那口气是大小事情他无所不知。我说："我天天跟你坐在一起，我就不知道几件事。"吃到半路我推说去解手，翻了口袋看带了多少钱，一顿饭要吃去半个月的伙食费了。付账的时候我早有准备，飞快地把钱递了上去。丁小槐站起来说："这是干什么？你还不如甩我一个耳光呢。"硬是追到付款台结了账,把钱退给我。我说:"分那么清干什么?"他说:"今天给我点面子,你有钱了留着下次请我,我也不客气。"一顿饭吃了他这么多钱,我心里挺不是滋味。

过了元旦丁小槐对我说:"明天要评优了,你有什么想法?"我说:"我才来半年,我能有什么想法?"他说:"我们办公室总不能轮空吧?这不是哪个人评不评的问题,是我们大家这一年的工作能不能得到应有的评价的问题。"我想,他莫不是想评自己?可刘主任呢?我说:"我们争还是要争一下的,我没有资格,可刘主任……"他马上说:"像你这样的人最好了,与世无争,有古君子遗风,我们还到不了那种境界。我们当然还是首推刘主任,他如果一定要谦虚,那我们也不能就放弃了,这不是哪个人的问题。"我说:"那样我们就把你推出去。"他有点腼腆地一笑说:"那怎么好意思?"我说:"有什么不好意思?你不要,名额也给别的科室拿去了。"他说:"那就拜托你了。"

第二天开会搞年度评优,我们跟监察室纪检会分在一组。一开始气氛就有些紧张,大家都不作声。我说:"我刚来半年,也没做出什么成绩,我不参评了吧。"刘主任马上也表了态说:"我是往退休走的人了,我也就不参评了吧。"我惊异地望了丁小槐一眼,他凭什么就料事如神?小莫接着也退出来了,跟着又有几个人退出。我看看还有七八个人没表态,可名额只有三个。那几个人神色都很严肃,丁小槐开了两句玩笑,可笑得不自然,掩饰不了那种紧张。终于有两个人的名字被提出来了,丁小槐并不望我,这边的眼角几乎不可察觉地颤抖了一下。我明白那意思,心里有点抵触,可还是开口提了丁小槐。丁小槐说:"别的同志工作做得比我好,我就算了。"听了这话我心里不舒服,心想,有这么会演戏的人吗?拜托了我又来表演谦虚。又有人提出两个名字,丁小槐神色更紧张了,眼角又在颤抖了,想遥控我,我干脆装作没看见,心想:"我是你的狗腿子吗?"可心里马上就软了,又补充了几句。接着刘主任也表示同意丁小槐。会场的格局这就有了变化，气氛有利于丁小槐了。

散了会丁小槐在门口碰碰我的手，表示感谢。他们先走了，莫瑞芹说："你们办公室又新来了一个老好人啊。"我说："评个优也就是评个优，谁要谁拿去。"小莫说："我看他坐在那里演员似的，演技也不高，假惺惺的样子看不完。"又说："你就是心太软，早几个月你待在我那里，他在外面提着你的名字哇哇叫，生怕马厅长不知道你串门，你现在还推他出来评优。"想起来丁小槐是挖了个坑让我跳下去，天下真没免费的午餐，吃了他的嘴就软了。我说："反正也只是一个臭虫屁大的事。"她说："咦，池大为你撇清高？这个地方是寸土必争的战场，枪响了还有清高讲？你讲清高正合了别人的意，他拿你垫脚，自己上去了。不要说臭虫屁，今天一个屁明天一个屁积起来就是一桶肥料。"小莫一番话说得我心里冰冷。我想，日久见人心吧，谁也不是瞎子，难道真的要我池大为陪着小人做小人吗？

7

莫瑞芹给我介绍了一个女朋友，叫屈文琴，刚从省医科大学毕业，在市第二医院工作。说起我们认识的过程是很公式化的，星期天傍晚我在银星电影院门口等着，不一会儿小莫就带她来了，塞给我两张票说："小屈就交给你了，可别叫她委屈了。"就走了。女孩子个子挺高，齐耳的短发，模样还没看清呢，就进了放映厅。厅里面黑黑的，加映片已经开始了。我怕屈文琴摔着了，又不敢牵她的手，就捏着她的袖管在里面摸索。找到位子坐下来，我问她叫什么名字，她哧哧地笑着说:"她没告诉你?"我说:"明知故问也有意思在里面,牵一个话头出来吧。"我借着银幕上的光去看她的侧影,她头一动我就赶紧盯着银幕。散了电影出来,我想看清她的模样,可在灯光下看不真切。我骑单车送她回去,想要她在后面坐稳了再把车踩起来。她说:"你骑着走,我自己上来。"果然一跃就上来了。我心里有点疑惑说:"没想到你倒有一手飞车的绝技。"谁知她说:"读书的时候经常搭男同学的车。"她倒把我的心思看透了似的,回答又这样大方爽快,倒使我为自己的狭隘而惭愧。她在后面剥了橘子塞到我嘴里,问我:"甜吗?"我说:"按你的意思我还可以说不甜?"快到医院她跳下来说:"我自己走回宿舍去。"就一直往前走。我连忙叫住她说:"喂喂。"她回过头来,望着我不说话。我鼓起勇气说:"怎么样?"她说:"你说呢?"我说:"你心里有什么想法?"她咻咻笑着说:"我的想法要看你的想法是个什么想法。"我说:"我的想法嘛——"我真不知怎么开口,一急倒急出办法来了。我说:"星期三晚上七点我在和平公园南大门等着,你来,我去,你不来,我也去。"骑上车就跑了。第二天小莫问我感觉怎么样,我说:"真没看清。"她说:"那人家白长了那个模样了。"第二次见面仔细看屈文琴,果然是不错。我心里忍不住拿她跟许小曼比,觉得她最大的好处吧,就是没有那种显赫的家庭背景。她母亲是个中学教师,父亲是东坪地区的副专员,在她读大三的时候出车祸死了,这改变了她的一切。她没有那种傲视一切的气质,也就没有天下什么好事都得揽着的企盼,这减轻了我的心理压力。一个女孩什么事情都向天下第一看齐,谁吃得消?可没过多久我就发现自己最初的感觉是不对的。

屈文琴第一次到我宿舍里去,走在楼道里说:"太黑了。"我牵了她的手,一边说:"黑了这一年多我都黑习惯了,我第一次来把别人的锅都碰翻了。"她说:"那你还要这样黑着黑多久?"我说:"小姐,照顾我才一个人一间呢,一般大学生分来,起码是两人一间,三人一间的都有。"进了房她说:"房间倒还有这么大一间。"又说:"想不到你们厅里的房子也这么紧。"我说:"紧的紧,松的松,要看你是谁。"她说:"你是研究生呢。"我说:"厅里吧,哪里吧,只要不带长,放屁都不响,要是我爸爸是省长,把我往上面提那么一提,"我说着把五指撮拢做了一个提的动作,"让我也挂个长字在后面,我就出息了,就不必摸黑进屋了。"说着话她问我厕所在哪里,我开了门指着楼道尽头给她看,并告诉她厕所又是水房,洗碗接水都在那里。好一会她才回来,啧啧有声说:"你们那公用厕所,踩得下脚?地上一汪水,用砖头垫着才走得进去。里面的气味能熏死猴子,我读书的时候都还没见过这么壮观的场面。我逃出来到办公楼那边去把问题解决了。"我笑了说:"我倒没进去考察过,好也好不好也好,都是你们女人做出来的事。"她说:"这样的地方怎么能安家?"我说:"如果有一天到二医院去安家,我不会抗议的,只要一个人有希望就可以了,我伴你的福。"她食指在脸上刮了几下说:"羞,男人还想伴女人福呢。"我说:"怎么就伴不得,广播里天天在喊男女平等。"她噘了嘴唇把脖子往前一伸,扮了个鬼脸。

  我们放录音机听,她和着节拍唱了《月亮代表我的心》。唱完她说:"真的我哥哥有个朋友在省政府,什么时候我们去玩玩吧。"我说:"我不去,那里的人都是人精,你还没拢边呢,他就知道你裆里夹的是什么屎。让别人那样想着,有什么意思?"她说:"有意思也是正常的,其实那点意思人人都想,我也没想过要你池大为是个什么非凡的人,连马克思都说,人所具有的我都具有呢。"我说:"那你先想,想到手了,我踩着你的脚印去想。"她马上说:"你是男人呢,男人还要女人冲在前面?"我说:"反正我不去,你想去我陪你到大门口,在门口等三个小时我不烦躁。"她嘴巴一撇一撇地撒娇说:"你还想推卸男人的责任呢!"又把衣袖一捋一捋地作势说:"要我是个男人,你看我把天下打下来给你给大家看看！"

以后说话，屈文琴绕来绕去总是很自然地绕到我应该怎么进步这个话题上来。我听着有点烦，可两人刚刚进入状态，我只好把那点烦隐忍着。有时我忍不住顶她说："男野心家我倒看到过不少，女野心家只听说过有个叫江青的，莫不你是第二个女野心家，对进步的兴趣这么大！"她说："世界是这么回事，谁也没办法。有了进步就有了一切，没有进步就丧失一切，你池大为总不至于在这幢房子里再黑黑的黑那么若干年又若干年吧。"

有一天，我随口告诉她马厅长的夫人病了，她一听就来了精神，要去探视。我说："看你这兴奋的劲头，恨不得她天天病才好。"她说："是个机会，要抓住的，不然你以为机会在哪里？"右手飞快地往前一冲，抓了一把缩了回去。我说："一个开车的你去看他，他会记得你，厅长夫人看的人里三层又外三层，她还没精神接待。"她说："那看你怎么看，轻描淡写礼貌性地看那是看，看出感情来那也是看，看出感情那就看出了水平。"我说："沈姨如果是科长太太，我肯定会去。厅长夫人我往上面凑什么凑呢，热脸贴冷屁股。"她说："该凑还是要凑的，该贴也是要贴的，你也别把架子端得太高了，以前你是一个人，现在你要想得多一点，把男人责任负起来。"我说："那么凑啊贴的，你想想那姿态看得完？你倒取了好名称叫男人的责任！"她说："那你说男人的责任怎么表现？你有勇气承担我还可以替你出一肩的力呢。"我说："听不懂，听不懂！"经不起她三劝四劝的，我还是同意去了。她说："这才像个干事业的样子。"我说："心里那么别扭。"她说："不别扭的事要做，别扭的事想着它不别扭也要做，这点心理承受能力都没有怎么会有发展？"她设计好了要等人少的时候去，那样沈姨的注意力才会集中到我们身上，就定好了晚上去，而且晚一点去。她说要送点东西，我说："称几斤苹果算了。"她说："苹果送给沈姨？"就买了一提兜刚上市的鲜荔枝。我说:"这些东西自己平时都舍不得吃。"她说:"自己平时舍得吃,还要你送干什么?"

在医院门口屈文琴看见有人提了花篮,也要买一个。我说:"算了,摆一摆就摆掉几十块钱。"她坚持要买,我只好买了,说:"这个月要跟你去二医院吃饭了。"刚一进病房我就后悔了,还有几个人在病床旁站着,跟马厅长和沈姨说话。有一个不认识,后来才知道是医药公司的瞿经理。打过招呼我就站在一边,那些头面人物说话我也插不进去。屈文琴倒是马上就找到了自己的位置,趁着其他人和马厅长说话,凑到床头和沈姨谈起来,先是细问了病情,又把用药分析了一番,再说到注意事项,很快就进入了角色。我站在屈文琴的后面,也插不上几句话,就那么一直保持着僵硬的笑意。过一会马厅长注意到了屈文琴,说:"小池谈恋爱了!"沈姨说:"我还以为她也是厅里的人呢。"屈文琴说:"我在市二医院上班,也是厅里的人呀!马厅长,我算不算你的兵?"想不到屈文琴这么会来事。马厅长说:"算的,算的,业务上我管市局的梁局长,梁局长管你们廖院长,廖院长再管你。"屈文琴说:"将军不认识兵,兵总是认识将军的。"我没想到她这么不怯场,口才又这么好。马厅长又问她什么时候毕业,分在什么科室,工作累不累。屈文琴说:"廖院长把我分到妇产科,也没个白天黑夜。"又说:"其实我想到五官科,廖院长他不肯。"提起廖院长,大家议论了几句,屈文琴说:"马厅长你下次碰上廖院长,你讲一句,他肯定像接了圣旨一样。"马厅长哈哈笑说:"你们院里的事,我怎么能插手?慢慢看看吧。"屈文琴娇嗔地说:"马厅长肯定会关心我的,谁叫我是你的兵呢?"马厅长指了她对别人说:"你们看,小池的女朋友好厉害!"离开的时候,屈文琴好像还有很多话没说完,走到门口又回过头去跟沈姨说了一会儿,依依难舍似的。出了门我不作声,屈文琴说:"大为你不高兴了?"我说:"今晚你表现得太过了,都有点像表演了。"

她委屈地说:"我是怕冷了场丢了你的面子才找些话出来说的,我没想抢你的风头。你要是说话,我就不说了。"我说:"你以为她是平头老百姓,有个人去看就捡了宝似的,憋在心里的一大箩子话都要说出来?沈姨她一天接待几十帮人,病情都复述几十遍的。说病情就说病情,又跟马厅长攀亲戚,我每天见到他还没有你亲热呢。"她说:"我们平头老百姓跟厅长说一次话不容易,当然要抓住这个机会,不然跑掉就没第二回了。"我说:"以后要套近乎你爱套你套去,别把我扯进去。"她说:"你也不必把自己供得那么高。男子汉有本事就是达到目标,走哪条路其实是无所谓的。"我生气了说:"你无所谓的事我是最有所谓的!"她说:"大为你怎么这么个人!"我说:"就是这么个人,你想好了!"这时走到了医院门口,她说:"我回去了。"眼睛却望着我,意思是要我送她。我偏装作不懂说:"你去吧。"陪她到汽车站,她一言不发搭车去了。

过几天马厅长碰见我说:"听你沈姨说你又带女朋友来看她了,她对你女朋友印象很好的呢。"我马上意识到屈文琴又去了医院,本来想含糊应一声就过去了,可无法抑制内心那种诚实的冲动,我说:"那是她一个人去的,她没跟我说。"马厅长说:"哦,你这次没去。"又说:"你那女朋友叫什么名字?我都忘了。她还给我交代了任务呢。"他掏出记事本记了下来,点头走了。马厅长居然也认了真,想不到屈文琴这么会来事,无中生有,硬是跟马厅长搭上了线。想一想有什么可怕的呢?那些障碍其实都是自己的心理障碍。我站在那里,心里对屈文琴充满怨恨。她这么殷勤,我倒是灰头土脸的。说起来她去了就去了,那是她的自由,我也不应该想这么多。要是她对别人这么好,我心里还会有一种感动,想着她是个好心的姑娘。可对面是沈姨,我就不能把她往好处想了。我想说服自己:"沈姨也是个病人啊!我想那么多是干什么?"可是我不傻,我不能欺骗自己,也无法说服自己。

我想着屈文琴不会再来找我了，这样也好。可又过了几天，心里似乎又盼着她来，觉得自己对她的愤恨并没有什么充分的依据。这样想了马上又否定自己的想法，翻来覆去，对她到底是有怎样的感受，自己也搞不清了。又过了一个星期，屈文琴来了，见了我说："出差去了。"我说："到省人民医院出差？"她一笑说："你都知道了？我怕你不愿意去，就代替你去看了看。"我马上说："那我还要谢谢你。"她说："大为你别用舌头砸我。其实我知道你怎么想的，是个领导吧，你走勤了走近了就怕别人心里怎么看你。其实你也没必要那么想，别人都把这看成正常的。人家是领导，是领导就能解决问题，你赌气也改变不了这个事实，有什么用？我理解你，你也理解理解我。总不能让问题还悬在那里，两个人都硬撑着这张脸吧。"想一想她说的句句都还在理上，她无中生有套上了关系，那是她的本事，也是为了我好。这样我心里就没了怨气。

8

马厅长召集全厅的人开会，传达卫生部的精神，要加强全省的药物管理工作。他列举了发生在河北和湖南几起假药致人死命的大案后，眉头皱起来，停下来足有一分钟。几个悄悄说话的人马上住了嘴。马厅长说："谁能保证我们省里不出大差错？连我都不敢保证。我是坐在火山口上，什么时候爆发不知道。晚上辗转难眠的滋味有些同志可能没尝到过吧！有些部门平时有些小动作，不犯大原则，厅里也没去追究。人不可能不犯错误，但有些错误是犯不得的，警戒线一越过去，想退都退不回来了。"又说："现在我把丑话说在前面，出了问题再说就来不及了。厅里的荣誉是大家的，不是我马垂章一个人的，谁想给厅里的脸上抹一把黑，他自己要想想后果。说轻点你想不想在岗位上待着？你们想想自己离了岗位还能干什么？到哪里去？说重点家里也待不成，要追究到刑事责任。还不懂这个道理的人，请举手。"他四下张望一番说："没人举手，那就是都懂了。"我坐在下面听着这一番话，句句都在理上，可心里还是不太舒服，甚至有一种屈辱感，原来厅长的威风可以这么大。又醒悟到马厅长真的不简单，就着事情的严肃性，明确了自己的权威性。什么是领导艺术，这就是啊。我去观察别人的脸色，都没有什么异样。我左边坐着厅里有名的闲人晏之鹤，二十年前是厅里一支笔，后来潦倒了，这几年虽有一张办公桌却什么事也不用做，经常上班时间在图书室与人下象棋，倒也没人叫他的名字。这时他认真地望着台上，马厅长说一句，他的头就轻轻点一下。看来别人并没有那种不舒服的感觉，他们经过了长期的训练，都知道了自己的角色，还有与角色相适应的心态。这个大院，真是个培养人的好地方啊，不知不觉地，你就进入了某种氛围某种状态，在扭曲中失去了被扭曲的感觉，而内心的那种坚挺就像黄瓜打铜锣，去了一截又一截。这正是领导需要的效果啊。我坐在那里，把肩耸起来，把嘴唇上下左右运动了一番，表示着对周围的人的嘲笑，又眯着眼轻轻晃着头微微一笑，对自己还具有这点反思能力感到满意。散会了晏之鹤说："又杀一盘去？"我说："去！何以解忧，唯有象棋。"到图书室摆好了棋，他说："小伙子还没尝到人生的滋味呢，"有点暧昧地一笑，"有什么忧？没忧可别冒充有忧，话不好听。"我似懂非懂地说："人谁没那么点忧，怎么说不好听？"他移动棋子说："当头炮！"

厅里要起草加强药品管理的文件，刘主任通知我去随园宾馆，先到计财处领支票，下班后就到楼下坐车。丁小槐在一旁听了脸色大变，微张了嘴望着刘主任，以前这样的机会都是他去的。刘主任对我说：

"马厅长亲自点了你的名。"这是厅里的惯例，要起草文件了，就找几个人到宾馆去住几天。大家都把这看成一种待遇，住不住宾馆是小事，可在不在领导的视野里就不是小事了。这机会以前都被丁小槐霸了，我跟刘主任暗示过一次说："厅里有什么任务大家也轮着分担一下。"他说："他去惯了，不去就不习惯，就有想法。"我真想说："我不去我的心里就没想法？"我说不出口，我在心里恨自己太君子了，可我还是不出口。现在马厅长点名要我去，我心里马上感到了温暖，一个人怎么样，组织上还是看得见的。想到自己昨天对马厅长还有那种不恭敬的想法，情绪不对，情绪不对啊！

整个下午丁小槐的脸驴一样耷拉着。我想，你拉给谁看呢？不理他。快下班了，觉得到底是自己抢了这个机会，没话找话说："你妈妈病好些了？"他"嗯"了一声。我说："出院时叫刘主任派个车。"他又"嗯"了一声。他真做得出这副嘴脸，他认为是机会就要轮到自己，大大小小的好处全部占尽那是应该的。不但应该，简直就是天理，否则就受了天大的委屈，天下就有这样的人！对这样的人真没办法回避，他不懂得适可而止，你越回避他的嘴脸越大，要把别人挤到角落里去。既然如此，对不起我就只有做个小人跟你交上手了，别把我看成什么善男信女。

到随园宾馆来的几个人，都是处长科长。小袁说马厅长要晚上才来，我们先去吃饭。菜是好菜，酒是好酒，难得。更难得的是大家这么围成一圈说说笑笑的那种气氛，有一种迷人的魅力。一个单位是个圈子，圈子里围绕着核心人物又有个小圈子，里面的几个人把各种好处都包揽了。正轮到我打庄，马厅长来了，大家都站起来，小袁放下牌迎了上去。马厅长说："大家玩，接着玩。"就出去了。小袁说要看《新闻联播》，不玩了。看了没几分钟，就出去了。我说："又不看电视，罢牌干什么，糟蹋我一手崭亮的牌。"苏处长望了我笑笑说："人家有更重要的事。"又说:"你会下围棋?"我说:"什么时候我壁虎爬窗户露一小手给大家看看。"他说:"那好,那好。"

小袁跟我一间房,他晚上回来把我惊醒了,一看表快一点钟了。我问:"谁下赢了?"他说:"新手怎么敢下赢老手?"熄了灯小袁问我:"丁小槐这个人怎么样?"我含糊说:"马马虎虎。"他说:"是难缠的主呢。"我说:"把自己看得太重了一点。"他说:"我那两年被他缠得苦,四面八方他都出奇兵,又不高明。像那样的东西,要斗!不是东风压倒西风,就是西风压倒东风。现在东风压倒西风没有?"我说:"西风正吹得劲,这次没叫他来,差一点都要翻脸了。"他说:"那人差就差在没分寸感,你早晚撕下脸,反而好了。"第二天马厅长召集大家开会,我做记录,马厅长把重点讲了,就走了。小袁要带我去打斯诺克,我说:"不起草文件了?"他说:"你作的记录,你找个时间写一下。"又转向黄处长说:"可以吧?"黄处长说:"研究生写材料,牛刀杀鸡。"中午趁大家午睡我就写材料,一会儿就写完了,才三页。又想着来了这么些人,就写这么几页,太没分量,又在前面加了几句带感情的话。还是不满足,却不知再写什么。下午苏处长看了说:"可以可以,前面几句抒情的话就不要了吧,我们厅里的文件有老套路,不要创新。"

晚上我对小袁说:"马厅长的套间是不是退掉? 一晚一百几十块钱,差不多我一个月工资了。"他说:"这点钱就把厅里倒腾穷了吗?小农意识!万一他又回来,你去交代?"第二天晚上马厅长也没睡在宾馆,可套间一直没退。我心里很不安,厅里有钱也不能这么化成水吧!我是有小农意识,我在山村过了十年,知道山民是怎么活着的,我忘不了那种极度的贫穷和艰难,人总要讲点良心。可是从乡间出来的人有这种小农意识的人已经不多了。回到厅里我到计财处报账,几天用了两万七千多块钱。我现在才知道钱原来还可以这么花的。找古处长签字,我心里还有点紧张,可他扫一眼就把字给签了,一边说:

"你们那份文件一千多字,我算了算,平均每个字是十九块五毛钱。"

星期一去上班,丁小槐还沉着脸,我想:"沉着一张寡妇脸你给谁看呢?"现在我明白他为什么会有这么强烈的反应了。过了几天我主动对他说:"以后到宾馆搞材料还是你去算了,我住宾馆没住出什么味道,择床睡不着。"我看着那样花钱于心不忍,干脆来个眼不见为净。丁小槐说:"你也用不着那么客气,该谁去还是谁去。"听他说话,真是吃了生狗屎了。

按照文件要对全省的中药市场进行一次大整顿,现有的十七个大的市场只能留下八个。哪几个能够留下?厅里决定先派人下去摸摸底,再跟地方政府通气。到时候地方政府都要保自己的市场,厅里得拿出材料来,给他们一个说法。

我和丁小槐去吴山地区,那里的三个市场按规划只能留下一个。在火车上丁小槐说:"可能我们这个组的任务是最轻的,基本上都定下来了。"我说:"还没去就定下来,那我们去干什么?"他说:"去了以后上谁下谁都有个说法,我们不是凭空上下的,省里出面拍板也有个依据,凭我们厅里也撤不了哪个市场,地方政府辛辛苦苦搞起来的,谁说下就下了?"我说:"鹿鸣桥、马塘铺和街市口三个市场,要砍掉两个,现在说砍谁还太早了,暗访以后才能结论。"他说:"不用访,都是假药成灾,不然部里也不会下这么大的决心。"我说:"真的都是矮子,也不能都杀了,总要留一个做种。"他说:"留马塘铺。"我说:"马塘铺在云峰县,说起来那是马厅长的老家,但马厅长不会考虑这一点吧?他也没跟我们讲过这个意思。"他说:"说出来就没有意思了。他说县工商局曾局长是他的高中同学,有什么问题可以去找他,这不就是话?"我觉得丁小槐可能想得太深了,把马厅长一句话拐了七道弯八道梁地去分析,总是想在话缝里听出话来,哪有那么复杂?大人物的话也不是句句都有意味的,体会的人太多了,就有了意味。我说:"马厅长他不会的,他原则性还是很强的。"丁小槐说:"那我就没话说了。"

　　先到了鹿鸣桥,这是一个小镇,紧靠铁路,有站。下了车我们到旅社安顿了,就去中药市场。这个市场在全国都有点名气,沿街有七八十个门面,拐进去还有一个大市场,有一百多个摊位。我们装作来进货的商人,一家一家看过去,丁小槐对中药不怎么熟悉,不停地抓起这种药那种药对我挤眉弄眼。他这么挤了几次眼,我就知道他根本没有识辨真假的能力。看了二十多家门面,以劣充好的不少,但我一指出药材的品质,人家马上就把价格降了下来。在一个摊位前我觉得黄芪颜色有异,闻一闻气味很淡,再尝一尝,知道是煮过了一次水的,药性已经去了。老板说:"怎么样,看中了吧?我这黄芪都是粗秆切出来的,看这片儿!"丁小槐说:"这片儿是大些,颜色也好看些。"我说:"我们老板都说好,就称一斤吧。"就称了一斤,又装着记账,记下了摊位的编号。我们在鹿鸣桥待了两天,只发现了四处卖假药的,有两处是假驴胶。这么大一个市场,只有这么点假药,我感到意外。丁小槐似乎很着急,一定要再仔细搜索,再待了一天,又发现两处卖假药的。我说:"看起来这里的市场管理还算好。"他说:"好什么好,一点都不好,六个摊位有假药,这还少吗?"

　　到马塘铺情况就不同了,刚进市场就有一个摊主在叫卖石蜜,我走过去问:"老板,生意怎么样?"摊主说:"你看我长得丑吧,生意比我还丑些。"说着头往两边直甩。我问石蜜多少钱一斤,他说:"这是云南原始森林里采出来的野山蜂蜜,傍着岩石一堵墙都是,三十八层。你现在咳嗽不咳?咳了拣一块去冲杯水吃,站在这里就止了咳。"又翻了中药书上的说明给我们看,说:"你不信我总信书吧,书总不是我印出来的吧。"我看那石蜜几大块堆在那里,闻一闻总觉得气味不对,可一层层的蜂窝叠上去,上面长着青苔,蜂窝可不是能造出来的。丁小槐说:"这是真的,这是真的。"我又问多少钱一斤,摊主说:

"二十块。"我说："八块钱一斤卖不卖？"他说："老板你讲什么相声？十块钱一斤！我赚了你一分钱，我是你裤裆里夹的那货。"我假装要走，他说："回来，称给你，卖药还不如卖烂菜花，什么年头！"拿刀砍了一斤给我。我又记下了摊位号，口中念着："石蜜一斤，八块。"走远了我对小槐说："这是拿黄片糖养家蜂做出来的，不信你回去泡一杯水，就是片糖水，做得真像啊。"在马塘铺待了两天，发现了四十多处卖假药的，后来都懒得买着做证据了，拿不动。丁小槐很着急，说："这回去怎么交差？"我说："马厅长又没交任务下来，实事求是就交了差。把鹿鸣桥砍掉保马塘铺？那咱们做人也要讲点良心吧。"他说："反正以你为主，报告你去写。"又到街市口去，一塌糊涂，疯人果做罗汉果卖，也不怕毒死人。

　　回到厅里，我写了报告给了药政处，建议保留鹿鸣桥一家，理由是管理较好，交通也方便。黄处长看了我的报告说："马塘铺的情况那么差？"下午他又打电话把我叫了去，说："大为啊，你这份材料数据的准确性有没有把握？"我说："我和丁小槐一家一家地看，哪个摊位有问题，是几号摊位，卖什么假药，都写得清清楚楚，问题绝对没有。"他说："有人反映你有些地方看得粗，有些地方看得细，采集数据就可能不那么准。"丁小槐背后说什么了？很明显黄处长是想保住马塘铺，丁小槐就顺着竿子爬上去了。我说："谁说我的数据不准，叫他来站在我面前说！我想他也不敢！"他说："这些材料厅里做参考，个别地方去复查也是可能的。"出了门我心里憋得疼，丁小槐是什么东西？指鹿为马！是鹿是马不重要，重要的是上面愿意它是鹿呢还是马。哪怕上面不说什么吧，也要钻到他心里去替他把事情想好处理好。事实都跟着大人物的意愿走，权力真他妈的是个好东西！我还要讲良心，我他妈的真没有用啊！

　　后来听说又有三个点复查了，其中就有马塘铺。我装作不知道这件事，心里却冷了半截。世界上的事，摆在那里一清二楚，居然还可以另有说法！太荒谬了，太滑稽了，太可怕了，不可能！可我再怎么说不可能，这都是事实。怎么办？没有办法。稍微使我感到安慰的是，鹿鸣桥市场还是没有被砍掉。

一天下棋时我忍不住把这件事对晏之鹤说了，他盯了我足有半分钟，突然说："你怎么敢跟我讲这些事，你知道我跟谁谁是什么关系？转个弯就到谁谁耳朵里去了。"我大吃一惊，一种恐怖的窒息扼住了我，血都涌到头上来了。他笑了，说："我看你也没比谁的头脑中缺根弦。"我说："人都那么聪明还该留点道理给世界来讲吧，不然世界也太可怜了。"他轻声一笑说："道理？那是你讲的东西？"我说："道理就是道理，谁讲它还是道理。"他轻笑一声说："当头炮！"

9

马厅长要去安南地区检查工作，把我和丁小槐带去了。这样我知道晏之鹤并没有去汇报什么。到安南已是晚上七点多钟了，车开到卫生局，我说："不会没人吧？"大徐说："有人没人要看是谁来了，你来了那就没人了，今天到半夜都会有人。"到二楼办公室，果然有人，而且是六个人。见了马厅长，殷局长说："等得我们好苦，厅长！算着您最迟五点钟到的，七点还没到，我们心里都那么紧紧揪着，不敢往坏处想。"丁小槐说："马厅长在丰源作了一个精彩的演讲，就耽误了。"说着顺势站到马厅长身边，挡住了我。马厅长说："这是小池。"把我叫上来，"北京中医学院的研究生，我把他留在厅里了。"殷局长使劲和我握手，又跟丁小槐握手。丁小槐垂着眼不作声。我想："马厅长的眼睛到底是雪亮的啊,你以为你想着要压我就真的压着了?"这握手一先一后,说起来不算个屁事,可在这个份上可不是一件小事啊。

吃了饭,殷局长几个把我们送到神鹿宾馆,反复交代了经理,就走了。马厅长是一个套间,另外两个单间,丁小槐想一个人一间,大徐说:"谁不怕打鼾就跟我一间。"他打鼾是出了名的,有透过墙的力量,每次出来都不敢住马厅长隔壁。丁小槐说:"只怕我也打鼾。"见他这样不肯为别人考虑,我说:"那你们两个打鼾的住在一起,等于听自己打鼾。"丁小槐说:"那还是徐师傅自己一间算了。"大徐走了,丁小槐把小纸箱打开,是一个豆浆机,开始给马厅长磨豆浆,一边说:"马厅长从来不喝豆粉冲的豆浆,口感不行。"丁小槐找地方煮豆浆去了,马厅长洗完澡,到我们门口看了一下,我想着有什么事,就跟了过去。马厅长拿出围棋说:"池大为,听说你也会几下子?"我说:"会那么一点。"这时丁小槐端了热豆浆进来,往桌上一放,顺势坐了下去说:"马厅长今天再跟我下一盘指导棋,让三子。"马厅长说:"今天让五子。"丁小槐说:"那我一定要赢一盘,大为看我赢呀。"又说:"我们跟马厅长下棋,那是李鬼碰见了李逵。"下着棋马厅长随口说:"忘记带袜子来换了。"丁小槐说:"我这就去买一双来。"却看着我。我说:"我下去看看?"回来说:"到处都关门了。"这时丁小槐已输了一盘,还要下一盘,我就回房去了。

很晚了丁小槐才回来,端个盆子出去了,好一会儿还没进来。热水瓶里没水了,我端了杯子去打开水,看见丁小槐站在楼道尽头的电水炉边,见了我想挡住什么似的。我一眼看见电水炉上烤着两双袜子,知道他把马厅长的袜子洗了在烤干。我装着没看见,接了水就走了。半天他进来了说:"还没睡?"躺下去摸出一本书来看,我瞥一眼是《围棋初步》。我说:"你还不睡?看什么书?"他说:"就这本书。"把书扬了一下,又问我看什么书。我说:"何梦瑶的《医碥》。"他说:"钻研业务，那好。等你成为当代李时珍了，我就有写回忆录的第一手材料了。"我说："我其实也想学学围棋，学好就好了。"

　　第二天早上我醒来，马厅长叫我，说："到外面看看有袜子没有，买两双来，要纯棉的。"一会我买来了，马厅长说："丁小槐吧，他还是好心，昨晚把我的袜子洗了还烤干了，怪不得我起来找不到袜子。我看见有两双袜子烤在那里，是不是把我的和别人的一起洗的？这里的盆子也不能用，脚气病很容易交叉感染的。我有一年穿了宾馆里的拖鞋害上了脚气，天下的药都用尽了，真菌比日本鬼子还顽强些。"我想，丁小槐在一双袜子上动这么多脑筋，他不怕马厅长看小了他？吃早餐时丁小槐低头看马厅长的脚，发现袜子不是自己洗的那一双，脸上很不自在。

　　上午听殷局长汇报工作，丁小槐似乎是随意地把记录本往我跟前一丢。我看看马厅长又看看记录本，马厅长几乎不察觉地点一点头，我只好拿起笔来做记录。丁小槐神色俨然地听汇报，偶然也问一两个问题。我去看马厅长的神态，也没有什么特别的表示。看来丁小槐真把马厅长摸透了，什么时候该沉默，什么时候可以说上几句，他都了然于心。下午殷局长陪马厅长去了地委，我和丁小槐跟几个副局长谈几个具体事情的细节。巫副局长说："有几个问题向厅里的同志汇报一下。"我连忙说："大家讨论。"丁小槐端坐着，一支笔在手中转来转去，却不写什么，点着头"嗯嗯"地示意我做记录。我装着听不懂，他只好算了。谈着话丁小槐不停地打断巫副局长的话，左问右问，拿足了派头。虽然是马厅长留下我们来谈工作，却也并没授权给他来主持，他凭什么摆出这副当仁不让的架势？我想那几个副局长都年龄一把了，面子上又怎么下得来？谁知他们连一点别扭的神态也没有，就把丁小槐当作了厅里的领导，恭恭敬敬地，问一句答一句。他们的神态激发了丁小槐的情绪，越发地神采飞扬，思维也居然特别活跃，提的问题也都还在点子上,甚至有几处超水平发挥,使我都吃了一惊,可见他平时还是动了脑筋的。这样一来巫副局长几人越发把他当作了个人物,我偶然插问几句,他们也冲着丁小槐回答。丁小槐兴奋得脸上泛光,一副过足了瘾的样子。我看那神态觉得可笑,这有什么过瘾的?要过瘾你过去吧!丁小槐越是容光焕发,那几个人就越是神态谦恭,甚至连"丁主任"都叫出来了,丁小槐也不去纠正。我看着他们,心里不住地叹气,我都替他们难为情啊!

　　晚上去宾馆吃饭,我们到那里去等马厅长,地委童书记也会来。童书记十多年前和马厅长一起援藏两年多。到了宾馆门口,卫生局人事科肖科长迎上来说:"几个包厢都被人订去了。"巫副局长脸一沉说:"上午就交代了的事,还办砸了?童书记会来你知道吗?等会儿你自己去跟殷局长说,让童书记也坐在大厅里。"肖科长说:"我上午就交代了小方,他订了菜,忘记订包厢了。"我说:"换一家也是一样的。"巫副局长说:"只有这家还像个样子,童书记平时请客都在这里。"我说:"坐在大厅里也一样吃。"丁小槐马上说:"大为你的意思是要马厅长坐大厅?"巫副局长说:"肖科长你是不是请他们哪一拨人让一让,就说童书记有客人,童书记。"说着一根手指朝天上一戳一戳的。肖科长进去了,我也跟进去。小方正在一个包厢门口求那些人,里面的人都坐好了,不肯起身。肖科长沉着脸说:"小方你惹出了多大的祸你知道不?童书记会来,等会儿你自己跟童书记讲去。"小方苦着脸,急得要哭。这时丁小槐也过来了,认出小方是大学的同学,赶紧上去握手,小方难堪地笑笑。丁小槐对肖科长说:"还没办好?马厅长他们就要到了。"肖科长盯了小方一眼,不作声。小方说:"里面是市政工程局的张局长。"丁小槐站在门口说:"这个包厢的同志能不能让一下,卫生厅的马厅长从省城来,想接待几个客人。"里面一个人说:"马厅长?不知道。只听说有个牛厅长,拉犁去了。"肖科长说:"是这么回事,地委童书记童渺同志想在这里请几个省里来的客人。"那个人学着他的声调说:"是这么回事,我们张局长张晓平同志要在这里请省里的程书记在这里聚一聚。"那个张局长喉咙里发出一种特别的声音,像咳嗽又像喘粗气,那人马上就不作声了。张局长说:"童书记他真的会来,童书记他?既然童书记他有公事,我们让一让那是应该的。只是等会儿真童书记不来,我们这个假童书记会过来搅棚的。"说着拍一拍那个人的肩。肖科长说:"骗你吗?在安南谁敢冒童书记的名?吃了豹子胆也没这个胆!"市政局的人一时都走了。肖科长说:"我到门口去接人。"就出去了。小方说:"我去看看。"也要走。丁小槐一把拉住他说:"就开餐了走什么走?"小方说:"我还得去幼儿园接女儿呢。"丁小槐说:"都六点多了,接女儿?"小方苦笑一声说:"唉,能跟你们省里的人比?这种场面有我的位子?跑腿的人呢。那时候听你的留在省城就好了。想着家里人都在安南,回来了,错了。"丁小槐说:"等会儿我跟你们肖科长说,让他以后方便方便你。"小方说:"连他自己都是个没位子的人,一桌就你们十个人,算好了的。"丁小槐说:"那我跟殷局长说一说。"小方说:"惭愧,惭愧。没想到今天会碰到老同学,不然我装病也要躲一躲。"挣开丁小槐的手走了。

这时马厅长和童书记进来了。市政局的几个在大厅里朝这边看,张局长站起来招呼了一声"童书记",童书记没听到,张局长"嘿嘿"笑几声,坐了下去。进了包厢,童书记说:"老马咱们今天喝点,当年在拉萨也是喝点喝点就把那两年熬过来了。"丁小槐说:"度数可别太高,马厅长这几年酒量不比以前了。"童书记说:"那就不上茅台,五粮液吧。"殷局长说:"两瓶。"经理亲自拿了酒来,服务小姐想接过去,经理晃过了她说:"上菜去。"把酒从纸盒中抽了出来,准备斟酒。殷局长说:"我来。"把酒接了过去,给童书记再给马厅长各斟了一杯。巫副局长又接过去说:"我来。"又给殷局长斟了一杯,再给我和丁小槐斟了。看着酒瓶转了这么几次手,我想:"学问啊,学问。要把这份精细用到工作中去,那中国人真的是了不得。"一时菜上来了,童书记马厅长碰了杯,都一口干了,把杯子亮给对方看,同时说:"照!"又一起笑了说:"痛快,痛快!"

  酒桌上一片热闹。我也抿一点酒,想着酒真是个好东西啊,场面上有酒没酒,那种意味是完全不同的。酒拉近了人的距离,把临时酿造出来的感情变成了真的。丁小槐心神不定,总盯着马厅长,一边悄悄地对我说:"这些人都是酒中仙,马厅长怎么能跟他们对着喝?"马厅长喝了童书记殷局长敬的酒,巫副局长脸上泛着红光,端起酒杯站起来说:"马厅长您下次还不知哪年哪月能来安南,我敬这一杯,管三年。"马厅长说:"来,来!"丁小槐站起来说:"马厅长的酒量是公认的,但也还是不能和你们这么多人加在一起比,我替马厅长喝了这杯。"巫副局长仰了头正准备一饮而尽,听了这话把手放下来,望望丁小槐,又望望马厅长。马厅长手往桌子上一拍说:"干什么?你!你看看在座的是什么人,都是我的老朋友。你来替我?嘿!"丁小槐愣在那里,脸一炸就红了,一根木头般笔直地坐了下去。童书记说:"老马,喝酒,喝酒。"马厅长若无其事说:"喝,接着喝。"我举了杯对丁小槐说:"咱们喝,喝。"他毫无反应,我碰了他一下,他才一愣醒过来说:"喝。"一饮而尽,倾了杯子:"照!"殷局长从对面伸过杯来对丁小槐说:"敬你一杯,敬你们一杯。"又向我示意地点点头,"你们那么远跑过来,容易吗?"丁小槐又一饮而尽,有点醉了。

  一餐饭吃了两个多小时,马厅长居然没醉,与童书记谈笑风生地说着西藏往事。吃完饭童书记走了,殷局长几个送马厅长回宾馆,又交代我说:"这酒有点后劲,厅长那里还是要瞧着点。"我扶着丁小槐进了屋,他拿出几张钞票说:"池大为,兄弟,你再去买瓶酒来,要五粮液,今天我们喝个舒服透。"我说:"你醉了,我给你倒杯茶吧。"

酒拉近了人的距离,
把临时酿造出来的感情变成了真的。

他把我倒的茶一推，水都溅到了身上。我说："烫着没有？"他说："我不喝茶，我要喝酒，我要喝酒！"话没说完，一口就吐了出来。我赶紧把洗脚的桶子提到他床前，又叫服务员来把地上清洗了。丁小槐躺在床上喘着气说："池大为，兄弟，你说今天的事吧，我还有脸做人？还做人？狗都不是这样做的。做狗摇一摇尾巴，还给一块骨头呢，也许还摸一摸它的狗头呢！我呢，我呢？摇摇尾巴，照你心窝就是一脚！"我说："你醉了，你醉了。"想给他脱了衣服去睡。他用力推开我的手说："你也说我醉了，连你也说我醉了！我醉了我有这么清醒？今天是我一生最清醒的一天，我总算把自己看清了，什么东西！"我还是给他脱了衣服说："你没醉，你睡一觉醒来就更没醉了。"他躺下去说："我真的很清醒，你看我吧。"他顺手拿起一本书说："《围棋初步》，对不对？醉了的人有这么清醒？我总算把世界看清了，也把人看清了，什么东西！"我说："你瞌睡了，你没醉，你瞌睡了。"他把书放下，用力一拍胸脯说："谁说我瞌睡了，我一夜不睡也不瞌睡。池大为，兄弟，掏心尖尖上的话跟你说一句吧，谁不想立起来做个人，倒想当个摇尾巴的东西？小时候我家里就喂过一条叫白利的狗。有时候我观察它好久，一叫它的名字，那尾巴就通了电似的摇起来，左边右边欢实欢实的！我心里也明白这不过是一条狗罢了，可它一摇尾巴你就没办法不喜欢它。要是你丢一根骨头给它，它那尾巴摇起来就不知道自己姓什么了。有时候我也看不起自己，觉得自己就只少一根尾巴了。没想到摇得不好还要挨一脚，我家喂的狗我可从来没踢过，下不去脚！人怎么还不如狗？光是为了我自己吧，我要挺得笔直的做个男子汉！可是你知道我家在山沟沟里，一家人都巴巴地望着我，我不想办法出息出息行不行？不行啊，我有责任！像我这样的人不靠自己又去靠谁去？我弟妹年龄一年年大起来，盼着我带点消息回去，我都没勇气回去过年了。哪怕让他们到食堂里做个临时工吧，到厅里看个大门吧,那也得等我当了个处长才行,对吧?为了这个我要装着对自己无尊严的生活麻木不仁。世道就是世道,它的道理是这个讲法,你还想有别的讲法?我只能把头低了,顺着它走,难道谁还能对它耍牛脾气?"他说着一个大哈欠打了出来,身子一侧睡了下去,又说:"世道你说它吧,它公平?那是电视机哄着你玩的,对吧?"便不再说话。我喊他两声,他的鼾声却上来了。我望着他,觉得对他也没了那份怨恨的心情,他真可怜。

有人敲门,是马厅长。他说:"小丁睡了?"我说:"他有点醉了。"他说:"什么时候他醒来了,就说我来过了,没叫醒他。"我说:"要他过去吗?"他说:"说我来过就可以了。我也早点睡了,今天喝多了点,喝多了。你说我也喝多了。"我看了会儿书,正想熄灯睡觉,丁小槐爬起来上厕所说:"酒醒了,酒醒了。"我说:"马厅长他来找你,没叫醒你。"他着急说:"大为你怎么不叫醒我?可能是叫我去磨……磨……下棋?"一边抓了衣服要穿,嘴里说:"都这么晚了,这么晚了,我怎么一下子就睡着了呢!"就要过去。我说:"马厅长早就睡了。"他"哎呀,哎呀"地叹着跑了出去。我追到门边说:"马厅长说他睡了,他也喝多了。"他没听见似的,跑到马厅长房门口,趴在地上看里面有没有灯光。看着他屁股那么翘着,我想:"看看这个丁小槐吧!"他回来说:"真的睡了,我怎么睡得那么死呢?"又问我马厅长说了什么。我说:"要我告诉你他来过了就可以了。"他说:"还讲了什么,原话是怎么讲的?"我笑一笑说:"原话,我也记不得了。他说自己喝多了吧。"他坐在床边点头说:"我心里想什么,他都知道。马厅长毕竟是马厅长,说来说去还是马厅长。"我想:"丁小槐毕竟是丁小槐,说来说去还是丁小槐。"他躺下去说:"我刚才醉了,醉得一塌糊涂,都不知道自己姓什么了。"我真的差点要笑出来,人家那根骨头还没丢下来呢。他说:"我说了什么醉话没有?我一般喝醉了就不知天高地厚姓啥名谁。"

我说:"你没醉,今天是你一生中最清醒的一天。"他说:"怎么能这样说?我真的醉了,醉话一般都不算什么话。我都不知道自己说了什么,没说谁的坏话吧?我说了你的坏话没有?"我说:"你没说,你没说。"他说:"那就好,没说谁的什么坏话就好。"他熄了灯躺下去说:"是的,我想起来了,我什么都没说。我说了什么?什么也没说。"

10

第二天我们去华源县,殷局长也陪着去了。车上马厅长问起华源县血吸虫病的情况,殷局长说:"发病率这几年都保持在百分之四点一二,再降下去也难。原来在施厅长手里是百分之五点三三,你上来那么一抓,降下去一个多百分点,容易吗?"又摇摇头,"容易吗?不容易啊!"马厅长说:"要降到百分之三以下我就睡得着觉了,再降一个两个百分点,有信心没有?"殷局长说:"厅里支持就有信心。"马厅长说:"明年再拨二十万给你,专门攻华源县。钱没到位是我的事,攻不下来是你的事,攻下来了我对部里省里也有个交代。"殷局长说:"坚决完成任务,给一年时间吧。"又说:"听说香港给省里捐了几台车,能不能照顾一下我们湖区?就说治血吸虫吧,走村串户的,拿腿走毕竟慢啊,都跟不上改革大好形势的步伐了,心里着急!"马厅长说:"丰源县已经开口了,这几台没到位的车,全省一百多个县,你说给谁吧!"殷局长说:"丰源县他一个县也敢开口?我们一个地区都是麻着胆子开的口。一个地区的工作重要呢,还是一个县重要?马厅长你说吧!"马厅长说:"说起来还是你们的层次要高一些。"殷局长说:"正是这个话。"马厅长说:"你殷江宏这张嘴,就没亏过理!打个报告上来试试!"

下午听华源县卫生局汇报,当天回到安南市。吃了晚饭马厅长到地区卫校去演讲,这是昨天就安排好了的。马厅长本来说免了,殷局长说:"卫校的同志听说马厅长来了,非要我开了这个口。您在这个份上,辛苦一下也实在是没有办法的,不然那些学生不空欢喜一场?他们都想见您呢!"丁小槐说:"马厅长您让他们错过了这次机会,他们损失就太惨重了。"马厅长说:"我到卫校去?"殷局长马上说:"教育局魏局长也会来的。"马厅长沉吟了一下,殷局长说:"我尽可能把地区管文教卫的谭专员也请来。"马厅长就答应了。我知道圈子里要讲对等原则,没想到马厅长也这么讲究。到了卫校门口,魏局长还有卫校校长和书记都在门口等着。魏局长和马厅长握手说:"谭专员已经进去了。"马厅长先介绍了我说:"北京中医学院的研究生呢。"又介绍了丁小槐,都握了手。马厅长总是这样向别人介绍我,慢慢地我也听出一点意思来了,这是在抬高谁呢?本来以为马厅长点名把我留下,总有点什么特别的意思,等了这么久也不见那点意思出来,想来想去,那点意思就是这点意思了。马厅长到了礼堂门口,谭专员迎上来说:"老马,好几年不见了。"又说:"本来想听你演讲,但临时有个会,我可能就早点走了。"马厅长说:"忙你的,忙你的。"马厅长一进礼堂,校长就带头鼓掌,一行人在掌声中到台上坐下。我看台下一张张脸那么仰着,都是些女孩子,一个个拿着笔记本准备记录。校长作了介绍,马厅长开始讲话:"这次到这里来,是专门来看望大家的。我讲两点,第一,作为一个医务工作者,从事的是一项神圣的事业,最重要的品质是职业道德。首先对病人要有仁爱之心,孟子说,仁者爱人……第二,要有高超的技术水平。人是最高的价值,人不是试验品。别的错误可以挽回,生命的错误是无法挽回的……"马厅长伸手到镀金烟盒中去摸烟,没有烟了,就把烟纸抽了出来,捏成了一团。丁小槐马上站起来，走到马厅长身后，一只手从马厅长支着的胳膊下面慢慢伸进去，摸到了烟盒，又从提包里拿出一盒烟，撕开封口，把烟装进烟盒，从马厅长腋下轻轻送了上去。马厅长摸到烟盒，抽出一支烟，又想去摸打火机，丁小槐飞快地把打火机抓到手里，把烟点燃了，动作之灵敏令人惊叹。我看看丁小槐，心里好笑："真的只是少一根尾巴了。"我想起了以前看过的一篇散文，赞美狗对主人的忠诚，作者没有讲那座狗的雕像在造型时是怎么处理那条尾巴的。作者没说我也很难想象，处理得不好就会失去太多的生动。雕像毕竟只是雕像，看看丁小槐那只手从腋下慢慢插进去的动作，这是人的造型，实在是太生动了，恐怕任何雕塑家都很难传其神。原来，这个世界上除了"猪人"还有"狗人"啊！马厅长讲了一个多小时，丁小槐好多次带头鼓掌，每次鼓掌的时机跟丰源县那次演讲一模一样，这家伙真的是把马厅长摸透了，可不能小看了他。马厅长讲完，校长问我："你也讲几句？"我说："我就算了。"丁小槐主动说："那我就讲几句。"把话筒移到自己跟前，激昂地说："马厅长刚才讲的话很重要，对我们每个人来说都是难得的经历，受益终身。马厅长不但学问高深，够我们学一辈子的，而且人品高尚，在做人的方面也够我们学一辈子的……"丁小槐和马厅长在一个讲台上讲话，在厅里根本不可能，可出来就有了机会，他抓住了这个机会。人得会来事才行啊，要有勇气，怕什么怕？丁小槐讲了十多分钟，我都有点坐不住了。我在内心微笑着，以欣赏的眼光去观看表演，又去观察马厅长的脸色，他倒也很平静。

魏局长等人送我们上车，跟马厅长握手道别，又跟丁小槐，然后是我。看丁小槐握手时那种透着得意的兴奋，我对自己说："你愿意先握你先握你的去，以为自己真捡了个宝吧。"这么想着可心里还是怪怪的不是滋味。校长塞给丁小槐两个信封，再给我一个，口里说："辛苦了，辛苦了。"我想着里面是钱，刚想推辞，丁小槐把信封接过来往我手中重重地一塞。我马上去看马厅长，他根本没往这边看。上车时我对着丁小槐拍一拍口袋示意着信封，又向大徐瞟了一眼，丁小槐微微摇头示意别吭声。回到宾馆我打开信封，是两百块钱。我说："给这么多钱，比我一个月的工资还多呢，我也没讲一句话。"丁小槐说："给你就拿着，推推推的干什么？我们大家都伴点福吧，你真的要推，不但校长下不了台，谁也下不了台。"我说："真的不好意思。"他说："别把你自己看那么小，到了下面，你就是个大人物了，你不把架子端起来，下面的人反而不自在呢。"我口里说："想想倒也是的。"为了让他们自在，我得把架子端起来，这也是一种体谅，一种人道。

11

这天上午我从大院出来，有个声音在喊："同志，同志。"我一看，大门口的路边跪着一个人，吃了一惊，就停了脚步。我看那人四十来岁，脸上瘦得像刀在骨头里面剜过似的，身边是一个塑料袋，里面有一只瓷碗，还有一双筷子，戳破袋子露了出来。他见我停下了，膝头一前一后挪动着朝我这边挪了几步，一只手伸着怕我走开，嘴里说："同志，同志。"我跑上去，扶住他说："腿不方便？"他说："腿是好好的，毛病不在腿上。"传达室的老叶说："他自己说是华源县的赤脚医生，得了病没钱，要闯进去找马厅长，那怎么行？他跪在这里都好大一会儿了。小池你去跟刘主任说一声，老让他这么跪着也不是个样子。"又对那人说："叫你去找民政局，在这里跪三天也跪不出钱来。"我说："什么病？"这时他扶着我的手站了起来，跪久了一时没站稳，身子晃了一下，我一只手撑着他的腋下，才站稳了。他感谢地望我一眼，那目光使我对他有了初步的信任，他并不是一个无赖。他望着我说："胃癌，已经诊断了，胃癌，已经扩散了。"他的目光和声调都透着绝对的恭顺，我简直无法承受。他拿出人民医院的诊断书，双手展开来了给我看。我说："你到底是哪里人？"他说："华源县大泽乡人。"我说："我刚从华源回来，你可别骗我。"他马上换了口音用华源话说："同志，我不是骗子。"拿出身份证给我看，又告诉我，他把家里的东西全卖了，带了五百块钱到省城来看病，连一餐饭都不舍得吃，可钱还是很快就花完了。医生说要开刀，还要交一千五百块钱。我说："你回去想想办法吧，卫生厅也不是慈善机构。"他脸上痛苦地扭着说："回去有办法想，我也不会走到这一步。不是到了生死关头，谁愿出这个丑？穷人的脸也是一张脸呢。可人就是这个低贱命，你怎么办？家里就一个茅草屋了，拿什么去卖钱？儿子还上着初中呢，女儿没叫她读书了。想想儿子女儿吧，我不想死，要我再把茅草屋卖了，他们住到哪里去？我不能回去，我死也要死在外面，死在家里就祸害了家里人，葬都葬不起。"我说："你是赤脚医生，你找县卫生局想想办法。"我想着是不是以厅里的名义写封信让他带回去，再一想是不可能的，上次我已经错过一回了。他低着头拼命摇头，一边说："再过几天就扩散了。"眼泪一串串滴下来，半天摸出一封信说："我的信都写好了，我不见了叫老婆不要拖儿带女出来找，我流浪去了。其实等他们收到信，世界上就没我这个人了。"老叶说："看看这个人也不像个骗子，小池你去给领导汇报一下，没有上面丢句话下来，我也不敢放他进去。"我回到办公室，刘主任不在，就对丁小槐说了。丁小槐说："那么一跪就可以跪出钱来，那不是搞诈骗？"我说："要不向马厅长汇报一下吧，老跪在那里也太不好看了。"他说："那你想说你说。"我犹豫了一下，想着这是一条人命，就到隔壁向马厅长汇报了，又补充说："老跪在那里也太不好看了。"马厅长说："先搞清他的身份，真的是个赤脚医生呢，你到财务处领点钱给他。"我说："领多少钱？"他说："古处长自然知道的。"又说："跟他说拿了钱别到处讲，也不要再来了。"我跑到门口，那人还跪在那里，来来往往没人理他。我说："你站起来。"他双手撑着地，慢慢站了起来。我说："我们马厅长说了，给你点补助，你拿了不要对别人说，也不要再来，好不好？"他连连点头说："好，好！你好，马厅长好，他好。"我问他县卫生局长的名字，他果然说出来了。老叶说："你今天碰到好人了，你等一下，他进去给你拿钱。"

我到计财处找到古处长，把马厅长的话说了。古处长说："知道了。"领我到出纳那里说："写张十五块钱的条子，叫小池签个字，记在厅长特批的账上。"我一听急了说："古处长，你看，十五块钱，能干什么？多给点吧，厅里多少多少钱也花掉了。"他笑了说："小池你倒是心好！要是你当厅长，每天大门口非跪那么黑压压一大片不可。卫生厅门口可以领到钱，这消息传了出去，那还得了！"我说："古处长你看，好歹人家也是一个人，一个人！马厅长常说人的价值是最高价值，仁者爱人，多拿那么点钱，正好合了马厅长的意，一个人！"古处长又笑了说："小池你还挺认真的啊！其实到该认真的时候再认真，那才是真的认真呢。你以为你真能帮他什么？"说完不理我走了。

我捏着那十五块钱，简直没有勇气往大门口走去。不能说古处长说得不对，可我还是很难接受这个事实。马厅长是不是给古处长打了电话？不知道。我想再去找马厅长，就说古处长只给了这点钱，那人拿了这么点钱不肯走，看他再怎么说？这样想着我觉得找到了再去见马厅长的理由。可上了楼转念一想，既然古处长做得那么干脆，总不会是在马厅长的意思之外吧？我再去找他，他不会想着我婆婆妈妈连这点事都处理不好？这时候我真希望那人是个骗子，不过是想骗点钱喝二两酒罢了。我走过去他还蹲在那里缩成一团，见了我站起来说："我不跪了，我没跪，您叫我不那么着我就没那么着了。"我把钱给他说:"这里有点钱,也不能解决你的问题,你再到什么地方去想想办法。"他手哆嗦着把钱接过去,见是十五块钱,叹了口气,眼泪滚了下来说:"也只能这样了。"我怕他接了钱还不走,马厅长会怎么想我,于是说:"这还是马厅长特批的,再没有了。"他点点头说:"也只有这样了,那我走吧。"转过身去又回头说:"谢谢您了!"瘦削的脸痉挛着扭作一团,泪水流下来,把脸上的灰土冲出一道印痕,挂在胡子上。他用一根指头把它抹去,说:"也只能这样了。"我有一种很不好的预兆,"这样"到底是怎么样呢?我说:"你到哪里去?"他笑一笑,脸上的皱纹从嘴角扯到眼角,说:"到哪里去?不知道!回家去?不行。到医院去?也进不去。本来还想回去看看儿子吧,可万一阴在家里了,那不把他们害苦了?"说着又那么笑一笑,五官都皱到一起去了。我心里一动说:"你等一等。"我跑回宿舍,把那个信封翻出来,从里面抽出八张十元的票子,犹豫了一下,又把剩下的钱连信封塞到口袋里,再跑到门口,老叶正在劝他离开。我把八十块钱塞给他说:"还有点钱,你拿去吧。"老叶说:"小池你自己的钱?"我说:"反正也是别人发给我的。"那人接了钱说:"寄回去给儿子交学费。"说着身子一溜就跪了下去,嘴里说:"我给你磕个头吧,别的报答我也没有。"我一把将他扯起来说:"你到二三八医院去看看,那是部队医院。"我用石头在水泥地上将路线画给他看,老叶也在一旁解释。那人说:"我去试试,我去试试。"双手抓住我的手摇了摇,还想去抓老叶的手,老叶躲开说:"去吧去吧!"他就走了。我走到办公楼,忽然想起口袋里的信封,里面还有一百二十块钱,又跑了出去,那人已不见了。

  过了几天丁小槐对我说:"听说你自己掏了八十块钱给那个讨饭的了?"我说:"那是个赤脚医生呢。钱就是上次……"丁小槐朝刘主任那边一撇嘴,我就不往下说了。他说:"那你倒做好人了。"他把"你"字咬得特别重。我说:"几十块钱算个狗屁。"刘主任说:"小池你心倒是有那么好，只是他不是你在街上随便碰到的一个人，以后考虑问题要周到点。"刘主任这么一说，我觉得真有了问题，厅里是十五块，我倒是八十块，我把厅里放到什么位置了？我慌了说："你们是听老叶说的吧，我也是看那个人太可怜了。"刘主任说："知道你心还是好的，只是我们还是有个身份，是厅里的人。"丁小槐说："我知道大为他其实也没有要突出自己的意思。"一句话像刀片在我脸口划出一道口子，我说："丁小槐你是不是听见有人这么说我了？谁这样说了我要去跟他讲个明白，这个话传到马厅长那里，那还得了？害人也不是这样害的。"丁小槐忙说："这个话不是我说的，别人说我还帮你解释了呢。"我问他是谁说的，他不肯说。过两天我碰见马厅长，我打个招呼，他点点头就过去了。我心里感到了很大的压力，平时他总叫一声"小池"的，是不是因为那八十块钱的事？或者马厅长的神态并没有什么特别的意味，是我自己神经过敏了？我翻来覆去地想也想不出个头绪，只是强烈体会到了马厅长的一个细小的动作神态都具有如此大的力量。以后见了马厅长，我仔细去体会他的神态，似乎也看不出什么特别之处。我池大为怎么不知不觉就变成了一个察言观色的人？即使马厅长真不高兴呢，我也没错啊。想一想领导也没错，他们有他们考虑问题的角度。世界上有些事情就是这样，错了也说不出是谁错了，我心里有些后悔了。如果我下决心就救了这个人，那我就太幸福也太有成就感了。我认什么真呢，世上的事认起真来还有个完吗？我不该认真，也不能认真。

过了半个多月我在晚报上看到一条消息，有一个人因病投江自杀，有个青年工人跳到江中把他救了上来，但抢救已经来不及了。消息是表扬那个青年工人的，并没说死去的是什么样的人。但我猜测着，死去的就是那天那个男人，又希望着是另一个人。想着那天忘记把信封里剩下的钱给他，我心里很后悔。说起来这件事我还应该更认真一些，大家都不认真，这个世界就太令人恐怖也太令人沮丧了。

12

大徐患阑尾炎住了院,手术后我提了几斤苹果去看他。那是在傍晚,我走进病房他正在听收音机,见了我很意外说:"大为你来看我?"我说:"你意思是我不该来看你?"他关了收音机撑起身子说:"大为你还记得我?除了司机班的人,来看我的只有你了,我一个开车的。"我在床边坐下说:"你要是顶着帽子我就不来了,不然你还以为我拍你摸你呢。"他说:"想不到想不到。"我说:"丁小槐来过没有?"他说:"你想他会来吗?"他这么一说我又感到一种安慰,一个人是怎样的人,别人的眼都是雪亮的。有这点雪亮,这点理解,做个好人就并不吃亏,人间自有公道。我问起他的病,他说:"过两天就拆线了。"又说:"我那辆车是谁开着?"我说:"没有留意。"他说:"我得赶紧出院,那辆车被别人开上手就麻烦了。"我说:"躺在病床上还想着那辆车!他开你的丰田,你就开他的奔鹿,还不是一个意思。"他说:"那个意思就不同,很不同呢。你给厅长开车还是跟谁谁开,别人心里想的就是不一样。"我笑了说:"那点不一样有多大?一粒芝麻。"他摇头说:"像你们吧,眼前有个西瓜,一粒芝麻你瞧不上。我眼前就那么一粒芝麻,我得盯着,紧紧盯着。我躺在这里想着那粒芝麻,晚上都睡不着。肚皮上杀了这么一刀不要紧,就怕因为这一刀把那粒芝麻给掉了。"我说:"有这么严重?听不懂。"他说:"你们抱着西瓜感受不到那粒芝麻的分量。你明天帮我留意着,出了院他不让出来那就有场好戏要唱了。我想马厅长也不至于不支持我吧?"这点小事他看得如此之重,比动手术的事还重,我很难理解。

大徐问我到厅里有多久了,我说:"都一年多了。"他说:"觉得怎么样?"我说:"一点感觉都没找到,每天不知做了什么,几张报纸就打发了。"他说:"大为,你搞了一年多还没有感觉,你看丁小槐那小子,好滋润的样子,我就看不得他那个样子。他心里有几张脸谱,对什么人用哪张脸谱,随时掏出来贴在脸上。"我说:"人各有志,你说我眼前有个西瓜,其实也是一粒芝麻。要我为那粒芝麻今天演张三明天演李四,那我还是不是我呢?"他叹口气说:"过两年连他都跑到你前面去了,翘起尾巴分配你做这个那个,你心里过得去?你把他当什么我不知道,他是把你当政敌看的。"我没想到他会用"政敌"两个字,说:"我还没觉得有那么严重。"他说:"你们两人情况差不太远,你学位高些,他早来两年,就看谁的手脚麻利了。形势很明显,有了他的就没有你的,有了你的就没有他的。"我说:"那点东西他想要他拿去。"他说:"他拿去了你就没有了。别人不会说你池大为清高,只会说他丁小槐有本事,现在的人都是睁了一双狗眼看人。我在厅里看了这么多年,也看清了一些事,要有张文凭,我就要干一番事业。人生一世做什么,就争那口气,争那粒芝麻。"我拍着他的腿说:"卫生厅野心家不少,连汽车队都潜伏着一个野心家。"

大徐要我陪他去花园走走,走在花园里他问:"你怎么认识施厅长的?"施厅长是马厅长的前任,退休后经常在大院里转,找人说话。好几次我看见有人喊"施厅长",他刚想说什么,那人点着头就过去了。有一次他在紫藤架下散步,问我是不是新来的,就聊上了。先从自己的身体说起,再说到世态炎凉,说个没完,我都找不到机会走开。以后见没人理他,我就陪他说那么一会儿。大徐说:"施厅长的事你知道吧?"我说:"知道。"早几年他在位的时候,出差到广州,几个医药公司都派了高级轿车到机场接,有的抢行李,有的拖着左手右手,几乎要打架。退休后又去广州,先打电话通知了,可下了飞机左等右等,鬼影子都没一个。结果他没去城里,当即就回来了,大病了一场。说到这件事大徐说:"他老人家也太不识相了,以前人家尊你是尊你那个权，被尊久了他就产生了幻觉，以为人家真的是尊他这个人，跟他是朋友。没权了就得把自尊心甩到厕所里去，也别抱怨什么世态炎凉，是这回事。"我说："都想弄顶乌纱往头上那么一罩，到头来就是如此，才看清朋友都是假朋友，有什么意思？有本领就叫人口服心服，光服那个权不算本事。大多数时候虚拟的尊严比真实的尊严更有尊严。多少人跟施厅长一样，退了休门可罗雀才看清事实的真相，精神就垮了，身体也垮了。"他说："你没看见施厅长以前走路有多神气，哪是现在这个样子？"他说着把手背到后面，肚子挺起来，"那时候说话的声调都比现在高八度。"我说："经常看他在大门口想等人说话，等来等去等不到，怪可怜的。好不容易抓住一个讲上老半天，下次别人都绕开走，装作没看见。想想他心里也真是孤寂真是苦呢。"

这么走了一会儿我打算告辞，大徐说："再说说话。"他望着我，犹犹豫豫地说："劝你，劝你以后吧，少跟施厅长说那么多，不好。"见我不明白又说："你来看我呢，证明你够朋友，不然我也不多嘴了，你想想谁接了施厅长的班呢？对吧？他是施厅长提上来的，当年肯定是跟得紧的，可一接手他就把原来的政策给废了，上台一年厅里发了二十多个新文件，人也换了一批，施厅长鼻子都气歪了，还不知道吐了血没有，身体怎么能不垮呢？我原来给施厅长开车，现在都不太敢跟他说话，你说我不念旧情是个小人？一跟他说话他就说现在的领导怎么样怎么样，我敢听？我捂着耳朵还得跑出八丈远。我是个小人物，我出来主持正义？"我说："没想到卫生厅这么复杂，踩了地雷都不知道。人吧，心里愿意这么着那么着，可就是有一种神秘的力量不允许你这么着那么着，这心还不扭成一个麻花结？"他说："在这阳世上做个人吧，该扭着还是得扭着，不然想喝凉水都没人帮你舀啊。"我笑了说："老子渴也算了，总强似每天察言观色看天气，那还是人不是呢？"他咧着嘴也笑了。

大徐的话刺激了我的骄傲。从医院出来我想："老子是一个人，不是依附在谁身上的一只宠物，我该跟谁说话还要请示谁？说些什么还要转了几个弯去揣测别人会怎么想，那我又成了什么东西？人吧，他不能有傲气，可不能没有骨气！"这样想着我好像要跟谁挑战似的，又像要跟谁赌那一口气。

以后我碰见施厅长，该说话仍然说话。说不说这个话对我并不重要，可我如果回避，那就是把头低下来了，这才是重要的。开始几次我还东张西望看有人看见没有，看见了我还有点勇士的气概，可后来觉得并没有那么危险，可能是大徐想得太多了，又感到自己把这点事也看作挑战，看作维护人格，实在是虚张声势。这天下了班我想上街去，施厅长在大院门口，见了我举着手连声喊："小池，小池！"我正有事，打个招呼就想过去，他手伸在空中，见我没停下来的意思，手慢慢放下来，停在齐肩的地方。我连忙过去说："您叫我呢！"他向我诉说最近很难入睡，问我有什么药性平和一点的中成药。我说："吃杞菊地黄丸就不错。"他说："试过，效果不明显。"我说："您呢，把心放宽，有些事不想那么多。"他说："人也怪，昨天的事记不得，多年前的事倒清清楚楚，一幕幕放电影一样，有时候一放就是一个通晚。"我说："您天天晚上给自己放电影，怎么能不失眠？"正说着大徐开着那辆丰田出了大院。施厅长一直盯着车出了大门，若有所思地点点头说："不去想那些事，可人总是人吧，心总是心吧！"我说："过去的事就过去了。"他说："一天到晚心里空荡荡，干什么事都不算个事。"我看着他的白发，心里想着："老了，又退了，对历史舞台还那么执着。"我说："我给您开几服药吧，钓鱼，下棋，打门球，包您睡得好。"他说："这些事做一两次还可以，多了就没意思了。有些东西你们这个年龄体会不到啊。"看着这个可怜的人，我知道任何语言都没有办法改变他对事情的体验方式。他沉溺于往昔不可自拔。这个可怜的人。

我从街上回来，准备到食堂去吃饭，大徐开车回来了，在我跟前停下说："大为，今天我请你去吃锅面。"我上了他的车。到了锅面店坐下，他说："刚才马厅长看见你了。"我说："马厅长天天看见我。"他说："我上次在医院提醒过你的。"我说："不见得有那么危险吧，马厅长毕竟是马厅长。"他说："谁都是个人吧，是人就有顺眼的事也有不顺眼的事。"我说："那我也是个人吧，我也有顺心不顺心的事。不顺自己的心去顺别人的眼，那我成了个什么？"他说："有些人看你顺眼不顺眼吧，无所谓。可另外一些人呢？那就非同小可！平时看不出，关键时刻他心里转一下弯，就是你我一生的命运。"我说："这么严重？"他说："说起来你还是个研究生，你比我更懂世上的事情。"我说："我懂是懂，可人人都那么懂，这世界还有什么希望？人太聪明了，说不定被别人上层楼登高一看就是蠢呢。"他笑了说："原来大为你想着世界的希望在你身上。"这时锅面端了上来，一大海碗，每人一只小碗，夹着吃。我说："马厅长他真的不高兴了？"他说："谁知道？不过要我是马厅长，你就玩完了。我这么想是不是太小人了点？我只知道人就是人。"我说："如果真那么着吧，有些人他人还是人，有些人他人都不是人了，是——"我差点说出"奴才"两个字，"是什么，我不知道。"他说："大为，该讲的我都讲了。你还说施厅长守着一个念头比顽石还顽石，你也差不到哪里去，一个人看别人总是看得清楚的。"我说："那我以后想着点吧。"又说："撑破天也就是不要那粒芝麻。"出来上了车他说："大为我今天跟你讲了什么没有？如果讲了点什么那也是哥们儿的心里话，你可别拿出去说，我有老婆孩子可陪你不起。"我说："你提醒我就是小看了我，我的嘴就那么碎？"他说："那好，那好，是哥们儿弟们儿。不过我也没说什么。我说了什么？什么也没说。"

13

一千多块钱可以救一条命，可没这一千多块钱就要死一个人，这个事实给了我很强的刺激。我学医八年，毕业后虽然没有成为一个医生，但珍视生命的观念仍然根深蒂固。我观察周围，察觉到很多人在悠闲中失去了体验他人痛苦的能力，他们对别人的痛苦能够保持那样平静的心态。就说那天吧，来来往往那么多人，对跪在跟前求怜的人都视而不见。我离开那极度贫苦的山村已近十年，却还没有丧失这种能力，我感到庆幸。可我常常感觉到这种同情心实在太苍白了，除了同情我实在也不能做点什么。那天在华源，我在街上碰见一个卖橘子的老人，一毛钱一斤，我说："八分。"他马上就同意了。选橘子的时候他告诉我，他家离县城有三十多里地。我问他是不是搭车来的，他说："几分钱一斤的东西还搭车？肩膀车！"他拍一拍肩膀。橘子要种，要收，要担到城里来卖，有幸卖完了还要走回去，前前后后就是几块钱。那天我买了十斤橘子，给了他一块钱，他连声说谢谢。我所能做的就是买几斤橘子。有好多次我在菜市场看那些剖鳝鱼的人，手上划破了好几处，用胶布缠起来，双手仍整天浸在血水里工作，我在心里叹息，许许多多的人在生存的重压下就是这样活着。可我所能做的也就是一声叹息。在经过了赤脚医生的事情之后，我不得不用一种新的眼光来看钱这个东西。有了这种想法，我觉得厅里用钱浪费实在太大了，这对那些苦人实在太不公平。有些人赚钱是何等艰难，而另一些人花钱又是何等轻快。这以后到宾馆里去起草文件，我就推给丁小槐去。我心里明白那些钱还是用掉了，我的自我安慰并没有真正的意义。

这天我去车队找大徐，看见他正在擦一辆新车。我说："这也是我们厅里的车？"他说："我现在开本田了，那感觉硬是不同。"他告诉我厅里又买了两台进口车。我问本田多少钱一台，他说："三十多万。"我吓一跳说："怎么这么贵？"他说："这就叫贵？隔壁化工厅，凌志都买回来了。三十多万还不包括各种费用呢，手续费，养路费，牌照费，汽油费，保养费，跟着还有维修费，折旧费，一大围。"我说："还要一个司机。"他说："那还能算？把细账算下来要吓得人翻几个跟头。"我说："厅里其实有一两台车就够了。"他说："小池，你在厅里也有这么久了，怎么讲起话来像美国华侨，一点都不了解中国的国情？这么多领导，哪个领导没有一部随时能调动的车，他浑身都不自在。张三有了能没有李四的？那就要起风波了。说到底不是有没有车坐的问题，而是在厅里有没有分量的问题，那是小事？"我说："几个人共一台车也就够了。"他说："那要等你当了厅长那天。真的到了那天，我们当司机的就要失业了。"

我摸着本田车说："漂亮也真的是漂亮，坐在里面那感觉也真的是感觉，只是把细账一算那账也真的是一笔算不得的账。"大徐说："公家的钱，你算什么细账。"他说着坐下来抽烟，把细账算给我听，一辆车三十一万，用十年，每年折旧费三万一。三十一万的利息，每年二万二，养路费，每年六千，汽油，三千五，保养维修就算不清了。我说："大致估一下每年就是六万多了，还没算这个司机呢？"他说："你老是记得我，那再加三千。"我说："你不退休不住房子不生病？"他说："公家的东西，能算这么细？这东西本来就是个耗钱的主。"我说："这么个东西，花费摊到每一天，差不多两百块钱，比我一个月的工资还高。你看那个赤脚医生，门口跪了那么久，才接了十多块钱去了。"他说："人跟人能比吗？比不赢的那只有去一头碰死，谁叫他不当厅长？厅里是个好码头，人就是要停靠个好码头，不用说赤脚医生，我要是到人汽公司去开车，累了几倍，钱还要掉下来一大截！码头不同！厕所里的老鼠吃屎，见了人到处窜，仓库里的老鼠吃谷，见了人大摇大摆,码头不同!"我说:"有些账你不算不知道,一算吓一跳。"他说:"你当了厅长你就不这样想了,你会觉得自己受了委屈。化工厅杨厅长坐凌志呢,到省里开会,两部车停在一起,别说厅长,我心里都不舒服。你没看见郑司机开了那部凌志的派头,抽烟都是这样点火的!"他说着叼着烟仰了头,掏出打火机做点火的模样,"那我就只能看着他甩派头!幸亏还买了这辆车,给我挽回一点面子。"

那些天我心里总想着这件事放不下来。的确没用我的钱,钱省下来了我也不会多得一分,可钱可以用来救一些人的命,这是个铁板钉钉的事实。我觉得这是自己的一个发现,别人都没意识到这一点。我不能沉默,我要把这个发现说出来,让大家都想一想,甚至有一种震动。厅里的人绝大多数都是医学院毕业的,当有一种声音向他们的良知呼唤,他们也不至于隔岸观火吧。这样想着我有了几分兴奋,甚至是激动,觉得自己找到了履行良心责任的方式。可真正要找到一个机会把这种想法说出来,我心里又发虚,感到对面有一种自己看不透也无法把握的神秘力量,令人莫名其妙地恐惧。我想对这种神秘力量作一番描述,使它清晰起来,却又觉得非常困难。我心中被钝锯子锯着似的,想着自己也算个知识分子吧,看清了事情的真相,却只能装瞎子装聋子。我没有足够的勇气去尽那一份天然的责任,属于角色的责任。良知和责任感是知识分子在人格上的自我命名,这是很久以来在我心中回荡着的一句话,我甚至想到要把它作为人生的座右铭,它使我有了一点血性之勇。可是一旦面对现实,这句话的说服力就不那么充分了。现实毕竟是现实,它早就为人们预设了推卸的理由,只要稍稍退一步,就退到了那些理由的荫庇之下,于是心头就安妥下来。可是我又问自己,原则如果可能因个人的理由而变通,就不是原则。沉默不仅是对良知的压抑,简直就是对自尊心的挑战。我感到了内心的屈辱,自己与"猪人狗人"们实在也没有两样,以苟生方式活着而已。

我察觉到内心深处有一种难以克服的恐惧，它与那种力量一样神秘而难以描述。细想之后这是失去了身份的恐惧，我是知识分子，我不说话指望谁来说话？我沉默着那我又是谁？我在焦虑中犹豫了很久。犹豫之后我还是决定了放弃，这使我降低了对自己的评价。原来，我内心的优越感并没有充分的理由。

可一段时间以后，马厅长在全厅职工会议上的一次讲话又激发了我内心的冲动。在那次会上马厅长批评了审计处的汤处长。审计处一位会计对省人民医院翻修工程的审计提出了不同意见，汤处长就安排她当出纳去了。马厅长在会上说："卫生厅有没有不能听不同意见的干部？别的地方我管不了，在卫生厅要有一条上下沟通的渠道，形成对话。你坐在位子上，要让人家口服心服，那才是水平。让人家说话，天不会塌下来，自己也不会垮台。不让人家说话，天就会塌下来，自己也免不了要垮台。"汤处长的职位，果然就免掉了。这件事给了我很大的震动，我觉得自己是不是把领导的胸怀看得太狭小了？

于是我想找个机会把想说的话说出来，我有了那点勇气。失去身份的恐惧和焦虑折磨着我，我必须开口说话。没有身份就没有原则，也没有责任，那太可怕了。作为一个小人物我没有身体的自由，上班时去一下对面的办公室也不可以。但我还是应该坚守心灵的自由，这比身体的自由还重要。我必须开口说话。于是在一次党支部的民主生活会上，在别人都发言之后，我觉得那些发言都不痛不痒不过瘾，空空泛泛，连皮毛也没触及。于是我说："我有些想法，不知该不该说？"马厅长鼓励地望着我点头，见我还犹豫就说："我还是那句话，让人家说话，天不会塌下来。"于是我就说了，先说到去宾馆起草文件，再说到小轿车，把账都细算了，最后以医务工作者的人道情怀作结，我觉得自己分寸把握还算好，光说事情，没提到任何人。说完以后就发现气氛不对，没有一个人来应和我，丁小槐做出了吃惊的表情望着

"大家讨论讨论,有相同的不同的意见都可以说,真理越辩越明吧。"

我，嘴角含着一丝笑意。会场沉静了好一会儿，这种沉静对我构成了巨大的心理压力。终于，马厅长开口说："小池能够把自己的想法说出来，这还是值得肯定的。大家讨论讨论，有相同的不同的意见都可以说，真理越辩越明吧。"又看看表说："我还要到省政府去一趟，徐师傅在下面等我了。"就走了。刘主任说："小池的动机还是很好的，可是考虑问题是不是可以更全面一点？比如说车，厅里养这几台小轿车是要花不少钱，可方便了工作，提高了效率，这种价值就不是那点钱可以衡量的了。"丁小槐马上接上来："大为看事情可能有点偏执。厅里才有十来台小车，我看并不多。隔壁化工厅的车比我们多好几台。也就是厅里的领导考虑到我们厅里的工作对象都是病人，特别是那些赤脚医生什么的，花钱的事太多，拨款又不足，才采取了节约的原则。"又有监察室郝主任发言说："我觉得小池的发言是有具体针对性的，针对谁呢？领导考虑到厅里房子紧张，宁可自己每天跑也不愿来挤着同志们，这种大公无私的精神，不是我们学习的榜样吗？"他越说越激动，拳头往下一砸一砸的几乎敲到桌子上去了。我实在忍不住说："你算过账没有？一辆好车一年前前后后耗掉的钱，建一套房子都绰绰有余了。"他把拳头砸到桌子上说："强辩，还在强辩！"明明是他强辩，反而理直气壮说我强辩。世界上的道理能这么讲，那世界还是个世界吗？会场的气氛使我不能再往下说，而必须接受他对我的评价，这是怎么回事？接下来又有几个人发言，最令我心寒的是，连关系那么好的小莫都发了言，说我的不是。最后，连我都觉得自己是太片面太冒失也太没有道理了。刘主任说："大家的意见，我想小池还是会考虑的。当然他也可以保留自己的意见，一时想不通可以慢慢来吧。"就散了会。丁小槐一脸兴奋，出了门就吹起了口哨。

14

　　我万没料到事情是这样一个结局。回到宿舍我头脑中还是一片嗡嗡的声音，很多面孔浮上来，一个个都用手指着我，我体会到了千夫所指的感受。我把事情重新考虑了一遍，想找出是哪个环节出了问题。事前我想到了领导可能会有点不高兴，可这么多人一起来指责我，却是无论如何都想不到的。他们都是学医的，应该不缺乏最起码的人道情怀，怎么会把道理那样去讲？今天才知道了世界上的道理可以像捏软泥一样捏成人们愿意的形状，就看谁来捏了。可人都按自己的利益来捏，公正又在哪里？如果只有丁小槐跳出来，我还可以承受，狗人嘛，不但会摇尾巴，还会咬人。狗的雕像要重新塑造，不但尾巴要生动，牙嘴也要生动才行。郝主任发言了，牙嘴白厉厉地露着。还有刘主任，那个老好人，没想到他首先发言。最没料到的是小莫，她怎么会？

　　我没吃晚饭，根本就没有饿的感觉。为了向自己证明心中是平静的，我把《本草纲目》拿过来看，可看了好一会儿，脑子里还是一片茫然。每一个字都是认识的，每一句话都是理解的，可看完一段却不知所云。我强迫自己一个字一个字读出来，还有意拿着点声调："药性有宜丸者，宜散者，宜水煮者，宜酒渍者，宜膏煎者，亦有一物兼立者，亦有不可入汤酒者，并随药性，不得违越。"可读完一段还是不明白。我用力拍自己脑袋，里面有一种空空洞洞的回响。难道我，池大为，就被这件小事把心思搞乱了吗？一件小事，一件小事！

　　我躺在床上不知多久，忽然发现天已经黑了。我走出去想透口气，出了大门沿着街一直往东走。走了一会儿一辆黑色小车停在我身边，我吃一惊，一看是大徐，他把我拉进车，火速向前开去。我说："这么晚还在外面跑，把我拉到哪里去？"他说："跟我走就是。"开了有十多分钟，到了市郊，在一家餐馆前停了车，他扯了我进去。我说："我不饿，我一点都不饿。"他说："不饿也不能不吃晚饭！"我又吃一惊说："你怎么知道我没吃晚饭？"他说："真朋友不讲假话，我在车里等你下来有几个小时了，我只是不敢上去找你。"我说："你不敢找我？"他不回答，望着我说："你今天下午都讲了些什么？"我说："你怎么知道我讲了些什么？"这时服务员过来，他点了四个菜，说："四点多钟的时候，马厅长到小车队来了，要回家，我看出他有点不高兴。半路上他问我跟你说起过小车的事情没有，我听着口风不对，就否认了。回到厅里碰见刘主任，他又问我，我又否认了。他把你提意见的事对我讲了，我真的吓了一跳。大为你说这些干什么！"我说："凭良心说句话吧。"他说："他们问我，我都否认了，大为你就别再说别的，不然我这个方向盘都把不住了。给领导当司机，最忌讳的就是多嘴，我跟你讲到一部车要耗多少钱，也没想到你有这层意思在里面，不然我怎么样也要挡住你。"

服务员端了菜来，我说："真吃不下。"他说："强迫自己也要吃几口，把自己当作敌人，要战胜自己的胃，就吃下去了。"我夹了点菜慢慢吃。他说："我今天等你这么久有两件事，第一是请你帮个忙，我已经否认了，你就把这个话讲下去算了，不然不说把我调出小车队，换一辆车我也受不了啊。"我说："大徐你还不了解我，我要说下午就说了，我没说就是不说，我自己挺着就是了，把你牵进来干什么？你把心放下去。"他吁了口气说："第二件事呢，我要向你赔不是，刘主任告诉我这件事的时候，我当时就表了一个态，说你这样看问题是不对的。你是好心，善心，我那么说我问心有愧。本来我应该沉默，可是我不能沉默，我沉默了我就是嫌疑犯。我想你能够体谅我的苦处，就不要记恨了。"我苦笑一声说："明白，你没有说心里话的权利，连沉默的权利也没有。我不怨你，我真的不怨你。你能够说我是好心，我就要欢呼理解万岁了。理解万岁，我在北京读书那几年这句话是挂在嘴上讲的，现在才体会到了其中的艰难与沉重。"

回去的路上他说："大为啊，我在厅里也这么多年了，有一条做人的原则就是要看得惯，有人把钱成百上千地往河里扔，你也要装作没看见。他不是傻瓜，他扔总有他的理由。你不明白那点理由，千万别跳出来说浪费了浪费了。总之你不能说，你说就是你错。想通了这个道理，就心平气和了。"我说："我以后要学会做人呢，跟你学。"他没听出其中的意味，说："没人商量也可以跟我来打个商量。"快到厅里了，他说："大为你是不是走一段路过去算了，免得别人瞎想。我开始不上去找你也是怕别人瞎想，厅里的人一个个眼睛都尖得很。"我说："想象力也不错。"我下了车，他开了车前面去了。

回到宿舍我心里不舒服，怎么自己都成为别人忌讳的人了？正想着又听见轻微的敲门声，像指甲弹在门上，有点脆。是敲我的门吗？我走到门边侧耳一听，那声音清晰了，是的。我开了门，一个人一闪就进来了，是小莫。她把门关上，说："大为你回来了？"她的声音很轻，我也不自觉地降低了声音说："看电影去了。"她说："文琴没来？"我摇摇头。她说："我到楼下看了三四次，总算看见你房里亮灯了，就上来了。我是来跟你赔礼道歉的。今天下午我本来是想不发言的，保持沉默算了。可是我们郝主任都那样讲了，我若不表一个态，郝主任会记在心里。不表态在别人看来就是态度。我迫不得已就讲了几句，回到家里心中实在不安，我觉得很对不起你，不是一般的对不起，是很对不起。好歹我也是个大学生，还是学医的，你讲的道理我们怎么会不同意？可同意只能在心里同意，嘴巴上还是要说不同意，我不能沉默，这是没有办法的事情。"我苦笑一声说："我明白，我不怨你，真的不怨。"她说："大为你理解我的难处就好，我处于这种地位，实在也是为难。"我说："你理解我，我也理解你，我们之间还是有这种默契，这就不容易了，我都忍不住要喊一声理解万岁了。"她摇着头说："说真的我心里苦呢，不说那么几句不行，说了违背了自己感情又对不起朋友，你说这人的心里撕裂成两半是什么滋味？"她双手做了个撕开的动作，"我到你这里来，第一要鼓足勇气怕别人看见了说三道四，第二要鼓足勇气进你这张门面对你这个朋友，心里不苦？"我说："其实你不来我也明白你的处境，甚至刘主任郝主任也是非表态不可。会场上的情况总有人会去汇报的，所以我也不怨他们，他们心里跟大家的想法也不会差那么远。我唯一奇怪的就是，人人心里想刮着东风，怎么坐在一起就是西风劲吹？我就想不透西风是怎么形成的。都在做演员，做得那么像，假的比真的还真！"她说："圈子里就是这么回事，大家都练就了一身察言观色听话听音的绝技。"我说："我讲了那一番话，未必领导就真会嫉恨我？"她说："就算这个领导心怀宽广，那个领导就不一定了。人总是人吧。"

小莫去的时候侧耳在门边听了一下，轻轻开了门出去，把一根指头放在嘴边，示意着，出去了就顺手把门拉上，不要我送。

我回到窗前坐下，伸手到窗外摘了几片银杏叶在手中搓揉着。大徐也好，小莫也好，他们都是好人，也是凡人。凡人的原则就是明哲保身，这我理解。为了跟环境和平共处，他们真心话不敢说，却理直气壮地说自己不愿说的话，自己想做的事还要精心设计了偷偷摸摸地做。他们在细节上有足够的聪明，但聪明的后面却是难以言说的悲哀。在一种氛围中，不正常已被大家视为正常，人们对此习以为常，熟视无睹。什么时候大家可以把腰挺起来呢？一种延续了几千年的事实，也许要几百年才能扭过来。这又是一种真相，被遮蔽得更深却意义更为重大的真相。我要找到适当的机会把这种真相说出来。我不能沉默，我的天职就是开口说话。

15

第二天我去上班,在楼梯上碰见郝主任从上面下来。我望着他想打个招呼,他避开我的目光一直下去了。他的神态使我有了一种精神优越,毕竟人们心里还是明白是非的,他自己也明白。到了办公室,刘主任已经来了,他很和蔼地说:"小池来得早啊!"我说:"刘主任您更早。"他说:"小池你昨天怎么了,有些话其实没有必要说。"我说:"我就是容易冲动,心里有想法就忍不住要说出来,想一想也是太不聪明了。"他说:"年轻人啊!"我说:"我说的是真话还是假话?还是领导鼓励我说我才说的。其实我的话还只说了一半,还有一半,我就对刘主任您说了吧。"就把赤脚医生的事说了,又把报纸上看到的消息也说了。他说:"小池你倒是个好人,就是书生气重了一点,天下的事,有谁能包圆了管着?这一半的话,说到我这里就打住了。"说着手劈下来做了个砍断的动作,"在机关里工作,有机关的特点,不是什么话想说就可以说的,这是一条原则,你要好好想一想,小池啊!"这时丁小槐进来了,刘主任马上说:"小池啊,你先去把开水打上来。"

我不知该怎样面对马厅长才好。我知道人与人之间的感觉总是对应的,一个人你本能地感到亲和,那么他对你也感到亲和,你感到别扭呢,他对你也一定感到别扭。要是对别人感到别扭吧,倒也无所谓,点点头就过去了,可这个人是马厅长,我绕得过去吗?这天我上班提前几分钟去,怕在楼道里碰见马厅长。过一会儿听见马厅长从门口经过,跟丁小槐打招呼,声音里透着一种特别的亲切。大人物的语调也有着特殊的意味,是非常重要的信息。我感到心里发冷,丁小槐进来时身子那么晃了晃,表演着一种优越。我装着没注意,把目光转向别处，心里骂着："尾巴又摇起来了，等会儿还会把牙龇出来吧。"这个小人，他用身体语言传达着一种信息，他以为他把我挫下去了。我设想着自己以后该怎么对付他，是寸步不让顶回去呢，还是不理不睬。不理不睬，他一步步逼上来，树欲静而风不止。顶回去呢，那就是以小人之道，还治小人之身了。在某种处境中，人就是这样可悲地别无选择。

下班的时候我刚出门，正好碰见了马厅长，我还没说话呢，马厅长和气地说："小池，好几天没看见你了，近来工作还好吧？"我说："还好。"他点头笑着说："还好就好，还好就好。"似乎是不经意地碰了碰我的手，又跟别人说话去了。马厅长的神态给了我一点安慰，也许他并没有像我设想的那样生我的气，是我自己把事情想得太严重了。那么多人来批评我，又有大徐和小莫造成的那种神秘气氛，使我不得不那样去想。这样我对马厅长又感到了一种亲切，以至有了一种温情的感动。那些人张牙舞爪对着我，都是做给领导看的，可领导对我却没有偏见。我把马厅长刚才的神态反复回想，反复揣摩，觉得自己的领会并没有错。我的心情一下开朗了，感到了压力的释放。这样一来又觉得挺对不起马厅长的，领导还是好领导，我怎么能用那么挑剔的眼光去看他呢？是他看得起我，把我留在厅里工作的，他从来没有对不起我，我可不能对不起他啊！于是我又有了一种新的心理压力，感到了负疚。心中绷紧的弦松了，我就在心里作了决定，如果丁小槐再对我有什么挑衅，我非把他顶到墙上去不可，我现在有了勇气。这样想着我意识到领导身上真有一种神奇的力量，他们一句话一种神态可以使人充满勇气和自信，也可以使人感到沮丧和卑微，一个人的分量，他的人格定位，就这样在不知不觉中定了下来。我对同事的态度，还要由那句话那种神态的意味来决定，真是奇妙无比。

我想这件事就这样过去了。我经历了一次风波，也看清了几个人，这也是收获。有几天我看见一辆崭新的丰田车在院子里冲进冲出,以为是来办事的车,没有在意。在传达室听见老叶在说厅里又买了一辆新车,才意识到那辆车是厅里的。一下子我心里就阴暗了。自己提了意见,没人当回事!这辆车简直就是买给我看的。有意见?这就是回答。我奇怪纪检会的人怎么不管一管,是不是还要我跟管纪检的梁书记说一说。我说:"厅里的车大家伙用其实够用了,现在你看几辆车空在那里,司机也空在那里。"老叶说:"这是老百姓的想法,人家不这样想。领导越来越多了,他到了那个份上没有那种待遇,没有一部车主要给自己用,心里好受?"我说:"最近又有谁当了领导,我一点都不知道。"他笑了说:"小池你坐办公室的人,对这些事还没我们看得清楚?现在纪检书记也是副厅级了,级别抬高了,待遇也要跟上来,总不能说谁低一等。"我说:"原来是这么回事。"我心里很不舒服,自己刚才还想着要跟梁书记说说呢。像我这样的人,真的没有别的出路,唯一的出路,就是像大徐小莫说的那样,装瞎子装聋子,装上那么一段时间,恐怕就真的瞎了聋了,视而不见听而不闻了,就把同化过程给完成了。我把良知责任这几个字放在心上想也好,不放在心上想也好,都毫无意义。现实还是现实。想,是那样,不想,也是那样,唯一的区别就在于不想可以求得心灵平静,也可以保全自己。沉默是唯一的出路,只能如此。

又过了几天,在全厅大会上,马厅长布置完工作后说:"我们有些同志,特别是年轻人,看问题总难免有片面性,缺少全局观念。站在一个特定的角度看问题,也许有一定的道理,可站得更高,从全局的角度看,他那个道理可能就不充分了,就有片面性了,就缺少辩证法了。我们考虑问题要学会换位思维,站在全局的角度来思维。"我正体味着这一段话,想着这是在暗示什么事情,忽然发现丁小槐用一种特别的眼光望着我,接着又有几个人也跟着用这种眼光望着我。我心中火气一冒就上来了，这个家伙，如此阴毒，把火往我身上引！我正想怒目而视，他的目光已经转到台上去了，让我吃了暗亏还说不出来。这个家伙，科长还没当上呢，玩这一套倒是炉火纯青了。他做得出，也能找到机会。这些人的目光提醒了我，马厅长真是在说我吗？一股热血裹着一个巨大的硬物涌上头顶，旋即在脑中爆炸了。这怎么可能，马厅长？我浑身冒着汗，心中极度失望。这怎么可能，马厅长？他前几天还对我那样笑着呢，其实我在很大程度上已经理解他了，为了平衡关系，多买了几辆车，他也有他的难处。这怎么可能，他在大会上来打击我？让人家说话，天不会塌下来？可是我的天已经塌下来了。

接下来马厅长还说了些什么我就完全不知道了。闭了眼坐在那里，好像浑身都着了火，即将被烧为灰烬。散了会我机械地站起来，跟着别人往外走，我简直没有勇气回到办公室去，坐到那张桌子面前。刘主任对我说："小池你精神不太好，先回去休息一下，没关系。"刘主任的话更证实了这个事实，马厅长强烈暗示着的人就是我，我就是那个有片面性的年轻人。可是这怎么可能，马厅长？前两天他那么和气地跟我说话，我还以为事情就那么过去了呢。好几天我心里都在想着这件事，怎么可能，马厅长？在我心中，马厅长毕竟是组织，不是马垂章。凭良心说出自己一种想法，即使不够全面吧，也不能说就犯了错误。也许，还是屈文琴说得对，人总是人啊！要一个人特别是大人物喜欢听意见，特别是触动了他的意见，那怎么可能？人总是人啊！我意识到自己以前对世界的认识有着虚幻性，现在应该重新理解。试想谁像他自己宣称的那样代表了全部的公正？那只是一种虚设而已。何况，人们又有什么理由要求人是特殊材料制成的呢？我并不傻，我也可以学得很聪明，比丁小槐更聪明。我感到有一种力量要把自己扭过去，扭成世界所需要的那种状态。我不应该是自己，也不能是自己，我是那种被规定好了的状态。

这天我到图书室跟晏之鹤下象棋,管理员小赵交代我们走的时候把门关上,就下班了。下了两盘是一比一,我说:"明天再下。"他说:"三打二胜决个输赢。"第三盘输了,我说:"这几天是心里比较乱才输给您了。"他说:"像我这样心如止水,安得其乱?棋盘往眼前一摆,虽南面王不易也。"我说:"要达到您的境界,我还需要修炼。第一要不想世界,世之清浊与我无关。第二要不想自己,进入无知无欲的状态。"他说:"小池我跟你就事论事,你这样下去很危险,想有知有欲也只能无知无欲,机会不会到你跟前来。"我说:"有时候自己都不知道危险在哪里,想着自己怎么都没有错,结果还是错了。"他说:"怎么都没错,那是你个人的想法。结果还是错了,那是世界对你的评价。你能把世界的评价扭过来?"我说:"我的事情您也知道?"他说:"知道一点。"我说:"厅里也难得找到一个可以说话不设防的人。"就把事情前后都跟他说了。他听了说:"小池,你错就错在违背了基本的游戏规则。卫生厅是一个圈子,圈子里有一条基本的游戏规则。刘主任说你不全面,丁小槐说你偏执,郝金贵说你有针对性,徐师傅要你看得惯,小莫要你装瞎子聋子,都是在说这个规则。这个规则是什么?就是要站在掌实权的那个人的角度考虑一切问题。这个人是张三李四不重要,重要的是他掌了实权、财权,特别是人事权。厅里谁不想进步,有了进步才会有一切。但谁能让你进步或者进不了步?总理吗?省长吗?都不是,就是那个在厅里签任免文件的人。那是命根子啊!你这么看问题,你就全面了,不偏执了,就没有动机不纯的针对性了,就看惯了,也就视而不见听而不闻了。"我说:"那我就没有自我了,没有自己的想法了,就变成人家需要我成为的那个样子了。"他嘿嘿笑着说:"那你还想成为什么样子?你面前不是一个人,是一条规则。如果是一个人,换一个人就改变了一切,是一条规则,换了谁也不行。你池大为本事天大,改变了一个人还改得了一条规则?一个人哪怕你是个知识分子吧，也只能顺势而为，这个势是什么你总是明白的。孔子说君为臣纲，蒋委员长说一个党一个领袖，'文革'前说驯服工具，后来又说理解的要执行，不理解的也要执行，都是在说这个游戏规则。你违背了规则肯定碰壁，碰了壁你不要怨任何人。"我垂了头沉吟半天说："那样，人人不是太可怜了？"他说："想不可怜，就升到那个位子上去。"又说："小池，你不要跟在我后面跑，我年轻的时候恃才傲物，一辈子碰得头破血流，晚景堪怜啊！你吧，想得通要想通，想不通碰破了头还是要想通。我一辈子的经验就是不要做瞎子，要把事情看清楚，也不能做聋子，该听到的信息要听到，但是要做哑巴，看到了听到了心中有数就行了，可千万别张口说什么。总之你不该说，你说了便是你的错！"我叹气说："我得想想，我真的该好好想想。"后来我又把事情反复地想了，晏之鹤说的都是实话，一个聪明人应该那样，不做瞎子聋子，但要做哑巴。可是连我也学聪明了，那还谈什么良知责任？何况还要付出自尊的代价。想过来想过去也想不出一个所以然，于是明白了人生并没有什么最好的选择，任何选择都要付出代价。全部的问题是自己愿意付出怎样的代价。

16

刘主任病了，去省人民医院住院。人事处贾处长来到我们办公室说："刘主任病得不轻，出了院也要休养好一段时间，这段时间吧，办公室还是要有个人牵一牵头，厅里的意思就没有必要从外面调人了，你们俩对业务都很熟，谁牵这个头也差不多。池大为吧，工作是很认真的，也从不说苦叫累。丁小槐呢，在办公室的时间更长一点，是不是就给他压一点担子？"贾处长嘴里说着丁小槐，眼睛却望着我。我说："听组织的安排。"贾处长说："丁小槐有没有勇气承担？"丁小槐脸都红了，压抑着兴奋说："组织上定了，我就不能再说什么了。"贾处长说："池大为你就好好配合工作。"我说："好的。"贾处长说："那就这样了。"就走了。

丁小槐有模有样地当起代理主任来，身体整天像充了电一样，一刻也不能安静下来。他总是用动作和语调向每一个到办公室来的人显示着自己改变了的身份。因为熟悉，我把其中的表演性看得清清楚楚。他煞有介事地请示汇报，又交代一些事让我去做，口里说着请怎样怎样，可语调却透出无可商榷的权威性。我根本看不起这种表演，可又不得不接受他的指示。他那种神态，简直叫我无法承受，却又无法反抗。我能说他交代工作错了吗？那么说他的声调错了？这个小人，这个摇尾龇牙的家伙，像那么回事似的对我发号施令了。这真不能不使人感到强烈的难堪和失落，感到权力的珍贵，哪怕是这么小的一点点权力，而且还是代理的。我为了自尊和骄傲而不愿顺势而为，可越是想坚守那点自尊就越没有自尊。我被一种说不明白的东西给套住了。

丁小槐布置我去道宁县出差，那是省里最偏远的山区。我去了，回来时汽车在半路堵了车，闷在车里晒了一整天，中了暑，同车的人把我扶到车下，把矿泉水倒在我的脖子上，背上，替我刮了痧，才缓过来。黑着脸回来一天，他又要我到华源县去。我说："我去了这七八天还没喘过气来呢！"我想把脖子上刮痧的痕迹给他看，可向他诉苦就是把自己降得太低太低，我忍住了。他赔笑着说："只有这么两个人，我有工作走不开，华源的事又不能不去，只好辛苦你了，回来给你补一天假！"要是没贾处长那一番话呢，我就要说那点工作我来做，可现在我怎么说？我没有身份，这使我气短，我沉痛地感到了身份是多么重要。没有身份而想拥有自尊,那不可能,这是痛到心尖尖上的感受。

我有苦说不出口,还是去了华源。我不能不去,这是布置给我的工作。如果是刘主任布置给我,我不会有羞辱的感觉,可那个人是丁小槐!再苦再累我都不要紧,但要我面对这么一位领导,我自尊心的承受能力还没有这么强。到了华源,县卫生局领导还是把我当省里来的人看,这使我心中稍稍平静了一点。身份就是这么重要,这也实在是没有办法的事情。说是人人平等,那是安慰小人物的神话,一个温柔的骗局。一个人必须依据实力与他人对话,这实在是没有办法的事情。丁小槐明白这一点,他就往这个方向竭尽全力。我也明白了这一点,但我不愿那样行动。也许我错了,但一种流淌在血液中的神奇力量决定了我无法纠正这个错误。毕竟,一个人不能够背叛自己。

从华源回来,丁小槐说:"你总算回来了!"原来他要去随园宾馆参加起草文件,正愁着办公室没人守候。我一听一股火气就往头上冒,到下面一次两次都是我去,你没时间,好事来了就有时间了!一个代理主任,并没正式下文,就这样给自己找机会,大小机会一网打尽,又像白蚁似的一路吃过去,留下的只是一条粪便,赤裸裸地无耻!他做得出,他就是做得出。可我吃了哑巴亏又去向谁说?怎么说?别人还会说我斤斤计较呢。他怎么做都可以,我说一句都是不行的,这真不知是谁设计的一个局,真是奇妙无比,我入了这个局了,妙啊!这个局不是为小人物设计的,小人物要跳出去,唯一的办法就是想出无数的办法变成大人物。我说:"你有工作离不开,怎么能调你去?"他说:"手里的事这几天把它忙完了。"又似乎不经意说:"这是厅里决定的,我也只好去。"我真想顶他几句,可就是没有底气。见我没作声,他以决定了的口气说:"有什么事打电话给我,我明天会打电话过来告诉你那边的电话号码。"我嘲讽地笑着说:"有什么事会向你请示的。"

谁知他说:"如果觉得有必要的话。"这个无耻的家伙,我真想拍桌子骂娘了。可我骂出来,闹了上去,我又有什么道理?我逃不出这个局,活活憋死了也逃不出去,惨啊!

丁小槐走了,我感到了轻松,至少我有几天可以不看那副嘴脸。我又去医院看了刘主任,希望他能够快点回来。刘主任说:"小池啊,我出了院再干那么一段恐怕就要提前退休了。我看了你这两年,心里想向组织上推荐你接手的,现在看来,我说话也不行了。在机关里,有些话想说也得忍着,不忍不行,祸从口出。"我说:"是应该忍,我不知怎么就是忍不住。"心想,大家都装傻瓜忍着,忍着,忍着,忍得心疼也咬紧牙关忍着,一辈子就这么忍过去吗?

知道刘主任不久就会回来,我心中松弛了一点。这天碰到贾处长,我忍不住把对丁小槐的意见说了。贾处长说:"小池你心放宽一点,才多大的事呢?"他这么说,我就不再往下说了,再往下说我就更狭隘了,小事也搁不下,我得忍着不说。处长走了,我想着自己以前老是认为天下总有讲道理的地方,看起来是太天真了。道理有无数种讲法,像一些人手中的面团,怎么捏都有道理,你能怎么样?想到这一点我感到灰心,气馁,沮丧,甚至恐怖。我咬着牙对自己说:"我也该把心放宽一点,真的才多大的事呢?一粒蟑螂屎!"我把这话像压压缩饼干似的压到自己的心里去。

刘主任回来了,我悬着的心放了下来。他的健康状况成了我的一块心病,也是丁小槐的一块心病。我想看看丁小槐还怎么摆谱,又怎么转弯。刘主任上班的那天,丁小槐就把脸色变了,透着亲热地叫我"大为兄"。我不得不佩服他如此善变,一眨眼工夫,脸不变色心不跳地变了,连过渡的过程都不需要。我还替他设想着难堪,他自己却一点不难堪,真的不能不佩服他修养有素,是一块材料。说起来我这种设想本身就是可笑的,把人往好的方面想。我故意找了一两件事用

085

请示的口气去问他，他马上说："大为你去问刘主任，不在其位不谋其政，你别拿火来烤我。"说着嘿嘿地笑。这天刘主任对我说："小池，你来了一年多了，感觉怎么样？"我说："也没有怎么样，也没有不怎么样。"他说："我不在时你跟丁小槐是不是有那么一点点疙瘩？"我说："疙瘩有时候也难免。他那个人，你知道的。"他叹口气说："难免也是难免，但这么点事，你犯不着跟贾处长去说。"他欲吞欲吐地，最后说："人事处下午可能会找你谈话。"我说："莫不是还要批评我？"他说："批评倒也不会。"又笑笑说："说不定对你还是一件好事。"

　　下午人事处果然打了电话来，我就去了，在劳资科见了贾处长，他说："你去人事科找印科长。"印科长给我倒茶说："小池你坐，坐。"我说："打电话叫我，总有点事吧。"他说："坐下来慢慢说。事情嘛，当然还是有点。"他吞吞吐吐的，我知道没好事，有好事早就有人给我通气了。他说："你到办公室这一年多，感觉怎么样？"我说："也没有怎么样，也没有不怎么样。刘主任那个人吧，挺好的。"他说："你自己有什么想法没有？"看样子要把我放到哪个角落去，还要说是我自己的意见，这些人真的会做工作啊！我有想法，想当厅长当主任，行吗？我说："我有没有想法都等于零，主要是看组织上有没有想法。"他说："那么动一动怎么样？中医学会的秘书小廖他刚调到广东去了，厅里要加强那里的力量，工作很重要啊！现在就是尹玉娥一个人顶在那里，也顶不住了。你是学中医的，专业就对上口了。研究生嘛，技术型人才，可以在业务岗位上大展拳脚。厅里干部业务很强的不多，我们要充分利用，哈哈！"在一个机关说你是技术型人才，就等于说你是一个工具，不配当领导。说你是人才，你还能有意见？软刀子不见血，杀伤力却不弱。我是个小人物，我不能说自己，要等着别人来说，说的权力在别人手里。说你是技术型人才你就是了，怎么着？我说："厅里定下来了？"他说："也可以这么说吧，组织上。"又说："你这两年的工作,做得还是很不错的,的确不错,的确的确。"我说:"我可能犯什么错误了,希望组织上指出来。"他掩饰地笑一笑说:"谁这么说?我们不这么看,组织上不这么看。谁这么说了我们批评谁。"他开口闭口组织上组织上,谁是组织,组织又是谁?说来说去也只怪我多嘴了,惹人不高兴了。他不高兴,就是组织上不高兴,但他永远不会说这是他的决定。组织上的决定,我到哪里诉委屈去?我说:"定下来了我也没什么说的了。"他马上抓住我的话说:"那就这样?下个星期,你去中医学会上班。"说着站了起来,往门口走了一两步。他根本不在乎我有什么想法,他送客了。我机械地站起来,走了出去。

17

我在厅里的事情,从不跟屈文琴说,可她总能知道那么一些。还在刘主任生病之前,她有天对我说:"你闯大祸了!"我吓一跳,才明白了她说的还是那件事。我说:"过都过去了。"她说:"天下有这么容易的事,世界就简单了。"我说:"那还杀了我卖肉不成?"她说:"真要杀你还不容易,杀也不一定要用刀子,笑眯眯地就把你杀了,你还喊不得屈。"我说:"我凭良心说句话,别人爱听就听,不爱听就算了,还搞反攻倒算?"她说:"这时还不搞反攻倒算,世界上就没有反攻倒算了。你那么热衷于提意见,也等我把调动搞好了再提,你也不为我想一想!"我说:"人家天天说欢迎提意见,欢迎欢迎,结果是这么回事,谁想得到?"她说:"我就想得到!提意见,吃错了药呢。你遇事怎么不跟我商量?我以为你很能干的,还想靠你呢。我自己太没能力了,就想找个精神支柱。"我说:"现在知道我是靠不住的吧?也不晚。"说起来大家都还算个知识分子,都把明哲保身哲学操得这么精,这还有什么希望?明哲保身,古人的话真是入木三分啊!屈文琴好一会儿没作声,半天说:"你不知道。"又说:"你不知道那个圈子里其实有多冷。见了面都热情得不得了,其实全靠你来我往才能把热情维持下去,谁跟谁真的是哥们儿?老百姓拿什么你来我往?没有,就说不上话。"我说:"你从小就看惯了听惯了,到今天还没把那份心放下来。靠我来挽回昔日的荣光,我自己都觉得没有希望。"我原来以为她在父亲死后就以平民心态面对世界了,谁知道她内心还燃着不灭的火,这使我感到畏惧。她说:"我给你提个建议吧,反正我跟沈姨也有那么熟了,我陪你去看看她吧,我知道难堪是有一点的,挺一挺就挺过去了,把局面挽回来。"我马上转了身四处寻找说:"到哪里去了,放在哪里了?"她问我找什么,我说:"那把砍排骨的刀呢?找出来你一刀把我砍了算了,要我去我是不会去的,我进不去那个门。"她笑了说:"早晚有人会来砍你,我留着给别人砍。我看你这个犟牛的样子,早晚叫你知道什么叫领导!当了领导,他错也错得对,反正对不对不由你说了算。你这么倔着,这一辈子你怎么办?你永远不改,就永远在这个位子上,永远在这个位子上,永远都是错的。"我说:"屈文琴你别说那么恐怖,领导见了我还是笑眯眯的呢。"她说:"笑眯眯的!他不把你压下去,那他那张椅子还坐得住?你也别怨他心狠。"我说:"你年龄小小在哪里学会这一套,搞得我都有点怕你了。"接下来她不再提这件事,可气氛却有了些别扭。我想着自己是个男人吧,女孩不高兴了,自己总有责任给她一点安慰。我明白这点道理,可这点安慰我就是没办法给她,我转不了这个弯。两人说着话总有说不上路的感觉,像有座无形的山峰挡在中间,勉强说下去简直虚伪透顶。她说:"我这就走了。"我把她送到大门外,她说:"我这就走了。"我说:"我站在这里看着你走。"她说:"那我就走了。"眼睛望着我。我感到了一种压力，自己应该表明一种态度了。或者，就依了她，去看看沈姨？可这个态我实在没办法表出来，就掩饰地一笑。她说："我走了。"我觉得自己非说点什么，可我能说什么？那样我池大为就不是池大为了。我的性格如此，我不能背叛自己。我感到了沉闷的挤压，心中像要劈成两半似的。我用牙咬着嘴唇，让那种疼痛转移内心的撕裂，痛得受不了了，心中才舒坦了一点。屈文琴笑一笑，笑得非常勉强，说："你要小心。"就走了。看着她的背影在灯光下逐渐模糊，我叹了口气。回到宿舍，我打开房门，就在那一瞬间，铜质钥匙那点凉意忽然唤醒了我："她好几次说走了走了，难道还有别的意思？"我心中一惊，飞下楼去，冲出大院，沿着她走的方向追了过去，追了几十米我停了下来。追上了又怎么样？我不能回答自己。我呆立了一会，转了回来。

  我想着屈文琴她这一次真的不会再来了。我感到的别扭，她肯定也感觉到了。我跟她的想法不同，她追求那种由地位带来的高贵，她想恢复昔日的荣光，这是她对婚姻的一个最重要的期待。而我，我想坚守那一份平民的高贵，独立的高贵，如果领导觉得我可以呢，我愿意做一番事业，否则我宁肯寂寞，要我像丁小槐那样是不可能的。两种不同的高贵意识，拉开了我们的心理距离。我的天性如此，我不能背叛自己，也无法扭曲自己，哪怕接受被冷落的命运。性格就是命运，因为性格的前定，我宁肯面对命运的前定。她好几天没来，我犹豫着是不是还要去找她一次的时候，她打电话到办公室来，约我去逛商场，要我在"大家乐"门口等她。这样这件事就这么过去了，但我心中有了一点什么，根据情感对应原理，我想她心中也是一样。

  那天从人事处出来，我就决定要把事情告诉屈文琴。我想好了一见面就要告诉她，一刻也不犹豫。调到中医学会对我来说是一种打击，可我不把这看成一个打击，那是个闲职，我可以好好看看书了。使我感到屈辱的是其中的冷落和惩罚的意味。这怎么可能，组织上？我提意见是为我自己的私利吗？他们看不清我的动机？这怎么可能，组织上？这其中的意味让我的自尊心想放也放不下来。我到这时也没摸透对面到底是什么力量，好像有一个联合阵线似的。我到办公室办交接，丁小槐掩饰不住那一脸喜气。我心里想，小人，你得志你得志去吧，就凭着你这掩饰不住的神态，你再会察言观色恭奉逢迎也得志不到哪里去。

　　那天傍晚在天都公园门口见了屈文琴，她来了，穿着一条粉红色的连衣裙，领口一条白色的飘带，在夕阳中远远飘过来，我心中一动。她过来挽着我的胳膊就进了公园，在林荫小道上慢慢地走着。我想说那件事几次都没说出口，搁在喉咙里痒痒的。我们在湖边的看台上要了两杯冰酸梅来喝，她说起了自己的大学生活，她的同学，我也说起了自己的大学时代，两人都兴奋起来。不觉之间月亮上来了，映在湖中跳动着细碎的波光。夜风吹拂着，我闻到了她身上的那一种气息，充满了魅惑。可说着说着她情绪低落了下去。我说："怎么了？"她说："突然就想哭，想起了过去。"我说："过去刚才还是好好的，怎么一下子又惹得你想哭呢？"她说："心中有个地方痛，看不见的地方。"在我一再追问之下，她说起了自己的过去。在三年前，她读大学三年级时，一切都还是一帆风顺的，真可以说要风有风要雨有雨指哪打哪。可从父亲死于车祸的那天开始，她的人生就轰毁了。打击在悲痛之余接踵而至。她在系里原来是很红的，突然就不那么红了。她自觉地调低了做人的姿态，可心中充满了报复的冲动。省人事厅的副厅长是父亲的朋友，曾拍了胸脯包了她的分配的，去北京深圳都没问题，可毕业时再去找他就不行了。也不说不行，可就是解决不了问题。更令她痛心的是，原来的男朋友毕业后留了北京，知道她去不了北京，就分手了。她说："一场车祸改变了一切，我哭了多少次啊，现实是如此现实，我不能不现实。我也是幻想过来的，都成了泡影，飘到天上去了。"说着勉强笑了一笑。不知为什么，我对她那沉痛的倾诉无动于衷，以前得到太多了，太优越了，现在失去了就感到了撕裂般的疼痛。可是还有那么多人，比如三山坳的人，他们从来就没有得到过什么。习惯了在舞台中心扮演角色，稍稍寂寞一点就如此不甘心。

等她平静了一会儿，我说："我对权力没有那么大的兴趣。"她说："什么都是慢慢来的，你不为我争口气，总该为自己争口气。小心连丁小槐都爬到你前面去了。"我说："他爱爬他爬，我还得挺起腰像个人似的走，爬还没学会。今天才体会到这个爬字是如此生动。"我张开双手比画着爬的姿态。"不爬那能行吗？"她说："刘主任病了让他来代理，这是一个非常危险的信号，你倒不急！"我说："想不到你一个女人对权力这么感兴趣，要不以后你弄个厅长部长干干，我也伴你点福。"她说："那是你们男人的事。"我说："原来江青她是个男人。"她嘻嘻笑了说："一个女人找个男人，就是要找个精神支柱，找个靠山，他要是座山才能靠啊，一棵小树，哪靠得稳？"我说："第一次体会到靠山这两个字如此神韵，古人造词真是了不得啊！"

18

这天我的计划没有完成，没找到恰当的机会说出我调动的事。我在犹豫什么，怕什么，我自己也说不明白。心里闷着想跟谁说一说，正好胡一兵打电话来叫我去喝茶，他开车过来接我。车到卫生厅大门口，刘跃进也在车里，开到随园宾馆，胡一兵说："我订了一间钟点房，自己喝茶安静些。"乘电梯上了十楼，进了房胡一兵说："三杯龙井。"服务小姐应声去了。刘跃进说："一兵你一个月几个钱，派头是这样甩的。"胡一兵说："你以为我自己出钱，哪怕你有钱，要自己出那是没本事。"大家喝着茶说话，刘跃进兴奋地说到已经想好了一个题目，准备花两三年时间写一本书，书名暂定为《社会转型与当代文化》。他说得神采飞扬，胡一兵说："大为你看吧，国家命运人类前途都看这本书了。"胡一兵说想下海去淘金，设计了三种方案，还没定下来。他说："在电视台也干了六年了，越干越没劲头，领导要保乌纱，能把下面的记者憋死。"我说："你们都在进步，一个进步到有车了，一个进步到有书了，我倒是退步了。"就把事情前前后后说了。胡一兵说："大为你看你你你，"他一根指头一点一点地，"你摔晕了头吧，提意见？"我说："别人听不听那是他的事，该说的我还得说，我说是我还在相信一点什么，对人对世界还抱有希望。"胡一兵说："大为你真的是个好人，可太好了就不好了。你要知道那些人是坚定不移坚如磐石坚韧如钢，你说能说得动谁？世界在动，可从来就不是说动的。"我说："听不听那是他的事，我说几句我犯了法？我只想找条渠道对对话。"胡一兵说："根本就没有对话的可能，羊在下游喝了水，上游的狼还说羊弄脏了自己的水呢。要对话除非你自己也变成一只狼，成为一只老虎就更好，实在不行了，也要成为一只狐狸。"刘跃进说："大为我倒是佩服你，树活活一张皮，鸟活活一口食，人活就活那一口气！说句粗话，读书人要死卵朝天，趴着死卵都看不到。"我受了鼓舞说："真的老子要死卵朝天，我怕？"胡一兵说："看你们俩一下子就进入境界了，这有什么意义？你死就死了，白死了，卵朝天卵朝地都是一个意思，死！要想着不死那才是水平。我要有这份慷慨激昂，十个胡一兵也抹到看不见的角落里去了。现实从来不怕别人不服气，服，得服，不服，也得服。谁以为凭自己一腔热血能感动得了谁，那就大错特错，再以为凭这点血性之勇能改变什么，那更是大错特错。"刘跃进说："一兵你还算个记者，让你去代表社会良心，那这个世界就有救了。"胡一兵说:"动不动就要救世界,幻觉比真实还要真实。"我说:"照你的意思我唯一的出路就是向丁小槐同志学习。"胡一兵说:"世界上真的没有不难的事,大为我说你吧,该灵活还得灵活点,这是没有办法的事,蛆婆拱得石磨翻?"

  我的确是拱不起石磨,甚至没想到石磨有这么沉。根本就没有对话的可能,没有渠道,连解释的机会都没有。没有平等的前提,怎么可能对话?下次去公园再见到屈文琴,我怕自己犹豫,一见面就把调动的事情告诉了她。她吃惊道:"大为,谁在弄你呢?"我说:"谁弄我?我自己愿意去的。"她说:"人人都想往中心靠,你倒离中心越来越远了。上次你听了我的,陪我一起去看看沈姨,也不至于这么惨。"我说:"我没认为自己惨,中医学会的工作还单纯些,还可以名正言顺地看书。"她说:"大为你这样安慰自己那是骗自己。谁不知道离领导近的地方什么都有,远的地方什么都没有?别人往中间挤都挤不进,你在中间还没站稳,被挤出来了。"我不高兴说:"领导是一个人,我也是一个人,凭什么叫我靠近他?他怎么不来靠近我?"她说:"天天坐皇冠是一个人,病死了没人抬也是一个人,这都是你看到的,一个人跟一个人是一回事?"我说:"要我做丁小槐那副嘴脸,我做不出。要我那样还不如宰鸡似的一刀把我宰了。我血管里流的血都跟他不同,你要我把血换掉?说句大话吧,我有那一份高贵,放不下那个架子。"她说:"有水平的人不要做那副嘴脸,但总要不动声色地体会了意图,顺着去想去做,想达到目标不付出那是不可能的。说到高贵,这个世界只有一种高贵,上去了不高贵也是高贵,下来了高贵也是不高贵。高贵不高贵要看现实,不能看自己的感觉,你说呢?"听了她的话我心里凉了半截,高贵不高贵竟可以如此现实而庸俗?这个世界是怎么回事,它病了吗?照这么说起来,屈原司马迁陶潜杜甫曹雪芹们一生潦倒,倒是没什么高贵可言了?她要带我去见沈姨,把这件事挽回来。

我说:"我又要起身去寻那把砍排骨的刀了。"她坚持要我去,我偏不去。她说:"大为你要看清形势的严峻性,人一挫就是几年,几年以后还有机会轮到你?"我说:"我去了立马就有机会我也不去。"她一跺脚说:"才知道世界上还有你这种人!"我说:"我就是这种人,你要改变我,那不可能,我自己都改变不了自己,除非到医院动手术把我的血全部换了。"她说:"会有人给你动手术的,到时候别人不换你自己也会换,不过那时候就太晚了,看你这一辈子怎么办?"她不再说话,把身子移到远一点的石头上,望着我。我也望着她,却不动。这样对望了有半个小时,她站起来说:"我走了。"我的头似摇似点地动了动。她说:"大为,你要小心。"就转身走了。这一去就再没有回来。

第二篇

19

在中医学会一晃就是四五年，我结了婚，生了个男孩，就这点变化。

妻子董柳是在市卫生系统的联欢会上认识的。那天联欢会在市青年宫举行，有好几百人参加。首先是马厅长讲了话，接着是市局的梁局长讲话，然后表演节目，跳舞。没想到卫生系统有这么多漂亮姑娘，男青年却偏少。我跟好几个漂亮姑娘跳了舞，好久没有过这样的感觉了。在人丛中我看到了屈文琴，她坐在离我不远的地方，我们交换了一个注目礼。从她的眼神中我读出了一种意味，难道我这么走过去邀她跳一支舞，就覆水能收？我怕自己领会错了，再似乎是不经意地望过去，还是那一种眼光。我没有找到读懂的感觉。我体会一下自己的心情，也并没有走过去的冲动，再瞟一眼，那目光越发暧昧起来。等我跟几个姑娘跳了舞，那目光中的意味就完全消失了。我觉得老要交换注目礼挺别扭，就在下一支舞曲终了的时候，坐到舞厅的另一端去了。

这样我注意到了董柳，她就坐在我身边。有两支舞曲没人邀她，我就替她感到紧张，好好的一个姑娘，安安静静的，怎么被冷落了？她那安静的神态让我心中动了一动。也许今天漂亮姑娘太多，一个个都装饰得色彩缤纷，这姑娘她吧，似乎没有刻意打扮，就被忽略了。我带着同情心邀她跳舞，我感到自己有这种责任。她有点受宠若惊的样子，马上站了起来，说："我，我不太会跳。"她这种神态点燃了我的一种感觉。别的女孩子你去邀她，她还要假装犹豫一下，慢吞吞站起来，让你站在那里等着，以此来证明她的价值。眼前这个女孩让我感到了淳朴，丝毫没有自恋性的骄傲。我说："会不会走路，会走路就会跳舞。"其实她跳得还可以，我说："是北京舞蹈学院毕业的吗？"她羞羞地一笑说："别拿我开玩笑好吗？"我们一连跳了几曲，我也不知道自己为什么放弃了与那些色彩缤纷的姑娘跳舞的机会，似乎是对那种带有夸张意味的刻意装束有点反感。比起那些姑娘由穿着传达出来的极度自信，我更欣赏眼前这个姑娘的含蓄。谈话中我知道了她叫董柳，从卫校毕业已经四年，在市第五医院当护士。跳着舞我看见屈文琴在和马厅长讲话，接下来又跳舞，我马上庆幸自己刚才没有走过去邀她。人还是那个人，不能幻想她会有所改变。舞会结束的时候，我招招手对董柳说了声"再见"，就离开了。

回到宿舍我老是想着董柳的事，向自己问为什么时，却说不出道理，心里有个鬼在蹲着似的。说起来她比许小曼就差得太远了，也比不上屈文琴，难道我池大为越找越往下了吗？我对自己服不下这口气，早知如此又何必当初？就不去想这件事。可过几天回过头来一种感受还是挂在心中的那个地方。想来想去只有一种解答，那就是她那种毫不做作的质朴触动了我。她不像其他姑娘，给人一种自己是个必须引起高度重视的人物的感觉。我想着是不是要去第五医院找她，至少问一问她是不是还处于挂单状态吧。联欢会上那么多漂亮姑娘，为什么我偏对她产生了心灵感应？我在心里对自己说："你在逃避，你害怕挑战，你心虚了，气短了。"我明白自己在往没有挑战性的方向走，我犹豫了。

最后我还是下决心给董柳写了一封信，约她到天都公园门口见面，管她有没有男朋友呢。我不要什么道理，什么条件，想写就是最大的道理，把为什么问过来问过去，自己也给问糊涂了。那天我吃了晚饭就去了，在路上想着她会不会也像屈文琴一样，晚来十几分钟，在心理上争取一个主动？虽说那是可以理解的，但我不愿理解，我不知道她会不会让我失望。我在七点半准时到了公园门口，正想找个好位置等一会儿，就听见有人叫我，是她。我说："你已经来了？"她说："你说七点半，我怕迟到了，就提前来了。"我心中一热说："你真准时啊。"她奇怪地望我一眼说："你自己说的七点半，我都来好一会儿了。"我说："好，好。"又说："你来了应该找个地方躲起来，看我等得不耐烦了走过来走过去的，你再出来，喘着气告诉我说路上堵车了。"她羞羞一笑说："不想那样。"我说："好，好。"我要去买门票。她说："我来早了，就买好了。"我笑了，用电影中的口气说："你，大大的好，架子的没有。"她说："不想那样。"就进了公园。在公园里有两个小孩追着玩，前面一个回头望着后面追的人，一头撞在她身上，她马上扶住了说："小心，小心，会摔着的。"孩子笑着跑开了。我看着心里很温暖，想起有一次跟屈文琴搭公共汽车，一个乡下女人担着一担鸡和蛋，售票员不让上车，她拼命挤上来了，担子碰着了屈文琴，她大叫一声"小心点！"售票员要那女人买两张票，她不肯。屈文琴说："占了这么多地方就要买这么多票。"我碰她一下，她才不说了。

接下来我和董柳的事情就有点太公式化了，我甚至觉得事情的展开太顺利太平淡，没有阻力就无法使感情的力度得到充分的表现和证实。董柳太相信我，我说什么都是真的对的，这简直使我对她产生一种怜悯以至忧虑。如果不是碰上我而是碰上一个玩心眼的人，那她会是什么命运，还不哄得她一愣一愣的？有一次我对她说："说真的你猜我读过研究生没有？"她说："读过。"我说："说真的我在北京漂了几年，混不下去了，就冒充研究生回来了。"她说："读过。"我说："你也没检查我的档案，我现在跟你说真的，我那几年在打混混。"她说："读过。就算没读过也不要紧，但是你读过。"我说："亏你碰了我，碰了别人就给骗去了。"她说："我一个小护士，他骗我干什么？"我笑了说："骗你干什么？骗不了你的钱骗你的人，骗不了你的人骗你的感情。"她望着我说："我就那么不会看人？"这倒使我觉得非得跟她好下去不可，不然她跌到坏人手里花花公子手里怎么办？我说："将来我们没有房子你可别怪我。"她说："这不是有一间吗？已经很好了，我们现在还跟做学生差不多，四个人一间也过来了。"我说："那你准备跑路，每天来回就是两个多小时。"她说："闲着也闲着了。"我说："我这个人不喜欢当官，对权力一点感觉都没有。"她说："当老百姓的总是多数。"我把自己担忧的事说出来，在她那里都不是问题，我索性说："真的到那天呢，别人都要搞个车队去接亲，还要花车，再摆几十桌，我们就算了。"她说："你说算了就算了，你买一套红衣服给我穿，我要你买的。"我说："这么说就没有障碍了，你今晚别回去算了，反正现在新娘子一百个有九十九个是旧娘子，我们也不能免俗。"她说："那不行，我就愿意做那百分之一。"我说："昨天我填登记表，在职务那一栏填了科员，括号，享受科级待遇，在婚否那一栏填了未婚，括号，享受已婚待遇。"她抿着嘴笑，连连摇头，表示不信。那天去登记了，她说："我这一辈子就归你了，你不变心就好。"她催我去买红衣服，我们就上街去了。她还舍不得买太好的，我觉得太委屈她了，我说："我现在只有这么大的能力，欠了你的，有一天我会还你的，你相信我。"我说着不知为什么直想哭，眼泪都流了下来。她掏出手绢帮我擦泪说："怎么了你怎么了呢？这么多人，怪不好意思的。"说着她自己也哭了起来，用衣袖遮了眼，跑到一个角落对着墙壁呜呜地哭，一边说："哭什么，哭什么，要高兴才对，其实我心里很高兴，很高兴的。"

董柳把一口箱子从医院提过来，又买了几件家具，我们在各自单位发了几十包糖，就结了婚了。搬来的那天董柳说："我本来不想找个学医的，他们把人都看成了细胞，太没有意思了。"我说："学中医的

"你说算了就算了,
你买一套红衣服给我穿,
我要你买的。"

还是把人看成一个整体，不把人分解了来看。"新婚的感受真不知怎样描述，一会儿觉得很有激情，一会儿又觉得就这么回事。倒是董柳有一次在事后说："我怎么早几年没碰到你？"我搞来一张旧书桌放在门外，摆上油盐酱醋，一把刀一张砧板，再用砖头垫着搁上藕煤炉，有模有样地过起了日子。董柳似乎很满足，到底是女人。我呢，找了很多中医典籍来看，好久没有认真看过书了。一天到晚也没有什么事来找我，也没有什么人来找我，我觉得自己像个现代隐士。我在报上读到一条消息，省文联主席梅少平放弃了职位，离开省城，到当年当知青的乡下隐居去了。这条消息给了我一种信心，人家那才叫作境界呢。纷纷扰扰的世界在我看去是空空荡荡，地老天荒。这样我心中更加平静，跟他不同的只是我隐居在城市罢了。虽没有结庐山野，又没有独钓寒江，可心中没有挂碍，恬然安然怡然，颇有那么点大隐隐于市的感觉，也算活出了一点境界。

20

我在中医学会的感觉其实比在厅办公室好。上班可以看书，出去一两个小时也没关系，没有什么事在等着，更不会有人等你一出办公室就提着你的名字叫得天下都知道。如果不是带有惩罚性质，我倒要感谢提出这个建议的人。

坐在我对面的尹玉娥三十多岁，是照顾夫妻关系从县里调来的，她丈夫是计财处的彭副处长。她眉描得细细的一线，涂着口红，扑了面霜。我怎么看怎么别扭，可她自我感觉好得不得了。我上班第一天她说："怎么到我们这个鸟不拉屎的地方来了？"我说："鸟不拉屎，静得好，鸟不来吵，人更不来吵。"她说："我还是很欢迎你的，小廖调走了，有时候我守庙样的守一天，嘴都闭臭了。这里养老倒是一个好地方，年轻人只想冲锋陷阵，怎么坐得住？厅里对你也太不公平了，才几个研究生？你得罪谁了？"我说："我得罪谁了，你告诉我。"她说："其实谁都知道你得罪谁了。别人舔都来不及，你还冲上去惹？"她这么一说，我感到了一点亲近，又想到她丈夫跟马厅长可能有那么一点不对劲的地方。

厅里的事尹玉娥她都知道，谁快下文任职免职了，谁跟谁是什么关系，她都知道。我来厅里这么久，见了谁的面都点点头，可点头与点头之间的差别，说着同一句问候的话的语感，还有眼神的不同，我从没深切体验过。她就有研究，她要是有文凭，肯定又是一个人物。她经常对我说说厅里的人事，我想不想听都得听着。她每次说完又叮嘱我别出去说，她说："传出去了那是你自己知道的。"我说："那你就别告诉我，不然从哪里传出去了，还以为我是罪魁祸首。"她似乎不懂我的意思，也许是克制不住说的冲动，说："对别人很多话我也不会说，是不是？你吧，你是例外，是不是？"

尹玉娥爱唠叨，可没有压力，这跟丁小槐不同。我爱听就听，不爱听就到图书室去看书，或者找晏之鹤下一两盘棋。精力过剩就借了棋谱来钻研棋艺，不久便大有长进。俗事都已放下，欲念不甚强烈，天下已经渺远，时间过得飞快。看着厅里许多人围绕着权位时时盘算日日焦虑，觉得非常可笑。我以看表演的眼光看那些人，这是一些没有时间观念的人，他们把鼻子前的那点东西，那点转瞬即逝的东西看得太重了，不能放开眼光往远处看。就算是占了一点小便宜吧，也只是脸盆里的风暴，是一粒芝麻，是臭虫放的一个屁。一个人，他能老是琢磨着那个臭虫屁吗？好几次我用同样的问题去问别人："马厅长前面是谁当厅长？"大家都知道是施厅长。施厅长前面呢？就没有人知道曾有过一个聂厅长了。聂厅长前面,连我也不知道了。聂厅长已经作古,想当年他也风光过的,还不是世事如烟?时间使一切重大的事件都变得意义暧昧。这使我感到非常欣慰,看他们那一群俗人,每天就动些小脑筋,搞些小动作,撑破了天当个处长厅长,也逃不脱随风飘逝的命运。那么察言观色低三下四拉拉扯扯,值得?那些为了某种坚守,生前受尽磨难而在时间之中永垂不朽的人,他们才令人口服心服呢。又把他们的书找来重读,越发觉得博大精深韵味无穷,这样我感到了一种登高临远的安宁。我何必盯着自己的鼻子尖,碌碌于身边的琐事?我要展开心境,看一看天边的风景,想一想远处的事情。

这天下午我到图书室看书,晏之鹤等他的棋友没来,就对我说:"小池来一盘?"我说:"上班时间我到底不敢下,别人看见了又记我一条,厅里的自由人也就是您了。"他说:"那我等等,我今天是棋瘾上来了。"快下班的时候他已经把棋摆好,说:"来来来。"小赵交代我们走时关门,就走了。第一盘他输了说:"先让你一盘,调动一下情绪,不然你以后不敢跟我下了。"第二盘他赢了说:"来个三打二胜。"我说:"我老婆还等着我呢,算您赢了,您赢了。"他说:"赢怎么能算,你送我一个精神胜利,我不领情。"又下一盘,我故意走了一步臭棋,他赢了说:"小伙子,第一盘开局你当头炮占了先,你以为老一套总是灵?你犯教条主义了。"这以后他棋瘾来了,晚上在楼下喊我到他家去下。我说:"晚上下个一两盘还是可以的,下午可不敢下,我可不敢犯自由主义。"他说:"那好,不耽误你的前程。把下午那两盘移到晚上,晚上就多来几盘。"

晏之鹤连个科长都不是,又那么一把年龄了。我真不知怎么叫他。总不能叫他"老晏",更不能提着名字叫,叫晏老师,也很别扭,厅里没有这个习惯。从这里我看到了没有职位的尴尬。最后我决定了叫他"晏公",幸亏中国词汇丰富,各种细微差别都可以找到相应的名号,东方不亮西方亮。这么叫了几次他似应非应,我感到了不对劲,我们毕竟不是同辈的人。有一次他下赢了,说:"小池你下象棋还要学。"我说:"那我就称您老师,以后多指导。"这个称呼他马上就接受了。

有一天晚上下着棋晏老师突然说:"我看你跟别人还是有点不同。"我说:"各人有各人的活法。"他说:"你对以后有什么想法?"我说:"想法就是学您晏老师做个自由人,不看张三李四的脸色,不向王五赵六倾诉委屈,挺起来也是一条汉子。"他走了一步棋,说:"差矣,我是过了气的人,倒退二十年还是要干一番事业的。"我说:"我倒是很羡慕您,活得潇洒。"他说:"差矣,你羡慕我,证明我们还是气味相投,算个忘年交,但厅里哪有第二个人羡慕我?我有一点自由,那是点小自由,我什么都不要,无欲则刚,别人拿我也无法,领导还真怕我这种什么都不要的人。真正把东西一把抓在手里了那才是大自由,东西,明白吗?"他把五指张开,又紧紧握住,举了上去。我也把拳头捏紧了说:"就是那东西,有了它就什么都有了。"他说:"人生在世,就是跟世界打交道,口说无凭,都是泡沫,有东西才是真的。"说着他又把拳头捏一捏,"我女儿去年医学院毕业分到郊区去了,我想把她调回来,手里没东西。我手里有东西也不至于到这一步,我有自由?愧为人父呢,弱国无外交呀!你看我住的房子,厅里像我五十大几的人,有几个住两室一厅,我有自由?有了小自由,丢了大自由,大自由要付出小自由的代价,天下没有免费的午餐。"我说:"晏老师您说的我也想过,但那等于要一个人把自己的根拔了重新做人,怎么可能?一种血在他的血管里都流了有几十年了。"他说:"你刚从学校毕业,血性未凉,书生意气,反过来说是教条主义严重,守着几条原则以为是真的。殊不知人间真实从来不从原则出发,利害才是真的,原则只是一种装饰,一种说法。这样都几千几万年了,不会因谁而改变。"我说:"照您这么说,丁小槐倒是对的,错的是我?"他轻轻一笑说:"话看怎么说。"我说:"我也不傻,我就是做不到,我拼命扭也扭不曲自己。什么都没有很痛苦,可要想什么都有还得装出一副嘴脸,那更痛苦。看丁小槐跟领导走路的样子,侧着身子走,头扭着跟一株向日葵似的,我看了要把眼珠子挖了才好。"晏老师说:"这也是一种想法吧。"

晏老师的话给了我一种刺激,一种提醒。我能不能总是这样下去?我已经习惯了现在的生活,董柳也没有异议。可是我心中的平静还是被打破了,内心燃起了一种欲求。正在我打算更深入地思考这个问题时,偶然翻到了一位我喜欢的散文家的文章,他指出现代人的欲望都被扭曲了,这是商业文化的误导,也是商人们为了赚钱设置的一个陷阱,引诱人们去追求那些多余的东西。殷纣以酒为池悬肉为林,他也只有一只普通的胃;秦始皇筑阿房宫为室,他也只有五尺之躯。而理想的人生,应该是审美的人生。读到这些话我心有所动,再去读古人的书,真惭愧自己根基太浅定力太差,几句话就把欲望煽了起来,与先贤们不能比啊。几千年过去了,无限的时间在今天像几页教科书一样被一只苍白的手轻轻翻过。我们只有到先贤的生命褶皱中去访微探幽,才可以感觉到些许的沉重,感觉到历史的雪山融化之时那似有似无的簌簌之声。不朽的灵魂在虚无之中盈盈飞动,留下一道道优美飘逸的弧线。他们是为了纯粹的心灵的理由而坚守的人,在空旷寂寞苍凉广阔的历史瞬间茕茕孑立,形影相吊。这样想着,我又平静了下来,有一种双脚踩在结结实实的地面的沉稳感。

以后我跟晏老师光是下棋,不再继续那天的话题,他也不说。我回避着,那太伤我的自尊心了。渐渐地我下象棋也有了瘾,哪天不杀几盘心里就憋得慌。好在董柳很开通,晚上出去也不拦着我,自己守着那部十二寸的黑白电视机把爱情连续剧永远地看下去。我在厅里没有什么发展,她也从无怨言,她说:"我知道你这个人的毛病,太敏感了,这样安安静静过日子也好。"有了这点理解,我放宽了心,理解万岁。我觉得作为妻子,再也没有比理解更大的优点了。同时我也明白了自己在生活中的位置,青春的冲动已经渺远,剩下可以自我安慰的,就是自己还可以守着那一份清高,做一个人。

21

董柳专注于自己的日子,对其他事情没有兴趣,她不下棋不打牌,不串门不聚会,在家里就是待得住。结婚以后,我就成了她关注的焦点。她早出晚归,每天早早起来,把早餐做好。每天买什么菜,买多少,她都写在台历前一天那一页上,我中午下了班,撕下那一页,放在菜篮里,到菜场去买菜,买好了她晚上回来做。我说:"简单点算了,图个省心。"她不同意说:"那你活着干什么呢?"我随她去,反正不用我操心。董柳说:"你吃了这么几年食堂,太委屈了,现在的任务就是把前几年的委屈补回来。"我说:"吃食堂也没有那么可怕,下地狱呀!"她不高兴地说:"我闻着食堂里的菜气就反胃,你说好你一个人吃去,晚上我做一个人的饭。"晚上她把饭菜做得特别精细,可以在楼道里忙上一两个小时,然后端上来说:"尝一尝吧,小炒肉丝,食堂里吃过没有?"我说好吃,她说:"你说真的还是假的?"不等我回答又说:"说假的也没关系,把假的说上几十年,就等于是真的。"她最大的希望就是想有一间自己的厨房,经常说:"那多好啊,那多好啊。"好像那想象中的厨房就是共产主义似的。有一次她从水房里洗碗出来,提着一桶水,在楼道里跟邻居碰了一下,碗打了,水泼了一身。邻居说了她几句,她也没回嘴,回到房里低着头抹眼泪。我说:"她不讲道理你别理她。"她还是抹泪,弄了半天才知道她主要是心疼那几只碗。我说:"算什么呢,会有的,厨房会有的,厕所也会有的,一切会好起来的。"她温顺地点点头说:"是真的吗?"我感到惭愧,口里说:"怎么不真?"又安慰她说:"别人小孩都几岁了,还住在这里。"又疑心说这些话主要是为了安慰自己。

董柳特别讲卫生,好几次她说:"谁设计的,把厕所跟接水洗碗放在一起,把我的碗也熏臭了。"经常提了桶去冲厕所。她愿意当家,就让她当家,我的工资一百七十八块,加上她一百二十三,当这点钱的家她也有极大的兴趣。每个月发了工资,我拿十元零用,其余都交给她。她用一个活期存折把钱存了,十块钱去取一次,二十块钱也去取一次。我说:"也不怕把自己和银行里的人烦死了。"她说:"我闲着也闲了,有利息呀。"婚后第一次过年,她说:"我以你的名义给家里寄点钱好吗?"她爸爸是乡间邮递员,妈妈没有工作。我说:"你寄,别问我。"她问我寄多少,我说:"由你决定。"第二天她从邮局拿了汇款单回来要我填,我说:"还绕这么大的弯,你寄了就完了。"她说:"你填他们就相信是你寄的。"填好了地址我说:"寄多少钱?"她说:"三十块钱好吗?"我说:"三十块钱能干什么,写六十吧。"她抓住我握笔的手,把存折从一双袜子里掏出来看了看,又想了一想说:"那就写四十。"我写了五十。她说:"那我们过年就节约一点,别像别人过那么肥的年。"

董柳的工作就是给人打针,我去看过几次,她一直坐在那里,整天就那么几个动作。她的动作特别准确到位,我没有看到过要重来一次的。有个老太太是长期病号,血管脆了,打针免不了要重来,但董柳接手以后就从来没重来过。老太太管她叫"董一针",这个称呼在医院传开了,可别的护士还是叫她"董柳",倒是不少医生叫她"董一针"。我问她整天那么重复烦不烦,她说:"不烦。"我说:"毛主席一天到晚批文件,你一天到晚打针,两个人都是一天到晚做一件事。"

跟董柳在一起吧,她从来不去想那些抽象的问题,这使我有点遗憾。没读过大学,毕竟还是不一样。我关注意义甚于关注生活,她关注生活甚于关注意义,不一样。有几次我对她说人应该追求意义的道理,她反问我:"追求意义又有什么意义?"她把我给问住了。我说:"对于这个问题,人们只能沉默。"她说:"人何必跟自己过不去?"我说:"只有跟自己过不去的人才是真正的人。"有一次她们医院组织到大叶山去玩,我作为家属也去了。晚上住在山上,春天里山风很大,我和她坐在大树下,她说冷,我搂紧了她说:"你看天上的星星。"她说:"看见了,星星。"我说:"它们挂在那里都有几十亿年了,人才能活几十年,还没有几十亿秒呢。想想一个人能活几十年,还觉得挺长,可再一想,只有两万多天,像我还活掉一万多天了,你想想吧,好恐怖啊。"她说:"我不想。"我说:"一个人想想星星,再想想自己,就知道自己是怎么回事了。"她说:"我不想星星也知道自己是怎么回事,就是池大为他的妻子这么回事。"我说:"董柳你什么东西都是实打实去想,还算半个知识分子呢。"她跳起来扯了我的耳朵说:"是不是嫌我没文化?你说!"我说:"再扯就扯断了!"她松了手说:"想星星管什么用,你告诉我。"我仍旧搂了她说:"一个人总得想一些对自己没用的事情,不然怎么叫人呢?"她说:"听不懂!"又说:"要我去想星星我还不如想一想厨房的事,想星星管什么。"我说:"这也是人生真谛。"她说:"知道了。"躺在我怀中不再说话。我在山风中望着星星一闪一闪地跳,望了很久。仰望浩渺的星空,一个人可以得到心灵的平静。为生活中那点琐琐碎碎庸庸碌碌的东西焦虑,惶惶然,值得吗?有意义吗?在星空下我越发坚信,有一个需要用心去感受却难以说明的灵魂的空间真实地存在着,那个空间与世俗世界不同,价值不同,原则不同,眼光不同,一切都不同。那完全是另外一种境界。望着星空我有了一种大气，它使我有力量去做一个踏雪无痕履水无迹的忍者。心灵的平静是一种至高的价值，这是圣者之圣，忍者之忍，在不经意之中，已经沟通了无限。

董柳唯一的爱好是逛商场，不一定要买，那么空逛着也很满足。有一天她回来说，看中了一件外套，浅蓝的面料，底边镶了淡黄的花，手感也很柔和。她比画了半天，我说："那么好你买回来。"她说："还不知道你喜欢不喜欢呢，我一个人喜欢有什么用？"我说："你喜欢我就喜欢。"她扑上来抱着我的脖子亲我一下，又堵着我耳根悄声说："要七十五块钱。"我说："七十五就七十五，又不是两百。"她寻出存折来看了好一会儿说："还是算了，我一辈子都没穿过这么贵的衣服。"第二天又说起那件衣服，要拖了我去看。我说："你把钱带上。"她说："先看看吧。"看她穿了果然不错，有一种高贵的味道。我眼前一亮说："这才像个新娘子呢。"她说："那我一跺脚就买了！可惜今天没带钱。"回去的路上一直跟我讨论这件事，到睡觉时还在说，从被子里伸出手来摸到存折来看，口中喃喃不知在念什么，然后说："下个月买，下个月我就不犹豫了。"我说："想买就买，对自己也不要太小气了。"她说："小气是我的权利。"我说："也是你的专利。"她说："我愿意小气我自己，我愿意。"

后来我把外套的事忘了，董柳也不再提。这天我从商场经过，忽然想起，就跑到楼上去看，衣服还在，而且，我心中跳了一下，降价了，只要四十九块了。晚上她回来，我把这个消息告诉她，谁知她淡淡地说："算了。"我说："你说了这个月买的，而且四十九块钱也不是一笔巨款。"她说："说不定还有很多别的事要用钱呢。"我说："你想凑一个整数买冰箱吗？"她说："说不定还有别的事。"我问她有什么事，她说："你自己想。"我说："想不起来。"她说："那是你没有心，有心就想得起。"我想想哪天是她的生日，哪天又是结婚纪念日，都不是。她手伸过来，手心贴紧了我的手心，我感到了一种湿润。她望着我，眼中有着异样的光彩。我心中一闪说："难道，莫不是，可能，你有……"我一只手在她的腹部画出一道弧线。她先是低下了头羞涩地笑，又抬起来，微噘嘴唇露出骄傲的神色。我把她拖过来，在她胳膊上一轻一重地咬了几口，她疼得嗷嗷直叫，这声音刺激着我，我非得再咬几口才解渴啊。她说："以后我们家就是三个人了，你的地位从第一降到第二，你别有失落感。"我说："我还会跟自己的儿子争地位？跟别人我都懒得去争。"她说："你怎么就知道是个儿子？"我说："我想着就是。"以后她每天起床睡觉之前都拍一拍床沿，说这是她老家的习俗，一直拍下去就会生儿子。我说："亏你还是个学医的，在那一瞬间就定下来了？"可她还那么拍下去。

22

过了两个月，董柳的身子一天天显形了。我想她拖着这个身子每天挤车上下班可怎么行，万一把孩子挤掉了，那可是一条命啊。往深里一想我就不寒而栗，我把自己的担心跟董柳讲了。她说："我还没有那么娇贵吧。"这时我听到一个消息，丁小槐的妻子原来在一个县农机公司开票，现在调到省人民医院来了。我的心里悠地荡了一下，要是能把董柳调到这边来就好了，上班十分钟就走到了，省了多少时间精力啊。这个脑筋迟早要动的，现在正好有个现成的理由。我把这件事想了几天，不知要去找谁才好。求别人办事，这对我来说实在是太困难了，还没行动呢，自己就在心里把自己堵死了。到领导家敲门？那张门可真不容易进啊，要有把自己踩到淤泥里去的勇气才行，我有吗？这天我看到马厅长往办公楼去，我心中一动，想着事情过去都一年多了，他还会不高兴？我绕了一个圈，迎着他走过去，装作是偶然碰到，站住了，叫了声"马厅长"，脸上的笑也堆起来。马厅长叫声"小池"，停住了。他显然注意到了我的表情有些特别，用询问的目光望着我。我在他的目光中读到了一种淡漠，就像有一种神奇的机器在身上一抽，把我的勇气都抽走了。就在我犹豫的一刹那，马厅长点点头就过去了。我全身发热，额头上的汗一颗颗暴了出来，用手指头一抹，一串汗珠成一条线地坠了下去。幸亏我还没有把这种想法跟董柳说过，不然怎么去面对她。又拖了几天，问题还是搁在那里没有解决。这天董柳回来说："今天回来，下车被别人挤下来，差点摔了一跤。"我听着心里急得发疼，逼着自己非得试一试不可，这可不是什么小事，试了不成吧，我也对自己有个交代。

好几天我心里想着这件事，董柳问我什么事不高兴，我说："不知怎么不高兴它自己就来了，跟个蚊子似的嗡嗡嗡叮着你，赶也赶不走。"这天中午我提了篮子去买菜，看见一个人在卖花。我看着一盆花很好看，随口说道："这是什么花？"那人说："箭兰。"我说："多少钱一盆？"他说："你真想要假想要，真想要就三十五块算了。"我说："三十五？讲错了吧！"他说："名贵花卉，比利时的品种，这两年才传过来的。你看这支箭冲上来，笔挺的呢。"我说："十块钱还差不多。"说着我要走，那人连忙招手说："慢点走，再看看这支箭，笔挺的呢。我也退一步，十五块钱算了，名贵花卉，说十块钱怎么好意思说出口呢？十块钱就算对得起我，也对不起这盆花。"我说："没带那么多钱。"就离开了。那人见我真走了又在后面喊："拿去拿去，货到地头死，贴了血本也要出手。"我把那盆花放在篮子里，越看越喜欢。到家里我放在窗台上，又浇了水，心想："可能真的是名贵花卉呢，名贵花卉也可以大幅杀价的呢。"看着那盆花我心中忽地一跳，名贵花卉都可以杀价，我自己总算不上什么名贵花卉，我怎么就不能杀一杀自己？把自己看成名贵花卉，那合适吗？就算是的吧，也不能说就不能杀那么一杀。像那个卖花人一样，生意成了就是目的，就是一切。这样我下了决心，把厅里的领导逐个想一遍，想起孙副厅长孙之华碰了我还算热情。就找他试一试？再怎么说董柳总比丁小槐的妻子强吧。有一次我陪董柳值夜班，住院部有个婴儿输液，两个护士连扎四针都没成功，就到急诊室这边把董柳叫去了。婴儿的父母正大发脾气，吵着要找院长。董柳一针就成功了。我打算在见了孙副厅长的时候，把这个故事讲出来，这一点都不吹牛的。

　　第二天上班我就去找孙副厅长，到了办公室门口，想推门进去，又不知里面有没有人，有人就不好开口。我退到楼道口望着，想着如果有人，说完事也就出来了。正等着下面有人上来，我马上就往下走。上来的人是丁小槐，他很热情地说："大为，好久没到这边来了，忘记老朋友了吧？"我应着说："好，下次来。"就走了下去。"忘记老朋友了吧"，品一品这话，是处于优越地位的人说的话，弱势的人能这样说吗？谁跟你是老朋友？这么一句随口说出的话，细想下去，真可以听出一种关系，一种结构。我池大为也并不缺少什么，怎么就在结构中处于这种地位？说起来也是我自己把自己给规定死了。妈的，一个人就是不能把自己看成什么名贵花卉。

　　我在楼梯上来回几趟，想着孙副厅长办公室应该没人了，走到门边，把双手反到屁股背后面做了一个捏着气筒打气的动作，一下，两下，三下，似乎也真的添了一点勇气，不再给自己犹豫的时间，就敲了门，一拧手柄，走了进去。里面坐着一个人，是个女的，背对着我。我感到意外，正不知怎么才好，孙副厅长说："小池，有事？"我站在那里，结结巴巴地把事情说了，原来准备的话忘了一大半，"董一针"这三个字也没说出来。孙副厅长说："现在每个单位编制都紧，省人民医院就更紧了,原则上本市是不照顾的,很多家属在外地的都没解决呢,是吧?"我一听没戏了,说:"是倒也是,只是董柳她挺着肚子每天挤车上下班,太危险了。"他说:"我等会就打个电话给耿院长,他说行,就行。"我连忙道谢,这时那个女的转过脸来朝我笑一笑,我吃一惊,竟是屈文琴。我慌乱地点点头,挤出一个笑,逃了出来,短短几分钟,我衬衣都汗湿了。

下午我对尹玉娥说去图书室,就骑车去了省人民医院。路上我想着只要有一点希望,明天就带董柳过来看看,没希望呢,就不对她说了。哪怕在妻子面前,我也丢不起这个脸,让她对我还保留一种想象,别把我看透了。万一有希望,也给她一个意外的惊喜。去了问到耿院长在开会,我就在外面等着。等烦了又到处走走,看到注射室已经有四五个人,心里就凉了一截,几乎没了信心,但想着问题还是没解决,心里挣扎着坚持下来。又看见丁小槐的妻子在挂号室,见了我叫一声:"池,池——"犹豫着终于叫出,"池干部,来检查工作?"我觉得这个称呼可笑,没人这么叫过。要真是个干部吧,哪怕是科长,问题就解决了。我说:"好久不见你先生了,他还好吧?"她说:"他好什么,一天到晚给别人打杂。"我说:"快了,快了。"她说:"快了快了,我都不知听多久了。他那个快其实就是慢。"有人来挂号,我就走了。

等了两个小时,会散了,耿院长出来,有人跟着他说什么,我也在后面跟着。到办公室门口,那人走了,我赶紧抢过去,先提到孙副厅长,又介绍了自己,再把事情说了,耿院长说:"孙厅长给我打了电话,仔细说起来,你的问题也是个问题。"我连连点头说:"是个问题,真是个问题。"他说:"要我把你的问题解决了,我还是有困难的。"我一听口气不对,也不管三七二十一把董柳介绍了一番,"董一针"三个字总算说出来了。他听了也没有特别的兴趣,说:"你知道，我们这个医院位置好，级别又摆在这里，多少人想钻进来，我手头上压下来的名单都有十好几个，我的压力很重啊。别小看一个护士，要插到一个什么地方，不容易。"我说："董柳她挺着肚子去挤车实在太危险了，前几天下车还被别人挤下来，摔了一跤。"耿院长看了我说："真的那么危险？"我说："这件事董柳的同事都知道呢。"他笑了说："如今什么都是假的，药都有假的，只有骗子是真的。"我心中猛地一颤，脸上仍赔笑说："耿院长不相信我？"他说："信，谁说不信？我真的愿意相信。"又说："再考虑考虑等等机会好吗？"我道着谢，就出来了。下雨了，我在雨中骑着车，一点感觉都没有。

　　回到厅里已经下班了。我把自己关在办公室，恨不得把头往墙上撞过去。我就是这样没用，解决不了问题。对他说董柳挤车危险有什么用？董柳又不是他的老婆。只有骗子是真的，这话你得听着，惨啊。丁小槐他能办到的事，我就是办不到，惨啊，惨。经历了这两个回合我也明白了，调动一个人可不是那么轻松的事，那是一项系统工程，这个工程的基础，就是自己的地位。没有地位，谁会理我？我突然一闭眼睛，双手用力抓紧自己的头发，使劲地往上拔着，要把自己拔离地面似的，手用一下力，双脚就跳离地面一次，口中一边嚷着："你！你！你！"那么跳着把自己想象成一只青蛙，手更用力一些，也跳得更高一些，"呱！呱！呱！"

　　回到家里董柳正在炒菜，她见我浑身淋湿了，丢了勺子就把我拉到床边，用枕巾给我擦头，又去找衣服，抱怨我怎么不带把伞。我低着头任她摆弄，眼泪都快流出来了，抓起枕巾装着擦头用力一抹。晚上晏老师在楼下喊我去下棋，我没有去，我得陪一陪董柳。睡下后我对董柳说："以后我用单车把你送到三路车始发站，你就不用挤车，也有位子了。"我原想着她可能会不肯，怕麻烦我，谁知她马上就答应了，说："那样你不太辛苦了吗？每天要跟我一样早起。前几天差点摔一跤我也怕了,把儿子摔掉了怎么办?他真是一个人了,会动了,他也有活着的权利。"

23

产前两个月,我要董柳别去上班了。她很为难地说:"史院长他不会同意的,医院里大部分都是女的,你一个月她一个月,就搞不成了。我试了一下他的口气,那不行的。"我说:"这个史院长真是个死院长,还是个屎院长。你跟他说你住得远,要挤车,情况特殊。"她说:"要说你去说,我不说。"我说:"你试一试,把道理跟他讲透,讲透!你挺这么大个肚子,出了事他负得起责?"晚上董柳回来,也不吃饭,坐在床上抹眼泪,她说:"就是你要我去说,我说了不行你还要我去说,他一句话就把我堵到墙壁上。"我说:"这个死院长屎院长他怎么说?"她说:"他说人人都有特殊情况,大家都特殊就没有规矩了。"我恨恨地说:"想不到世界上还有这么狠心的人,不是他自己的老婆!你不要工资可以不呢?"她说:"你行那人人都行了,不是我的问题,是规矩。"我气得跳脚说:"这个乌龟,老子一剑宰了他。"说着右手举上去,一只脚抬起来摆出金鸡独立的姿势,食指中指并拢了比画着一把剑,用力一挥,"老子一剑!"董柳笑了,说:"你真是个侠客倒有办法了。"我心中恨,可恨归恨,事情还是悬在那里,恨有什么用?苍白无力。我下了决心还是要去找孙副厅长。怕自己犹豫,我在心里对自己说:"你以为你是什么名贵花卉,名贵花卉还要杀价呢。老子就是要把你踩到淤泥里去,怕我踩不下你?"我边想着右脚在地上使劲旋磨了几下。找了孙副厅长,他说:"上次说调动我不敢说拍板,毕竟卫生厅还不是我一句话能把事情说死的，对吧？这个请假的事，我想应该问题不大吧？老史也是多少年的熟人了。"他抓起电话说："我现在就打。"打完电话他说："董柳明天就不用上班了，一直到休完产假再上班。"又说："老史说医院人手紧，你老婆她业务又好，他舍不得呢。"我没想到这事当面就办好了，心中像放下了一块巨石。我鼓起勇气说："孙厅长你这么关心下面的人，我想说什么我也不说了，以后有什么要跑腿的事，你就让我跑一跑吧，你相信我总是会给你跑好的。"他伸手过来跟我握手说："好了，那就这样了。"这个举动我没料到，马上握了他的手，连声说："孙厅长，谢谢的话我就不说了，说那些话反而把我这心里的意思说淡了。"我说着左手在胸口拼命拍了几下，就出去了。

晚上我把事情对董柳说了，她说："怪不得护士长让我休息了这两个月，说是史院长招呼的，我想怎么可能呢？"我说："你们史院长说前天没同意，是你业务好，舍不得你呢。"她说："当领导的真的会说话，舍不得我！"我说："舍不得是一种说法。不能坏了规矩又是一种说法，有些人左边说过来右边说过去，左右都是说法，那些说法是狗，跟在他们后面跑，都从来不跟在我们小人物后面跑的，连说法都被一些人承包了。其实说法是个屁，有权才是真的。"董柳说："你没看过阿尔巴尼亚的电影《海岸风雷》？里面说，墨索里尼，总是有理，过去有理，现在有理，而且永远有理。"我说："垮台了就没有理了。"她说："不过反正还是要感谢孙厅长，没他一句话我还要跑，把孩子跑掉了就惨了。"她摸着自己的腹部说："那就对不起这个孩子，我早就把他看成一个人了，是什么样子我都想出来了，主要是像你。"又说："以后孙之华派你做什么事，那是看得起你给你机会，你还是那一副老样子那就对人不住呢。"我说："知道，你想我会吗？我不会。那样我不成了忘恩负义的小人？我会吗？不会，不会，别人对得起我，我也要对得起他。"

我跟董柳商量好了，孩子生下来，就把她妈妈接到城里来。这样就非得再要一间房子不可。随着产期的临近，这事情已经是火烧眉毛了。董柳说："你能不能想点办法？不然我妈妈就来不了。"我只好到行政科去找申科长。我来的时候他对我那么热情，现在去求他帮帮忙也许有点希望。我打听了下面三楼刚空出来一间房，要过来就解决问题了。我去了行政科，申科长正在看报。我想把气氛调节得亲热一点，脸上荡着笑叫了声"申科长"，他也叫了声"小池"。我想跟他握一握手，手伸出去，他双手仍拿着报，把视线从我的手上移开，抬头望了我说："好。好。"我说："申科长最近还好吧？"他说："好，好，好？从哪里好起来？"我正想绕着弯说房子的事，他说："有什么事，你说。"我说："倒真有事想麻烦您。"他说："不然你也不会来。"我就把事情说了。他说："你的困难，我们是知道的，我们的困难，你就不一定知道了。你的心情，我们也是理解的，我们的心情你理解不理解，还很难说。知道你的困难理解你的心情，并不等于能解决你的问题。房子要有才行，对不？有了要排队才行，对不？"我说："那总不能让我跟岳母娘住一间吧，那太不人道了。"他说："天下也不能说事事都人道，我在这张椅子上一坐就是十一二年，谁跟我讲过人道这个好听的词？气得死我早就气死了，可惜人又是气不死的。大家都只有忍一忍，叫谁一个人忍着，那人道吗？"他正憋了一肚子气，心里窝着怨愤，我碰着了，也是活该倒霉。可是房子的事，实在是绕不开又躲不过去，我赔了笑说："申科长您对我总没有什么成见吧？"他说："我对谁也没有成见，我敢？"我说："我刚来那年，您把我送到宿舍里，还帮我到招待所去提东西过来，我都还记得。"他淡然说："我不记得了，我老了，记性坏掉了。我做过什么好事，别人要我帮忙的时候总都还记得，平时就都忘记了。"我仍厚了脸皮赔着笑说："能不能考虑我的特殊情况……"他打断我说："从来就没有一个人说自己的情况不是特殊的。"我站在他面前,真的说不下去了,咬紧牙关仍站在那里,笑着说:"三楼那间空房,空也空着了。"他马上说:"你的信息还算灵,只是还不够灵,那间房已经有安排了。"我说:"那就是说没有办法?"他一只手一捏一捏说:"你说呢,如果我能用手捏儿套房子出来,办法就有了。"话再也说不下去,可实在也不能放弃。我退到沙发上坐下,想再找几句话来说。申科长一边看报,一边偏过头去喝着滚烫的茶,长长地出着粗气,像是品赞,又像是叹息。

为了避免沉默中的难堪,我也拿起一张报纸来看。正看着有人进来,叫一声"申科长"。我听声音很熟,从背影看出是丁小槐。申科长马上站起,把手伸了过去,两人很亲热地握手,申科长又把另一只手盖了上去,丁小槐也这样做了,四只手握在一起,使劲地摇。丁小槐说:"申科长我那件事……"申科长对他使个眼色,丁小槐回过头来说:"大为也在这里。"我扔下报纸说:"你们谈,你们谈,我走了。"出了门我在心里骂了几句"小人",可骂有什么用,房子到手才是真的。丁小槐肯定也是来要房子的,他妻子也怀孕了。我心里盘算着,如果丁小槐是要别处的房子,那就算了,如果要三楼那一间,我非得撕开脸跳出来争一争不可。董柳比他的妻子要早生一个月,这就是道理,卫生厅还能没这点公道?这么一想我又有了点信心,下午我还要去,就用这个话堵着申科长,看他还有个什么说法?我不在乎闹到厅里去,论工龄我比丁小槐还长一年呢。

到办公室我忍不住把这件事对尹玉娥说了。她说:"当然是应该先考虑你,论工龄,论学历,论孩子出生先后,那都是你跑在前面。要我是你,搞不成我就一直告上去,告到哪里都不怕,卫生厅不讲道理,总还有讲道理的地方吧。"我听出她的话有点别的意味,可还是觉得她讲得好。中午我吃过饭,去厕所时看见丁小槐扛着一张钢丝婴儿床从五楼往下去,我说:"孩子还没生呢,床倒买好了。"他说:"撞着优惠打折就买了，反正要买的。"回到房中我心中一惊，他把床搬到哪里去？我赶紧下楼探头一看，他正好进了三楼那间空房。怎么回事！回到房里，我使劲在桌子上拍了几下，怎么回事！我只觉得脑袋里有火在熊熊燃烧，烧成一片通红。又拼命在桌子上拍了几下，手掌火辣辣地疼。下午还没上班我就等在行政科门口，申科长来了，我勉强笑了说："申科长。"他说："你又来了？"我说："我的问题还没解决呢。"他说："不能说人人有个问题就立马得解决，我的问题十多年了，问都没人问过。"我说："我要房子吧，可能还有别人要，但总还是有个规矩是不是？有个说法是不是？谁比我工龄长学历高，他的孩子又先生下来，分给他我没意见。"申科长望着我，微微点头说："是要有规矩，也要有说法。"他那嘲弄的神态激怒了我，我说："我妻子这一两个星期就要生了，生下来就多一个人，那间房子是分给多一个人的人呢，还是分给少一个人的人？"申科长"嘿嘿"地笑，也不作声，又是一口一口地喝茶，长长地出着粗气，像是品赞，又像是叹息。那种声音使我难受得要命，再一次听到的时候我冲口而出说："这个道理吧，我想能在行政科讲清楚了最好，说不清还有厅里呢，还有省里呢。"他望着我说："省长可能闲得无聊了，来管这间房子。"说完又"嘿嘿"地笑，笑纹一直牵到耳根，眼睛也眯成了一条线。他这么笑着，笑得我心中发虚，不知为什么，我的信心在笑声中迅速减退。他哈一口气说："年轻人啊，叫我怎么跟你说？你总不是最近从天上下凡的吧，人跟人怎么好比呢？人家丁小槐是科级办事员，你知道不知道？要说排队，他多五分呀！"他说着把五只手指一张一合地比画，"五分，知道不？别说你孩子没生下来，就算生下来了，你工龄多一分人口多三分也只有四分，这不是我申仁民定的政策吧？你到省里去说，省里的人恐怕还不止多那一间两间房吧，我们怎么可以去攀比，人能跟人比吗？"他这么一说，我呆了似的望着他，一时好像糊涂了。他说："好好想想,回去好好想想,想通了就好,实在想不通再来讨论还是欢迎的,到厅里省里去讨论也是可以的。"说着对着门做了个手势。我失去了意志似的,顺着他的手势就走到了门外。

整个下午我就坐在办公桌前发呆,双手支着头,不说什么,也不想什么。尹玉娥看了我也不问什么,待一会儿就出去了。快下班时她回来了说:"下班了!"我望她一眼点点头。她说:"没搞成是吧?"我机械地点点头,说:"人家现在是科级干部了。"她说:"这件事我知道了,是个科级还不是科长,再说批文还没下来呢,要下个星期才有。"我一听就更气了,说:"文件还没下,手就伸到前面去了,偏偏就有人配合着这么紧。"她说:"世界就是这么回事,你想让这个世界不是这么回事,那不可能。"我说:"怎么走到哪里人家总是有说法,左右都是说法,那说法像他养的狗养的奴仆在屁股后面,他的利益在哪里说法就跟到哪里,跟得紧!我总找不到一个说法,有说法都被别人的说法套住了。"她说:"说来说去还是人被套住了,人被套住了说法也就被套住了。"我说:"有些人永远有说法,有些人永远没说法,人能气死人啊!墨索里尼他妈的总是有理,一定要把他抓起来他才没理了。老子——我,趁着这几天文件还没下来,豁出去吵一场看着怎么样!"她说:"那是要去吵,硬柿子谁也捏不动!"我把桌子一拍说:"看老子——我,看我明天!"她说:"看你,看你,小池可不是那么好捏的。"

回到家一想,吵也没什么意思。还没吵出个名堂,文件就下来了,还会下得更快,结果只能是我自取羞辱。人被套住了说法也就被套住了,这就是世界。我对董柳说没有房子,还要等,没告诉她自己今天的遭遇,没有勇气说。董柳失望地低下头,好久没作声。到晚上董柳知道了丁小槐搬家的事,当作新闻告诉了我。我装作刚听到说:"是吗?是吗?"她说:"他凭什么跑到你前面,你还是研究生呢。"我说:"人的手有长有短。"她要我去质问行政科，我含糊着答应了。后来她再没追问这件事，我在心里感激着她的宽容。岳母来的前一天，我把房间整理了一下，把家具尽量挤着放，又把一些东西摞起来，在门边腾出了一小块地方，塞进一张单人床，两张床之间用一道布幔隔开。董柳说："还真挤下了一张床！"我说："你妈妈肯定要骂我的。"她说："她不会的，她又不是什么高级人物，在乡下一辈子都苦过来了，还怕这点苦？"我不作声，拍一拍她的肩膀。

24

本来计划好了，董柳就在市第五医院生孩子的，可就在要生的前几天，她们院里的产科出了事故，一个孕妇大出血死了，家属搞了几十个人来闹了几天，开口就要赔十万。那些来闹的人与死者并不沾亲带故，而是一帮专门吃"了难饭"的人，赔的钱要分一半给他们，没闹到钱一分不给。于是那帮人拼了命来闹，日夜不息。第五医院到处贴满了标语，一些人举着死者的大幅相片整天守在医院大门口。"闹头"自称死者的舅舅，代表死者家属出面谈判。医院不堪其扰，赔了五万二千块钱，事情才平息了。我去联系住院事项时正看见这种场面，心里凉了半截。产科主任说："叫董柳到别的医院去生，我们科里的人手都软了。"我又到财务科去要支票，科长说："你们自己先垫着，回来再报销，医院的账上都空了。"

我们只好临时决定到省妇幼保健院去生，交了八百块钱，住了进去。预产的前一天医生通知我说："还要交一千块钱。"我说："怎么要这么多？"医生说："她的情况很可能要剖腹产，万一大出血呢？要抢救要输血。"我一听"大出血",脑袋里就"嗡嗡"地响,说:"有危险?"她说:"也没有那么危险,看你脸色都变了。"把催款单给我就走了。我问董柳怎么办,她说:"要这么多?要这么多?"我说:"存折上还有钱没有,我去取出来,到时候真要输血,你能不输?"她说:"那钱还没到期,再说我还想留给孩子用的呢,他生下来冰箱肯定要买一个的。"又说:"花这么多钱,叫我回去怎么报销?钱就是我们财务科长的命,你要钱就是要他的命,那张脸真要人看的。"我说:"总不能说要了自己的命吧?"董柳还是舍不得那笔钱,说:"还没到期呢。"岳母说:"你们城里人还少这点钱?"我说:"妈妈,城里也没有金矿挖。"岳母说:"不够我还带了点钱来了。"掏出一个手绢包,一层层打开,厚厚一叠都是五元十元一张的。我说:"哪有倒过来要您老人家钱的事?"岳母说:"那也有三百五十七块钱呢。"董柳叫道:"妈你赶快把钱收起来,再不收我就不生了!"说着撑起身子要起来。我赶紧双手按住了说:"董柳你不高兴你骂我打我几个耳光都可以,你膦着个肚子要到哪里去?现在可不是赌气的时候,要赌也别拿孩子赌!"她马上躺下去,嘴里说:"大为你叫个车来,我回院里去生,我就不相信碰到我会那么倒霉,实在要倒霉那是命。"我说:"董柳你别说这些山高水低的话!"又说:"妈妈你赶快把钱包起来。"就冲了出去。

我骑车回到厅里,也管不了那么多了,就向尹玉娥开口说:"董柳她是剖腹产,要多交一千块钱,我一时也凑不上,能不能在你这里周转几天,就几天。"她吃惊地说:"剖腹产?那可要小心!那不是开玩笑的,要小心!我一个熟人的朋友的妻子,就是……"我打断她说:"说不定今晚就要上手术台了,钱还没交呢。"她说:"差多少?一千?谁也没有这么多闲钱放在家里。"我说:"能不能到你家计财处长那里去通融一下,就算我私人借款。"她说:"我要是有钱放在那里,我现在就跑回去给你拿来。财务上的钱,谁敢动一根毫毛,动一根毫董柳叫道:"妈你赶快把钱收起来,再不收我就不生了!"

毛都是犯法的事,除非你到马厅长那里去批张条子下来!财务上的纪律……"我没听完就跑了出去,回到家里乱翻一气,把袜子一双双拆开,扔得满床都是,想找到那张存折,也没找到,气得我双手叉着腰站在那里把董柳狠狠地骂了几句。又到监察室去找莫瑞芹,她说:"你的忙我肯定是要帮的,一千块钱也不算什么大数。明天行吗?"我说:"说不定今天晚上就要动刀子了,如果真要输血……"小莫说:"我就到银行去取,你在大门口等我。"匆匆去了。一会儿小莫回来说:"存折是在这里,没想到我先生他设了密码,我去取钱还是柜台上告诉我的。明天上午我一早就送过去可以不?"我说:"谢谢了,谢谢了。"跳上单车就走。骑了不远我又转回来,问题还没解决呢!我很生董柳的气,把张存折看成命干什么!可在这种时候,我又怎么能向她发作?到第五医院去生算了,不见得就轮到我们又倒那血霉!我到小车队去找大徐,他说:"马厅长就要下班了,还有半个小时,来得及吗?"我犹豫一下,计算着路程,大徐说:"走,大为,咱们一块走。"上了车我说:"大徐你真是个哥们儿。"到了病房我说:"董柳你想走我们就走,车都来了。"岳母说:"这就要生了还走到哪里去?我的女儿不走!"我急得跳脚,只觉得脑袋里塞了几吨炸药,引信都点燃了,又手通了电似的恨不得就甩自己几个耳光,又恨不得捅自己一刀才解恨。董柳说:"妈妈你把那一千块钱给他。"岳母果然掏出几张百元钞票来。我说:"等一下。"飞跑到楼下,叫大徐赶快回厅里。上来我问:"哪里又来了钱?"岳母说:"刚才董卉来了,拿了这一千块钱,说好是给孩子买东西的。"我说:"董柳你要你妹妹的钱干什么,她还是个学生!"董柳说:"那肯定是任志强给她的。"我说:"那就更不能要了,任志强的钱,我要它干什么,还不知道他的钱哪来的,万一不干净呢?他工资比我还低,还要抽好烟,他有干净钱?"董柳说:"没有根据不要乱说,这不是开玩笑的事,你先拿着交了再说。"我跺脚说:"不要,不要！"董柳说："你实在不要我出了院报了账还给他，争了这口硬气也只有这么多用。"我想想眼下没这钱还真迈不过这道坎去。什么叫一钱逼死英雄汉？我把钱接过来说："那讲好了，报了账就要还的。"

孩子总算平安问世，是剖腹产，取了个大名叫池一波。孩子的出世改变了很多东西，首先就改变了我自己，也改变了董柳。就说我吧，我从小就苦惯了，现在这种不愁吃穿的生活已经足够。多少年来，我把那些屈从于身体几个敏感部位的欲求而贪得无厌的人都看成"猪人"，再加上"狗人"，都是动物中的低下者，是我心中极鄙视的。董柳呢，对生活也没有特别高的要求，别的护士找到有钱的男朋友，穿上漂亮的衣服，她也不怎么羡慕。可对孩子，这样就不行了。董柳说："我自己受一万个委屈都没关系，我早就想通了，总比在乡下好吧。对我一波呢，他受一点委屈我心里就扯着疼，真的有一根钢丝在扯着疼，我受委屈就是为了他不受委屈。"这样，婴儿摇床、衣服、尿不湿等她都要买最好的，奶粉要买原装进口的婴儿奶粉，至少是能恩和力多精，国产品牌她看都不看一下。我说："外国牌子贵几倍最多也就是个名。"她说："我就花钱买这个名，我心里踏实，没亏着我一波。"有一次我假说能恩没有货，就买了伊利奶粉。她冲着我说："男人，男人，男人呀！"一定要我马上去把能恩买回来。又说要买个冰箱。我说："你也学会赶时髦了。"她说："这都是起码的东西，我一波半夜要吃奶，我奶又不够，临时冲奶粉，半天不凉，早冲好放在冰箱里，开水一烫就可以了。"就买了一台万宝冰箱，挤得房子里下脚的地方都没有，过来过去都要侧着身子。一波晚上爱哭，非要摇婴儿床才止哭，可楼下的人有了意见。以后一哭岳母就起来抱着来回地走，一边哼哼地唱着才行，还不能坐下来，坐下来抱着都哭。董柳说："你看我一波好敏感，是坐是站他都知道了。"我说："这样下去怎么得了，三个大人都不要睡了。"董柳说："那你的意思是我一波他不该哭，他哭的权利都没有？谁有权利剥夺他哭的权利？"我说："孩子是摇窝里惯坏的，让他哭两天，哭了也不抱，他知道没希望，就不哭了。"董柳答应试试，可真哭起来她还是忍不住，自己爬起来抱着拍着。我说："孩子你要跟他作斗争。"岳母说："他刚生下来你要斗争他！他是地主还是反革命？"董柳说："你良心是黑的吧，黑良心的人还知道爱自己的儿子呢。所有的总共全部统统加起来才这么一个儿子，你还要斗争他。你要斗争他，我们就斗争你！"

董柳存了两千多块钱，原来以为孩子生下来可以撑一阵子的，可太多的东西要买，那点钱落花流水般地去了。董柳看见别人用折叠式推车推了婴儿在外面晒太阳，马上要我陪她去买一辆回来。我说："百把块钱半个多月的工资呢。"她说："那我不管，别人孩子有的我一波也要有，你别以为他是小孩，看了别人有他没有，他心里也懂呢。我偏不信我一波比谁低一些。"我说："一波他心里知道什么，他还会争强好胜？"她说："要省我省我自己。"第二天她就去买了一辆回来。为了保证一波的需要，大人的一切都省到了极点。董柳以前去商场，总喜欢去看时装，偶尔也买一件，现在她看都不看，直奔婴儿柜。说起吃的吧，那些肉啊蛋啊我基本上都戒了，端上桌我只象征性吃一点，都省给董柳吃，她要喂奶。董柳的食量一下大了许多，剩多少菜她都全部扫到嘴里去，一边说："发胖了就算了，有些人为保持身材不给孩子喂奶，我真的不理解，还是做母亲的人？我还要那么好的身材干什么，只要我一波身体好就好。"

我从来没有感到过钱是个这么有用这么重要又这么好的东西。以前我想着钱除了满足那几个敏感部位的呼唤，还有什么用？一个人把钱看得太重，他的境界就高不到哪里去。可现在我失去了说这种话的资格。钱能干什么？什么都能干，至少可以买能恩和力多精吧。我像睡醒了似的改变了对钱的感觉，反而觉得过去那样看不起钱，真是太矫情了。家里几乎每天都等要钱急用,眼皮下面的这点事实在是火烧眉毛,我哪里还敢说看星星月亮,想远处的事情?我对生活的感觉改变了,只有现实的,才是真实的。玩虚的不解决问题,能解决问题才是真的,这实在是没有办法的事情。钱真的是人生的一大主题,不服气不行啊!这么一来我倒有些怀念在办公室工作的那段时间,每次陪领导出去开会,会务上总找个名目发些钱,当时拿着还很别扭,现在如果有那真解决问题啊。世界上没有比钱更浅薄的东西了,可也没有比钱更深刻的东西了。人活着要解决那一大堆问题,解决问题就要钱,这是怎么也绕不过去的硬道理,比合金钢还硬,这实在是没有办法的事情。

25

一波出生以后,董卉来的次数多了。进屋的第一件事就是把一波抱起来,亲啊逗啊,爱得不得了。她是省财经大学营销系的学生,快毕业了。男朋友任志强在省外贸机械进出口公司工作,专做医疗器械。以前董卉带了任志强来,他开口就叫董柳姐姐,叫我姐夫,我听了很不舒服。任志强夸夸其谈,好像他比世界上谁都厉害,按他的说法,他早晚是要发大财的。董卉找了这么个牛皮客,我都替她着急,替她羞愧。我对董柳说:"你妹妹长得又不丑,人也不傻,怎么被那个牛皮客钓到了?牛皮客还只有大专文凭。现在女孩子都把自己看成喜马拉雅山,董卉也太小看自己了。"董柳说:"任志强那派头我也看不上,可董卉要觉得他好,别人也没有办法。"我说:"下次董卉来了你劝劝她,她至少是个本科生,反过来找个专科生,倒也少见,还是个牛皮客。"董柳说:"现在的女孩子就喜欢这一套,我劝过她,她哪里会听我的,还反过来说我房子又小,家具也不齐,衣服也没几件高档的。我懒得劝她了,各人是各人的命。"我说:"她人没毕业,倒是跟牛皮客把那一套学会了。"

有一回董卉带了任志强来,任志强额前的一撮头发染成了金黄色,这副嘴脸,我话都不想跟他讲,可他似乎不在意我的冷淡,仍亲热地叫我姐夫。我说:"你的头发很有特色呀。"他摸着那撮金发说:"花了几十块钱呢。"董柳说:"志强你头发这么染了不好看,不知道的人还以为是烧焦了。"任志强说:"董卉说好看,她可能是骗我。姐姐说不好看,我明天去把它剪了。"董卉说:"姐姐你们不知道,现在的人都跟着电视里赶时尚,志强他这样是现在最时髦的。我们班有个女同学没人追,把头发这么一弄,倒有一群人追了。要是我没有志强,我也花一百块去弄一个全金的。"我说:"董卉你也要学假洋鬼子?"说着去看任志强的脸色。他倒不恼,还连连点头向我笑笑。我想:"这牛皮客他不简单呢,心理承受能力这么强。"任志强走到桌边,见桌上用一只八宝粥铁皮筒插笔,说:"姐夫你是真正的读书人,还用这洪大妈做笔筒?我下次给你带个岫玉的来,我们读书那是假冒伪劣的,拿着也是鲜花嫁给牛屎了。"我说:"能插笔就行。"他们走了我对董柳说:"真的是鲜花嫁给牛屎了。"

有天下午我到家里去取书,门怎么也开不开,里面反锁住了。我想莫不是进了贼?用力推了一下门,董卉就在里面喊"姐夫"。门开了,董卉和任志强坐在椅子上,瞥一眼床上倒整理得干净,可董卉的短衬衣袖口露出一条乳罩的带子。我拿了书马上走了,晚上我把事情告诉董柳,她说:"真的?我不骂死她个死丫头,送给别人吃呀!"我说:"牛皮客他不吃白不吃,他还讲客气?"过几天董卉又来了,若无其事地冲我笑一笑,那意味似乎是和我达成了默契。我故意出去了,让董柳骂她,过一会儿回来董卉还没走,神态也很自然,又冲着我更有意味地笑一笑，吃了晚饭，才兴冲冲走了。我说："董柳你对自己的妹妹太不负责任了。要是我的妹妹，我不骂得她哭！"她说："董卉她不承认，我怎么办？我现在怀着孩子也不能生气，让她去算了，她要吃一个大亏才会醒的。"我说："你妹妹怎么美得这么来劲，那腰都要扭断了似的。那个牛皮客要人无人要德无德，三百斤野猪一张寡嘴，还学少年哥哥把头发也染了，我看在眼中只恨拔不出，董卉捡起来还是个宝，其实天下男人也没死绝。"董柳说："现在的女孩喜欢那个样子，不那样还入不到她心里去，我做姐姐的也不能打她是不是？"我说："你还护着她，将来会有她好果子吃的，到那天哭都哭不出。"

没过多久任志强当上了业务经理，来我们家越发神气起来，抽的烟也改成了红塔山，董卉嘴里"志强志强"也叫得更欢。他抽烟时我说："董柳你出去一下，你现在闻不得烟，被动吸烟对孕妇最不好了。"任志强马上就把烟戳灭了说："姐姐我真的忘记了。"又说："姐姐我很快就会发起来你信不信？弄不好还搞个副老总当那么一当，过过瘾。公司给我配了部摩托，我骑了这么久，没一点感觉了，起码要搞辆丰田轿车，才会有点感觉。"董柳笑而不语。我说："你真发了财再对董卉她姐来吹。"任志强说："我说我会发财，姐夫打死也不会信，姐姐可能半信半疑，董卉你呢？"董卉说："我还是相信的。"又说："姐姐你别小看他，他可能真有那一天。"我心里想："天下敢吹的人真的有，还跑到我面前来吹，脸上的皮倒也有那么厚，刀也杀不出血。"正想着，任志强说："姐姐你别小看我，我文凭没别人高，不一定能力就比谁低到哪里去。这年头把好处捞到自己碗里就是真的，对吧？我现在跟总公司范主任搭上线了，你们想不到吧？别人好多年都搭不上线，我略施小计搭上了。便宜搁在那里，也就那么多，你不上去抢反正就是别人的，看着别人抢到了那滋味还真不好受。我总结了一条，就是顺势而为，世道变了，你不变？"我说："世道再怎么变，人还是人吧。"

我差点说出"不是插了一根尾巴的什么东西吧"。任志强也不生气,说:"姐夫以为我吹牛皮。"他说着把双手放在嘴边,嗫着嘴唇用力一吹,把双手推开去,"我争口气给大家看看,董卉信不信?"董卉说:"我还是信的。"他说:"姐姐呢?"董柳说:"我信不信?就算信吧,你别过经济上的线。"他说:"要犯错误才能发财,那是没本事。我不过线,线那是过不得的,但是不到线边上去溜一溜也不行,要把政策用足。你们没听说,十亿人民九亿倒,还有一亿在思考,思考怎么倒。"又说:"给我两年时间,大家看一看我,我也看一看大家。"说着飞快地扫我一眼。他走后我说:"连牛皮客都出息了,那这个世界还是世界!跑到我面前来海势欢欢的,他凭什么?"

董柳生一波的时候董卉送的一千块钱,本来想着报了账就还的,可要用钱的地方实在太多,一扯全散掉了。这一千块钱简直成了我的心病,跟董柳说了好几次,董柳说:"我自己的妹妹有什么关系?你别管。"我说:"我就是要管,拿牛皮客的钱不烫手?"她说:"他拿得出证明他还不算个牛皮客,他吹起来了。"这一句话把我钉到墙上,我怔了一阵,说:"那就是牛皮客,牛皮客!那就是要退,自己不吃饭都要退。"董柳把头偏到一边说:"我不跟你讲了,下个月你当家,钱全部给你,除了我一波的东西要保证,你给我吃凉开水我保证不放半个屁。"我又怔了一怔,说:"董柳你对我说粗话!"她说:"我被逼得没办法才说的。"我说:"任志强的钱怎么办?"她说:"你看着办!"到了下次发工资,她把钱塞给我,我当了一个月的家,怎么精打细算也省不下几十块钱来。我泄了气,对董柳说:"下个月我懒得管了。"董柳说:"尝到了当家的滋味吧。"以后我不再提那一千块钱。

董柳过生日的时候董卉又送了一套春秋装,董柳穿在身上很合身,说:"我的身材还没怎么变。"我说:"董卉你还没毕业,你老送东西干什么。"董卉撒娇似的说:"把我姐打扮得风光一点也是让你饱一饱眼福，你不想我姐她光光鲜鲜？"我说："你哪来这么多钱？"她说："反正不是偷的，送给我偷我都不敢偷。我还想送你一套西装，又怕你不要。"我说："那我真的不会要。"她说："你们坐办公室的人，其实装束是很重要的，穿得太随便了不好，人家看你的分量第一眼就看着装的档次，现在是什么社会？"董卉走了，我看了那套衣服的标签，竟要两百多块。我说："我还以为三十多块呢，任志强那小子真的发邪财了，总有一天要给逮进去的，你要董卉多个心眼。"董柳说："你替别人操心干什么？"我说："你最好把这衣服退回去。"董柳说："买都买了，退回去？"我说："你就退到那家商店去，把钱要回来还给任志强。包不定任志强的钱是贪污来的，不然他有那么多钱，怎么可能？到有一天追到我们家里来了，那有什么光彩？"董柳说："那也别以为别人也是赚不到钱的人，总有人赚得到钱。"我说："看那一撮黄毛，他能赚到钱？"她说："那也别小看别人，如今倒是合法的。"我说："董柳你变了，变得爱钱了。"她马上说："我就是爱钱，我一波动一动都要用钱，我爱我一波我就非爱钱不可，有了钱我一波少受点委屈，他受一点委屈我这心里就有钢丝扯着疼。"又说："有些人看着别人比自己能干，心里也钢丝扯着疼。"我一拍桌子说："屁话！"一波躺在床上吓得"哇"地哭起来，岳母赶紧抱起来拍着说："大为你对一波凶什么，你是想凶我呢？"董柳低着头捂着脸，鼻子一抽一抽的。我和董柳好几天没说话，那套衣服她收起来，再没有穿过。

　　过了不久董卉又带任志强来了，董柳说："志强，上次生一波时你们送的那一千块钱算我借的，以后还给你。"任志强说："姐姐你就这样看不起我？别说一千块，一万块又算什么？"董柳说："我怕你犯错误，那不是开玩笑的事。"董卉说："他们是贷到了一大笔款。"我说："贷款来的钱发奖金？"任志强说："就算我赚不到钱，贷款总贷得到吧？贷到了就是利润，反正左边口袋右边口袋都是国家的钱。"又说：

"姐姐我跟你说,我现在正活动一笔贷款,把银行搞信贷的都活动得差不多了,有一大笔,两千多万,贷到手我就会升到副老总的位子上去,还配一辆车。你说几千块钱算什么?"董柳说:"你们二三十人的公司敢贷几千万,怎么还吧?"他说:"贷到了就是利润,谁还会去想还钱的事?张经理走了还有王经理来,王经理总不会因为公司欠了一身的债就不上任吧?"我说:"银行搞信贷的他是猪?"他说:"正因为他不是猪,是猪我就贷不到了。"晚上我对董柳说:"真的不认识这个世界了,居然把这样的机会给牛皮客这样的人。我真的为国家的钱心疼呢。"董柳说:"就是给这样的人,别人还不给呢。"我叹一口气说:"连牛皮客都在我面前显摆了,真的不知道他凭什么!"

26

房子中间有一道布幔,晚上拉开就变成两间。岳母睡在门边的小床上,和我们脚对着脚。刚开始我晚上很难入睡,心里别扭得要命,过了一阵也习惯了,人还能不睡觉吗?一波满月之前,晚上都忙着对付他,也就这么过来了。过了几个月,晚上安静了些,有时候我心中有点动了,碰一碰董柳,她手朝门口指一指,我就算了。第二天我对她说:"昨晚上喊你你还不过来呢,还要我求你吧!"她说:"我以为你是开玩笑的。"我说:"那还要我写份申请书?"她说:"那你今天晚上再喊我。"到晚上熄了灯,她主动摸到我身边让我搂了。我搂了一会悄声说:"肚子饿了把馒头放在你面前,就是不准吃,你说这心里难受不难受?"她说:"你才是馒头呢。"又说:"谁叫我们只有这点命!睡吧。"过一会她睡着了,我总是睡不着,心里有小虫子在咬似的,小虫子的舌头和爪子是什么样子都被我想起来了。我爬起来披着衣服坐着，月光照进来，在地上投下窗户的方影。我抬头看看月亮，看久了感到了莫名的诱惑。我忍着不去理会自己，忍了一会又仔细去体会那种愿望，似有似无的飘忽不定，我想甩开，它却游上来，我想抓住，它又远逝了。我把手伸到董柳身上去，她醒了，说："干什么？"我说："不干什么。"又说："你妈妈她睡着了。"说着轻轻爬过去，隔着布幔听了一听，又揭开看了看，爬回来说："真的睡着了，来吧。"董柳反抗了一下，就说："随你。"刚开始，门边有了一点响声，我身子突然一缩，就滚到了一边，气都不敢出。那边摸索了一会儿，岳母自言自语说："上厕所去。"开了门又在门边说："我还想出去走一走。"就出去了。我说："今天我的脸都撕下来被踩到泥里面去了。"心里真觉得无地自容。董柳说："先别讨论那个问题，你要来就快来，完了我去把她叫回来，晚上会凉着的。"我说："我还来，我是条狗！"她说："那不怪我啊。"就坐起来说："我去把她叫回来。"披上衣服去了。我从窗口往下看，只见岳母坐在台阶上，黑黑的一个身影。

　　我到快天亮才合了一会儿眼，起来了简直不敢望岳母一眼。岳母倒是若无其事，吩咐我去冲牛奶，洗尿布。我体会到了她的意思，她想给我一个安心，没想到一个农村妇女还这么心细。往深里一想我越发感到羞愧。她是明白人，明白人什么都明白。晚上我从晏老师家下棋回来已经十一点多钟，岳母还没睡，坐在床边拍着一波哼着曲子。我说："您还不睡？"她说："年龄大了，瞌睡就浅了。"又说："不知怎么胸口有点闷得慌，想到外面去走一走，要好一会儿才回来。"她去了我想喊她回来，董柳扯我一下。我说："我的脸都丢尽了，你跟你妈都说什么了？"她说："我自己的妈妈没有关系，再说她什么事情不知道？"我摇头叹气说："这些事都被别人知道了，我把这张脸皮揭下来贴到街上去算了，还是跟那些治脏病的小广告贴在一起。"董柳说：

"其实别人反正都是知道的。"又说:"不是我跟她讲的,是她主动跟我讲的。"我说:"干脆把自己剥光了站在大街上去,反正除了人,猪啊狗啊谁都是剥光的。人他妈的还是不是人啊!做什么事总要讲点情绪吧!"董柳说:"好不容易腾出来一次机会,你抓紧时间。"

接下来的事情真叫人羞愧到要一头碰死,我不行了,怎么也不行。董柳安慰我说:"这是偶然的,没关系,我们下次再试试。"我说:"快去把妈妈叫回来,不然那坏事做没做都是做了。"以后又找机会试了几次,一次比一次令人羞愧。我掩饰说:"就是那天被吓着了。"她说:"你自己弄点药吃吃,你是学医的,知道该吃什么药。"我抗拒着这个事实,把药一吃不就承认了自己的无能么?我说:"吃药?我还没到那一天吧,把药一吃病就真来了。"以后我就回避着,董柳也不提,就这么过了几个月。

这天晚上胡一兵来看我,我想找机会把这苦恼对他说一说。坐了一会儿他对董柳说:"嫂子我带大为去江边兜一下风,你不会骂我吧?"董柳说:"是嫌我家里太挤了吧?"胡一兵说:"岂敢,岂敢。不过再怎么说还是应该多一间房才好,现在大家不但讲生活水平,也在讲生活质量了。"我说:"一兵你别把董柳的火气点燃了,不然你拍屁股一走,我的苦日子就开始了。"董柳说:"别让一兵以为我是只母老虎。"胡一兵带我上了车,放了音乐。我说:"人人都有自己头疼的事,有时候人还是不是人呢。"他说:"你夫人真是个贤妻良母,这样的生存空间她也过下来了。要是我这么挤着,我夫人早就拔腿跑了,还跟你过?她一天到晚把'生活质量'四个字挂在嘴边,不知道她从哪里学会这一套,忽然变成了一个享乐主义者。说了她几次还辩她不赢,再一想人不活生活质量又活什么?那么大家一起讲质量吧,可我们的钱到手就光,好像有鬼在后面追着你。"我想,怎么一兵他也有了点猪人的气息了?我说:"那个鬼还不是在你心里?跟张三比了还跟李四比，一辈子也没个完。"他说："细想起来人这一辈子也够恐怖的，一点聪明都拿去应付自己的欲望了。说到底在物质生活中是找不到归宿的，可是反正找不到还不如把这边的事办好，没有方向总得给自己找个方向，不然活着就灰暗了。首先是活着，然后是怎么活。活着的问题就不用讨论了，既然来到了这个世上，反正你不能去死，剩下的问题就是怎么活。怎么活？还不是去追求生活质量？"我说："时间真能改变人呢，十年前我们几个走在乡间的小路上，唱着'蓝天佩朵夕阳在胸膛'去搞农村调查，那时候的胡一兵心中有'生活质量'这几个字？更不用说当作人生理想了。"这时小车音箱里正唱道："是我改变了世界，还是世界改变了我。"胡一兵说："改变世界？那是青年哥哥不知自己几斤几两，以为世界是可以改变特别是由他自己来改变的，用虚伪的悲壮自欺欺人，真不知自己何许人也。以为世界可以按自己的设计而改变的人都是可怕的人物，狂妄分子！"我说："于是人只剩下了一件事可做，把自己的生活质量提高提高再提高，那人还是不是人呢！"他叹口气说："说起来其实也很可悲，自己成了器官的奴仆，每天给主人挣钱弄香的辣的，还要给他洗脸洗脚，看着他慢慢衰老最后死去，一辈子就把句号画上了。"我说："有时候想起来人生真是一场喜剧，上亿条精虫只有你跑在前面变成了人，其余的兄弟姐妹都被冲到厕所里去了。反过来一想又是一场悲剧，精心照顾自己的器官一辈子，它还是要背叛你，一天老一天最后携你逝去。"车到江边，我们下了车，伏在栏杆上看江心船来船往，灯光闪烁。我忽然感到自己失去了倾诉的愿望，就沉默着，他也不再说什么。

忽然有几天，岳母总是在睡觉前弄了桂圆肉煮蛋给我和董柳吃，还放了很多枸杞。我吃了一点，舍不得多吃，就要董柳吃那碗大的。可每次岳母都把大碗塞到我手里，我心中就疑惑起来。我问董柳说："你都跟你妈妈说些什么了？"她说："说什么了？这几天变天了，要她记着给一波加衣服。"我看她的脸色平平淡淡,就没有捅穿了问。岳母又买了乌龟回来,红烧了,直往我碗里夹。我说:"我鸡蛋还舍不得多吃,吃乌龟肉!"岳母说:"今天撞着便宜的,就买了点。"我心中疑疑惑惑,过几天经过菜市场时问了价钱,要三十多块钱一斤,几乎把我吓得栽了一个跟头。回到家里,岳母又弄了乌龟肉,是清炖的。她不等我问就说:"今天又撞着便宜的了,不买真舍不得。"我望着董柳,她正低头给一波喂米粉糊。我说:"你们吃,我不喜欢吃。"董柳抢过我的碗,把汤舀到我碗里说:"没听说过不喜欢吃。"我心中突突地跳着,低头吃了几口饭,放下碗筷说:"下棋去了。"就走了。

到办公室关上门,我举起一张报纸来看,看了半天也不知上面说了些什么。再逼着看,还是看不进去。突然,自己也没有料到,我把报纸用力撕成了两半,感到了一种莫名其妙的快意。再把破报纸撕碎,再撕碎,嘴里说着:"舒服,真舒服啊!"桌上堆着一大堆纸屑。我把纸屑一把把抓起来,从窗户扔了下去。董柳把这件事告诉她妈了!想到这里我没有勇气再往下想。待了不知多久听见董柳在外面叫我,我说:"加班!"不去开门。过一会我以为她走了,却又听见她叫了几声,我说:"告诉你我加班,听不懂中国话!"听见脚步声在楼道里犹豫着,还是走了。

过了不久董柳又在外面叫我。我说:"说了我加班,我儿子都只要说一遍就懂了。"她说:"我一波他要找爸爸呢。"果然儿子哭了一声。我还不开门,又哭了一声,我把门开了,说:"你把一波弄哭干什么,你拧疼他了吧,他犯了什么错误你要拧他哭!"董柳抱着一波一声不吭眼泪直流。我说:"你还哭,我们自己的事你跟你妈讲什么屁,我今天不回去了,睡在这里。"她说:"大家都是为你好。"我说:"我哪点不好,还一次两次弄了乌龟来给我吃,真的有病我学中医的我不知吃什么?"她说:"人家是想你好。"我说:"嫌我不好,那你去找好的去,我保证不会打你的岔。"她把一波抱起来,脸贴着一波的脸哭出声来。我说:"你还哭,我的脸都被你踹到粪坑里去了!"董柳哭得越发有感情,一抽一抽地喘不过气来,一波也跟着哭起来。我叹口气,走过去把她的肩扳过来说:"好了,好了,好了还不行吗?"伸出舌头把她眼角的泪都舔了。她说:"大为,得想个办法,我们自己就算了吧,我一波也跟着受罪,你不要以为他没感觉。那么挤的地方,一抱进屋他就哭,要到外面去,他也憋得慌呢。"我说:"我也不能到哪里去抢一间房子来,你们医院能分给你两间,我愿意天天跑。"她说:"你知道人家只是个护士,又不是男人,更不是研究生。"我说:"还拿这个话来噎我!噎死我我也没有办法!"我双手抱着头蹲了下去,又捏着拳头在头上一下一下敲着,说:"男人,男人!"一下比一下重,"看你这个男人是怎么做的,看我捶你不死!"董柳抓住我的手说:"别,大为,别,别!"不知怎么一来,我也抽泣起来,董柳索性放声大哭,一波也哭起来。我抱过儿子,董柳也靠过来,一家人哭在一处。

27

董柳说得不错,要想办法。可怎么才能搞到一间房子,我想不出办法。我觉得对不起董柳,也对不起儿子。儿子不愿进屋,进屋就闹,连他都感到了压抑。我自己委屈吧压抑吧,我无所谓,我不会因此而去给别人赔笑脸。可全家都跟着我委屈,我心里不好受。我逼着自己又去了行政科,在门口我停了一下,调整好面部的肌肉,进门时就把脸上的笑堆起来。我笑嘻嘻地话还没说完呢,申科长就甩过来一句话:"没房。"我还想说,刚开口,他说:"说得再多也说不出一间房来,你信不信？"我的笑挂在脸上，一时不知是放下来好呢，还是更加舒展开好。出了门我恨得痒痒的，把拳头捏了又捏，不想打别人，想打自己。

这天董卉和任志强来了。任志强进门就说："姐姐我们是开车来的。"董柳说："怪不得刚才喇叭在楼下响了好几声。你真的弄了一辆车？"董卉说："姐姐还以为他吹牛，他也不是个纯粹的牛皮客呢。"任志强说："我还升了副总经理呢，银行信贷员被我搞定了，为公司立了一功，奖我这部车，算我的业务专车。"又说："姐姐你下去看看车？还是丰田车呢。"董卉说："姐夫也去？"我说："我还要洗碗呢。"他们几个就下去了，岳母抱着一波也下去了。我探头在窗口一望，一辆红色的车停在那里，很神气的。他们一出现我就把头缩了回来，心里很不是滋味。居然轮到这样的人这么威风，他凭什么？可无论如何他把东西弄到手了，这是事实。其实车对我并不重要，我要了也没什么用，可那点意味实在叫人忍无可忍，我池大为就这么无能？这时董柳上来了，我赶紧作势要去洗碗。董柳抿嘴笑了说："我们乘车风光风光去，你去不去？"董柳的笑意使我很狼狈，我说："我已经跟晏老师说好了，等会儿要去杀两盘。"董柳说："随你。"就去了。过了一个多小时董柳和岳母回来了，还在讲那辆车的事，很是兴奋。看着董柳说笑的神情，我有着说不出的感觉，眼神不对，笑意不对，连嘴也张得不对，以前她不是这样笑的。那时候她是怎么笑的我说不上来，反正不是这样笑的。董柳问："谁赢了？"我知道她是明知故问，还是说："我又不想去了。"她说："我就知道你。"又说："以后你对任志强不要老是那副爱理不理的样子，董卉都有意见了。"我说："我理他干什么？他有车？车谁没坐过？只有那么大的意思。"董柳说："照你说这也没意思那也没意思，自己没有的东西都没有意思，不知道什么意思才是你的意思。在我看来别说轿车，就是我一波的婴儿车都有意思，日子就是这样方方面面零零碎碎凑起来的。自己没有也就算了，最好别说人家有了没意思。我没有本钱我不做出那种看不起人的样子，别人能干我就承认他能人，不是个能人也弄不到一辆车在手里玩。说人家这也不行那也不行，你凭什么？"我真想发作一番，可一发作我就太失态了。我冷冷地笑几声说："他也许是个能人，可他是个好人吗？把国家的钱骗来这么潇洒，他想过要还？骗到手就是利润，这是好人做的事？"我右手抓了左手的小指，露出指尖，"有这么一点良心的人都不会做这样的事！这样的人还要我去看得起他，那我就真的贱到家了！他们做的理由，正是我不能做的理由。"董柳望着我，叹口气说："大为我真的想着你是个好人，还可以说是很好的人，可如今世道是能人的天下了，好人又有什么用？能人开进口小车，好人三代同堂，这都是摆在我眼皮底下的事实，一个人总不能装作连这点事实都没看见，我还想骗自己，可骗得下去吗？"我说："董柳你变了，你变了，你变了。"她说："主要是世界它变了，它变了，它变了。"

把道理说到天上去，没那间房子这日子还是难过下去。又过了一个多月，我发现二楼又空出来一间房子。我去找申科长，他说："有安排了。"我还想说，他说："你的情况我知道，可是分房子要排队，你岳母没有户口，总不能给你加人口分吧。"说着对着门口做了个送客的手势。出了门我想，不说一只狗，就是一头猪被逼急了，说不定还咬谁一口呢，何况一个人？我池大为不想做出一副强盗嘴脸，可是没有道理讲你怎么办？我把自己看成一个人，一个好人，甚至一个人物，可有谁把我看成一个好人一个人物？我不可能因为自己是一个好人而引起别人的同情或关注。我认识到了这只是自恋，可我说服不了自己，我没有办法成为一个操作主义者。我想起任志强，他什么时候有过良知的包袱？可他成功了，他的确是一个能人。这样想着我也没跟董柳商量，摸到一把改锥就下了楼，一下子就把那间空房的锁给撬了，自己换上了一把锁。晚上董柳下班回来吃惊地问："妈妈的床呢？"我说："搬到楼下去了。"她似乎听不懂我的话，细眯了眼睛看着我，好一会儿才回过神来说："真——的？分给我们了？"说着把双手举上去做了个胜利的姿态，又捂着脸抽泣起来。我说："门是撬开的，我撬的，撬得好吧？"她不相信似的望着我说："撬——你？"我说："撬——我！想不到吧！我怕什么，道理说到天上去也不能说空一间房在这里，却叫别人三代同堂，那人道吗？"晚上岳母带着一波睡到楼下去了，董柳说："今晚我搞点桂圆肉冲蛋给你吃吧！"我说："就那么看不起我？"我有着一种预感，很自信，很有力量，很有把握，甚至有点迫不及待了。事后董柳说："大为你还跟以前一样，本来我差不多已经忘记你以前是什么样子了。"

　　第二天早上去上班，尹玉娥说："申科长要你去行政科，刚来的电话。"我说："不去。"尹玉娥说："对，就不去，看他怎么着？"我坐在那里有一种大祸临头的感觉，会不会闹到厅里给我一个通报批评，然后还要我搬出来？我心里开始发虚，越来越虚，感到了一种清晰而又不可捉摸的压力。除了申仁民，还有谁会来整我？我说不清，但心虚的感觉却越来越明确，这时我觉得昨天的那种勇气完全是没有道理的。我凭什么，我？我忽然想到马厅长，他会不会把我的行动当作挑战？自从有两个挑战的人身败名裂之后，还没有谁敢挑战呢。这样想着我坐不住了，对尹玉娥说："到图书馆找本书。"就到行政科去了。申科长说："池大为，你不错啊，真能干啊！"旁边一个办事员说："卫生厅这么多年还没听说过有谁自己就把房子占了的事。"我把脸上的肌肉活动了一圈，堆起一脸笑说："申科长，你看，哪有一个男人跟岳母娘睡一间房的事？我都这样睡了八九个月了。"他说："条例是条例，条例上也没定这一条，谁没有特殊情况？"那办事员说："条例也不是我们定的，是马厅长亲自审改了的，是马厅长。"我怔住了，不由自主地说："我本来也不想——"申科长用一个不容置疑的手势打断了我说:"今天搬回去,这件事就算了。否则明天一早,我就向厅里汇报。我是想在科里解决算了,别去打扰领导,但解决不了,我也没办法。"我一声不响往外走,想起董柳,让她白高兴一场了,想到这里我再也抬不起双腿。我心一横,怀着赴汤蹈火的悲壮,又夹杂着死猪不怕开水烫的无赖,回到行政科对申科长说:"房子我肯定是不会搬的。"他大感意外,马上又恢复了镇静说:"那就到厅里解决。马厅长知道厅里还有如此胡作非为的人,你就走着瞧吧。"我说:"我正是要去找马厅长,问问你这个行政科长怎么当的,让老百姓三代挤一间,那人还是不是人呢,是动物吗?"他愣了一愣,显然没料到我会说出这么一番话来,马上又说:"你去你去。"我说:"我现在就到电视台去,请那里的记者来看一看拍一拍。"他说:"你去你去,你以为是给我的脸上抹黑?是给我们卫生厅的脸上抹黑。"我说:"我现在就去。"

回到办公室我给胡一兵打了个电话,他说:"你写封信过来,我们作为群众来信处理,去两个人了解一下。"我说:"他明天就要我搬。"他说:"我先打个电话到你们行政科,就说有群众反映卫生厅有人几代同居一室,问到底有没有这样的事?看他怎么说,我们再说。信你还是写一封过来。"我当即就写了一封信,刚写完胡一兵就打电话过来,说:"刚才打电话找了你们申科长,他说卫生厅没有这样的事。我说一个叫池大为的群众反映了,他说那是以前的事。"胡一兵叫我暂时别搬,有了问题再说。

我想事情不至于这么简单吧,就等着。一有电话来我心中就抽缩几下,怕是行政科或者厅里打来的。等了几天居然没有什么动静,事情就是这样解决了。事后我想了很多,怎么一个人非要把手伸出来才会有机会?等是等不到的,没有人会主动想起你的难处,想起你是个好人。做一个好人是我做人的原则,可意义已经渺茫。为什么要做个好人,我找不到坚实的理由回答自己。我动了一点脑筋,用了一点能人的手段，就把问题解决了。其实，也许，很多事情都没有自己设想的那么难，问题是自己脸要放得下来，把手伸出去，要做得出，要有足够的心理承受力。可如果不是被逼到绝路上，我又怎么做得出那一种姿态？

28

董柳做了母亲以后话多了起来，话题不论从哪里开始，总是会落实到一波身上去，而且不容分说一定是儿子怎么好得不得了。这天她说："我一波刚才对我笑了呢，他只对我一个人笑。"我说："他才三个月他认识谁？不合逻辑吧。"她说："说给你听你也不信，你没发现我一波智力比别人发育得早些？"说着把一波从摇篮抱出来，逗了一会儿，说："看，一波望我笑了吧，笑了吧。"我说："我没看见。"她说："明明笑了你没看见，你眼睛里没有儿子。"这天岳母抱着一波拉屎，拉完了喊董柳去看。董柳从门外把便盆端进来说："你看你看。"我说："屎有什么好看的，快倒了去。"她不高兴地说："知道你就看不懂吧。"岳母在一旁说："你仔细看，仔细看。"董柳说："还没看出来吧，你儿子的杰作呢。"又启发我说："像个什么？"我看了说："也不像什么。"她说："怎么我跑过去一眼就看出来了，你到现在还没看出来，我一波他写了一个8字呢。"我一看倒也像是一个8。我说："再吉利的数字也是一泡屎，快倒了去。"董柳不肯，要借照相机照下来，我忍不住笑说："不怕别人笑你？"她说："我就是要照，将来留作纪念，我一波长大给他看，不是谁都写得出来的，你几个月的时候有这么高的水平？"她跑到楼上去，找丁小槐的妻子宋娜去借照相机，宋娜也是个好事的，抱着儿子下来了。董柳把照相机塞到我手中,我只好照了。宋娜在一旁捂着鼻子偷偷地笑,董柳一点感觉也没有。董柳说:"先放在床下,我等会还要看。"我说:"你不怕臭了自己,就不怕臭了客人。"她说:"我没闻到,我从来没闻到,我一波不像别的小孩拉臭屎。"宋娜本来是一只手捂着鼻子的,只好把手放了下来。

宿舍几个年轻母亲经常抱着孩子在楼下晒太阳,几个人抢着说自己的孩子怎么怎么的好。一个人说了自己的孩子有什么了不起,另一个马上说自己的也不差,举出的事例其实是更好,好像一定要把别人压下去,心里才踏实似的。有几次我看见她们争着说自己孩子的故事,说自己的孩子怎么顽皮,不听话,说出来的故事却是怎么聪明。董柳再一次把一波拉屎的事说出来,眉飞色舞神采飞扬。我在旁边听着,觉得她们简直是一群疯子兼谣言家。我对董柳说:"宋娜差不多就是个没文化的人,你跟她去争什么儿子好儿子好的,跟她争那是比喉咙大,你赢了也是输了。"我把听说的关于宋娜的故事告诉董柳。一次几个人在丁小槐家打扑克,有人问:"丁小槐睡觉打那么重的鼾,宋娜你怎么睡得着?"宋娜说:"我平时不跟他睡呢。"几个人哈哈大笑。丁小槐说:"出宝了,出宝了。"宋娜还呆望着大家不知笑什么。别人说:"平时不跟他睡,战时就另说了。"她这才明白过来。讲完了我说:"这样的人,你跟她去争高低?"董柳说:"我跟她争?那不是降低了我,是降低了我一波。她说她家强强比一波智力还发育得好,有人信没有?吹牛也要摸个边边吹。我看她家强强三个月时根本不会笑,半岁写8字,那是做梦!"又说:"你看一波吧,嘴巴是嘴巴,鼻子是鼻子,睫毛都翘起来了,她家的强强哪一点能比?"接下来又比头发,比手脚,还要比下去,我说:"可以了,可以了。"她说:"强强胖些是真的,胖又是什么好事?小心得肥胖病。"接着又吩咐岳母每天给一波多喂两次牛奶。

一天半夜里一波哭了,董柳爬起来一看,一波的手伸到摇篮蚊帐她说:"我没闻到,我从来没闻到,我一波不像别的小孩拉臭屎。"

外，被蚊子叮了几个包，不一会儿就连成了一片，手背都肿了起来。董柳抱着儿子的那只手呜呜地哭，突然把一波往岳母手里一塞，一头撞到我的胸前，嘴里嚷着："就是你就是你！"我用力撑着她的肩说："怎么又怎么了？"她哭着说："你好呀，你做父亲做得好！让你儿子睡在鸽子笼里，蚊子不在这里成堆又到哪里去成堆？在我身上咬一百个一万个包都没关系，把我关在牢里喂蚊子也没关系，咬了我一波我心里就绞着疼！"岳母把她扯开，她呜呜哭着，说出一连串的事情来，证明我对不起儿子，连没看出那泡屎的意味也算一条罪状。我没有回嘴，我是对不起儿子。这幢宿舍有老鼠有蟑螂，有蚊子有蚂蚁。前几天我半夜起来把牛奶瓶在热水中泡了准备喂一波，董柳眼尖，看见奶瓶上爬了许多蚂蚁，伸手过来把奶瓶打掉了，说："还不知我一波吃过多少蚂蚁了，以后他得了什么病，你要负全部责任。"一波重新睡下后，董柳不一会儿又推我去看蚊帐是不是又打开了，还要把手伸到蚊帐外面去让蚊子咬，说蚊子吃饱了就不会咬一波了，被我扯了进来。她又伸出去说："我偏要，我偏要，蚊子反正是要吸一个人的血才会甘心的，我了解它们。"几乎一夜没睡。

　　后来把二楼那间房弄到了，岳母带着一波睡到楼下去了。董柳说："这下你满意了吧，没人吵你了，我就知道你嫌我一波吵。你其实是最自私的，别人在外面自私，把好处都往家里搬，你在外面做好人，跑到家里来自私。"我说："到外面去自私，我学不会，我生来就不会侧着身子走路，我们池家没有这样的传统。"她说："到外面自不到私就算了，我也不怪你。我吃亏是吃定了，你别让我儿子吃亏。"几乎每天晚上董柳都心神不定，想着儿子处在危险状态。蚊子咬着没有？毯子盖好没有？我说："你总是吓自己，小心老得快！"她说："男人和女人就是不同，不是自己身上掉下来的肉！我老得快怕你丢了我？你真的丢了我，儿子归我，你碰都没有资格碰一下。我有了我一波就够了,我抱着他我怀里是满的,心里是满的。再说丢了我你以为还有谁会来闻一闻你?"又说:"现在的蚊子可不像以前的蚊子,跟现在的人一样,好像都是大学本科毕业,好聪明的呢,纱门纱窗也挡不住,一溜就进去了。"这样她规定岳母一天只能开五次房门。一天晚上她躺在床上看《大众卫生报》,忽然尖叫一声,说:"快,快!"我吃一惊。她说:"这里说有个小孩被老鼠咬掉半边耳朵,去看看一波不会有问题吧。"马上就下楼去看了,回来说:"我的心还在跳。"我说:"你在这方面的想象力倒挺丰富,在大事上有这么丰富就好了。"她一把揪着我的耳朵说:"儿子不是大事还有什么大事?你那些大事都是对着天想,想一万年还抵不上一包力多精,更别说一间厨房了。"又有好几次半夜推醒我说:"我一波在哭呢。"楼上楼下有好几个婴儿,半夜有人哭她必定醒来,尖了耳朵辨别是不是儿子的声音,又要我陪她下楼去看,她自己不敢去。最后连岳母都不高兴了说:"我带不好,你自己带去。"她带了几晚,还是让岳母带去了。

通过董柳我悟出一个道理,一个人在他特别关注的事情上,由于情感还有利益的遮蔽,总会有盲点,使他不能客观地去认识事情。人就是有偏见,有了偏见就不可能有客观性,也不可能有自觉的公正。我用这种观点去看周围的人,发现同样是有效的一种观察方式。就说丁小槐吧,他走在马厅长身边时总是侧着身子,他自己肯定没意识到这种姿态有多么难看,而马厅长呢,也不会意识到身边人的这种姿态有什么不正常。想到马厅长我又想起了一连串的事。马厅长他是何等精明的人,又何等自信,可为什么也经常会犯糊涂呢?他一下楼,几个人抢着帮他开车门,他似乎浑然无觉。他自信到了偏执,别人的任何意见都听不进去,好几个有自己看法的副厅长都被他弄走了,身边只留下一群唯唯诺诺的人,这群人随时可以露出狗的嘴脸,叫他咬谁就咬谁,叫咬几口就咬几口。他经常说,让人家说话,天不会塌下来,到今天仍这样说，可谁说了他不喜欢听的话又能平安无事？我就是其中一个，只怪自己太相信大人物了。还有，他称自己是农民的儿子，农民的本性使他最痛恨奴颜媚骨，但为什么他在奴颜媚骨的包围之中无动于衷？还有施厅长，他在位的时候定下的退休原则是六十岁一刀切，这把刀切了许多人，就是不切自己，六十三了还坚守在岗位上，省里宣布了他退休，他还像受了天大的委屈。世人都有一些生活原则，可又都本能地把自己当作这些原则的例外，原则的手电筒都是用来照别人的。自我是人性的盲点，人太爱自己，本能地从自我的立场去体验一切、评判一切，本能地排斥那些对自己不利的东西。人们对事情的态度总是由自己的情感和利益决定的，没有什么客观性可言。世界上没有无缘无故的爱和恨，也没有无缘无故的赞成和反对，可那些缘故的依据又是什么？不论事情转了多少个弯，说到底那些缘故只能是自己。偏见无法依据逻辑来矫正，它本身就是一个逻辑起点，这实在是没有办法的事情。我能要求董柳客观地看一波吗？人有脑袋，可他的脑袋是由屁股决定的，屁股坐在哪里就说哪里的话，而且坚定不移坚如磐石。道理是假的，利益是真的。道理随着利益转，因此各有各的说法。小人物如此，大人物更是如此，不同的只是小人物没有力量左右事情的方向。这么一想我对理性和公正失去了信心，甚至感到了恐怖。

29

在中医学会待了两年，开始感觉还不错，自由，也没有压力，用不着与别人去争什么，也不怕别人来争什么，真有点审美人生的意味。我觉得做一个边缘人有好处，像个现代隐士与世无争。有了家小生活上有些困难，咬咬牙也挺过去了。可这么过了两年后，我心中渐渐地有了不是滋味的滋味，一种自己也无法确切描述的沉重。就像一个人双脚悬着，没有踩在地上的那份踏实之感。我开始还不太在意这样一种感觉，在我看来，没有麻烦事来找我那是最好，难道谁还喜欢麻烦吗？可久而久之我觉得这种想法不那么可靠，没有事情来找我，就说明世界并不需要我。不被需要的感觉一旦明了，就越来越难以忍受。每天上班我基本上就那么闲着，东抓一把西抓一把就过去了一天。闲得无聊希望有一些事情来找我，把我从这种阴气沉沉的绝望状态下拯救出来。我以前想着能有这么一份悠闲真是人生一大福气，现在越来越意识到这福气其实是一种痛苦。我沉在水底，感觉不到生活中的风浪，却无法躲避日甚一日的无聊。无聊感纠缠着我，我找不到一条排遣的通道，便日甚一日地聚集起来，在心中凝成一个沉重的结。边缘的滋味，被人遗忘的滋味，可真不是滋味。我写了几篇论文排遣无聊，在北京的刊物上发表了，可发了也就发了，没人来说好，也没人来说不好。我好像生活在杳无人烟的荒原，一望无际都是皑皑白雪，我形单影只地站在风中，倾听那一种从天边吹来的神秘声音。有时候我晚上就陪着董柳看电视剧，二十集三十集一晚一晚看下去。有几个月一集接一集地看巴西的电视连续剧《卞卡》，七十多集看完了心里还有点遗憾，也不知道还有没有下部。后来又看上了《血疑》，这样也算心里有了一点牵挂，牵挂着其中主人公的命运。经常是假得不得了，可是一边骂着一边又牵挂着。我简直是疯了，我简直不能理解自己。幸亏还有象棋，有晏之鹤，这也成了我生活中的一个重要内容。

渐渐地我就有了一种恐慌，时间过去了，生命在流逝，可我仍待在原地，没有什么东西可以证明我随着时间一起前行。我每天吃了，喝了，睡了，总之，活下来了，可这活下来也就是活下来而已，没有获得超出活下来的意义。我一旦问自己一辈子就这样下去吗？就心里发疼，不敢再往深里想。闲着的时候，那种无聊的感觉追逐着我，紧紧地追逐着我，使我不敢面对自己。有时实在无处逃避，就到大街上去走一走，故意走得很远，很累，然后回来。我想着古代的那些大人先生们肯定也有过这样的感觉，所以他们要写作，要云游天下，为无根的人生找到一条根，一种活着的依据。这天我到监察室去玩，看到小莫桌边的墙上挂着一排文件夹，我把标有"人事"的一本取下来，随手翻了翻。这是今年以来的任免文件，好些人我都不认识。翻到最后一页，突然眼前一闪，捕捉到了几个非常熟悉的字，那一行黑体标题是"关于丁小槐等同志的任免通知"。原来丁小槐当厅办公室副主任了，一时我脸上发烧，心跳得厉害。我把文件夹挂回去，嘴里说："想不到丁小槐他倒是上去了。"一边做出很随意的神态，笑了一回。小莫说："下来都几天了，你不知道？"我说："中医学会没人送文件去，还不够那几张纸的分量。尹玉娥她是人事通，这几天又病了。"小莫说："丁主任他现在，现在人家都叫他丁主任了，他现在比以前就神气了很多。"我说："至少别人就不用提着名字叫了吧，几十岁了还被别人提着名字叫，有什么意思？"小莫说："你也努一把力才好，大男人的，我们女人有个办公室坐一坐也就很幸福了。你毕竟不一样，男人的心要大一些。其实你条件哪点不好，好也要去表现表现，哪怕钻那么一钻。"我笑着说："人长得太高了，标杆又太低了，身子躬得太低也很不是滋味的。"小莫没作声，好一会儿说："机会等肯定是等不来的。"

我回到办公室，在把钥匙塞进锁眼的时候，那种金属摩擦的微响像一种神秘的提示，引得我心中忽地炸雷似的一响："机会等肯定是等不来的。"我奇怪刚才为什么没有注意到这句话。我坐在那里想把自己弄个明白，丁小槐得到的东西，是不是我所需要的？说是吧，我似乎也没有一种强烈的渴望，说不是呢，我今天为什么又受到这样的震撼？平时张三李四提上去了，我没有去细想，想着他们是不错的人吧。可丁小槐我就太了解了，那年给马厅长拿烟盒的造型就能够说明一切。可现在怎么回事，人家上去了，是副处级了。我再怎么想保持内心的平静，也不能没有灰头土脸的感觉。

晚上我到晏老师家去下棋，心神不定，就输了一盘。我叹了一口气，他说："今天你心里有点不那么舒坦？"我说："输了心里还舒坦，那还是人吗？"说着笑一笑："再来一盘？"摆棋的时候我不由自主地又叹了一口气，他说："怎么了，小池今天你？"说着手停下来。我的手也停了，说："怎么能痛快起来，这个世态炎凉的社会。"他说："小池这就是你自己的问题了，到今天还来叹这个，早就应该把它作为一个事实接受下来了。世界它炎凉几千几万年了，就像人有手有脚一样，你叹口气它就为你变了不成？一加一等于二！"我说："说起来吧，也不应该叹气，别人发达了是别人的本事，我叹气干什么？看起来我还没修炼到家。"他说："想参禅又不能入定。人是什么东西，人？你要想着人是什么好东西，你一辈子苦恼就没个完。对人对世界你不抱希望了，那倒有点希望了。与人奋斗，其乐无穷，这话是怎么来的？我年轻的时候比你还清高，清高的结果是清而不高，白白给别人做了垫脚的石头，到头来一事无成一钱不值一无所有一败涂地。"听着他的话我身子抽缩了一下，为了掩饰我又故意把肩耸了几耸。我说："晏老师把话都说透了。"他说："我做人一辈子，这是一点失败的心得，如果失败的心得也可以称作心得的话。"又说："小池我看着你，有时候不忍心看下去，苦日子还在后头呢。等几年比你小一截的人都当了你的领导了，那你的苦日子就真的来了。"我说："我也不是看不清局面，有时候也想顺势入局，如鱼得水，可心里就是顺不了那个势，性格就是入不了那个局，入局的痛苦还要大过得到的幸福，我想我何必为了小幸福去尝大痛苦呢？"他说："大小之辨析因人而异，轻重之权衡各有不同，真能心平气和倒也好，可人总是一个人啊！"我说："历史上有些大人物他真的是逆流而动，他们真的是人物啊。"他说："那你想想他们是怎么活过来的？凭你这份气性你做得到？你想着自己顺那个势并不是向哪个人低头，这样你的苦恼就不是苦恼了。不然你赶快离开卫生厅，去做一个业务工作，把业务抓在手里，一辈子也不至于这么不官不商地悬在空中。"我说："晏老师到底是过来人，知道那种悬着的感觉。说真的有没有那点好处并不是那么大的事，别人见了你是不是连连点头挤一副笑脸也不是那么大的事，就是那种悬着不着地的感觉真不是滋味，你不知道该做点什么才好，你跟世界没有关系，你不能为自己找到一种活着的证明。怎么才能跟世界产生真正的联系？还是要往那条路上走。说真的要是考科举就好了，大家下场子考那么一考，我也不必去标榜自己有多么清高。"他说："小池你应该把自己的思路理清楚，你到底要什么？骑在墙上两边张望，那不是个事。"我说："晏老师您这么一说，把我说明白了，又把我说糊涂了。"

我低下头，想着自己的确是需要一个表演的舞台，读书人就是需要这么一个舞台。没有舞台，就惶惶不可终日。晏老师给我倒茶说："这茶慢慢就品出味道来了。"我说："我没品出什么味道。"他说："那你的感觉太粗糙了。君山毛尖呢，看茶叶都是立着的，湖南一个朋友带给我的。"我举起杯子瞧了瞧，果然是立着的。我说："好茶叶它都有个气性，它立起来。"他说："那些人的气性景仰景仰是可以的，学是学不得的。我景仰了一辈子，学了一辈子，怎么样？"他说着捏一捏自己的手腕，又抚一抚胳膊，似乎是怜惜自己，又似乎为自己感到遗憾。好一会儿他说："再杀一盘？"那天从晏老师家出来，走到门口我说了一个笑话，他顺着我也说了一个笑话，似乎我们没有谈过什么严肃的问题。我想用达观的神态来掩饰内心的震动。我惊异地感到了自己的信念并不是那么坚韧，那些不言而喻的由父亲贯注到自己血液中的东西，原来也不是不可以讨论的。那么父亲一辈子是不是值得？我不敢往下想。既然选择了，就不能把为什么永远地追问下去。信念就是信念，这是一种情感的选择。情感的选择不能以理性去作无穷的反思，无穷的追问，没有什么崇高和神圣禁得起无穷的追问，把一切追问到底，必然是摧毁一切。我对自己内心的怀疑精神感到了恐惧。脚下的土地在颤抖，人将悬浮到空中去。我不敢往下想，再往下想我就把自己全否定了，那怎么行？可是我又不能不想，我是个知识分子，我有想的能力，也有想的权利。我有理性，我不能不想，这使我害怕自己。我感到了一种潮湿，这种湿气渐渐地浸润到我的内心深处。

30

丁小槐搬到那边两室一厅的房子里去了。这天中午我正上楼，见丁小槐扛了电视机下来，我说："总算脱离苦海了。"他说："也算是吧，马马虎虎，凑合凑合。"他不想刺激我，却掩饰不住得意之色。我也挤出一个笑脸说："不错不错。"就走过去了。又看见小孔和小魏在帮着搬冰箱，一步步很吃力的样子，我想搭一把手帮他们下楼，手刚伸出去又缩了回来。到家里岳母说："丁主任在搬家，有几个人在帮忙。"我装作不懂，端起饭来吃，心里想："男人吧，能屈能伸，我屈一下又怎么样？池大为你要是条好汉，你打脱了牙和着血往肚子里吞，现在这就把碗一放，帮着搬东西去！要脱胎换骨，就从现在做起！"我把碗放下来，嚅动着嘴唇对自己说："你算老几，你以为你是谁？我扭不过你？我扭一扭你又怎么样？我偏扭你！"走到楼梯口，听见小孔在叫"丁主任"，那甜腻腻的声音使我心中一麻。我身子本能地一闪，躲到厕所里去了。我边解手，边从窗口往下看，小孔和小魏抬着桌子往那边走。这些人毕业没几年,倒比我还懂事,将来都是有出息的。我右手举起来在空中划了一道弧线,想象着手中操了一把匕首,用力往腰部一顶,心里说:"狗东西,今天你去,也得去,不去,也得去,我今天扭你不弯?"我骂一声,手顶一下,身子也抖一下,可双脚却怎么也迈不开步,像被什么吸在地上了。这时有人进来解手,看了我的神态,奇怪地望着我。我把手放下来,不容自己多想,就往楼上走。在转弯处我看见宋娜抱着孩子站在家门口,像有什么力量把我往后一拉,我停住了。我站在那里有几秒钟,心里对自己说:"池大为你要是条好汉,不是好汉哪怕只是个人,你就不能过去给他搬哪怕一张椅子!"宋娜看见了我,过来跟我打招呼,我说:"下面都客满了,到你们五楼来旅行一趟。"就钻到厕所里去了。

晚上下了棋回到家里,董柳已经睡了。我把灯拉亮,董柳忽然像弹簧一样跳起来,把灯拉灭。我再拉亮,她再拉灭,反复几次。我以为她怨我回来晚了,也不解释,摸索着把拉线从床头解下来,把灯拉亮。董柳躺在那里伸手捞了个空,跳下床把拉线从我手中抢过去,又把灯灭了。我说:"平白无故又生我的气?"她说:"生你的气也没有用,就像傻瓜你就不能恨他怎么不聪明。"两人你一拉我一拉,灯一明一暗,拉线断了,灯还亮着。我说:"董柳你有什么话好好说,怎么像吃错了药一样?"她生硬地说:"我吃错了药,还怎么好好说话?"我想想实在也没什么事惹得她不高兴,心里火得要命,说:"有什么事你说出来,别撑着这张脸像蒙了蛇皮一样。"她睡着一动不动说:"我生了儿子你还想着我是杨钰莹?蒙了蛇皮?还有蒙老虎皮的那一天。"我说:"董柳你变了,以前你不是这样。"她说:"你的意思是说人没有变的权利?变是我的自由。"又说:"我生了儿子喂了奶还不准我变,宪法上哪条作了这样的规定?我知道你怎么看我,从来就没夸过我半句。别人都长得好,只差没说你外婆你妈妈长得好了。自己一身的疤,

"我生了儿子喂了奶还不准我变,宪法上哪条作了这样的规定?"

人格都有疤。我的好你看不到，天天看着不顺眼，只看别人的脸漂不漂亮，还有腿漂不漂亮，屁股漂不漂亮。"我说："董柳你总要讲道理，有什么事说什么事，牛胯里扯到马胯里干什么？"她翻身坐起来说："讲道理？你到厅里跟你的同志们讲道理去，看他们跟不跟你讲道理？讲道理你还住在这个老鼠窝蟑螂窝里？"

绕了半天是房子的事。我说："人家搬家那是人家的事，世界上天天有人搬好房子，你要生气，还生得完？别说两室一厅，还有那么多人住在别墅里呢。比起来是没个尽头的，丁小槐他也要搓根绳子把自己挂到树上去。"她说："我不想住好房子，我在老鼠窝里窝一辈子我都没意见，我跟了你我早就没有任何想法了。董卉看得清楚，她说姐姐你结婚以后就没穿过一件像样的衣服。我全都忍了，我只是为我一波打抱不平。我一波他比谁差，差在哪里？他要比别人住得窝囊！我咽得下这口气，我就不是个做娘的人。"我说："我们一间房子也住了那么久，现在两间了，比以前好一倍了，你还不满足？"她说："那你看着别人搬了家，别人的儿子住到套间里去了，你心里动都不动一下？我只问你的心是不是肉长的？我只想我一波有一个好一点的成长环境。别人都一心一意想着把日子过好，你一心一意想什么？连我都不明白，不明白你脑袋里塞着一些什么奇奇怪怪的东西。想把你的头剖开看里面都装了什么，可那又犯了法。"我看着董柳，觉得她的眼神跟以前是不一样了，很不一样。董柳说："你别装出一副无所谓的样子，你总要给我一波一点希望吧！"我说："那我明天拿把菜刀架在申科长头上，看他不给个套间？"她说："大为你是男子汉你拿出承担责任的勇气来，跟我耍无赖有什么用？"我说："你再这样说我就走了！"说着站了起来。她躺在床上说："你走，你前脚出了门，我后脚就把一波送到你办公室门口。"听了这无赖似的话，我转身就走。走到楼下，我在冷风中打了个寒噤。不一会儿我看见岳母房里的灯亮了，她真去抱一波！董柳抱着一波下楼来了，我闪过一边，她一直朝办公楼走去，我轻轻跟在后面。办公楼前灯光幽幽地亮着，她站在大门口犹豫了一会儿，就进去了，想不到她胆子真有这么大。到二楼再往上走就没有灯光了，她在楼梯口摸索着开关，我从后面伸过手去，把灯开了。她吓得尖叫一声，见是我，马上把脸绷紧，把一波放在地上，走下楼去。一波就在水泥地上躺着，哼了一声，仍然睡着。我把儿子抱起来，搂在胸前。我抱着儿子到了办公室门口，董柳从后面追上来说："我的儿子，就让你这么抱？"一只手从我胸前插下去，要抱一波。我马上说："你不要他了，你把他丢在水泥地上。"她说："我生的肉，给你？"两人一用力，一波"哇"的声哭了。就这么僵持了一会儿，谁也不敢用力。我说："你没有资格做母亲，这么冷的天你把他往水泥地上丢，明天病了我看你怎么面对他！"她说："你有资格做父亲！别人的儿子什么生活环境，你的儿子呢？明年他懂事了，他问你这个做父亲的，为什么强强住好房子，我看你怎么回答他！"她又一用力，把儿子抱过去了。我开了门，她就跟了进来。她坐下来拍着一波说："将来我一波我要培养他的正常人格，不要像有些人一样，自己不是谁，还以为自己是谁。"我说："至少要一波不要把自己的儿子往地下甩，又不要把电灯线扯断。"董柳说："你的嘴这么会说话你去堵一堵你的同志们，你敢吗？老是堵着我！"

自从有了两间房子，我没再把房子的事放在心上想过。说起来，这件事也还是件事。丁小槐搬了，使这个问题变得紧迫起来。可我又有什么办法？我说："董柳，我们有两间房子就不错了，你别再拿这些鸡毛事来烦我。"她说："鸡毛事，那你说什么事才是大事？你以为你是谁？总理？"我说："集体宿舍的房子不是人住的？"她马上说："那破烂不是人捡的，你去捡？牢里关的也是别人的儿子，你把我一波也关进去。"我忍不住笑了说："没想到董柳还有嘴巴这么便利的时候。"她说："大为我了解你，你有你的性格。正因为如此，多少事我都忍了，你看家里有几样像样的东西,我说过一句没有?我一年到头几件衣服翻来覆去地穿,我也没说什么。我是乡下上来的,我什么不能忍?我唯一不能忍的就是看着我一波受委屈。你看我一波他这么乖,看着就让人心疼,他生下来比谁差在哪点,他要比别人过得差?要说差就差了没个好爸爸。"我心里一抽一抽地疼,说:"你当年也长了一双眼睛,你怎么不为一波找个好爸爸?"她说:"我的眼没有别人那么尖!你看有些人长了一双千里眼,多少年以后的事都看到了,果然都到眼前来了。以前我看不起那些人,现在我倒佩服她!要不怎么说找对象呢,找!"我生硬地说:"董柳你现在还不老,我放你一条生路,你再去投一次胎,你再去找,找!"她说:"一个女人还可以回到以前吗?女人不比男人,女人没第二春,女人一辈子就是一锤子的买卖!我再怎么找,可以给我一波找个亲生父亲?"我说:"董柳你找对象真的找错了。"她望也不望我说:"也可以这么说。"我说:"不过生儿子倒还是生对了。"她哧地笑了,说:"你的口才这么便利,怎么不到马厅长丁主任那里去表演表演?"

半天两人都不作声。董柳说:"都半夜了,回去吧,明天还要上班呢。"我说:"你先回去,等会儿我抱着一波回来。"她说:"为什么?"我说:"你先走。"董柳笑一声说:"倔劲又上来了吧,我看你都看到骨头里去了。就是要争个输赢,你跟我争赢了有什么用?你挺起来争赢了世界,那是你的真本事,我一波也少受点委屈。"我说:"我争你都争不赢,我争赢世界?"她笑了说:"你赢了,我先回去。我一路怕,你抱着一波跟在我后面。"回到家她抿嘴笑了,说:"你赢了,你取得了一个伟大的胜利。"我把一波放在床上说:"再不睡就天亮了。"我踩在桌子上把灯泡取下来,房间里黑了。董柳在黑暗中说:"反正睡不着,我告诉你一个好消息,你别激动,丁小槐到药政处当副处长了。"我淡淡地说:"早就知道了,要不他怎么搬了家呢?"她说:"你真的没想法?"我说:"人家能干吧，还有什么想法？卫生厅有那么多讨厌的人，又有那么多麻烦的事，我还没精力去应付那些人和事呢。我想得通，自己带好儿子算了。你说一顶乌纱帽戴在头上舒服些，还是儿子睡在身边舒服些？"她马上说："妙论！谬论！正因为要带好儿子，所以要那顶帽子，做父亲的总该给儿子创造一个好的成长环境。我不相信你三十出头就心如止水了。"我说："那你要我怎么样？"她说："怎么样我都无所谓，我一辈子苦到头黑到头我都不会哼哼一声。你总要对得起儿子吧，为他成长创造一点条件吧？人这一辈子，总要扑腾那么几下吧？"我说："你以为卫生厅是个什么了不起的地方，明天地震都震光了地球还照样转。再说一潭臭水有什么好扑腾的。"她说："你瞧不上一潭臭水，那你到中南海扑腾去，你去得了吗？在海里扑腾不了，你就得在这潭里扑腾。你以为自己是谁，还嫌这潭小？小人物就扑腾眼皮底下那几件事，该扑腾的还得扑腾，扑腾不扑腾总不一样吧，丁小槐就走在前面了。"说起丁小槐我一肚子气，我转过身子朝墙壁睡了，说："要我去学侧着身子走路的人？真想不到董柳你也用这么俗的眼睛看世界。"她说："我不像有些人，眼睛看着星星，多雅啊！看星星有什么用？你又不能把它搬回家里来煮着吃了。我只看着我一波，看着家里这几件事，这才是真的！我不像有些人，把自己看成什么人，天下就没几件他屑于做的事情。其实他不屑于的，都是他想要却得不到的。好东西手伸长了再伸长都捞不到，还有人讲客气，真是美死了那些伸手的人。那些人什么都要，就是不要脸，什么都吃，就是不吃亏。你池大为是男子汉，站起来也这么高，锯马桶也能锯几个，你比谁差了哪里？宋娜好得意地告诉我，她搬家了，她先生提上去了。你池大为比谁差了哪里，把得意都双手捧给别人去了。"我说："董柳你别堵我，堵我我又走了。别人愿意怎样那是他的事，他得意那是他的福气。脸盆里的风暴有什么可得意？要不怎么说人与人的差别比人与猪的差别还大呢？"

这天晚上我整夜不眠。我躺着不动，怕翻来覆去董柳会怎么想我。我忽然感到自己在这个世界上非常孤独，茫茫世界，有谁把我放在心上？连董柳也这么陌生。在黑暗中静下心来想一想，真令人不寒而栗。董柳讲的不能说不对，可到今天要我来脱胎换骨，那可能吗？我这么问自己，我无法回答。

31

岳母六十大寿，董柳姐妹早就商量好了要庆贺一下，商量的结果是到枫叶宾馆去订一桌。前一天董柳对我说："送多少钱？"我说："你们姐妹商量去，董卉送多少，你也送多少，她也是拿工资的人了。"董柳说："我今天才知道，董卉她准备送六百块钱，搞得我措手不及。"我说："你妹妹刚参加工作，一个月就是一百多块钱，摆什么派头？"她说："还不是任志强在后面撑着。任志强他现在把钱赚海了，把我们往墙壁上顶。"我说："这就是他要追求的效果，我对他不冷不热，他憋了一肚皮气在肚皮里呢。我没把他看成什么竞争者，他倒是这样看我，可笑。干脆你也送六百，反正是你妈妈，转个弯又给一波买东西了。"她说："过年本来就过穷了，想着这个月才二十八天，心里有点高兴，盼着工资早两天到手，也喘一口气，这口气还是没法喘。我又到哪里去凑六百块钱来？董卉呢，也太不懂事了。"我说："银行里还有几百块钱，取出来算了。"她说："那是定期存款，好不容易凑一个整数存下了，又要取出来，我心里怎么舍得？董卉呢，太不懂事了，跟着任志强跑什么跑？"我说："不就是个生日，世界上每个人每年都有生日呢，你送二百意思一下就算了，管他别人送几百呢。"她说："我还要留着这张脸做人呢，这么小气。"我说："这事随你去办，反正是你妈妈。你多送我不心疼，少送我不脸红。"她说："你肩膀这么一歪，担子就落下来了。没落到地上，落到我身上了，好轻松！随我去办？那我明天一早去抢银行，要不到你们计财处借它五百，我就是这样办。"我一根指头敲了敲桌子说："董柳你又来了。"她直直地望着我说："你随我办，我这样办你又不肯。你到什么地方借三百块钱来。"我说："要我去借钱？过生日？我明天不去了，你自己去吧，就说我要加班。"她说："那你到楼下跟我妈妈说去。人一辈子有几次六十大寿？她在你池家也有一年多两年了，你给过保姆费？你不去，你男子汉，你好意思说，你有勇气，你有本事！我跟你过苦日子，我妈跟你过苦日子，我一波也跟你过苦日子，这是什么日子？别人一个个火箭般往上蹿，我们老在原地踏步，看样子还要踏到老。我想你池大为是有本事的人，我不怕等，也等这么多年了，你的拿手好戏也该亮出来了，别让我母子白盼一场，还那么端着？再端那么几年，我母子陪着你一辈子吹灯了。"我毫无表情望着她，她也不在乎，抿嘴笑一笑，出去了。那一笑像把我胸膛里的炸药库点了火，我抓起一只杯子刚举起来，她的背影已从门边消失。

第二天董柳还是去银行取了钱，回来她说："钱是取回来了，不过还是要尽快补回去，一个家总不能没有点钱垫着，万一我一波应急要用点钱呢，对不对？"我说："你说的总是对的，你什么时候错过，就算你说错了也是对的，因为是你说的。"她说："那讲好了，下个月起你只能留五块钱在身上做零用钱，留十块，那太浪费了。"我说："你说的就是对的，不过……"她马上问："不过什么？"我说："不过……不过也没什么可不过的，对不对？"

下午刚下班回家，楼下就有汽车喇叭响，董柳探头到窗外瞧了瞧说："任志强来了。"我说："我们自己去，要他接干什么！"说着任志强进来了，车钥匙套在手指上，在眼前晃来晃去，头随着钥匙的移动一摆一摆的。董卉腆着肚子跟在后面。任志强说:"妈,我特地来接您,给您祝寿,六十是大寿啊!"岳母说:"志强你开车要小心,你现在是快做父亲的人了。"任志强说:"妈,您说的我敢不听?等会儿瞧我开车吧,保证比蚂蚁还慢,够小心吧!"我看他那得意的样子,嘴角一抿,想显出那种不冷不热深不可测冷眼旁观的笑意,可刚刚显出来又马上感到了不合适。我有这个心理优势吗?凭什么?我弄不懂自己。一辆车有什么了不起?有几个钱又有什么了不起?可我怎么会失去居高临下的勇气?我不明白自己。可我确切地感到,我与任志强在心理上的那种位置关系,在不觉之间发生了难以说明的变化,这点变化让我那点深不可测的笑意挂不到脸上来。任志强对董柳说:"姐姐,有时候我真的想不通呢,蒋经理他比我高了那一厘米,他就开本田,我只有丰田。过几个月房子建好了,他住三楼,把我挤到五楼去了。这一厘米,硬是气死人。他是个职业革命家,他懂业务?不是我把货款搞定了,他开车?他住新房子?我给自己定了一个两年计划,无论如何都要把这个副字去掉。前面给你缀一个副字,一点做人的感受都没有。我就知道林彪他为什么拼死拼活也要搞政变了。副主席,他睡得着?"董柳说:"你有什么办法去掉?也给大家介绍介绍,让我们大家也学一学。"说着眼睛往我身上一轮。我拿起一张报纸,展开了遮住半个身子,靠在床上看,嘴里说:"报上说北京上海都刮起了抢购风,大概要刮到我们这里来了,要买什么就赶快。"董柳没听见似的,催任志强说:"给大家介绍介绍。"任志强说:"姐夫在机关工作,还要我讲?是吧,姐夫?"我说:"我在这方面没什么经验。"任志强说:"首先要给关键的领导一个好印象吧,这算经验?姐夫又要骂我了,这算经验?我们小人物只能围着地球转,总不能要地球围着自己转吧。这算经验?"接着讲了一个故事,前几天他哥哥带着儿子去县长家去拜年,县长家养了几只乌龟,儿子就抓在手上玩,有只乌龟爬到床下面

"我们小人物只能围着地球转,总不能要地球围着自己转吧。"

去了,儿子就钻到床下去捉。出门时告诉爸爸,床下摆满了酒。哥哥刚好是送了一对茅台,心里就后悔了,没送到点子上。他说完总结说:"一点小事也要站在人家的角度反复考虑,要特别到位才行。看起来送东西是跟不上时代了。这算经验?"董卉说:"你侄儿还机灵呢,知道出了门再讲,才四岁呢。"岳母说:"那他将来也是一块当官的料子。"

任志强开车带我们去枫叶宾馆,一路上话题总离不了这辆车。他说:"这车开起来感觉还是差了一点,蒋经理开了一年多,才转到我手上来。红颜色也太刺眼了,没劲,最好是墨绿色,那才显出高贵的气派呢。"董柳说:"开进口车还说没劲,我有一辆永久自行车就觉得劲头很足了。"我说:"今天妈妈过生日,没劲的事都不说,说有劲的事,大家都高兴高兴。"任志强说:"这车没劲,太没劲,我都不想说它了。"可隔了几分钟,他又说起了这辆车,兴奋地晃着头说:"没劲,太没劲了,别人吃了头遍要我吃第二遍,有什么劲!"

从枫叶宾馆回来,我问董柳这顿饭花了多少钱,她说:"不知道。"我说:"说好你和董卉一人一半的。"她说:"任志强不知道什么时候就把单买了,也好,不然这个月我们都过不去了。"我说:"任志强这是打你的脸呢,你以为他平白无故那么大方?"她说:"管他打什么,钱省在我口袋里了,我给我一波也买点东西。"我用手指着她说:"几个钱你把自尊心都卖掉了,你以为你占了便宜?你吃亏大了,不是一般的大,是太大了。"她说:"我不玩虚的,别人付了钱我还去恨他,我想不清这个道理。"我说:"近视眼近视眼,只看见眼皮底下那点看得见的东西,看不见的东西,都不去看它。"董柳笑了说:"看不见的东西,我怎么去看它?"我说:"看不见的东西比看得见的东西更是个东西,你什么时候会明白这个道理!"她说:"这个道理我早就明白,但那是有钱人的道理,大人物的道理,我们没钱的小人物道理要反过来讲。"我叹气说:"道理还有你这么讲的,这个世界越来越讲不清了,本来讲得清的也都讲不清了！任志强这样的都可以甩派头，这个世界真的不像个世界了。"她说："潮流来了，人人都知道要跟着走，你去跟它讲道理，它把你甩到后面去，理都不理你。"我说："人人都聪明，都跟着走，那就太他妈的了，天下总还要几个傻瓜。"睡觉之前我对董柳说到办公室拿个材料，就下了楼。近来我有一种越来越强烈的感觉，觉得这个世界跟自己心里认识的世界并不是同一个世界，自己对世界的想象与世界给自己的经验，越来越合不上拍了。九十年代，世纪之末，天忽然就翻过来了吗？

我走在大街上，想体会一下自己对世界的感觉。眼前的一切并不奇怪，都很正常。下夜班的人在等车，高声议论什么。一对恋人手牵手缓缓走过去。洒水车开过来，放着轻柔的音乐。骑单车的人把铃按得飞响，一闪而过。我看着自己的影子在路灯下一长一短，忽然有了一种可怜自己的意思。我并不傻，可就像被什么东西罩住了似的，伸不出头。要说怨谁吧，谁也怨不着。怨自己吧，可自己又错在哪里？像有一只看不见的手，要把自己的头摁下去，摁下去，拼命挣扎着想抬起来，他却还要再摁下去摁下去。你不知道是谁在这么用力地摁着你，可他就是死死地摁着不松手。我痛苦地意识到，自己对这个世界的设想也许有什么不对的地方，你越想做点什么，就越没有什么给你做，你越想把腰挺起来，就越叫你挺不起来。心里空荡荡地过了这么几年，根本没在生活中扎下根来，这滋味真不是滋味啊。读书时的理想一点都没有实现，相反，那理想本身倒越来越渺茫越来越抓不住了。剩下的就想做个好人，相信总有公正在时间的路口等待吧。现在连这点信念都变得犹豫起来，有谁理解自己，又有什么在等待？连董柳也不愿理解、不愿等待，那么还能指望谁来理解、谁来等待？那么我还剩下什么？就是眼皮底下那点东西，董柳看见的那点东西。我并不傻，我看得见路在哪里，可是我迈不出去。我实在没有办法如此现实地去设想人生，这实在是太现实也太残酷了。你就是你，在那个时间的瞬间，在那个空间的角落生存着的你，如此而已。这实在是太现实也太残酷了，我不能接受这样的结论。可是，我凭什么拒绝，凭什么反抗？我不能回答自己。我需要一种拒绝的理由，一个反抗的支点，我找不到这个支点，这实在是太现实也太残酷了。给我一个支点，我可以撬起地球，天啊，给我一个支点吧。

在大街上这么走着，我看见路边有一个人担着担子，打着手电筒，在垃圾堆里翻找着什么，是个捡破烂的人。我走过去打招呼说："师傅，这么晚了还在工作？"他站直身子望我一眼，不理我。我说："朋友，你这一天能挣多少钱呢？"他望着我犹豫了一下说："你喊我？"我说："朋友，我是喊你呢。"他说："你喊我朋友？"我说："朋友。"他说："有什么事，这里不准翻？"我说："谁说不准翻？问你这一天能挣多少钱？"他迟疑地说："多少钱？一口饭钱吧。"我说："都这么晚了还在工作呢。"他说："不干谁给你饭吃？到明天早上就没我的份了，别人来过了。"我说："很辛苦啊，朋友。不过也好，不要想那么多事。"他凄然一笑说："好？相声也不是这么说的啊。"我摸摸口袋，想给他一两块钱，却没有带钱出来。我往回走，上楼的时候，感到了一阵莫名其妙的轻松，又自嘲地笑一声，推开了房门。

32

一波慢慢长大起来，我发现自己对他的感情在不知不觉中有了变化。以前吧，我也爱他，也挂记着他，可并没有那种入骨入髓的感觉，还觉得董柳那种不可理喻的偏执非常可笑。天下的孩子那么多，怎么可能自己的孩子就集中了一切优点，样样第一？父母用那样的眼光看自己的孩子是没有道理的，可董柳说有道理。我说："你的道理是没有道理的道理。"现在一波长大起来，我倒悟到了人从自己的立场上去看世界，他其实是不讲道理的。那种没有道理的道理，其实是最深刻的道理，植根于人性深处。由于深刻，它不会随着时间的流逝和社会的演进而改变，人永远都是人。我看一波吧，怎么看怎么顺眼，连把尿撒在床上了也顺眼。早些时候他在床上爬着想靠近我，嘴里含糊地喊着"爸爸"，可越爬却越往后面去了，急得"哇哇"地叫。我把他抱起来，他就把脸贴在我脸上，这种感觉跟以前硬是不同了。我把这种感觉告诉董柳，她说："还是个做父亲的呢，儿子都这么大了，才感到儿子是儿子。"我说："有时候我觉得奇怪，我贡献了什么，就贡献了一条虫吧，那只是几亿分之一呢，没想到那条虫就有这么神秘的力量，真想不通其中的道理。不合逻辑，太不合逻辑了。"董柳说："你根本就不配有这么好的儿子。"她以前说一波这里像我那里像我，连皮肤的质感和脚趾头的形状都像我，我还想着这是一个女人习惯性的说法，现在仔细一观察，可不是真的吗。

到九月份，一波快三岁了，该进幼儿园了。从六月份开始，董柳就天天催我，想办法把一波送到省政府幼儿园去。她说："现在的竞争从幼儿园就开始了，谁不想自己的孩子在最好的环境中成长？我一波他再聪明，也要一个好环境。做父母的没给他一个好环境，那就是失职，就对不起他，等他长大了，怎么跟他说？我一波现在住在这老鼠窝里，我心里就过不去，再把他送到人民路幼儿园去，那我就气死去算了。如果宋娜的强强进了省政府幼儿园，我一波问起来，我心里会比刀扎还疼。"我说："人民路幼儿园也是人去的，厅里有几个人的小孩子进了省政府幼儿园？几十个厅局，人人都往那里钻，怎么钻得进去？我又不是厅长。"岳母说："大为呀，别的事我们都算了，这件事不是开玩笑的事，关系到一波一辈子。人民路幼儿园？那还不如我在家里带带算了，省政府幼儿园有琴房跳舞房呢，有画画班外国话班呢，比起来人民路差得就不止天上到地下那么远哪。"董柳说："反正这个任务就交给那个做父亲的了，看他对儿子的感情。他把这件事办好了，也算我没有白找他一场。"我说："董柳你把事情提这么高，你是将我的军，多半会将死去的。"她说："我什么都忍了，从来没将过你的军，今天一定要将一次，实在是没有办法。"第二天上班我抽空出来，到省政府幼儿园一看，条件果然好得不得了。小朋友正在排练，准备到市里参加儿童操比赛，一百多个人排在操场上，红衣蓝裤，整整齐齐，真令人羡慕。我想，这样的条件不得奖，那怎么可能？我自己心中也动了，决定竭尽全力去争取。又到人民路幼儿园去看了，倒不像岳母说的那么差，可跟省政府幼儿园实在是没法比。

我想着这件事怎么入手。我不想求人，放不下这张脸，即使舍得放下吧，也想不起有什么人好求的。我打听好了，园长姓陈，我就直接去找她了。陈园长不在，姓钱的副园长接待了我。我把儿子夸成了一朵花，可她根本不感兴趣，打断我说："你在卫生厅吧？"我说："省里的卫生厅。"她说："是在厅里？"我说："怎么不是，要不我下次拿工作证给你检查。"她说："厅里很多部门呢，在医政处？"我说："中医学会，管全省中医方面的事情。"她说："还有个中医学会，没听说过。"又说："在中医学会干什么工作？"我说："全省中医方面的事都管着呢。"她打量一下我说："全省？不知道。"又说："要不你下午直接找陈园长。不过我说吧，来了也没什么用。我们对外的名额很少，照顾了关系户，电力局和自来水公司，还有一些，就没剩下几个了。机械厅郭副厅长想把孙子送来，都没搞成。"我说："我们马厅长的孙女叫渺渺，在你们这里，托儿班，去年进来的。"她说："渺渺，不知道，家里有条件的人太多了。"

晚上我把事情告诉了董柳。我说："郭厅长的孙子都进不去，我们凭什么进得去？一个副园长，冲破了天是个副科级，口气就有那么大，审我像审贼样似的，真的是个妇科疾病。"董柳说："她凭什么要帮你的忙，你又凭什么要她帮忙？凭什么？"我说："那怎么办？"她说："总不能就这么算了吧。前年袁处长的女儿都弄进去了，马厅长我们不去比，袁震海有办法。前面乌龟爬条路，我们后面乌龟跟着爬，你去取经，总有条缝让我们钻一钻吧，钻那么一下跟不钻那么一下还是不同吧。"这个"钻"字不好听，丑，可事情就是这么回事，准确、生动。第二天我找了袁震海说："袁处长，向你取经来了。"他说："大为，今天有空来视察？"我把事情讲了，他好一会儿才说："难啊，不是一般的难。"我说："事情到眼前来了，难是难，怕它也不行，总有条缝钻一钻吧。不知道别人是怎么操作的，我也跟着操作一下。"他沉吟一会儿说："不瞒你说，前年我是转了三个弯才把关系疏通的。我拜了好多码头才摸到线索呢，想起来跟搞特务工作也差不多。"我说："有什么方便的码头，让我和董柳也去拜一拜。你知道我平时从来不拜人的，事情来了，我也没办法。要是我自己的事，我就放下来了，如今儿子是天王，被逼到墙角了。"他嘿嘿地笑了说："如今的码头，凭张嘴就拜下来？"我说："平时我从来不做这些事的，今天事情来真的了，该做也得做，让董柳去做。"他说："人家不会收你的东西，谁送东西就进去了，那还得了？"我见他绕来绕去不肯说出门径，就说："那这个码头要怎么拜才拜到点子上？"他说："事情真有这么难，不是随随便便就可解决。线索吧，我告诉了你也没有用。我转了三个弯，前后是五个人，前面是我，后面是陈园长，就这么回事，说清楚了吧。"我直摇头说："真没想到事情有这么难。"他说："不是我不帮你，实在是太难了。"他说着把文件从抽屉里拿出来，"下次有什么别的事，你只管来找我，这件事呢，实在是太那个了点。"

知道事情难度有这么大，我反而安心了一点。这一段时间我总是在心里骂自己"枉为人父",现在却想着:"反正枉为人父的又不是我一个人。"我对董柳说:"说来说去小袁他还是不肯帮忙。"她说:"我是小袁我也不帮你的忙,他凭什么要帮你的忙,你又凭什么要他帮忙,凭什么?世上凡事都有个缘故。笑嘻嘻让你碰扁了鼻子,你是个人物那他敢吗?"我想想董柳说得也对,嘴里却说:"你这么说把世界说得太阴暗了吧。"她说:"毛主席早就说过,世界上没有无缘无故的爱,你凭什么要别人爱你、帮你?总要凭点什么,没有空口为凭的事,你凭什么?"我想着这个世界真太现实主义了,一个人总要凭点什么才能跟它打交道。想起来真叫人心里发冷。我说:"也不怪小袁,他走的门路不能见阳光,让你把底细摸了去?"董柳说:"那你的意思是算了?"我说:"说算了吧,实在不甘心,说不算了吧,也只能算了。"董柳慢慢地说:"现在的人都是商人,你往他面前一站,他就用心里那杆秤把你的分量称了,然后决定一种姿态。前几天我问科里的小左知不知道哪里有好裁缝,想请到家里来做几天衣服,她连声说不知道不知道。今天她对史院长的老婆说,你要做衣服,我知道一个好裁缝,我家里的衣服都是她做的,我这几年每年请她两次,冬天一次,夏天一次。小左她都忘记自己前几天是怎么对我说的了。不过我也不必恨她,除非我去恨所有的人。她凭什么帮我,我又凭什么要她帮?"

晚上我忽然想起胡一兵,就对董柳说:"要不给胡一兵打个电话,看他有办法没有?"她说:"他会帮你吗?这也不是一点小事。"我说:"找他就不必问凭什么了吧。"第二天我给胡一兵打了电话,他说:"儿子上幼儿园这事就把你难倒了?又不是上大学。我试一试。"我想起董柳的交代,硬了头皮说:"不是试一试,要尽力办成才好,也让我在董柳面前装扮成个男子汉。"他说:"提到原则上来了,我就去办办吧。"放下电话我心里有点不舒服,给朋友出了这么个难题,这不是我做人的方式。胡一兵他还不知道这个难题有多大呢。再想到他大包大揽的样子,说不定他用什么特殊方式竟把事情办成了,那才叫人喜出望外。三天后胡一兵打电话来说:"大为啊,这一次我在你面前就丢了脸呢,牛皮吹破了,我没想到这么难。陈园长我认识的,我给幼儿园做过节目。这次我说给她们幼儿园做个特别节目,她都没答应我。讲话还气死人呢,说现在对她们的报道太多了。连我她都敢往墙上顶。我干这行这么多年了,要风有风要雨有雨不敢说,顶我的人还没有过。"我说:"我害你吃了个哑巴亏。主要是董柳她天天逼我,不然我也不求你了。只怪我没本事,连自己儿子的事也办不好。"觉得这话不好听,又说:"主要是会钻的人太多了。"他说:"我真没想到进个幼儿园比进大学还难。进大学吧,只要他分数过线了,我保证他填哪个学校进哪个学校。"后来董柳知道事情有这么难,也就没再说什么。

33

九月初我们准备把一波送到人民路幼儿园去。前一天晚上董柳领着一波去找宋娜,想约着明天一块去。不一会儿她回来了,也不说话,搂着一波坐在桌边。我坐在床上看书没在意,突然听到有水掉在什么东西上的声音,一下,又一下。我注意到桌上的报纸湿了一大块,抬眼发现了是董柳在掉泪。我慌了说:"怎么了?"她把身子扭过去,我扳过来,她又扭过去,鼻子吸了几下,就哭了起来。一波说:"妈妈,好妈妈。"伸了小手给她擦泪。董柳把一波搂得更紧,哭着说:"我的儿子,这么好的儿子,你这么小就命苦,是妈妈对不起你,对不起你。"我问了半天,也问不出个所以然,只好到楼下把岳母叫来,又问了好一会儿,董柳说:"我们还想约人家一起去呢,我们不配,人家才不进那样的幼儿园呢。"我一听心里往下一挫,全身发冷,如掉进冰窟一般,好半天说:"省政府?"董柳眼泪直滴,点点头。

好半天我缓过一口气来说:"想不到丁小槐这家伙还有如此之大的本事!"董柳说:"人家在那个份上,就有那个本事,不在那份上,你有天大的本事也只是没本事。"我想一想这几年院子里的孩子,父母在那个份上的,果然都进了省政府幼儿园,不在那个份上的,都进不去。也没有谁去划一条界线,可这条界线却是如此清晰。别看大家一样天天坐在那里上班,在不在份上,就是不同啊!说起来这是一件俗事,可这俗事现在实在比什么大事比金灿灿的未来比飘忽的终极比人类前途都要紧迫。董柳说:"池大为你对不起儿子,你没有资格做父亲,也没有资格结婚。"岳母说:"董柳你怎么说这个话!"董柳说:"那要我说什么话,说我一波天生就比别人低一等比别人笨?我过不去,我心里就是过不去!还没起跑呢,我一波就比别人慢半拍了,将来还有小学中学大学,我敢想?"我说:"也没你说的那么严重,毛主席上过什么幼儿园,他还当了毛主席呢。李时珍曹雪芹都没上过幼儿园,省政府幼儿园的人,几个能跟他们比?好幼儿园最多就是玩具多一点。"董柳不屑地耸一耸鼻子,说:"自己没有本事就算了,还拿毛主席挡在前面,世界上有几个毛主席?"我说:"一波也不是我一个人的儿子,我想了这么多办法,你也想点办法试一试!"董柳扭过脖子,一根指头在脸上刮了几下说:"羞!羞羞!这是一个男人讲的话,大家听听!还是一个读了研究生的男人呢,跟我来比,自己碰在墙壁上变幅画算了!"我气得发抖,向门外冲去。董柳:"你回来!"我站住了。她说:"我也不跟你吵,吵也白吵。今晚我们就抱着我一波到陈园长家去,让她看着这么好的孩子,该不该有个好环境?我就抱着我一波给她跪下,我不怕丢脸,我的脸不要紧,只要我一波不受委屈,不说丢脸,丢命也不怕。"我说:"好孩子她还看得少?"她说:"这么好的有没有,让她看看!"我叹一口气,女人的情绪失去了控制,你就别指望她不说疯话。我说:"说到底你嘴唇皮磨出了茧也没有用,跪上几天几夜也没有用。人家的儿子进去了,不是嘴唇皮磨出来的,更不是跪出来的。"董柳说:"说到底还是自己手里要有过硬的东西,要在那个份上,不然人家凭什么照顾你!不在份上,把道理讲到骨头里去也没有用,世界上的事,根本就不是道理不道理的问题。道理是什么?屁都不是!你是男人,你手里有什么硬东西?没有就别开口。"又问岳母:"妈,你那里还有多少钱?"岳母跑到楼下去拿来一千块钱。董柳望着我说:"你呢?"我说:"我有多少钱你还不知道?"她说:"要什么没什么,假如今天我一波要一笔钱救命,那就眼睁睁看着他——"听了这话我一拍桌子跳了起来想发作,一波吓得抱紧了董柳,扭过头来说:"爸爸。"我坐下去,叹了口气,不怪别人,就怪我自己,是我对不起儿子。

我心里别扭着,看着董柳给一波换上了好看的衣服,我抱起来,跟着董柳到陈园长家去。一路上我不说话,董柳也不说话。一波指了月亮问:"爸爸,月亮有脚脚吗?"我说:"没有。"他说:"没有脚脚怎么跟着我们走?"我说:"它想跟就跟,你也拦不住。"过一会儿一波说:"下次我到华云公园看皇宫,我把帽子带去,我当皇帝,妈妈当公主,你当卫兵。"董柳说:"我一波刚满三岁就知道当什么好什么不好,有些人三十多岁还不知道。"到了陈园长家楼下董柳说:"你去侦察一下。"我上去了侧耳在门边听见里面有人说话,就下来了。我们站在篱笆旁等着,不一会儿有一男一女抱着小孩下来,男的说:"我真的没见过这么固执的人。"女的说:"我脸上赔着笑,心里恨不得张开五指朝她的扁脸上抓过去,撕一块皮下来。"说着向不远处的一辆小车走过去。司机钻出来,把小孩子接了过去,一起上车去了。董柳望着远去的车说:"算了,回去。"我说:"来都来了。"她说:"上去了白白挤出几点笑,也没意思，挤也白挤了。"又说："气得死真的要气死，可惜人又是气不死的。"回去的路上，董柳一句话不说，我也不说，连一波也奇怪地沉默着。

　　进了大院，我看见任志强的车停在楼下，我说："董卉来了。"任志强见了面就叫姐姐，又问："姐姐什么事情不称心？"董柳说："没有什么称心的事。"我说："没什么事。"董柳马上说："没什么事！你要什么事才算事呢？"岳母说："还不是为了一波的事。"就把事情说了。董卉把一波抱了说："任志强你平时牛皮有那么大，再吹一次给姐姐看看。"任志强说："董卉你别堵我，说不定我就把牛皮吹成了，事总是人在办吧，人总是肉长的吧。是肉长的就有办法，只怕他不是肉长的。"董柳说："志强你别害我又抱一次希望，我抱一次希望，就死一批神经。"我说："你不知道那两个园长，那是讲不进油盐的。"任志强说："油盐肯定是讲得进的，要看谁去讲，怎么讲。他们机关事务局的局长去讲，你看讲得进讲不进？"我想把刚才想去拜访陈园长的事告诉他，董柳马上岔开了。岳母说："任志强你把这件事办成了，你姐姐要谢你一辈子。"董卉说："连我这个姨妈都要谢你一辈子。"任志强说："既然是这么大一件事，那我就试一试。我不认识人，可我总可以找到认识人的人吧。"董柳说："本来明天要送我一波到人民路去的，那我就再缓几天。"任志强问我认识省政府什么人，说："认识一个人就顺藤摸瓜，多转几个弯总是可以摸到瓜的。"我说不认识。他想了一想说："给我几天时间吧。"

　　任志强走了，我对董柳说："任志强刚开了一辆车就不知自己姓什么了，跑到这里把胸脯拍得嘣嘣响。"董柳说："你让他拍，拍不成又不割你胸前一块肉，万一拍成了呢？我就抱一个没有希望的希望。"睡下去熄了灯我说："其实人民路也没有你想的那么差，乡下孩子没进过幼儿园，四五岁就牵了牛去放，长大了也很出息的。"董柳说："那你的意思是叫我一波去放牛？你明天买条牛来，我一波就放牛去。"

我说:"放牛也不是那么恐怖的事,毛主席小时候还放过牛呢?"她说:"别人对自己的利益那么敏感,大小亏都不吃,大小便宜都要占,把好事都秋风扫落叶扫去了,我们呢,大小亏都吃了,大小便宜都不占,占不着。别人是寸土必争,我们是寸土都争不到,还要我一波去放牛!那人活在世界上干什么?"我说:"干什么?变个猪人,吃了睡睡了吃。再变个狗人,排着白历历的牙齿准备跳起来咬。"她说:"你不做猪人狗人,你有追求,你追到一点东西给我看看!结婚都四五年了,我看到了什么!"我说:"不一定要真的看到什么才有什么!"她说:"看不到真的什么就什么都没有!"我气得坐起来说:"跟你没办法说话。"她说:"我从来不把自己看得那么高贵,把鼻子前面几件事抓上手就好了。我也不相信什么高贵,连伊丽莎白也要坐在自己的屁股上。"我说:"大家都变成猪人狗人算了。"她说:"变什么人不要紧,要紧的是解决问题。谁让我一波上了好幼儿园,不要说猪人狗人,他说我是王八人也不要紧。"又说:"我心里着急,为我一波着急,也为你着急,还为我自己急。别人说嫁个人是第二次投胎,那没错一点。我第一胎是投错了,投在乡下,第二次投胎我也投了这么几年了。"我说:"屁话!"就摸黑下了床,另找到一床毯子朝墙壁自己睡了。睡不着又把董柳说的话拿到心里来想,想着这世界真的变了,要实实在在抓到什么,那才是真的。大家都奔小康了,我还在原地踏步,真对不起儿子。

过了三天任志强还没来。这是我早料到了的,一张寡嘴,还能老是骗到东西吗?他办不成这件事,我感到遗憾,又似乎有点高兴。办不成吧,证明事情有这么难,不是我没能力,我不至于一脸的灰土,可吃亏的还是儿子。想来想去,还是希望任志强有如神助,居然以一种不可思议的方式,把事情办好了。真的能办好,不要说一脸灰土,抹一脸牛屎也不算什么啊!

34

儿子是好儿子，一想到儿子我就不能安心，无论如何，我不能接受一波的机会比丁小槐家的强强差的事实。可事实就是事实，果子再苦，我也只能吞下去。那滋味真不是滋味啊。

我觉得儿子是那种有悟性的孩子，一岁多的时候，就会背唐诗了。他并不懂是什么意思，但背起来的时候一只脚往前迈一步，头一点一点，身子一俯一仰地，似乎是懂得的样子。带他出去玩吧，他双手牵着我和董柳说："爸爸妈妈你们两个抢我。"说完往董柳身上一靠说："妈妈抢到了，妈妈劲大。"问他电视里哪个女孩最漂亮，他说："妈妈最漂亮，妈妈是新娘子，我长大了跟妈妈结婚。"有一次看动画片，大灰狼追小白兔，他皱着眉头急得要哭说："大灰狼不对，大灰狼不对。"董柳说："大灰狼没有不对，它不吃小白兔，它自己会饿死。"我说："他这么小，你别教孩子学会残忍。"她说："你是大灰狼你怎么办？上帝并没有规定小白兔是好的，大灰狼是坏的，好坏那是诗人们捏出来的。大灰狼吃小白兔那是上帝安排的，天经地义，不吃才不对呢。让我选我决不做小白兔，就是这么回事。"董柳跟他讲白雪公主的故事，他听了第一次，以后再听，听了一半就捂着耳朵。董柳问："王后的篮子里有什么？"他着急地说："没有苹果，没有苹果。"董柳说："苹果里有什么？"他说："没有毒药。"董柳说："有就是有，不是你说没有就没有。"到了两岁多，一波经常说出一些冷水里冒热气的话来，叫人感到意外。有一次他调皮，董柳说："你这么调皮，可能是爸爸在医院抱错了，是别人家的孩子。"他马上说："董柳阿姨，池大为叔叔。"我说："我的儿子讲话越来越有味了，句句是真理，一句顶一万句。"一次去公园，他指着湖中的船说："轮船没有轮子，怎么叫轮船？"我还没想好怎么回答，他又说："我的眼睛这么小，船那么大,我怎么可以把船看到眼睛里去?"出了公园他要吃酸奶,董柳说:"两杯酸奶,三个人怎么吃?"他说:"三杯,你吃,我吃,他吃。"我说:"只有两杯。"他不依不饶说:"三杯,你吃,我吃,他吃。"董柳笑了说:"也是个倔的,有其父必有其子,我们家怎么得了!"还有一次他调皮了董柳骂他,他说:"再骂我,我从窗户跳出去。"我觉得好笑说:"你这个胆小鬼,还敢跳窗户?你从床上跳下来给我看看!"他马上说:"我只跳高的,不跳矮的。"

看着自己的儿子那感觉就是不同,这是没办法的事情。有时候我摸着儿子的头无缘无故地就鼻子发酸,想哭。我对董柳说:"这世界真是个偏见的世界,大家都这么喜欢自己的儿子,这个世界恐怕没有多少希望了。"董柳说:"要是大家都不喜欢自己的儿子,这个世界才真的没希望呢。"我觉得这倒也是,偏见是上帝的安排,这不是谁想取消就取消得了的。我说:"让你说偏见倒是个好东西。"我想着有偏见就有盲点,那么盲点也是个好东西了。这么想着许多界线都变得模糊,许多人都可以理解,做个好人也没什么意义了。想来想去我越想越糊涂,真不知道是先有鸡呢还是先有鸡蛋。

从昨天晚上起董柳就没说过一句话,我说了几句,她理也不理。早上上班之前她说:"你今天把我一波送到人民路去,只有这样的命,你认不认都得认。我就不去了,我去了我肯定要哭一场。"我答应了说:"任志强把胸脯拍得嘣嘣响,不知天高地厚。幸亏我们也没抱多大希望,本来也是难。"正说着楼下喇叭响了几声,任志强上来了。董柳用一种恐惧的眼神望着他,我看任志强那神态也不像个有成就的样子。我先开口说:"知道难了吧,本来也是难。"他说:"真没想到难到这个样子,进个幼儿园!再给我两天时间,我通过朋友找到了计财处的关处长,关处长找事务局的孟局长去了,由孟局长去跟陈园长说。关处长都说只能试一试呢。求别人的事,急不得。怕你们急,先来说一声。"我说:"关处长竟肯帮这个忙,真了不起,如果孟局长竟然也愿意帮忙,那就更了不起了。还有你那个朋友,也是个了不起的人。"董柳说:"还有你自己,了不起,了不起,真的是了不起。"任志强说:"办成再说,办成再说。"董柳说:"你花了多少钱,你只管跟我们说,出了力就了不起了,还叫你出钱吗?"她说起话来腰缠万贯似的豪爽。任志强说:"朋友跟关处长是什么关系我搞不清,关处长后面的事就更搞不清了,反正是单线联系,一层管一层。我得给朋友家装一部电话,这个朋友还是朋友介绍的朋友,刚认识的。"我一听吃了一惊,装部电话?四千多块呢,董柳她受得了吗?董柳说:"应该的,应该的,转了这么多弯,不知道会卡在哪里?陈园长会不会买账?要是关处长有绝对的权威就好了。"两天后,一波进省政府幼儿园的事就定下来了。董柳对任志强说:"装电话用了多少钱吧,还有一连串的事用了多少钱吧,你老实告诉我,转了这么多弯,总还要点润滑剂吧。"任志强说:"帮姐姐这一点忙还要钱吗?姐姐你也别太小看我了。"我说:"转了这五六个弯就了不起了,还要你贴钱?钱是一定要给的。"任志强说:"钱倒不是什么难事,谁都拿得出来。难得的是电信局容量有限,那个电话号码不是谁都可弄得到手的,现在不比以前,什么事都不能凭嘴皮子打交道,吃豆腐办豆腐事,吃肉才办肉事。"我心里替董柳着急,再多的钱她怎么拿得出?谁知董柳说:"任志强你干脆说多少!我们不搞劳民又伤财的事。"任志强哼哼哈哈半天说:"钱都是公司出的,关系户,业务需要。"我说:"你们公司还可以这样报账?"他说:"人人都能这样报,多肥壮的公司也撑不了三天就皮包骨了,当然是看人来。"说着右手似乎很随意地在胸口拍了一下,大拇指一翘。他这个动作给我一种刺激,但我没表现出来。这个时候他说什么做什么我都得认了。这么难办的事,胡一兵都没办法,居然被他办成了,我还有什么资格不服气?不管他怎么办的,人家的实力在那里,我不服不行啊，他再怎么摆牛，我都得把头低下来认了，不服不行。

我和董柳送一波去省政府幼儿园，董柳看见那么好的条件，高兴得手足无措的样子。出了门她笑着笑着就哭了起来，一个劲用手背擦眼泪，哭了一会儿忽然又神经质地仰头笑起来。我说："大街上呢，别人还以为你捡了宝呢。"她抹着泪说："我总算对得起我一波了，对得起他了。"过了马路她说："不知我一波在哭不呢，我回去隔着窗户看看。"我说："哭总要哭几天的。"她拖着我回去，躲在窗户外面看了一阵，说："总算不哭了。"才一步三回头地离开。到下午我们去接儿子，一波扑过来说："找到爸爸了，找到妈妈了，这是爸爸，这是妈妈。"董柳抱着他一路亲着出了大门，说："这么好的儿子，谁有？哪怕是为了儿子吧，我们做大人的也应该努一把力。"

也许董柳说得不错，哪怕是为了儿子吧，我也应该努一把力，让家人好好活着。好好活着是硬道理，总不能说今天的忍辱负重是为了明天的更好的忍辱负重吧。算一算我到卫生厅已经六年了，可现在比第一天来时并没有进展，甚至还后退了。一天天就这么梦游般地过去，就像是迷失了方向似的。过了一年，又过了一年，回过头去看，也就是过了一年而已。可人生有几个六年？何况还是在黄金岁月。我似乎恨自己，又似乎同情自己，说不明白。我总认为自己在坚守着的一点什么，可这么多年过去了，很清晰的景象越来越模糊，很明确的意义越来越暧昧。一个连对自己的家都不能尽到责任的人，还能去想着世界吗？可是只看着眼皮下这几件事，那我又是谁呢？我等待了很多年，至今没有任何迹象表明这种等待会有什么结果。不论从哪个角度去审视自己的生活，都会有一只隐隐约约的手，潮湿而苍白，用一种难以描述的优雅姿势喻示着方向：生存是硬道理，是归宿，是一切。条条道路通罗马，罗马是自我，是生存，是活着。这是真相，这是本质，这是悟者之悟，智者之智。我曾把这当作猪人的生活姿态，但现在却无可抗拒地走向这个方向，别无选择。在丁小槐和任志强喻示着的两把巨钳的钳制之下，我别无选择。我得活得好一点，我的妻儿也得活得好一点，我别无选择。为此我得改变自己，我并不比谁傻些。我想象着自己站在悬崖上，眼前天地悠悠，空茫一片，极目处似隐似现。我知道那是心造的幻象，只有脚下这一寸土地，才是最真实最真实的。

35

这天我在办公室看报，尹玉娥在外面很亲热地跟人说话，一口一个"孔科长"。尹玉娥说："以后常来指导，孔科长。"那人说："谈不上谈不上。"尹玉娥说："孔科长是少年有为，以后有事打搅你，不会把我们挡在门外面吧？"我听了那口气很不舒服，科长也就是个科长，厕所里撒尿也可以碰见几个，值得那么甜腻腻地喊？尹玉娥把那人送到楼梯口才回来。我想着厅里并没有个姓孔的科长，就问："这个孔科长是我们厅里的？"她说："就是孔尚能，你认识的，他到退休办当科长了。"我说："孔尚能才来几年就当科长了？"她说："如今的年轻人一个个身手都很敏捷。"我说："怪不得我前几天碰着他，打个招呼声调都不同了。"不久前我还看见他帮丁小槐搬家，隔几天又看见丁小槐有板有眼地教训他什么，他低了头听着。当时我还想，丁小槐怎么了，人家帮你搬过家，怎么也算个朋友吧，你还对人家来这一套！心中为孔尚能打抱不平。谁知道后来碰见他在图书室跟小赵说话，他还说丁小槐怎么怎么好，一口一个"丁主任"如何如何。我觉得奇怪，这人怎么无知无觉，真的是要进行人格启蒙啊！丁小槐好不好，他不知道？我就不相信他那么傻。我把这件事跟尹玉娥讲了，她说："卫生厅怪事很多，怪人也不少，说怪也不怪。"我说："转个弯想，怪事其实不怪，傻人其实也不傻，他傻他几年就当上科长了？"的确，规范已经颠倒了，你认为那事怪，这本身才是怪，你认为那人傻，这本身就是傻。这样想着我忽然感到了很大的心理压力，再过几年，连孔尚能都要对我指手画脚，那怎么办？真是无地自容啊。人在圈子里，就一定要往那个份上奔，不然你就没法活，脸都无处搁啊。我想一想自己的前途，简直感到绝望，三十多岁了，还这么整天傻坐着，再过几年就是老办事员了。李白曾说，大道如青天，我独不得出。我体验到了他的痛苦。他就是这样过来的，哪怕他气冲霄汉才高八斗也是这样过来的，其中的血和泪，如果不到他生命的褶皱中去访微探幽，是很难感受到的。

我得为自己找条出路。在厅里想办法吧，唯一的出路，就是要得到赏识。这条路我已经放弃了这么多年，现在重新启动，前几年不是白白浪费了吗？我不愿承认这一点，我不觉得自己有什么错，我说服不了自己。更何况，上面不会用我这样的人啊。到三十多岁来脱胎换骨，那可能吗？我不能回答自己。我在心中后悔了，当年不该留在厅里，到中医研究院去搞业务就好了。偏又抱着天下情怀，想在更大的范围内做点事，竟落到今日这个地步，真对不起董柳和一波啊。六年前研究生还是凤毛麟角，可现在是一批一批的了。幸亏这几年还发表了十来篇文章，这给我壮了一点胆，我想试试能不能调到中医研究院搞业务去。天下的事情不能想了，自己的事情还得想一想。我把自己的想法对董柳说了。她说："你真的调？调到研究所也是厅里管着，调到哪里还是厅里管着。马不高兴你，牛就高兴你？有问题的人到哪里都有问题。"我说："至少争取一个重新做人的机会吧。"她说："重新做人哪里都是一样的，厅里毕竟是厅里，一年到头老是发东西，你伴福也伴上了，我们医院有？"我说："我就是想换个地方，不想看有些人，丁小槐丁主任，看在眼里拔得出去？"她说："大为你在逃避，其实哪里都有拔不出去的人，我们医院没有？"我说："反正我就是想换一下，女人眼睛只盯着那点东西，从来不看看这里。"我说着用手指点一点太阳穴，"这里，这里！"董柳说："这里，这里，我就不懂你那个这里到底是哪里。你一定要调，我也不能拿绳子绑着你的脚，我只有一个要求，到哪里也不能少了我两间房子。我是女人，我眼睛只盯那点东西。我才不管什么宇宙星星月亮呢。"

我到程铁军家去，他是我在中医研究院的朋友。我把自己的想法说了。他说："搞错没有，从上面往下面调？不可能吧！"我说："我这个人生就的倔脾气，不适合做机关工作，来搞点业务算了。"他说："我在门诊部当医生，天天坐在那里接待张三李四王二麻子，有什么意思？我想明天能退休就好，要是能调到中医学会每天一张报纸一杯茶就把日子打发了，钱也不少你的，我真的对天烧三炷香。"我说："不看病人搞研究行吗？我也发表了十来篇文章了。"他说："一来就搞研究？给我坐几年班再说吧。我愿意跟你换，你换不换？"我说："厅里效益好一点，可人的脸色不好看。官大了那么半级，能把你压死。"他笑了说："那你的意思研究院是外国？一个妈妈生出来的。再说六年前你不来，跟你一年的研究生都有评副主任医师副研究员的了，你连主治医师都没有，你心里很舒服？研究院好比一锅菜，高级职称是主菜，连我都快混到手了。"

我一定要试一试，程铁军就带我到人事科找郑科长。郑科长示意我们坐下，就去打电话，好不容易打完一个，又打第二个。程铁军坐在那里反复扭着身子，终于坐不住，找个借口先走了。半天郑科长打完电话说："小池，你知道我们院里，也算副厅级单位，想来的人多，造成了紧张。评职称紧张，住房也紧张，跟厅里就不好比了。你业务上怎么样？"我马上把论文的复印件呈上去。他手不停地翻着，眼睛却望着墙上的表格,说:"从厅里往下面调,这是第一次。你是不是得罪谁了,把底给我们交一交,不要让我们把关系搞坏了还蒙在鼓里。"我说:"我谁也没得罪,就是想搞搞业务,毕竟学了八年。"他又翻一翻那些文章说:"不错,不错,要是你一毕业就来,也是我们的骨干了,我这个人是很看重人才的。"他说到所里一个姓舒的年轻人,刚评了中级职称,因为在《中医研究》上发了篇论文,又在省里评了二等奖,第二年就评上副研究员。他说:"这是我一手一脉操办的,是人才,我们就破格开绿灯了。"他这么说,我简直觉得自己就是一堆豆腐渣,是个乞丐,上门讨钱来了。他还在说自己爱惜人才的历史,我趁他话一顿,马上就告辞了。

后来程铁军告诉我说:"你知道评上奖的是谁,舒所长的儿子!不然他的文章能发在一级刊物上又评奖再破格提拔?他那论文怎么出笼的我都知道,谁去戳穿?偏有人巴结他,没人巴结我。这些人从写到发表又到评奖再到评职称,是一条龙服务。原则是死的,人是活的,没有活人做不到的事,原则只罩住我们这些人。如今有本事就抓住印把子,抓不住那也别叫屈,叫屈还让人家看笑话,谁叫你抓不住?这样的地方,你还要调来,气不死你就来吧。"

没想到在研究院碰扁了鼻子,我的自信心又受到一次打击,我,池大为,竟落到这个地步了,不可思议。我对这个世界感到陌生,好像有一种无法理解的神秘力量虚无地存在着,在阻挡着我。善有善报?屁话!我觉得自己有了不做一个好人的勇气,也有了这种权利,说到底世界是以力量而不是以善恶来评价一个人的。我觉得自己有骨气,也有坚守一点做人的原则的韧性,可这在别人眼中简直是笑话,是无能的表白。我幻想着有一个抽象的自我从躯体中抽绎出来,以怀疑的眼光对自己进行客观的审视,这样我觉得别人那种讥诮的眼光也并非没有道理,你不是个人物,怎么能要求别人把你看成一个人物?世界变了,一切都颠倒了,我感到了陌生,也感到了幻灭。权和钱,这是世界的主宰,是怎么也绕不过去的硬道理。可在这种硬道理面前低下了头,那还是一个知识分子、一个好人吗?做一个好人,既不可能期待别人的理解,也不可能指望时间的追认,更不可能对世界有什么触动,剩下的唯一理由,就是心灵的理由,我愿意这样做,向丁小槐学习我不能感到幸福。可在今天,一种心灵的理由,还是不是一种充分的理由?并没有一种先在的力量规定了我,我为什么要自己规定了自己呢?我不能回答自己。

  这天我在剃胡子的时候,对着电动剃须刀上的小镜看着自己的脸,先是额头,眉毛,眼睛,移下来,鼻子,嘴巴,看久了竟有一种似真似假的感觉。这就是我,在这个瞬间,我存在着,就这么回事。我突然惊异地发现,自己的下巴上有一根棕色的胡子,像烧焦了似的。这是真的吗,我都有黄胡子了,什么叫时间不饶人?这就是啊。就像窗前那棵银杏,我观察有很多年了,那树叶每年真正饱满而嫩绿的时间只有几天,似乎还没充分展开呢,就转向深绿去了。我心中一阵绞痛,就这么完了吗,这一辈子?无论如何,我得给自己找一条出路。想了许久,只有两个方向,要么跟在丁小槐后面走,要么写几篇像样的文章出来,也发表到《中医研究》上去。世界很大,展现在我眼前却只有这么一点点,把宇宙都想遍想穿了还是要回到这一点点上来,这是唯一的真实。脸盆里的风暴也是风暴,总比两手空空要好吧。何况那点东西,一粒芝麻,对自己来说还是很有用的啊。想起自己犹犹豫豫迟迟疑疑竟过去了六年,真的是太可惜了。跟着丁小槐走,那是一条效益最高的道路。市场的原则就是追求利润最大化,大家都把这一点悟透了。可是我的情感本能却不由自主地有着强烈的反抗,没有别的,就是心灵的理由,一种流淌在血液中的力量阻挡着我。我有没有权利以利润最大化的方式操作人生?我无法回答自己。我相信在人的身上,有一种与生俱来的东西规定了他,他只有服从这种神秘力量的引导才会感到幸福。我幻想着自己皮肤下的血管中跳跃着无数的蓝精灵,他们在呼唤着我,我不能太扭曲了自己。我把自己的想法跟董柳说了,董柳说:"由你吧。"我心里感谢着她的宽容,她已经忍受了这么些年,还准备忍受下去。我从图书室借了许多书来看,上班的时候也看,晚上也很少去下棋了。这样我很快就恢复了感觉,不时地有创意的火花自动地闪出来。不久,我写好了一篇自己满意的论文,寄出去了。

36

任志强打电话来说要我帮他一个忙,我不假思索就答应了。他说的话我能不听?我问他是什么事,他说:"星期天早上你来省展览馆,我八点钟在门口等你。"放下电话就心里很不舒服,他居然大咧咧指派起我来了,连是什么事情都不解释,我是你养的一条狗吗?可是我知道自己还是得去,能不去吗?回家我对董柳讲了,董柳说:"总算有一次机会能帮他一次忙了,我们欠别人的欠得太多了。"我说:"去干什么他也不讲,我想着就没什么好事,我又不是他养的一条狗。"她吃惊地说:"那你的意思还准备不去?只要你好意思,你就别去。"到星期天一早董柳推醒了我,也不说什么。我马上跳下床,抓几片饼干就走了。

任志强果然在门口等我。他说:"今天是高科技产品展销会,我们公司要推出一种新产品,请你来促销,现在国外的生意做不动,先在国内烧它几把火。"我知道了今天的任务是在他们的展台前推销气功魔掌。他说:"气功魔掌是按中医的经络原理设计出来的,可以治全身的病。

你把其中的原理讲给顾客听。"说着从皮包里掏出一个给我看,并把它的功能讲了一番。连任志强也来跟我讲经络理论,这个世界真是充满了黑色幽默。我接过魔掌一看,是一个手掌形的东西,铜铝合金的,全封闭,中间是太极图,八卦环绕着太极图,旁边两行字是"依图找方位,时空信息来"。翻过来是手掌上与全身相对应的部分,头背腰尾肛,脑鼻喉胸腹等等,旁边两行字是"六格是九宫,太极是全息"。我看上面煞有介事,心中实在好笑。里面也许有几块磁铁几根铜丝,说到治病,那只能哄愚夫愚妇。我说:"这个高科技产品真的能治那么多病?"他说:"人体的所有部位上面都有,不能治病那我们还搞展销?"又要我仔细看说明书,"按照上面讲也就差不多了。"说明书非常精美,可都是一些鬼话。为了别人赚钱,要我来讲这些鬼话,做人真是太没尊严了。可是我能不讲吗?我问他魔掌多少钱一个,他说:"才两百九十九,十个以上批发七折。一个月的工资就可以买这么一个高级保健品,真便宜啊。"我想这玩意的成本绝不会超过十块钱,我没说出来。到了展台前几个小姐披了绶带站在那里,是请的中医学院的学生。任志强说:"大家按说明书的介绍统一口径。"又示意一个小姐把一块标牌挂在我的胸前,上面写了我的名字,标明了是北京中医学院的硕士。我站在那里很不舒服,今天逃不脱要当一回骗子了。快九点任志强说:"马上就进场了,说明书看熟了吧?"我说:"看当然看熟了,只是……"他打断我说:"姐夫你等会儿千万别这样说话,只是一条,能治病,特别是脑血栓、肾病、肝病、胃病!"说着抱拳拱一拱,"拜托。"又说:"我们随便动一动都要钱,钱从哪里来?还是要从生意上来。"他没说装电话要钱,就是给我面子了,我还能说什么?我想,好在这玩意儿也不会伤着人,骗只骗别人的钱,又不骗他的命,何况也不会有穷人来买。有人过来了,我站在一边,任志强对小姐说:"靠边点站。"我下意识地移动脚步,站到了最显眼的地方,用唾液润了润嗓子,马上有小姐把垂在我胸前的标牌放在正中间的位置。有人走过来，站住了，小姐马上说："先生，愿意试一试我们公司新开发的产品吗？您会收到意想不到的效果的。"任志强说："这是高科技的结晶。"有个人拿起一个回来翻看，仔细研究上面的图形。任志强望我一眼，我说："产品的基本原理，是根据《黄帝内经》的经络学说，结合现代中医最新的研究成果生产的。"那人注意到了我胸前的标牌，我打着手势说："中医把人看作一个整体，身体各个部位的信息在手掌上都有反映，经络是相通的。手掌的信息通过一个逆向的过程，可以传到全身。"那人说："不知道是不是适合我？"我叫他坐下，仔细地给他把了脉说："先生脉跳弱，是肾虚之象。"他马上信服了说："是的是的。"我说："强肾固本，一通百通。"又对着图形详细地给他说了一番道理，他说："先生都说得对，我病了这么久，也是半个医生了。"任志强说："池主任是北京中医学院毕业的硕士，他说不到点子上，那还有谁？"那人毫不犹豫，买了一个，一边说："不到三百块钱的东西能治好病，我要舍不得，那我是对不起我自己。人为钱活还是钱为人活？"他走了马上有第二个人坐下来请我把脉。我把手指搭上去，微闭着眼，心想，一个骗局要形成也不是那么难的事，关键是形成一种氛围，那些披绶带的小姐也不是白站在那里的。记起有一次在大街上有两个人向我兜售手表，一唱一和，活灵活现，不由得我不信，竟失去了判断，买了一块。回来就知道上当了，那表果然只走了一个月就坏了。我一边讲解着一边不动声色四处看看，怕有熟人看见，如果有校友看见就更不得了，他不会骂我把母校给卖了？后来有一个汕头人被我说得口服心服，如果我说这气功魔掌能使人长生不老他也会相信的。他买了四个，解释说要送给这个那个朋友："送什么别的东西都不稀罕，谁少了什么？"我说："送礼送健康，心无忧虑就是逍遥佛祖，身无病痛就是快活神仙。"他走了不久又返回来，要批几十个带回去做生意。任志强跟他讨价还价说："真的打七折我们就没有一点利润了，别小看这么手掌大一块，你知道内部结构多复杂？七五折，再少我们就不谈了。"几乎不能成交。那汕头人的韧性也极强，不依不饶。反复说："我总要有一点利润吧，又不是一个两个。"小姐在一旁说："别说你三十四个，昨天省医药公司一进就是二百五，也才是七折。"我听了在心里笑，真是个二百五啊。最后还是七折成了交，任志强说："你肯定是个会做生意的人，还价还得我们要吐血。只有展销才有这个价，市场上是不可能的。"汕头人走了，我说："广东人真的不把钱当钱啊。"任志强说："反正他的钱也是骗来的。"我说："肯定也是骗来的。"我把"也"字咬重了一点，"所以我们也不必客气了。"忙了一天，我心里计算着卖出一百九十七个。收展的时候任志强说："成绩还不错，卖出了一百四十一个。"说着拍一拍鼓囊囊的皮包。我说："讲了这么一天，连我自己都相信真是那么回事了。"他说："本来就真是那么回事嘛。"我笑了说："是那么回事，就是那么回事，的确是那么回事。一百四十一。"他开车送我回去，我说："我没想到做生意的利有这么大。"他说："主要是为了宣传，这点钱还不值得大张旗鼓。"我说："你们赚大钱赚惯了。"快到卫生厅他说："我就不上去了。"递给我一个信封，"八十八，发发发。"我犹豫了一下就接了。他说："那些学生每人十五，嘴都笑歪了。"又说："姐夫在搞宣传方面是有天才的，几下就把人说动了，学问摆在那里！下次还要请你，能者多劳，是吧？"我说："还有人奉承我是天才？其实有时候我连数字都数不清。"他一愣，哈哈笑了。

　　我把信封交给董柳说："八十八，发发发。"董柳看了说："任志强还不算抠嘛。"我说："这点钱，你知道他那里有多少？"她说："你管他？什么时候你一天赚过八十八？头一次！有这笔钱，这个月就可以松口气了。下个星期还会喊你？"我说："你看我像个骗子还是像个天才？"她说："都不像。"我说："仔细看看。"她看也不看说："看你我看几年了还没看够？伸手不见五指，你的身子在黑暗里晃一晃，我都能感觉到你的动作。"我说:"没想到你把我了解到骨头里去了。其实你不了解我,我是个天才的骗子。"她不屑地一笑说:"别急着往自己脸上贴金,你是半个骗子或半个天才,我和我一波也不至于住在这黑咕隆咚的旧社会里。"我说:"我大声吆喝着骗人,这还是头一次,我把自己的自尊心挖出来,往牛屎里面踩。"她说:"没权没钱万事求人,还把自己的自尊心吊得那么高,就没必要了吧?要说我不了解你,就是这点不了解。人家的尊严都建立在有权有钱上,你在空空洞洞上面建立什么?"我说:"那是虚幻的,别人尊他的权他的钱,又不尊他的道德文章,尊道德文章才是真的。"她说:"照你说那些大人物其实没有尊严?"我说:"他们退了位真相就显出来了。施厅长你也看见了。"她说:"满世界都是假的,那假也假得真,管他心里怎么想呢。"

这件事给了我一点启发,一个人吧,只要他不把自尊看得那么重,放得下脸来,机会还是很多的。我一个小人物,把人格自尊吊那么高,那合适吗?太奢侈了,实在是太奢侈了。看着任志强那鼓囊囊的皮包,自己的心不也跳了几跳吗?我也不是个吃素的人,只是战胜不了自己。报纸上天天在说战胜自我,战胜自我,今天才明白了一点奥妙。一个人最大的敌人是他自己,这话可不是随便能够说出来的啊。这是一切成功人士的心得,其中的精义,他们是秘不示人的,要靠自己去体悟。其他人吧,也就是把这句话放在嘴里念一念,其实并不真正懂得。

37

大学同学匡开平出差经过这里,一见面就说:"算一算毕业都八九年了,这八九年的!"又说:"我专门来看你,明天就走。飞机票都订了。"见了老同学我很不好意思,这么多年也没混出个名堂来。我不想带他到家里去,就说住得很远。他说:"也不让我瞻仰一下嫂夫人吗?"我说:"还不是那个样子,一张脸,两个鼻孔两只眼。"我和许小曼的事他是知道的,我怕他看了董柳会暗中笑我。他看了我满桌子书说:"在机关还看业务书,少见。还要多看些政治方面的书。"我一问,知道他当处长了,许小曼在部里也当处长了。我计算着带他到外面去吃饭,就说出去有点事,回到家问董柳要钱。董柳说:"充胖子吧,到家里吃吃算了。"我说:"这个胖子是打肿脸也要充的。"她把钱给我,我说:"晚上没回来就住招待所了。"她不高兴说:"家里又不远。"我说:"知道你是想跟老子睡了。"她说:"那是你身上某些地方绣了花。"回到办公室见尹玉娥正跟匡开平说什么,我一进去,她的声音像被刀砍断了似的,掩饰地望了我笑笑说:"来了吗,来了。"我想这条长舌头又在说什么了。我带匡开平去吃饭,说到许多同学的境况。吃完饭他抢着把钱付了,我说:"就这样扫东道主的面子?"他说:"你也别替我着急,反正是工作餐。"要小姐开了票。到招待所他又抢着把房钱交了,我说:"什么意思嘛。"他说:"先公后私,公家的钱先用。"他要的是最好的房间,当年的同学,在这些细小之处,就看出差别来了。人在那么个份上,钱也跟着在那么个份上,这也是游戏规则。他这么几次抢着付账,我觉得他把我也看得差不多了,没分量啊。我想好了,明天一定请大徐开车送他去机场,多少也挽回一点面子。他靠在那里丢过来一根烟。我吸着烟说:"有时候抽一根,觉得烟也是个朋友。"他说:"我就少不了这根烟,寂寞了点根烟,就有了气氛。"他告诉我明年是大学毕业十年,留在北京的同学准备聚会,问我去不去。我说:"我不去我不是人民公敌?我以后还打算在同学面前做人吗?"他说:"那你一定去,我通知你。"他又问我最近干些什么,我怕他心里嘲笑我,就把自己的研究计划和思路说了一下。他似乎有点兴趣,跟我讨论起来。说到按现代分析方法进行中药分类，他还问了几个细节问题。他说："其实我在机关多少年都没想过这些事了，天天想的就是谁和谁是怎样一个关系，你不把关系吃透，随口讲一句话就坏事了，搞得不好就玩完了。将来我们同学中最有成就的肯定是你，我们都是混混。"他只字不提我现在的处境，这使我感到更加惭愧，自己竟成了一个忌讳的话题。这种惭愧使我意识到，自己其实也还是在用流行的眼光看世事，看自己，不在份上就无法理直气壮。一个人在精神上再坚挺，也不能创造一套价值来对抗潮流，而只能像浮萍一样被裹挟着，随波逐流。我自认为傲视世俗，人格根柢却不深，在不觉之中总是用了流行的标准与别人交流。我们说话说到很晚，他当了官也并不像我们厅里的官，有一套彻底的官僚气质和思维方式。我把自己的感想对他说了，他说："谁在本单位，潜意识中都有一种表演的本能。"第二天我请大徐送他去机场，分手时我说："明年聚会一定通知我。"他说："其实聚会吧，也就是聚聚会而已，就那回事。"

　　后来聚会的消息不是匡开平通知我的，是许小曼，她把电话打到我的办公室来了。这么多年没听到她的声音，我的心跳得厉害。她告诉我聚会提前了，因为有两个同学从日本回来。她要我星期五赶到，又问我坐哪趟车，我还没想好她就说："就坐四十八次。"放下电话我想，到底是当领导的，作起决定来就是干脆。这么多年不通音信了，她竟没有问一问我现在可好，这叫我有点不舒服。可马上又想到她可能知道我大概怎么回事，不问实在是体谅我。我算一算去一趟北京，总得带几百块钱，问董柳要吧，她又像割肉似的舍不得。我到监察室向小莫借五百块钱，她马上答应了。晚上我对董柳说要到北京出差一趟，董柳说："别人跑腻了，就轮到你身上来了，你说我讲得对吧？"我说："那肯定是对，因为是你讲的，你是常对将军。"她说："轮到你不会是什么好事，绝不会是去见部里的领导，你说我讲得对吧？"我说：

"讲得对，太对了，怎么会这样对呢，不是董柳谁能对得这么厉害？"

下了火车我往出站口走，听见有人在叫我："大为！大为！"一看竟是许小曼。我没想到她会来接我，心中一阵温暖一阵感动，我没想到自己竟还是一个值得别人来接的人。她从人丛中挤过来说："我找到那一头去了。"那一头是卧铺车厢。这让我感到非常惭愧，到北京竟是坐硬座来的。这时忽然来了灵感，我说："就是你催得太急了，害得我卧铺票都没有买着，脚都坐肿了。"许小曼说："大为你还是老样子，一点没变，时间怎么把你给遗忘了。"我说："因为我脑膜炎后遗症，不想事，不着急，无所用心。"我看她确实变了，不再是当年充满青春活力的她，竟有了一点中年妇女的迹象。我觉得自己应该说"你也一点没变"，可说不出口，那太虚伪了，就说："你也没怎么变，许小曼还是许小曼。"她果然很高兴说："是吗？发胖了，孩子也有六七岁了。"出了站有车在等她，我说："领导到底是领导。"上了车我等着她问我这些年的情况，反正是要问的，可她就是不问，当着司机的面我也不好问她。我们谈到这个那个同学，就是不说自己。我们住在部里的招待所，车进了大门我说："在卫生系统这么多年，还是第一次到部里来，好像是个神圣的地方，你们天天在部里泡着，我看来就像泡在蜜罐里一样。"她说："你们厅里经常有人来办事。"这么一说我知道她对我的情况非常了解，就说："是那些当官的。"说了这句话我发现自己无意中卸下了一个包袱，把谈话的障碍扫除了。她果然抓住这个话头说："还在中医学会？"我说："都四五年了。"说着下了车，她把我安顿到房间说："我特地叫你早一天来。"又说："有时候也要动一动脑筋，什么东西都是想要才会有，而且想要就会有，你试一试。"我说："没那份天才，我还是写几篇文章算了。"她说："文章要写，别的东西也不能没有。有了就是有，没有就是没有，不是说贫穷不是社会主义吗？"谈到这个话题我很惭愧，可实在不能不谈。她说："世界上有两种人，一种是决定别人命运的人，一种是命运被别人决定的人。"我笑了说："这间房子里把世界上所有的人物类型都包括了。"她有点忧郁地望着我说："大为你跟我说话也耍贫嘴？"我本来想故作豁达掩饰自己的处境，她这么一说，我意识到自己这样就把她推远了。我说："那我们好好说话。我真的没想到当年的许小曼有朝一日会当个处长，三十刚冒头就当了处长。"她说："说起来吧，处长就那么回事，可什么不是那么回事？活着就是那么回事，有那么回事比没那么回事总好点。一个人吧，就是另外的人的一个心思，他心思往左边一转，你就荣了，右边一转，你就枯了，一荣一枯，天堂地狱，想想自己是上天堂还是下地狱吧。我们的大多数心思都放在那些人的心思上了，一切努力都是使他的心思往左边转，如果往右边一转，完了。有时候一个眼神不对你都完了，完了还不知道自己是怎么完的。"我说："这句话准确地描述了我的历史。我这几年烧水都会烧糊，买盐都会生蛆。"就把自己的事情都给她说了。她听了没作声，半天说："大为啊。"我说："其实我也不蠢，我明白怎么操作才是正确的方向，总有什么东西挡住了我，心里明白也白明白了。"她说："我知道你，知道你。"忽然又笑了说："对你我就不那么绕着弯子说话了，我不怕说得你疼。从前有个农夫赶着一头驴走在山崖上，下面是万丈深渊。农夫鞭子打着驴要它贴着石壁走，驴偏要靠外边走，怎么抽它都不行。最后驴掉下了深渊，农夫叹息一声说，你胜利了，你胜利了！人那么倔着其实就是这么回事。"要别人这么说，我早就踹他一脚了，但许小曼说了我没反感，我自嘲地笑一声说："什么时候寻把草来喂喂我吧。"她说："你挡着自己干什么，该出手时要出手。"她凌空一抓，飞快地做了一个出手的动作，又缩了回去。我心中一惊，没想到许小曼也有这么一种姿态。我说："没想到许小曼也成了一个现实主义者。"她说："谁也不是生活在云里突然掉到人间来的，开始的时候，谁没一点心理障碍？我们这些人，谁没有一点骄傲？可守着这点骄傲，舍不得委屈自己，那怎么办？要世界来迁就自己,那不可能。"

　　许小曼带我到外面去吃饭。吃饭时她说:"为这次聚会,有几个发了财的同学认了捐,其他人意思一下就算了。大家也别交什么住宿伙食费,一交就俗了。"我说:"那我也意思一下。"我想着意思一下也就是一百块钱吧。她告诉我凌国强认了五千八,伍巍是四千七。他们一个在商,一个在官,竞价似的都想抢第一,还是凌国强抢去了。我听了头皮发麻说:"我们老百姓意思一下是多少?"她说:"我认了八百。"我马上说:"那我也认……"她用手势止住了我说:"你就算了,我给你写个名字上去吧。"我还想坚持,可口袋里只有四百多块钱,底气不足,也争不了硬气,心里愧疚着不作声。想起刚才"老百姓"三个字说得真丑,把自己的底都亮出去了。

　　下午我们去了母校。我建议把车停在校门口,可许小曼还是坚持把车开进去了。我能够理解她那种荣归故里的感觉,要有这种感觉,还是得自己是个人物才行。我先陪她去看了她当年的宿舍,学生上课去了。她从门缝里看了好一会儿,下楼的时候不作声,眼泪都快掉下来了。又去看了我的宿舍,一切依旧,只是门漆成了棕色,而当年是淡黄色的。我推门进去,一眼就认出自己睡了五年的那张木床。一个男生把头从蚊帐里探出来,生硬地问:"找谁?也不招呼一声就进来了?"我说:"我走错门了。"就出来了。我们绕着校园走了一圈,那一年"三二〇"之夜打着火把手挽手高呼着口号要冲出校门的情景生动地浮现在我心头,耳边也响起了那激越的小号声:"起来,不愿做奴隶的人们,把我们的血肉,筑成我们新的长城……"还有"团结起来,振兴中华"那响彻夜空的吼声。十年前的情景恍若隔世,我一下忍不住,眼泪就涌出来了。许小曼询问地望着我,我用衣袖擦着泪说:"想起了那天晚上。"她马上明白了,泪水也夺眶而出。

38

晚上同学们陆续都到了，还有坐飞机从广州来的。很多人毕业以后就没见过面，大家相互拍打着，亲热得不得了。几个女同学少女般一声尖叫，然后抱在一起。我收到了许多名片，发现几乎每个人都有了一定的头衔。有人向我要名片，我说："我是无名片阶级。"对方就怀疑地望了我说："开玩笑，大为？太谦虚了，太谦虚了。"却也不追问下去。许小曼是组织者，大家到她的房间里去报到。我瞟一眼报到名单，果然有认捐五千多的，四千三千的都有，许小曼是八百，我名下也是八百，还有几个四五百的。许小曼说："可以认到四万块钱，三天要花完它，大家尽情地乐。"有人油嘴滑舌地说："别的乐都乐不起来，最大的乐就是打破家庭界线，提前实现共产主义，哪怕只有三天呢。我抱着一个理想都十多年了，许小曼！"许小曼说："狗嘴吐不出象牙，过了十多年还是吐不出象牙。"

晚上，来了的二十多个人很自然地分成了三个圈子，我不知道自己该属哪个圈。女同学都拥在许小曼房里，我推门进去，有人就说："池大为你太没眼色了，我们女人说话你凑什么凑的，明年变了性再来。"我说："你们女人有什么好话说，还不是交流驭夫之术。"她说："如今的男人，像你这样的，到处山花烂漫莺歌燕舞春光无限，撒开了缰绳让他跑，他还不跑到天边去了！"把我推了出来。我到另一间房里，以凌国强为中心在大谈生意经，一个个雄心勃勃要走上国际舞台。凌国强说："我一辈子的理想就是让中药走向世界，市场可以说是无限的。我想起那种前景经常激动得通宵无法入睡，百万算什么，千万又算什么？"有人马上表示愿到他的公司去，他把手那么优雅地一飘，竖起一根手指头说："一句话。"又望着我说："大为怎么样，也到我们那里入了技术股吧,你想都不敢想再过十年那是一笔多大的数目。"我想着凌国强他当年也不显山露水,如今都牛成这样。我说:"想想吧。"他继续说:"我刚毕业时那些顶头上司,他们现在想见我一面都难,我不认个个友谊,友谊是当年的友谊,大家都是同学,没有别的想法。人发达了就没有新的友谊了,谁知道他走到你跟前心里是怎么想?"他们说着话我觉得自己出了局,就到伍巍那间房去了。

这间房更加热闹,都是官场上的人。伍巍是省长秘书,自然成了核心人物。我进去了匡开平说:"大为你也来说几段。"才知道他们在说荤段子。我说:"我不怎么会说。"伍巍说:"在机关工作不会来几段,上了酒桌你说什么?说真的领导不高兴,说假的群众不高兴,说荤的皆大欢喜。"有人说:"我来一段吧。有一个县长他姓焦,有一次病了,出院时医生嘱咐他不要跟老婆同房,焦县长说,不同房难道要我睡招待所?医生转个弯说跟老婆同床,焦县长说,那叫我睡地上?医生无法了只好说,不要性交。焦县长急了说:我爷爷姓焦,我爸爸姓焦,连我儿子都姓焦,怎么我就不能姓焦呢。"说完了大家笑起来,说有文化意味,也有人说老掉牙了。伍巍说:"我来一段,大家看看比焦县长那个怎么样。妻子,小姨子,小舅子,打北方一著名自然景观。"大家猜了一会儿猜不出,伍巍提示说:"在山东。"马上有人说:"是蓬莱仙境?"大家都说不对,又有人说是海市蜃楼,大家说更不沾边了,忽然匡开平一拍大腿说:"有了,可不是泰山日出?"伍巍忍不住就笑了。我说:"泰山日出跟小舅子有什么关系?"伍巍说:"妻子,小姨子,小舅子,可不都是老泰山日出来的?"大家都说:"绝了,绝了,应该评奖。"匡开平说:"我还有个更绝的,是保留节目,轻易不外传的。洞房花烛夜,打《水浒》中六个梁山好汉的名字。"大家猜了好久,终于有个人说:"第一个是杨雄。"匡开平说:"对了。"思路有了,大家你一言我一语把六个人猜了出来,依次是杨雄,柴进,史进,宋江,阮小二，吴用。大家把几个人的名字又反复念了几遍，都说："绝，绝！阮小二，字字落到实处，亏他怎么想得出来。"

大家喝啤酒，一会儿话题又转到了为官之道。我说："荤段子皆大欢喜，这就是一条。既维持了场面的热闹，又不会不小心碰着了谁，不然要大家讲什么才好。"想一想这几年荤段子风靡全国，特别是在圈子里盛行，实在也是必然的，它有着不可替代的功能。又有从四川来的汪贵发说到自己以前从不喝酒，现在成了个酒仙，这是跟领导拉近感情距离的一条重要途径。他说："领导他一般都会喝，他也是这样过来的。"又说："我最多的时候一个晚上陪三场酒，把老子的肝都烧坏了，你以为我这个处长怎么来的？"伍巍说："我的位置很稳，首长他少不得我，别人敬酒都是我给他挡了。"有人说："一千条一万条，把决定你命运的那个人伺候到位了是第一条，关键人物只要一个就够了。钻到他心里去还不够，别人也会钻，你要钻到他的潜意识里去。"我想着这个钻字实在很丑，那是个什么形象？这不是君子的语言，居然被这一群精英人物面不改色自然而然坦坦荡荡说了出来。世界真的是变了。我说："上级就那么浅薄，你一拍他就喜欢你那不可能吧。"伍巍说："你一拍他恨你那更不可能吧。"我说："要在他的潜意识中把他自己还没想到的需求挖出来，像开发市场一样开发他的潜在需求。"大家连声说深刻。伍巍说："大为你都晓得，你怎么还在原地踏步呢？"我说："我是理论上的，我又不傻，不会做看总会看吧。"伍巍说："领导跟前就不能少个明白人，领导他也是人吧，是人也有个要解决的问题吧，自己不好解决，也不好说，这就要明白人悟到了去替他办。你们说，你身边有这么个明白人，你会恨他？他有点小毛病你会揪着不放？要求谁坚持原则就像一个机器人，那可能吗？近人情吗？"大家越谈越兴奋，也叫我大开眼界。大家都是同学，又不在一个单位，把面具卸下来，去掉了表演性，就是这个样子。平时在单位，再怎么样都蒙了一层面纱,看不透。我倒觉得现在是这些人的正常状态,想升官,想发财,都说了出来。我理解他们,人总是人吧。可又有点失望,社会精英,也不过如此而已。我意识到,长期以来,自己生活在一种幻觉之中,总认为掌握着巨大的权力和公共资源的人,就应该代表着公平正义,不然就太令人沮丧了。可特别地要求他们克制、压抑,那又怎么可能?几千年来,人们总是知其不可为而为之,从没放弃过这种幻觉,毕竟有过一个包公,还有过一个海瑞。眼前这些人吧,平时说得最多的,大会小会上振振有词反复强调的,都是一些言不由衷的话。反正非说不可,大家就用布条蒙着眼睛往下说吧。说是说那一套道理,做则是按需要操作,习惯了,也就脸不红心不跳气不喘了。大家都这样,反而成了一条游戏规则,不懂规则的人把他的话信以为真,用他说的话去要求他,游戏就玩不下去了。当年我就是吃了这个亏,结果违规了,结结实实摔了一跤,到现在还没爬起来,也许一辈子都爬不起来了。当虚伪成了一条规则,人就不再会有虚伪感,也不会有心理压力,不过是按规则办事罢了。社会也因此对一些事情视而不见。谁又有权利要求别人特别地怎么样呢?看着大家这么兴奋,赤裸裸地诉说着对权和钱的欲望,我有一种亲近的感觉,无论如何,总比戴着面具要好。

　　这时许小曼和几个女同学进来了,大家更加亢奋起来。汪贵发说:"许小曼,我这个处级跟你那个处级就不是一回事呢。你吧,下面的厅长都要拍你,他拍我?"说着在自己屁股上拍一下。"我还要拍他呢。"又作势要去拍许小曼,手扬起来,又慢慢收回去,说:"想不到留北京的同学就是你许小曼出息最大。"许小曼说:"说出息不敢跟四川人比,比如邓小平,又比如汪贵发。"汪贵发举起双手说:"投降,投降,服了,服了。"有人说:"许小曼,你在部里,哪里知道我们下面人的苦日子,有时也发发善心抬一抬我们这些受苦人吧。"许小曼说:"你有人说:"鲨鱼吧,它咬一大口几大口也是合法的。"说着身子猛地往上一跃,凌空咬了一口,叫人看着心惊胆战。

都不认识钱还是钱了,要我隔河渡水飞越关山跑到广州去抬你?"那人说:"有什么办法搞到一个国家课题,我愿意拿五万块钱来攻关。国家课题钱只有二万三万,难得的是那个名。"伍巍说:"抓一个国家课题在手里,你的位子就稳了,上去也更有条件了。"那人说:"是那么回事,我还担心被别人挤了呢,我明年还要到哪里去挂个博士读一读,先把硬件备齐了它,将来别人替你说话也好说一点,不然真有危机感。"说着仰头把一瓶啤酒喝了,脸上放着光,"明年我报一个国家课题上来,许小曼你给我批了。"许小曼说:"那是专家组的事。"他说:"我拿五万块钱,你承包了替我攻关,专家组的人也是人嘛,要争课题总是要出点血的。"许小曼说:"你以为别人没看到过钱?"那人说:"不肯帮忙,领导的艺术就表现在这些地方,把我们挡了还叫人家放不出个屁来。"又打自己的嘴巴说:"这张嘴臭惯了,在文明之都的女性面前也香不起来。"

一会儿话题又转到怎么合法地增加自己的收入。大家一致同意,靠工资活,那是不可能的,因此弄钱也不必有什么道德上的忌讳,问题是怎么才能绕开法律。有人说:"鲨鱼吧,它咬一大口几大口也是合法的。"说着身子猛地往上一跃,凌空咬了一口,叫人看着心惊胆战,"我们这些虾兵蟹将,那就要多几个心眼,有十分把握了才能下口。"日本回来的黎勇说:"我到日本四年,说起来也算小康了。说起来你们不信,你们谁背过死尸没有?死尸是不能坐电梯的。"然后他把从高层建筑背死尸下楼的过程绘声绘色地讲了一遍,还把双手放到后面,躬着腰比画着。讲完了马上又申明:"那是刚去的时候,要谋生,生存总是高于一切的吧,现在好多了。"我说:"怪不得老是闻到一股解剖室的味道。"谈话继续下去,我在不觉之间又出了局。

39

  明天我就要离开北京。夜深了，许小曼把我带到农展馆附近一家叫"红鹰"的茶楼，要了一间房坐下了。从她坐下来的姿态，我感到了她从她母亲那里继承的从容优雅。我说："要间房太奢侈了。"她笑了笑，我不再说什么。从这些小地方我意识到自己跟不上时代了，也没有跟上去的实力。服务小姐问我要什么茶，我说："随便吧。"许小曼说："来一壶你们这里最好的。"茶上来小姐关上门去了，许小曼说："这两天总也没抓到时间说话，都应付他们去了。"我说："唱主角的人嘛。"她说："北京这么大，熟人这么多，可是要找一个说话的人，也不容易。"我说："你当领导了，忌讳就来了，我们老百姓一身轻，别的没有，自由还是有的。"我张开手臂做了一个飞翔的姿势，"谁管我说什么？"她笑了说："说到自由，就从这个话头开始吧。你说老实话，这次来，是以出差的名义呢，还是自己掏钱？"我笑笑不作声。她说："我早就猜着了，卧铺那边还有一些是空的，可你没买卧铺票。如果别人我就装作不知道了，谁叫你是池大为呢？你想如果是你们厅长来，哪怕是个处长吧，他会自己花钱？一百个出差的理由都有，还要坐飞机，还有补助。想出国抬脚就走，好像在自己家里上厕所。谁自由谁不自由，你自己说？"我说："你在那个份上待了也有这么久了，你知道好处在哪里。"她说："这两年我到哪里，都是飞来飞去，可以说是心到身到。对你我没必要炫耀什么，你也不是吃这一套的人，我是说，有些东西，一定要在那个位子上才会有，否则什么都没有，连尊严感都没有。我的体会是尊严不能建筑在一种空洞的骄傲之上。世界就是这样冷漠，甚至说无耻。北京这样，哪里都这样，不存在一种诗意的空间，说到底还是人性太无耻了。昨天我想了好久，觉得有必要刺一刺你，狠了心也要刺一刺你，如果你想到其他同学并不这样刺你，你就记恨我吧。我要说你再这样下去，就可惜自己这一生了。"我说："小曼你知道我并不傻，我只是被自己心里什么东西挡住了，就是迈不出去那一步。"她说："现在是什么年代，个体生存的年代，生存是生存年代的最高法则，是绝对命令，我们的前面除了生存什么都没有。当一切都在现实的平面上展开的时候，那些虚幻的东西，什么精神，其实很苍白，也许迷人，但还是苍白，不能跟现实发生真正有效的联系！我犹豫了三年，放弃了，才有了今天。谁知道你竟坚守了这么久。那些贪官，他们早就看透了，不相信什么了。伸手就可以拿到的钱你要他不拿，那怎么可能？他们知道什么才是真的，他们根本就不需要一个转弯子的过程，煞费苦心去讨论对不对在他们看来是可笑的。你吧，太敏感了，就把自己拘起来了，要不十年前我们也不会是那样一个结局。有时候想起来我也恨我自己当年太骄傲了，就不肯委屈自己一点。"我说："当年你委屈了自己，今天就要坐硬座出差了，还想飞来飞去？"

这时外面有人敲门，是服务小姐送点心来了。我正想应一声，许小曼用一个手势制止了我说："等等，让她敲。"外面敲了一会儿，又停一会儿，再敲。我说："让她进来吧，她端着东西老站在那里也不好。"她说："你还是那么心软，你总是心太软。"就应了一声，小姐进来，脸上还赔着笑，把小笼汤包放在桌上就出去了。许小曼说："她心里不火？火还得笑着，谁叫她是个服务员？小人物就是这样的命运，她有自由？自由是有些人的特权，你不要善良而一厢情愿地想象他们会用那么多条条框框把自己框住。这些年我看透了，心也变硬了，柔软的一部分像淬了火一样也有相当的硬度了。你不硬，不跟下面的人拉开距离，他能跳到你头上，稳稳地骑着你。"我说："好像这些话不应该从许小曼的嘴里说出来。"她说："现实如此现实，叫人怎么去说风花雪月？去掉那些花花绿绿的包裹，深入到事情的核心，就这么回事。"我说："想想也真是这样，我又不傻。"她说："你想通了我们来做个实验，你说，一加一等于三。"我笑了不作声，她说："我说了等于三就等三。"我于是说："一加一等于三。"她说："这里有两种包子，你掰开一个看看。"我掰一个，是豆沙的。她说："这肉馅的汤包挺好吃的，你说。"我说："是豆沙的。"她说："这肉馅的汤包挺好吃的。"用手指一指我手中的包子。我说："我说不出口，太残酷了。"她说："你回去练习练习，把心里挡着你的那些东西踢开，你管它一加一等于几，管它是马是鹿？习惯了就好了。"我说："我还是搞我的业务吧。"她叹了口气说："大为你去搞业务也好。明年你报个课题上来，我替你活动活动，让评审组给你批了。"我吃惊说："专家听你的话，他们一个个傲得跟什么东西一样。"许小曼望了我一会儿说："大为你是真书呆子呢，还是装书呆子？你不像生活在这个圈子里的人。"我说："我想着一个国家课题挺遥远的，也挺神圣的。"她说："那些傲慢的人也不能对谁都傲吧，他们也有要过别人手的时候吧。"我吸一口气说："小曼我真的小看你了。"她说："现在知道哪里有自由了吧。"于是我就说了中药现代分类方法这个题目，她听了说："有这么巧的事，跟匡开平报的差不多。"我大吃一惊问："他是什么时候找的你？什么时候？"她见了我的神态，也紧张起来说："怎么了，他是上个月找到我家，给我看了一个计划，初步的论证都有了。"我一拍桌子说："天下真有这样的人！"杯子里的茶都溢出来了。我把两个月前的事说了，许小曼说："世界这么大，到什么地方去咬不行，偏要咬老同学。"又说："说怪也不怪，咬别人咬得着吗？谁不想扩大自己的空间？"我说："这也是绝对命令。"她说："你见了老同学就说实话，太老实了。你明年只管报来，你有前期成果，他没有。他想弄成？那不可能，不可能，他成了精怪都不可能。"我说："明天还有一个聚餐，我真的不知道怎么跟他见面。"她说:"这就是你要进步的地方了,他都不怕,你怕?是谁做了贼呢?没这点心理承受能力,怎么能在圈子里混?"我苦笑说:"我就是如此地无用,幸亏当年——不然连你也给害了。"她看了我好一会儿,像要把我看透似的,幽幽地说:"那也不一定。"

在昏暗的灯光下,许小曼的眼神有点变了,我装作看不懂,心里有点不知所措。她说:"那也不一定。你以为我现在很幸福吗?"我说:"看上去还不错,要有的东西都有了吧。能活到这种境界,满世界也就那么几个人。"她说:"那也不一定。我和他倒是门当户对,凭着这一点走到一起来了。不然的话,我到今天的份上还要晚几年吧。可他们那些人吧,什么都有,就是没有道德感。他们从小就看穿了世界是怎么回事,世界是为他们安排的,有了钱,不够,又有了权,还不够,还要有女人,以及一切可以满足欲望的东西。他跟公司的女秘书有那么一手,我装糊涂都一年多了。这已经是第二个了,我生了女儿不久他就开始了。你相信我有这么好的忍性?我忍了,给我女儿一个完整的家吧。想一想能干的男人要他一辈子只跟一个女人,那不可能,换一个男人还是那么回事。世界对女人太残酷,我得认了。我不认了不装糊涂,揭开来吵翻了,反而给外面的女人机会了,她还要找上门来跟我竞争。罗雅芳就是在这种公平竞争中出了局的,所以她这次聚会都没来。人家大学刚毕业,我女儿都六岁了,公平竞争?皇后都要忍了三宫六院,我还不算最倒霉的吧。想想他们也玩不出什么新的花样来,我也就忍了。男人就这么回事,你让他为你改变,不可能。"她说着身子渐渐斜在沙发上,"我说我不幸福,你信不信?"我点点头说:"他知道你已经知道了?"她说:"他是个聪明人。"我说:"你装糊涂,他对你装出来的糊涂又装糊涂,这两个人不是天天演戏,怎么演得下去?"她说:"有什么演不下去,明天你见了匡开平,还是老同学嘛。"我叹气说:"别人碰到这些事不奇怪,可许小曼碰到这样的事，我就不服气，你是许小曼啊，当年是什么人物？"我翘起了大拇指，"什么人物？"她自嘲地笑一声说："女人还能说当年？"说着手捋一捋头发，顺势往桌子上一搁，碰着了我的手，就慢慢地靠拢，握在一起，越握越紧。两人都不说话，我感到紧贴的掌心有一颗小小的心脏在跳动，一下，两下，非常清晰。我仔细去体会那颗小小心脏传递的情绪，心中掠过一丝柔情。怎么办？我是男人，我应该选择一个方向了。我紧张思索着，想到对面的人是许处长，不是当年的许小曼了，我平静下来，飞快地瞥了一眼手表。许小曼马上松开手说："我们走吧。"走到外面，她挥手叫了夜游的出租车，望也不望我说："你妻子她真幸福，真幸福啊。"

第二天大家聚餐，许小曼把我拉到匡开平那一桌坐了。酒至半酣，许小曼接过一个同学的话头，似乎是突然想起来说："池大为你说你明年要报一个课题，是哪方面的？"我没料到她会来这么一手，简直不敢抬起头来，装着吃菜说："让我想想，让我想想，就是中药现代分类方面的吧。"我把眼珠轮上去，瞟一眼匡开平，他脸色都变了，拿起一杯啤酒遮了脸，仰头喝下去。许小曼说："这个选题听起来还不错。"又转了话题。下午许小曼要送我去车站，我挡住了她。她给我一个信封说："票在里面。"我说："那八百块钱，我回去马上寄给你。"她说："那我就是贪污了。书呆子，四万多块钱做八百块钱的手脚还做不出来？"我笑了说："如今的许小曼，大小权力过手都要操作一下。"又说到匡开平，她说："明年你只管报吧，问题解决了。"我说："许小曼你真有你的啊，你偏敢那么说。"她说："他都敢你还不敢，那你就等着他骑着你跑吧。"

到车站我拆开信封，卧铺票溜了出来，订票的二百块钱还在里面，开始我还以为是找回的零钱呢。

40

　　从北京回来好几天了,我还没有摆脱那样一种梦的状态。我的思维非常清晰,但心的深处却浮着一层梦,怎么也无法摆脱的梦,把我与现实隔开来了。到北京这么几天,我觉得自己清醒了许多,可清醒之后又跌进了更大的糊涂。空气中荡漾着一种气息,带有肉感意味的气息,我感受到了那种气息。这是一种呼唤,一种牵引,一种诱惑。要抗拒它你必须为自己找到充分的理由,否则就得跟着走。我忽然意识到"跟着感觉走"是一句多么聪明的话,又是一句多么无耻的话。除了几个敏感部位,感觉又能把人引到哪个方向去呢?可是,这个世界还有什么比这更真实的东西吗?时代变了,我变不变?别人都轻装上阵了,朝着幸福的道路上迅跑,而我还在原地徘徊。巨大的潮流涌来了,我感到了脚下的土地在震动,不,不只是震动,简直就是地动山摇,我自岿然不动?只有跟上潮流,才有希望。我意识到了自己的血液中流淌着一种异质的东西,这是一种情感本能,使我与潮流格格不入,我曾为之骄傲,可这骄傲越来越坚持不下去,也越来越令人怀疑了。没有人愿意理解,包括董柳,包括许小曼。只有在夜深人静中,自己面对着想象中那些逝去的圣者的亡灵,在虚无的空间充实地存在着的亡灵,我才感到了沟通的可能。我把自己设想成一个追随者,在追随中才有了找到归宿的感觉。我看不起那些猪人狗人们,有一次我注意到马厅长上楼的时候,袁震海正从楼上下来,就在楼梯上停住了,侧着身子站着,在马厅长经过的时候行了个注目礼。后来我发现这是办公楼的一种惯例,我以不屑的口气把事情跟董柳说了,董柳说:"他要你看得起干什么,他好房子住了,钞票口袋里揣了,开车到处跑,你还看不起他?"董柳看问题就这么俗,这么实在,可细想之下,俗也有俗的道理，什么都没有的人凭什么去看不起什么都有的人？他那么在乎你看得起看不起？猪人也好，狗人也好，那只是一种说法，另一种说法就是精明的人，能干的人，适于生存的人。而关注人格，坚守原则，自命清高那也只是一种说法，换一种说法是无能的人，跟不上时代的人。辩证法真是奇妙无比，它给人选择说法的自由。道理总是可以反过来讲，什么都是相对的，认识到这一点我陷入了极大的惶惑。于是价值论的真理只是一种幻想，于是我珍视的那些东西也只是一种说法，在瞬间就可能惨遭颠覆，而且已经被自己昔日的同学，那些曾在国歌声中含泪狂吼的同学抛弃。当牺牲和坚守都只是一种说法的时候，牺牲就变得意义暧昧。在很多时刻我似乎已经下了最后的决心，要抛开一切，轻装上阵，投入生存的竞争。可这样想着又把自己吓着了："那样我是谁呢，我还是个知识分子吗？"赶紧缩了回来，把那些想法关在心灵的大门之外。我自我欣赏地品味着想象中的门关上的瞬间发出的那砰的一声震响。

我对自己在《中医研究》上发表的论文抱有很大的希望，我想凭着这种努力改变处境甚至命运。可周围的人谁也不在意，几乎没有人提起这件事。这使我有一种不祥的预感，当我把论文报到省里去评奖时，还没入围就被刷下来了。想着这件事我有几个晚上睡不着，似乎也没有特别大的痛苦，可就是睡不着。我至少明白了，在一个操作的时代，寄希望于公平是很可笑的。世界变了，我怎么办？我失去了努力的方向，再多写几篇，别人也不当回事。只有尹玉娥说了一句："池大为你不错啊，坐机关还惦记着业务，厅里也就是你了。"我一下子觉得跟她拉近了距离。好长一段时间我什么也没干，上班看报纸，下班看电视，欧洲各国的足球联赛，什么意甲、英超，几乎成了我的精神寄托。我跟齐达内等人建立了感情，也理解了为什么会有人把足球当作信仰，为足球疯狂。

胡一兵打电话来约我去随园宾馆喝茶，晚上我就去了。见了面他说："我打算下海了。"我说："开什么国际玩笑，电视台几个人能挤进去，你端了金饭碗倒想摔了它？你当年考大学做梦都想当记者，梦实现了，你也不安分了。"他说："大为你知道，我小时候没想到自己有今天。我读初中时，看见父母顶着太阳在田里捞一口饭吃，而供销社的售货员却坐在树荫下闲谈，那时我最大的理想就是到供销社去做一个售货员，不要晒太阳下水田，人上人啊，读了大学才知道那理想有多可笑。我有了今天，我要珍惜。好多次自己抓到的选题都被领导给毙了，我憋得半死我都忍了，我要珍惜啊。可到今天我再珍惜我就不是我了。"原来前一段他们节目组收到群众来信，拆迁户对孟甫区旧城改造的安置工作不满，他就带着搞摄像的记者去了。采访了十个人，有一个人满意，一个人无所谓，其余八个气都大得不得了，旧房收购价太低，周转房离城太远，质量也太差，小孩上学也不方便。总之一切承诺都没兑现。他回去就把新闻发了，主任审查也没说什么。可当晚区政府就打电话给黄台长，要求电视台注意舆论导向，黄台长还含糊其辞顶着。第二天市政府办公室又打电话来了，宣传部还特地来了人，要求支持区政府的工作。他挨了批评，第二天硬是把那个满意的人的录像播了，说这代表了民意！我说："无冕之王个别时候憋那么一憋也是有的，憋不死你！我们天天受憋还没有憋死呢。"他说："有了权吧，你愿意事情是个什么样子，就是个什么样子，包你满意。老子脾气来了把里面的猫腻都给捅了。"他说到旧城改造是金叶置业与区政府联手搞的项目，把平房拆了盖高楼，金叶置业公司简直就暴发了。项目是怎么被他们搞到手的？各级各部门为什么站在金叶的立场上说话？里面的黑洞有多大？他说："还说无冕之王，你太抬举我了。一个港资公司都搞不赢。金叶的余老板真是个老板啊，他的调动能力比我想象的要大得多，权他妈的和钱他妈的结合得太好了。盖了这么多高楼,有几幢底下不是压着一连串的秘密?有权不愁没钱,有钱不愁没权,随时可以转换。老子脾气来了要捅它一下子才好。不过,老子——"他叹一声,"老子也只好算了,凭我一条蛆也拱不起石磨。"我说:"轻轻憋你这么一憋你就要下海,海里的鱼虾是那么好捞的吗?耍名记者脾气吧,以为这个牛头就不能有人来摁一摁?"他说:"下了海我两眼一闭去他妈的什么也没看见,再把脸那么一抹,见人说人话,见鬼说鬼话,还怕赚不到钱?"我说:"走到北京是求生存,回到省里还是求生存,人到底有几个胃?求来求去人他妈的都变成鬼了。"他说:"你说鸡琢磨个啥呢,琢磨那几粒米,人琢磨个啥呢,也琢磨那几粒米,只有那几粒米才比较真一点,想再多没有用,毕竟世界上没有什么冲突起源于关于意义的歧义。潮流中有一种神秘的摧毁性力量,也有一种强制性同化的力量,这是现代与传统的合力,它不怕你精神有多强大。最深刻的道理从来就改变不了最简单的事实,到今天更是如此。想一想再过几十年世界上的石油就用完了,想一想南极上空的臭氧黑洞越来越大了,想一想温室效应把冰山都融化了,连上海都会被淹到海底去,想一想人都可以成批地克隆出来,一个人还想着那么多意义干什么?虚假命题!所以还是回过头来琢磨那粒米比较可靠一点,想起来这是很可悲的,人一辈子!但悲剧已成定局。"

胡一兵一招手,叫服务生拿来几瓶啤酒。服务生托着盘子送了啤酒来,弯下腰问:"老板要不要请两位小姐陪杯酒?"我说:"如今陪酒的小姐也有了,我只在批判旧社会的小说上看到过。"服务生说:"先生思想要开放一点,改革开放都十多年了。"我说:"警察叔叔不来抓?"他说:"他们自己有时也来喝杯酒的。也是给小姐一个机会吧,她们也可怜。"胡一兵说:"下次吧。"服务生就走了。我说:"现在连这些事都理直气壮了,倒是我不开放。"胡一兵说:"看见了吧!世界在变,它不是变哪一点,它是一个系统工程,所以对抗它是没有意义的。就说我们台里，杜芸你知道吧，人人都知道，名主持吧，她主持的《今夜真情》栏目，是台里的王牌节目。"我说："说起来一套套的，看着也挺纯情，台型不错，听说她犯错误了。"他说："如今那叫有本事。她是什么东西，有名的公共汽车，她相信真情？在表演呢。不知道别人看了节目是什么感觉，我看了觉得那些被请来的嘉宾，简直就是被耍猴。她还煞有介事地剖析别人情感生活，黑色幽默也不是这样幽的。人们天天面对着一个虚拟的世界，在那里杜芸那样的人对着成千上万观众谈真情，世界已经走到这一步了，我们还认什么真？我都把自己当作黑色幽默的最后对象了。"我说："公共汽车，你也搭了一回？"他说："如今身价高了，百万富翁也拢不了身了。"我说："你们台里就不会找一个别人？"他说："节目收视率高，也不敢随便换人。只要有人看就行了，管他做戏不做戏呢。领导现在什么都讲实际。"我说："人吧，人要这张脸，很多事情就难办了。"他说："我最近在读《庄子》，庄子曾说到过两只龟，一只钻在污泥里，一身腥臭，可它是活的，一只死了被供在庙堂上，供帝王占卜之用，你说你愿钻在污泥里还是供在庙堂上？污泥里就不要说脸不脸了，一身腥臭还谈脸？"

夜深了，其他的茶客渐渐离去。在一个阴暗的角落一对可疑的男女偎到了一起，用嘴唇作爱情表演。胡一兵说："大为跟你讲件事，你在单位也别扭着，你愿不愿和我到海里去捞一把？"我说："你看我这个没有用的人，心又不硬，也不会撒谎，我能下海？"他说："金叶置业的余老板真的给人启发，他八年前还是一个泥水匠，靠什么亲戚移民到了香港，摇身一变就成了大老板了，现在是什么境界了？他喝瓶酒都上千块，他皮带上万元，你信不信？你想一想那么多钱都是自己的吧，"他双手在桌子上一搂，收到怀里，"你就不能沉得住气。想一想那么多钱吧，一个人还有什么放不下？该走水路走水路，该走陆路走陆路。反正人人都在操作，大人物在操作，道德君子也在操作，你想发财又要讲良心，那你还没开始就败给余老板了。市场唯一的原则就是利润最大化，清高和善良那是怯懦和无能的另外一种说法，好听的说法。说真的你跟不跟我来吧。"我说："海里一口水就把我呛死了，你还敢找我，你自己想好没有？我可能只能喝几块钱一瓶的酒，皮带吧，八块钱一根也就这么系着了，说是皮带，其实不是真皮的。"他说："大为你也别小看了自己，到海里去打一个转，你的想法就变了，潜能就发挥出来了，你比余老板还不如？"我说："别小看余老板，他有些素质别人根本不具备。你把自己手中的碗敲破了，到时候才发现不是别人的对手，就晚了。"他说："别人有素质你不会学？人有一世又没有两世，有罪孽也不会带到下一辈子去，怕什么呢？"他这么一说，我觉得那些关于道德和良知的原则的确是可以怀疑的，市场也好，官场也好，那里奉行的是另外一套法则，操作主义的法则，每一次操作都是为了让别人出局而自己入局。这个世界真是令人沮丧又无奈。

　　胡一兵设计了空手套白狼的方法，首先是到工商局攻关，再到银行攻关，最后是政府部门。不攻关是不可能的，要攻关又要做个好人也是不可能的。他的设想听上去很诱人，每一个步骤都很稳妥，每一个环节都有熟人，朋友。按他的计划，三年之后就可以在城市西部开发出一片住宅区出来。我说："你可小心，一步踏空了就步步空。"他说："没有追不到的姑娘，也没有攻不下来的关。我这几年帮了朋友多少忙，他们回过头来帮帮我也是应该的。要不等我把银行的钱钓到了手你再过来。说得不好听，万一破了产，还有人要抓我杀肉吃？人肉是酸的，也没有人要吃。"我说："你胡一兵也是这样想？我以为只有社会上那些煮不烂的人才这样想呢。"他嘿嘿笑起来说："我的大哥，搞了半天你还是要讲那一套，那我问你，你这辈子怎么办呢？人若有两辈子，我这辈子积德，下辈子有回报。早晚得想通，想通了就豁然开朗，老是想不通吧，人生这出戏也许还唱得下去，只是下面的戏就没有什么精彩情节了,也没有高潮了。"我听了心中一震,像被电击了一下似的,头脑中也涌现出被击中后颓然倒地的幻象。我说:"让我想想,让我想想。"

41

我回去把胡一兵的话告诉董柳,她说:"你出去拼它一拼也好,在这里窝也窝了。不过我看你也不是那份材料,奇怪胡一兵竟看上了你。"我说:"最起码有信任吧,再说基本素质也摆在那里了。"她说:"到哪里都是那一套,展不开的人也还是展不开。你在厅里还有一碗干饭,到外面稀饭有一碗没有?不知道。"这一番话让我在心里打了退堂鼓。我还有一波,有两间房子,还有这个家,我不敢冒这个险。我等着胡一兵再来找我,不知道他银行的款贷到手了没有。一个月以后没有消息,我想着他是遇到了麻烦。

有一天我在街上走着,看见一家商店门口贴着"门面转让"的招贴。这样的事我天天看见,今天心里却猛地跳了一下,为什么不自己开一个药店?就让董柳辞了职,来管着店,如果弄得好,我也下海算了,过几年再图大的发展。我回家把这个想法跟董柳说了,她果然有兴趣,说:"别的事我们做不来,这点事我们还是熟悉的。"接下来几天我们一下班就全城到处跑,想找一家门面。又通过朋友到医药公司要了进药的报价单,觉得这件事实在可以做。再找任志强谈了,他也愿意投下几万块钱的启动资金。我们把每一个环节都想好了,在市第二医院对面看好了一个门面,有三十多个平方米,谈好月租一千七百五十,一季一交。我心里有点紧张,董柳说:"怕什么,一个人总要有点心理承受能力。"我说:"开始说着好玩的事,现在认真起来了。"任志强也说问题不大，这使我心里轻松了一点。我们跟房主说好了，星期五带钱来签合同。任志强把五万五千块钱给了董柳。

在星期四下午，我接到一个电话，那边一个男人粗哑的声音说："听说你要发邪财了，借点钱让老子们也用一把。老子们刚从牢房里出来，肚子饿了。"我吃一惊说："你是谁？"他说："老朋友，你连老刀都忘记了，大名鼎鼎的老刀？咔嚓，耳朵就削掉半边，好快的老刀，出土文物。"又有一个声音说："让我跟他说几句。喂，池大为，老子是老棍，砰的一下，就打晕了。你的儿子，跟我是好朋友，他今天穿一件黄衣服对吧？你儿子长得真乖啊，聪明劲儿！老棍一棍子都打他不倒。"我说："哥们儿，我没得罪过你们吧，无冤无仇的。"那老刀又说："今天无冤无仇不等于明天无冤无仇，你开药店哪里开不好，要到二医院门口？你要开家野鸡店，我们兄弟送个花篮祝贺开张，以后天天来捧场。"这时我想起来了，马路斜对面还有一家药店，规模不大，我去观察他们的生意时，里面有个年轻女人守着，抱着孩子在喂奶，这老刀说不定是她丈夫，或许是街上找的流氓。我说："有饭大家吃一口，公平竞争。"老刀在那边狂笑起来说："让你儿子的耳朵跟我这把老刀公平竞争好不好，一老一小，也谈不上谁欺负了谁。"老棍说："要不是这样，你的店开起来了，我们兄弟每个月十号来领一万块钱辛苦费，你就归我们保护了，有话好好说，实话实说，跟你打个商量！"老刀又说："刚才老棍是放狗屁的，一万块钱，让我们兄弟喝白开水！一人一万怎么样，朋友？"我说："你们真的以为世界上无法无天？你们的头上还有法律。"那边又是老刀一阵狂笑："我又不是没坐过牢，一只耳朵最多三年吧，我出来的那天就是你儿子另一只耳朵落地的日子。我还是一条好汉！听见我把胸脯拍得砰砰响没有？"老棍说："我们兄弟别的本事没有，说话从来不说第二次的，说第二次我要收辛苦费了，你以为老子们的劳动力真不值钱？我的唾沫平均是三百块钱那么一星点，老刀你的呢？"老刀说：

"我总不能跟你也一样吧，优惠价四百算了。听见没有，大为兄弟？是兄弟我才有这么个优惠价呢。"我说："我可以跟你们在哪里见面吗？请你们喝茶了。"老刀说："行行行，行！今晚八点，裕丰茶楼。大为兄弟请我们喝茶，这点面子能不给他？不给就是我们不通人情了。你把第一次的唾沫费带来，我们兄弟也不能白跑一趟，是这个道理吧，你说呢，大为兄弟？"就把电话挂了。

　　放下电话我半天没回过神来，青天白日之下竟有这样的强盗。我看看窗外，的确是青天白日，一切都很正常，倒是刚才的电话显得虚幻。我坐在那里，把一根牙签插在牙缝里，心里想象着一种流氓强盗的神态，并在脸上表现出来。我歪了嘴，斜了眼，鼻翼显出狞笑，眼中也放出一种残忍的光，强盗也就是这个样子吧。我想起几个月前，带一波到动物园去，看到了狼。饲养员喂狼的时候，公狼看见母狼也吃肉，就上去撕咬。饲养员只好一只手喂公狼，另一只手喂母狼。我想起那狼的目光，自己眯着眼表演了一番。想不到有人比狼还凶残啊。我想着怎么对付这件事，报警吧，又没构成事实，真构成事实一波还受得了？到时候即使判了他们几年，也吃不消啊。不理呢，想来他们也就是吓一吓而已，可万一真动手呢？我在明处，他在暗处，别说削掉儿子一只耳朵，就是碰一下儿子我也不敢想啊。这些家伙是下了功夫的，连我家的底都摸去了。我突然想到，自己是不是也去找两个流氓来以黑制黑呢，总不能就这样活活被人欺负了。晚上我把电话的事告诉了董柳，隐去了有关一波的那几句话。董柳说："怕什么，难道真打我一棍不成？世界上就没个容易的事，条条蛇咬人。被他这么一吼就退了，那什么事都不要做了。要说有人吼，走到哪里都有人吼，你想发达肯定要侵入他的领地，他能不吼？最多就是吼的方式不同。那些笑眯眯的话，比吼还阴险一些。"这时一波在高凳上看动画片，岳母说："一波你也跷二郎腿，小大人似的！"一波马上把腿跷了跷，把一只手放上去说："三郎腿。"又把另一只手放上去，"四郎腿。妈妈你看我四郎腿。"我们都笑了，董柳说："我一波为什么这么聪明呢，这么有味的话，大人都讲不出。"我也没想到他三岁多就说出这种妙语，说："到底有种。"岳母说："一波他的嘴这样厉害。"一波又表演了一遍，下巴一点一点地得意着。我看着他真顺眼，处处都顺眼，怎么看怎么顺眼。我想着一波真被那些人给弄了一下，一家人可怎么活？这样我还是把电话里的话全对董柳说了。她呆了好一会儿说："真的？"很可怜的样子。我说："真的倒是真的，我们自己小心点，不怕他们！"她侧过脸去说："这些人怎么这么不要脸呢？这不是强盗吗？"我给她打气说："要不我们不予理睬，不信他们就真的会做什么。"董柳怔怔地望我一会儿，把头慢慢摇到左边，又慢慢摇到右边，反复几次，面无表情，目光黯淡，像个机器人似的。岳母紧抱着一波说："别的我不管，一波我是要管的，他就是我的命，连他都没保住，赚了钱有什么用，屁！过几天我给董卉带孩子去了，这叫我怎么能放下心去。"我好不容易抱了个希望，不愿就这么放弃了，说："您老人家不知道，也别管这么多。"董柳："外婆讲的是真的，人没保住，钱就是人体释放出来的废气。"我不甘心道："想了这么久的事，被别人几句话就吓退了！"董柳说："我们这样人，不是那块材料，说来说去还是得依靠组织，靠自己是靠不住的。"我怔了好一会儿说："是的。"她说："是的以后就拿出行动来，要靠就全心全意地靠，不然怎么叫作靠？"我颓然说："什么都想好了，只等动手了，又完了。"她说："我在心中造了一座金字塔，造成了才发现是用冰造的，太阳一照，就没有了。"我用拳头连连敲着额头囔道："强盗，强盗，连我也要去做个强盗了！"

"强盗强盗"这句话是我脱口而出的，却轰隆隆在心中响了好久，像高速列车碾过钢轨时那种有节奏的震响。强盗也不失为一种做人的方式，老棍老刀是强盗，匡开平是不是？还有任志强呢？丁小槐呢？连胡一兵，那个曾经一起去搞农村调查的人，也要去做强盗了。他们都活出了滋味，我却这么窝囊。我耸着肩翘起嘴角嘲笑自己，以前我经常用这种神态去嘲笑猪人狗人们。猪人狗人，他们那样做并不是没有道理的，有道理，我没有资格去嘲笑他们。就说做强盗吧，也有各种做法，可原则是一样的。要心黑脸皮厚，要有心理承受能力，总之为了把那些好东西拿到自己手中来，不能心慈手软。一时间我似乎大彻大悟，觉得父亲那一辈子太不值得，他的牺牲毫无意义。我心中浮现出父亲的身影，在那些遥远的夜晚，他坐在油灯下几个小时一动不动，墙上映出他那似乎凹进墙壁的影子。想到这些，我的身子猛地抖了一下。

42

那一年初冬我心情颓败，虚无感攫住了我，我无力挣脱。一个人总要去做有意义的事情，否则他不能给自己一个说明。可我就是看不到那点意义，于是做什么都无精打采，没有兴趣。我很清醒，可是我的灵魂在梦游。

这个周末是一个晴朗的日子，我吃了早饭，就下了楼。下了楼我不知道自己下来干什么，也没有地方可去。我毫无知觉地走出了大院，来到街上。街上人很多，很嘈杂。我看着来来往往的人都很高兴，也不知他们有什么事值得那么高兴。走到一个公共汽车站，有人在那里等车，我也站住了。汽车来了，大家都往上挤，我站着不动。售票员探出头说："快点。"我觉得她似乎是在喊我，就上了车。中途有人下了车，我坐了一个位子，看着窗外。也不知过了多久，售票员说："到站了。"这时我才发现车厢里只剩下我一个人。

我下了车，知道自己到了大叶山脚下，就往山上走去。我不知道自己上山干什么，但似乎应该上去。游人很多，我花两块钱买票进了山门，跟在别人后面向上爬，终于来到了云峰寺前。寺门口有一副对联：

壮怀激烈青史几行名姓

鸿爪一痕北邙无数荒丘

大门的两旁摆了两排桌子，有十几个摊位在卖香烛。一位妇女叫住我向我推销，我问："多少钱一炷香？"她说："三十块钱一套。"我说："这么贵？"她说："敬菩萨还价钱？那就看你诚心不诚心。"我往里面走去，她在后面喊："五块好吗？五块。"庙里供的是如来，两边站着如来的弟子，我叫不上名来。不断有人朝功德箱中塞钱，然后跪下去，打卦，又摇出一支签来，去讲签的和尚那里交了五块钱，领到一张签条。我是一个无神论者，知道这些圣像不过都是泥胎涂了金粉罢了。我忽然注意到庙堂的地上铺的是瓷砖，觉得这太煞风景了，应该是青石板才对，而立柱也不是大圆木而是水泥的。侧房里有二十多个人，穿着黑衣，是戴发修行的俗家弟子，在听一个人讲道。我注意到有一个三十多岁的女人，戴着眼镜，全身着黑，虔诚地在听讲，一边数着手中的一串佛珠。她为什么要放弃了人生的一切欲念坐在这里？她有孩子有丈夫吧？她看去也是个有文化的人，有什么事情使她对人生如此绝望？我理解这些人，他们不是傻瓜，他们将虚构的意义世界当作真实，以此获得灵魂的归宿。人需要一个终极，否则他的心就会一直悬着而得不到安宁，而这个终极恰恰不能是他自己。看着他们我意识到了自己的心灵也曾有过终极，那就是天下，是千秋。我的全部精神结构，就是建立在这上面的。天下千秋是孔子的教导，也是中国知识分子本能，还是他们的宗教，至少对我如此。我在这样的背景下构筑起自己全部的意义世界，这是人活得有意义的理由，也是值得付出和牺牲的理由。人不能只是自己，只是一个瞬间的生存者，否则他就太可怜可悲也太渺小了。

如果活着只是活着罢了，人怎么还叫作人呢，一个知识分子那他是谁呢，又有什么特别的价值呢？可是，在今天，我的意义世界已经崩塌，思路已经轰毁。时代变了，人不能不变，不能沉浸在一种幻象中而不可自拔。在今天，当我本能地去设想自己应该而且能够超出自身去做点什么，马上又理智而残忍地意识到只是一种虚妄。时代变了，世界成了一个庞然大物，社会分工的门类多到不可想象，而自己只占据着小小的一角。从这个小小的角落能够去设想天下的意义吗？我不怕牺牲，但我害怕牺牲得毫无意义。如果这种牺牲像沉在大海深处的一条小船，被黑暗的时间永远地淹没，那不太可怕了吗？我不能欺骗自己。而且，市场只承认眼前，而绝不承认时间后面有什么神秘的东西。市场是正确的，可这种正确瓦解了太多的人生想象。当一切都在消费欲望的平面上展开，人们就再也不能去想象什么天下千秋。何况，那些牺牲的理由，那些神圣的光环，都随着时间的推移显露出凡俗的甚至颓败的真相。我心有不甘，不甘，但别无选择。于是，一切都有了一个新的起点，这是另外一种人生。一切都是过程，一切都是瞬息，大人物也逃脱不了这种悲剧命运。于是，抓住了瞬间就抓住了本质，抓住了永恒。此生面临的全部问题只有一个，那就是自我，这是一个无可奈何的事实。世界是一盘棋，而那棋盘上的老将，就是自己。意识到这一点实在令人沮丧，令人绝望。把世界放下来，我就轻松了，可这种轻松比沉重更加沉重。一个知识分子，他最不能承受的就是没有什么东西需要他承受。因此，他需要把天下千秋放在心上。可今天，他们的意义世界被摧毁了，基于这种意义的身份也失去了。我不能再抱有希望，再抱有希望我这一辈就没有希望了。可要我从心里把世界放下来，斩断对世界的任何念想，那几乎就等于要把我自己杀死。我对自己不能那么残忍，我下不了手。我不能绝望，我绝望了就真的绝望了。我叹息着，从今往后，活下去需要勇气。身后的事不必去想，远处的事也不必去想，想了也没有意义，因为你无能为力。人不能骗自己,又不能不骗自己。骗自己是太残忍了,可不骗自己也太残忍了。当生命的真相不加掩饰地在眼前显现,我真的没力量正视。

我盯着如来的像看了很久,想看透那神秘微笑中有什么特别的含义。我明知道那种笑意只是出自工匠之手,可还是摆脱不了一种神秘之感。和尚说:"施主摇支签吧,我们庙的菩萨是很灵的。"看来市场已经渗透到庙里来了。我说:"真的有灵吗?"和尚说:"信则有,不信则无,要看施主是否有诚意。"有诚意就是要把钱拿出来,与门口卖香的妇女并没有什么两样。由一种奇怪的心理支配着,我也学着别人跪到那蒲团上去,有模有样地磕了三个头,用那两片竹板打了卦,是胜卦。又拿起竹筒摇了几十下,摇出一支签来,走过去递给和尚。他问我说:"求什么?"我说:"都有些什么可求?"他说:"有财喜,平安,前程,婚姻,人有的这里都有。"我想着菩萨也真管得宽啊,就说:"求前程吧。"他拿着签在有着很多小方格的木柜里找了一会儿,递给我一支签条,说:"施主大喜了,上上。"我交给他五块钱,他说:"上上签是十块,难得难得。"我只好把那张五块的票子收回来,给了他一张十块的。我去看签条,上面写道:

勿言一信向天飞　泰山宝贝满船归

若问路途成好事　前面仍有贵人推

明知是虚构,我心里还是有点高兴。忽然记起有人说过,云峰寺几个法师因争着要当住持,闹得不可开交,官司打到了市里,最后大家轮着当,风波才平息了。我问那个和尚是否真有此事,他头也不抬说:"出家人不问世事。"我就算了。出了大庙的后门,我沿一条小溪往山顶走,渐渐地没有人了,后来连小溪也没有了,就到了山顶。山风吹了起来,我的衣服兜满了风。我双手抱膝坐下,晴空下远远看见江水绕山而过,几艘运沙船逆流而上,还有些快艇载着游客来回穿梭。一会儿又有大客轮到港了,鸣着笛,沉闷的声音隐约传来。江对岸的房子灰蒙蒙的一片,几幢新耸立起来的大厦成了城市的亮点。还有很多高楼正在赶建,大吊车铁臂的移动依稀可辨。桥上车来车往,我盯着一辆红色的小轿车,看着它慢慢地移到江那边去了。当那辆车消失在我的视野中之时,我开始设想里面坐的是什么人物,他们又要到哪里去。生命的真谛就在这些平凡的瞬间,除此之外并无他物。很多年来支撑着我精神大厦的天下意识千秋情怀,不过只是一种心灵情结罢了,它的全部意义就是对一个人的心灵意义,信则有,不信则无。我为什么要信其有而拘束了自己呢?我为自己虽然活着却失去了本原意义而沉重,却又警惕着任何建立新的本原的努力。毕竟我是一个理性主义者,一个渎神者,我看清了真相。意义抽空了,价值崩塌了,可人还要活下去,在真空中在废墟上顽强地活下去。把世界看得太清楚想得太清楚是如此的可悲,就像一个人站在悬崖上,前面无路可走。这是一个速朽的时代,一切即生即灭随荣随枯。原有的意义世界已经崩塌,我必须在一种新的时空观念上,在瞬间和角落的认识上,在个人现实生存的基础上,重新构筑自己的意义世界。这太可悲了,但这是真实。这时我有着豁然贯通之感。一个人就是不能想得太多,想得太多就把自己给捆住了。有的人就希望别人都耽于沉思,犹豫徘徊,自己则趁机在现实中大展拳脚。我也要像他们一样,回到真实中来。自我的存在是最大的真实,这个事实无法用逻辑摧毁。如果这样,自己做人的方式就完全不同了,自我就是一切,而为了这个目标,操作方式是开放的,没有拘束的。这很可怕,又很令人神往,令人怦然心动,它展示着一种新的可能性。我不必再坚守什么,我解放了自己,我感到了一种堕落的快意和恐惧。想不到我池大为徘徊了这么多年,竟得出一个尽量占有及时行乐才是真的结论,这样我和猪人狗人也没有什么两样了,我彻底地理解了他们,理解了丁小槐、任志强和匡开平他们。他们不是好人，也说不上是坏人，他们都是适生的人。

我在风中坐了很久，左边的脸颊已经被风吹得麻木。怀着沉重的虚无感，我下了山。虚无感是如此的真实，我不再相信现实后面还有着什么。虚无感又是如此虚妄，我得活下去，还有一波和董柳。

43

按照部里的布置，要组织新一次的全省血吸虫抽样调查。我闲着没事，就把我调去了。

一共下去十个人，分成五个小组，我和血防办的江主任在一个组，去华源、丰源两个县。丁小槐具体分管这件事。出发的前一天江主任召集几个人最后一次开了会，快散会的时候，马厅长来了，丁小槐跟在后面。大家都感到意外，又觉得厅里对这件事是足够重视的。马厅长一进门，江主任马上站了起来，其他人也站了起来，我也不由自主地站了起来。江主任在吸烟，马上把烟摁灭了，说："感谢马厅长光临指导，这是对我们工作的最大支持，也是我们工作的最大精神动力。"马厅长说："主要是来看看大家，要辛苦大家了。"丁小槐说："马厅长为大家讲几句吧。"就带头用力鼓掌，于是几个人跟着鼓掌。马厅长说："这次调查，是一项严肃的任务，希望大家本着对人民负责，对工作负责，也对厅里负责的态度，把工作搞好，不能有半点马虎。我们需要的是准确的数据，数据是下一步工作的依据。厅里给各县血防办的文件已经下去了。大家知道，这几年我省在这方面的工作是下了大力气的，成绩是很大的，省里部里都一再给予肯定。我们要珍惜成绩，珍惜厅里的荣誉。大家有什么问题，可以找江主任，也可以找丁处长，他们是领导小组副组长嘛。直接找我也行,我挂了个组长嘛,我就讲这几句。"丁小槐和江主任在话音刚落时几乎同时鼓掌,大家也跟着鼓掌。丁小槐说:"马厅长刚才的指示非常重要,可以说每句话都很有分量。大家去的是湖区,又是搞血防调查,是危险的工作。马厅长作了决定,除了正常的补助,厅里另外拨一笔款,每人每天额外补助二十五块钱。"我出这个差想着是个苦差,原来是个肥差。几个人都喜形于色,马厅长说:"大家不要高兴,权利和义务是对等的,厅里考虑了你们的情况,你们也要考虑厅里的工作。"江主任说:"大家要更多从工作的角度考虑问题,不能各自为政。"马厅长站起来,丁小槐像装了弹簧似的跳起来,站在门口侧着身子让马厅长出去,再送到外面,马上又转了回来,喉咙里哼哼几声,神态与一分钟以前完全两样。他徐徐坐下来,缓缓地环视大家一周,悠悠地点着头,慢慢地翻着手中的笔记本,喉咙里再哼哼几声说:"大家有什么想法,"顿了一顿,"谈一谈,困难嘛,也谈一谈。"江主任说:"丁处长叫大家谈一谈。"我不作声,我实在不屑于捧他的场。一个刚分来的大学生说:"厅里的意思,是不是有个……"他用手比画了一下,"有个……"又比画一下,"比如说,有个指标?"丁小槐说:"什么指标?"我轻笑了一声,几个人都微微笑了。丁小槐说:"具体的指标是没有的,带指标下去还搞什么调查?结论在调查之后,不在调查之前,实事求是是我们的一贯作风,对不对?"我马上说:"丁处长这个指示很重要,实事求是,这是我们厅里的一贯作风。"那年轻人一脸疑惑,望望江主任,又望望丁小槐,说:"我反正跟在你们后面跑。"丁小槐坐在那里很尴尬,江主任说:"丁处长说的实事求是的精神我们是需要的,但肯定成绩也是需要的,两者相辅相成。"丁小槐说:"是矛盾的对立统一。"我心里想:"生活真的培养了这么一批辩证法大师,比泥鳅还滑,左边讲过来右边讲过去总是他有理。什么时候我学会了辩证法,就会有出息了。首先就要做到不要脸没良心，他妈的。"我说："怎么都行吧，到时候江主任作具体的指示，我们跟着走，大家高兴就好。"

第二天搭车去华源，坐在汽车上我想着自己昨天随口说出"怎么都行""高兴就好"这几个字，这可不是偶然的，简直就是这个时代的行动准则和生存策略。这是一种机智、一种聪明，又是一种圆滑、一种无耻。人人都是如此，谁来认真？这是王八蛋的准则，可我还是无可奈何。我是个小人物，我肩上能压多重？要是自己是个大人物就好了，我要把那些被颠倒的事情再颠倒过来，谁敢跟我来王八蛋的这一套，我叫他四脚着地爬出个样子给我看看。他妈的。

到了华源县，县卫生局请我和江主任吃中饭，卫局长也来了。饭前，我的一个朋友小吴，去年来华源认识的，在三河乡当卫生院长，到县招待所找到我，希望我说一声，让他也来吃饭，他想有一个接近卫局长的机会，我就跟卫局长说了。上了桌县血防办苏主任致了欢迎辞。上来的第一个菜是清炖水鱼，开了一瓶茅台酒。江主任说："大家随便点好，我们也不是来一天两天。"卫局长说："省里的客人平时请都请不到，都来到家门口了还不请那么一请？"我说："吃鱼吧，草鱼也就可以了，酒吧，秦池也就可以了，你们经费紧张，我和江主任也不怎么沾白酒。"苏主任说："紧张也不在乎这一顿吧，有朋友来，就是发达的象征，没人来那才真的是死火了。"几个人一再劝酒，江主任和我都喝了一小杯。我说："小吴你想进步，要靠卫局长关照，你给卫局长敬杯酒。"小吴端了酒杯绕到卫局长那边去，说："卫局长给您敬杯酒，我们下面的人进步还要靠局长关照。"卫局长说："好说，好说。"碰杯把酒干了。酒至半酣，卫局长说："再来一瓶。"我连忙说："我们都没那个酒力，来瓶秦池算了。"苏主任说："酒怎么能喝杂的？"对服务小姐挥一挥手。吃了一个多小时卫局长到县政府开会去了，苏主任去结了账，摇摇晃晃过来，我跑上去扶他在沙发上坐了，我说:"这一顿去了好几百吧,酒都块五百了。"他说:"吃是吃不穷的,不吃也富不了。"我说:"经常来人这么招待,你们受得了?"他说:"羊毛出在羊身上,总不会出在狗身上吧。客人来了就不容易,可不能怠慢,这是应该的,也是没办法。以后省里考虑我们的实际情况,经费也应该松动一点。"我说:"不是说专款专用吗?"他在我肩上拍一下说:"池同志你也不是外国来的,中国的国情你不知道?不然什么叫中国特色?我们局里只有我们办公室有点油水,来了什么人,招待费都记在我们的名下。我心里舍不得,我说不接待?不相干的人接待了多少?你们还是来干这个事的人。"我说:"照这样杀起来,几十万的专款能杀几刀?"他说:"卫局长他没办法,来了人不接待,以后还办事不呢?规格低了,双方都没面子,客人心里还有气呢,看不起他!钱硬是要花,硬是不能不花。中国的事,你知道的,不是谁挡得住的。"又说:"想一想也不是只有哪一个地方这样,就算了,安心了,各方面的关系总不能不要吧。你们在省里帮我们讲讲话,拨款多少增加点,让那些病人也有个机会,你们的话很重要啊。"说着叹一口气。散了席办事员塞给我和江主任一人一个塑料袋,我看见里面是两条红塔山烟。见江主任接了,我就没有推辞。小吴送我们回招待所,路上他说:"今天好不容易有一个给领导留下一点印象的机会,没把握好,我显得心情太迫切了。应该说,不进步也要敬这杯酒。下次再帮我找一个机会,让我把局面挽回来。"我没想到一个小小的乡卫生院长,在这方面竟如此精细。回到招待所我把苏主任的话跟江主任说了,他说:"其实哪里都差不多,也不是这里就不同些。"我说:"以后接待就随便点吧,我跟苏主任说。"他说:"我们也不提怎么样,他们怎么样就怎么样吧。难道我们自己还主动把规格降低?好歹我们也是省里来的人啊。吃什么喝什么其实无所谓,面子不能不要,面子问题!你不要你在他们心中就没有分量了,以后工作怎么开展?我们不能自贬身价,身价不是一句话,要体现在餐桌上,酒的品牌是最重要的。我不怎么喝酒,但今天真拿秦池上来就等于打我一个耳光,比打个耳光还难受,他们眼里你只有那点分量!看来卫局长还是个做局长的材料。别小看酒,这是工作的需要,工作的需要!"江主任好歹也是个主任,他的想法就是不同。我不能说他说的不是实话,可那些血吸虫病患者就倒霉了。有些人的面子比另一些人的生命都要紧些,世界就是这样。

44

下午苏主任带两个人来招待所说:"汇报一下工作?"江主任不作声,徐徐地坐下来,缓缓地环视着几个人,悠悠地点着头,慢慢地拿出笔记本,哼哼几声说:"大家谈谈。"又对我说:"小池你记录。"苏主任把基本情况介绍了,然后说:"这两年我们这里涨了大水,湖水漫过了大堤,把钉螺带过来了,这样发病率就提高了,基本上是慢血,一时半会儿不要紧,可长期降不下来,也是问题!要降下来,还是要靠省里的支持。"江主任笑了说:"每次说到工作就少不了讨价还价,血防药物专营,有的省已经开放了,我们给你们顶住了,这就是最大的支持。钱每年也按时到位。在这样的条件下发病率还有所提高,那你们的工作是怎么开展的?"苏主任不作声,望我一眼。江主任说:"小池等会儿再记。"我就停了笔。苏主任说:"发病率确实提高了,我们没作普查,但我们有感觉,这不是我们的工作没到位,我带了他们几个长期在乡下跑。"他头转向旁边的两个人,那两个人马上应和说:"苏主任天天在下面,他老婆都有意见了。"苏主任说:"发病率的上升的确有不可抗拒因素,洪水也不是我们几个人能够挡得住的。"江主任说:

"过多地强调客观因素，不太合适吧。"苏主任说："那厅里的意思？"江主任说："基本照旧。这已经考虑了涨大水的因素了，不然指标还应该降下来，否则那些经费都干什么去了？"苏主任说："发病率确实提高了，原来的指标，我们按厅里的精神，已经压了好几年了。卫局长的意思，今年还是要实事求是，内部掌握一个数据，争取省里更大的支持。"江主任说："什么叫内部掌握？那不是公开弄虚作假吗，那还了得！"我说："你们估计现在的发病率？"苏主任说："百分之六左右。"我吓了一跳，这不比上次统计高了近一倍吗？江主任马上变了脸色说："你们作了详细调查没有，说出这么个数据出来，那就是引爆了一颗原子弹，不说省里，部里都要惊动。老苏你说话要负责，不能老想着经费，就信口开河。这么严肃的事，不是开玩笑的。厅里每年追加经费，发病率倒上升了，你想想你们的工作吧。"苏主任搓着双手说："工作没做好，没做好，主要是去年涨了水，在沿湖一带滞留了一个多月才退，钉螺都过来了。"江主任说："如果你刚才说的数据是真的，我想厅里马上会引起高度重视，恐怕审计处也会要来人，看看你们的经费是怎么开支的。"我觉得好笑，怎么开支的，两条高级烟还在江主任你提包里吧，居然也可以如此义正词严地说话。什么叫演戏？具有表演的才能，很重要，很重要啊。苏主任慌了说："我倒是没作普查，可能是夸大了，夸大了。"江主任说："以前没有吡喹胴，发病率还控制在百分之四以下，现在用吡喹胴了，药便宜了，药效提高了，发病率还上升了？"苏主任说："依厅里的意思，照旧，照旧。其实卫局长的意思也跟厅里一样，只是照旧了，经费还是要跟上才好。"江主任说："完成了调查再讨论这个问题。"最后确定抽样调查的地点，苏主任建议定在沿湖的长港乡，江主任说："还是丰泽乡吧。"丰泽乡再过去就是丘陵地带了，我忍不住说："丰泽乡快到山边边上了。"江主任望我一眼，说："长港乡发病率肯定高些，也没有代表性，丰泽乡的代表性也不充分。"江主任的意思是定在两乡之间的五华乡。苏主任说:"五华乡离湖有那么一段距离,洪水从来没上来过。"求援似的望着我。我说:"江主任说的有道理,不过……"江主任也不望我,眼皮眨了几下,我不再说话。江主任说:"如果情况变化很大,厅里惊动了,会来人的,说不定部里也会来人。"苏主任就不再说什么,接下来又把工作程序商量了。离开的时候苏主任说:"说实话县里跟卫局长打过招呼了,尽量要把这次的点定在沿湖的几个乡,调查血吸虫嘛。"江主任说:"你们的意思我也懂了。经费问题,全省统一安排,能倾斜我们尽量倾斜。"苏主任说:"厅里的意思我向卫局长汇报,县里还可能会出面向厅里汇报一下。"江主任面无表情冷淡地说:"那是不是我们在这里白白地等几天再开始工作?如果不能按时完成,首先我有不是,其他人吧,也不能说没有一点责任。"苏主任连连点头说:"好说,好说。"就走了。

江主任对着苏主任的背影耸一耸鼻子说:"一个小小的股长,放到厅里去办公桌都不一定有他一张,我客气叫他一声主任,他还要跟我讨价还价。"我听了很不是滋味,我连个股长都不是呢。看江主任的脸色他并没意识到这一点。这些人,有时极为敏感,有时又极为迟钝,要看面对的是谁。他们的某些感觉器官,只是在某些场合比如大人物在的场合,才会打开。我没有应和他的话,他也没察觉什么,又说:"小池你是厅里的人,要站在厅里的立场上说话。"我说:"这几年洪水多,发病率提高了可能是真的。数字报上去可能会把上面吓一跳,领导的面子上不好看,可不报上去吃亏的是那些老百姓。"他只是个科长,在厅里也不直接管我,我说话也没太多顾忌。他愤愤地说:"我当了省血防办主任,说起来是一粒绿豆官,想做点好事的心情还是有的吧,心还不那么黑吧。可谁叫我在厅里坐了这张椅子。把椅子一抽,砰就摔倒了,让你摔一跤那理由一定是很充分的,苦是诉不出来的。只是摔一跤你就别想再爬起来了。我四十岁的人了还敢摔那么一跤？四十岁再被小科长处长指东画西，我脸往哪里放，还活个屁！不说别的，老婆那里就没法交代。"我说："说起来你也没有选择，我也没有选择，苏主任他也没选择，每个人扮演什么角色，早就被预设好了。"他连声说："那可不是，那可不是！大为你没活到四十岁，活到四十岁你就知道了，回过头看，你二十年前刚进那张大门的时候就被预设好了，你还想按自己的心思去做点什么，可能吗？"又说："那也是没办法的事。一个人到了四十岁，屁股下面没张椅子，把头夹在胯里做人，那滋味你去品味品味吧。"江主任到电信局给厅里打电话去了，我靠在床上想，果然每个人还没有进入角色之前就被一种神秘力量预设好了，不论这个人是什么样子，他入了围以后都只能是被预设的样子。他只能在既定的舞台上按既定的程式表演。他不能对抗，因为他对抗的并不是哪一个人。不论是谁，都必须按照预设的程序进入既定的轨道，神秘的力量从来就不怕谁聪明谁倔强，孙悟空还不聪明不倔强吗？他跳出如来佛的手心没有？于是每个人都依据着适生的原则，服从了这样一种预设，谁也别吹自己是什么特殊人物，除非他真的活够了。

不知道厅里和县里是怎么谈的，抽查点还是定在了五华乡。我在招待所等了两天，江主任不时地去打电话，定下来以后就下乡了。我们一行五人，每天主要就是做粪检，又请了几个老乡在划定的范围内找钉螺，测评钉螺的密度。我心里很不好受，这里的村民实在是太穷了。吡喹胴不算贵，可很多病人就是买不起。这种药对肝脏有损害，可几乎没有服药者按规定同时服用护肝的肝泰乐。我对他们说："省钱不能省药钱，不服肝泰乐，那是拿命赌啊。"一个老头说："池医师，你是国家的人，你知道我们的苦？我们吧杀虫的药是没办法才买的，还吃得起护肝的药？我慢血都好几年了，好了又发作了，要不是有家在这里，我就流浪去了。"旁边一个中年人说："从前都是政府给治，这几年要自己掏钱了。血吸虫又不是我们养的，是湖里上来的，这个湖是政府的。"老头说："政府又没叫你得病，病是你自己得的。"我说："你们写信到上面反映反映，写到北京。"他们纷纷说："不会写，写了也没有用。"中年人说："你是政府，跟你说是一样的。"看着那些患者四肢发软，头昏无力，又吃不下饭，我也只能叹一口气。

调查了一个星期，江主任家里来电话说他女儿病了，他就匆匆回去了。他一走，苏主任说："想不想跟我到长港乡去看看？"我就跟他去了。长港乡被芦苇荡包围着，现在是枯水季节，芦苇也已经收了，地里钉螺随处可见，我走着脚跟都发软。碰见一个大肚子病人，带着他十三四岁的女儿从湖里回来。我说："你恐怕有血吸虫病，应该去检查一下。"他苦笑说："还检查什么，都十多年了。她也有，我也没办法，哪里有那么多钱看病？县里几年发一次药，不管用的。"又说："我们村里像我这样的有十来个，都出去打工了。老百姓就是条牛命，大肚子就不干活，谁给饭吃？嘿！"说着走了。苏主任说："这样的人不少，省里要考虑实际情况，多拨点钱才好。"我说："多拨多少也没有多少落到他们身上。"他说："那倒也是，总有这样那样非用钱不可的事。你回去跟厅里反映一下，你都看到了。"我说："有人喝茅台我也看到了。"苏主任叹口气，把头垂下去摇一摇。我说："你们写封信给上面汇报一下。"他说："你就是上面，跟你汇报了。"我说："还有北京。"他又叹口气，垂下头摇一摇说："那我就犯错误了，犯了错误我以后怎么办？现在是数字出官，官出数字，数字就是他们的命。上面的人往下看，看人也看不清，就看数字。你要改他的数字，就是要他的命。你要他的命不一定要得了，他要你的命那是吹口气的事情，不整你把你晾着总可以吧。"我说："所以人人都懂得明哲保身。"他不愿在这里过夜，连夜搭车回去了。几天后江主任回来了，我把去长港乡的情况对他说了，他说："那里我去过，傍着大湖，年年涨大水,能好吗?人靠芦苇荡吃饭,也被芦苇荡害了。"我建议在那里设一个观察点,他说:"看厅里的意思。"厅里的意思我知道,他也知道,就是没有意思。在华源县待了十多天,搞完了调查,结论是发病率为百分之三点六二。但是据我的估计,苏主任说的百分之六是一个比较可靠的数字。我说:"如果是要这个数字,其实我们不下来也可以,辛苦了这么久,又花这么多钱。"江主任说:"部里布置的工作总要完成的。"我说:"这里老百姓太穷了。"他说:"天下这么多事,纷纷多如牛毛,上帝也只能管一条腿,何况我们也不是上帝。我们搞调查就是搞调查。"他这么一说,我安心了一点,说:"有办法的人就是有办法,办法送到他跟前来,没办法就是没办法,碰得头破血流还是没办法。"离开的那天卫局长又设宴为我们送行,我吃了一碗饭,推说头疼,就回招待所了。我把那两条烟交给服务员,说自己不抽烟的,浪费了,请她转交苏主任。我所能做的,就是这么一点点。这是我对世界的所有意义,也是我的角色被预设好了之后,上帝留给我的全部的选择空间。这就是我。我认识到了自己的渺小和无能为力,我感到了恐惧。

45

回到厅里我们十个人住进随园宾馆,把材料凑在一块,在丁小槐的主持下,讨论了两天,写出了调查报告的提纲。丁小槐把提纲拿回厅里去了。我们玩了一天,他回来了,把厅里的指示传达了,对提纲作了几点修改。几个人分头去写报告,交流的时候大家隐约闪烁含糊其辞地开着玩笑。一个人说:"我们这个报告的精确程度天下少有,都到小数点后面两位了。"另一个说："这种精确性只有在丁处长的指导下才可能取得，当然也离不开江主任的领导。"江主任装作听不懂其中的意味。我想着这么大的事居然也可以这样来操作，真的不可思议。开始时一个大人物有那么个意思，结论也就真的被扭曲到面目全非的程度。我这才知道大人物的意志有如此之大的力量。想一想天下不知有多少事情并不是人们看到的那个样子，心中就发慌，感到恐惧，我们看到的世界原来是别人愿意让我们看到的样子。

发病率比上一次统计还是有所提高，原因是连续几年涨大水。下一步的目标是在三年内把发病率降到百分之三点二以下，我知道三年以后的调查数据也就这样出来了。报告作最后的定稿时，我还想挣扎一下，说："这几年连续涨大水，发病率可能会提得更高一点，涨了大水。"没有人接我的话，好一会儿有人说："算了，大为，算了。"我说："那就算了？"望着江主任，江主任说："总不能再下去搞一次吧。要不然你跟丁处长马厅长汇报去？他们说去第二次，我抓起行李就走。"大家都笑起来，我也陪着挤出一个笑脸。我看着他们心里想："你们都是人，还是知识分子，一个个聪明过度，把世界看透，就是没人愿出来说一句话。"我想把问题提出来，有几个人应和，情况也许会有所改观，可就是没人响应。一声算了，就把那些苦人卖了。不说良心和责任，大家都是学医的，说人性吧。一份报告一百多页，又是图表又是统计数据，装订得像一本书，准备报到部里去。总结会是丁小槐主持的，大家都说这次的数据是历次抽样调查中最准确的。一个人说："这种精确性只有在丁处长的指导下才可能取得。"我捏着一把汗，怕丁小槐听出其中的意味而把脸放下来，他也不傻，他不知道底细？可丁小槐没有一点生气的样子，反而面有得意之色。这使我更深地体会到了人性的盲点，那些好听的话能够如此有效地瓦解一个人的判断力。以后有什么好听的话尽管放胆说出来，首先自己要有心理承受能力,千万不要怕肉麻,也不必担心被奉承者会承受不了。要办成什么事,就要最大限度地利用人性的弱点。

报告报上去了,我心里想着那些无助的病人,很久都安定不下来。当年父亲和我挣扎在那个偏远的山村,也处于这样一种无助的状态。公正会在时间的路口等待那些无助的人吗?我不能骗自己。我沉默着,我只能沉默,可沉默就是参与,我参与了。好多次我在突然之间有一股热血涌上头顶,吼一声吧,吼一声吧,我有吼一声的责任。这么吼一声的机会,人生能有几次?就在我似乎下定决心的时候,反过来想一想那些促使自己吼一声的理由,都不那么稳妥。我决定放弃。

一个周末,在省城工作的十来个中学同学到胡一兵家去聚会,大家七嘴八舌说起社会上的怪现象,我就把这件事说了。我以为他们会感到惊异,可他们听了也没有特别的反应,只当是许多故事中的一个故事。我试着说:"这件事我不捅上去肯定没人去捅,难道就这么算了?"胡一兵说:"算了的事有多少,为什么你这件事就不能算了?你以为你是谁吧,各人管自己的事,上帝管大家的事。公道主持不完,人生却只有一辈子。"刘跃进说:"一个名记者都这样说话,人性还有什么希望?"胡一兵说:"我已经不是记者了,不在其位不谋其政,没有良心的负担了,我就是负担不起才改行的。"他这时候正为贷款的事头疼,一心想着怎么把建行的信贷员拉下水。我说:"我就是在其位嘛,我要是没去搞调查也就不想吼那么一嗓子了。"大家又感叹生活中有两种逻辑,良知的逻辑和生存的逻辑,按理说这两种逻辑应该一致,尽良知的责任就是拓展了自己的生存空间,就像那两个美国记者,把水门事件那么一曝光,自己就成了名记者。刘跃进说:"胡一兵你现在是商人了,戴一副孔方兄的眼镜看世界,看什么都是孔方兄,整个一个经济动物。"胡一兵说:"刘跃进你站在讲台上讲什么精神,道理一串一串红辣椒似的,煞是好看,真碰了什么事,砂子都搁在眼睛里。你们那里件件事都是公正的？我没看见你跳出来吼那么一嗓子。"这么一说刘跃进马上气馁了，空洞地说："那也不见得，那也不见得。"我说："话别讲散了，伞别撑开了，那你们的意思，我就不跳出来算了？我真的不相信一件事明明白白摆在那里就是说不明白！"大家都笑了，说："池大为到底比我们多读几年书，书生气硬是重一些。"胡一兵说："几千年都没讲清，轮到你就能讲清？讲得清屈原也不跳江，岳飞也不被杀，刘少奇也不死得不明不白，还有你自己的父亲，怎么样？你跳出来那不是鸡蛋碰石头，简直就是鸡蛋碰地球。"他这一番话，把我的勇气又打下去了。我说："你们坐在这里谈玄很轻松，没看到那些病人有多么可怜。世界上就是有两种人，一种是命都不值钱的人，一种是政绩和面子重于泰山的人，第一种人总是为第二种人不断地付出代价。"这么一说，刘跃进就说到一九五九年庐山会议本来是反右的，彭德怀上了万言书，突然转向反左，结果是三年苦日子，人都饿死了。

这时有人叫肚子饿了，催胡一兵去做饭，胡一兵说："我这就打电话叫唯一酒楼把饭菜送来，我早就订好了。"我说："你一边为贷款发愁，一边订酒席。"他说："钱用惯了就收不住手，怎么也收不住，哪天不用百把块钱就丢了魂一样。"刘跃进说："市场就是这样把人活活地给同化了。"一个女同学说："胡一兵你再找一个，至少有人做饭给我们吧，别结一次婚就吓怕了，女人不是老虎。"胡一兵说："还是一个人自由，一个人好。"女同学说："男人真的好残忍啊。"

吃着饭我说："我的问题还是悬着呢，大家说怎么办？"胡一兵说："就这样办。"说着做一个睁只眼闭只眼的怪模样。刘跃进说："你这个家伙太歹毒了。"胡一兵说："我是蛇窝里爬出来的吗？"我说："对不人道的事情我真的不能沉默，沉默就是参与，太对不起那些病人了。"刘跃进说："我们这些人都临阵逃脱，还能指望谁坚守在那里呢？"胡一兵说："大为你如果实在觉得过意不去，等我第一笔生意做成了，我出两三万钱买一批药送去,顺便在电视台找一个哥们儿去给我报道一下,我也不亏。"我说:"两三万能救几个人?"他说:"你要把自己看成上帝,那我就没办法了。"又有人说:"胡一兵你在电视台熟人朋友多,搞两个记者去报道一下,也做一件好事。"胡一兵马上说:"你们真的把记者看成了上帝。这些没根没底的事也去捅,捅出祸来了脱得了身?再说谁也没有确切的数据,就凭大为一张嘴说?小人物把命拼上,也动不了世界一根毫毛!照理说装聋作哑就不配做一个知识分子,可是你不装聋作哑就让你不配做一个人。"听了这话我骇然心动,又觉得这也是放弃的一条理由。人作出牺牲,需要充分的理由,如果什么也改变不了,牺牲就没有意义了。我说:"这件事我心里实在放不下来,可也只有放下来,我的脚下没有路。"刘跃进说:"路就在你的脚下,你没有勇气走。你明知路在哪里,又装着没看见。"我说:"我敢走吗?我是有老婆孩子的人。"又筷子点着桌上的菜说:"人吃动物,人其实比动物更可怜,更可怜!"说着夹起一片肉往上面一抛,张口咬住了。有人说:"大为你心里实在过不去,我出个主意,你就装作是长港乡在省城读书的大学生,写封匿名信到卫生部去,再写一封到报社,你不露痕迹,鬼知道是你写的?"大家都觉得这个方式不错。胡一兵说:"除非你真的不露一点痕迹,否则领导不是傻瓜。你要在圈子里讨生活,又要有怀疑和批评的想法,这不合逻辑,这是你们的可悲之处。"那天从胡一兵家里出来,我心里坠着铅似的。下楼时胡一兵说:"大为,算了,想着自己不是上帝就别让自己操这份心了。别人不知道你,我是知道你的。你就是想反抗碌碌无为的生活,给自己一个证明,池大为这个人还是能做点什么,我知道你。我吧,我不再怀着幼稚的使命感面对世界,放弃了改变世界的幻想。我要给自己一个证明也得先保住了自己,我比你就多了这么一点。"我说:"你比我不是多一点,而是少一点。"我理解他,失去了信念,就失去了承担和牺牲的理由。

46

　　胡一兵说得不错,我是想抓住这个机会给自己一个证明,对世界我并不是那样无能为力。在无法抵抗的时候抵抗,在不可拒绝的时候拒绝,这才是一个真正的知识分子。我开始没意识到这一点,他一说我马上就明白了自己。我需要承担,没有承担的沉重比承担的沉重更加沉重。承担既是世界需要自己,更是自己需要世界,如果我竟以一种世俗的理由挣断了这根链条,我的世界就沦落了,就陷入了意义的真空。人最大的痛苦就是陷入了这种真空而不可自拔。因此承担哪怕是痛苦的承担,也是一种巨大的幸福。现在我有了机会,我不能放过,我不能剥夺自己追求幸福的权利。对世事我还没有绝望,因为我不愿意绝望。我内心吼一声的冲动是如此强烈而难以克制,这也是一个原因吧。无论为那些村民们也好,为我自己也好,我都应该把这一声吼出来。

　　决定了我就设想实施的方式,想来想去还是同学说的方式最好。晚上我对董柳说去写论文,躲到办公室去写那封信。写了三个晚上,反复斟酌,写完了这封长信。我不敢把信放在抽屉里,小心折好放在内衣口袋中。走到楼下,一看表已经是一点多钟。冷风吹在我烧热的脸上,我心中有一种踏实的感觉。一个人应该如此,一个知识分子更应该如此。我抬头望着天空,几颗冷星悬在那里,一闪一闪。我似乎越过了十多年的岁月,回到了从前。

　　第二天我把信仔细看了一遍,又觉得有了问题。上面提到的一些数据,一些术语,还有调查的情况,都不是一个大学生所能详细了解的。我又设想着写信者是医科大学的学生,把调查的情况也说得抽象一点。可这样一改就没有那么强的说服力和震撼力了,我又往回改了一点。写完后我跑到离厅里很远的一家打印社打印了,复印了几份,看着打字小姐把信从电脑中删去，又交代她如果有人来问不要说出去。回到家中发现信封上的字还没有打，而自己不能留下笔迹，又跑回去把地址也打好了，贴到信封上。贴的时候我想着自己整个操作过程都没戴手套，万一有人认了真来核对我的指纹呢？回到家中我戴上棉手套，用干抹布把信和信封都反复抹了几遍，想着指纹也不会有了。信一共三封，陈部长一封，国家血防办一封，卫生部地方病研究所一封。真要发出去的时候我又有点紧张，犹豫着就把信在抽屉的一本书中夹了几天。我反复思考着每一个细节，又把复印的信拿出来再看一遍，想着会不会有什么问题，最后觉得是万无一失了。

我准备第二天把信发出去，贴邮票用的手套都准备好了。这天下午下班的时候，我去监察室找小莫，下来的时候在楼梯上碰见了马厅长。我不由自主地站住了，侧了身子等他过去，叫了一声"马厅长"。他叫一声"小池"，又笑一笑，就过去了。他那么一笑我觉得颇有深意，他是不是知道我在干什么，把我看透了？我明知道这是不可能的事，可还是放心不下，总感到那一笑有一种神秘感。可这只是一瞬间的印象，我反复回想那种笑的意味，越想越模糊又越神秘。我给自己打气说："吓自己干什么？"可越是安慰自己，心里就越紧张，一时似乎失去了勇气。我反复对自己说："要相信科学。"无论如何，马厅长都不可能知道我想干什么。这我才安心了一点，准备按计划行事。可就在这天晚上，我从晏老师家下棋回来，一进门就感到董柳的神态不对，我赔笑说："今天还不算晚吧？"她不作声。我去拍她的肩，她一下把我的手甩开了，火气不小！我说："又怎么了？"她说："问你自己！"我说："我犯了哪一条？"不知从什么时候开始，大概是一波生下来不久吧，我在董柳面前就变得非常被动了，总是逃不脱被抱怨和指责的命运。我反抗了几次，没有用，反而更深地陷入了被动。我感到悲哀，一个男人！可慢慢地我接受了这种局面，我的确也对不起妻子儿子。我赔笑说:"我到底犯了哪一条?"她生硬地说:"你做的好事!"我吃了一惊,想到了那封信。我说:"我做了什么坏事?"她说:"你从来没做过坏事,全部是好事!你还让不让我和一波活?"我赔笑说:"这么重的话,怎么说出来的?"她从枕头下面摸出一张纸说:"这总不是别人塞到我们家里来的吧!"我上午把那封信拿出来看,随手就塞在毯子底下,不料被她看见了。我说:"是我写的。"她说:"你还到上面去告状,缺氧了吧你!只要转下来一查就知道是你,你以为别人像你这么蠢!"我说:"我一没写名字,二没暗示自己的身份,连指纹印都用抹布抹掉了,谁会知道?"她不屑地嘿嘿几声,我心里直发冷。她说:"谁会知道?我就知道!卫生厅除了池大为谁还会做这样的蠢事?你以为领导不会看人,他不会看人他能当领导?"我说:"万无一失。"就把前前后后的事都对她讲了。她说:"大为我跟你说,别的事都算了,这件事就算我求你了。"我马上说:"别的事都算了,这件事就算我求你了。人总要讲点良心,那些病人有多苦,我是跟你说过的。我们这些人,平时自己忍忍也就算了,在关键时刻,还是要认一认真的。"她马上说:"如今的事能认真吗,傻瓜才认真!要说讲良心首先要对自己家里人讲!对自己家里的人不讲良心的人,我就看不出他有什么良心。"我用力挥一挥手说:"这件事你就当不知道。"她望着我,我望着她,两个人好像第一次认识似的。好一会儿她叫了一声:"大为!"双手扶着床沿,慢慢地跪了下去,膝盖在水泥地上移动着,把脸转向了我。我心中猛地跳着,像有一只手用力地扼住了我的喉咙,冲上去把她抱起来放在床上。她挣扎着又跪在地上,双手扶着床沿,指甲用力地掐进木头里面去,说:"你今天不答应了我,我就这样到天亮。"我说:"答应你答应你答应你!你把这封信撕了。"我去搀她,她扶着床沿不肯松手,说:"还有!这封是复印的。"我打开抽屉把那几封信拿出来,塞到她手上,那一瞬间我看见床沿的油漆被掐掉了几小块,留下几个鲜明的指甲印。

她站起来,坐在床上,拿起一封信,也不拆开,慢慢地撕了,撕得粉碎,然后又拿起第二封。最后一小堆碎纸堆在床上,看去像一个小坟堆似的。这时父亲的坟堆也在我心中浮现出来,我眼泪一涌,在泪水朦胧之中两个坟堆一虚一实,叠印在一起,都不甚分明。

董柳把夏天点蚊香的瓷盘找出来,把那些碎纸抓进去,蹲在那里,点燃了。火光跳跃着,映在董柳的脸上,忽明忽暗地闪。我用力盯着闪动的火光从中间迅速地向四周蔓延,中间的黑洞越来越大,一点白烟漫上来,弥散开去。一会儿火花熄了,只剩下一点泛白的灰烬,房间里也弥散着一股烟气。这不是我熟悉的烟气,近在眼前,又很遥远。当年父亲在那些寂静的夜晚把自卷的纸烟一支又一支抽下去,小泥屋中也有一股烟气。那种烟气我感到熟悉而亲切,却一去不复返了。等董柳做完了这一切,我从鼻子里发出几点笑声,就走了出去。

我走到大院门口,想走到街上去。出了门,忽然感到外面的世界非常空洞,又转了回来,在院子里转了几圈。院子里静悄悄的,月光把我的身影投在地上,我想着现在只有它能理解我了。我晃了晃身子,影子也动了动。我暗自叹了一声:"惊起却回头,有恨无人省。"又望着影子摇摇头,"无人省!"看看表已经十一点多钟,犹豫了一下,还是向晏老师家走去。

晏老师披了衣起来,神色有点紧张,问我有什么事,这么晚又来了。我说:"跟董柳吵架。"他用询问的眼光打量着我说:"吵架了?"显然不相信是因为这点事半夜来找他。我把事情详细讲了,他说:"大为,你太天真了。"我说:"晏老师您也是这样想?"他说:"这件事吧,也不是一天两天一年两年了,大家都是知道的,也不是你发现了新大陆。"我说:"知道了总得有个人来吼一声吧。闹出来有了压力,也多拨点款去帮帮那些病人,说严重点是救救他们。"他说:"这是现任领导的一大政绩,你去戳他这根神经?"又说:"我们先来讨论一下你这封信的命运。"

他敲了敲桌子,"部里收到这封信,是一个家在血吸虫区的大学生写来的,情况很严重。信落在一个很负责的人手中,他怎么办?他放下一切就往长港乡跑?只能转到省里、厅里,也就是他们手里。他们会分析这封信的背景,一个大学生有什么必要隐匿自己的名字?这显然是有忌讳的人写的。谁有忌讳?肯定是身边的人,知情的人。分析到这里,你的形象基本就出来了。再把下去搞调查的人逐个分析,平时的为人性格,说的话,再有江家杰一汇报,知道你还去过长港乡,跑得了你?"我说:"那也可能是华源县卫生局的人写的。"他说:"那你就嫁祸于人了。再说邮戳在省城,华源县的人写的?"又说:"你署上个假名字吧,一查就出来了,当地有没有这个人在读医学院?没有,又回到你头上来了。那些人在这些事情上有多么舍得下功夫,不是你可以想象的。最好的设想是你竟然把这件事扳了过来,部里来人重新调查,这其实根本不可能。万一可能吧,我说的是万分之一,领导抹了一脸灰,可他会倒吗?他不倒你想想他的心情吧。你想想你的处境会怎么样?董柳凭直感知道这是做不得的事,她想得不错。大人物的意志坚如磐石,你千万不能设想凭自己几句痛切之言就能使他有所触动。世界上没有比良心更靠不住的东西了。"我说:"沉默是金这句话,真感到是一句好话了,掂在手中有分量啊。您这么一分析也是对的,可我想一想自己总还有点责任,总应该有人向那些村民负责。我参与了这件事,我就不能沉默,我就应该向他们负责。"他马上说:"你向他们负责,谁向你负责?那些村民能向你负责?我们再来看你被揪出来以后会怎么样?没有人会直接点你的名,但大会小会上会不断有人说,有个别人,企图破坏厅里的荣誉,领导会说,下面的人也会跟着说。别人知道你池大为是好人,也不敢沾你的边。对他们来说,好人坏人的判断是无所谓的,利害关系的判断才是真的。你会发现周围的空气忽然变冷了,冷空气包围着你。暂时不会有人把你怎么样,但是你完了,你哭都不知哭什么才好。你说自己受了委屈，可没有人整你，也没人说是你在捣鬼。你知道自己玩完了，还说不出心里的苦。"我一跺脚说："完了就完了，以后我跟树做朋友，跟紫藤架做朋友！"他连声笑了说："人这一辈子，能赌气？把自己一辈子赌掉了，还没触动世界的一根毫毛，你能赌气？"他说到当年大学的一个女同学，跟班上的一个男同学恋爱，毕业时分到两地，男同学忽然不理她了。她赌气要找一个更好的，气气那个男同学。这口气一赌几年，更好的没碰上，自己年龄却大了。越赌下去，越发没了资本，到现在快退休了还是单身一人。晏老师说："生活就不怕你跟它赌气呢，反正输的是你。我那个同学及时转弯，也不至于落到今天。识时务者为俊杰，这是古人的血泪之言！你以为俊杰是那么好当的？"我摇头叹气说："想不到明明白白一件事，竟没有办法！"他说："有办法。"我精神猛地一振，身子一挺说："那你说，你说！"他说："办法就是你坐到那个位子上去，到那天话就由你来说了。"我身子又软了下去，苦笑着说："那怎么可能？"他说："那怎么又不可能？位子总是给人坐的。"我心里动了一动："想做点好事，也非得把印把子抓着才行啊。"晏老师说："世界上的事实在很简单，谁对你负责，你就对谁负责。你想谁能够对你负责，给你更高的工资、位子、房子、自尊，一切？当官没有别的门道，对给他那张椅子的那个人负责就行了。只要对他一个人负责，老百姓一万个都没有用。"又说："隔壁化工厅厅长你知道吧，现在是林书记了。前年省委组织部推荐他连任厅长，省人大代表不配合，没有通过。不通过？好，林厅长变林书记，主持工作，厅长暂时空缺，一缺就是几年，怎么样？还提了一级，兼着省经委副主任，你想说事情怎么能这样呢，它就是这样。你怎么办？你说我们林书记会对谁负责吧？大为你回去好好想想。"

出了门我心乱如麻。晏老师的话给了我很大的震动，我好像到这时候才模模糊糊摸到了现实人生那粗糙的边缘。毫无诗意，令人沮丧，我一跺脚说:"完了就完了,以后我跟树做朋友,跟紫藤架做朋友!"

冷到心底。我在寒风中颤抖了一下，又颤抖一下，也不知是心冷呢还是身上冷。走到宿舍楼下我收住了脚，看着表已经十二点多钟。我转身向办公楼走去，是的，我得好好想想。

坐在办公桌前我想不清什么，孤独布满了每一个弯曲而琐细的空间。看着办公桌我想，自己在这张桌子边也坐了四年多了，人也老了四岁，可这张办公桌还是一点没变，连那几点墨渍都是几年前的老样子。再这么坐几年，一辈子就彻底完了。心力交瘁的等待者仍在等待，等待着连自己都无法想象的未来。也许，从不可思议的某一天开始，将会有一些不可思议的事情发生，那一天会突然从虚无之中凌空而降，世界变得纯净明朗，天蓝，水绿，草青，凤凰翔舞，梅花鹿徜徉。我疯了，我一定是发了疯了，发了疯了。正想着，董柳在楼下叫我，我没作声。不一会儿有声音到楼道里来了，董柳叫我几声，我说："让我安静一下。"这时一波在叫："爸爸，爸爸！"我说："一波这么晚了你先跟妈妈回去。"这时儿子在门外就唱了起来："刮风我也不怕，下雪我也不怕，我要我要找我的爸爸，我的爸爸。找到了我的爸爸，就带他回家。"我捂住发酸的鼻子，把眼睛闭紧，忍着，忍着，不让眼泪流出来。这么多年来我都把自己设想成一个忍者，可我忍了什么？忍了许多委屈，许多羞辱，忍得心痛，还要永无止境地忍下去。开了门我抱起一波说："我的儿子！"

走到了楼下，一点一点的凉飘在我的手上，脸上，脖子上。下雪了。

47

这时又发生了一件事，使我有了最后的勇气，把心中的想法付诸行动。

董卉的女儿满月,请我们去工府酒家吃中饭。董柳跟别人换了班,一波也就没去幼儿园。中午任志强开了车来接我们,一看开了三四十桌。任志强的朋友也来了不少,都在门口的簿子上签了名,放下红包,专门有小姐负责。有人来捧场这就是实力,要我还没有这么大的号召力呢。吃完饭董柳去了医院,岳母带一波回家,我就上班去了。快下班的时候,楼下有人在喊:"池大为!池大为!"在办公的地方这么提着名字大呼小叫,我心里很恼火,不理他。楼下的人喊:"你家里出事了!"我心中一惊,头发刷的一下就立了起来。我探头看见邻居双手拼命招着,"你儿子,你儿子,被开水烫着了!"我一听浑身都软了,手颤抖着跑出去。在楼梯上我摔了一个跟头,侧着身子滚了下去,头砸在水泥地上砰的一响。我双手撑着地爬起来,跑回家一看,一波坐在门口的地上哭,指着自己的脚叫着:"爸爸!爸爸!"岳母站在那里,已经呆傻了,眼睛直愣愣地望着我。我在一波的脚后跟处轻轻一摸,一块皮就掉了下来。一波疼得直叫:"爸爸,爸爸。"我抱起一波就跑,到大门口想叫一辆出租车,等了半天还没见到一辆空的,我让一波在传达室坐了,吩咐老叶给我看着。老叶说:"小池你的脸上有血。"我这才感到眼角处刺刺地疼,抹一把果然有血。我往小车班跑,那里只剩一辆车,一个年轻的师傅在洗车,我不认识。我扑过去扯了他的衣袖说:"我是厅里的人,中医学会的,我儿子烫伤了,送一送医院吧!"他一只手把我抓着衣袖的手轻轻拿开,继续洗车说:"中医学会?"我点了自己的鼻子说:"中医学会,池大为,池大为,中医学会!"他望我一眼慢慢说:"不认识。"又说:"这个车吧,马上要送孙厅长去飞机场,要不你去请示一下孙厅长,孙厅长你总认识吧?"我说:"求求你了!救命啊,是个人啊,不是别的,是个人啊,我儿子啊!"说着边抱了拳作揖打拱,又双膝都弯下去,一只膝着了地,又站起来,再弯下去,反复几次。他说:"真的没办法,孙厅长马上就要下来了。"正说着大徐开着那辆皇冠回来了,马厅长从车中下来。我扑过去把事情讲了，双膝不停地弯下去，再直起来，反复几次。马厅长马上说："大徐你去跑一趟，快去快回。"我拼命鞠躬说："谢谢马厅长，马厅长，你好，你好，马厅长，你好。"把一波送到省人民医院，大徐说："我只好先走了，要下班了。"我抱着一波到皮肤科，一波还在哭，声音都哑了。我插了队让医生先看，一边跟等着的人鞠躬说："谢谢，你好，你们好，大家好，好，好。"医生看了说："要住院。"我说："要住院，是的，要住院，住院。"医生说："你先把他的裤子剪开，不能脱。"递了一把剪刀给我。我把一波放外面的椅子上，用剪刀从上面剪下去。一波已经没有力气哭了，疼得直叫："爸爸！爸爸！"我手颤抖着，心疼得厉害，想着自己碎尸万段也不算什么。我进去对医生说："我的手抖得厉害，我剪不了，医生求求你帮帮忙吧。"说着抱了拳作揖打拱，双膝又不断地弯下去，几乎着地，再站起来。医生说："你干脆先跑先办住院手续。"我拿了住院单到交费的地方，插到前面，把正准备交费的女人撞开了。女人在后面骂骂咧咧地说："世界上有这样不懂道理的人。"我转了身双膝不断地弯下去："我儿子烫伤了，好的，好的，谢谢，谢谢，烫伤了，谢谢。"收费的人说："两千。"我似乎没听懂，直了眼望着他。他说："两千。"我这才明白过来，说："我是卫生厅的，一时没带那么多钱，等会儿补交，补交。"他不理我说："下一个。"我把仅有的两百多块钱塞进去，他把我的手推了出来。我说："我是卫生厅的，中医学会！池大为，池大为。"他说："没听说过。下一个。"我把窗口占住了说："中医学会！池大为！"他说："叫什么，公共场所，你叫什么叫？"我想着我要是有枪就好了，我绝对下得了手，对着那张脸轰过去就是了。

我又去找医生，医生说："先交钱是规定，我也不能违反。你去找科室的郭主任，看他怎么说？"我说："先救救人吧，我的儿子，是个人啊，是个人啊！"他说："以前总是先救人，救了他就跑掉了，我们到哪里去找他回来？这才定了这个规矩，任何人不能违反。"我说："我是厅里的人，中医学会，池大为，池大为。"他说："不认识，没办法。"我说："医生你是医生，你是医生，你要讲人道主义啊，人道主义！我儿子进来已经这么久，这么久了。"他双手一摊："告诉你我没办法，你应该听得懂中国话的。"我上蹿下跳找了几间房没看见郭主任，就站在外面大声呼喊："郭主任，皮肤科郭振华主任！"郭主任来了，沉着脸说："谁在这里喊什么喊的！"我上去深深鞠了个躬，抱了拳作揖打拱，又双膝弯下去，几乎着地，反复几次，把事情讲了。他说："厅里的领导你认识谁？"我说："马厅长，孙副厅长。"他带我去打电话，都不在。他说："看你还认识谁？"我说："打我自己的电话号码行吗？中医学会。"他桌子上那张表上没有中医学会，说："你来看看这上面你还认识谁。"我看了说："袁震海和丁小槐我都认识。"他说："袁处长，丁处长，都行。"就打了药政处的电话。上帝保佑，丁小槐居然还在办公室，把事情讲了，又把话筒给郭主任。郭主任接了话筒说："丁处长，好久没碰碰了，什么时候碰几杯？"我在旁边身子一抖一抖地催他，他说："丁处长开了口我还说什么，马上就给池同志办。"放下电话带我到收费处，在住院单上签了字，办好了手续。

  一波躺在病床上，医生来了说："烫得不轻啊。"我说："用最高级的药，可不能留下后遗症啊，我只这一个儿子。"护士把一波的裤子剪开，轻轻剥下来，一波疼得直叫："妈妈！救命啊！救命啊！"我上牙敲着下牙说："轻点，轻点。"护士住了手说："那你自己来。"我用力甩着双手说："我手软了，我手软了。"我抱了拳作揖打拱，双膝又不由自主地弯了下去。一波的裤子剥下来了，几小块皮带了下来，沾在裤腿上，小腿上露出了粉红的肉。我身子一软，眼前一黑，靠着墙溜了下去，脸碰在小矮柜上。我扶着柜子站住，眼睛看不到什么，心里像有一把刀，把心脏啊肺啊割成了血淋淋一片一片的。睁开眼看见医生厌恶地望我一眼，对门边一努嘴。我像机器人一样向门外走去，护士跟在后面，刚出了门就听见里面闩上了，一波还在喊"救命"。我在外面疯跑一阵，在病室尽头的窗前站下了。我看着外面，一根手指头指指点点，好像那看不见的远处，有着我仇恨的什么东西。又把拳头捏得紧紧的，心里恨着，想打，可不知恨谁，也不知打谁。我揣摩着能不能就这么一拳，把眼前这块玻璃给砸了，拳头血淋淋地捏着，真舒服啊！突然，不假思索地，我照着自己的脸上，狠狠地就是几拳。我感到了疼痛的快意，口中喃喃地说："舒服啊，舒服啊！"狠狠地又是几拳，接着双手撑着墙，弓着身子，把头在墙上撞了几下。脑袋里嗡嗡地响着，我喃喃地说："看老子碰不死你！看老子碰不死你！"

　　我想给董柳打个电话，跑到病房值班室，又转了回来，我真没勇气拿起话筒。到了傍晚董柳来了，像个幽灵似的飘进病房。我说："董柳，一波睡了。"董柳一声不吭，揭开被子看看一波的腿，就坐在床头，傻了似的发呆。她神态让我害怕，她哭出来就好了。一会儿任志强、董卉和岳母都来了。岳母语无伦次，说了好半天才说明白，是一壶水刚烧开放在案板上，不知怎么就掉下来了。我说："一波呢，有多动症，到处乱摸。"董柳说："那你的意思是还要怪他？"董卉说："不幸中的万幸，冬天还隔了几层裤子，要是夏天，一条腿都烫熟了。"她几句话说得我心跳，觉得今天倒是捡了个便宜似的。董柳说："今天不出事，明天也要出事，楼道里黑咕隆咚旧社会，谁看得清？几年了一间厨房都没有。"她一说我恍然大悟，这事不怪别人，只能怪我，怪我自己！我总觉得自己有什么不对，原来不对是在这里！我打自己打得太轻了，实在是太轻了。我猛地蹲下去，双手拼命拔自己的头发，一定要连头皮都拔了下来，我才解恨！董柳望着我一声不吭，任志强和董卉跑过来，一人拖住我一只手。我说："让我扯，让我扯，扯下来了我就解恨了！我愧为人父、愧为人父啊！"他们把我的手掰开了，我右手抓着一撮头发，把它放在眼前仔细打量着。董卉说："姐夫，你脸上有血，半边脸肿起来了。"董柳一声不吭望着我，岳母掩了脸在哭，我望着那一撮头发，忽然大笑起来："啊啊啊，哈哈哈！哈哈哈哈！"

护士来给一波打吊针，岳母说："小孩的血管细，要小心点。"任志强说："叫你们最好的护士来，我们另外付钱。"护士噘着嘴，拿起一波的手看了半天，拍了拍，非常缓慢地扎了进去。一波醒了，叫疼，连声叫："妈妈！妈妈！"我看着好一会儿还没回血，倒吸了一口气。护士说："手动走针了，换一只手。"董卉说："到小儿科叫一个护士来。"这一次又没有成功。护士说："一群人围着我，我不敢打了。"跑出去叫了另一个护士来，说："小儿科的。"董卉和任志强叮嘱她要小心，新来的护士说："我还没开始打就紧张了。"董柳说："都出去，都出去。"我们都出去了。一会儿董柳出来说："又试了两次没打成，手上的血管全破了。"我进去看了，急得想跳。董柳说："我试一试。"那两个护士都不同意。董柳说："我干这个都七八年了，那时候你们还没进卫校呢。"拿了工作证给她们看，就同意了。董柳把一波额头上的头发剃了一圈，仔细看了一会儿，要我扶住一波的头。我说："我手发软。"就叫任志强扶住。董柳举起针看了看，很麻利地扎了进去。我看见回血了，在胸前划了个十字。两个护士吐出舌头面面相觑。

任志强买了盒饭来，董柳说："还有心思吃饭！"任志强把饭放在那里，不再劝她。董卉说："姐夫你把脸上的血洗了去，这一边都肿了。"我这才感到脸颊火辣辣地发烧。我说："肿了？肿得好。"董卉递手绢给我，指着自己的眼角说："这里的血，擦掉。"我没接手绢，用衣袖擦了几下。夜深了剩下我和董柳，我叫她吃点东西，她慢慢转过头望着我，眼光是直的，一声不吭。我看了心里发冷，却无法给那种眼神一个准确的描述。好一会儿她说："吃得下你就吃。"我没有饥饿的感觉，有我也不会吃，我渴望找到一种极端的方式惩罚自己，这样才能平衡一下对儿子的歉意。后来我渴了，想喝水了，马上发现只有让自己这么一直渴下去，才是自我惩罚的最好方式，用饥饿来惩罚那是太轻描淡写了。整个晚上我都这么忍着，在极难忍耐的焦渴中感到了痛苦的快意。到第二天早上我的嗓子开始嘶哑，连唾液也没有了。在焦渴中我感到，如果划一根火柴，我的口中就会喷出火来。实在忍不住了我对自己说："这点小小惩罚就够了吗？我还要忍，至少要忍到昏迷的边缘。"

早上醒来，我发现隔壁病房的一个小女孩的床前床后都被花篮包围了。连床下都塞了四五个。我了解到是市工商局一位副局长的女儿动阑尾手术。我想，一波比谁低了？没有人送花篮，连看望的人也没来一个。花篮很漂亮，可世界实在太无耻了，无耻到无耻的地步了。局长夫人知道了一波的情况，要我拿两只花篮过来，我马上用一种不屑的手势制止她说下去。医生查房之后我走了出去，想给儿子买两只花篮。

走在大街上，我看一切东西都蒙着一层暗绿，我心里念叨着："这就是世界，这就是世界。"反复这么念着我觉得自己又有了一种发现，一种生活的底牌被彻底揭开的感觉，像有一束强光，把那黑暗深处的东西都照得清清楚楚。昨天刚刚过去，可我感到已经非常遥远。"这就是世界，这就是世界！"事到临头了作揖打拱有什么用？双膝弯了又弯又有什么用？哭都找不到掉泪的理由。事到今天，我池大为还敢说没有什么力量能使我把头低下去再低下去吗？我不愿意这样理解世界，我拒绝了很多年，可是在这生与死的边缘地带，我无法再作出另一种理解。我为自己的发现感到了激动，这是丁小槐们早就在实施着的原则，我其实也早就认识到了，可今天的理解特别深刻，我有了勇气。这样想着我忽然有了一种冲动，要马上去做点什么才好。激动中我嘴里居然也有了一点唾沫，干枯到麻木的舌头也有了一点湿润之感。我想到了自我惩罚，想把唾沫吐掉，吐了三次也没吐出东西来。再用力往手心里吐，举起手仔细看了，一点唾沫星也没有。我在心中酝酿着一股狠毒之气，用手比画出一把手枪，一路走过去，见了不顺眼的人，就把右手抬起来，食指勾那么一下，算是毙掉了一个人。没走多远我就毙掉了九十九个人。我想，最应该被毙掉的还是自己。我举起枪，顶着自己的太阳穴，食指勾了一下，心中轰的一响。我晃了晃头，我还活着。

忽然下起了雨，一会儿就大了起来，想不到冬天还会下这么大的雨。很多人跑了起来，一会儿街上就没几个人了。我毫无感觉地走着，一直往前走，不知道自己从哪里来到哪里去。雨滴顺着脸流到嘴边，我本能地用舌头在嘴边一卷，马上又想到了惩罚，就闭紧了嘴唇。一个流浪汉在雨中从容地走着，一边唱着："不要问我从哪里来，我的故乡在远方，为什么流浪，流浪远方，流浪。"我拦住他指了天上说："朋友，下雨了。"他笑着说："天要下雨，娘要嫁人，让它去吧。"一直走。雨水顺着头发流下来，我双眼都模糊了，就把衣服撩了起来，在脸上抹了一把，唱道：

沧浪之水清兮，可以濯吾缨；
沧浪之水浊兮，可以濯吾足。

我在不觉之中拐进了一条小巷，走了一阵才发现这是正在改造的旧城区，很多房子的墙上都用红色的颜料画出一个大圈，中间一个"拆"字，不少房子已经被掀掉了房顶。我顺手推开一个门，里面几个青年男女惊慌失措，用身子挡着什么，房间里面一种奇异的香味。我意识到这是一群吸毒者，叫了声："朋友，干吧，我知道你们在干什么！"再往前走。走到尽头发现是一条死巷，我就在一个台阶上坐下来。屋檐上的水成串地落在我身上，我冻得发抖，自言自语地说："好，好，好。"就扭着身子，仰起脸迎着那水，让水泻在我的脸上，又溅开去。突然我忍不住张开嘴，把那水大口地吞了下去。真解渴啊，水原来是这么好喝的一种东西。嘴边停着一点什么，我用舌头一卷，是一片腐叶，发出一种腥臭。我用力嚼碎，咽了下去。

嘴边停着一点什么，我用舌头一卷，是一片腐叶，发出一种腥臭。我用力嚼碎，咽了下去。

第三篇

48

一波在医院住了十七天，就出了院。

儿子出院后家里冷得像个冰窟。在医院的时候我和董柳还说说一波的病情，现在连这个话题也没有了。董柳沉默着，连儿子也沉默了许多，总是坐在床上一动不动，一双眼睛追随着大人的行动。岳母从董卉那边过来照看一波，她也沉默了许多，迟钝了许多。我嚷嚷着跟一波说话："来来来，爸爸给你讲葫芦娃。"可当我的声音一停，就只剩下了一片空寂，显出了这种嚷嚷的做作。为了躲避这种空寂带来的压力，我吃过晚饭就跑到办公室去，把白天看过的报纸再看一遍，然后就那么坐着，一连几个小时。寂静中我感到有一只毒虫在噬咬着蚕食着我的心。我想象着那毒虫的形状，满身黏液像蛇一般滑腻，可又披着又硬又厚的甲，还有无数的小脚在蠢蠢而动。

我从心里感谢冥冥之中的那个存在。说真的，从一波的裤管剥下来的那个时候开始，我就做好了会留下后遗症的心理准备。可居然没有留下多少疤痕，只是左边小腿上有硬币大的那么一块皮肤没有恢复，看上去亮亮的，摸起来十分平滑。如果是夏天呢，如果开水倒在了脸上呢？真不敢想啊。厅里有些人问一波的病情，我就把事情从头到尾说一遍，一边感叹着钱的重要性，却不涉及比钱更重要的权。开始还有其他办公室的人跑来听我说事情的前后，说顺口了我也忘了对谁说过没对谁说过，逢人就讲。有一天我讲的时候，旁边一个人过去说："大为怎么跟祥林嫂一样，天天我真傻我真傻的。"我马上住了口，不再讲了。是的，我真傻。

我对董柳说："这次是不幸中的万幸。"好一会儿她说："万幸？那你的意思是烫得好？别人的儿子擦破点皮就是天塌下来了，我一波烫成这个样子还是万幸，他就比别人低那么多？"又说："要低也不是一波他做儿子的低了，他哪点不如别人！"不管我从哪个方面扯出一个话头，都会被董柳冷冷地剪断。有什么事情必须要交流了，她就通过儿子来跟我说话："爸爸洗碗！""爸爸买豆腐回来！"晚上岳母带一波去楼下睡了，我们就整夜地沉默着，用偶尔的叹息回答对方偶尔的叹息。

这天晚上，董柳睡下了，我也熄了灯睡下，准备度过这个漫长的寒夜。这寒夜无边无际就像坠入了史前时期的一个黑洞。董柳忽然又坐起来开了灯说："我怎么就这样傻，别人放弃的东西，总有其中的道理，我怎么就没想想这个道理。"我不知道她指的是什么，但肯定与我有关。我躺着一动不动，正疑惑着，她又说："有些人眼光真厉害啊，能把时间看穿，几年以后的事情、几十年以后的事情都看透了，当机立断。"她在说屈文琴。我一气爬起来披着衣服说："你要学聪明人现在还不晚，没人拿链子拴着你。"她说："谁说来得及，女人的青春有第二次吗？孩子生都生了能够送回去吗？"又把衣服披起来说："我也要学一学关心自己，他自己知道爬起来要把衣服披了，我穿件单衣，谁看见了？"我说："你一边操刀子对我胸窝子猛捅，一边又要我关心你，你干脆把我的心劈开。"她把毛衣扣好，我想着她憋了这么些天，有一篓子话要说了。她说："一个女人吧，她不知道什么天下大事，也不知道什么万古千秋，屁！她鼻子下面那个世界就是她的世界。她找个男人吧，就是看着鼻子底下那点世界，那你以为她还看什么？我也不相信鼻子下面那点世界看不好的人，他还看天下？"她这么一说，我觉得自己对世界的理解是不是又错了，夫妻之间有这么现实主义的吗？我说："这个话是你说的啊！"她马上说："我说的！你的意思是一个女人不该有这点指望？"我气鼓鼓地说："要出息你也可以出息出息，让我也伴点福。如今男女平等了。"她说："羞羞羞，放猪油。一个男人，还反过来要靠女人，他讲得出口，我还以为是喝醉了酒呕出来的呢！"我说："什么叫有出息你懂不懂，扮演一个奴才侧着身子走路，凑上去腆了脸笑，那是出息！"说着我鼻子哼哼几声。她鼻子也哼哼几声说："如今是什么时代，兑现的时代，到了手就是真的，其他都是假的。别人好房子住了，钱到手了，一家过得滋润滋润的，儿子也没烫着，你去笑他吧！现在的人只要能把东西抓到手，他还怕别人怎么看他？怕别人心里笑他骂他看轻他？他根本不在乎！聪明人的聪明就在这些地方体现出来，不然还在哪里？在云里雾里？那不是聪明，那是傻，是缺氧，是摔坏了脑袋。我们要是有一套带厨房的房子，我一波也不落到这一步。宋娜她儿子会烫着？现在这个年代只看结果，不问过程，管他怎么走路怎么笑呢！"这话听去实在没有道理，可又实在有道理。世界变了，道理也换了一种讲法。得到了就是胜利者，而且是最后的胜利者，时间后面并没有什么在等待。我几乎承认自己是个失败者了，我当作精神支柱而引为骄傲的那些东西，其实并没有最后的依据。当终极失去的时候，最后的依据也失去了。我心中一阵尖锐的刺痛，这不是那种热血涌流的快意的痛，而是针尖在心尖尖上反复扎着的痛。这种刺痛激发了我本能的反抗，我挣扎着说："董柳，不是我说你，你到底少读几年书，有些事你不懂。"她说："你就是多读了那几年书，陷在里面爬不出来了，爬了这么多年还没爬出来。别人把自己看得高高的，那是他有本钱，你呢？你还要跟领导提意见，你的意思是你比领导还高明些？那苦果子尝去吧你，叫你知道什么叫领导！"我说："其实这几年我也不提意见了。"她说："人一辈子还有摔几跤的机会？邓小平三起三落，你有他那样的命？"我说："总不能逼,逼我像丁小槐那样走路那样笑吧。"她噘一噘嘴不屑地说:"你的意思是你比他有尊严?那怎么他一句话我一波就能住进院,你说了半天也没用?这总是铁板钉钉的事实吧?你就站在旁边看着别人玩吧,再看那么几看,一辈子也差不多了。我自己也不求什么了,可惜我一波这块好材料,优良品种,没个好环境。过几年他上学了你让他到哪里做作业?"几句话堵得我喘不过气来。其实我觉得她说得也对,可我就是不愿在她面前低这个头。她说:"你那点自尊不值钱,我都看透了。"我没想到她能说出有这么大的杀伤力的话来,可见她这些天也并没有闲着,而是对事情进行了深入的思考。我硬着头皮说:"每个人都有自己的活法,他心里怎么舒服就怎么活。要他去争这个那个,他不舒服,争到了也是得不偿失。"她说:"所以一波烫伤了你就舒服。你不舒服他能烫伤?宋娜她的强强会烫伤?"说着就哭了,"我一波腿上还有疤痕呢。你要舒服干脆明天把我一波送到福利院去算了。"眼泪一滴滴掉下来,滴在被子上。我心软了,摸了摸她的头说:"好吧,好吧,好。"

　　为了儿子妻子,我得挣扎,我有不可推卸的责任,活着是硬道理,没有比这个硬道理更硬的道理了。现实没有诗意的空间,只有真实到残忍的存在,我只能直面,不能躲避,这是唯一能够与生活发生有效联系的选择。云里雾里的事,万古千秋的事,实在也是不能再想了,那是一个黑洞,不论有多少人作了多大的牺牲,被吸进去连一点痕迹也不会有。这样想着我浑身冰冷,感到有一种难以表述的悲哀悄然却无可阻挡地渗入了内心的极深处。不知道陶渊明、曹雪芹的妻子儿子是怎样想又是怎样过的。要说清高吧,那要有起码的本钱。那个梅少平放下文联主席不当到乡下隐居,他是功成名就之后看淡了一切才去的。他在乡下有别墅式的房子,有车库,有花园,在城里还有房子,有工资,有一切福利,我能跟人家比吗?东施效颦!大隐隐于市?

屁话！我思索了很久，沿着任何方向去追问这个世界，都会遇到精神的狙击，并没有一种生存姿态具有绝对的意义。既然如此，我又何必？那种把世俗世界甩到一边去的生活，实际上是不可能的。这使我发现了自己的精神实际上是极其有限的，被拘禁在一个无形的空间之中，无法超越，而想象中的超越也越来越虚弱而苍白了。想得麻木了我用力地扭着头，想把这种种想法沿着某种椭圆的切线方向抛出去。那些从来不思索的人也这么活着，还活得好一些，这使思索的意义变得十分暧昧。思索着，这是我的骄傲，也是我的劫难。

49

"这一辈子怎么办呢？人只有一辈子啊。"

这个问题是董柳提出来的，我感到了绝望。人只有一辈子，这一句话把所有的道理都说完了。这个道理最简单，也最深刻，我不敢往细里想，往深处想，一想就不寒而栗。厅里当然也有当办事员当到老的，如晏老师。可我，厅里第一个研究生，就这样度过一生吗？时间飞逝，越来越快，它规定了一切的意义，人不能无限等待。科长处长这些我以前不屑一顾的头衔，现在都有了一种神秘的光环，可望而不可即。世界这么大，留给自己的空间却这么小，人就是这么可怜。世上的事，天下宇宙也好，千秋万代也好，说完了还是要回到自我人生这个小小的基点上来，这才是真的。想到底人就是这一辈子，这是一种视野。仰望群星也是一种视野。到今天自己这一辈子越来越真实，而天下千秋越来越虚渺了。董柳说得对，看星星有什么用？还不如给一波冲杯牛奶呢。人就是这么可怜，你看了那么远，想了那么远，意识到自己的确太渺小，可因为渺小而不重要的证明并不能成立，至少对自己来说不能成立。人不能站在世界的立场上看自己，只能站在自己的立场上看世界。这样我意识到自己的视野大大地缩小了，从天下缩到自身。心有不甘，不甘，不甘，可也只能如此。可怜可悲可耻可恨，可也只能如此。我如果拒绝了这点渺小，就拒绝了整个人生。想想那些老办事员，他们几十年如一日，以顺从的微笑听从比自己年轻得多的领导的吩咐，他们心里就没有想法？了解了他们，可能吓你一跳，三十年前的大学生！他们都是好人，可降临到他们头上的利益有多少呢？好人越来越难以成为一种对人的评价方式了。在这个世界上，得到就是全部的真实，这是当今能人的逻辑。想到这种前景，我不由得全身一阵阵发凉，又一阵阵发热。

"这一辈子怎么办呢？"这个问题像一枝树杈把我的心叉着，悬在空中。我设想了种种出路，可细想下去几乎每一个方向都是最艰难的方向。世界这么大，无限的可能性对我来说一概都不存在。人活就活一线光，可我连方向都找不到。卫生厅没什么了不起，这样的单位不说全国，全省都有几百上千个吧！明天一场地震它的大楼塌了，地球照样转，别人照样活。事情的重要是假的，自己的重要才是真的。这是底牌，我简直不敢揭开这张底牌。这太没有意思了，人把自己当作终极就没有终极。这么多年来，我在半醒半梦之间活着，醒来了，却发现自己站在悬崖上，前面一片空茫，无路可走。

想来想去，唯一的亮点还是在单位。这点亮光虽然微弱，可要真正靠近它却十分艰难，人就是这样可怜。我不能再说不屑于的话，那是大人物说的话。喝一肚子水把腹部腆起来装阔佬，装得了一时，装不了一世。我必须找到进入的途径。六年前我刚来厅里时，我有一个很好的位子，也因此成了很多人的眼中钉。可现在的起点，比那时候还倒退了。确定了目标之后我急得心里发疼，这六七年我都干什么去了!一开始我的自我定位就错了,屈原啊李白啊,他们是随便什么人都可以学的人吗?我已经三十四岁,眼见着就要过气了。

我去找晏老师,想跟他谈一谈,敞开来谈一谈。进了门他在看电视,说:"小池好久没来下棋了。"我说:"儿子病了,天天守儿子去了。"他说:"我怎么不知道?"我把事情说了,晏师母在一旁不断惊叹说:"真的?真的?"这种惊讶使我受到鼓励,就讲得更详细些,比画着剪开裤子,董柳扎针的动作。讲到一半忽然想起祥林嫂,就打住了,开始下棋。很久没下了,下起棋来我觉得感觉很好,很舒服,心里舍不得离开这种气氛,就把来的目的放在一边,拖延着,下了一盘,再下一盘。几盘下来了已经晚了,晏师母说:"老晏你明天早上还要起早点,给阿雅送衣服去。"我马上告辞出来。走到外面天上下起了大雪,雪花在脸上融化的感觉使我非常清醒,像生命的蓝精灵在给我一种提醒。我为什么要拖延,没有勇气开口谈正事?我意识到自己在逃避,哪怕是面对晏老师吧,认真讨论自己怎么才能爬上去,这实在太伤自尊心了。我往家里走,走到楼下,我想到又拖了一天,心里急得疼。我在进门的一刹那对自己说了声:"停!"一只脚伸出去悬着,没落下去。我用这样一种姿态站在那里,想着自己如此没有勇气,更严峻的挑战还在后面呢。人最大的敌人是自己,天地不限人,人自限于天地。这么多年的事实证明了,自己按心愿去做的事,一定不是什么好事,只有使自己难受了,别扭了,才是希望所在。抓到手里的才是真的,可天上会掉馅饼吗?

我现在的绊脚石不是别的,就是我自己。这个念头从我心中掠过的一刹那,我忽然抬起右脚,踢在左小腿上。我腿一软,身子往前一蹿,差点摔倒,跨出一步,才站稳了。我骂自己说:"他妈的,下毒手啊!"不容自己再想就往回走。到晏老师家门口我马上按了门铃,怕自己犹豫。晏师母开了门说:"忘记什么了?"我坚定地说:"还想找晏老师说个事。"她马上夸张地露出惊讶的神色，又看一看手表。我进了屋说："又来打搅师母您了，我经常来打搅，要是换了别人早就不高兴了。"她脸上缓和了一点说："没关系。"我说："厅里谁不知道您是贤内助，不然这么晚了我也不敢来了。"她笑了问："谁说过这样的话？"我顺口说："人人都这么说。"晏老师披了衣服出来，师母给我倒了一杯茶，这是头一次。又把电暖炉推过来打开了，这也是头一次。我没料到信口开河说句话有这么好的效果。她关上门去睡了，晏老师说："人人都喜欢听几句好话，大为什么时候也学会这一套了？"我说："本来就是嘛。"他笑一笑。

晏老师递给我一支烟，自己也叼了一根。我说："晏老师知道我今天想抽根烟？"他说："看人还是看得懂的。"我说："您帮我看一个人。"他把烟举了举说："是看你自己吧？"我一拍腿说："您是真人不露相啊，我觉得那几间厅长办公室，怎么样也应该有一间是您的。"他自嘲地一笑说："等明白过来，已经过了气了。"我鼓起勇气抓住这个话头说："那您看看我过了气没有？"说完这句话我如释重负，话题已经打开，也并没有自己设想的那么难堪。他吸着烟，不作声，我紧张地望着他。他说："你三十多了吧？"我说："三十四。"我右手比画了一个三，又一个四。他说："也可以说没过气。"我心里一跳说："那就是说，也可以说过了气了。"他点点头说："也可以说。"我说："没希望了？"他叹气说："小池啊，早干什么去了？"我垂了眼不说话，叹一口气。他望着我，要在我脸上看出什么似的，半天说："小池你吧，就是把自己看得太重了。"我不解说："我一官半职都没有，怎么把自己看得太重？"他笑了笑说："正因为把自己看得太重，才一官半职都没有。你想硬着那口气甚至还要挑战，又想从中得到一切，那不合逻辑。大丈夫以屈求伸，伸着的人，谁不是屈过来的？做个大丈夫不容易啊，不然怎么叫作大丈夫？一个中国人，他把'屈伸'这两个字放在心里反复揣摩透了，他就有办法了。"他说着双手攥了拳缩到腋下，猛地打出来说："屈就是蓄势，不蓄势能有力？把自己看得太金贵就金贵不起来，这是生活的辩证法。不把自己看成什么，才可能成为一点什么，一开始就把自己看成什么，那到头来什么也不是，这也是生活的辩证法。把自己看那么金贵，总想上面慧眼识英雄，可能吗？不合乎人性吧！屈原是你佩服的吧，还有李白，他们就是把自己看得太重了，怎么样？他们是几百年一遇的天才，才没被浪花淘去，淘去的就不知几何了。"我说："把那些大人物一路数下来，就没有几个命好的，莫不冥冥之中有什么力量跟他们过不去？"他又接上一根烟说："小池还是想事情的人啊。他们才气冲天，不可拘于斗室之内，性情独异，不肯垂首低眉伏小。他们是为社会不容的人，官场没有他们的一席之地，他们必须出局。这成就了他们，又祸害了他们，他们的一生无不悲凉凄惨。他们都是绝顶聪明的人，但他们在一种状态中、一个局中，他们面对的不是哪个人，状态是不可反抗的，因此连他们也无可奈何。他们是传统，但置他们于绝地的也是传统。"我点头说："一想起这些名字吧，叫我屈我就屈不下去，有些话说不出口，说了就对不起他们。"他笑了说："你刚才说师母不是说得挺好吗？顺着势去说，又不要你凭空捏一朵花出来说。"又说："对不起？天下就没有对得起这些名字又对得起自己这一生的好事！"他指头点了我说："连曹雪芹都做不到的事，你池大为想做到？那你比他还聪明？"我说："做人真难啊！"他说："想想吧你想想吧，把屈和伸这两个字想透了，咱们再往下说。"

晏老师又给我一支烟，我抓起打火机给他点上，自己也点上。他吸了一半把烟灭了，我赶紧也灭了。他嘴角含着笑，微微点头说："小池你缺的不是悟性，是意志。"我说："意志慢慢培养吧。"他说："慢慢培养？俟河之清，人寿几何？机会往往只露个尾巴给你，你那一刻没抓住，就一去不复返了。"又说："我年轻的时候也舍不得屈一屈，先是聂厅长，再是施厅长，我有什么想法，一定要说出来，忍都忍不住。你千万不要以为自己是好心，就会得到理解，绝无此事。当年施厅长一个想法出来，九牛拉不回。我听到不少议论，想着自己是秘书，要为领导着想，找到了适当的机会，把这层意思说了，本也是希望他的形象更高大，工作做得更好。谁知我当场就被顶到墙上。他说，那些议论都是别有用心。我从此就走下坡了。人把自己这一辈子玩完，只要一句话，一句话！'文革'来了，当了造反派，'文革'去了，一清算，这一辈子就完了。我看了几十年，就看清了一个'人'字。人有偏见，人永远站在自己利益的立场上考虑问题，所以人从来不讲道理，因为他只从自己的角度去讲道理。没有谁整你，没有谁说你一句不是，甚至一个难看的脸色都没有，可是你出了局，你完了，他不给你机会，你跑到哪里去叫屈？从来就是以柔克刚。你就是不能去设想谁天生就能代表公正，别说他是凡人，他是孔夫子都不行啊。"我说："只是在那个份上的人最喜欢扮演公正的化身。"他说："你说对了，但只对了一半，不是他们自己喜欢不喜欢，那是一种角色需要，你到了那个份上，你也要么演着。"我说："有偏见有冲动又要做出公正化身的姿态，总是双重人格，这么做着也不容易呢。"他说："你说对了，但只对了一半。进入角色了就没有你想的那么困难了。"

我沉默了一会儿，内心看不清楚的黑暗之处像有一把刀冲出来，横冲直撞，把自己留恋的趣味统统砍断。我说："做个人真不容易，你想清高点，一大堆问题等在那里，你躲到哪里去？怪不得有人逃去做和尚，连跌在花园里的贾宝玉都要去做和尚，他没办法让自己与游戏规则合拍，就逃避了。"他说："事情说复杂也复杂，一直问下去就没个尽头，哲学家挖一辈子也挖不到底。说简单也简单，该干什么干什么，山沟里的农民伯伯也明白。你说你该干什么吧。"我用手在眼前盘旋着说："人转了多少弯，还是为了一个'活'字，活得好点，有自尊点,人就是这一辈子,眼前就那点东西。痛快点了结了这一辈子,就算了。"他说:"明白了一个道理,却只挂在嘴巴上,还不如不明白。你总不能像我一样办事员到老吧。零落成泥碾作尘,只有香如故,这么写写是很有诗意的,真落地成了泥,谁会来闻?没人闻,香也是不香。"他的话震得我心里怦怦地响,我说:"我想着自己也应该动一动了。憋了这几年,人都憋病了,心里直发虚,人好像是悬着的。经过儿子的这次磨难,我的想法也变了。权和钱,这两个俗物,硬邦邦地挡在路上,你绕得过去?人活着要解决问题,解决问题要靠这两个俗物啊!世上的事你看得越是清楚,就越是无可奈何。"

晏师母从房里探出头来望一眼,我马上说:"我这就走。"晏老师说:"今天跟小池谈出点味道来了。"他送我下了楼,这是头一次。外面飘着大雪,我请他回去。他抬头望着雪花飞舞若有所感说:"又一年了。"听了这话我又急得心疼,说:"不知道过去几年怎么过去的,都忘记了。"他说:"回去想想吧,要打倒自己心中的不倒翁,容易吗?"我说:"我已经打倒了。"我知道我已经挖了很深的洞穴,把过去的自我埋葬,这也是历史埋葬的,人拗不过时代。很多人在不觉之中就完成了这个过程,甚至连过程也没有,我却经历了这么多反抗,最后还是举起了锄头。

回到家中董柳已经睡了。我没开灯,摸到床上睡下。董柳惊醒了说:"太晚了。"我说:"下棋去了。"她说:"你还有心下棋,世界上还有这样没心的人。"赌气地一拉被子,我的身子全露在外面了。我把被子拉回来说:"其实我是跟老晏说话去了。我想换一种活法,老晏他也支持我,就把自己的想法跟他说了。"董柳:"早该这么想了,到今天!"又说:"我看一个人他是那个样子就还是那个样子,改也改不到哪里去,狗它改不了——我不说了。"我说:"你这张嘴跟鸡屁眼一样。"又说:"这次你看我的表现。"她说:"那我们明天晚上到马厅长家去,你敢不敢去?"我说:"去干什么,又没有事,没有事怎么好去?"她说:

"老晏支持你有什么用,要老马支持你才有劲呢。老晏是谁,老马是谁?"我说:"没有事总不好意思去。"她冷笑着说:"这就是你的表现?我说狗它——算了吧。"我下了决心说:"那我们就去。不过进那个门是要有点心理承受能力才行。"她说:"怎么没有事,别人都让你用车送我一波去医院了,你去谢谢也是应该的。送得不及时,一波还好不这么快呢。"我说:"这就跑到人家家里去?看得一清二楚这是一个借口。"她说:"你有借口还不敢去,人家连借口都没有还要钻进去,那你还有什么戏?没戏!还没开始就被别人落下了!你说要重新做人,那你是哄自己玩的,我第一个就不相信。我陪你一辈子倒没什么,我就是不甘心我一波也这么陪着。"我一听儿子的名字,马上说:"去!咱们完全去彻底去。去谢谢也是应该的,本来就该谢,不谢就太不近人情了,是不是?"这样说着我觉得有了充分的理由。会来事的人能够无中生有,我有中生有还怕什么?怕什么!

50

天很早就黑了。昨夜下了很大的雪,积雪已经被铲到街道两边。在冷空气中,霓虹灯下晃动的人影给人一种虚飘之感。我和董柳在裕华商城买了两袋雀巢奶粉,两瓶百花牌蜂蜜,乘公共汽车去中医研究院。到了中医研究院我说:"东西进门的时候你提着,我是不提的。"她说:"到门口你给我。我太了解你了,深入骨头,还说什么重新做人呢。"我不记得哪一栋了,就要董柳提了东西站到黑暗中去,拦住一个人问了,才知道已经搬了新房子。上楼时董柳叫我先走一步,把楼道的灯都关了,她提着东西跟在后面。到门口我听见里面有人说话,就扯了董柳下来。下了楼我感到一阵轻松，进门时的难堪又往后推了。我们站在一棵树下等着，一会儿看见一个男人提了东西过来，在单元门口一闪就进去了。那种一闪的动作提醒了我，我说："我去侦察一下。"那人果然在马厅长门口停下了。我装着是楼上的住户，一直往上去，在转弯处停下，探了头看，看见沈姨开了门让那人进去了。我溜了下来，对董柳说："我们今天回去算了。"她吃惊地说："东西都买了，回去？"我说："你知道人家送什么，开门时里面灯光一晃，我看清了是西洋参。"我这么一说董柳就沉默了，好一会儿说："雀巢奶粉不要说我们自己，一波也没吃过几次，现在送给别人都不够格，人和人怎么就差这么远！"我说："还有这个蜂蜜，中老年蜂蜜，这个老字太不好听了，你把谁看成老人？还不如不送。"董柳把提袋往地上一丢说："知道你不敢去，找出这么多话来说！"扭头就走。我追上去，快到大门口才追上，她不停，我说："东西还丢在那边了。"她才停了，嘴里说："不要了，不要了。"我跑回去，刚走到树下，那个人出来了，手中还提着那盒西洋参。我提了东西跟在后面，走了不远一个女人从黑暗中闪出来，对那男人说："东西怎么又提回来了？不成？不会把东西丢下再出来！"男人说："人家不吃这个。还得摸索摸索。"两人叹着气去了。这时我对马厅长又有了一种好感，人家可不是见着就捞的人！又庆幸自己没这么冒冒失失撞进去，不然提进门难，提出门更难啊！

　　董柳坐在车上一声不吭，把脸沉着，我心中却感到轻松。我明白这种本能的轻松是非常危险的信号，实际上指示着一种失败的方向，我的轻松感总是指示着这个方向。我痛切地意识到自己的心理承受能力实在是太弱了，还要面子，还把自己设想成一个君子，还怕别人心里会怎么想。素质不行，素质不行啊！逃得了今天，明天呢？逃得了一辈子吗？挑战迟早要来的，已经拖延了太久太久了。特别是我，已经耽误了这么多年，要迎头赶上去，非得比别人用更深的心思不可。车到半路我对董柳说："你先回去，我到刘跃进那里去看看。"把提袋递给董柳。她把头一扭，我说："你不拿着我就提到刘跃进家里去了。"她一把扯了过去。

到了刘跃进家，他开了门见是我，说："不速之客。"我说："那我只好向后转了。"他把我扯进去说："这几天昏了头了。"我看见他房里还坐了一个女孩，挺漂亮的，文静地朝我欠一欠身子。我说："我还以为你写书昏了头呢。"他指了桌上说："是在写，在写。"说了一会儿话我就告辞说："我就不耽误你们的正事了。"他也不留我，送我下楼。到楼下我说："你也三十三了，别拖了。"他说："她是我家乡地方剧团的演员。今年评了副教授可以调家属了，我才敢在家乡找，不然两地分居可怎么办？"我说："你也该尝尝人生滋味了。"就走了。

出了校门离家两站路，我决定走回去。我沿着东风大街走着，一边故意地踩着路边积雪。我忽然感到世界有点陌生了，似乎在一夜之间繁华起来，无数的霓虹灯广告在冷夜中闪烁，一直往前伸延。街上的各种车辆川流不息，街边行人来来往往。走过一家商店门口看见两棵圣诞树，充气的圣诞老人摆在圣诞树旁，才知道今天是平安夜。一个妈妈指着圣诞老人要小女孩叫爷爷，小女孩亲切地叫了。经过一个豪华的大门，我刚想看清楚里面是怎么回事，耳边响起了清脆的声音："欢迎光临。"吓了我一跳，门边两位穿红色旗袍的迎宾小姐挑开门帘做出手势把我让进去。我转身就走，嘴里说："欢迎光临，我还以为你们说造反有理呢。"退下来才知道是金箭夜总会，新开张的。快到随园宾馆了，一个影子闪到我面前，我身子一让，是个姑娘。她看了我的动作笑了说："先生，休息吗？"我说："休息？休息什么？"她有点羞涩地笑一笑说："休息我。"我吃了一惊说："那可不是开玩笑的，这是中国。"她说："先生放松一下吧，中国改革开放都这么多年了，男人也应该开放一下自己呀。"我说:"不不。"她说:"Why not?(为什么不?)"她居然冒出一句英语,我马上想着她可能跟外国人打过交道,我说:"我家里有人,有人。"她说:"换换口味吧,别人我还看不上呢。"我拍拍衣服说:"忘记带钱了,下次吧,下次。"她就退了下去,对旁边另一个女孩说:"我说了不像个打鸡的,你还要我去。"到随园宾馆门口,很多少男少女围在那里,每人手中拿着一个本子。我问了一个女孩,才知道是某某歌星今晚在这里下榻,没买到票的崇拜者正等着他演出归来。我没听说过那个名字,再问一遍,女孩奇怪地望着我,好像在看一个外星人。

　　城市的空气中散发着一种气息,令人微醺的气息。在不知不觉之中,它改变了一切,也改变了人。当你意识到这是一种潜在的征服而想反抗的时候,却失去了反抗的理由。一切都是那样自然平和却不可逆转地展开着,展开之中有一种神秘的力量,瓦解性极强的力量,使一切深刻性都变得苍白,甚至滑稽。最深刻的思索也改变不了最简单的事实,因此最简单的事实有着最深刻的内涵。我意识到自己是这个时代的堂吉诃德,比堂吉诃德还不如。堂先生把滑稽当神圣是没有意识到自己失去了历史的依据,不合潮流,而我意识到了却还是不合潮流,毫无价值毫无意义地不合潮流。的确,潮流不是从天上凭空流下来的,它的形成有其深刻的原因,有其必然性,也有其历史的依据,一个人不可能凭着匹夫之勇去对抗这种必然性,对抗历史。这是宿命,是那些还愿意相信和坚守一点什么的人最大的悲哀,他们甚至不能给自己找到一种依据、一种理由。他们等啊等啊,终于渐渐地明白了时间的后面唯一的真实就是虚无,可是还在等啊等啊等啊。我并不傻,我明白了事情的真相,希望并不存在。我想了这么多年才明白了这点道理。这很残酷,可又很真实,我想了这么多年才看清了这点真实。世界永远是世界,人永远是人。我不能再抱有幻想,那一天是不会到来的。看清了这点真实，我感到了轻松，如释重负。

在默想中我猛然发现转向家中的路口早已过了，就往回走。这时听到一阵钟声，是若斯教堂在敲钟。我在前面一个路口向西转，走到教堂去看平安夜的场面。我在大门口停下来，看到里面人并不多，都是中老年人。我走到后排坐下，台上是耶稣像，在烛光中不甚分明。弥撒已经结束，教徒们在传递着一只盘子，上面是一杯红酒，一块面包，那就是耶稣的血和肉了。教徒们把嘴唇在酒杯上碰一下，象征性地领受了主的恩泽。当钟声又敲起来的时候，我感到那声音中有着一种磁性的力量，那是一种呼吁，一种召唤，一种对人生的理解。这时我意识到了用无神论来证明宗教的虚妄，是没有最后的说服力的，人们需要归宿，需要终极，需要最后的依据。如果人间没有，就在天国创造出来。上帝的问题其实是人间的问题，永恒的问题其实是现实的问题。这些人虚构了自己的上帝，就像我虚构了天下千秋一样，孔子实际上是一位教主。这时我注意到教徒中有一位男青年，唯一的青年。我正揣摩着是什么力量将他召唤到了这里，他站了起来，马上有人扶住了他，是一个瘸子。我明白了。宗教是弱者的安慰，是走投无路中的道路。而且，人总是要死去的，宗教是通往永恒的唯一道路。因此，神圣性不是从上帝开始的，而是从人们对上帝的需要开始的，人们需要一个神话。可我还是宁可忍受没有终极的沉重与虚无，而不愿为自己虚设终极，我可悲地失去了欺骗自己的能力。哲人说，有了死亡，人们向往的一切东西，名声，金钱，都成了渺小的事情。这曾是我在清贫中的安慰。这实在太不对了，正因为有了死亡，那一切才如此重要甚至神圣，否则人们可以无限等待。我们是时间之中的小人物，在这之前或之后，就什么也不是了。这时有个教徒注意到了我，向牧师说了什么，牧师就向我走来。虽然披着法衣，但他走路的步态使我如此清楚地意识到，这是一个人，上帝的使者不能这样走路。法衣把人的步态遮住了,但这仍然是一个人。我马上站了起来,跑了出去。跑到街口我回过头望着教堂,十字架在微光中耸立着,指向天空。可是,在它的后面,新开张的立华商厦耸入云天,灯光从下面一直打上去,将大厦笼罩在金黄的光辉之中。我忍不住闭上了眼,这种景象在我心中变成了一幅剪影。

大街上人声鼎沸。我马上明白教堂中的人为什么那么少了。我回到了那种微醺的气息之中,感到了置身于这种气息之中的自在。身边不时走过描眉抹粉的姑娘,我对她们也没有了反感,她们有权利按自己的方式理解幸福,而且,我跟她们的差别,也并不像过去设想的那么大。我觉得自己看透了世界,没有来世,没有终极,没有时间后面的本质,因此没有牺牲的理由。难道自己的骨灰对世界会有一种期待?时间之中的历史因素是无法抗拒的,展开着的市场不承认理想主义、英雄主义。人需要一个神话,但这个神话却被永远地击碎了。于是,自己就是终极,就是唯一的意义之源。过程与终极已经合流,这是破译,这是底牌,这是真相,这是这个时代最大的觉醒,也是最大的悲哀。我想,生存已经成为生存的唯一依据,这太可怜也太可悲了。人不是猪狗,人需要在自我生存之外去寻找活着的依据。可今天,当人们把自己当作意义之源,他就切断了自己通向无限的可能性。醒了的人是可悲的,他承受着残忍的悲哀,横下心剪断了对世界的任何念想,舍弃了道义人格和良知,顺从了可亲可近可悲可鄙的现世主义。我曾认为如果一个人只凭生活经验活着,那他一定是个狭隘的人,只看见自己的人。世界上一定还有另外一种声音,从神秘的虚无之中发出的声音,这种声音无法驾驭,也无法证实无法描述,却是那样确凿地存在。这是更高的真实。这个真实不是上帝,而是内心那种无法说明的冲动和渴望。这种声音只有少数人能够听到,并受到感召,使他有抗拒生活经验的力量。那些圣人们,就是一些抗拒者。我仍崇拜他们,但我再也不能跟着他们走下去了。对世界我无能为力，我有权利放弃，我只能如此。无能为力，无可奈何，这是我的理由，也是我的解脱，我感到了如释重负的轻松。那些猪人，还有狗人，其实是聪明的人、幸福的人啊。人这一辈子，最现实的就是鼻子底下的那一点点东西，人其实就是这么可怜、可悲。但只有在可怜可悲之中，才可能与现实发生有效联系，才可能有一点点希望萌芽。

51

我发誓要重新做人，把过去的自己杀死。决心很大，做起来可不容易。

目标已经确定，第一步就是要在厅里占到一个位子。世界这么大，无限的可能性对我来说只剩下这么一点。哪怕是只为了儿子吧，眼前即使是一潭臭水，也要跳下去扑腾一番。过去设想自己站在一座山峰上，俯瞰山脚下名利场中那些可怜可悲可笑可鄙的人在蠕动，蛆一般地蠕动。当自己终于决定了要进入的时候，才感到这种蠕动可不是一件简单的事情。

我对董柳说："这雀巢奶粉，就自己吃了？"董柳说："我想好了，给丁处长送去。"我还以为她说的是她们医院哪个处长，她手往那边一指，才知道说的是丁小槐。送给谁我咬咬牙也上门去了，去拜丁小槐的码头，这太伤我的心了。我说："那你今天晚上给宋娜送去，就说谢谢丁小槐那个电话。"董柳望着我嘲笑地说："就把我推到第一线？"要不是我心怀着鬼胎，哪怕是丁小槐，去谢谢他也是应该的，可现在生怕才进了门，就被别人把五脏六腑看了个透。我想起了自己的誓言，连声说："我去，一起去，坚决去，完全去，彻底去。"别人无中生有还会来事，我有一个由头在这里没勇气来事吗？答应下来了晚饭吃得不痛快，心中拧了一个结。我对自己说："还能把自己看得那么金贵吗？要把自己看小，看小，像粪坑里的一条——蛆。你一条蛆你还想有尊严？"这种想象太恶心，也太残忍，可我还是不放过自己，逼着自己反复想了好几遍，盯着那种蠕动的样子，不让自己逃开。这样想着，饭嚼在嘴里都要吐出来了，又强迫自己吞了下去。可这样想了还是没有冲开心中那个结。吃完饭董柳在洗碗，我在房间里转来转去，心里忽地冲出一句话来："老子毙了你！"我马上意识到了这句话的意义，就站住了，身体中似乎被冲开一条透明的通道，从头到脚。我把右手缓缓举了起来，用拇指和食指比画出一把虚幻的枪，左手贴近了，做了一个上子弹的动作，食指又弯了弯，体会着扳动扳机的感觉，然后顶着自己的太阳穴，心里说："老子以儿子的名义毙了你，你还没死！"马上感到了窒息的紧张，像有一把真枪逼住了自己，心跳也加快了。我对这种效果感到满意，把手放了下来。去的时候董柳想把蜂蜜拿出来，我说："一起送去，丁小槐他娘不是老人吗？"就带一波去了。走在路上我说："人他妈的总是很庸俗地存在，连美国总统竞选时都说自己好，别人不好，他竟敢在电视里对全国人民这么说。连他在电视上都敢说，我脸皮要那么薄干什么？"走到楼下我想千万别被晏老师看见了，我从来没送过什么给他呢，就加快了步伐。上了五楼，我用左手在脸上抹了一把，想象着给自己戴上了面具，右手又比画出那把枪，在太阳穴上戳了一下。董柳奇怪地望着我说："干什么，神经病一样。"我说："干什么？就干那个什么。"董柳敲了门，我对自己说："你就是来谢谢人家的，难道他还潜入到你心里来搞侦察？"我心里镇静了一点，手中提着东西，心中幻想着那把枪正顶着自己的太阳穴。

宋娜开了门，一面对里面说："董柳来了，还有池……池……他宋娜开了门,一面对里面说:"董柳来了,还有池……池……他也来了。"

也来了。"她这么一说我心里就发慌了,也不怪她,自己没有头衔,人家是不好叫啊。丁小槐系着围裙从厨房跑出来说:"稀客稀客!"又摊着一双手说:"在外面领导别人,在家里被别人领导。"又钻到厨房去了。董柳把提袋放在沙发上,宋娜说:"来就来,还送什么东西?"董柳把一波拉过来说:"来谢谢丁处长。"又提高了声音对厨房里说:"上次要不是丁处长一个电话,我一波也好不这么快。"强强要拉着一波到房间里玩,董柳说:"一波你别跟弟弟打架啊!"宋娜叫住儿子说:"强强表演一个给董阿姨看。"强强说:"哪一个?"宋娜说:"小鸭子。"强强就表演起来:"小黄狗,汪汪汪,小花猫,喵喵喵,小青蛙,呱呱呱,小鸭子,呷呷呷。"一波挣扎着也要表演,被董柳用双腿夹住了。强强演到小山羊不记得动作了,望着宋娜。这时一波把两只手放在头上,大拇指翘起来,说:"小山羊,咩咩咩。"董柳用力把他的手扯下来说:"你现在是观众。"一波望着她,疑惑而委屈。这时丁小槐从厨房出来,两个小孩子到房子里玩去了。董柳叫一声丁处长,就站起来,我也站了起来,却喊不出口。丁小槐示意我们坐下,说:"宋娜比我学医的还爱卫生些,洗了碗还要一只只擦干了放到消毒柜里去。"我找话说:"你们房子还不错吧,有模有样的。"宋娜马上说:"这是卫生厅最差的呢,到隔壁化工厅去看看,人家处级干部住的是什么?"董柳说:"那我看过,一百多平方米,四室两厅,结构真的好呢。"跟宋娜把那房子的结构描绘了一番,"卫生厅还要努力。什么时候丁处长搬到新房子去了,我们就争取分到你们这一套。"董柳的话像打我一个耳光一样,我脸上一阵发烧。丁小槐身子往沙发靠着,跷起二郎腿,脚尖不时地跷一跷。我看着他真的进入角色了,以这种形体语言分出了层次,确定了相互的位置关系,就像他在马厅长面前侧着身子走路一样。我心里想:你比老子还小一岁,在我面前派什么派!身子却仍前倾着,面带微笑说:"上次一波烫伤了,多亏了你那个电话。"我说着感到自己脸上的笑很别扭，面部肌肉也没有调整到最佳状态。越是想调整，就越是找不到感觉。在圈子里待着，要训练有素，把形体语言面部语言调整到得心应手的状态，这可不是一件容易的事。丁小槐悠悠地踮着脚，望着我微微地笑，让我心里发虚。其实我心里明白，他不过就是丁小槐罢了，我还不了解他？可我心里还是发虚。人在精神上的优势和劣势，并不是由这个人怎样决定的，而是由他头上那顶帽子决定的，你不得不把帽子看得比人格还重要。我心里想，到那一天了我也表演给你看看，你得乖乖给我看着。这种位置的感觉实在也是一种巨大的价值，一种上进的动力啊。董柳说："丁处长，那天的事真不知怎么谢你才好，等会儿叫一波出来给丁叔叔磕个头。"我说："那是那是，是应该的。"董柳说："连我一波也沾了丁处长名声的光了，走到哪里，谁不知道，什么事办不成？"我觉得董柳说得太过了，丁小槐可能会承受不了要谦虚几句，谁知他说："我到下面医院跑得比较多，经常去检查工作，下面的人都还认识我。不是吹嘘，这点面子他们还是要给的，再大的面子也是要给的。"我嘴里说："那是那是。"心想，人性的盲点竟会盲到这种程度，以后有肉麻的话只管说，对方听着并不肉麻。丁小槐的人物感使我觉得可笑，但我必须忍受。又想到那些大人物长期被包围着，习惯了恭顺之言谦卑之态，失去了判断，不是这样反而感到不正常不习惯。他们以为周围的人个个面带羞涩，这种趾高气扬的姿态，他们是一辈子也看不到的，他们生活在一种虚构的真实和真诚之中。董柳说："丁处长，我们医院很多人谈起来都知道你的名字。"丁小槐掩饰不住得意："真的？"董柳一口一个丁处长，叫得脆生生的，令我很不舒服。又意识到自己还没叫过一声，丁小槐肯定很敏感，就想着找个机会把"丁处长"三个字叫出来。一波的事说完了，我想找些话来说，竟找不到。厅里的事不能谈，我们之间没有默契。随口一句话，就可能被别人卖了你，去加强与他人的感情联系。幸好董柳又说到房子，宋娜说："化工厅的房子是大套间带小套间，互不干扰，那房子才叫房子呢。卫生厅跟人家就不能比呀！人比人嘛……"丁小槐用力咳一声，宋娜就停住了。丁小槐说："有这样的房子还要怎么样？还是马厅长看得远，先把几大医院的硬件搞上去，医院都升了级，再申请拨款就容易了。"我说："那是那是。"又坐了一会儿，董柳到房间里找一波出来，就告辞了。出了门我记起"丁处长"三个字还没说出口，不知他会怎么想，恐怕今天这一趟不来还好些。

下了楼董柳说："我心里闷。"就出了大院来到街上。董柳说："你抱着我一波。"我说："这么大了让他自己走。"她说："叫你抱着你就抱着，自己的儿子，累得死你？"又说："我怄了一肚子气。刚才我进去看一波，强强骑在他身上，我要拉开他还不让，说一波当马，他当骑士。人家的孩子从小就知道强霸，我恨不得一个耳光打他在地上变朵花。"我说："真的？"下意识地把拳头攥了攥，"他妈的。"又明白骂没有用，攥拳手也没有用，攥什么骂什么都没有用，只有到更高的份上才是真的。董柳说："一波你怎么这么没有用，你比他还大些，他要骑你，你不会骑他！你怕他？"一波委屈着不作声。我说："一波你从来不怕爸爸，什么时候你谁也不怕了，爸爸就高兴了。"说着这话我的鼻子直发酸。董柳说："有其父必有其子，遗传就这么厉害！我一波不知道还能扳过来不，不然我这一辈子就黑到头了。反正有一条，他爸爸有什么，他就不能有什么，他爸爸没什么，他就一定得有什么。你看丁小槐的脚那一跷一跷的派头，我嘴里喊他丁处长，心里喊他丁小鬼。"又说："自己住在筒子楼里，还要替人家住二室一厅套间的人着急抱委屈，我气饱了。一波你也不给我争口气，他要骑你，你偏不肯，还要骑你就咬他一口，让他知道你是老虎，他敢骑老虎！"一波说："咬人老师会批评的。"我把一波放下来牵着，对董柳说："他太小了，你别灌输这样的思想。"董柳说："反正你不咬他他就要咬你，没办法。"又说："你这个人，既然已经进去了，脸上就放生动点，嘴巴也便利点，走人家也走出一点效果来。从头到尾那是那是，那是什么，那是个屁！是屁也要放两个不同的呀！"我说："董柳你什么时候学得张牙舞爪的？"她说："那是那是，那是逼出来的，不是跟了你，也不会这样。"我说："要我对别人点头哈腰，装个奴才，我还不如去抱八十岁的老太婆。"她笑了说："谁也没叫你点头哈腰。"我做出点头哈腰的动作说："一定要这样才叫点头哈腰？老是察言观色顺着别人的意思讲话，比点头哈腰还点头哈腰。"她说："按你这个想法，我看你一辈子就吹灯拨蜡了，我们一家都跌到黑井里了。这点委屈也算委屈？人家端尿盆屎盆的都有，天天来送皮蛋稀饭的就更不用说了，医院里我看得多了。我看你重新做人是做在嘴巴两片皮上，心里没服气，更没溶到血液中去。要溶到血液中骨髓中去了，那才叫脱胎换骨。不变就不变，要变就变到底，悬在中间，算怎么回事？幸亏前天还没进马厅长的门，不然按你这个样子，一次就玩完了。东山再起，哪年哪月？"我笑了说："没听说老婆叫丈夫脱胎换骨做小人的。"她说："那你要看他们还有什么别的办法没有？我不怕你做小人，不怕你不是个人才，只怕你不是个奴才，这是真的！反正一句话，无论如何不管怎样总不能窝窝囊囊别别扭扭糊糊涂涂凑凑合合活了这一辈子。"

52

我必须彻底臣服，半吊子的臣服不伦不类，什么也不是。想到这并不是对哪个人低下了头，我心里才稍稍安心了一点。"人只有这一辈子"这话从董柳口中说出来，更令我感到了特别的分量。我想到从这句话中能够向四面八方得出很多结论，比如说做个君子，你低眉伏小捞到很多东西还能够带到坟墓中去吗？又比如做个小人，难道还会有人在你不存在的岁月中去追索你的德行？比如说及时行乐，又比如克己复礼，等等。世界上的事总是由人来命名的。

　　这天下班后我和晏老师在图书室下棋。输了一盘后我说："今天没心思下。"他说："那就说点什么话。"我说："想进入角色，真付诸行动了，才发现这可不是一件容易的事！"就把这几天的事情说了，"没想到一潭臭水，想扑腾几下还跳不进去，里面赤条条站满了人。"他说："我不这样想，下了决心了，放下架子了，总找得到机会吧，事情总是人在做。"我说："要说决心，我脱胎换骨的决心也有了，可事情到了眼前，八十岁的老女人要你抱，怎么下得了手？"我把双手摊开，不停地颤抖着。他笑了说："有那么痛苦？是你自己想出来的吧。你把事情看成正常现象，就没什么苦了。说来说去还是太爱自己了，太爱自己就是不爱自己，圈子里的事就是这样。想进入又把爱恨都写在脸上，那怎么行？圈子里的关系说到底是利益关系，爱也好恨也好左也好右也好，都是由这种关系决定的，谁管他好人坏人？"我摇头叹气说："都把自己扭成一个炸麻花了。"他说："那你就学陶渊明，五斗米折腰？八斗也不折！"我连连摇头说："不敢学，学不了。"

　　晏老师随意地摸了一下茶杯，我马上拿起热水瓶给他倒了水。他说："小池你眼色还是有的，也不比谁少了悟性。"我说："我看还是看得懂的，就是做不出。要是对面坐的是丁小槐我就装作不懂了。"他说："说来说去你还是把自己看得太重了。没有行动，看懂了有什么用？还不如没有那点悟性。你要把自己看成一个人物，你就不要想再上进的事了。"我心里急得发疼说："我早就下决心了，我算什么，一只蚂蚁，一条——虫，可事到临头心头就被什么东西顶住了。"他把棋子一只只摆好说："下棋？"我说："还是说事情吧，说事情。"他说："还是下棋，下棋。"说着跳了马，"事情说是说不出来的。"我不去应他的棋，固执地说："还是说事情吧，说事情。我会改的，您看我的吧。"他说："那就说事情。一个人到了你这个岁数，要变也难。当年我要是能变，也不至于如此潦倒，本性难移啊！可再难移还是要移，要把自己当作反革命镇压下去，毫不手软。"他说着右手举高了用力压下来，"移了第一步，后面的事就顺水行舟了。"我学着他的手势也比画了几下说："镇压，镇压，你以为你是谁，一条——虫，还想反抗？"他吸一口烟，仰起头吐出一个烟圈，圆圆的一圈，升上去渐渐淡了，大了，还是圆圆的一圈。我也点了一支烟，试了几次，吐不出个圈儿。他说："吐个烟圈也要技巧，何况做人？那些年我是怎么过来的？看着别人发达了，自己无路可走，躺在床上一吐就是几个小时，给自己找件事做！就这么硬挺着挺过来的，你想想那份零落成泥的心情吧，决定把自己这一辈子放弃算了，你想想那份心情吧。练了几年，就练出这一手功夫。"父亲当年在那些夜晚石雕似的沉默着，也一定是这样的一份心情，这样一份决定了放弃自己一生的沉重。现在轮到我了！想到这一点我心如刀绞，说："我还想挣扎一下，我佩服您晏老师，但我没勇气学您，我还得挣扎一下。"他说："现在是什么时代？只讲结果不问过程，你讲气节一边讲去吧你。"我叹息说："时代是变了，人生只讲过程不讲结果，所以操作起来只讲结果不讲过程。理想主义几乎死绝，操作主义蓬勃生长，这仿佛就是世纪之末的景象。"他哈哈笑了说："小池你会讲怎么就不会做呢？"我说："做！"

晏老师用红色棋子在棋盘上摆出一个"人"字，再把绿色棋子垒上去，就成了立体的了。他说："人吧，既然看到了过程是真实的，结果是虚幻的，谁不知道眼前这几十年重要？因为自己重要，所以自己正确，越是大人物越认为自己越重要也越正确。一个人掌握了几顶帽子，你想想他的威风吧，还能容谁去碰他一下？轻轻碰一指头也不行。对下面他是永远正确,永远不会有错。周围的人盯着他手中那几顶帽子,你想想会对他怎样?这里只有依附,没有独立,除非你什么都不要,无欲则刚。什么都不要也不行,最多只能做一个沉默的局外人。有些人在位子上坐久了,手下都是自己安排的人了,他的想法对手下人就是圣旨,这样他慢慢产生了自己是神人的幻觉,这幻觉非到他下台那天不会破灭。一个人在位子上待久了,就会成为一个可怕的人。人吧,"他指一指棋子垒成的字,"从来认为自己站在公正的立场上,这个公正立场又百分之百地与自己的利益吻合。这种状态又把人的弱点放大了,极大地放大了。因为这是一种状态,进入的人很少有例外,毕竟圣人百年才得一遇。也正因为是一种状态,反抗是没有意义的,你对面不是哪一个人。又因为是一种状态,人们也没有必要去抱怨哪一个人。把那些意见最大的人换了上去,到头来也不会有什么两样。意见最大,就是自己最想得到而得不到,你想想他上去了会怎么样吧。"我点头说:"晏老师您看了这么多年,把事情都看透了,反而有了平静的心态,我想我慢慢也如此了。"他说:"大人物那里有位子有房子有自尊有钱有与生存息息相关的一切。跳出去说吧,那一切也只是一把干草,可你这头牛眼前就只有这把干草,你吃不吃?吃就把头低下来。"我说:"只是,把头这么一低,人又成了什么?"

晏老师笑了说:"你看到马厅长威风吧,可你看过他在牛省长面前的神态?牛省长是最威风的了吧,前年涨大水,副总理来视察,他陪着到农民家去看望,牛省长小学生似的就一直那么站着,电视上都看见了。牛省长都能受委屈,你池大为反而不能!"我一跺脚说:"想一想也是,我他妈的算什么东西?"他说:"想一想彭德怀是怎么下来的,林彪是怎么上去的,我们总不能要求一个领导比伟大领袖还伟大吧。"我说:"这样说起来,我对这个人的世界都灰心了。"他笑了说:"找到这种感觉就有办法了,什么叫作置之死地而后生?"

天色晚了，在昏暗中我们已经看不清对方的脸。我说："我去开灯。"晏老师说："我们去吃点什么。"他要我先走，到食府面馆等他。我说："一起去。"他说："叫你先去你就先去。"我出了大院到了食府面馆，刚坐下他就来了。我说："还以为您要回去跟师母打个招呼呢。"他说："要早几天，我就跟你一起走了。可现在你不是有想法了吗？人一有想法，忌讳就来了。我在厅里这么多年，口无遮拦，我对有些人不高兴，有些人对我也不高兴。何必让不高兴我的人心中对你留下一点阴影呢？那点阴影平时看不出，到时候就起作用了。"我听了心里很感动，他竟为我想得这么细。我说："别人爱想他想去，想断了神经也就这么回事。"他说："小池你要有所进步，可千万别作出一副不拘小节的名士派头，积累就是从小地方开始的。"我说："我经常到您家下象棋，从没想过要避讳什么。"他说："以后小心点好，以后你到门口不要喊，敲两下，再敲两下，我就知道是你来了。"我自嘲地笑了笑说："这么多忌讳，把自己那么捆着，活着做人又有什么味道？"他马上说："我现在这样又有什么味道？想得到又怕付出，天下没那么好的事！人就是不能往进步的方面想，一想麻烦就来了。"我说："丁小槐住在您楼上，我去您家，他看见过。"他说："他不把你当作竞争对手，他无所谓，可以后就难说了。"又说："施厅长你少跟他说话，那是马厅长的忌讳。"我说："以前看他站在那里想找人说话都找不到，挺可怜的。"他说："他可怜？你没看见他以前的威风。权力一脱手，天就塌下来了。他比谁都痛苦，这是还过去欠的债呢。世界上没有两全其美的好事吧。"

服务员端来两碗锅面，吃着面晏老师说："人一辈子踏中了一步，满盘皆赢，否则满盘皆输。这输赢之间的差别，不是钱可以测量的。人达到了一定的境界，好处直往你身上钻，门板都挡不住。到了那个境界，心想事成有如神助，一切的一切自动跳到眼前来了，荣华富贵何足挂齿，不然那顶帽子会魅力无穷？什么叫作踏中一步？就是要跟上一个关键人物。一个小小的科长、处长，省里组织部门不会管吧，全凭掌门人的一个念头。他一个念头，你两重天地，你说这个人有多重要吧。"我说："不知道厅长任期有个限度没有？"他马上说："你想他下台干什么？换一个人还不是一样的。人在那个份上要为自己谋点什么，那是自然而然的，不足为奇的，甚至可以说是天经地义的。没有比这更符合人性的了。把你换上去又怎么样？下面的人也不必眼红，要服气，服输。有本事就自己爬上去，上不去就要认了，要服输，反正你服不服都得服了。"我心中有点慌，嘴里说："那不见得，那不见得，总有人是不一样的，总会有人。"他没察觉什么，说："不见得？你等着瞧好了。我看几十年还没看懂？人总是人。"我仰头叹息说："人真的是不自由啊，不能有自己的想法看法，要把别人的想法当作自己的想法。凡事临头，就去揣摩掌门人会怎么想。干脆把自己的人格滚在地上当皮球踢着玩吧，反正也不是我一个人在踢。"他笑了说："凡事总有难处，免费的午餐永远没有。"我说："别人我不知道，丁小槐我是看着他怎么玩起来的。他房子分到了，老婆调来了，弟弟在守传达室，妹妹在食堂卖饭票。才是个副处长呢，一家人都被他从山沟沟里拖出来了，改变了命运。这么看起来，我是非有点进步不可了，不然跟老婆孩子都无法交代。这么多年了董柳还没跟我闹离婚，想起来真的要谢谢她。"又说："这个世界不讲道理，我把那些道理跟谁讲去？"他说："你这句话有人不喜欢听，那些最不喜欢听的人恰恰是对这句话领悟得最深的人。而他们每天讲得最多的话，又恰恰是他们自己最不当真的那些话，什么工作第一呀，任人唯贤呀，不要计较个人利益呀，让人家说话天不会塌下来呀，等等。一个人要有相当阅历了，才听得懂别人的话。"

　　服务员过来抹桌子，她的动作幅度很大，意思是催我们走。我说:"你们的厨师多少钱一个月?我佩服他怎么能把面的味道做得这么差?"她装着没听见,我点了点桌子说:"再来两碗。"她马上收了抹布走了。晏老师说:"说一千道一万,你首先得把那个掌门人吃透,比别人吃得更透。"我说:"潜入他的潜意识,六七年前我有机会,现在要找条缝钻进去,不容易了,路上有人布了重兵重重封锁着,给机会让你钻?大人物其实也是睡在鼓里,他哪里想到有人要吃透他,还要进入他的潜意识?"他说:"你看有什么话,别人没说过的话,能说到他心坎上?"我想了想摇头说:"真的想不出什么好说的话,能够一枪就中靶心的,要说的话别人都说过了。"他说:"你这几天到别的厅去看看,看那里在搞什么中心活动?提出了什么口号?把别人的东西转到自己这里来卖,用别人的智慧吧。你想想他今年五十四,五十四岁的人在想什么呢?"我说:"我要是省长那就有好说的话了。"他笑了说:"是省长他就反过来琢磨你了,还用你说什么!"我的确得好好琢磨琢磨,找几句有力的话出来说一说。人生只看过程不看结果,谁的结果都是一个永恒的死亡,在那之后就一切化为乌有了。我必须赢得过程,因此一旦进入操作我只能看结果而不能考虑过程。我为什么要不好意思?我有了勇气。

53

从晏老师家回来我一夜没睡着。他说得对,只问结果不论过程,谁对你负责,你就对谁负责。这话听去有点有奶就是娘的意思,完全不合我做人的原则。可要吃奶是人的生存本能,谁还敢说自己不吃那口奶吗?首先是生存,然后才是生命。在还被生存问题困扰着的时候就去谈生命,那太奢侈了,那是圣人的选择。我是凡人,我有欲望,我有一大堆问题要解决。无欲则刚,我刚了这么多年,落到了如此地步,而且,我的牺牲意义何在?想到这点更使我沮丧以至绝望。我必须紧急启动奋起直追。几乎每一个有了进步机会的人都知道自己的机会是谁给的,自己的根本在哪里,是谁在对自己负责,而且明白为什么会有这样的机会。公事公办的时代已经过去了,个人化的时代也改变了权力的存在方式。于是人们知道自己应该感谢谁报答谁,他们嘴里说感谢组织培养,心里却洞若观火地知道应该感谢谁报答谁。由于利益过于巨大,那些有权签发任免书的人就成了神人,他们的神圣感是由手中权力决定的,但他们却误以为是自己的智慧高人一筹。周围的人不断加强着他们对自己的这种误解。在卫生厅大院里,除了到马厅长那里去争取资源,就没有第二种选择。马厅长就是组织,组织就是马厅长,去年贺书记退休以后更是如此。

天蒙蒙亮董柳就起来了,准备搭车去上班。她两头不见天地跑了几年,还要永远跑下去,人生的几分之一就消耗在路上了。谁叫我比丁小槐还不如呢?我睁了眼躺在床上,想着要想出一条妙计,出奇制胜,可想不出来。能说的话已经被说完了,能做的事也被做完了。董柳在洗脸,我爬起来给她炒剩饭。我先端了尿盆去倒,走到水房才发现尿已经冻住了,倒不出来,就端了回来,倒了一点开水进去,一股尿骚味随着热气冲了上来。董柳在梳头,瞥一眼说:"是人过的日子不是呢?"那边的套房都有暖气,我们没有,行政科的人不会想到住筒子楼的人也怕冷。世界上的利益就是这样分配的,你没有办法。我端着尿盆又到水房去,心想着爱情就是不能结婚,一结婚就太过熟悉,没了神秘感和想象空间,连半夜起来撒尿,听着声音就想着那尿的粗细和状态,还有什么诗意什么情绪。倒了尿回来,董柳望我一眼,我就觉得气短,不由自主地把脖子缩了一下。男人做到这个份上,还不如把头扎到尿盆里浸死算了。自从一波出事以后,我就不再在家中进行自尊心保卫战了。要展开保卫战,得到外面去冲锋陷阵。外面的问题解决了,家中的问题自然平息。为了赢得自尊,我首先必须放弃自尊,以柔若无骨的姿态进入那个弯曲的空间,经过了这么多年我才明白了这个道理。人就像海洋中的软体动物,寄生在螺壳中,久而久之就长成了海螺的形状。

上午九点钟,我对尹玉娥说:"有点小事。"就离开了。我先到隔壁化工厅去看了看,楼上楼下跑了个遍,把各种宣传栏仔细看了,没有找到什么灵感。又到农业厅教育厅看了,想找一个人聊一聊,又没有熟人。路过公安厅想进去看看,大门口站着两个警卫。我看那些没穿警服的人出出进进,并没人拦住他们问什么,就越过马路往里面走。到门口心有点虚,斜着瞟了警卫一眼,就被拦住了:"你找谁?"我心里直跳,好像自己是来干什么坏事的,说:"我……我找……"另一个走了过来说:"哪个单位的?"我说:"进去看看嘛。"他马上沉下脸说:"问你哪个单位的,听不懂?"我掏出工作证,他看了说:"看看到马路上看看去!"我转身就走,心里在骂自己。"你不做贼怎么也像个贼样?太没有素质了,一眼就被别人看了个透,这怎么能够进步?"过了马路看见警察换了岗,就在心里对自己赌了个咒:"这一次老子又进去,如果再缩手缩脚,就证明老子一点素质都没有,老子这一世人就算了,放弃了,专心专意培养一波,长大了给老子争一口气。"这时没人拿武器逼着我,可比有人逼我压力还大。我又过了马路,心跳着,却装出漫不经心的样子目不斜视地走了进去。转了弯我举起胳膊做了Ⅴ字的造型,又把两手的食指中指分开,做出两个小Ⅴ字,庆贺自己的胜利。我希望这种胜利具有一种象征的意义,嘴里喃喃着:"别小看了老子,老子还是有点素质的吧。"

我这么在冷风中跑了几天,没有找到什么灵感。想一想卫生厅这几年政绩也实在不错，下面的医院该二甲的二甲了，该三甲的三甲了，新的门诊大楼住院大楼也盖了那么多，马厅长的确不简单。那些大楼，就像一幢幢纪念碑，再过几十年也得承认这都是在马厅长马垂章同志手中建起来的。心中又盘算着今年春节时下定决心不怕牺牲也要去拜一次年，到时候说不出几句有力量的话来，岂不浪费一次机会？下一次机会还不知到哪里去寻找。想想过年不到一个月了，心里急得发疼。又咬牙切齿地恨着那些人，他们把该想的事都想尽了，也不给后面的人留个缝儿，让我也钻一钻。不去细想不知道，细想了才知道事情真不那么简单。这天晚上我去找晏老师，刚走到二楼丁小槐下来了，我马上转了身子往上走。丁小槐说："咦，你找谁？"我说："董柳在你家吗？"我想也没想居然随口就这么转了一个弯，我自己都感到惊异。他说："不在。"我跟他一起下楼，一边说："吃过晚饭就带一波出去了，我以为她带儿子找强强玩呢，一波就是喜欢跟你家强强玩。"我见鬼讲鬼话讲得像这么回事，连自己都没想到，我还是有点素质的吧。他说："没来，没来。"我拍着自己的头说："哪里去了！又冷又黑到哪里去了嘛！"往家里方向走去，看见丁小槐出了大院，又转了回来，在门口敲了两下，再两下，晏老师把门开了。我把这几天的情况给他讲了，叹气说："事情真的不简单呢，拿放大镜都找不出一条缝来，让我也钻一钻。"他说："简单了还等你来献计献策，别人的脖子上也不是结的葫芦瓜。"讨论了好久，还是找不到一个恰当的切入口。我想到尹玉娥因丈夫当计财处副处长很多年了还不见新的动静，经常拐弯抹角说些怪话，是不是可以拿她开刀？想讲出来又怕晏老师看小了我，一开始就把同办公室的人给卖了，也实在太那个了。可是不卖别人自己哪里会有机会？急了就不管那么多了。犹豫着终于放弃了这个念头。我说："化工厅是扭亏为盈，煤炭厅是安全生产，公安厅是降低发案率，都有具体的指标。如今数字时代是数字说话，卫生厅几大数字都摆在那里,再也想不出什么新花招来。"他说:"慢慢想想,实在不行了我给你提供几发炮弹,拿着可以轰倒几个人。"想不到他也走到这条思路上来了。我说:"万不得已再说。"出门时他把门打开一条缝,探头看看,对我努一努嘴。我嗖的一下就闪了出去。

54

刘跃进打电话来说搬了新家,请我和胡一兵去玩玩,去了才知道他结婚了。我说:"前几天你才谈恋爱,这就结婚了!"胡一兵说:"人生的滋味如何?"新娘子凌若云正在端茶,脸上都羞红了,低了头不作声。胡一兵对她说:"刘跃进晚上跟你讲哲学,你卷起铺盖睡到客厅里去,看他还讲不讲。"刘跃进请我们吃糖,我说:"我们是什么关系,几粒糖就打发了?"他说:"学院里都这样,婚礼都免了。"胡一兵说:"这么靓的新娘子,你让她两地分居?"刘跃进说:"学校答应调她来我们系当资料员,她还不想呢,想到合资企业去。自己又没有专业,那有什么好去的?"凌若云说:"胡大哥你说去哪里好?"胡一兵闭着眼悠悠地点着头说:"去哪里好,那要看对谁。对跃进他吧,还是当资料员的好。"刘跃进说:"算了吧,算了吧。"凌若云就不作声了。

胡一兵谈起了自己的生意,说得兴奋了,我听出了一线蛛丝马迹。他的一份生意跟汕尾那边有关,大概是走私胶卷香烟之类。我说:"你别哪一天被逮住了,我还指望着你的三万块钱呢。"他说:"不会,我又不亲自到海上去接货。"又说:"那三万块钱你随时通知我,你跟那边血防部门联系好了,我买了药带记者开车过去,我就当这是个形象广告。"刘跃进说:"企业家就是精,捐献也不吃亏。"胡一兵说:"你现在叫我企业家,我要答应还要厚着点脸皮,再过三五年,省长都要叫我企业家,你们相信不?现在是原始积累没办法,过了积累期你再聪明都只能给别人打工了。那时候偷鸡摸狗的事我就不干了,正正经经做个正正经经的企业家。"我看见他把一个黑疙瘩竖在桌子上,说:"这个东西怎么有点像电话?"他说:"本来就是电话,移动着打的,又叫大哥大。"我说:"大哥大?这么好的东西怎么起个名字跟母鸡叫似的,长得也像半块砖头。"他说:"可惜刘跃进这里没有电话,不然我打一个,就会响铃。"我抚摸着那黑黑的半块砖说:"想不到世界上还有这么巧妙的东西。"他说:"新款式要出来了,只有这一半大,一万多块钱一部,我在电信局的陈列馆里看到了。"我想着要向他讨个主意,反正他自己也没干什么好事,没有什么说不出口的。趁着新娘子到房间里去了,我犹豫之间想起那把虚拟的枪,黑洞洞的枪口直逼着我。我把右手举起来比画着,在太阳穴处顶了一下,顺势滑了下来。我脸上堆了笑,心里说:"你还要面子,你有面子吗?老子以儿子的名义毙了你!"于是向胡一兵讨了一根烟,刘跃进也陪我们吸了一根。在烟雾缭绕之中我感到了一种气氛,终于下了决心说:"咱们是多年的朋友,也可以说是兄弟,今天大家掏心窝说句话。"胡一兵说:"说!"我说:"什么叫掏心窝的话,就是自己睁了眼睡不着,在心里结着一个大疙瘩化不开的事,像一把三角尖刀在心上剜啊剜,看着自己的血一滴滴滴下来的事。"胡一兵马上收了那种玩世不恭的笑说:"你?你吗?"这使我感到了他是一个真朋友。我说:"我一波烫伤了,唯一来探望的就是你们两个,就凭着这一点,我也把你们看作能掏心窝子说话的人,人在世上有几个这样的朋友?有时候连老婆也只能说一半留一半呢。你们送了花篮来,告诉你们真话,前面那两个花篮不是别人送的,是我自己买了放在那里撑面子的,丑吧?怎么隔壁那个小女孩子动个阑尾手术,花篮摆满了一屋子,床下都塞的是?我看透了这个世界在用怎样的眼光看人,我没办法!没办法怎么办?这一辈子就算了?人能有两辈子吗?世事如此,我也只能如此。广播里天天唱好人一生平安,我看好人就平安不了,他要什么没什么凭什么平安?那些把自己的上下左右前后都设计得滴水不漏的人,他们才一生平安呢!我跟不讲道理的世界去讲道理,我不是奇蠢如猪?"我轻笑了一下,"奇蠢如猪。"胡一兵说:"世界不是不讲道理,而是道理实际上有另外一种讲法,报纸上看不到的讲法。"刘跃进说:"大为,几个花篮对你刺激就这么大?"我说:"这只是一种象征,后面还有一系列的内容。"他说:"那也不必这样偏激吧,大为你又走到另一个极端来了。"胡一兵说:"刘跃进你燕尔新婚,心情不一样,我还是挺理解大为的。这个世界呀,宣传的时候讲道理,操作起来讲功利,会上讲道理,会后讲功利,没钱没权的人到哪里都免开尊口。道理讲得最好的人就是功利讲得最多的人,因为他比别人看得透。我早就想通了,不然我也不会往汕尾那边跑了。要是几年前有人说我干这事,我能跟他把命拼了!"又说:"大为,世界到底还是改造了你。有首歌唱的是我改变了世界,还是世界改变了我。"他拉起嗓子唱了几句,"你说是谁改变了谁?你改变世界,你是老几?大为你以前总是说不进油盐,我还想着你少点悟性没救了呢,结果还是悟了,坏事变好事吧,浪子回头金不换。"刘跃进说:"一兵你别把大为教唆坏了。"胡一兵抿了嘴笑,一根手指头点了他说:"还剩下最后一个坚守者,早晚也要悟的,没有谁能够抗拒历史,这是宿命啊,宿命!"刘跃进说:"我就不相信什么宿命,什么大势所趋无法抗拒这些说辞。他们放弃了,那是他们的选择,因为战胜不了自己所作的选择。真正有信念的人,在弹尽粮绝的境地中都能够做点什么,都能够保持从容。"我说:"我真的没有力量保持从容,更要命的是想不出那种从容有什么意义。我自己要变坏的,要不一兵他教唆也教唆不坏。人不是几句话就可以变好变坏的。

我再不变坏点,一辈子就完了,好多小青年都当科长了,我的脸都没处摆了。我冲着这张脸,我也不打算要脸了,要了这么多年的脸,到最后还是没有要到脸,生活的辩证法就是如此。人家看你脸上是科长处长,不看你脸上是好人坏人,你越要脸就越没有脸。"刘跃进摇头叹气说:"想不到大为都变了,我对世界真的要刮目相看了。"我就把自己的想法跟他们说了,又说:"你们见得多,路子广,看看有什么主意,帮我找一个切入点、一个入口,我有了靠近的机会也说出一两句有力气的话来,大人物靠近他一次也不容易!"胡一兵想一想说:"让他上一两次电视怎么样?我还是有办法安排的。"我说:"他经常上电视,除非是中央台那还算回事。省里吧,搞个专访还差不多。"胡一兵说:"个人专访要省委宣传部批,几百个厅长,摆不平吧。再说你一开始就表忠心,也太明显了,要不经意地说到他心坎上,让他觉得跟你有默契,那才是水平呢。"这时竖在桌上的大哥大响了,胡一兵抓起来回话。我心想这大哥大不知马厅长有没有,没有就叫胡一兵献一份爱心,搞个新款式的来。仔细一想又觉得不妥,马厅长可不是什么都搂着的人,如果被回绝了,下面的戏就不好唱了。这时心中忽地一亮:陈列馆!电信局有,卫生厅怎么不能有?谁的丰功伟绩,都在那里陈列着,不就是进入了历史吗?我把这个想法讲了,刘跃进说:"这合适吗?省里有几百个厅级单位,都建一个陈列馆,那要花多少钱又有几个人去看?这个想法太黑色幽默了点。"我一下子泄了气。胡一兵说:"作为一个默契点,我觉得不错。你说黑色幽默也有点黑色幽默,但在那个位子上的人不这么想,也感觉不到。到了那个位子上的人想法就不同了,什么好事,哪怕代价再大,那也是他该得的。他们为自己考虑得最深最细,什么事站在他们的角度一想,不合理的事也合理了,不然电信局的陈列馆怎么搞起来的?"我说:"我总是把自己当作黑色幽默的最后对象,没想过黑色幽默也可以发生在大人物身上。"刘跃进说:"大为你真的出这样的歪主意?"我说:"我再想想,再想一想。"

吃过午饭我和胡一兵回去,刘跃进摸着胡一兵的皇冠车说:"我们校长也没有这样的车呢。"新娘子摸着车,很有兴趣的样子,问这问那。胡一兵说:"在电视台开车开惯了,出来了没有车开,活着一点感觉都没有。做生意的人,车就是一张脸,没有脸谁相信你?"上了车我说:"想不到连我池大为都堕落了。"他说:"你怎么就不能堕落?你还在想着自己是什么历史人物?要干就不能犹抱琵琶半遮面,不然走了第一步没有第二步。"我叹气说:"我希望还有那么一些人不要像我这样才好,我是没救了。"他说:"你遇到的问题,别人就没遇到?现在是全国山河一片红,都在一个模子里装着嘛。"我说:"这样说起来就更没有希望了。"他说:"你要抱什么希望才叫希望?我看你再左右摇摆两年,那就真的没希望了。"我使劲拍着自己的头说:"我糊涂了,我又糊涂了。"我把自己的头都拍疼了,不知是想提醒自己,还是想惩罚自己。

车到半路我说下去买点东西,下了车就转车去了电信局。

晚上我溜到晏老师家,把事情讲了。他吸着烟不作声,我以为他要否决这个想法了,谁知他说:"不错,不错。"我说:"是不是有点荒谬?"他说:"一般人可能这样看,但大人物他有自己的想法,他们想着自己的功劳实在太大了,政绩实在太卓越了,不刻一块纪念碑实在太委屈了,而且他这样想了,别人都会顺着他的意思去说,谁会说真话道出那点滑稽?历史上很多可笑的事都活生生这样做出来了,今天也不是历史的终结。"我说:"能不能找个机会,我装作碰上了,把这个建议拿出去?我都等不及了。"他说:"还是送上门去效果好些,也自然些。"又说:"他如果问你陈列什么内容,你怎么说?"我说:"我还真没想过,起码搞七八个系列吧。"他说:"你不能设计那么好,否则意识到你有备而来,反而心生警惕。他有了这个念头自然会去设计。

你点到即可，说出来要漫不经心，好像自己觉得实在有这种必要。"我叹气说："说起来我心里还是很不安，那么多病人挺着肚子等着药救命，我倒出个主意把大把的钱往几个人脸上贴金，我都成什么了！"晏老师说："一将功成万骨枯，古往今来都是如此，今天也不是历史的终结。"

晚上我躺在床上反复想着这件事。这是一个走上去说话的入口，好不容易找到了，就不能放弃。因此我得把内心自尊的抵抗击溃，把清高和骄傲放下来，把大人物的想法当作自己的想法，这也是一个入口，一个入口！犹豫之间我用手顺着一波的腿摸下去，摸到了他小腿上的那块伤疤，光滑，平整，圆圆的如硬币那么大一块。我感到了一种难以言说的凉意，像一根冰冷的钢针插入了我的大脑底部，在那黑暗而密实的地方一下一下扎着。我感到自己有了力量。

55

半夜里有人在楼道里叫我的名字，我一个冷战惊醒了，手一摸一波还在，放了心，就应了一声。董柳也醒了，用手来摸一波。外面的人把门拍得直响，叫着："池大为！董柳，董柳！"我开了灯，外面的人说："是我呢，是我呢！"我说："是我是我，我是谁吧！"那人说："是我呢，连我的声音都听不出？"董柳说："丁处长吧？"我心中有气，怎么别人就该听出你的声音？我披上衣服开了门，丁小槐闯进来说："董柳董柳，赶快赶快！"董柳吓得钻回到被子里去。丁小槐退到门边说："马厅长的孙女渺渺在人民医院，叫你去打针。"说了半天才明白，马厅长的孙女呕吐脱了水，在省人民医院输液，第一针走了针，再一针，护士太紧张，又没中。沈姨大发脾气，要耿院长叫最好的护士来。新来的护士看见第一个护士被耿院长骂得流泪，拿起针手就抖起来，又失败了，就没人敢上了。沈姨急得要发疯，耿院长一头大汗。丁小槐在一边说了董柳给一波打针的事，耿院长就叫他来喊人了，车在楼下等着。

董柳穿好衣服，丁小槐扯着她就走。董柳暗暗用力拉我一把，我会意了。董柳要把一波送到楼下去，丁小槐急得直跺脚说："快点，快点！有大为看着呢。"董柳说："大为你也去。"丁小槐对我说："你放心，放一万个心，我保证董柳完璧归赵。"我说："那我就不去了，董柳你打针的时候镇静点，手别发抖。"董柳说："他去了我安心些，不然我手也抖。"丁小槐说："他看孩子吧。反正车来车往，很安全的。"丁小槐的心思我明白，他有一种本能的防范意识，就像他们平时尽可能封锁一般人与马厅长接触的渠道，以免在不经意中杀出一匹黑马。倒没想到他对我还有这么高的警惕。我说："董柳你自己去算了。"董柳撒娇说："人家就是要你去嘛！"丁小槐没办法说："那就去吧。"董柳把一波用被子包了，送到楼下岳母那里去。楼道里黑黑的，董柳很小心地走。丁小槐说："快点快点，脱水了呢！"我在心里骂着："老子的儿子就不是人？摔着了怎么办！"

到了医院，耿院长几个人围着病床。丁小槐先跑过去，呼呼直喘气说："来了来了，把她叫来了！"耿院长喜得直搓手说："来了来了！"好像是见了救星。我一看，孩子已经在抽搐了。沈姨一把抓住董柳的手说："董医生啊，你要救我渺渺的命呀！"又说："马垂章他在省里开会，已经叫车接去了。"董柳出奇的镇静，看了一会儿说："打手上她一疼又走针了，只有打额头。"耿院长说："拿刀来。"马上有护士拿剃须刀来了。董柳把剃须刀用酒精擦了，把渺渺额头上的头发剃了一圈，仔细看了看说："血管好细啊！"沈姨急得直抖说："那怎么得了呢？她爸爸妈妈都在美国，万一有个差错我怎么交代！"董柳说："试一试吧。"在额头上拍了几下，把针举起来。沈姨把脸转了过去，我紧张得感到了窒息。董柳一针扎下去，我闭上了眼睛，再看时已经有了回血。沈姨举起拇指对耿院长说："这个，这个！"耿院长说："谁不知道有名的董一针呢。"又轻声对董柳说："谢谢你。"董柳真的是救了他，不然一会儿马厅长来了，他真是无法交代。过一会儿护士端了盘子来说："该吃药了。"耿院长说："怎么不早点喂，刚打了针，又要动。"护士委屈地瞟一眼手表。沈姨说："药该吃还得吃。"丁小槐抢上去，小心扶着。耿院长接过药说："我来，我亲自来。"沈姨望着丁小槐说："大家都辛苦了，叫大徐送你们回去吧。"我们都退了出去。我回头瞥见房间里已经送了好几个花篮，还有一个被踩翻了。沈姨追到门口说："董医生，今晚辛苦你一下可以吧，万一又走了针呢？"耿院长说："隔壁已经腾了一间房出来了，董一针就在这里睡一晚吧，能者多劳，这是没办法的事。"董柳和我就进去了。丁小槐坐在外面不走，他在等马厅长，让马厅长看见他没有闲着。我从窗帘的缝中瞥见丁小槐双手支了头在那里发呆，说："你看他还坚守在那里，好可怜的样子，这里还空着一张床，叫他进来吧。"董柳说："不叫，该杀一杀他的威风。平时别人叫一声丁处长，他就不知道自己的手脚该怎么摆了。他大概在那里后悔不该把董柳这个名字说出来，结果自己被晾在那里了。"我还是开了门出去说："丁处长到里面休息一下，这里空着一张床。"他一愣，醒了似的站起来说："我还没走呀？我怎么不走呢？我这就走了。可惜大徐把车开走了。"他这么一说我又后悔不该出来，这不是提醒着他的难堪吗？我是好心，可他会不会在心中恨我？我心太软啊，心太软！正这时邓司机陪着马厅长匆匆来了，丁小槐刚坐下去又一跃而起说："马厅长。"马厅长点点头，脸却朝着我说："针打进去了？好，好。不知道池大为你夫人还有这么一手啊！"一直朝病房去了。我和董柳跟了上去，沈姨把我们让了进去，做了个手势说："轻点，轻点。"丁小槐就在门外站住了，勉强地笑着。我赶紧退到门边，沈姨拍一拍床头的凳子示意我坐下，我犹豫一下，还是退到门边站在丁小槐身边。耿院长匆匆赶来，将渺渺病情向马厅长汇报。

董柳在医院住了几天，每天晚上我都去陪她。她说："看看人家是怎么活的吧，他孙女病了都是两部车围着转，人比人气死人呢。世界上就有两种人，一种是被别人气死的，另一种是气死别人的，你不做气死别人的人，就肯定是被别人气死的人。"连董柳都对现实中那种残酷的东西有了这么深的领悟。我们每天晚上都讨论着怎么利用这个机会向马厅长靠拢，这真是别人多少年都梦想不到的机会啊。眼下的第一步就是要跟沈姨把关系搞好，这是一个台阶。白天晚上来看望的人不断，每天晚上都要收走几个十几个花篮，把空间腾出来，连我们的房间里也堆不下了。我和董柳在一旁把世界看得清清楚楚，人跟人就是不一样。这种不一样也很简单，就是看一个人处在什么位子上。生活有很多相对独立的圈子，一个人在这个圈子中的地位，还有他能够得到的利益，是按照他与核心人物的关系来确定的。核心人物手中有若干顶帽子，帽子下面有一切。因此他是资源之源，他能够相当随意而又合理合法把资源分配到自己所认可的位置上去。权就是全，其辐射面是那样广，辐射力又是那样强，这是一切的一切，是人生的大根本。人人说条条大道通罗马，可有几个人知道罗马通往条条大道？钱做不到的事还是有的，而权做不到的事就没有了。连董柳也沾了光，第五医院史院长来探望时，对她都客气得不得了。这个时候我才理解了为什么有人为之豁出一切，甚至拿生命孤注一掷。董柳说："这么多人来看望，可有一个两个真正关心渺渺的病情？关心祖国的下一代怎么那时候就没人来关心我一波？曲线救国，到底还是为了救自己。现在的人拉关系都不必掩饰了，后面的功利动机都是一清二楚的。"我说：

"你整天坐在这里就是看那些人表演？"

沈姨没事就到我们房里来说话，把一袋袋礼物提来说："带回去给你儿子吃，这么多水果吃不了都浪费掉了。"董柳要推辞，她说："帮帮忙吧，都是好东西呢。"交往了几次觉得沈姨倒也不像以前想象的那么难打交道。董柳说："沈姨我真的没想到您这么容易打交道，一点架子也没有，跟您说话我心里很感动的，也非常舒服，心里本来堵着的也就通了。"我在一旁听着，感到董柳已经掌握了跟上层人物说话的精髓，不能凭空说，凭空说人家会感到别扭，但不妨依据一个事实作出相当的夸张，人性的弱点使人乐意接受这种夸张。果然沈姨脸上堆了笑说："那你原来还想着我是什么人吧。不过有些人我真的不想理他们，没有什么真心，还不是看着老马是那么个人嘛。只是人家来了，你总不好沉着个脸对着他吧！"董柳说："那真的没意思，又没有什么真感情，好像在你面前演戏一样。你想着他在演戏，是个演员，你就没情绪了。"又说："沈姨您看多了就看出经验来了，真的假的瞟一眼就看穿，不要第二眼。"我说："沈姨跟着马厅长，这些年阅人无数，炼出了一双孙悟空的金睛火眼，看人能看到肺腑里去。"沈姨说："火眼金睛不敢说，看个把人还是看得出的。这几天来看渺渺的人，就有那么几个是想拆老马的台的。"我想着是不是该把她后面的话套出来，那几个是哪几个？让我以后想发动攻击时也有准确的攻击点。想想那样做可能会引起她反感，就忍住了。我说："马厅长在那个位子上，可能有些人有点情绪。"沈姨说："情绪大得很呢，眼睛里都能喷出火来。其实那个位子有什么意思，一天到晚为别人的事忙。"董柳说："那真是一个辛苦的事呢，这么大一摊子。"她双手张开来比画着，"有那么多麻烦的事，又有那么多讨厌的人，我想起来都怕。作了多少牺牲别人都不知道，恐怕连个完整的周末都没有。"沈姨说："他吃了这些亏只有我知道，这么多年他哪天按时下过班？我早就要他别干了，省里一定要把这副担子压在他身上,没有别人能替他啊!他现在是想卸都卸不下来。"我说:"事关全省几千万人的健康,这真的是一副重担啊。世界上有几个国家有几千万人?"董柳说:"马厅长就相当于那些国家的卫生部长了。"我觉得董柳说得有点过了,用脚侧碰了她的脚一下。谁知沈姨说:"很多国家的卫生部长还没管这么宽呢。"她这么一说,我就放了心。

沈姨走了,董柳翘起大拇指伸到自己鼻子前面说:"效果还可以吧?"我说:"这是沈姨,对马厅长你就别来这一套,他听好话听少了?下次万一有机会跟马厅长说话了,你朴朴素素地说,别玩花架子,点到为止,他自然能领会。在那个份上的人,对人际关系的感受能力是很强的,说得太过,还不如不说。"她说:"别以为你是最聪明的。刚才你拿脚碰我,眼尖的人一下子就看出你在耍心眼了。"我说:"那我们就约定一个暗号,提醒对方的时候用舌头舔一舔上嘴唇。"我把舌头往嘴唇上一卷,"就这样。"她把眼睛轮上去,也舔舔上嘴唇,说:"马厅长这么大的架子,每天都来医院,也不来看看我。"我说:"人家到了那个份上,一举一动都有个意思在里面,先要想想你够不够他特别一看,看了你别人又会怎么想。特别来看你,耿院长还有面子吗?省人民医院还要从外面调人来打针!再说打几针也就是打几针,跟开一刀都还不一回事吧。"

第四天董柳可以回去了,沈姨说:"小柳子你回去休息几天再上班,我已经给你们史院长打了电话,没问题的。"她"小柳子"这么一叫,那种关系的特殊性在不觉之间就建立起来了。我舔一舔上嘴唇,董柳马上抓住这个机会说:"沈姨您为我想得太周到了,我自己都没想着还可以休息两天。沈姨您一喊我小柳子,我心里好亲热的,小时候我妈妈就是这样叫我的,好多年都没人这么叫过了,连我妈妈也不叫了。现在我听有人这样叫我,心中暖烘烘热乎乎的。"沈姨说:"我也不知道怎么就随口叫出来了。"我在一边说:"沈姨您以后有什么事,叫董柳一声她马上就来了,沈姨把她当自己的人看,您随便点她就高兴了。"沈姨瞧着董柳说:"你想不想调到这边来工作?我突然就有了这个想法。"我万没想到她会主动提出这个问题,按我们的设想,还不知道该转多少弯做多少铺垫,才能把这件事稍稍地提一下。董柳马上抓了沈姨的手摇着说:"我都想了那么多那么多年了,我现在每天两边跑,两头不见天。只是我觉得这件事太难太难了,想都不敢想,更别说向沈姨开这个口了。沈姨您把我自己不敢想的事都想到了,我心里好热好热的,好热好热的。"又说:"这边什么条件都好,一般的人怎么进得来?我真怕沈姨为难呢。"我说:"为难肯定是为难,不过有人为难了办得成事,有人为难了还办不成,那要看谁办。"沈姨望着我点头微笑。我不懂那微笑的意味,心里发慌,后悔自己不该这么将她一军,这太过分了,人家也没欠你的。就算打了几针吧,说声"谢谢"就足够了,何况人家还替你请了假呢。凡事得悠着点,急不得的啊!我被她看得心跳耳热,前倾着身子,堆起一脸不自然的笑。沈姨点点头说:"好,我走了。"碰一碰董柳的手,就走了。

我和董柳送她到门外,转身回来,两人的脸都沉了下来。董柳说:"刚摸到一点希望的边边,又砸了!空欢喜一场,还不如不欢喜呢。你还教我怎么讲话,自己讲话一点不到位,我想舔嘴唇都来不及了。"我说:"老子今天才知道自己还会耸着肩笑,那是人的笑吗?狗才是那样笑的,你看见过狗是怎么笑的吗?"我心里非常沮丧,看起来自己还是没有素质,这又怎么能够进入角色?想一想当领导可真是一门艺术啊,深不可测!平时听到"领导艺术"几个字觉得好笑,在那个位子上了说话自然是灵的,还要艺术?这么看起来,还是自己不曾涉河不知水之深浅。

回到家中,我和董柳把沈姨的表情反复分析了,也没得出个结论。

她生气了吗？还不至于吧。可要是没生气她怎么就那么匆匆走了呢？可惜没有一本《表情学》的书，这也是领导艺术的一个分支啊。有朝一日我当了领导，要来它个喜怒无常，不能让周围的人轻易就把握了自己的心理活动。分析来分析去我就烦了，说："老子一辈子不察言观色的，不看别人表情自己也不为别人表演表情，这一下倒好，又看了又表演了。老子不来这一套又怎么样！"董柳冷冷地说："你那一套又来了。又怎么样？"她手指在周围划一圈示意着房子，"就这个样。人热一辈子是一辈子，冷一辈子也是一辈子，人就是这一辈子。"我一肚子气想冲出来，她这么一说我就泄了气。人就是这一辈子，如此简单，明了，粗浅，使太多太深的讨论都意义暧昧。人还能跟自己赌气吗？

56

董柳从医院回来特别兴奋，说："史院长对我好客气的，他从来没对我这么客气过。"我说："是吗？是吗？"她说："史院长一亲热，我们科主任也亲热起来了，跟着史院长小柳子小柳子地叫。"我知道这是马厅长的能量的辐射，那个位子真是魅力无穷神奇无比。看着董柳兴兴头头的样子，我说："你悠着点，别把得意写在脸上，科主任的亲热是从史院长那里来的，史院长又是从沈姨那里来的，沈姨那里还不知怎么样。可能这亲热过几天就完了，到时候你转不过弯也下不了台。"她马上收了笑说："想一想也是真的啊。"又说："春节吧，我们还是要到沈姨那里去看看，她可不是什么等闲人物啊。"我说："去，得去，一定去，能不去吗？哪怕是刀山火海也得去！"

过几天耿院长打电话给我，要我带董柳去一趟。放下电话我身子簌簌直抖，有这么好的事，又这么快？董柳回来，我对她说了，两人兴奋得一夜没睡着，又担心是白高兴一场。第二天一上班就去了省人民医院，走到耿院长办公室门口，刚一推门，耿院长就站了起来。他这一站我知道好事来了。耿院长说："省人民医院是全省卫生系统的重中之重，对人才的需求很迫切啊。编制当然很紧张，但只要是工作需要，真正的人才我们还是要抓住的。小柳子你回去写个报告给史院长请求调动，我们总不好到史院长手中去挖人吧。只要他一批，你马上过来，这边的岗位，到老干科怎么样？老头子们脾气都有那么大，需要你这个董一针啊！来第二针的护士被他们骂得哭也是常有的事，你去了也减轻我一点压力吧。"董柳一个劲点头说："好，好。"出了医院门，她抬头望着天，眼泪在眼眶中被冬天的太阳照得发亮。突然她用力吸一口气，哭了。

　　那两天董柳整天念叨着沈姨的好处，连我也觉得沈姨很好很好，说到底，还是马厅长很好很好。我说："大人物是讲人情的，我们以前误会了他们。"只是我们对他们的好处，实在够不上一个如此之大的回报。这些年来我对马厅长积了一肚子的怨气，恶毒的腹诽不说，怪话在尹玉娥那里也说了不少。奇怪得很，我这么多年的怨气一下子就烟消云散了。人不能没有良心啊！又想起沈姨那天不跟我们多说，并不是生气，而是想给董柳一个惊喜，也证明一下自己的实力。兴奋之中我心里有一个声音在提醒自己："丢给你一块骨头，你尾巴就摇得欢呀！平时你是没有办法才做出一种姿态，现在可是真的从心里摇起来了！"我对自己有些失望，可是人总得活吧，谁愿意拿自己的一生去赌？坚守什么什么，说一说写一写是可以的，真的去实行那玩笑就开得太大了，心灵的理由还能够成为一种充分的依据吗？我苦笑一声，把一口想象出来的唾沫朝自己吐去，叹一声气，又傻嘿嘿地笑了。

董柳无论如何忍不住要去沈姨家一趟，我故意说："人家是为了自己看病方便才调你的，你以为是真感情吧，还去磕头谢恩呢！"她说："真感情假感情事情是真的，我就认这个真！磕头磕得上是你的福气。要是吊两句官腔送你出门，你能说事情没办成我不走？"董柳说得实在，什么是真，什么是假？事情办了就是真！办了就建立了关系，就有了默契，一切都在不言中，无须多说。这也是游戏规则，我们到这个份上自然明白，也按规则办事。我说："那我们干脆拜年一起去。"董柳说："那时候人家高朋满座，你插得上话？"我想想也是，我还有几句话要说呢。于是想送点什么东西才好，想来想去竟想不出，一点灵感都没有。去问晏老师，他说："你要看对面是谁。他要你的东西？他什么没有？提着东西进门，那好看吗？一副动机不纯的神态，动机不纯啊。"我想想也是，这天晚上就空着一双手去了。

走到门口我的心有点跳，董柳牵着一波，倒没一点紧张。我把左手往脸上一抹，算是戴上了面具，心里沉着了些。保姆开了门，沈姨在看电视，连声喊："小柳子，小柳子！"倒也不提调动的事。董柳走上去拉着她的手，话还没说出来，鼻子就一抽一抽的了。沈姨说："小柳子，高兴的事你还哭什么？"渺渺出来了，很大方地牵了一波的手，带他去看自己的钢琴。我见马厅长不在家，有点失望，也坐了下来。我说："沈姨您要是知道董柳她这几天怎么惦念着您就好了，她半夜醒来还要把沈姨沈姨这两个字念几遍。想了好多年的事，做梦一样实现了，她都不敢相信，刚才走在路上还问我是不是真的。她都哭过好几回了。"我仰起头，学着董柳哭的样子。沈姨说："我交代耿院长给你安排一个好一点的地方，他把你放哪里了？"董柳说："老干病室，再好也没有了。"又说："下次沈姨有什么事只管叫我，白天叫白天到，半夜叫半夜到，别的不会，打针还是会的。哪怕守三天三夜，五天五夜……"我说："沈姨家也不能老有人病吧。"我左右瞟了几眼，沈姨说：

"老马在书房里审阅什么文件。他一天到晚就是工作工作,我看他总有一天会被拖垮,二甲三甲也不是那么容易甲的。什么时候他把这副重担甩了就好了。"我说:"马厅长是工作第一,您看我们省里卫生系统这几年的变化,可以说是天翻地覆。他的事业心不是一般的强,全省卫生系统十几万人,够他操心的。"沈姨抱怨说:"总要留点时间给家里人吧。"董柳说:"全省几千万人的健康,都是马厅长操心的对象,哪里只有十几万人。"沈姨说:"省里部里指标压下来,上面的人只知道要数据。哪里知道下面的人要豁出命去拼打?慢一步别的省就抢到前面去了,那他哪里咽得下这口气?"我说:"有的省我是知道的,我有同学在那里,他的数据怎么出来的?计算机打出来的!像我们省里这样实实在在煮干饭不熬粥的,全国不知还有那么几个省没有?"董柳飞快地把舌尖在嘴唇上一卷,她想着我讲得太过了。经过几次交往,我觉得在沈姨这里不必那么谨慎。果然沈姨说:"是的呢,老马的责任心太重了,太重了。"说了一会儿董柳又说:"那天我还以为沈姨跟我开玩笑呢,没想到沈姨说的话一句是一句,好像观音口吐莲花。"我说:"一句是一句,结结实实,往墙上一扔,能把墙打个洞。"沈姨兴奋地说:"我没有那么大的本事,下次有什么事,我不一定有这么立竿见影的。"她见我和董柳这么说,以为我们还有什么事要开口,有了一点警觉。我和董柳几乎同时用舌尖在嘴唇上舔了一下。董柳说:"还敢麻烦沈姨,这一次已经是太不好意思了。"我说:"有些人你给他个面子,他还要顺着杆子爬个没完,我们不是那种蛇吞象的人。"沈姨说:"那样的人我见过,你就不敢给他一个笑脸,你开一条缝他就拼了命要挤进来。"我说:"谁想到沈姨还有马厅长会主动为下面的人想一想?我们做梦都想不到!"董柳说:"现在当官的人,有几个还把老百姓的疾苦放在心上,有这种想法的人都不多,有几个人能像马厅长这样做?"沈姨叹息说:"真的没几个像老马的呢。"我说:"要是马厅长管的范围再大一些，就是全省人民的福气了。"沈姨望着我很神秘地笑了一笑。那种笑有着特别的意味，我却不能给出一种准确的理解。

这时渺渺和一波牵着手出来，董柳说："看他们一见面就跟老朋友一样，我一波不太合群，怎么见了渺渺就这么投机。"沈姨说："现在的小孩太单了，真的可怜，以后你多带儿子来玩。"我试探着说："我们一年来一次都太打扰了，还敢来几次？还让马厅长喘口气不？"沈姨说："他在书房工作，不碍事的，小柳子你只管把儿子带来，我渺渺有个伴，我也有人说话了，我们还谈得来。"渺渺说："奶奶给我和一波哥哥照一个结婚照。"就把一个纸做的照相机塞到沈姨手中。我说："一波你还想吃天鹅肉吧？"沈姨说："真是一对金童玉女呢！"就找来一部相机，给他们照了两张。沈姨要渺渺背唐诗，她背了两首，董柳说："你渺渺怕是个天才吧，会背唐诗还会弹钢琴呢。"一波也想表现一下，望着董柳说："我也背一首好吗，妈妈？"董柳装作没听见说："去，跟渺渺那边玩去！"

这时马厅长从书房出来，我和董柳马上站了起来。马厅长说："池大为来了？"手指头那么往下一点，我和董柳通了电似的坐下了。董柳按在家设想好的说："我特地来谢谢马厅长的，晚上自己来也不太方便，就让他陪我来了。"说着指一指我，我点点头。董柳说："我真不知道怎么谢谢才好，我跟池大为一结婚就城南城北地跑，想着要跑一辈子了，没想到这么快就解决了，做梦一样的，没想到真没想到。"马厅长说："这次是把董柳作为人才调过去的，好多人家属在外地都调不进来，本市按规定是一律不予照顾的。"我说："这几天她老念着马厅长还有沈姨，昨天半夜醒来还念了好几次。"马厅长不说这个话题，问董柳："工作安排得怎么样？是不是有人有想法？"董柳说："耿院长准备把我安排到老干病室，别人可能会觉得我太顺利了。"马厅长说："做什么事总有一两个人要说一两句话的，怕别人说干脆就不要做了。"又说："池大为是第一次来吧？"我说："那年送柚子来过一次，还是那边的老房子。"他说："工作还好吧？"我说："挺清闲的。"我差点脱口说出"都清闲几年了"，"一年到头就那几件事，没事就看看业务书，写了几篇文章到北京发表了。"他很有兴趣地问我写了什么文章，发在哪家刊物，说："跟我研究的方向也相去不远嘛！厅里搞行政还没放下业务的，就那么几个人吧。"沈姨说："再怎么忙，老马一年也要写几篇文章。"我说："马厅长研究员早就评了，书早出了，整天忙着工作，还在写文章，这是很难想象的。什么时候马厅长您当上博士导师了，我就来考您的博士。"好在我准备充分，把他的书和文章都找来仔细看过，讨论起来非常熟悉，话都说到了点子上。他显然没料到这一点，有点惊奇地望着我。这时候气氛就活了，我想着怎么把话题转到预定的轨道上去才好。可厅里的事，又岂是我可以妄议的？正想着董柳说："把池大为调一个科室也好，那个尹玉娥嘴巴太多了，一天到晚都是小道消息。"马厅长看看电视不作声，我想着又卡住了，正在想怎么往深处走，谁知沈姨说："都有一些什么小道消息？"我把心一横说："还不是议论厅里的事，她丈夫是计财处的，消息也多，我也弄不清真假。"提到尹玉娥的丈夫，马厅长偏过头来说："有那么多小道消息吗？我怎么没听说过？"我咬了咬牙说："大好形势在他们看来总是这里那里有毛病。"马厅长说："有什么毛病？说不定真的有毛病，我们自己看不到。"我就把尹玉娥平时说的那些阴阳怪气的话讲了一些。马厅长说："有些话也有一定的道理啊！"没想到马厅长这么说，我真不知该怎么往下说了。我想起晏老师的话，人对自己是有偏见的，大人物也不例外，难道马厅长他竟是个例外不成？这样想着我说："我觉得她不但是鸡蛋里挑骨头，简直是空气里挑骨头，有些话我真的好气愤的，一个人说话总要实事求是，不能按自己的情绪去说。"沈姨说："她丈夫就是有情绪。"马厅长望她一眼，她就住了口。马厅长说:"一个国家干部,最重要的品质就是实事求是,这是我们党的基本原则。把情绪当作事实,那样是会犯错误的。"他这么一说我就放了心,我说的与他平时的感觉是吻合的。果然大人物也不例外,有人说他的怪话他还高兴,那可能吗?马厅长说:"厅里的工作要改进的地方很多,要靠大家努力,但不是在那些方面。"我抓住这个机会说:"我觉得厅里还可以把自己的声势造大一些,理直气壮!我们太谦虚了,别人不谦虚,那些没下功夫扎实工作的人反而浮到上面去了。还有我们厅里实在有必要设立一个展览厅,一个小型的博物馆,把厅里的发展道路作为历史记载下来,让后面的人看一看创业的艰难。"马厅长若有所思地点点头,不作声。我觉得可以走了,但马上就走,就好像是来说这几句话的。于是又跟沈姨说起渺渺,说起小孩子的不同性格。董柳说着说着忘了情,一个劲说一波怎么好。沈姨说了渺渺一件趣事,她马上说一波一件趣事。我几次把舌头卷了上去舔舔嘴唇,她才感觉到了,让沈姨多说。

回家的路上董柳说:"本来我是真心真意来感谢他们的,怎么弄得你舌头卷一下,我舌头卷一下,真的都变成假的了,我心里很对不起沈姨的。"我说:"只能这样,不这样还能怎么样呢?"她说:"好像效果还是可以的。"我说:"说真心真意就不能带一点功利性,你要讲效果这两个字,那就没有办法真心真意,那是表演。好在马厅长他们也习惯了,他当厅长那么多年,他不知道周围的人都在表演?问题是他需要这种表演。那么长年累月演着,假的也变成真的了,比起来我们多少还是有一部分真心真意吧,一个人不拢那个边则已,拢了边又拒绝表演,那怎么可能?你跟大家都真心真意实话实说吧,卖了你你还不知道怎么被卖的,被谁卖的。"她说:"你今天就把别人卖掉了!"她这样说我心中不舒服,可也是这么回事。我说:"总算我没造谣吧,也没添油加醋,话都是从尹玉娥自己嘴里吐出来的。"她说:"你自己以后说话小心点，你总是诚实诚实，克制不住要诚实。你诚实你跟胡一兵诚实去，别在这院子里诚什么实。那是诚实？缺氧呢！"我说："是的，是的，我就是有这么个脾气。我现在也不是个没想法的人了，再也不能嘴上没遮没挡的了。圈子里没有什么个性呀脾气呀那一套的，谁有个性脾气也要磨光滑了服从大局，不然机器转动起来，你就被甩了出了局。"我觉得自己确实还需要修炼，要把自己当作敌人来搏斗，扭不过来？那也得扭啊扭啊！

57

第二天早上我在办公楼碰见马厅长，就叫了一声，侧身站住了。这是卫生厅的交通规则，我以前是不遵守的，可今天想也没想就站住了。他像平时那样点点头就过去了，并没有一点特别的表情。这叫我好生疑惑，厅长的表情绝对不是没有意味的。我原想着在昨晚有了默契之后，马厅长至少会用一种神态对这种默契予以肯定，比如一个微笑，或者一种眼神。想来想去，想着他可能还是记着我几年前的错误。当时我真是昏了头，不知山高水深啊。一个人既要在圈子里求生存，又要对圈子里的人和事说三道四，那怎么可能？这么一想，一个冷战，背上一线凉意电一般一闪，传到了脚跟，全身布满了鸡皮疙瘩。我觉得自己一下掉进了深渊，那里是无边无际的黑暗，耸立着冰柱，泛着一点幽微的光，寒气袭人。我双手向前伸着，摸索前进，触手之处皆是寒冰，却不知道哪里才是光亮所在。我又回过头去揣想马厅长的表情，也许自己的判断不那么真切，也许与平时还是有一点点不同，不那么公事公办，只是与自己的期望还有距离罢了。这样想着我又宽心了一点，打算下午下班时等在门口碰一碰马厅长，把那种表情再体会准确一点。说来说去，只怪自己察言观色的本领还不到火候。这样想着我上了楼，尹玉娥说："小池你的脸色怎么这么难看？"我说："我们贫下中农的脸色再不难看，那还有谁的脸色难看？地主富农吃饱了撑着会难看？"她连连点头说："大为还是屈了才呢。"她这么一说提醒了我，我这个话好听吗？也属于阴阳怪气之类！喜怒形于色，这是大忌，还是修炼不到火候啊！她说："有病到医务室去看看。"她的话使我感到了温暖，看着这个在我对面坐了这几年，四十岁了还作妹妹打扮的人，心里挺抱歉的。共事这么几年了，她嘴巴是碎了点，但人总算还不坏吧，这年头不害人的人就是好人，就不容易了。她知道自己被卖掉了吗？这样想起来，是不是有人也叫我吃了亏，我却浑然不觉呢？我在这张椅子上清闲了几年，难道是被谁卖了？我这么冷坐着，肯定有人是高兴的。我马上想到了丁小槐，我被他卖过没有？那张脸浮现在眼前，我恨不得就这么一拳砸过去。又想到卖一个人也不是没有前提的，大人物对那个人并无芥蒂，你也卖不了他，不会有回应的。怪只怪我自己让领导有了芥蒂，别人顺溜着就把我卖了。我跟尹玉娥扯着家常，比平时亲热一点。她说到自己上初中的女儿，我由衷地赞叹了几声，她的情绪马上被调动起来，兴奋得克制不住。这个人不坏，可也不是当个人物的材料。她没得到提拔，一肚子牢骚，痛心疾首，实在是没有自知之明。像这样把喜怒都写在脸上，一辈子都不会有出息。这样想了我又去想象自己的表情，调整着微笑的分寸，把自己的脸放在心上欣赏。欣赏一会儿又醒了似的，狗屁你！你还有表演表情的机会？还不如想哭就哭想笑就笑痛痛快快做个人算了。可是，一无所有的人能痛快起来？

尹玉娥说得兴奋，忽然住了口，望着我显出欲言又止的神态。我望着她，她又低头看报去了。我到外面溜了一趟回来，听见她正在给谁打电话,听了一句"还是你说好,你说管用",就挂了机。我坐下来,看到她一眼一眼地瞟着电话。好像接到了她的指示似的,电话铃响了。她并不像平时抢着去接,而是对我努一努嘴。我接了,是中医研究院舒少华打来的,约我晚上去他家。他原是研究院的院长,全国有名的骨科专家。放下电话我觉得奇怪,舒少华找我干什么?我去看尹玉娥,她低头看报,用一种反常的沉默掩饰着什么。

晚上我去了舒少华家,刚一敲门,门就开了,好像他站在门后等着似的。他很热情地跟我握手,我说:"舒教授找我,不知道有什么事我可以效点犬马之劳?"他说:"坐下说,慢慢说。"亲自给我倒了茶。他说:"小池哪年分到厅里来的?"我说:"八五年。"他感叹说:"哎呀呀,一个抗战都快打完了。还是研究生分来的吧。"我点点头,他说:"你还发了不少文章吧!"想不到他对我这么了解,难道想要我跟他一块做什么课题?我说:"也发了那么几篇。"他很有兴趣地问我都写了些什么,答应下次有文章了由他推荐,那是灵的。我疑惑着,难道无缘无故有人会送一个好处给我?世上哪有这样的事!他话题一转说:"人才啊,小池你!可惜我们厅里不重视人才,只看谁跟得紧。"我说:"在那个位子上的人想法总不同一点,人家有人家的标准。"他说:"这就是问题,严重的问题!中央说要尊重知识尊重人才,我们厅表现在哪里?空炮倒是放了不少!轰隆隆震得山响,还是一个空炮!你看小池你研究生毕业都这么多年了,还被放在这么一个位子上,那些提上去的都是什么人?"这话倒撞在我心上了,我含糊地点点头。他说:"水利厅的事你听说没有?"我说:"听尹玉娥讲了几句,不太清楚。"他说:"大家齐心协力,硬是把吴厅长扳倒了,开创出一番新局面。"他把水利厅的情况说了一番,暗示着那些参与的人都得到了回报。他说:"我们卫生厅是不是也要来这么一下子?现在什么年代了,讲民主讲法制的年代,还搞一言堂,搞顺之者昌逆之者亡那一套?卫生厅不是谁的家天下。"我点着头,心里想着:"我怎么相信你舒少华上台了不搞顺之者昌逆之者亡呢?你儿子是怎么评的职称得的奖?也看不出你有什么特殊的地方。"他见我点头,就从公文包中拿出一封打印好的信给我看。信是写给省委的,列了马厅长七罪状,第一条是专制独裁一言堂,第二条是好大喜功,第三条是以权谋私任人唯亲。舒少华说:"条条都有杀伤力的,说第一条吧,谁有不同意见都要被整下去,我就是被整下来的,你也算一个。他上台七年多,弄下去的副厅长是五六个。说第二条,这几年盖了不少住院大楼,外面漂亮了,亏空是多少?这是一个火药桶,早晚有一天要爆炸的。第三条,以权谋私,省人民医院那么多医生,偏偏是他儿子出国!省卫生系统那么多专家,偏偏是他自己得了何梁何利奖金!五万港币呢。我有一点不同的看法,就把我撤了。"我看了这封信背上出了汗,一共七条,条条都不虚。我把信还给他,他说:"没造谣吧。"我说:"是那么回事,那么回事。"他说:"我们找你有两个目的,一是请你说说中医学会这几年评奖的背景,再就是看你愿不愿意在信上签个名,人多力量大嘛。"他又拿出一张纸,上面有五十多个人的签名,好几个都是大名鼎鼎的专家,舒少华是第一名,还有尹玉娥丈夫的名字。我心跳得很快,不知道该往哪边倒才好。犹豫着我瞥见研究院人事科郑科长的名字,早几个月我想调进来竟碰了那样的壁,那时舒少华还是院长呢。一瞬间我就决定了不跟他们走,我说:"评奖的事,我只管收论文,怎么评的,我也不太清楚。舒教授您是评委,比我清楚。"评奖当然没有什么公平可言,是一次利益分配,但他自己是评委,也从来没亏待过自己。他说:"清楚我当然清楚,可全盘的情况我不太了解。"我说:"大概您是怎么回事,其他评委也是怎么回事。"他点点头说:"如果你有勇气站在公正这一边,我们欢迎你把自己的名字写在上面,到时候我们会考虑这一点的。"我说:"大家都知道我胆子小,我还要回去跟老婆商量一下,不然她会骂我的。"他笑了说:"怕老婆,你尽快吧,最迟明天下午打个电话给我,就可以了,我们等你。"我马上就点头答应了。

告辞出来我浑身都汗湿了,冷风一吹,我头脑清楚了。我现在夹在中间算个什么?政变成功了,我不是主力,也讨不着好。没成功我就有罪了,我这就算参与了!我一急就顾不上要省钱,叫了的士回到大院,把事情跟晏老师说了。

晏老师听了,微闭着眼,头悠悠晃了几下说:"好事,好事。"我说:"那我应该签个名?"他一笑说:"凭这几条罪状,想倒掉一个厅长?今天倒得了马厅长,明天就倒得了龙厅长,接下来还有羊厅长,后面还有牛省长侯部长,那还有个完?圈子里的人,天然就是一条战线的,高度默契。没有重磅炸弹,不要想炸翻一个人!这些人只知道给人看病,不懂政治!"我说:"列上的这七条,条条都有那么点意思。"他冷笑一声说:"专制独裁,那是一元化领导。张三李四都要插进来放屁,还能干事?好大喜功,那是敢想敢干有魄力,钱是欠下了,但房子盖在那里,二甲三甲上去了,哪个厅级单位不亏下几千万?至于以权谋私,权在手中,自己的儿子都不照顾一下,那合人性?他舒少华那几年谋的私比谁少吗?告到省里,省长的儿子就没出过国?如今政治问题不是问题,没那么傻的官,作风问题也不是问题,那是个人的事情,工作问题更不是问题,怎么干都是可以讨论的,抓不住。唯一的问题就是经济问题,七条里没这一条,炸不翻谁!说起来马垂章还不简单呢,他忍得住!他要发大财也发了,一口气的事,他忍得住!不容易啊!这样的官你还想打倒他,你准备打倒多少?中国的官上去不容易,下来更不容易。能上能下能官能民,那是报纸上说的,哪里有那样的事?"我说:"这么说起来马厅长没事?"他微微笑了说:"话是活的,换句话七大罪状是七大功绩!就看谁来说这个话了。上面的人想换他,顺势就扳倒了,不想呢,开个表彰会也是理直气壮的。就看话语权在谁手里啊。"我连连点头说:"这个东西真妙啊妙啊妙啊,真是妙不可言啊。"他说:"一个人飞黄腾达或潦倒一生,就看上面的人愿意怎么说你,说你!反正怎么说都是可以的。"我说:"我一辈子就是别人一句话,想起来心里发冷。我还以为自己是谁呢,还把骨气吊得高高的呢。古希腊格言说,认识你自己。我想这算什么格言,谁还能不认识自己吗?现在才知道,认识你自己,不容易!我认了这么多年,头破血流才认清楚了一点,以前太狂妄了,真不知天高地厚山高水险。"他说:"舒少华就是典型的不认识自己,自恃在医学界名气大,自己是人物,对马垂章也敢唱反调。今天你是个人物,明天说你什么都不是,你就什么都不是,你的学术地位是需要权威人物来说的,说你有就有,说你无就无,他不明白这个说有多厉害。"

我想一想自己也是被人任意说的,我叹气说:"我今天真的不该去的,跳到黄河里也洗不清,等于是上了贼船了。"晏老师把手往下一砍说:"不,这个信息是一笔财富,你要好好利用。你马上打电话向马厅长汇报。"我本能地推辞说:"那太那个了吧,我从舒教授那里出来,还答应了他一定保密呢。"他说:"你今天不汇报,明天最迟后天就来不及了,你就是乱党贼子了,你说你怎么办吧。"我一听,头脑中嗡嗡地响,那样我就太委屈太太委屈了。真的这就是政治吗?你进入了就没有骑墙的余地,没进入沾了边也不行!我说:"今天太晚了,都十点多钟了。"他说:"今天太晚了还不晚,也许明天一早就太晚了。"我急得直甩脑袋说:"啊呀呀呀呀呀呀呀我真的做不出,这算不算出卖呢?"他说:"你自己想想吧。今晚不下决心,我可以说你家董柳调动都完了,不是手续还没办好吗?给你找个理由让你完蛋那是给你面子,其实理由都不必找一个,别以为你家董柳真是什么人才,那是别人说的一句话,随时可取消的。你讲良心,别人到时候不一定是这样想,在这些事情上,没有比讲良心更能坏事的了。"我耷拉着脑袋,我急得直甩脑袋说:"啊呀呀呀呀呀呀我真的做不出,这算不算出卖呢?"

痛苦不堪。我这时非常清醒,晏老师是对的!而自己的本能指引的方向总是错误的。晏老师上厕所去了,我想董柳她可经不起这个打击!忽然鬼使神差地,我身子往前一窜,双手就撑在地上了。我四肢着地爬了几步,昂着头把牙齿龇了出来磕得直响,又舌头伸出来垂着,在心里"汪汪"地叫了几声。听见厕所门响,又猛地跳起来,坐回沙发上。我说:"我到办公室打电话去。"

58

到了办公室我没有开灯,一把摸到电话,不让自己有犹豫的机会,就借着外面的亮光拨了马厅长家的电话,说:"马厅长我晚上了解到一件事,气愤得睡不着觉,忍不住从床上爬起来打电话给您,恐怕太打搅您了。"就把事情简单说了。马厅长说:"你马上过来。"我放下电话,冲出大院,就打的过去了。

沈姨对我努努嘴,示意马厅长在书房里,她把我带到卧室,把门关上,我就在床沿坐了。一会儿我听见书房门开了,有人在说话,声音似乎有点熟,却想不起是谁。那人走了,沈姨叫我出来。看见马厅长坐在沙发上,我过去说:"我在床上气得实在睡不着,也顾不上马厅长您要休息了,就打电话了。"把事情详细说了。他说:"我有七条罪状,你怎么看?"我说:"欲加之罪!什么叫一言堂?全省卫生系统需不需要一个核心,需不需要一元化领导?什么叫好大喜功,改革开放的年代就不能用常规思维常规速度!以权谋私就更可笑了,省里这么多厅级单位,像卫生厅这样经济上一点辫子都抓不到的,又有几个?舒少华他不是针对哪个人的,是想搞垮我们的事业,狼子野心,狼子野心啊！"马厅长微微点头说："狼子野心四个字就把他的轮廓画出来了。个人私欲膨胀了，对事物就会失去正确的判断。"我说："我想厅里的意思，是看他业务上还过得去，让他从行政事务中解脱出来，一心一意搞业务，没想到他他他他恩将仇报！"马厅长从皮包里拿出一张纸说："是不是这封信？"我一看目瞪口呆，就是两小时前在舒少华家中看到的那一封。我心中一阵失望，有人抢在我前面了！我把信还给他说："我真的看不下去，看了我眼睛冒火，把信都会烧掉的。"沈姨说："我说老马你那样没日没夜地干图了什么，趁这次机会辞掉算了，养养身体。"马厅长说："是啊，是啊，我干了这么多年了，也该写份报告了，别挡了别人的路！"我马上说："沈姨您这样劝马厅长我就有意见了，还不是一点意见，意见比太平洋还大些！马厅长真的让给那些人，我都服不了这口气！那不是葬送了我们的事业吗？"

这时外面有人敲门，沈姨走到门边问："谁？"外面的人说："我和老彭。"这不是尹玉娥吗？马厅长示意一下，我就跑到书房里，把门关上。尹玉娥和她丈夫进来了，在说那封信的事。我把耳朵贴在门边听，听不清。就趴在地上，翘起屁股，耳朵贴近门缝听。老彭说完了，尹玉娥说："我证明我家老彭是学孙悟空，钻到铁扇公主的肚子里去，他签了名，是想看看舒少华他们到底想搞什么鬼名堂！"老彭说："本来早几天就想向您汇报，想等他们表演充分了，再向组织上作一个全面汇报。"马厅长说："现在说也不晚，不说吧，也没关系。"老彭急得要命："汇报我是早就铁了心要汇报的。"尹玉娥说："老彭早就打定了这个主意，早好几天就要来汇报。我要他干脆把情况了解全面了，一次性汇报。"老彭说："今晚我把情况了解全面了，就打电话给舒少华，要他把我的名字抹掉。他说今天下午就寄到省里去了，这真是流氓手段！原来说好要凑齐八十个人签名的，谁知群众的眼睛雪亮，看穿了他的阴谋，他一看不行了，就提前行动了，把我的计划也打乱了。我真的是想潜伏在里面摸情况的。"马厅长说:"我知道,我心里还是明白的。不过那封信起草时是哪几个人凑的那几条呢?"老彭声音都发抖了,说:"我,我……"尹玉娥说:"我家老彭为了潜伏得更深些,也去参加了那个会。可能也说了几句话,那是为了引蛇出洞。"老彭说:"正是,正是,把毒蛇从蛇洞中引出来。"马厅长说:"好,好。"沈阿姨说:"老马你几天没休息了,你不要命了。"尹玉娥夫妇就告辞了。沈姨把门关得砰的一响,我想象着尹玉娥和老彭在门外像掉进了深渊,半天都抬不起脚来的样子。我赶紧跳起来,沈姨开了门说:"大为,你过来。"我说:"刚才是彭处长吧,我听见尹玉娥的声音了。"沈姨说:"这两个王八蛋,我把他们撕了生吃也吃下去。"马厅长说:"大为,你过来。"拍一拍沙发,我就坐到他身边去。他说:"这封信你今晚找一个地方复印十来份,明天上午一声不响放到阅报室去,就可以了。我就这么一份,你可千万别丢了。我说:"除非我的命也丢了。"他说:"明天你什么时候到办公室来一趟。"

  我拿了信,跑出研究院,叫了的士全城到处跑,找了十多家打字复印社,都关门了,拍也拍不开。终于在南小街找到一家,卷闸门已放下来一半。我弯了腰对里面的人说:"有一份紧急材料,麻烦你们复印几份吧。"里面的人说:"几张纸我还懒得开机呢,还要预热。"我说:"一份抵三份,总可以吧?"就印了十五份,给了三倍的钱。回到大院我又敲开晏老师的门,把事情说了。他说:"人家才是搞政治的呢。私下散发材料,那不是破坏安定团结吗?这是非组织活动,上面最反感的就是这一套。舒少华跳到黄河也别想洗清了。"我说:"我在马厅长家的表现是不是太过了一点?"他说:"一点也不。他当然明白你的情绪夸张了一点,有表演性,这不要紧,问题是你跟他站在一起了,这才是要紧之处。有了这一点其他都无所谓了。大人物看问题只看实质,忽略细节。你给他送点人参什么的有什么用,他少了什么?关键就是政治上站在一起，这是大问题，其他都不是问题。在圈子里，谈不上永恒的朋友，也谈不上永恒的敌人，只有永恒的利益。政治上的同盟关系是最真实可靠的，也是最稳定的，除非有一天利害关系变了。他交给你这个任务，就是相信你，把你看成自己人。这样的机会一辈子只有一次，但有一次也就够了。大人物是讲人情的，更是讲功利的，你支持了他，他必定会给你回报，这也是游戏规则，否则游戏就玩不下去了，以后谁还会跟他走？不只是市场上才讲交换原则。"我说："那一群人就被我害死了，我于心不忍。"他说："那你讲良心去吧。"又说："别以为你有那么重要！他们的命是注定了的，以为自己是学术权威，不知山高水深！"他这么一说我安心了一点，那些人注定要倒霉，不管我怎么做他们都是逃不了要倒血霉的。

　　第二天一大早我去阅报室，在门口瞟见里面没有人，就走开了。快十点钟时，里面出出进进了好些人，我就走了进去，拿张报纸来看，把那一沓信放在报纸下面，又看了一会儿报纸，就走了。过一会儿我到马厅长办公室去，他在看什么文件，并不抬头说："小池来了？"我说："来了。"他说："坐吧。"我在靠墙的沙发上坐下去，他说："坐这边来。"我就走到他对面的椅子前，扶着桌子边，慢慢坐下了。他说："有些事早就该跟你说了，忙着就拖到了今天。"我说："有什么事马厅长您只管布置下来，我哪怕是上刀山……"他手指头一点打断我的话说："你在老地方住了好几年了吧？"我说："快七年了。"他说："过了这几天你去找申科长，看看他那里还能不能挤出一套房子？你的那些文章我都找来翻了一下，很不错的。厅机关正经能搞业务的就那么几个人，都是人才，我们应该有特别的政策，你都委屈这么些年了。"我很感动，说："马厅长，这个时候您还想着这些小事！"他说："还有一点，你是否考虑过自己的学历还跟不上时代发展？形势发展很快，要求也提高了。人要有鸿鹄之志，首先得把自己的硬件准备好。我们

"人要有鸿鹄之志,首先得把自己的硬件准备好。我们这些人,迟早要退出历史舞台的。"

这些人，迟早要退出历史舞台的。"我心中打了一个炸雷，身子猛地前倾，几乎要从椅子上摔下来。我掩饰着说："马厅长您怎么这么说，您永远永远……"他又手指点一点打断我的话，说："是不是想去读个博士？"我说："我总觉得厅里的工作……"他说："两边挂着，两不误吧。我本来想自己亲自带你，但我们的点今年明年不知能不能批下来。时间很紧，你就到中医学院去读，今年就去，你准备一下外语，别的我会安排好的。"我心里热乎乎地说："马厅长，您，您看，我，我……"我泪水在眼眶里打着滚，声音哽咽，"我真不知道怎么才……我以前……"这时电话铃响了，他抓起话筒："哦，是丁小槐，什么，你再说一遍，一封信？谁写的？什么内容？……知道了。"马上又给省委组织部四处打电话："钟处长吧，我马垂章。忙？你们总是忙的，一年到头辛辛苦苦。……这么回事，我们厅里发现了一封联名告我的信，到处散发，厅里都传遍了，你们还没收到？暂时还不叫它非组织活动吧，也许就代表了群众意见呢？我要求省里派人下来，收集群众意见，七条罪状呢。……经济方面他们倒没敢捏造，想捏也捏不出来。放心？一条罪状就把我整趴下了，何况七条？哈哈。"他打这个电话并不回避我，使我感到更亲近，他已经把我划到那个最核心的圈子里去了。

59

晚上十点多钟我悄悄去了晏老师家，把这一天的情况告诉了他，但没说"鸿鹄之志"那一段。他说："总算上路了。"我说："您昨天说了会有回报，我想可能也是的，就是没想到这么快，又这么高。"他说:"好戏才开锣呢。"我说:"来得太快了,都有点交易的意味了,怪不好意思的,好像我是为了得到点什么。"他嘿嘿笑了说:"那你不是为了得到点什么?或者心里想得到点什么又要别人看不出来?"我说:"怪不好意思的,好像自己都被别人看透了。"他说:"马垂章他连你都看不透,他还能坐在那个地方?看透了不要紧,一要生存二要发展,谁也一样,你池大为一个人这么想吗?大人物早把人性摸透了,反正是这么回事,也就不计较这个了,只看实质,是不是盟友?要计较这个林彪还上得去?在圈子里有回报这是规矩,没规矩就没方圆,没方圆游戏就玩不下去。只是你有你的回报,舒少华有他的回报,有回报是规矩。"我这时才体会到,一个人走运是需要另一个人倒霉作为代价的,他不倒霉,你的运又从何来?晏老师说:"奇怪倒有点奇怪,按说回报是相对应的,怎么可能对你特别照顾?是不是他相中了你?你很有可能是一匹黑马。"我一激动差点把"鸿鹄之志"那些话说了出来,还是忍住了,又佩服晏老师他那惊人的敏感。如此有悟性的人,一辈子只当了个办事员,完全是被自己那点清高那点倔强毁掉了呀!他说:"你这几天不要去行政科,过了这一段再说,不然很可能得罪一批人,别人也是很敏感的,几年都忍了,就忍不了这几个星期?"

事情的结局很富于戏剧性。从当天下午开始,在信上签名的人就纷纷找到马厅长那里去表示忏悔,申明自己受了骗,或是想潜伏下来看看舒少华的花招。舒少华组织起来的阵线很快就崩溃了。过几天省委组织部的调查组下来时,这些人以最坚定的口气表示马垂章是怎么怎么好,而舒少华怎么怎么不是东西,简直就是阴谋家。找我个别谈话时,我说得很平静,但句句话都在关节之处,连调查组的人都不住地点头。有马厅长在才有我池大为的活路,这种结盟是如此的坚固,又是如此的默契,圈子里就是这样,也只能这样。调查组回去后不久,省委组织部就下了文件,空缺了近一年的厅党组书记由马垂章同志兼我说:"来得太快了,都有点交易的意味了,怪不好意思的,好像我是为了得到点什么。"

任。舒少华打了报告要求提前退休,以为自己是全国著名专家,有影响,又是那个专业报博士点的领衔人物,一定会得到挽留。他失算了,他的报告第二天就批了,他气得哭了几天,病得卧床不起。舒少华的结局出乎我的意料,但想一想也只能如此。他以为自己是谁,他要知识分子的脾气,他不明白自己的依附性。说到底他学问再高也不是什么标杆,他以为何利何梁奖应该是自己的,没得到就跳了起来,结果就是如此。世界上有两种人,说人的人与被说的人,说的人掌握别人的命运,被说的人命运被别人掌握。说与被说,这是两种完全不同的人生境界。归根到底,舒少华只是一个被说的人。当然我也是个被说的人,但有不同的说法。转机是在不经意中产生的,但意义非同小可。如果渺渺不病那么一场,又如果尹玉娥不向舒少华推荐我,我这一辈子也许就没有出头之日了。

　　春节前几天董柳调到省人民医院去了。尹玉娥本能地觉得不对劲,但也不好说什么,总是用探究的眼光打量我,我只作浑然不觉。这天上午电话铃响了,尹玉娥抢着接了说:"贾处长。"把话筒递给我,眼光带着狐疑。我说:"哪个贾处长?"我一时想不起来。她很明显地哼了一声,表示着不相信,我这才想起是人事处贾处长。放下电话我说:"叫我去一趟。"她神色马上紧张起来说:"有什么事?"我说:"天知道。"她说:"是来神了吧?"我说:"我们这些虾兵蟹将到哪里去来神?不会有什么事的。"她说:"那不见得。"我心中憋了一口气走了出去,心想:"就算老子来神了,你也犯不着这样紧张吧,你也太明显了!"进了人事处,办事员小顾一声不响出去了,贾处长说:"小池你到我们厅里有好几年了吧?"我说:"到明年打完一个抗战。"他说:"你是经得起磨炼的,很多人经不起这个磨炼,个人主义的尾巴就露出来了。"我笑笑说:"我们这些人没什么志向。"他说:"这个我就不同意了,该上进的还是要争上进,太放松自己也不好。"我连忙点头称是,心想:

"有要求是经不起磨炼,没要求又是放松自己,怎么道理就像泥娃娃,由着一些人捏呢?"他说:"厅里办公会议作了决定,要加强中医学会的工作,中医的地位提高了嘛,组织上想要你把这副担子挑起来,你有什么想法?"我心里想,这也算一副担子?嘴里却说:"我的能力是有限的,经验也不足,如果组织上决定了,我就试一试。"他说:"为了方便工作,厅里还是想明确一下,厅里会下一个文,明确一下。"我说:"如果组织上定了,我就不推了。"

出了门我觉得太阳很好,想不到冬天也有这么好的太阳。我望一望天,怎么冬天也有这么好的太阳?我觉得身上很爽,有一种飘的感觉。马上又提醒自己,可别轻狂,三十多岁才弄到一个科长的帽子戴着,好意思飘?说起来吧,别说科长,也别说处长,就是厅长也就那么回事,大气泡与小气泡吧,早晚都要破的。可看清楚了这一切又怎么样?我眼界高了这么多年,大小气泡都看不起,又怎么样?人不到那个份上,什么东西也轮不到你手中来。跳出去想,一个省长也是一个气泡、一只蚂蚁,可轮到自己,一个科长也非同小可啊!世界上的事就是如此,你心境再高,也要回到这尘土飞扬的地面上来。说到底人不可能跳出去想,跳出去想一个人什么都不是,连一颗尘埃都不是。人就是这么可怜,这么无可奈何。

回到办公室,尹玉娥用十分明显的眼光询问我,我浑然无觉地抓了报纸来看,挡住了她的视线。过一会儿她终于沉不住气说:"有了好消息吧?"我一听就在心里提醒自己,被她看出了什么吗?修养不到家啊。我放下报纸说:"什么好消息,你告诉我。"她似乎放下了心,可坐一会儿又走了出去,回来说:"池大为你连我都保密,都要下文了。"我说:"我研究生毕业都七年了,封了这么小小的一粒绿豆官,"我掐着小指比画一下,"还算好消息?你知道我的同学在部里都到什么份上了?"她说:"你有个贤内助呢。"我心中的火往上一蹿。她敢,她居然敢！我这几天对她还有点内疚，现在这种心情烟消云散了。哪天你吃了苦果子，那是你自己找的！你一个中专生，还要来跟我比。人的自恋真是不可理喻，明白了这一点就明白了人，明白了人就明白了世界。看她研究似的望着我，我忽然想到应该让她这么想，我是靠董柳才有了机会的，最好把这种想法传到那些人那里去，于是我跟舒少华的倒霉就脱了关系了。我宽容地笑了笑，算是默认了。又想到现在说话再不能信口开河，不然无意中就给别人提供了射击自己的子弹。刚才说"小小的一粒绿豆官"，这可不是什么好听的话，把组织的信任当成了什么？以前觉得为了小小的一粒官不自由，戴着面具又戴着紧箍咒，把自己身子扭成别人需要的状态，实在太不值得。现在可不敢这么想了，不敢了啊！

过了两天厅里就下了文。几年来类似的文件我不知道看了多少，今天看着自己的名字写在上面，那感觉硬是不同。一个人眼前能有多少东西？他在世界上活着，这就是一个最重要的依据。有没有这点依据，那感觉硬是不同。我心里感激着马厅长，觉得不用多说，默契已经达成，以后的任务就是紧跟马厅长干革命了。如果舒少华上了台，那我就要人头落地了，我能答应吗？拼了命也不能答应啊。以后我碰到马厅长，也还是那么叫一声马厅长，可这一声和以前的一声不同，语感不同。马厅长也还是叫我一声小池，当然也和从前不同。那点不同很难表达，可就是不同，不是当事人根本听不出来，可却有着根本性的差异。

我觉得自己就这么上了路。既然上了路，我得想想前面有什么障碍，不想不行啊！我把有过交往的人挨个想过去，想着想着就急得心疼。自己以前跟同事说话太随便了，太真诚了，漏洞不少啊！这些漏洞都翻出来，差不多可以用说舒少华的方式来说我了。自己以前没什么想法，说几句怪话别人也不当回事，反正你对他没有威胁。现在可不同了，那些怪话都是要命的子弹，放下去没四两，提起来有千斤，杀伤力可不小！这么想着我身上的汗一炸就出来了。

　　第一步我得把尹玉娥安顿下来。厅里已经下了文，她接受了这个事实，她丈夫暂时平安无事，她倒也不怀疑我。我跟着董柳商量了，观察了几次，瞅准了她女儿的身材，买了件外套送给她。买的时候董柳舍不得地说："我自己还没一件这么好的外套呢。"我说："你忍一忍，也不用忍多久了。"她说："还要加上利息。"我说："绝对的！"跟营业员说好了，万一不合适还要退的。第二天我对尹玉娥说到了这件外套，我说："那是董柳的妹妹送给她的生日礼物，董柳穿着艳了点，做了妈妈了穿不出去，给你女儿穿最好。"她说："我家小青很刁的，她也知道爱漂亮了。"我说："试一试吧。"拿去试了后尹玉娥说："怎么就像特意给她买的，她一穿上身就喜欢了。"

　　还有江主任，我想找个机会请他吃饭，沟通感情。我搞抽样调查时怪话说得太多了，得把他的嘴给贴上胶布。我观察到了他的活动规律，这天就在传达室门口等着，快七点钟他从活动室打台球出来，我扶了单车走过去，猛一抬头说："江主任，刚回去？"他说："池科长，还没祝贺你呢，新科状元！"我说："这么晚了，吃饭没有？"他说："正赶回去吃呢。"骑了单车要走。我说："我也没吃，要不我请你去喝杯啤酒？"他高兴说："你是该请客呢，以前有人考上了状元，把他欢喜的东西砸碎几件，怕他喜疯了。今天怕你也喜疯了，要你出几滴血也是为你好。"骑车出了大院。他指了路边店说："就在那里搞一下算了。"我说："那要看请谁，请江主任在路边店搞一下，我吃了豹子胆吗？"到了金城酒家，我请他点菜，他点了个腊肉炒蒜苗，我把菜单抢过来说："怕吃穷了我吗？"就点了一份清蒸鳜鱼。他说："真的出几滴血呀？"我又点了大闸蟹，他连连叹气说："啊呀，啊呀，这是吃私款呢。"我还要点基围虾，他说："算了，算了。"我心里感谢他，嘴里说：

"要吃就吃好一点。"他叫服务小姐把基围虾划掉,换成槟榔芋蒸扣肉。喝着啤酒,他用异样的眼光望着我,终于忍不住说:"大为你有什么事要我帮忙?"我说:"要你帮忙才请你吃饭,那我就太小人了一点。我们是什么关系,还搞一手交钱,一手交货那一套?"他说:"我都习惯这样去想问题了,真没什么事?你请我吃个快餐,我就不想那么多。主要是现在小人稍微太多了一点。喝!"喝着啤酒就有了气氛,戒备心理也松弛了。他五六年没提拔了,就发了几句牢骚,我鼓励着他说:"像你这样的人,扎扎实实工作,厅里也没几个,上面应该还是看得见的。"他喝完一杯说:"我们又不会走上层路线,戏都由那几个人演去了,他们是什么角色?"说着说着他连马厅长的名也点了。这真是一个没有想到的收获。我把他这些话捏着了,哪天他想发射子弹了,也会有一点顾忌吧?喝完酒我去买单,他说:"今天破费你了。"出了门又说:"我看你还是够朋友的,朋友喝酒时说的话,出了门就忘掉了。"我说:"忘掉忘掉,老是记着别人说了什么,那是男子汉?"

回到家我给董柳报了账,董柳说:"这个月扯下这么大的窟窿,你说怎么办?纯毛外套是我们买的?大闸蟹是我们吃的?"我说:"到你妈妈那里去周转一下,以后还给她。"她说:"谁知道有没有以后?"是啊,谁知道?为了把小气泡吹大那么一点点,那是大事,天大的事,得调动千般智慧才行啊!

60

省中医学会今年的第一件大事,就是把年会开好。年会年年开,今年却有些不同。

马厅长把我叫了去说:"今年的年会你有什么想法?"我不知道他的意思,试探着说:"年会年年开,我搞会务也有这么多年了,不知今年有什么新的精神?"他说:"今年是大年。"年会三年评一次奖,评奖的那一年在省中医界就是大年。我必须先摸清马厅长的意图,为了开年会特地把我叫来谈谈,这是头一次。我说:"别的都还好办,只有评奖复杂一点。"他说:"今年可能不止复杂一点。管文教卫的文副省长要到会,级别就不同了。因为级别高了,拉到的赞助比往年高。"我说:"这是好事。"他说:"你上任烧的第一把火,就是要把中医学会的评奖算省级奖。你起草的报告省里很可能会批下来。"我一拍大腿说:"好呀好呀。"我没想到这件事居然有希望办成。他说:"传统文化的地位现在是空前的高,中医的地位也提高了,这是一股东风,就看我们怎么去乘这股东风了。中药是绿色药品,前景一片看好。我们今年要申报博士点,这是厅里的大事,所以今年的评奖非常重要。"我这才明白了他的意思,虽然迟了一点,还不太晚。我说:"要保证奖评到点子上,又要保证安定团结。"他点点头。我说:"我们跟中医学院协调好了,大局就定下来了,剩下几条泥鳅也翻不起大浪。"他说:"会上有人吼起来就太不好看了,不能掉以轻心!"我说:"不能掉以轻心!"他说:"要保证年会开好!"我说:"保证开好!"他要我找中医学院杜院长的秘书小方,他已经跟杜院长联系过了。我说:"今年的会议通知还照往年的规矩发下去吧。"我的意思是不要把这些新的信息透出去,到时候好像一切都是临时发生的。马厅长点点头。大人物有些话不好说出来,要我们来说,他们默认就行了。我感到自己还算个明白人,大人物跟前可少不了明白人啊!我告辞时马厅长又叫住我,要我参加评高级职称的外语考试。他说:"你考了呢,就有两种可能性,不考,就只有一种。"我连连点头说:"谢谢马厅长的关心!"马厅长要我准备,那就绝对不会有问题了,我没想到这个好处会来这么快。出了门我想着自己每年搞会务，总感到有一只无形的手在操纵，却看不透无形之手在哪里，现在我才明白了。

这件事是对我的考验，我可不能办砸了，办砸了就是我的无能，烂泥巴敷不上壁，那今后就没什么机会了。回到办公室我叫尹玉娥把去年的通知找出来。她说："要改吗？"我说："把日期改一下。"她说："没有新精神？"我说："没有。"把通知发下去了。

我按马厅长给我的电话号码跟小方联系了，他要我晚上在金天娱乐城见面。我到计财处支了一千块钱，就骑单车去了。我在大门口等着，一辆奥迪停下来，下来一个人，我没注意，心里在琢磨那辆车。那人走过来问我是不是池先生，这就是小方了。他问我等多久了，我说："刚来，你的车就跟在我的车后面，你没看见？"小方把我领到一个包厢说："今天就由我来安排。"我意识到主动权不能交到他手中，马上说："怎么安排都由你了，最后的事由我负责。"他还要推让，我说："马厅长交代了的，你总不能害我犯错误吧。"小姐送了茶来，小方说："我们杜院长对今年的年会特别重视。"我说："那他跟马厅长想到一块去了。"喝着茶我主动出击说："马厅长的意思，今年还要靠杜院长大力协助。"他说："评奖的事，你们有什么想法？"我没想到他说得这么直率，说："要是在往年，你们有什么想法就按你们的想法办了，今年有点特别。你们都有两个博士点了，我们今年要报点。本来报骨骼学估计也没问题，情况有了点变化，临时决定重点报药理学，马厅长亲自挂帅。省级奖当然起不了决定性作用，但也是重要材料吧。厅里的意思，今年要倾斜一下。"他马上说："你这么说就让我为难了，我回去怎么交代？"我的底线是一个一等奖一定要拿到，三个二等奖最好也能有一个，而他的想法跟我们一样。谈了半天谈不下去，他说："池科长原则性很强啊，前两年都是跟丁小槐打交道，好像很顺利。"我说："今年特别情况，请杜院长支持一下。"他说："杜院长他不要这个奖，只是宁副院长的论文的确不错，他有想法，问题就麻烦了。"谈不出结果，他到门外去打手机，我一拍身上说："我也得跟马厅长汇报一下，手机忘带了。"他打完电话回来说："我们是兄弟单位，为了这点事闹不高兴也没意思。宁副院长那里实在是交代不过去，杜院长的意思是能不能增加一个一等奖，二等奖、三等奖也各增加一个，奖金的缺口一万八千块钱，我们两个单位平均负担。"我说："特事特办，我想我们厅里问题不大。"又讨论评委的名单，要保证意图能够落实。他说："我们的两个评委都是博导。"我说："我们的两个都是全国知名学者。"他说："我们的是博导兼知名学者。"我说："你又不是博导，你压我一头干什么？"两人都笑了。七个评委这就去了四个，我们之间有了默契，大局就定了。接下来又讨论评奖的细则。我想着这评奖先定获奖名单，再定标准和名额，用政策把名单上的人圈进去，再定评委，最后是评审论文，投票。我说："今年把程序都倒过来了，结论成了起点。"他说："什么时候也这样，哪里也这样。"想一想倒也是的，什么事情来了先考虑哪些人该受益，然后量体裁衣去定政策和细则，总之要保证事情落实到关键人物身上去。这样的事情以前会感到自己眼中揉了沙喉中卡着刺，现在却心平气和。我应该心平气和，又必须心平气和，也只能心平气和。想一想这个世界是个讲功利的世界，偏偏要求大人物不讲功利，那可能吗？合理吗？换一个人比如舒少华又会有什么两样？撼山易，撼人心难。谁能撼得动？小方说："第二个程序，娱乐一下。"就把服务小姐叫进来说："找两个小姐来陪我们池先生唱几首歌，坐平台。"我说："我们自己唱就可以，我也不会唱。"他说："要她们教你。"服务小姐说："先生下次来吧，一定有的。这几天抓得紧，小姐都放假了，实在对不起。"就鞠了一躬。小方说："娱乐城娱乐城，没有小姐还娱乐什么？你看这个'娱'字，"他一根指头凌空划着，"首先就是个'女'字旁，没有女孩，那不是叫人张口望着天？你以为古人造字没有科学性？"服务小姐笑了说："那我去看看有没有。"小方说："算了算了。"打手机叫司机来接他。我说："我打的回去算了，徐师傅他忙一天也辛苦了。"他说去上一趟厕所，就去把单买了。我说："小方你真的叫我挨骂吧。"他说："总有一个要挨骂的，你就辛苦辛苦吧。"出了门我问他坐平台是什么意思，他说："你真不知道？平台就是唱唱歌算了。"我说："那还有什么别的？"他说："你真不知道？炮台小姐。"抿嘴暧昧一笑。我说："怎么可能，在包厢里！"他说："那你说还要到哪里？"车来了他要送我回去，我谦让一番，就只好上了车。到了大院我又搭车过去，把单车骑了回来。

　　陆续有论文寄到中医学会来，我把论文都复印了几份，送到各个评委那里去。有个别评委不能十分放心，我就向杜院长马厅长汇报了，由他们去做工作。评委是他们精心敲定的，他们的意图当然能够得到贯彻。我跟小方又在金天宾馆见了几次面，把每一个细节都作了精心的安排。一等奖的人选定了，二等奖就要考虑其他一些重要人物，不然就无法摆平，摆不平就难免要起风波。于是按照同样的游戏规则，把二等奖、三等奖也定了个大概。今年的评奖升级了，这个信息不知怎么传了出去，各路神仙都在活动。有人从地区县里跑到省城来，提了烟酒到我家，向我打听评委的人选。我说："我怎么会知道，我只是个办事的。"他们不信，我就说："看我住的地方，像个决策的人住的？"他们想想也有道理，才信了，说："哪怕评个三等奖也好啊。来求人吧，跨过这个门也要点勇气吧。不评个奖就难评职称，老婆孩子都交代不了。你们在上面不知道下面人的难处。"对付他们我有个现成的办法，就是把自己发表的文章拿出来给他们看，说："我的文章级别也有这么高吧，我如果被评上了，你们应该有希望，我没评上，那可能就是竞争太激烈了。"他们走了，我把烟酒提着送他们下楼，心里想着这些人，说起来大学毕业也这么多年了，真可怜啊。这个世界是强者恒强，大小通吃，一路吃过去，吃了鱼还要吃虾，能吐一点骨头屑出来，就是很有良心了。这些人抱着并不存在的希望跑到省里来，他们是被说的人，哪里又会有奖评到他们头上去？我心里有点不舒服，但想到我不来安排，也会有别人来安排，事情并不会有第二种结果，就释然了。说到底这是一个操作的年代，操作的过程非常繁复，动机却很单纯。操作的目标就是要让别人出局自己入局，最后出局的就是那些弱者。白猫黑猫，抓住老鼠就是好猫，管它什么猫呢。操作只讲结果，而不能讲原则讲公正，也不能讲人格讲良心。没有足够的心理承受能力就只能扮演一个失败者，无人同情，说他好是有气节，说他不好那是傻，是猪，都是一种说法。于是操作大师们一个个应有尽有，春风得意。

61

四月份我考了日语，六月份交了申报高级职称的材料。六月底年会如期举行，文副省长在开幕式上说："告诉大家一个好消息，我们中医学会三年一度的论著评奖，从今年开始是省级奖了，批文在前几天已经正式下达了。这是对大家的一个鼓励、一种鞭策。"我在下面听了，想着一切都经过了精心安排。评奖升级，被描绘成了一个临时的事件，又有几个人知道已经操作了几个月了？看到文副省长讲得兴致勃勃，是他也被卖了呢，还是他明白一切却仍然在表演？我看不出来。这世界也不知道到底是谁在玩谁。晚上有好几个人溜到会务组来，小心地把门关好，问我和小方，评委是谁？谁评上了奖？我们都推说不知道。第二天下午宣布获奖名单，一时会场气氛非常紧张，许多人身子都前倾着。我看到这种姿态，觉得这体现了人性的贪婪。

杜院长说："此次评奖，评委都是我省中医学界德高望重的权威人士，他们按照公平公正公开的原则，本着对每一个同志负责的精神，经过反复讨论，最后才定下来的。"接着孙副厅长宣布获奖名单，刚宣布完就是一片议论声。我旁边有人说："评什么？干脆按职务分配算了。"我听了急得要出汗，生怕他大声讲出来。一个三十多岁的青年站起来说："评委的名单可不可以公布一下？"孙副厅长很难堪地望着马厅长，又望着杜院长。我的心都要跳出喉咙了，这匹害群之马！杜院长说："为了保证评审不受干扰，做到最大限度的公正，评委的名单事前没有公布。同时为了保证他们正常的工作生活不受干扰，我们觉得不公布名单更合适一些。大家对他们的业务水平和人格，是应该有充分信任的。今年的奖金比往年高，我们事先也不知道。谁知道能拉到多少赞助？这是昨天才定下来的。"那个青年坐下去，噘了嘴把头扭着。

晚上马厅长到会务组来找我，问那个青年叫什么名字？我说："他叫许小虎，是岳南地区中医院的。他性格冲动，太冲动了。"马厅长说："年轻人嘛，血气方刚，也可以理解，可以理解嘛！"又叫我找了许小虎提交的论文给他看。我说："这论文怎么评奖？太自以为是了。"他说："有自信还是好的，人就应该有自信。"翻一翻论文又说："杜院长说了，为了保证会议的程序正常进行，以后发通知还是要谨慎一点。"我马上说："只怪我没把工作做细，看他的论文是在北京发表的，就发了通知让他来。以后我一定一定把工作做得更细一些。"马厅长没说什么，就走了。我坐在那里半天心神不定，觉得这是自己惹的祸，马厅长不高兴了。小方说："池科长你也不要想太多，我们这些人吧，给领导分忧是分内的事，分了忧再分一点不愉快，那也是分内的事。能分到这点东西，就是我们的福气，有多少人想着还分不到呢。出了问题不是你的问题，难道还是领导的问题？"我连声说："对，对对，对对对。小方你到底比我想得深些远些。"

第二天一早开了三辆大客车出去游玩，晚上回来，就散了会。这时天色已晚，我刚想回家，走在楼梯上有人叫"池科长"，我一看是许小虎，吓了一跳。他说："池科长，能不能跟你说几句话？"我站在楼梯上犹豫了一下，正准备摆出一副公事公办的嘴脸，他说："我看池科长你这个人还是个好人，就想说几句话。"我心软下来，又怕别人看见我跟这个吼一声的人说话，就说："我回去拿点东西，你到外面等我。"我回家停了几分钟就又下楼，走到大门口，他从传达室出来叫我。我装着没听见，一直出了门，拐弯走到树荫下。他一直叫着跑过来，我连连摇手，他才住了口。我问他传达室是谁值班，心想着如果是丁小槐的弟弟，我就得马上转回去，可不敢留句话给别人讲，传出去了，谁讲得清？大人物心中有个印象，到时候是要起作用的。在关键时刻，那些说不清的东西是最有分量的。他说："一个年轻人。"我说："下巴尖尖？"他点点头。我说："前面两百米有一家大元茶楼，你到那里等我，我还得到办公室打个电话。"我转回到大门口，果然是丁小槐的弟弟。他说："池科长，刚才有人在等你。"我说："好像有人喊我一声，我回头一看也没见人，谁呢？"他似笑非笑："就是，就是……"我明白他心中有数了，打断他说："他要是再来，就要他到我家里去找。"走了进去，又从后门出了大院来到茶楼。找一个僻静的位子坐下。许小虎说："开了这个会，心里憋得慌。"我想，不憋你那还憋谁？嘴上打官腔说："评上奖的总是少数，一百四五十人也只评了十二个人，应该说没评上是正常的。"他说："池科长你是个内行，你说评奖合理不合理吧！"我想，天下哪有对人人都合理的事，对有些人合理就没法对你合理。嘴上说："合理总是相对的。"我把撒手锏拿出来，打开皮包把自己的论文拿给他看，说："我也发了这些论文呢，也有点档次吧，我评上奖没有？"他翻了翻，半天说："我不说自己，你看看那份名单，获奖的人是人人都有一顶乌纱，又是按帽子的大小评的等级，天下哪有这么凑巧的事？"我想，就是有这么凑巧的事，而且永远会凑巧下去。嘴上说："也不知评委是哪几个人，是不是真有人在活动？不会吧？"他说："你难道不觉得中间有暗箱操作？"我想，这个人怎么跟我以前一样认真，有利益分配的地方哪里不是这样操作的，这能认真吗？认真就是傻瓜，傻瓜才会抱有幻想，对公正还那么执着，现在是什么年代？嘴上说："我只是办事的，你看我住在什么地方就知道我是办事的，我能操作我把自己也操作进去了，我评个二等三等谁有话说？不见得有谁在操作吧？"他说："池科长我看你是个好人，把你当个朋友，是不是我看走眼了？我要告去。"我想，去年你这么看我就没走眼。嘴上说："你把我当个朋友，我也把你当个朋友。你告能改变什么，评奖都是教授级的人投的票。你想想你能告谁又告什么吧！你一告只能起一个作用，就是把我放到火上烤了，毕竟你的通知是我发出去的。说不定领导还会以为我跟你是个朋友，有点特殊关系。还有一个作用就是下次谁也不敢沾你的边了。你想想那样好吗？"他叹气说："今年奖金这么高，又是省级奖，那些人的手就伸出来了。有些人什么好事没他的份？从鱼头吃到鱼尾，从不落空，永不落空！这些人自己给自己分配！"我想，自己不给自己分配还总分给别人，那合人性吗？嘴上说："想不到的事多看几次就想到了。"他点点头，又摇摇头说："中国的老百姓真好啊，都看清了，就没人跳出来放个屁！"我想，他能不好吗？他想不好又能如何？这个世界是讲功利又讲实力的，没有实力，你看清了又如何？也就白看一眼罢了，还能摇动什么改变什么？你看清了，你想讲道理，可道理实际上不是书本上报纸上那样讲的，有另一种讲法，你怎么样？你气得投了河，也就是世界上少一个人罢了。在这时候装个傻瓜那才是聪明人，识时务者。实力是一种存在，你怎么样？它存在着，它以自己的方式讲道理，你拿着石头打天去吧。嘴上说："所以小虎你临渊羡鱼，不如退他跟我握手说:"池科长你还不算一个最坏的人吧。"我说:"过奖了,过奖了。"

而结网。"他把头甩了甩说："是的，是的，就这么一条路，你走不走吧，走不走吧！"我想，他碰到我曾碰到的问题了。嘴上说："明白就好，早明白比晚明白好。"他说："我想那些评委也没勇气把自己的名字公布出来，他们表面上还是要脸的。"我想，你也太高看那些评委了，以为他们真是什么权威吧，他不贯彻意图下次就没他的份了。嘴上说："说评委也还是有点冤枉了他们。"他若有所思点头说："如今的人心理承受能力也真强，他从鱼头吃到鱼尾也不怕别人说。自己把自己当作标准，量体裁衣定了那么几条，那当然他是最标准的，是第一名。再往下他左边嘴角生颗痣，那标准里也有颗痣了。你知道下面是怎么议论的？"他咧着嘴手指在嘴角点了一下，示意着那颗痣。我想，如今到手就是真的，他怕议论？笑话！怕议论他敢办事？如今都什么年代了，还有几个君子，怕别人说，不敢下手？根本不怕！你太低估他们的心理承受能力了，你议论几句只等于放了个屁罢了。嘴上说："小虎你到了那一天你要做什么，我看你也不在乎谁说几句。"他说："如今的人脸皮都撕下来了，可总要凭点良心吧。"他做了个撕脸皮的动作，又拍拍胸。我想，脸皮都撕下来却要凭良心，这话怎么讲？嘴上说："只要我们自己凭良心就可以了。"喝完茶我抢着结了账，他跟我握手说："池科长你还不算一个最坏的人吧。"我说："过奖了，过奖了。"出了门我说："好自为之。"他一拍大腿说："扣舷独啸，不知今夕何夕。"

62

我在圈子里活动了半年，觉得自己还算一个有悟性的人，简直有点如鱼得水的感觉。我这么有悟性，竟被冷落了这么多年，回想起来简直不可思议。在圈子里活动，最重要的就是对周围的人特别是大人物的心思了如指掌，要吃透他们。我的悟性就是凭着本能准确把握那些无法言说却又意义重大的事情，这些大事情都发生在小地方比如酒桌上。对似乎是不经意的一句话，有时候我为了分析它后面的内容，其中的感情色彩、用词的分寸，要进行长时间的思考，把各种人物关系都考虑进去。别人都在一点一点地寻求进步，我也这么做着，这一点一点的意义实在大得很，这是积累，积到一定程度就有质变，可不能掉以轻心。有时候我也按照古希腊圣人的教诲，停下来认识认识自己，觉得自己有点卑琐。我整天这么察言观色，利用一切可能的渠道体察大人物的心思，并不动声色地予以迎合，这点悟性也只是有悟性的卑琐有悟性的奴性罢了。这时我免不了在心里骂自己几句，可骂归骂，该怎么做还怎么做。不做行吗？能够骂自己几句又使我非常得意，这使我多了一点精神优越，骂自己的悟性可不是每个人都具备的！

　　三月底参加博士学位考试，考试之前马厅长安排我跟导师宁副院长见了面。见面之后我对考试就有了把握。六月底录取通知就下来了。七月份我评上了职称，是副研究员了，职称到手，分房分数比当科长又多了五分，比年初当办事员更多了十分，就分到了两室一厅的套间。搬家的前一天晚上董柳激动得一夜没睡着，半夜里也把我推醒来讨论房子，说："如果我睡着了醒来是什么感觉，恐怕人都会浮起来吧？"我说："那还可以浮到天上去？眼皮里就没一寸深的水！别人住一百几十个平方米，那他长生不老？"她说："你怎么敢跟马厅长比？"又说："我真的睡不着，做梦一样就有自己的厨房了，总有一种插了翅膀要飞起来的感觉。"我说："这算什么算什么！"才半年多我对什么科长已经不屑一顾了，我的心要大得多，想得远得多，但我不愿跟董柳说。还是在去行政科拿钥匙的时候，申科长说："池科，你那房子其实也用不着怎么装修。"董柳说："装还是要装一下的，好不容易分到一套房子，委屈了我自己倒没什么，我就不愿意委屈了房子，委屈了房子我心里就堵着。"申科长说："小柳子你信不信好事它要来，门板都挡不住。我在厅里二十多年了，也看出一点来了。通的人总是通，不通的人总是不通。"房子没怎么装修就住了进来，董柳很不甘心，不停地感叹说："这么好的房子，害得我感觉没到位。筒子楼都住了这么多年，这里还不得住个半辈子？"她的想象力还是不够，我也不去说她。

九月初我拿着录取通知去中医学院报了到，一去就傻了，宁副院长带四个博士，只有我是正经学中医的，其他三人，一个是云阳市委副书记，一个是省计生委副主任，再一个就是任志强。当初任志强也来参加考试我感到意外，也觉得可笑，谁知他真被录取了。从没学过中医的人可以跳过硕士直接读中医博士，这世界真的是改革开放了，老皇历是翻不得了。这些怪事离开了权和钱就根本不可能发生，我不用去了解就明白，否则他们凭什么？什么事都是人在做，规则只能限定那些没有办法的人。对有办法的人来说，规则还不如一张白纸。别的人做不到，看还是看得到的。虽然看清了也没有办法，但对那些黑纸白字的东西，谁还会当真？除了我，他们都是坐小车来的，看到这个场面，我觉得自己实在也没有必要那么兴奋。倒是中医学院药物系有两个副教授和我们一起考的都没考上，有的人从鱼头吃到鱼尾，是以另外一些人吃不上为代价的。我想他们会到上面去捅一家伙，叫一叫委屈，可居然没一个人吭一声。现在的人修养真好啊。再想一想他们也只能这样，事情就是如此，就摆在你的鼻子下面，看清了又如何？看清了也就白看一眼罢了。他们只能修养好，修养不好又能如何？

申科长说得不错，好事它要来，门板都挡不住。年底厅里又下了文，调我到医政处当副处长。下文的那天尹玉娥一脸的疑惑，不停地用眼睛来瞟我。她家老彭已经从副处长的位子上被撤下来，她整天萎靡不振，说话像长了霉似的，没有几句不是阴暗潮湿的。对那些刻毒的怪话我装作听不懂，也不报告，打死老虎没有什么意思。也许她本能地感到了自己的厄运和我的幸运之间有着什么联系，可找不到其中的线索。她显然不相信我只凭董柳会打针就能好运连连，但纵有千般怨气，也只好隐忍不语。我感到自己的心变硬了，对别人的痛苦如此平静。我把事情给她交代了，说："还有什么事你来医政处找我。"她说："没什么事了。"想不到面对面坐了五年，分手时如此冷淡。她这个任性的人，也不想想我池大为今天是何许人也，把一肚子的不高兴都写在脸上，这能有出息吗？

到了医政处，办公室已经准备好了。小梁开玩笑说："池处长，今年是你的大年啊。"我说："我是一棵橘子树吗？"又指了袁震海说："你把我这个假处长叫成了处长，真处长会有想法的啊。"我想着按惯例应把处里的人召在一起开个见面会，可袁震海一字不提。按我以前的想法，这些鸡毛蒜皮的事我真不屑于去争，可事情就是这点鸡毛蒜皮凑起来的，这些地方不斤斤计较，被冷落了还装作毫无感觉，那以后就会在不知不觉中出了局，连手下的人也会看小了我。见面会也只是演个戏，可哪怕是戏也非演不可，圈子里形式比内容更有内容，人在江湖身不由己！我说："什么时候跟大家见个面吧，处里的同志我也只是面熟，名字都叫不上来。"小袁作沉默状手一拍桌子说："我正在想怎么安排呢。明天下午厅里考法律常识，考完了大家见见面。"我说："就那样吧。"能有那么个意思就可以了，我也不想过分计较。下了班我看到厅里的通知，明天下午三点半到五点考法律常识。我想考完了再回到处里来，就下班了，还开个什么见面会？稀稀拉拉泻肚子似的还不如不开的好。我心里凉了半截。

一直到下班我都在想着这件事，心里堵得慌。董柳说："大为你还有什么不高兴的事？一系列问题稀里哗啦都解决了，我没有野心，一辈子这样就可以了。"我说："女人天生就是女人。"她还要问，我就把事情说了。她说:"那你还是要去找马厅长。"我说:"一粒老鼠屎大的事也找马厅长,他又不是我养的家丁。"她说:"那就算了。"我说:"今天这个事算了,以后算了的事就没个完了。圈子里的小事都牵着大事。说真的我也不想计较这猫尿狗屁的事,可你不计较吧,有了他的戏就没你的戏了。"想来想去非找马厅长不可,对他是件小事,对我可是一件大事,这是给我定一个位啊!就跟董柳带着儿子打的去了。

马厅长一家正在吃饭,董柳一进门就说:"一波说好久没看见渺渺妹妹了,吵着要来看妹妹,我正好想着来看沈姨,就拖着池大为来了。他怕打搅马厅长,还不肯来呢。"沈姨说:"只管来就是,老马有事到书房里去做。"渺渺饭也不肯吃了,拉着一波的手要去玩。保姆把她抱回来,按在饭桌上。马厅长说:"小池今天上任了吧。"我说:"去了。"董柳说:"上任了就应该高兴,组织上信任你,多挑担子,不知他怎么就不太高兴,叫他还不肯来呢。"马厅长说:"小池他还不高兴?不会吧。"我说:"说起来都是小事。"马厅长说:"小事也跟我说说,我看有几斤几两?"我厚着脸皮把事情说了,又说:"我主要是想到以后怎么更好地开展工作,稀稀拉拉开个会,我以后就不好说话了。"马厅长笑了说:"说大也不大,说小也不小,我这就打个电话。"放下饭碗就去了书房,我拦也没拦住。一会出来说:"你明天照常去上班吧。"董柳说:"马厅长你别听大为的啰唆,烦不烦?这点小事还要您来管,那您一天到晚还有时间吃饭睡觉?"沈姨说:"那也要看谁的事。"吃过饭马厅长看新闻联播,我们就逗着孩子玩,董柳跟沈姨有讲不完的话。玩了一会我们就告辞了,走时渺渺喊:"一波哥哥明天再来,跟我玩。"到门口沈姨说:"小柳子你把池大为打扮得正规一点。"董柳说:"他随便惯了,一年到头就是一件夹克。"马厅长转过头来说:"以后有什么事其实可以打个电话来。"

上了公共汽车我说:"以后对马厅长我们有什么说什么,还演什么双簧？没有他看不清的事！谁的屁眼里夹着怎样的屎橛子他不知道？"董柳说："出门时他说那句话，让我都不好意思了。马厅长是我们的恩人，我们也要诚心相对。"又说："沈姨要我把你打扮得漂亮点，你明天去买几件好衣服。"我想着沈姨的话，正规点那就是西装革履，这话有信息含量，可不是随便说的。我说："好衣服几百上千一套，你又扯得心里疼了。"谁知她说："明天跟董卉借三千块钱，把你从头到尾武装一下。"看来她也不是不懂要投入才有收获的道理。

第二天一早我刚进办公室，袁震海推门进来说："昨天晚上我想了一下，今天下午的见面会吧，下午一上班就开，扎扎实实开半个下午，开完了再去考试，你准备讲个话吧。"我说："见见面认识认识同志们就可以了，搞那么认真干什么？"他说："晚上吧，大家到随园宾馆去开两桌，搞几瓶啤酒，吃了喝了大家去潇洒它一家伙。你会打保龄球？"我说："开不开会其实也无所谓，既然你已经决定了，大家认识一下也好，潇洒就不必了吧，处里那点钱也不容易。"我趁机把小金库点了一下。他说："我们处里虽然穷，这点钱还吃不穷吧。"就这么定了。后来我才知道两年前小袁升了处长，全处的人包了一辆车，到郊区的白鹭度假村玩了两天，花了几千块钱。他什么都懂，正因为太懂了，就装作不懂，想敷衍一下算了。你精明吧，我池大为就是傻瓜？事后觉得去马厅长家一趟实在很有必要，进了这个圈子你不得不全神贯注地关注礼仪，这是给一个人定位啊，不然皇帝怎么要搞个登基仪式，为什么要臣子跪拜？形式就是实质，这实在是很大很大的问题啊！

有了职称，又有了位子，好事要送到你鼻子底下来，不要都不行。我的工资一年里提了两次，厅里又给家里装了电话，每个月报销一百块钱电话费。想一想这一年的变化，真有一点要飘起来的感觉。老婆调动了，房子有了，职称有了，位子有了，博士读上了，工资提了，别人对我也客气了，我说话也管用了。权就是全，这话不假，不到一年，天上人间啊，再往前走半步，真的可以说要风有风要雨有雨了，这半步的意义实在大得很，不追求不行啊。以前看着别人为了那半步绞尽脑汁，怨气冲天，哭哭啼啼，觉得非常可笑，大男人的，值得吗？轮到自己了才明白这半步的分量和含金量。人嘛，也不能说谁是野心家，进步是人人都梦想的，批判什么人说他是野心家，那实在是很可笑的。我以前一点野心没有，谁又照应过我那么一点半点？世界太现实了，圈子里尤其如此，人不可能在现实主义的世界中做一个理想主义者。鼻子底下那点东西我肯定是要的，虽然我有时又跳出去把它叫作"一堆牛屎"。人生一个基本的出发点，就是只能站在自己脚下这几寸土地上去想事情，而不能跳出去想，跳出去想自己什么也不是，自己鼻子底下那点东西就什么也不是。对世界来说我渺若微尘，可有可无，我什么也不是，今天就死了地球照样转，可对我自己来说，我就是意义的全部，我的存在是一个最重大的事情。世界的眼光和我的眼光的反差实在太大太大了。人就是这样可悲可怜可叹。鸡每天琢磨什么？鸡从来不琢磨意义问题，它琢磨那几粒米。自己每天都在琢磨什么？像猫一样警觉，把捕捉到的每一个信息，一句话、一个动作、一种眼神、一丝笑意等等仔细地加以分析，并力图通过这种信息钻到对方的潜意识中去。晏老师告诉我的处世之道百试不爽，对任何人，你只要站在他的立场上去设想他的态度就行了，可千万不能去虚设什么公正的立场，那些原则是在打官腔敷衍老百姓时用的。

春节之前袁震海找我商量说："大家这一年都辛苦了，今年就多发点奖金吧。"我来了近两个月也没搞清处里小金库有多少钱，就趁机说："不知处里还有多少存货？"他说："存货嘛，除了厅里发的，我们每个人再发它一两万怎么样，钱留着也是个祸害。"我一听这个数字，脑袋"嗡"地响了一下，这不是工资的几倍吗？怪不得别人日子过得那么滋润，我以前都想不通。我知道每年省里搞资格考试，复习资料都是处里找人编了发下去的，没想到好处有这么大。我说："我刚来不久，就少拿点。"他说："你来了就是处里的人，怎么少拿？本来想元旦前就发了它的，知道你会来，我就压下来了。"我马上说："袁处长为我想得这么细，我真的不知怎样才好。我还是拿最低的那个档次算了。"他说："我们按惯例，下午我叫小梁取了钱，把账做好。"我想着这点钱我还不能少拿，钱发下来总有个等级，我不在中间过渡一下，他就太突出了。晚上我拿了一包钱回去，递给董柳。她打开报纸一看是三万块，张着嘴在桌边站了好一会说不出话来，眼睛都直了。事后我悄悄问处里那些人拿了多少。也有说一万一的，也有说一万二的，没有人知道袁震海是多少。我心里很不安，怕他们有意见，可他们一个个都不说话。我想着他们肯定都有怨气，可全部都活活地憋死在肚子里了。能不憋吗？当然我没告诉他们我拿了多少。

63

这天快下班的时候，门外有个人探头探脑。第二次看见他我问："找谁？"他轻手轻脚走进来，很谦逊地笑了说："您就是袁处长吧？"我说："你是谁？"他打量我说："我找袁处长。"我说："有什么事？"他赔笑说："这么说您是袁处长了？"我说："有事就说事，没事就下班了。"他退了一步，摸着椅子边坐下来说："袁处长，我是从云阳市来的，有件事想请您老人家……"我一听马上打断他说："这些事你明天找袁处长说。"我看他神态有点诡秘，本来想摸一下底，他这一开口我觉得不对，以后会有麻烦的。他一听马上跳起来连连点头说："对不起，对不起。"退着出去了。晚上袁震海打电话到我家说："云阳市有几个医师想申请办一个皮肤病性病防治研究所，是不是你处理一下？"我说："处长你看着办就可以了。"他说："你也熟悉一下业务吧。"放下电话不久，云阳的人就来了，就是下午那个人。他进门就连连点头说："对不起，对不起，我不知道找您池处长也是一样的。"董柳给他倒茶，他说："我姓苟。"又一笑说："爹娘没给个好姓。"用右手在左手掌上一笔一画写给我看，又说："听说池处长跟我同届，都是七七级的？"我说："有什么事就说那个事吧。"他说："我在云阳市第一医院皮肤科干了十年了，也可以说在云阳小有名气了，现在是越干越窝囊，医院门口卖水果卖槟榔的都有十万二十万了，我还是一双空手。老婆在家里念，被她念烦了，想想还是出来自己打湿一下鞋子。"我说："想申请营业执照？"他一拍巴掌说："池处长对我们这些人真是体贴入微呢。"我说："你们把材料准备好，明天到处里去谈，最好还是去找袁处长。"苟医生说："池处长池处长。"就上来拖我的手，马上又放开了，打开窗户，对着外面的黑夜咳嗽三声。不一会又上来一个人，提着个大塑料壶，气喘吁吁的。苟医生说："这是毛医生。"他的口音很重。"毛"听去怎么也像"猫"，我想着今天这是狗也有了猫也有了。我说："谈工作就谈工作，送东西干什么，你们要送明天送到办公室去。"苟医生说："这是我们那里特产的茶油，省城里什么没有？只好送点特产是个初步的意思，初步的意思。"坐下又说："我们的手续绝对都是正规的，研究所七个人，有五个本科毕业，两个大专毕业。"从包里掏出材料给我看，市卫生局的章都盖好了。我翻了一下说："材料也不能说不齐，只是现在提出申请的有好几家，一个市里还办几个研究所？如果只是个诊所，到市卫生局批就可以了。"他说："所以就来找池处长帮忙，这是大恩大德的事。"我说："如今这个行业是暴利行业，想动脑筋的人不少。"他说："所以就来找池处长您老人家帮忙。"

用胳膊碰毛医生一下,毛医生说:"我还有事,先走一步。"苟医生对董柳说:"嫂子,我借个地方跟池处长说几句掏心窝的话。"也不等董柳回答,就朝房里走去,我跟在后面说:"有什么话在客厅说也是一样的。"他关上门说:"什么事情都有个惯例,我们也就按惯例办事。池处长您老人家在这个位子上,应酬那么多,几个工资怎么来得及?"说着从怀里掏出一包东西说:"这是一点小意思,说真的还算不上什么意思,给您的儿子买几颗糖甜甜嘴吧。"我说:"这个我不能收,你要我犯法?"他说:"这是我自己愿意的,我们是朋友吧,对吧?谁说送点东西给朋友要犯法,法律也要讲人情吧。你收了什么?什么也没收!如果哪天我老苟说您池处长收了什么,那是血口喷人,是污蔑,是搞陷害,你要我拿出证据来!"我说:"我刚上来没几天,你要我下台?还是明天到处里去说。"他说:"这是惯例,其他的市也是这么做下来的,未必我们云阳就不同?"说着抱了拳作揖打拱,"我们几个人,包括这几家老小,都要对池处长您感恩戴德,把您老人家的好处铭刻在心里。"说着突然开了门,跑了出去,我追到客厅,他已经关上门出去了,比兔子还快。

我回到房里,抓起那一包东西说:"这是多少?"董柳用手一掂说:"应该是两万。"我说:"那坐牢够条件了。"她说:"卫生厅要轮到你来坐牢,那你还没资格,批了这么多文下去。你看见谁坐牢了?拿着怕什么,真坐牢了我给你送牢饭。"我说:"我屁股还没坐热呢,几万块钱我也不是没看见过。"我仔细考虑了,第一,苟医生是从袁震海那里来的,我收下了他肯定知道,可以说他把事情推给我,就是要我做这件事,这样他自己也安全了。苟医生说惯例,那不是空穴来风。第二,难保苟医生身上没带录音机,把那些话都录下来了,将来就是把柄,我一辈子都得被他牵着走,黄泥巴夹在裤裆里,不是屎也是屎。这么一想我决定了钱不能要。我说:"这钱不能要,这比炸药还危险。"

董柳说:"那也随你的便,我们那么苦都苦过来了,现在缓过气来了,还怕没口饭吃?"我围着这包钱转了几圈,看了又看,再用手去摸了摸,手心有一种发烫的感觉,我看了看似乎有点发红,赶紧到厨房用冷水冲了一下,手心还是火辣辣的。这种火辣的感受唤醒了我心中的某种意识,想起自己在上任时就下了最大决心,手中的权尽可能用足,但决不做超越界线的事。可想一想吧,两万块钱,往柜子里一塞就是自己的了,特别是,并不要为它去做什么冒风险的事,执照批给谁不是批?钱毕竟是钱啊。现在几万块钱塞过来,还作揖打拱要我收下,可去年为了一波住院,两千块钱还要到处借。人还在这个院子里,还是每天上班,还是这个人,可根本不是一回事了!钱,拿着,事,办了,两相情愿,难道还有人来咬我不成?这样一想我又犹豫了。在灯下看了一会书,熄了灯睡下。刚睡下又想,万一醒来钱不见了怎么办?也保不定正好进来一个小偷,甚至还有一种神奇的力量把钱弄走了呢?我在黑暗中撑起身子,把桌子上的钱抓过来,塞在枕头下,就有了踏实的感觉。睡下来感到硬硬的一包硌着头,左塞右塞不硌头了,可总感到朝着钱的那一面头皮发麻,像原子能在辐射,又像将要起爆的定时炸弹。我对董柳说:"这钱拿着到底是找乐呢还是找苦呢?"爬了起来想给晏老师打个电话,又意识到这事电话里不能说,谁知道哪个角落里有第三只耳朵?就到晏老师家去了。

晏老师女儿阿雅开的门,我说:"回来了?"就叫她到另一间房去,把事情对晏老师说了。晏老师说:"你拿着最简单的,啥事没有。"我说:"还是不想拿,别人拿惯了没事,我拿了心里总疙疙瘩瘩的,总有件事挂在那里,平时说话都没底气了。"他笑了说:"还是没进入境界啊。"我说:"我明天一早送到纪检会去,要他们问纪检会要去。"晏老师说:"告诉我你有多大的想法?"我不明白他的意思。他手往上指一指,我明白了说:"既然走上这条路,那还是要走下去的,不上路没事，上了路就没个完。"他说："你有想法，但你千万别以为自己挺身而出前途就一片光明了。你把钱往纪检会一送，就将了很多人的军。池大为刚上任就有事件了，那么多人待了那么久没有一点音信，那是怎么回事？肯定会表扬你，还可能会上省报，但以后你就是人民公敌，你的路就断了。"我说："我想想也有点问题，就跑到这里来了。这包东西我不要我是人民公敌，我要了我怕它哪天爆炸，那我丢到厕所里去？"他沉吟说："你悄悄退回给他们，袁震海那里做个含糊的姿态。"我说："他是什么人，我没要他心里肯定明白。我要了他对我放了心，就是朋友了，有默契了，不要呢，以后做什么都隔着一层，他事事防我挤我。卧榻之侧，岂容他人酣睡？"他说："要不你这样，你把钱还给他们，就说是入股，以后你不收股息就是了，主动权在你手中。"我说："这个办法好，可还有两壶茶油？"他说："谁为两壶茶油摔过跤呢？"我说："想起来待在圈子里真没意思，人人都想抓别人的把柄，又都怕自己的把柄被别人抓去了，喝醉了酒时都比超级侦探还清醒，是个朋友都变成敌人了。像我吧，不是个想捞的人，还得装个想捞的人。"他说："天下哪有免费的午餐？"我说："谁说坐在那个位子上简单？就凭这一包东西摆在你眼皮下，你能不动心，经得起这个折磨就不简单。"

第二天上班，袁震海意味深长地望我一眼，我微微一笑，默契地点点头。快到中午的时候，董柳打电话来说："那点东西你不要就算了，千万别往上面送。我刚才跟护士长闲聊，她说三号床的潘毕直早几个月是云阳市的市长，从省里调去想干点事，收了推不掉的红包一律上缴，引起了公愤，工作硬是展不开，选举的时候硬是被当地人选下来了，回到省里就退休了，气病了在这里。"放下电话我摸了皮包里的钱鼓鼓地还在，就放了心。

过两天苟医生打电话到家里来，我说："你晚上来吧。"他很兴奋地说:"谢谢池处长。"天黑后他来了,我说:"这件事不能着急,有好几份材料在这里,不可能都是唯一的吧。"他急了说:"那,那……"右手闪电般从西装领口处往怀里一插,又抽了出来。我说:"材料你明天还是交给处里小梁,按程序来。我去交给他,那算怎么回事?"他手又迅速往怀里一插,再抽出来说:"那池处长的意思是没希望了?"我说:"我说过这个话吗?"就把那包东西拿出来,"这点东西我没看,不知道是什么,可能是烟吧。我又不抽烟的,你暂时拿回去。"他涨红了脸拼命推过来说:"池处长您叫我回去怎么交代,大家都望着我呢,我把好消息都告诉他们了。您老人家可怜可怜我们这些小老百姓吧。"又从怀里摸出一包放在桌子上说:"我知道那点东西不成敬意,我和老毛商量了,想打点埋伏,开张的时候用钱的事多,这太不应该了,简直就违反了惯例,池处长您老人家就给我们一个改正错误的机会吧。"我说:"叫你收起来你就收起来,不收我就叫纪检会卢书记来收。"他睁了眼望着我,不认识似的张口待了半天说:"真的?"他把钱收起来说:"我真的没脸回去,大家都把脖子伸直了等着我呢。"把头垂着站了起来,直直地挺着。我说:"把东西收起来再说话。"他坐下来,我说:"你们的材料我看了,还要到市卫生局去补充两个证明,你明天交给小梁。如果材料属实,还是比较扎实的。"他说:"有一点不属实,池处长您砸死我。"说着拿一包钱在头上用力砸了一下,"这点东西?"把叠着的两包东西推过来。我说:"你要我犯错误,我敢犯吗?"他说:"谁说这是错误?花钱办事,天经地义!谁辛苦了谁也该有点车马费吧。要不我以儿子父亲的名字起一个毒誓在这里。"我笑了说:"那不等于让我咒你父亲儿子?"又说:"要不等于我在你那里入一份股,没发财就算了,发了财咱们再说。"他似乎明白了说:"对对,这就是池处长的股本了,我开个收条给您?我们做事认真点,收了人家的钱,总不能点个头就算数吧。"我说:"那不是我的钱,我得另外拿钱。"他想想说:"您老人家就拿一百块钱。"我笑了说:"一百块钱还不够吃顿饭,一年能有多少息?"他竖起一根指头,我说:"一百?"他说:"池处长您别开玩笑。"把指头勾下去再竖起来。我说:"那么是一千了?"他说:"一千在池处长这里怎么拿得出手?"我说:"那么是一万了?"他说:"池处长您觉得……那么一万五好不好?"我说:"再说吧。"就拿了一百块钱给他。他收了说:"池处长您真的帮我们大忙了,这点钱是我们七家人凑起来的,租房子买仪器还没着落呢。大家想着第一是招牌,招牌有了,钱总是有办法的。"我说:"你们也不容易。"他叹一口气。走的时候说:"明年我给您拜个早年吧。"他去了,董柳从房中出来说:"就让他这么走了?"我说:"我们多少也凭点良心吧。"又说:"不知道这两壶茶油一百块钱够不够?"我把茶油提了一壶,送到晏老师家去了。

64

厅里一年一度的职称评定又开始了,我是中级职称评委。马厅长见了我说:"小池,聘书拿到了?"我站住了恭恭敬敬说:"拿到了。"他说:"当个评委没有经济效益,还算是个荣誉吧。"我说:"组织上信任我,我尽力把工作做好。"他说:"评职称不是光看业务,那些政治上表现不好的人,关键时刻立场不稳的人,业务再好,都要考虑考虑。改革开放了,政治还是要讲的吧。"我明白他指的是去年跟舒少华跑的那些人,我说:"那些没有组织观念的人,他就算有那么一点点业务水平,又有什么意义?这是方向问题!让他们上去了,那不是对破坏安定团结的人的鼓励?别人我管不了,我手中这一票,我还是会严格把关的。"我又担心别的评委不配合,说:"我不会辜负组织的信任,可是十一个评委,我只有一票呢。"他说:"你把自己的工作做好就行。讨论的时候,总要有人站出来说话,形成一种积极的气氛。"我说:"其他评委的人选,不知道组织上考虑了没有?"他不说话,我也不再说。

接受了这个任务我压力很大,怕完不成任务对不起组织,又感到要自己出面去扮黑脸,这实在不是我池大为所擅长的。这事一定要做,再做不出也要做,这是绝对命令,没有商量的余地。我想到自己要扮演的角色,就有一种周身的血倒着流的感觉。我的血液在皮肤之下涌动,由于一种不可思议的原因改变了既定的流向,像长江之水从东海之滨以一种不可思议的方式流向唐古拉山脉。想想我池大为能有今天,这个黑脸能不唱吗?让一千一万个人不高兴那不要紧,他们不高兴又如何?也只好不高兴罢了,可千万不能让领导有一点不高兴啊,他不高兴,我的一切在一瞬间都完了。我想了好几个晚上,在讨论的时候怎么才能既把握住方向,又做得比较含蓄,黑脸不要涂得太黑。我反复推敲也找不出一个完美的方案,做个人真难啊。

这天晚上莫瑞芹来了,还带来了一个人。小莫说:"池处长,这是我表弟赖子云。"我知道这个人,是舒少华带出来的研究生,去年也签了名,是狙击的重点对象。中医研究院不愿做恶人,把他的名字报到厅里来了。我对赖子云点了点头说:"没想到小莫你还有个表弟在研究院,没听说过这个名字!"小莫说:"池处长我们认识这么多年了,从来没求过你,今天要给你添麻烦了。"我说:"小莫你叫池处长就见外了,我们谁跟谁呢。小莫你的事就是我的事。"小莫说:"那我们开门见山,我就是为他评职称的事来的。"我望着赖子云说:"他今年评职称?材料报上来没有?"赖子云说:"本来研究生毕业两年自动转中级,我今年是第三年了,去年也不知为什么,把我的名字划掉了。"小莫说:"他去年犯了一个错误,在那封信上签了名。他是舒少华的学生,不签也不行,其实他自己对谁也没有什么成见。"赖子云说:"评不上职称,当不了主治医生,你水平再高没人挂你的号,你的号一块五一个也没人挂,教授号五块钱一个还要清早来排队,人家只看你是哪一级,也不管你水平多高,我总不能站在挂号的地方去说自己是谁吧?有时候我坐在那里就干坐一整天,你说人坐得住?工作量没有,奖金就没有,我还要吃碗饭吧?"小莫说:"真的想请这几个评委讲点良心呢。池处长我们这么多年的关系了,你帮他一把就是帮我一把。"我说:"我手中只有一票,还有十票我管不了。"小莫说:"我们今天只拜你这一张票,其他人我们一个个拜到,相信大多数人还是讲良心的吧。"我觉得小莫在机关也待了这么多年,还是不知机关的根底,在中国活了一辈子,还是不了解中国,还真的以为评委是什么说话算话的大人物呢。他们的投票权又是哪里来的?他们不对权力来源负责行吗?你想请他们讲良心,他们哪里有这个自由?我说:"其他评委那里你们也去看看。"我想把压力分散到别人那里去。小莫说:"我这个表弟是一块死硬的石头,我拖他来他还不肯来,我说送点东西,他还抓住我的手。"赖子云说:"送东西花钱我不要紧,可要我提着东西我就更没勇气进那个门了。"我说:"你表姐跟我是什么关系,还送东西?"又说:"这次报上来的材料都很过硬,报主治医生的都有几篇文章。"我想给自己留点余地。赖子云说:"要是别人成果比我多,我没评上我吭也不吭一声。"小莫说:"你上次不在那封信上签名就好了,不知天高地厚。"赖子云脖子一挺说:"我的导师要我签名,我能不签?再说,提意见是合法的,群众有这个权利。写匿名信反映情况都不犯法,何况不是匿名信?退一万步,就算我错了,你不接受是一回事,我提意见的权利还是有的吧,这是宪法规定的权利。"小莫说:"你看这个蠢人,把书上写的东西往现实中搬,那搬得?你看这个书呆子还扭着脖子在这里辩，生活中的事哪有拿着书对照的呢？幸亏这还是池处长，是别人谁敢投你的票？"赖子云脖子仍扭着说："就算提意见错了也不至于报复吧，报复了一年还要报复几年？"我心中好笑，这真是个书呆子，还想用电视上、报纸上、书本上那些大道理去套现实，照你这么说谁都可以冲上来黄口白牙爱怎么说怎么说了，那这个游戏还玩得下去？轮到谁谁也只能如此，怨马厅长？马厅长一个副省长都叫一封信闹掉了，压你一个职称那是最仁慈的，轮到我池大为恐怕都没这么轻松了。我说："小赖你最好换一个工作环境。"赖子云低了头说："换到哪里去，在本省还是没跳出如来佛手心，外省吧我父母老了，也只有我这一个儿子。"小莫说："池处长你看他好可怜，我姨妈姨父都退休了，身体也不行了。他父亲是脑血管萎缩，才六十出头路都走不动了，全靠这个儿子。"我点头说："是的，是的。"小莫说："是的是的还是要解决问题才行，我今天就拜你这一票。这块顽石我要他进你这个门还做了好久的工作，你想他还要进那么多张门呢，那不是一般人的心理承受得了的，如果最后还不成，你想想人心里的滋味吧。"她说着眼睛都红了，赖子云头耷拉着一声不吭。我心想，他签名的时候怎么就不想想马厅长心里的滋味？不为别人想想却要别人想想自己，那合适吗？脸上却做出动了情的神态："小莫你的事就是我的事。"小莫说："我还是不放心，大为我跟你实话实说，你原来也是个有平民思想的人，这两年变得太多了，上去了就不是那么回事了。"我想，到什么山唱什么歌，唱来唱去当然还是自己那首歌。谁到了那个份上都会得到一份相应的利益，这是游戏规则。有了这点东西也就上了轨道，入了局，就得按规则办事，否则就要出局。要我出局就是要我下地狱，你说我会干吗？你想要我跟当年一样想，那怎么可能？身份不同了，在结构中的利益关系不同了，想法自然也不同了。到了这个份上谁也得变，这种立场坚如磐石，绝不是一种良心和公正的逻辑能够摧毁的。嘴上说:"是吗是吗?我自己没觉得。"她说:"我想怎么人一上去就不同了,好像有鬼操纵似的。我希望你只转九十度的弯,左边看看右边也看看,你一转就一百八十度到对面去了。"我说:"是吗是吗,我自己没觉得,我真的变了那么多?"我当然明白自己变了,不变行吗?我不过是走在预定的轨道上罢了。"我得反省反省。"我认真地点着头。小莫说:"说了这么一大箩子话也没见你吐句实在话出来,我也不知道把你这一票拜到了没有。实在拜不到就算了。那些头上没有帽子的评委总容易说话些吧。"我被逼到墙角了,只好说:"我已经说了你的事就是我的事,别人我管不了,自己这里还是能够掌握的。"小莫说:"那我就算着有一票了,我还带他拜下去。"

小莫走时,我在门口看了看,怕有人看见。看了没人我示意她快走。关上门董柳从房里出来说:"你真答应她了?"我说:"凭良心呢,是得答应她,想想他们有多难吧。"董柳说:"那个小赖讲的话,句句都在理上,句句都带感情,我看他都可怜。"我说:"在不在理上要看谁来讲这个理,换一个人就完全是另一种讲法了,让有些人来讲,枪毙了他那是便宜了他。"她说:"那你怎么办,我看你也不好办。"我说:"到时候谁投了谁的票,哪怕是无记名投票,组织上也一清二楚,这点能力都没有他叫作组织?反正要得罪一头,总不能得罪大头吧。如果有人能给你一切,又有人一切都不能给你,你说要你凭着良心就站在后面这个人的立场上,那可能吗?要我池大为做这些杀人——"我扬起右手掌往下一劈,"不见血的事,我好受?这身上的血都倒着流的,想一想血倒着流的滋味吧,我不执行任务,自己赔进去了也改变不了什么,没意义吧。再说要一个人为了别人把自己赔了也不合人情吧。"董柳说:"以前只知道当外科医生的人要心硬,后来又知道做生意的人要心硬,现在才知道最要心硬的是你们这些人。"我说:"小赖这些人吧,头上不碰出几个血包来,他不知道什么叫领导。事情来了,这就叫你知道什么叫领导。"我把事情想了又想,最后决定只能把小莫得罪了。这么多年来她对我很好,但这实在是没办法的事。谁不是对自己的来历一清二楚?我有了今天,是公正在时间的路口等待吗?要我坐在这张椅子上主持公正,凭良心办事,这不合逻辑。饮水思源,我该怎么处事,该对谁负责?这实在是没有办法的事情。决定之后又觉得这事根本就不用想,想也好,不想也好,做都只能那样做。谁违反游戏规则,谁就出局。出了局怎么办?我想都不敢去想。

事情的结局倒是我没料到的。厅里对评委不太放心,干脆在经过人事处的时候就把那些人的材料抽出来了,根本没有进入讨论。这使我如释重负,又想到人事处贾处长立了这么大的功,将来一定要压我一头的,幸亏他业务上还拿不出过硬的东西出来。本来以为材料被抽出来的那十几个人会跳出来哇哇叫,却居然无声无息。我心里感谢他们,又看不起他们,他们这些被称作"知识分子"的人,也只能配有这样的命。他们如果一起叫了起来,马厅长也不一定能受得了的,可他们居然一个也不叫。我原以为马厅长走了一步险棋,后来又觉得其实并不险,他实在太了解那些人了。

65

许小曼从北京打电话来,催促我报国家科研课题。本来去年我就要报的,她说名额太挤,要我缓一年。我说:"那我还是那个题目。"她说选题不错,并把课题论证的要点告诉我。我看看自己的前期成果,已经有十多篇论文,大致的框架已经有了。再系统化一下,博士论文有了,课题也完成了。我领了表准备填,坐在桌边半天下不了笔,总觉得有点不对劲。仔细考虑了，觉得论证还是很周密的。提了笔写，可还是有什么东西挡着自己似的。勉强开了一个头，笔下总是显得滞涩。我烦了，叫董柳泡杯茶来喝，她给我端来一杯君山毛尖。我把滚烫的杯子握在双手之中，喝了一口，微涩的清香从喉咙一直下去，一股暖流渗到全身，似乎到了神经末梢，四肢都松弛了。再喝一口，那种微涩的感觉唤醒了我心中的某种意识，一个念头一闪，我猛地跳起来拍一下桌子，茶水溢了出来。我怎么能把马厅长忘了呢？怎么报马厅长的恩，这是自己长期想着却又找不到机会的事，这不就是一个机会？知恩不报非君子也。没有当上博士导师，这是马厅长的一块心病，完成了一个国家课题，那申报的分量当然就完全不同了。解决了马厅长的问题，还怕我的问题不能解决？我抓起填了个开头的表格揉成一团，撕碎了丢到厕所中，放水冲了下去，有一种罪证被销毁的感觉。我心里有点遗憾，自己搞了这么多年，名字却放在后面，有点舍不得，但稍一犹豫，马上就下了决心。

决心下了，话怎么讲还颇费踌躇。越是大人物，自尊心越是敏感，一句话没说好，哪怕是只有一点点暗示在里面，那就大错特错到月亮上去了。想起上次我去买西瓜，经常做生意的那个水果摊的西瓜没看上，看上了邻摊的贴着标签的新农一号。买了之后觉得很对不起熟悉的老板娘，已经走过去了又回头对老板娘说："下次你应该进新农一号，这瓜品质好，容易走动。"刚说完老板从板车后面跳了起来说："你讲句好话吧，我的瓜不行？我的瓜什么时候比别人差了去？我今天都卖了几百斤了，你会看瓜？"我没料到老板睡在那里，吓了一跳，尴尬地笑笑走开了。平时老板对我亲热得不得了，怎么一下就变了脸？你的好心不一定能得到相应的回报，一个瓜老板你都碰不得呢，别说是大人物。别以为是好东西就可以直通通地送上去，要送还得讲技巧，让他接受得舒适。我想了又想，这话该怎么对马厅长说才好。说真的我对妻子儿子都没用过这么细的心思呢。小人物为大人物考虑，比为自己考虑还细密，也许大人物为自己考虑还没这么细致呢。

我和董柳又带着一波去了马厅长家。进了门我不再说一波要找渺渺玩，开门见山说："马厅长我现在遇到难题了，您替我参谋参谋。"他说："是工作上的难题还是个人的难题，个人的难题要小柳子给你解决。"我说："又是工作上的，又是个人的。"我小心翼翼地试探着前进，"我们省里中医界三四年申报国家课题都剃了光头，中医学院那么多教授也没拿下来。我想我是谁？我从来不敢想。一个同学在部里科技司当处长，前几天打电话来要我报一个选题，她可能也能帮一点小忙呢。我看自己的前期成果才几篇论文，书也没一本，到全国去竞争，怎么够分量？试试吧，希望太渺茫了，不试一试又不甘心，万一碰运气碰上了呢？"他说："你那个同学说话力量够不够大？"我说："她说她能够影响几个老先生，也不知她吹了牛在里面没有？"他说："要报你报什么选题？"我犹豫着说："就是没想好，报什么都觉得自己还不够分量。"他说："能拿到一个课题，我们厅里科研就上档次了，也让中医学院那些老头子看一看，让他们也咽一口气下去。"绕来绕去，这个话总绕不到点子上，我不能开口，我开口就明显了一点。要马厅长开口，那更不可能。我又把话题扯到选题，董柳按事先安排好的，在和沈姨说话时不经意地转过头来说："你要马厅长帮你选个课题，你自己怎么选得出？"又掉头跟沈姨说话去了。我看马厅长的神色，并没有什么变化，心中一块石头落了地，说："马厅长您跟我的研究方向差不多，您有经验。"我们又讨论了起来，每当他的设想跟我的既定方向靠近的时候，我就连声说："好，好。"选题越来越清晰了，我说："马厅长您这个选题真的很有希望，您也报一个，我报不报都无所谓，反正报不上。只要是我们卫生厅系统搞到手就好，也气一气中医学院那些老头子。我跟小方说话的时候，他老拿那几个人来压我，我服不下这口气。"马厅长说："我本来是想自己报一个的,我们厅里连续几年剃光头,我也着急,也不服气啊。可是厅里总是一大堆事在那里等着我,就是不能让我闲一点。"董柳不失时机地转过头来说:"马厅长您亲自出马,希望就来了。"我说:"那我就不报了,把力量分散了总不好,毛主席说伤其十指不如断其一指,这是战略问题。"董柳说:"大为你就在马厅长这里拜个师,请他带一带你。"马厅长说:"拧成一股绳报起来希望大些,做起来也快些。"我连连拍着大腿说:"要是马厅长肯带我,那就再好也没有了,我都没想到马厅长居然这样看得起我,我是受宠若惊了。只是一个课题能不能两个人合报?"我当然知道是可以的,只是想暗示自己根本没想过合报的问题。马厅长说:"应该是可以的。"我吁一口气说:"那我就放心了。"我们又详细地讨论了选题的论证,由我先起草论证报告,再进一步讨论修改。我说:"课题拿到手,有几万块钱呢。"他说:"几万块钱哪里没有?毛毛虫。难得的是国家课题这块招牌。只要把事情做出来,找个好出版社是没问题的。"我说:"就算课题没批下来,我们也把它搞出来,看省科技出版社愿不愿出。"他说:"我要么不写,写了一定是中国科技出版社,至少是人民卫生出版社,在地方上出影响太小了。"又说:"真拿到了课题,你明年就可以破格报正高,也给我们报博士点添一块砝码。如果我们的博士点拿到了,你也就是导师了。这对你今后是很重要的,现在干部要讲知识化,业务上不过硬,坐在那个位子上也没底气,给他坐他也坐不稳,不然怎么那么多厅级干部又去赶博士学位?"我说:"我去年先走一步了,马厅长为我想得远。"沈姨说:"老马把你的事当自己的事呢。"我说:"我心里都明白,人非草木怎么会无知无觉?"董柳说:"他天天在家里念马厅长的好处,到这里反而不说了,他就是这个脾气。"

　　回到家董柳忽然想起来说:"今天马厅长没察觉什么吧?"我说:"以他的精明他知道是怎么回事。"她说:"那不糟了!"我笑了说:"糟什么,大家知道是戏!演这么一场也是必要的,心照不宣。这些话你直通通讲，讲得下去？只要你是为他好，你怎么演他总不会有意见吧，人说到底是看结果的。"

把材料报了上去，我就着手工作。马厅长说："只争朝夕，课题真批下来了，我们这里已经做完了。"他跟袁震海打了招呼，我可以不去上班，也可以到研究所动用一切仪器设备。厅里批了三万块钱，马厅长的两个研究生也由我安排。他自己也很投入，晚上放下一切工作跟我扎在实验室，周末更是整天投入。厅里的人见我居然跟马厅长搞这么大一个课题，对我的态度好得不得了，真的是脚下的地都长了三尺似的。等课题批了下来，连马厅长都毫不掩饰一脸的喜气，敦促我加快工作，一定要在报博士点之前把课题完成，把书印出来。我写出来一部分就拿到厅文印室打印一部分，校对的工作就交给研究生去做了。马厅长说："中国科技出版社已经联系好了，国家课题当然没问题，只是厅里要贴点钱。"我说："有什么问题我随时向您请教，会不会干扰了您的工作？"他说："这就是工作，厅里要发展，发展是硬道理，也是最大的工作。我们现在不能只在省里跟别人比，要到全国去比，我从来就是把工作的基点放到全国去比。"

我拼命工作了几个月，每写好一段就交给马厅长审阅修改。等完成的那一天，我已经心力交瘁，把手中的笔向窗外掷去，就像小时候掷纸飞机，很潇洒地把手一甩。电脑排好的稿子很快就出来了，拿在手中厚厚的一叠赏心悦目，翻了几页怎么看怎么好，我都不相信上面的每个字都出自自己的笔下。马厅长派退休办的小蔡专程把稿子和光盘送到北京去了。小蔡回来说，编辑部高主任说最快也要半年才能出来。"我说："半年就赶不上了。"马厅长说："他给我们出个题目呢。"就叫财务室寄了二万块钱作为加班费，那边答应两个月之内赶出来。

厅里早就策划好了，由中医研究院出面，把全国知名的专家请来，开个上档次的学术讨论会。专家中有几个是学位点的评委，求的人太多，请的人也太多，请他来不是把飞机票寄过去就完事了，还要调动各方面的关系才请得动，还有些是包了飞机票和全部费用还可以带夫人也请不动的，马厅长说："实在请不动，以后上门慢慢做工作吧。"厅里前年为申报博士点设置了一笔六十万的特别基金，马厅长亲自带队到全国跑了二十多天，评委一个一个都拜访了，钱用了一大半，事情还是没成。今年又追加了四十万，志在必得。这次会议，就做了二十一万的预算，主要从基金中开销。董柳说："你们用起钱来，我听一听都能摔个跟头。我们打一针一块钱两块钱，打一辈子也不够你们开三天会啊。"我说："谁跟谁比？你们干一辈子，就是为了开这三天会，人跟人好比的吗？"学术会议交流学术事小，疏通关系事大。像这种上档次的会议，没有大人物的利益在里面，根本开不起来。董柳说："我真的为那些护士打抱不平，她们是怎么赚钱的？血汗钱，针挑土！别人是怎么用钱的，浪推沙！赚钱的方式跟用钱的方式差别太大太大了。"想一想钱的确也花得令人心疼，可金字塔上面的人与下面的人又怎么好比？几十几百也比不了一个啊。我说："要承认你们勤勤恳恳还是为革命作了贡献的，奉献精神还是值得肯定和提倡的，在平凡的岗位上还是做出了不平凡的成绩的，这成绩组织上还是心中有数的。"董柳冷笑说："几顶大草帽往我们这些人头上一扣，勤恳啊，奉献啊！人家得到的可是实际的东西。"我说："世界就是这么回事，你有意见又有能力你就到那个份上去，你有意见又有脾气你对天叫几声屈，你有意见没能力又没脾气你就那么待着，最好是有智力障碍什么也看不清你就连意见也没有了。"董柳说："这些人总要讲道理吧。"我说："道理是人来讲的，怎么个讲法是由大人物决定的，大人物是根据自己的需要来讲的，这个游戏规则也是由大人物设计的。这个道理要由你们这些人来讲，那很多事情就办不成了。所以不能让你们有机会说什么，心里想一想是可以的，但不能说，谁说就是谁的错，你错了你就等着瞧吧。所以你们也不要抱怨太冷漠了，那实在是没有办法的事情，也不是谁心里就愿意那么样。"董柳说："有些人头上那顶帽子是金的。"我说："金子才多少钱一克？那些钱都买了金子做帽子，谁的头顶得起？你还是农民伯伯的想法，想着皇帝挖土，恐怕是用一把金锄头吧。"董柳的话也唤醒了我的平民意识，一个人掌握了资源，他总该想想手中的东西怎么来的，一针一针打出来的啊！世界是很荒谬的，也许还要一年年这么荒谬下去。可难道荒谬能够因为它存在就成为合理的了吗？

为了让北京出的书能赶上这次会议，马厅长临时决定把会议推迟十天，这一推又让许多人忙了几天。离会期只有一个星期了，书还在北京郊区一家印刷厂里，马厅长很着急。我说："赶不上就算了，以后寄给他们也是一样的，再说他们也不一定会看。"他说："在会上拿出来效果毕竟好些，课题做出来就是给他们看的，别人看不看，倒是小事。"他派了小蔡带了一万块钱加班费去印刷厂专等，无论如何要在会前带三十本书回来。开会的前一天小蔡打电话回来说书已经拿到手了，我说："坐飞机回来，越快越好。"他问我从印刷厂到机场打的要一百多块钱，能不能报销？我说："越快越好，听不懂中国话？"

会议在随园宾馆包了一层楼，两辆小车专门到机场火车站接人。因为不收那几个评委的食宿费，干脆把其他代表的食宿费全免了，免得有人哇哇叫。几个有身份的老人走到哪里都被包围着，年轻的代表带了照相机，左一张合影，右一张合影，以后就有拉关系的由头了。我如果不是主管会务，根本就插不进去，也实在没有勇气做出那样一副嘴脸。我感谢马厅长的安排，他考虑问题真是丝丝入扣，不然我哪有机会上去说几句话，留下点印象？第三天到沙州去游玩，有个老头子童心大发，脱了鞋跳到水里去，马上有一个广西来的代表去给他探路，弯了腰双手掏了水说："这里这里，这里是平的，这里这里，这里也是平的。"回到宾馆一摸口袋,发现钱包掉到水里,机票和身份证都丢了,在餐桌上双手浑身上下乱摸乱抓,大家肚子都笑疼了。

会议开了三天,第四天组织代表去鉴山游玩,有四个多小时的车程,马厅长也陪着去了。路上有个老头子说:"老马,我看你们这个点明年还是有希望的。"马厅长说:"要靠您的支持啊。"不再说下去,把事情挑明了反而不好。三天后从鉴山回来,就散了会。几个评委又留了两天,到中医学院和研究院去讲课。每讲完一次我都照例送上一个信封。有一两个人摸一摸信封说:"能有这么多?"我说:"知识经济时代,就要体现知识的价值。知识的价值,难道是能用钱来衡量的?"最后也没有谁说太多了就不收,大家心照不宣。

送走了客人我松了一口气,一结账还剩几千块钱。大致是会务开支一半,讲课费一半。马厅长的设想就是要那些关键人物欠下我们的人情,欠得越多越好,要让他们感到烫手,感到歉疚,这样他们就被套住了,以后自然会有回报。经过精心操作,马厅长的设想得到了充分的实现。会开得很成功,很好。我越发看清了世界上有两种人,一种人要什么有什么,他每一根毫毛都得到无微不至的关爱,另一种人要什么没什么,他的手啊脚啊都没处搁。世界其实是设计者为自己设计的,不服气你拿着石头打天去吧。

66

厅里安排我到温汤疗养院去疗养半个月,办公室黄主任给我开了介绍信说:"你这几个月也真辛苦了。"我捶着腰说:"骨头都肿起来了。"我很感激马厅长的细心,安排我去对他来说虽然只是一句话,可要把这句话讲到你身上来,这容易吗?

去的前一天大徐打电话来,说明天一早开车来接我。第二天他开车一直出了城,我发现了吃惊道:"汽车站搬家了?"他说:"送到温汤。"我说:"三四百里就这么送过去?"他说:"池处长你说那还怎么过去?"我觉得这实在太奢侈了,有钱也不能这样花啊。我说:"把我送到汽车站算了。"他说:"人人都是送,池处长你不送那以后别人怎么办?再说不把你送到我怎么向黄主任交差?"我忽然意识到自己也是一个别人需要交差的人物了,心里一时转不过弯来似的。我说:"厅里还没富到这个地步吧,开车几百里去送一个人,算成本那就不好算了。"他笑一笑说:"我天不怕地不怕,就怕池处长算成本。"我也笑了说:"你就不必担那么多心了吧。"他说:"算成本那是搭车的几十倍,那也不是每个人都有资格送一送的,图个舒适吧。"在厅里的大会上管财务的冯副厅长经常嚷着财政紧张,要大家用办公用品手脚缩着点。看来这紧张不紧张要看对谁而言,有些人永远紧张,有些人永远不紧张。我转念一想这是一种档次,一种待遇,一种精神享受,也不是每个人都有资格享受的。要说搭车也苦不到哪里去,心里的感觉可大不一样,大不一样!要说享受,这才是真的享受啊。人是只能住三间房吃两碗饭睡一张床,可精神享受的成本,真不是住房吃饭可以比拟的。到了温汤,大徐把一切都安排好,他对这里非常熟悉。他对接待的护士说:"小孟,池处长就由你承包了。"那个叫孟晓敏的护士一笑,露出两个小酒窝。她铺着床说:"把他摔着了丢掉了我赔一个给你。"大徐说:"你知道他是什么人,你赔一个?"大徐走时说:"池处长你回来时一定打电话来,我来接你。"我说算了,他反复交代说:"我开车来不为难,一飙就到了,我不来我倒是为难了。"我口里就应了。他去了我忽然想到,他一路来一口一个"池处长",我也没什么感觉,以前"池兄池兄"叫得很好,忽然就改了口。想着以后还是要他叫池兄,把处长一叫就生分了。再一想还是不行，对他无所谓吧，别人听了怎么办？身份尊严又在哪里？游戏规则不能因为是朋友就放弃。他早就为我想好了，可这样却隔一层了。

在温汤待了两天感觉还不错，洗洗温泉，看看书，钓钓鱼，跟小孟咸的淡的说几句话，想着神仙也不过如此吧。到了第三天感觉就有点不对劲了，若有所失似的。我想自己是想儿子了，就打了电话回去。可跟儿子通了话还是没有摆脱那种无聊的感觉，体会到神仙的日子原来并也不是那么有趣的，仙人们依靠什么摆脱无聊？不解决这个问题，吃得再好穿得再好也不幸福。到了第四天上午我拿着钓竿坐在池塘边的遮阳伞下，心里空落落地发虚，双眼盯着浮漂一点感觉也没有，好像那个东西与我无关。吃过中饭简直就惶惶不可终日了。没有人来汇报，来商量工作，没有开会参与决策，这日子真不是人过的啊！以前只觉得有电话烦人，没想到没有电话更烦人，被抛到荒野之中似的。如果现在突然来了一个电话，召我回厅里参加紧急会议，那就是把我从深渊中拯救出来了。意识到这一点我吃了一惊，难道我也中了鸦片毒，上了瘾不可自拔了？以前看到别人官瘾比毒瘾还重，觉得不可理喻，今天才真正理解了他们。也难怪施厅长退了休，身体那么快就垮掉了。整天心中这么空落落的，钓鱼下棋都不能弥补无聊，能健康吗？无聊是一种富贵病，可它要命，也没有药可治，我这个学药理的博士也开不出一味药来治，不然我得先把自己治一治。不到两年我的心态竟变得这样厉害，可怎么得了？我这时彻底明白了，自己一旦走出这一步，就有了一种新的本能，也就绝没有后退的可能，什么叫开弓没有回头箭？我并不特别在乎那些好处，好处很重要，但更重要的，是自己很重要的那种感觉，那种有意义地存在的感觉。我放下了世界，进入了操作，本来只是想得到一些好处，却意外地找到了那种有意义的感觉。那种感觉不是含在口中的一点甜，穿在身上的一种暖，握在手心的一种柔嫩，而是远超出物质感受的体验。虽然跳出去想一想那点有意义的感觉非常可怜,只是过程中即生即灭的存在,但对我来说却非常重要,毕竟人生一世也只是个过程啊。因此我还得向前进,向前进,向前进啊!否则人生的目标又在哪里?现在对我来说向前进就是人间至乐,没有经历过的人不会明白。说到底人还是需要目标需要偶像崇拜,没这个东西他就找不到归宿感,找不到有意义地存在的感觉。我想:上帝为人设计了无聊的感觉,又设计了逃避的方式,这就是权和钱。人生最大的使命就是选定一个目标并把它视为神圣,以此来逃避空虚,逃避无聊,逃避意义的真空,而意义的真空正是人生最大的悲剧。我平时在心里骂权和钱是两个俗物,这时才感到了两个俗物的妙处,它们可以成为无限的目标,这是其他东西无法取代的。目标是虚拟的,但成就感带来的充实是真实的,因此虚拟的真实比真实的真实更加真实。以前想着亿万富翁都是愚不可及的傻瓜,钱用不完了还那么整天奔波赚钱干什么,人能活一万年吗?现在想起来,认为他们是傻瓜的人才是傻瓜呢。我在心里哼起了《红色娘子军连歌》:"向前进,向前进,战士的责任重……"我在温汤已经魂不守舍,心中聚集着越来越强烈的焦虑,而缓解焦虑的唯一方式是向前进,再向前进,永无止境。人越是满足就越是没有满足感,就越是焦虑,这是权和钱的魅力。虽然我已经明白每一次成功每一次释放都是焦虑重新聚集的起点,这个过程永无止境,但已经鬼迷心窍。我相信自己这一辈子不可能还有其他选择,我必须紧紧地抓住这一根救命草。这样我明白了为什么有些大人物已经高不可攀却还要孤注一掷。他们不是傻子。

吃晚饭的时候我决定了尽快回去。可在这个份上回去也不是一件容易的事。你提前回来了别人会怎么说?我还得找一个借口。我打算晚上给董柳打个电话,要她到医政处去问温汤的电话号码,就说她妈病了,要我赶快回去。想好了我心里就轻松了,吹起了口哨。吃过饭在大门口碰见了孟晓敏,我说:"我明天后天就回去了。"她似乎吃惊说:"怎么呢,跟你说话刚说出点味道来,还没说够呢。"她的神态使我放弃了现成的借口,随口说:"鱼也钓不到鱼,书也没好书看,温泉澡洗来洗去还是一个洗。"她说:"开辟一些新领域吧,晚上我跳舞去,你来不来?"我说:"你教我吧。"过一会儿小孟到我房里来了,她的扮相让我吃了一惊,这还是小孟?一会儿就变得这么漂亮!她的头发平时是扎着的,现在披开来了。湛蓝的牛仔布肚兜上镶着珠片,小腹处似掩非掩,一件纱衣罩在外面,双肩的轮廓毕现。一条淡黄的长裙很有垂感地落到脚跟处。我掩饰地把双眼转向窗边,说:"今天你打扮有点特别。"她说:"跳舞嘛。"她转过身我看到她的背部上方空出来U形的一块,腰瘦瘦的,很有骨感的样子。我说:"我想不到这么偏僻的地方竟有这么前卫的扮相。"她说:"不好吗?"我连忙说:"好。谁说不好我们三年不理他,改革开放都十多年了,是不是?"跳舞的时候她眼睑上闪闪的,亮晶晶,闪得我心神不定。有别人来邀她跳舞,她就说:"休息一下。"这使我非常得意。我说:"温汤最漂亮的姑娘今晚就被我承包了。"她说:"我有那么漂亮?"我说:"只会实事求是,要我说甜言蜜语我也说不来。歌里面说姑娘好像花一样,我觉得那就是唱你。"她低了头说:"花一样开在深山里,连个讲话的人也没有。"我说:"碰上了说话的对手,也不要多,一个就够了,最好是你的男朋友,将来白天没说完晚上还可以说。"她撒娇地一挥手说:"池处长你看这里就那么几条汉子,有时候看了恨不得把眼珠子摘了才好,真这么下去我就打单身算了。"这时迪斯科跳完了,我们又去跳慢四,刚下舞池灯光就暗了下来,渐渐地伸手不见五指,只有她眼睑上的闪闪粉在漆黑一片中闪着,给人似梦似幻的感觉,又像在给我打招呼似的。曲子幽幽地响着,像是从遥远的天边飘来。旋转起来我的手臂碰着她的手臂,每碰一下就像在那个部位点燃了一片火似的。很多年都没有这样的感觉了，这是在董柳那里怎么也得不到的。在黑暗中我说："今天跳舞有一种特别的感觉，已经很陌生的感觉，被唤醒的感觉。"她说："那是什么感觉？"我说："感觉就是感觉，无法仔细形容。"她说："我还是可以想象的。"她一说我倒像被戳穿了似的。她幽幽地说："你们那里护士多，谁不愿跟你跳一曲舞，你怎么会陌生？你不会陌生的。"我说："没有。"就把想入非非的情绪收回来，沉默地跳完这一曲。回到座位上她说："池处长你为什么突然不说话，生气了？"我说："谁敢在小孟面前生气，谁生气我们揍扁他。"她嘻嘻笑说："池处长讲话好有韵味，我就是愿意和有幽默感的男人讲话。"我想她这是说给我听的，还是真实感受？反正听起来还是很顺耳的，顺耳的话就不必去追究真假。我在圈子里待了这么久，看人看来看去都有一种本能的怀疑态度，可当别人说着顺耳的话，你要去打个问号，那可不是一件容易的事。好多次我都不知不觉被别人渐渐诱导到预设的圈套里去了，最后才察觉对方的真实意图。好在我与她的关系与权钱无涉，她总不可能在其他方面占我的便宜吧。我是男人，男人就有这点好处。这样我放开了胆与她说话。

　　散了舞会回到房间，我发现自己的心情有点异样。难道是自己受到了诱惑？这是不可能的，不说我比她大了十六岁，还有这么天隔地远的，我下一次还不知哪年哪月才能来呢。不过话说回来，孟晓敏的确是一个具有想象性的姑娘，我今天才发现了这一点。具有想象性的女人才有魅力，才能激起男人探索的欲望。不然一览无余，几天就厌倦了。这时有人敲门，是孟晓敏。她进门说："白天看你在看一本小说，借给我看看，晚上就靠一本书打发日子。"我把《日瓦戈医生》拿给她，说："你年纪小小胆子倒不小。"她说："我还怕池处长你吃了我？"我说："我吃了你你到哪里去报账？"她说："你又不是动物。"又说："你不欢迎我吧！"我说："谁敢不欢迎我们的孟晓敏同志，我们捆了他的手脚把他宰了。"她说："其实借书是个借口，好像话没说够似的，追上门来说一说，几个月也等不来一个说话的人。"她的穿着有点邪气，可神态一点邪气也没有。她已经洗去了脸上的脂粉，显出了有活力的清纯。我忽然感到她身上的女性因素非常丰富，脸上皮肤光洁细腻，线条柔和，嘴角微微上翘，显出调皮的意味，浓密的头发在灯光下乌黑发亮，体态曲线分明，凹凸有致。特别是腰部小小巧巧地收了进去，动一动都有一种韵味。她见我看着她，把头一偏说："怎么了？"扭了头检查自己身上有什么地方不对头。她张双臂扭头的姿态很自然成了一种舞蹈的造型，我全身一麻，有一种被电击的感觉，很多年都没有过这种感觉了。我说："好孩子，好孩子。"我把这几个字反复说了几遍，马上又意识到，自己这是在提醒着一种年龄的距离，想把已经感觉到的她的女性魅力对自己掩盖起来。"好孩子？"她嘻嘻笑了，"好孩子？我爸爸的同事看了我也说我是好孩子，乖乖女，我心里窃笑，他还以为我七不懂八不懂呢。"我说："你懂什么？"她说："我什么都懂。"我说："你什么都懂的那个什么是什么意思？"她马上反问道："你问我懂什么的那个什么是什么意思，我什么都懂的那个什么就是什么意思。"我说："妙妙妙！没想到孟晓敏反将我一军！我还以为你七不懂八不懂，我看错了！"我们说话，从电影明星说起，说到处世态度，没想到她说到什么都有自己一套稳定的看法。不知怎么一来，没几天我跟她说话就没了距离。有一天我说："男人和女孩在一起可能有某种危险，你知道吗？"她很认真地望着我说："不知道。"我说："不知道就算了，知道嘛，那也只好算了。"她说："我偏要你说。"我摇着头："不敢不敢，真说了那是毒害青少年。"她哼一声："你以为我不知道你们男人？我还是卫校毕业的呢？我心中冲了一下说："看不出孟晓敏你还挺成熟，我以前看着那些卫校刚毕业的护士小姐，总以为她们约等于白痴，那我是想错了。"她说："时代不同了，环境逼也把我们逼出来了，还能那么天真吗？"我说："我本来想图谋不轨的，让你吃了亏也没处报账，你这么晚到我这里来！"她打量着我，头一点一点说："我观察你几天了，你还不那么坏。"我说："这一次你偏看错了。"我站起来伸出双手做了张牙舞爪的样子。她一点都不慌，嘻嘻笑说："看你像个动物。"

谈到很晚她才去了。她去了我才想起还没有跟董柳打电话呢。走到服务台我又转了回来，觉得打这个电话吧，也不是那么迫切的事了。

一连几个晚上孟晓敏都到我这里来说话，她来晚了点我心中还怪不自在的。这天说着话两人都有点兴奋，她仰着头，神采飞扬的样子。在兴头上她说："以后我怎么叫你，我不愿叫你什么处长了，处长处长的，又不是办公室，把气氛都败坏了。"我说："那是什么气氛呢？"她说："气氛就是气氛。不问什么。"我说："为什么不能问？"她说："这要问你自己。"我说："听不懂！"又说："我比你爸爸就小了那么几岁，你看着叫吧。"她轻轻说："你别占我的便宜，好吗？"我说："那我们不讨论这个问题了。"她说："非要讨论，喂，池大哥，我真叫了！"又摇头说："还是叫你大为顺口一些。"又说："大为，我想求你一件事，你为难就算了，不肯帮忙也算了，你能不能想办法把我调到城里去？你看我在这个地方，怎么待得下去？"我说："山清水秀的，城里哪里有这么好的空气？"她说："你不愿帮忙就算了。"又说："可能我让你为难了，这事也不容易，不是什么人都能办到的。"她将我一军。我想这几天难道我又入了一个圈套不成？我指了她说："狐狸尾巴露出来了吧。"她说："你要这样说，那我就不说了。我也不是碰上一个人就求他的，一个人哪怕我求他，我也挑得厉害呢。"我说："有条狐狸尾巴也没关系，你直来直去地说，也很好，绕得厉害，我反而没情绪。"她说："我什么也没说，你说我说什么了？"接下来气氛有点不对，她就去了。

整个晚上我的心情都像在夜中浮着。一个在家中待久了的男人，对外面的风景似乎已经麻木，反正那风景与自己无关。现在突然推开了一扇窗子，看到风景近在咫尺，才发现自己对那风景的渴望原来那么强烈。孟晓敏激活了我心中的某种情绪，某种需要，连我自己都没意识到过的需要，而她又是一个具有想象空间的女孩。第二天她没按时来，我忍不住就去了舞厅，她果然在那里。她说："我想着你会来的。"她很自信，她相信自己的魅力。我说："我想着你也会来的。"跳情调舞时我有一种把她搂紧的强烈冲动，还是忍住了。在这里留一段情，算什么回事？黑暗中她说："大为你觉得我这个人怎么样？"我躲避着说："哪方面怎么样？"她说："你知道我想问什么。"我说："好。"她说："一个字就把我打发了？"我说："你掂掂这个字的分量，抛出去能打死只狗，这个字我可不轻易给一个人的。"她幽幽地说："等半天等来一个字。哪方面好，你说。"我说："哪方面都好，工作态度好，对人也挺热情，我是领导就要给你评优。"她说："我不想听这些话，你留着作报告说吧。"我说："该说的我又不敢说。我真说了你敢听吗？"她马上说："你以为我也是胆小鬼？"我说："你不是，我是，我是。"她不再说什么。因为孟晓敏我在温汤一直待满了半个月，她再也没提调动的事。走的前一天晚上她来找我，进了门用身子遮掩着，把弹子锁按上了。当时她咳嗽一声想掩盖那"咔嚓"的一响，但我还是非常清楚地听到了，心中一惊。她说："真的明天就走？"走到桌边，把小说放在桌上，"书还给你。"似乎是不经意地把窗帘拉上了。我笑了一下，她也笑了一下，房子里这就有了一种特别的气氛。我装作对这种气氛没有理解，说："给我送行来了？"她坐在椅子上，身体微微前倾着，望着我一声不吭。我不着边际地说了几句话，觉得很不对劲，与气氛不协调。我说："谁今天给孟晓敏吃了哑药？"她望着我笑一下，仍不作声。她那么一笑，我感到自己讲那些话都很虚伪，干脆说："你今天怎么不说话？"她说："说什么？再说什么，那是多余的。"我不敢接她的话，就会意地笑一笑，点点头。这一笑就揭穿了最后那一层

363

薄纸,我也有了胆量,把手似是而非地轻轻招了一下,想看她如果理解这个信号,就会把手伸给我。她果然抓住了我的手,出乎我意料地,一跃而起,一头扎向我的怀中,说:"我都鬼迷心窍了。"

我们接吻,一个长吻足有半个小时。我没有想到唇舌之间竟可以传达那么丰富细致而有层次的感情。松开来她喘气说:"我以为你要把我吸了进去呢。"我说:"不知道这是不是吉尼斯纪录?"她说:"这是我的初吻,不骗你。我怎么把初吻给了你,我真的鬼迷心窍了。"我说:"我犯错误了,犯了小错误,还想把错误再犯大点。"她在我怀中说:"怎么都随你,你只把最后那点东西给我留下来,谁叫我鬼迷心窍了呢?可以不?"我说:"留下那点东西就留下了想象的余地,也好。"于是我知道了女孩的皮肤原来可以如此地柔嫩光洁,这是一种非常陌生的感受。我说:"我要是孟晓敏就好了,我就可以天天白天晚上摸自己,抱自己。"她头伏在我怀中不动,我说:"把头转过来,我想喝杯酒了。"她转过来,我在她酒窝中深深地吻了几下。她说:"大为说真的你觉得我怎么样?"我说:"漂亮,美,有想象的余地。"她撒娇说:"你说好听的骗我,把我当小孩吧。说真的!"我笑了说:"你漂亮是真的,你是小孩也是真的。"我原准备自己搭车回城的,但想着要在孟晓敏那里派头一下,就给大徐打了电话。

我和孟晓敏分手时没讲明以后怎么办,可回城几天后我心中又有了一种焦虑,想见到她,就给她打了电话,叫她到城里来。见到了她焦虑就释放了,缓解了。以后她每两个星期到城里来一次,我们在裕丰茶楼的包厢见面。她再没提过调动的事,但我在几个月后通过医药公司的瞿经理,把她调到了公司医务室。瞿经理什么也没问我,只是意味深长地笑了笑,我也不作解释。我想孟晓敏她想利用我的话,现在她已经达到目的了,可能会撒手而去,谁知她的确是全身心投入了,老问我:"将来怎么办?"我知道没有将来,但我不能说。我非常精心地把她编进了自己的生活,同时也感到了自己的进步能够带来更多的可能性。以前听说省里某某领导和生活频道某某主持人有那么一手,还不太相信。现在我相信了,成功的男人有这种渴望,也很容易找到释放的方式。有一次她问我能不能离婚,我说:"别开玩笑,我比你大这么多呢。"她说:"谁开玩笑,年龄不是问题,我就喜欢跟年龄大的男人在一起。只要是你,还多差几岁都不是问题。"我没想到她竟把自己的一生赌在我身上,这使我感动而又恐惧。我说:"你不是问题我是问题,我总不能太浪漫了吧。"她发狠说:"你不相信我,只要你说一句话,你现在就把我全部都拿了去。只要你承诺爱我,给我一个家。"我说:"承诺了又拿去了又办不到怎么办?"她咬牙说:"那我就惩罚自己,我死给你看。"我吓着了说:"我不敢拿你,亲一亲就很满足了。"

67

从温汤回来我就调到药政处当了处长,成了丁小槐的上级。这使他很不自在,笑脸总掩饰不住后面的不自在。我觉得自己当这个处长是顺理成章,丁小槐你写过几篇药理学的论文?在知识化的时代你业务上叫不响还想跟我攀比?当了这个处长我心中免不了飘飘然的,但只在家里对董柳飘一下,在外面决不作出任何轻狂之相。一个处长算什么,万里长征才走了三五里地呢。

这天办公室黄主任打电话来说:"戴妙良死了,突发心脏病死了。"戴妙良原是药政处处长,十年前为了副厅长的位子,与马厅长狠狠地掰过一回手腕,施厅长最后还是放弃了他。马厅长上任后,就把他挂了起来,一挂三年。到了一九八七年,他忍无可忍,五十岁就办了提前退休。女儿出国去了,妻子病逝了,他就只身去了万山红农场,"文革"中他在那里待过六年。这一去又是六年,偶尔回来,待不几天又去了。据说戴妙良在农场口碑很好,农场几次想把他推出来作典型,都被厅里否决了。他也不在乎,说:"我一生只是在退休以后才找到了自己的位置。"谁也不把这话当回事,只作是失败者的自我宽解。在中医协会时我跟他说过几次话,这两年就敬而远之了。刚才农场打了电话来,今天早上他突发心脏病死了。

  现在厅里要派车把尸体拖回来火化。我想着戴妙良的过去,不想插手此事,对黄主任说:"办公室出面处理一下算了。"黄主任说:"是你们处里的人,你们还是要出面担担子呢。"我说:"退休办呢,他们不管这个事那他们管什么?"他说:"农场的意思是要厅里去一个要紧的人,戴妙良他在那边关系倒是搞得很好。"黄主任把"那边"说得很重,更使我想到"这边"的事。我说:"怎么办呢,我家里正好病了人。"他说:"他在那边群众反映还可以,太随便了,怕群众有意见。"我将他的军说:"既然这样那我们俩去跑一趟。"他忙说:"我上午要陪马厅长到省政府开个会,我爱人也不太舒服。你池处长的招牌已经够大了。"回到处里我把事情说了,丁小槐马上说:"要平时我就去了,今天我家强强正好病了。"我说:"碰得也巧,黄主任他爱人也病了。"丁小槐勉强笑笑说:"戴妙良吧,我以前跟他有点不愉快,去年他拿了农场的介绍信到处里来,要我们帮忙优惠价批发药品,我哪能帮他这个忙?他拍着桌子走了。"我想,你跟活人不愉快,跟死人也不愉快?看着别人都唯恐避之不及,我就给马厅长打了个电话,说:"戴妙良死了没人愿意去接回来,退休办推办公室,办公室推到处里,如果厅里这两天没什么事,我就跑一趟。"他说:"你去了拉回来,直接送殡仪馆,路上小心。"我带了退休办的小蔡,坐面包车到殡仪馆租了个铁盒子,就上路了。

下午三点到了万山红农场场部，吴场长说："戴医生真的了不起，"他跷着大拇指，"我们农场八千多人，差不多每个人都找他看过病，省里的医生水平还是不同一些。他白天喊白天到，晚上喊晚上到，好人呢。"我公事公办说："天气也有这么热，放久了怕不行，我们还是连夜赶回去。"吴场长说："那我们还有一个告别仪式，就这样让老戴上路，我们心里也过不去。"马上吩咐广播员广播通知，告别仪式马上开始。吴场长陪我去戴妙良住的地方，正好有个家在农场的《光明日报》记者小严回家休假，也跟我们一起去了。

戴妙良的房前已经聚了两百多人，见了我们，自动地让开一条路。我进了房子，没想到里面如此简陋，一张桌子，一张床，一个书架。戴妙良躺在床上，脸上蒙着布。我看了心中一震，一个冷战从身体穿过。他可以在这间房子里待上六年，凭这一点他就是个好人。蒙在脸上的是一块土白布，质地粗糙。当年父亲在下葬前脸上也蒙着这样一块白布，在最后的时刻又揭开来，让我看了最后一眼。当时秦四毛死命架着我，叫我跪在原地，不让我扑上去。"按规矩办！"当时秦三爹这句话我还记得。我看着这白布的纹路，父亲给我的最后印象在心中一闪。我揭开白布看了看，小蔡躲到后面去了。吴场长说："可惜啊，可惜！我们农场的一大损失呢。我们想分给他一间好房子，他还不要。"我指挥两个农民把铁盒子从车上抬进来，抬尸体时又上来两个人，把尸体小心地移进去。我走到门外，外面已经聚集上千的人，临时会场已经布置好了，四个农民把铁盒抬在肩上，一步一步地走到横幅下面。有人找来一面党旗，盖在铁盒子上面。严记者在我耳边说："我真的好感动。"吴场长首先讲了话，讲得很动感情，几次呜咽着讲不下去。我本来想讲几句，看着这场面又犹豫了，公事公办不动感情吧，这里交代不过去，动感情吧，传到厅里去也不好交代。我要小蔡去讲，他讲了几分钟，干巴几条，比场长讲的大为逊色。又有几个人上来发言，都是讲自己的经历,有一个人哭了,讲不下去,就退到一边抹眼泪。严记者对我说:"池处长你也讲几句吧。"我对戴妙良在卫生厅的几十年知之甚少,知道的一点事情也不能说,于是谈了自己今天的感受,忽然想起了丁小槐上午的话,又把他为了给农场职工买便宜药,到省城奔波批发药品的事情讲了。接下来严记者也讲了一番话,大家默哀,鞠躬,会就散了。小蔡指挥几个农民把铁盒子抬到车上去,几个人围上来说:"戴医生就这么走了,我们还准备为他唱一通晚的歌呢。"我说:"天气这么热,这里连一点降温的冰都没有,等到明天恐怕是不行的。"吴场长要派两个人跟车到省城去,这让我为了难。农场去了人丧事就得办得轰轰烈烈,那可能吗?这不是让厅里为难?我竭力说服吴场长,再三答应事情一定办好,他还要坚持,说:"人都安排好了,闵副场长去。"这是我无论如何也不能答应的,不然我怎么向厅里交代?照理说戴妙良的确是好人,轰轰烈烈办一回丧事也不为过,但圈子里的道理还有另一种说法,这不是我感情用事可以改变的。我把能讲的道理都讲尽了,天气热,路途辛苦,耽误了农场的工作,等等,吴场长还是不肯。我没有办法,趁严记者不在,就变了态度,用近乎生硬的口气拒绝了他,他也只好算了。

　　车发动起来,响起了一阵鞭炮声,硝烟中我看见几个人在路边跪下了。我对邓司机说:"开最慢的速度。"车缓缓从人群的夹道中穿过,不断地有人跪下,痛哭。我不由自主地伸出手擦去眼角的泪。小蔡坐在我旁边,一副无动于衷与己无关的神态,我在心里骂着:"这个麻木不仁的家伙,可怕啊!"到了夹道的尽头,司机刚想加速,严记者从后面追上来,向我招手,一群人跟在他后面跑。严记者说:"池处长,今天的场面我太感动了,我想写一个长篇报道在我们报上发表。我先在这里采访几天,然后到省里找你。我本来是回来休假的,也休不下去了。"离开万山红农场我心情又沉重起来,这个严记者吧,只顾自己抓材料,把我就放到火上来烤,让我给厅里出难题了。如果他再把我讲的那番话写进去,又怎么得了?戴妙良的确不错,宣传一番也是应该的,可道理还得按另外的方式来讲。今天碰上了这个记者,真是倒了霉啊!

回到城里已经是深夜一点。车开到殡仪馆,敲了好久的门,值班的老头探头出来说:"明天来,天亮来,上班来。"我说了很多好话,他说:"这时候要我放到哪里去,放到我床下?冰库都上锁了。"只好拖回去。车子穿过城市,行驶在寂静的街道上,偶尔有几辆出租车出没。我看着脚下的铁盒子,心想:"这就是一个人与世界的关系,一个生命完结了,世界该怎么样还怎么样。在这个时代,一切随荣随枯,人一辈子就是自己这一辈子,时间后面的寄托已经被掏空。时间中的某些因素是不可抗拒的,它不动声色地改变了一切。戴妙良的确是好人,可好人又怎么样?"

早上七点不到我就被电话惊醒了,以为是邓司机叫我一起去殡仪馆,我准备推说有重要会议,就叫他送过去算了。接了电话是严记者打来的,他说:"我昨天连夜作了初步采访,戴医生的事迹非常典型,材料非常扎实,我想把他推出去,有可能成为一个全国典型。昨天下午的场面太感人了,一个记者在外面跑几年都不一定能碰上,我偶尔抓到了,很能够挖掘一番。"我泼冷水说:"有那么高的价值?"他说:"有!"他要求厅里在开追悼会的时候,把典型材料考虑进去。放下电话我心里凉了半截,我怎么这么不走运,这不是惹出祸来了吗?事迹往大报上一登,厅里多尴尬?戴妙良是提前退了休赌气到万山红去的,还要到厅里来采访,把情况采访去了,可怎么办?戴妙良是个好人,推到全国去也是够格的,可再怎么样,也不能叫我付出这么沉重的代价啊!我很后悔昨天心还是太软了,坚持要丁小槐去,他不去?这些有问题的人,你就是不能沾边,一沾就沾出麻烦来了。在圈子里,心太软可待不下去!想来想去,急也不行,还是得跟马厅长汇报一下，让他也有个思想准备，不然事情来得太突然，他会生气的。抓起电话犹豫了一会，想着躲也躲不过去，就拨了号，把事情汇报了，也替自己解释了几句。谁知他并没生气，说："趁现在还没上班，你到办公楼前把讣告和治丧委员会的名单都扯下来，一上班就来找我。"我赶紧跑下楼，把那两张纸撕了下来，卷好了，拿到家里来。忽然又想到应把治丧委员会的名单看一下，一些信息经常是从这上面看出来的。展开来看见孙之华是主任，我是副主任，丁小槐是委员。以前听别人议论治丧委员会排名大家都很重视，我觉得可笑，现在觉得不重视才可笑呢。什么都有个层次，这层次在哪里都得体现出来，这可不是开玩笑的事。

上了班我去找马厅长，一进门他拍了桌子说："小池，你这一趟跑得好！"我心里猛地往下一沉，几乎被一口气噎着，完了！可看他的表情，也并没有生气，还带着一种喜色。我习惯性地坐下来，不说什么，先把厅长的意思摸清楚了再说。他说："你这一趟跑得好，跑出了成绩！我们现在就是要大力推进促成这件事。我们厅里能够出一个典型人物，甚至是全国典型，那是一笔精神财富。《光明日报》可不是谁想上就上得去的，也不是谁争取就能争取到的。记者碰上了这件事是有缘，我们碰上了记者也是有缘。精神文明、人道主义不是抽象的，一定要人格化，戴妙良同志就是我省卫生系统精神文明的人格化。厅里派他去万山红农场，这是人道主义的具体体现，是我省卫生系统精神文明建设的具体成果。"马厅长到底是马厅长，一下子就抓到了事情的本质，并定下了操作的框架。这时丁小槐打电话过来，说严记者刚才打电话到处找我，并留下了电话号码，要我尽快打回去。马厅长指了电话机说："你马上打过去，把记者同志接过来，追悼会推迟到明天，我亲自主持。"我拨了电话，严记者说："我已经跟社里汇报了，社领导非常重视，北京今天下午就会派人飞过来，你们能不能安排接一下机？"我说："我们厅里的领导也非常重视,马厅长亲自任治丧委员会主任,亲自主持追悼会,初步定在明天上午。接机当然没问题,是不是派个车把你接过来?"他说:"我上午再抓抓材料,把框架定下来,明天我坐农场的车过来,吴场长也来,还带两个昨天讲得好的人过来。"我说:"厅里希望你能赶上追悼会,明天就赶不上了。"我请示了马厅长,把追悼会安排在下午。马厅长说:"这几天你把别的事放一放,抓好这个中心工作。"又把孙副厅长和工会陆主席等人叫来,重新拟定了治丧委员会名单。陆主席找人写挽联,黄主任负责写悼词,原来的悼词作废,要重新定位,我负责协调各方面的进展,派人去冲洗遗像等等。忙到下午决定了,我再次去万山红农场接人。打电话给邓司机,他说:"铁盒子还在车里面呢,还不知道坏了没有。"我心里一惊,忙来忙去把这件事给忘了!我说:"马上出发,先去殡仪馆,再去万山红。"他说:"我刚回来。"我说:"我不也是刚回来?马厅长叫我去我就去了,我能对马厅长说我不去?你不去就算了。我叫马厅长另外安排人去。"他马上说:"我去,我去。"放下电话我心里想,人不向前进不行啊,不到那个份上,说句话也叫不响,还得打别人的旗号!

几乎全厅的人都参加了追悼会,比半年前施厅长的追悼会隆重多了。本来订的是一个小厅,临时决定改为大厅,可大厅已经被其他人订去了。马厅长亲自打电话给殡仪馆的书记,书记又对那边的哀家说,政府部门临时有重要仪式要用大厅。我又跑过去说了很多好话还不肯。死者的儿子说:"已经通知了,我们丢不起这个脸!"我当即决定由厅里赔两千块钱,才摆平了。会场是我带人布置的,在两边扯起两根绳子,把二十多幅挽联挂好。两边的花圈是现成的,交了租金,把前面人的条幅扯掉,换上我们的就行了。遗像两边挂的是马厅长写的主挽联:

救死扶伤仁心妙手德如皓月长悬尘世
鞠躬尽瘁诤友良医我与万山同哭英灵

我送的挽联是：

名利烟云淡如水

事业千秋重于山

挽联挂好了，大家逐联评析，宣传部郭部长说："池处长你挽联是请谁作的？'名利烟云'怎么又淡如水呢？"我说："你别钻牛角尖，我在车上一路想了几个小时才想出来的。"他马上说："没想到池处长作联的水平这么高。"几个人都笑了。

几个厅长和两个记者还有吴场长也是坐大客车来的，马厅长一脸凝重，于是大家也一脸凝重，气氛就上来了。哀乐过后，马厅长致悼词，刚念到"沉重悼念亲爱的戴妙良同志"，声音就哽咽了。又念到"事情来得如此突然，我们在感情上都难以接受"时，掏出手帕擦泪。我看着马厅长心中有几分疑惑，他以前念悼词都有些公事公办的神态，今天却动了感情。气氛凝重到了极点，几个女同志都哭了起来。北京来的记者把这些场面都录了下来。接下来严记者把前天送别的情景介绍了。遗体告别后，殡仪馆工作人员把遗体推进去火化，马厅长一直跟在后面，最后被挡住了，才停了下来。

回到厅里严记者提出要开个座谈会，马厅长一口应了。严记者想晚上就开，他还要赶往万山红农场继续采访。马厅长说："明天吧，明天上午开了，派车送你们去。"厅里马上开了预备会，我也参加了。孙副厅长说："明天的会议很重要，大家凑一凑，哪些人合适参加，哪几个人作核心发言。"大家议了一个名单，有人提出古士林跟戴妙良虽共事多年，但喜欢信口开河，炮筒脾气，是不是就不列入名单了？我请示性地望了望马厅长，马厅长不置可否。我说："就不惊动他了吧。"

晚上把第二天将参加会议的人都找了来，马厅长说："戴妙良同志是我们厅里的骄傲和荣誉，明天的会开得好不好，既关系到戴妙良同志，也关系到我省卫生系统，还关系到在座的各位。他的出现，是我省卫生系统多年来坚持精神文明建设取得重大成绩的一个标志。医生的职责就是救死扶伤，实行革命的人道主义。厅里派他去万山红农场，也是为了这个目的。越是艰苦的环境，越能考验一个人。他经历了这种考验，是一个高尚的人，纯粹的人，有道德的人，脱离了低级趣味的人，有益于人民的人。"于是大家纷纷发言，把自己要说的话说了个大概，不当的地方，孙副厅长郭部长都点了出来，就散了会。

一个多月以后，长篇通讯出来了，标题就是《名利淡如烟云，事业重于泰山》。马上省市各大报刊电视台的记者都到厅里来采访。卫生厅出了这么一个人物，文副省长都惊动了，打了电话来问情况。市委宣传部主持召开了一个大型座谈会，文副省长也参加了。卫视台三台摄像机来录像，马厅长接着文副省长发言，说："在市场经济条件下，怎么把精神文明建设体现到日常工作中去，这是我们长期以来坚持不懈紧紧抓住的问题，具体对医务工作者来说，就是要把职业道德和人道主义落到实处。戴妙良同志的事迹，正是体现了我们的这种追求。"丁小槐说："我刚从香港回来，香港社会那种个人主义，人人为自己的社会气氛，与戴妙良同志的追求，形成了强烈的反差。"他激动得脸色涨红，身子一晃一晃的，"我们卫生系统的领导对精神文明建设常抓不懈，必然会涌现出一批先进人物，戴妙良同志就是其中的突出代表。他的事迹，也给那些在市场经济大潮中迷失了方向的人一次心灵的洗礼和净化。"我又把自己在万山红农场看到的情况讲了一遍。虽然已经讲过几十遍了，但为了给文副省长留下一点印象，我讲起来还是有些激动。讲着讲着也真的激动了，事后连我自己也不知道这种激动的真实意义。

过了两天厅里的电话打到全省卫生系统，要各单位组织大家看卫视播出的座谈会实况。晚上我叫董柳过来看电视，说："看看我的光辉形象。"又说："再看看丁小槐的表演。他刚跟我说起香港只差没滴口水了，到会上又踩香港一脚，还教导别人不要迷失方向呢。他从来就没迷失过方向，从来就知道方向在哪里。不知道他的人，在电视上天天看他，也永远不知道他，还以为他是个什么高尚人物呢。他早就明白了阴阳之道，也可以说是个打太极拳的高手。"董柳说："那你要他怎么说？他又能怎么说？他不那样说不行，真是那样做也不行，也别怪他。"我笑了说："想想倒也别怪他，他也只能如此，也只是在演一个角色，不然怎么说人生就是一场戏呢？"

68

解决了一个问题，就解决了一切问题，这是生活的奥妙。向前进的确有着无穷魅力，而且魅力无穷。

不到新年我又分到了一套三室一厅，八十八点八个平方米。这是施厅长去世以后转出来的一套房子，很多人都望着，居然被我分到了。丁小槐开始也报名申请了，后来知道我也申请了，就撤了回去。反正申请不到，又何必去丢这个脸。他不傻，见着我还是一口一个"池处长"，但我想他的心里怎么也不好受，人嘛。拿到钥匙我和董柳商量着怎么装修。我说："去年多亏申科长一句话，这套两室一厅没怎么装修，装了就打了水漂了，你还去问后面的人要钱？"我打算把新分到的房子好好装修一下，谁知董柳说："别人住过的房子，我还把那么多钱贴上去，没一年又打水漂了。"董柳这一年看好处看多了，钱也看多了，眼界大幅度提高，比我向前进的速度还快。我说："我住什么地方都无所谓，你去设计，我跑腿就是。"董柳想了几天，带我跑了很多人家看了，提出一个方案，预算是三万多块钱。我说："你不干都是三万块，真干那还不倾家荡产？"她说："三万多块你别出去说，人家多的有十万，你好意思？"她有设计的兴趣、投入的热情，我也乐得不管了。

这时候苟医生来了，毛医生跟在后面提了两桶茶油，我说："去年的还剩了一点呢。"毛医生说："这是纯茶油，送人也挺好的。"董柳说："你们提着这些东西上楼，别人看见会说闲话的。"厅里的确有那么一些人，专门观察别人在干什么。苟医生说："这点我们倒疏忽了，不该，不该！"一边拍着自己的头。毛医生先下去了，苟医生抱了拳说："听说池处长高升了，可喜，可喜！"董柳给他倒茶，他马上站起来说："不敢当，谢谢嫂子。"又坐下说："我是提前来给池处长拜年的，亏了池处长的帮忙，也托嫂子的福，我们这一年还是有了一点小小收获。"我说："现在发财可不容易，可喜，可喜！"他说："说不容易也的确不容易，说容易也容易，有人帮忙撑台就容易，我们就是亏了池处长帮忙，站住了脚跟。"我说："我调离了，以后就帮不上忙了。"他笑笑从怀里掏出一包东西说："池处长去年在我们那里入了股，虽然没订合同，我们还是记得的，年终还是要分红的，我也顺便来拜个早年。"我说："我哪里入了股，别讲相声！我那一百块钱是给的油钱。"我把东西推了过去。他说："池处长您怎么忘了？"我说："那是开玩笑的。"他很认真地说："池处长您跟我们开玩笑，我们可是放在心里了，要是我今天带回去了，大家的唾沫非把我淹了不可！您可不能让我当忘恩负义之人啊！"董柳说："我家池大为思想比较保守，你就别让他为难了。"他一仰身子，吃惊似的说："嫂子你怎么这样说？他入了股，还给了我钱，我没打收条我心里是记得的。我们也不说虚的，实事求是吧。"我想，这真的是一本万利啊。平时说一本万利总觉得是夸张，谁知道天下真有这么回事。我瞟了桌上的纸包一眼，不止百分之一万的利润，一定是百分之两万。我说："利润倒是挺高的。"他说："商品社会追求利润那是名正言顺的,追求利润最大化也是合情合理的,党中央推行思想解放,就是从这里开始。不追求利润,还有什么市场经济?所以说是名正言顺的,也是合情合理的。"我心里好笑,名正言顺,几年前你怎么不来送我?看他一根舌头把事情说得如此合理,我不拿这包东西简直就是不近人情,怪不得有那么多人下了水。

我说:"说一千也好,道一万也好,东西我是不敢收的,你还是让我在台上多坐几天吧。"他怔了一怔,说:"那,那也好。"他把纸包抓起来从西装领口处塞进去,说:"我今天上门还有一件事,听说池处长分了新房子,可喜,可喜!我有一个表弟是在这里搞装修的,我想为他揽一笔生意,不知池处长家的装修能不能让他接了做?"董柳很感兴趣地说:"他们的水平怎么样?不会跟我们开玩笑吧?"苟医生说:"水平不怎么样我敢到这里来开口?这是什么地方?明天嫂子有空,我带你去参观几家,看看他们的水平。"我说:"我们自己去找算了,装修队还是找得到的。"他说:"外面的游击队能相信他?多敲你几千块钱你都没感觉,再说质量谁负责呢?"董柳对我说:"如果真的可以,也没什么不可以。"董柳把房间的式样画给他看,什么地方用什么材料,镶什么边,都一一说了。苟医生说:"这件事就包在我身上了,明天我带嫂子去看几家,如果做工不细,你把我表弟他踹了就是。"我还不肯,董柳说:"先看了再说,看一看又不犯法。"就约好了时间。

过几天董柳说:"苟医生表弟真的装得好。"我事情多图省心,就让董柳去弄了。装修过程中我去看了几次,的确比我设想的要好,就放手不管了。过一个月装修好了,我问董柳结账多少钱,她说:"你别管这些小事。"我一听话风不对,原来设想的没这么好,还要三万多块,现在难道还省下了钱?我说:"你实话告诉我,是多少钱?这些人送好处给你,从来就没有白送的,他们做的是一本万利的生意。你不告诉我,将来他找我有什么事,我是不买账的。"董柳犹犹豫豫哼哼哈哈,半天说:"一万块钱。"我说:"开什么国际玩笑,你也来拆我的台吧。"又说:"人家倒贴几万块钱,他是雷锋?"董柳说:"他表弟说熟人进的材料便宜。"我冷笑一声说:"他还跟你说了什么没有,你说!"她说:"他们在试验一种中成药,就是治那些病的,他说疗效好得不得了,想再试一段时间,到你这里申请个批文。"我恍然大悟,难怪他这么坚定地要跟我把关系拉紧,我总觉得后面还有点什么东西。他是把我的情况了解得一清二楚才登门的,一手不成还有第二手,果然就把我套进去了。我拍了桌子说:"董柳你做的好事!到时候他拿来的是不是个药我也得批,被套住了不批行吗?"董柳几乎要哭了,说:"你当了官对我拍起桌子来了,以后还打人吧!"我把手收回来,她说:"不要你违法,是个药就批,不是就不批。"我想想现在办事几乎事事要操作,不合法要操作,合法也要操作,我们也就成了被人供奉的神仙。说起来搞了个装修也是小菜一碟。这件事也只好算了,再说也不是没给钱,一万块钱是他表弟说的,材料价格我不清楚,谁能把我怎样?我把这件事放了下去,就搬了家。新居住着实在舒适,心里却不踏实。苟医生既然知道我的情况,厅里就肯定有内线,把柄就在别人手中了。而且那个表弟肯定是捏出来的,谁保证他不到处说?我越想越不安心,这件事现在看起来不算一回事,别人知道了也不会说什么,但哪天真跟谁撞上了,狭路相逢,那就成了一件天大的事。这些事放下去没有四两,提起来可有千斤!我不想进步就算了,想进步早晚会狭路相逢的,我又何必因小失大?就问董柳要了一万块钱,寄到云阳去了。

董柳在人民医院当了两年多护士,心大了许多,觉得当个护士简直就是受了天大的委屈,经常跟我念念叨叨的。我说:"你也要有点忆苦思甜的精神,忘记了过去就意味着背叛。"她说:"你想进步,人家也想进步嘛。护士被人叫过来叫过去的,心里不是个滋味。"我想自己连孟晓敏的问题都解决了,何况妻子呢?我说:"你还只是个处长太太呢，叫你几声就不舒服了？"我还是找机会跟耿院长把事情讲了，请他推荐董柳去进修。耿院长一口答应了，然后说："池处长你给我出了个难题，人家会想，医院一百多个护士为什么偏偏是她出去进修？"我说："现在就是这么回事，大家都知道都明白。有人要想就让他去想一下，想一想就过去了。"耿院长说："那也只好这样。还要我出两万块钱呢。"我说："你舍不得我叫董柳拿给你。"他说："岂敢，岂敢，这点事还收池处长的钱吗？不过到时候我也会给你出个难题的，哈哈！"我说："一句话，只要不违法，那就是一句话。"我又在医学院联系了一个名额，让董柳脱产两年去拿麻醉专业的本科文凭。联系好了我对董柳说："留得青山在，随时有柴烧。以后揩几滴油的事可千万不能干，几万块钱算什么？要有战略眼光，大地方看得细，小地方看得粗，那才是战略家。为那点钱把帽子摘了，帮你装修？送你去进修？分房子给你？解决一个问题就解决一切问题，所以政治家从来不为枝节问题而焦虑，纲举目张！可是把这个东西闹掉了，"我一扬手做了个摘帽的手势，"一切问题都无法解决了。还有人送东西给你？屁都没人送一个！这个道理你还是懂的吧？"她连连点头说："我懂，我懂。活生生血淋淋摆在眼前的事，我不懂？"

69

有一次到建溪市去检查工作，市政府顾秘书长请客，喝了几杯酒，气氛就活跃了。这几年为了应酬，我把酒量也练出来了。最多的一次，一个晚上在四个地方陪了酒。酒能填平人与人之间的陌生感，拉近人们的距离。董柳说我的前程是拿身体拼出来的，其实我喝着酒的时候非常冷静,对面如果不是什么关键人物,我就点到为止,只有关键时刻才拿肠胃拼一拼。那天气氛活跃了,顾秘书长说:"酒一喝就不分大小,也没男女了。"市药材公司的女科长小毕只顾吃菜,夹了一盘肉放在跟前。我说:"小毕也喝杯酒,顾秘书长下了指示,不分男女都得喝。"小毕说:"怕你们灌我的酒,我先吃点菜垫着。"顾秘书长说:"小毕你肉都是一盘一盘地吃,这么好的身体,怎么得了?"小毕一点不慌说:"别人不得了,我药材公司的人怕什么?家里泡一瓶药酒,早晚给老公灌一杯。方子我忘记了,下次抄给你,反正有枸杞、牛肾、鹿鞭。"顾秘书长笑道:"我输了,我输了,我败下阵了。"旁边有人说:"你没喝药酒又碰了小毕,你不败?"顾秘书长说:"我们今天讨论一个问题,男人和女人最大的差别是什么,要用成语表达。"大家猜了半天没猜着,顾秘书长一根指头指上去又指下来说:"比上不足,比下有余。"眼睛望小毕。小毕把双手叉着遮在胸前,大家都望着小毕,大笑起来说:"妙妙妙!"顾秘书长说:"我再写两个字看谁认识。"用筷子蘸了酒在桌子上写了一个"太"字,一个"呑"字。大家都把头伸过来看,我说:"一个男字,一个女字,男字倒平常,女字实在太传神了,头发还在飘呢。"顾秘书长说:"上面头发倒不要紧,要紧的不在上面。"大家哄地笑了,又去看小毕。小毕说:"回去看老婆去,看仔细了,看像不像!"有一个人说:"我跟在秘书长后面说一段。男人最喜欢听的两个字是什么?最怕听的三个字又是什么?"大家猜了好一会儿猜不出,他说:"我要。我还要。"大家又哄地笑了。又有一个人说:"那我也跟在秘书长后面来一段。有个尼姑病了,查来查去查不出病因,医生就叫她去验一下尿。小尼姑拿了她的尿去化验,撞到一个孕妇身上,把尿给撞掉了。小尼姑怕师父骂,就哭着要她赔。然后拿赔来的尿去化验了,是阳性。尼姑看了化验单,半天叹一口气说,我以为只有和尚不可靠,谁知胡萝卜也不可靠。"一桌人笑得东倒西歪,顾秘书一口酒都喷了出来,说:

"散了吧,今晚还有男女活动呢。"我说:"秘书长就是实话实说。"他笑了说:"革命者就是要胸怀坦荡,没有个人隐私。"

我越来越感到男人和女人真的有很大的不同。就说孟晓敏吧,我比她大十六岁,她硬是不在乎,一门心思想嫁给我。要有一个比我大十六岁的女人,我真不知怎么去面对她。又说董柳吧,她去进修了,却不怎么珍惜这个机会,有时候待在家课都不去上。她说:"麻醉针谁不会打,我肯定比那些名牌大学钻出来的麻醉师还打得好些。"我说:"你考试不及格拿不到文凭你怎么向耿院长交代?"她说:"没那样的事,我进都进得去,还怕出不来?"她想着我如今是个人物,她的事就由我全部承包了。我说:"到时候我不管。"她说:"那你就跟我离婚吧。"

其实她在家也没闲着,永远有做不完的事。就说客厅里的暖气片吧,她嫌不美观,找人用上好的板材做了一个栅栏,镶着玻璃,里面还装了小灯泡,这一来倒成了客厅一景。上面还可以放报纸,连实用价值都有了。就这个小玩意花去了她十来天的时间。又说买沙发吧,不是嫌材质不好,就是造型不好。好不容易找到材质造型都好的,坐下去又觉得感觉不到位,腰部没落实,有点虚。为了买一套好沙发,又花了十多天。连给一波买一套夏季的衣服,也可以带着儿子跑上十家二十家商店,而且乐趣无穷,回来还表功,非要我说好不可。家中的每一个细节她都动了无数的脑筋,还要不屈不挠永不停息地动下去。我说:"你也想点大事才好。"她说:"最大的事情就是过好日子。我没看见谁能把世界改变了,改变不了世界就只好改变一下自己的生活,这才是最实在的。"又说:"女人跟男人脑子里想的不一样,你理解我一点。"我说:"身上长得不一样,脑子里想的怎么可能一样?"

歇下来董柳就喜欢打电话,跟女同事一点毛细的事可以说上一两个小时。我烦了说:"问问她家几个蚊子几只蟑螂!"她捂住话筒说:"没有打掉你多少钱,肉疼了吧。"她另一个爱好就是看电视连续剧,先是琼瑶的情爱片,后又迷上了警匪片。我说:"这些片子假得不得了,把你的感情骗了还不算,还把你的时间杀去了。你看王志文明知教堂有埋伏,还在深更半夜毫无理由地独身闯进去,他刑警本色?神经病呢!"她说:"我只有这一点点乐趣,你别把我的情绪破坏了。"我说:"你好不容易得了一个机会,脱产两年,你也往事业上奔一奔!"她马上说:"一家有一个人奔就可以了。我不奔我还怕你甩了我?你要是甩了我,我一波你连碰都别想碰一下。"她亮出了撒手锏。我说:"还是这几句话,剩饭炒三遍,狗都不闻,你也说句新鲜话出来让我听听。男人和女人就是不同,男人各有各的名字,女人只有一个名字,那就是女人。"她说:"男人和女人就是不同,我看透了。女人需要的是这个男人,男人需要的是一个女人。"

　　董柳对我进步是非常关心的,根据她的经验,她知道每一点进步的意义都无比重大。生活已经得到了彻底的改变,这在她看来是最重要的。其次呢,总有人对她很客气地说些好听的话,她把这些话像一块干海绵吸水一样全部吸了进去,像要把以前的亏空全都找回来似的。以前她受了委屈就说:"你要有个一官半职,别人敢对我说这样的话?"现在有人要通过她来接近我了,她因此获得了自尊。细想之下世界就是这样现实主义,谁也没有办法,唯一的办法就是把自己塑造成一个人物,不然多少抱怨都毫无意义。所以,也不必把那些人看成什么坏人,就是这么回事。我在她得意时泼冷水说:"这不是自尊是虚荣。"她坚决不同意,说:"你说你吧,你喜欢别人骂你几句还是表扬几句?"想一想确实也找不到两者的界线。她说:"其实你自己是最喜欢听好话的。"想一想也确实如此,并不是说看穿了是怎么回事就可以超越的。所以好听的话永远有效,人嘛,人说到底是没有道理可讲的。

　　我对进步的理解与董柳有很大的不同。我也看重那种有尊严的感觉,但我非常清醒地知道,尊严感是靠权力撑起来的,而不是别人真对你有多么崇拜。他们崇拜的是权力，能解决一切问题的权力，而不是哪个人，因此换了谁在那个位子上，也会有一样的效果。权力没有了尊严就在瞬间破灭，施厅长让我看清了这一点，所以我对此不抱幻想。我更看重的是参与的感觉，有意义的感觉，承担了点什么的感觉。我把这种感觉对董柳说过一次，她竟完全不能理解，她不看重这些虚的东西，就像当年她说"看星星有什么用"一样，"有用"在她的理解中是实实在在拿在手中的一样东西。后来我又把这种感觉对孟晓敏说了，她也不太理解，说："什么年代了，别玩虚的。"男人和女人，毕竟是不一样的人。难怪从来就没有过女哲学家，也极少有女政治家。

　　孟晓敏进城已经有半年多，我给她买了一个呼机，想过去了就呼她。我叫她别往办公室或家里打电话，可她总有忍不住的时候，给我打过几次电话。我说："办公室的人都是人精。董柳最近的警惕性也高起来了，她反正没事做，就找了我这件事来做。"她说："那太不公平了，你想了就呼我，我想了就憋死自己吗？"堵得我无话可说。一天中午她连打两个电话，董柳一接，她就挂了。董柳问我是怎么回事。我说："谁知道，有人打错电话了。"她说："怪不得有一次你接了电话哼哼哧哧的，肯定是个女人。"又说："怪不得你上次说要拿电熨斗把我眼角的皱纹熨平了才肯带我出去。你变心随你变，我一波是没有给你碰的。"她跟我吵了几天，又宣布要对我实行经济管制。我依了她，才平息了下去。

70

　　五一节后去上班，马厅长叫了我去说："小池看你精力是不是来得及？来得及到厅里来兼着挑一点担子，帮帮我。今年一开春我总觉得身上哪里不怎么对劲，更主要的是锻炼锻炼自己，把视野打开一点。"他要我把厅长助理兼起来。我再怎么忙我也得挺住，有了纵观全局的经验，将来也是一个理由、一个条件。我等着马厅长在厅办公会上正式提出来，下了文，我就名正言顺了。可这话不知怎么传了出去，孙副厅长见了我神色就有一点异样，笑起来那哈哈声中有一点夸张，那种感觉局外人是很难察觉的。接着医政处袁震海见了我也有那么一种说不出来的意味，他没有哪句话暗示了什么，也没有哪点表情显露了什么，可我凭着在圈子里训练出来的第六感觉，把那种意味体会了出来。我明白了这点意味，却装着不明白，大家心照不宣。这种意味令人发冷，却无法描绘，这么一点点无法描绘的差别是具有实质性意义的。

晚上我去找了晏老师，一进门他说："池处长你好久没来了。"我马上抢上去双手扶他坐下，低了身子说："晏老师您要这样叫我，我就无地自容了。"他示意我坐下，说："实事求是嘛。"我仍站着说："我这不是看您来了？"他抓着我的衣袖一扯让我坐下，说："有什么事，说吧。"我不敢说事情了，说："专门来看看您，最近身体可还好？"他说："说吧，说吧。"我说："您的气色还不错。"他说："不错不错，说吧说吧。我们俩谁跟谁呢？"他根本不容我绕弯子，我犹豫一下，就把自己的感觉说了。他说："你这两三年风头太健了，连提三级，又是博士，又是国家课题，还搬两次家，你想想别人会怎么想？"我说："我在中医学会那么呆了四五年怎么就没人想想我怎么想？把那几年扯平算下来，我也算不上坐了飞机，简直就是坐的牛车，还是一头老牛拉的破车。"他说："那是你的算法，别人不这样算。刚才还没放在眼中的人物呢，一下子就平起平坐有余，谁转得过弯？马垂章今年五十七，孙之华五十一，孙之华他还有想法呢，让你插上去？你越是具备条件，人家越难容你，马垂章这一届明年就到期了，你能接手？不可能。别人接了手，你这个厅长助理就进退两难了，他要你助？

他心中早就有人了。"晏老师这么一说，我的思路一下就清晰了。马厅长可千万还要再干一届才行啊。他说："你启动太晚，回旋余地就不大。"我说："这么一想我心里就发冷，怎么不能从我研究生毕业算起呢？"他说："圈子里不是那样算的。"圈子里干一年是一年的资历积累，每一年都很重要，中医学会那几年实在是虚度，太令人痛心了。我赌气说："脚下有一步路竟不迈出去，还有这样的道理吗？我就迈了这一步，明年还把我赶下来？"他说："把你挂在那里风干着你才难受呢。名义上让你有着，事情不到你跟前来，那滋味你想想吧。到时候就看人家愿意怎么挤你了，老账新账一块算。"我想想也是，我的火候不到，不忍不行啊。我得忍，忍得心疼也得忍，忍者履水无迹，忍者无敌。圈子里的事就是这样，你站在那里就是天然的对手，好朋友也不行。再说圈子里是赌气的地方吗？当年施厅长下来了，要车要不到，站在小车班门口骂人，别人只当作笑话传说，这个不识时务的人。赌气有什么用？晏老师说："太过则损，好事变坏事，我见多了。"我摇头说："脚下有一步竟不能迈，忍得我心里疼呢。"他笑笑说："要不你别进圈子，要进来没有谁心不疼的，谁没有疼过？你的希望就是马垂章再干一届，否则就到头了。"我听了这话两眼发黑，咬牙挺着。晏老师说得不错，他的话字字都是压不扁捶不烂的铜豌豆，不服不行。

第二天上午就是厅里的办公会议时间。早上我在布告栏等着，马厅长的车一来，我马上过去说了自己的想法。他感到意外，说："小池你有什么顾虑吧？"我说："我现在要管处里的事，又要写博士论文，时间有点紧。"谁知他说："那就缓一缓，等你八月份拿到博士学位了，也没谁能说什么了。凭什么说？要不他也去拿一个来给我看看。"我没料到他对事情的理解如此透彻，他完全明白我的处境，我也就不再讲那些理由，连声说："马厅长您真是知道我的。"

可过了几天马厅长的身体真的出了问题。星期天清早沈姨打电话给我，要我马上带了董柳去人民医院高干病室。我们赶过去，知道马厅长在一个小时以前突然心肌梗死昏倒在地，不省人事。沈姨说："情况就说到你这里。"我很紧张地点点头说："可不能到处传，当心被少数别有用心的人利用。"耿院长赶来了，沈姨也把这个意思说了。董柳给马厅长扎了针，针扎进去的时候他身子动了一下，我轻轻松了一口气。看着氧气机不断冒泡泡，我心想："马厅长啊马厅长，您可千万不能倒下啊！"我几乎跟一波烫伤的那次一样着急，可就是使不上劲。为了少惊动人，我和耿院长都在医生办公室坐着。整整一上午倒也没有其他人来，我心中也感到了一种安慰，自己参与了这种机密，是马厅长身边最可靠的人了。沈姨过来说："医生说没有危险。"我又松了一口气。她说："要是今天早上我不守在旁边，老马现在还躺在地上没人管呢。我以后的任务就是守着他。"到中午马厅长醒来了，沈姨叫我过去看。我松了口气，放心了。我和耿院长轻轻走进去，马厅长说："忽然我有点头晕。"我说："就是有点头晕，躺躺就好了。"说了几句话我们就退了出来。耿院长叫人把饭送到办公室来，我才感到自己和董柳还没吃早饭呢。

  下午医生给马厅长作了全面体检，三个主任医生一致决定要给马厅长装心脏起搏器。沈姨把我叫到一边说："等会儿你去劝劝老马，起搏器本来几年前就要装的，关键时候可以救命的！老马他服不下这口气，又怕影响不好，就拖下来了，这一次怎么着也得让他装上！不然再来这么一下子，谁敢打包票啊。"我想了一下，过去对马厅长说："其实这是一个小手术。"他说："装那东西干吗！"我不能说对自己的病要服气的话，就说："病这个东西谁也不知它什么时候来，让它来不了多好，来了影响身体，也影响了厅里的工作。您往医院一住，厅里的工作就没主心骨了，这不是哪个人的问题，工作需要！"他笑一笑。我说："咱们这边毫不犹豫速战速决，我明天到计财处把钱拿过来，也不惊动谁。叫沈姨打个电话说您不舒服要躺几天，把家里的电话掐了，等同志们来看您了，这边的事早完了，就是不舒服到医院躺了几天。"他笑了说："你们跟医生都串通好了，那就只好依你们了。讲道理中医总讲不过他们西医。"又说："叫老耿先给我装着，钱的事先不要惊动厅里，到时候我给计财处打个招呼。"没想到马厅长在病中还想得这么精细，我跑到计财处去拿几万块钱，传出去别人会怎么想？不舒服到医院躺几天？

医生的意思是过几天再做手术，马厅长说："要做就明天做，不然就不做了。"医生不明白其中的道理，但也只好依了他。

星期四办公室黄主任打电话给我说："马厅长病了，孙厅长说下午大家去看看。"我差点说出："怪不得这几天没看见他。"话到嘴边又转了弯，也许人家对事情一清二楚，只是因为不该知道就装作不知道呢，我也不能做得太过。我含糊地说："去看看，去看看。"下午孙副厅长带着我们十多个人去了，马厅长已经能够坐起来说话。大家围着床一圈人，问马厅长的病情，大部分都是沈姨回答的。我站在边上一点，也不作声。只有丁小槐凑到前面去，弯了腰望着马厅长，做出痛心疾首的样子。我想丁小槐在圈子里这么多年，还没有懂得其中的奥妙。你一个人做出这副嘴脸，又把孙副厅长和这么多人往哪里摆？真的是官做到头了。孙副厅长果然不屑地动了动嘴角，嘴闭着，喉咙里咳嗽了几声。丁小槐突然意识到了什么，直起身子退到后面去。孙副厅长说："老马，今天上午省里来了通知，文副省长下星期二到厅里来检查工作，重点是防疫工作的情况。气象部门报告说今年很可能有大洪水，省里很紧张，怕大灾大疫，我们这里是一个重要环节。您看？"马厅长说："我去不了了，你们准备一下。"他说话有气无力，我捏着一把汗，这么多人围着他，谁知道他刚动了手术？情急之中我对沈姨微微示意一下，沈姨说："老马你躺下去说话。"孙副厅长说："那我组织几个人赶一个汇报材料。"马厅长点点头，我们就离去了。

星期一吃了晚饭，我和董柳带了一波出来散步，碰见办公室的小龚。我随口问："刚回去啊？"他说："还回不去呢，今晚还要赶材料。我去吃个盒饭，他们都在上面。"我说："昨天就完了，今天还要改？"他说："你不知道？下午接到通知，省委梅书记亲自来，孙厅长要我们把材料搞得更扎实一点。"我说："我听说了，听说了，只是没想到材料还要改。"出了大院我对董柳说："我得到医院去一下。"董柳说："一起去。"就拦辆的士一起去了。我知道这个信息很重要，孙之华有想法，马厅长也有想法。马厅长有想法了就不能给孙之华这个机会，别看这么一次接触，到时候是会起大作用的。哪怕是厅长，这样的机会一辈子也没有几次啊！

我把刚得到的信息对马厅长讲了，他显然还不知道，若有所思地点点头，说："卫生厅戏中有戏啊！你叫大徐明天早上八点半来接我。"又说："你沈姨今晚不来了，小柳子明天早上七点半钟来，替我收拾收拾头发。"董柳马上应了。我们回去时在住院部门口碰上了黄主任，他急匆匆走过来，从我身边过去了，没看见我们。我说："老黄肯定又是去说这件事了，孙之华不叫他说，别打扰马厅长养病嘛！可他不能不说，他接的电话！他真的为难呢。你看他急得那个样子！"我和董柳到商场买了发胶、底粉、胭脂等，准备明天替马厅长收拾收拾。我说："董柳这是政治任务，你有把握没有？没有把握现在到高档一点的发廊请一个小姐过来。"她说："化点淡妆还是有把握的。"回去了她叫我洗了脸，把我当作试验品，先用一把小刷子在我脸上刷了一番，抹上一点化妆油，涂了一点底粉，轻轻抹上一点胭脂，再把头发喷上发胶定了型，又用小刷子刷一番。半个小时完了，我一看，效果还真不错。

第二天早上八点多孙副厅长带着我们几个人在大院门口等省里的

车近了他才发现是马厅长的车，掩饰说："来了来了，马厅长回来了，好了，回来了，总算回来了！"

领导。我看着他有点心神不宁的样子，只有对事情有彻底的了解才会明白他此时的心情。省委书记来一次，这是多少年也碰不到的一件大事。马厅长病了，给了他一次当主角的机会，他又有进步的想法，这就是难得的机会啊。正是这种冲动过于强烈，才使他下了决心不将新的情况通知马厅长。他太了解马厅长，知道通知了，主角就当不成了，说不定连说几句话的机会也捞不上，别说作全面汇报了。可不通知吧，这又多少有点犯忌，马厅长并没有不省人事，怎么不能说一声？看来他是豁出去一赌了。这时马厅长的车开来了，我远远地就看了出来。孙之华说："来了来了！"从他的神态我把人性的弱点看得清清楚楚，愿望太强烈，就容易自作多情失去判断，把自己的想法当作现实。车近了他才发现是马厅长的车，掩饰说："来了来了，马厅长回来了，好了，回来了，总算回来了！"马厅长下了车，孙副厅长马上迎上去说："老马你身体好了！恢复得快！快！好！你总算回来了，回来得真及时，我还愁着怕汇报会出问题呢。"从皮包中把汇报材料抽出来交给马厅长。马厅长说："我今天精神好点，回来看看！"我看马厅长的气色，根本看不出病态，甚至比平时还精神一些。董柳又立功了。孙副厅长说："昨天突然通知说省里梅书记会来，我本来想请你回来挡着，又怕你身体吃不消，想来想去就没通知你。早知道你恢复得这么快，我昨天就跟你通气了。"马厅长说："梅书记会来，我真碰得这么巧？"我听着他们的对话，对圈子里的操作方式有了更深的理解。我想孙之华一定明白马厅长患的是什么病，为什么准时出现在这里，而马厅长又是怎么想又怎么做的。马厅长当然也明白孙之华的想法。明白是明白，表面上的话还得像是不明白似的说。能撕开来说？不撕开心里的隔阂却有了，但心照不宣，神态自若。这么想着，我再次感到了"人生如戏"这句话对世事的解悟是多么透彻，古人可不是傻瓜。过一会儿梅书记的车来了，大家一起迎了上去。

71

　　洪水说来就来。当省内几条大江的水位全面超出警戒线的时候，马厅长从医院回来了。天天传来告急的消息，数万部队已经开赴抗洪前线。马厅长也不回家了，晚上就在办公室过夜。睡了一晚沙发之后，丁小槐从家里拿了一张单人床过来。我很替马厅长的身体担心，给沈姨打了电话，沈姨就过来陪着他。按照既定的方案，已经有十八支四人一组的医疗小分队去了湖区。马厅长的办公室临时装了三条热线电话，又搬来了电视，每小时一次的水情报告牵动着我们的心。在长江水的顶托之下，华源县的幸福垸突然决了口。瞬间我想起了那些可怜的乡民，眼前几乎一黑。我当即向马厅长请战，要求带队去幸福垸。马厅长同意了，说："如果今年流行了瘟疫，一定是从这里开始。可不要没淹死几个倒病死一片。如果那样，对省里部里我们就没法交代了。"我赌咒似的说："请马厅长放心，除非我也死了，否则不会有那样的事。"我带了三个小分队，又在省防汛仓库装了一卡车矿泉水，就往湖区去了。

　　晚上七点到了幸福垸，倒塌的口子还没有堵上，已有数百名战士在堵口，已经沉了四条运沙船，可都被冲到垸子里去了。大堤上散布着两万多人，简易帐篷还没有运到，人们就这么坐着。有人往湖里拉屎撒尿，也有人在湖里舀水喝。我带来的这一车矿泉水是第一批到达的，我马上到现场指挥部广播了紧急通知，所有人立即停止从湖里取水吃，矿泉水马上发下来。我还没敢把这是血吸虫病重灾区的问题提出来，不然那些在水中的战士会怎么想？也不知他们打了预防针没有。我向指挥部提出，沿着大堤修建一百个临时厕所。指挥长说，现在的任务是抢险，厕所晚一步再说。我感到跟他多说也无用，马上在蜡烛下写了一张报告，要他签字。他看了，哪里敢负责，就签了同意。我要他现在就安排下去，他说："人的头上还没一片布呢，先修厕所！"但只好通知了各村管事的人来，布置了下去。深夜里帐篷到了，接着食品到了，矿泉水也到了。我松了一口气，用手机向马厅长作了汇报。

医疗队员在面包车里过夜，虽然不堪其苦，比那些灾民和战士还是好多了。第二天中午开始不断有人中暑，我们十几个人分散到十多里的堤上去，两个人一个医疗点。下午文副省长来了，马上开了汇报会，我也参加了。我愁着矿泉水跟不上，向文副省长提了出来，他当即对身边的人作了吩咐。我已经三十多个小时没有睡觉，却精力旺盛。我陶醉于一种自己很重要是个人物的感觉，一种真正承担了一点什么的感觉，一种有意义的感觉，只有那些有发言权的人才能体验到其中的快乐。为了这种体验我不怕苦，不怕累，不怕任何牺牲。这些事也许别人也能做，但必须由我来做，由我来做。深夜里马厅长又带了十六个医生来了，袁震海也来了。我心中还有点遗憾，再有什么话只能由马厅长去讲了。当天晚上又传来江源口农场告急的消息，马厅长当即作了分工，万一有事，他就带三个分队过去。第二天中午马厅长再也待不住了，有险情的堤段万一决口，我们的车就过不去了。于是袁处长和新来的四个分队留下，我和马厅长带队坐车赶到了江源口农场。

到了江源口农场知道梅书记坐的直升机刚走，到安顺垸去了，那里情况更加紧急。马厅长轻轻皱了皱眉，我想说几句什么，还是忍住了。大垸内多处管涌，还没决堤。天一黑，堤上灯火通明，堤下有很多手电筒亮着在查管涌。很晚了我们从堤上回来，乔场长要我们住临时招待所，就是场部二楼腾出的几间房，都买了新床新桌，装了空调。来招呼我们的是场部的打字员，她说："这床还没有睡过人呢。"原来农场昨天接到通知，梅书记要来，可又不知道他是否在这里过夜，当即派车去县城买了空调床桌回来，花了几万块钱。梅书记的直升机在农场小学操场降落，连场部都没进，找一间教室开了现场办公会，就到堤上去了。从堤上回来，就去了安顺垸。这边空调刚装好，人却走了。马厅长一听就不肯住了，记者到处跑，被他们知道了，报道了，说得清吗？打字员一听马厅长不肯住，哭丧着脸说："不住就浪费了，浪费了。"马厅长越发不肯住了。就在外面坪里架了几张凉板床，点了蚊香，算是安排好了。

很晚了还有一个小分队在堤上，其他人都睡了。我侧耳细听，知道马厅长没睡着，就琢磨他现在在想什么。大人物身边可不能少了明白人啊！我下了决心，走过去说："马厅长还没睡？可别忘了自己是个病人。"他说："蚊子咬人。"我把一盘蚊香移过来，说："我想着我们卫生系统投入很大，没有得到充分的报道，这是不公平的。"他说："镜头当然对准堤上的人，那是自然的。其实你们到幸福垸的情况，电视也打出来了。"我说："才给了一个镜头。我觉得我们应该把自己的工作向梅书记汇报一下，也请示一下，至少多拨点药品器械给我们吧。"他说："那我们明天一早到安顺垸去？那不好吧。"我把话挑明了说："要知道梅书记下一站到哪里就好了，我们先赶到那里，就没有什么不好了。"马厅长不作声。我知道他是认可了，就说："我们现在有几百人在堤上跑，大家辛苦了，也应该得到一个公正的表现机会，这也是对大家负责。"他说："那你明天一早跟组织部钟天佑联系一下，就说我要你打的电话，要他跟小朱联系一下。"小朱是梅书记的秘书，跟钟处长是好朋友。第二天一早我就给钟处长打了电话，十分钟后回话说，梅书记今天下午到万山红农场。吃过早饭，我们在江源口农场留下四个人，带着八个人赶到了万山红农场。

到了万山红农场，吴场长已经上堤去了。马厅长交代我几句，也带人上堤去了。我问场部值班员要了纸墨，写了几条标语：大灾之年防大疫！发扬戴妙良精神，救死扶伤，实行革命的人道主义！病从口入,注意饮食饮水卫生!刚贴好,省卫视台的记者就来了,准备下午采访梅书记。他们对我进行了采访,我就把整个情况都介绍了。介绍完以后他们拍了那几条标语,又准备到堤上去。我说:"我们马厅长马垂章同志就在堤上,他是从医院病床上直接到第一线来的,你们可以找找他。"两个记者果然很感兴趣,我就带他们去了。他们在堤上采访了吴场长,又采访了马厅长,拍了几个医疗队员工作的镜头,又匆匆赶回场部,准备拍直升机降落的镜头。

下午梅书记在场部的二楼召开现场会,马厅长参加了,介绍了卫生系统参加抗洪的情况,提出了三个要求,梅书记当场就批了。会后大家拥着梅书记到堤上去,梅书记拿着话筒发表了慷慨激昂的讲话。梅书记穿着白衬衣白裤白皮鞋,跟那些一身泥的人握手,泥人们都激动得要哭。傍晚我在堤上看见直升机起飞,一直盘旋上去,突然,出乎我自己的意料,我的心猛烈地跳了起来。我盯着夕阳中的直升机渐飞渐远,直到化成一个小黑点,觉得那架飞机并不是飞在天上,而是在很多年以前就停留在我大脑中的某个沟壑之中。我早就忘了它,然而,在这个瞬间,这种记忆被激活了。一种令人窒息的冲动扼住了我,我一时喘不过气来,似乎死亡正在临近。这是一种新的体验,处于巅峰的神圣体验。比起这种体验,其他的幸福都跟烂布条差不多。

当天晚上我们在场部的电视里看到下午的会议情况。马厅长的发言播了二十秒。接下来是那些标语的镜头,医疗队员工作的镜头,又是对马厅长的采访。大家都很兴奋,马厅长说:"直到今天,省里对防疫工作才真正给予了足够的重视,我们这一趟是来对了。"

洪水退了,防疫工作又延续了一个多星期才基本结束。回到家里,我几乎成了一个非洲人。过了几天,马厅长要我从计财处领一千块钱,找时间请一请钟处长和朱秘书。他说:"怎么谢他们都是应该的,我就不去了,该说的话你要说到份上。"我跟钟处长通了电话,好不容易才安排了时间把他和朱秘书请到了随园宾馆。说起话来才知道他俩也是丘山县人,三个人丢开普通话说起了家乡话,感情上的距离一下子就拉近了。当老百姓时没有感觉,到了这个份上才知道老乡可是一大资源啊!圈子里的人凭什么捏到一起相互照应?老乡就是最重要的一个依据。我们不谈圈子里的事,虽然都是处长,可他们的圈子比我要高得多,谈起来只会显得我是个老土。我们把家乡的事当作话题,我又讲了几个经典性的荤段子,把他们逗笑了。分手的时候朱秘书说:"过年时我们老乡聚一聚,池处长也来吧。"我说:"看得起我就给我打个电话,由我做东。"他说:"做东可轮不到你。"我说:"那我白吃,白吃,到时候别怨我把你们吃穷了。"我没想到今天竟有了这样的意外收获。

过了一个月省里举行盛大的文艺晚会,庆祝抗洪救灾的全面胜利,从北京把彭丽媛、宋祖英和刘欢等人请来了,省里几大电视台联合直播。厅里有几张票,我也去了。有几位歌唱家唱到动情处都流了泪,边唱边走到台下与烈士的父母握手。演出完了梅书记、文副省长等走上台去接见演员,并与全场一起起立高唱《歌唱祖国》。我看见梅书记、文副省长和那些名歌唱家站在一起,突然,我的心又猛烈地跳了起来,一种令人窒息的冲动扼住了我,我一时喘不过气来,似乎死亡已经临近。我的目光一直盯着台上,想着那些艺术家哪怕如日中天,他的命运也是由别人来安排的。而现在,全省起码有两千万人在盯着台上啊!两千万人!我体验到了那种作为中心人物的感觉,那种安排一切掌握一切的感觉。在这种巅峰体验中我更加理解了人,理解了人生。体验到了这种震撼我也更加理解了历史,历史一点都不荒谬。亚历山大王从马其顿打到印度,成吉思汗从蒙古打到欧洲,他们有神经病吗?认为他们有神经病的人才有神经病呢。

72

　　胡一兵打电话来说，刘跃进的家庭起风波了，约我去说说话，给刘跃进散散心。我想这两年刘跃进还挺风头的，一手写论文参加一场全国性的讨论，一手写杂感模仿大师的口吻谈世界人生，他怎么会有麻烦？作为大众精神导师的他难道还要我们这些俗人排解苦闷？吃了晚饭我去了金天宾馆，不一会儿胡一兵开车带刘跃进来了。上电梯到了七楼的茶室，胡一兵要了一间包房。刘跃进说："喝杯茶哪里都能喝，到这样高档的地方来干什么？"胡一兵说："装修了就是让人来的。"以前别人这样请我，我觉得太奢侈，现在习惯了，觉得不是这样的地方简直不能去。把你往街边茶楼一请，你成了什么人？那些虚的东西是非讲不可的，谁谦虚只显出自己不上档次，没见过世面，看来刘跃进还不懂这一点。胡一兵没有顺着刘跃进的问话吹嘘几句，这很够朋友。发了点邪财就连自己也不认识的人，这几年见得太多了。

　　小姐斟了一壶茶就站在门边听候吩咐，胡一兵让她去了。喝着茶知道了刘跃进的家庭是怎么回事。刘跃进心高气傲，到前两年才跟凌若云结了婚。凌若云比他小九岁，来到省城怎么也不安于资料员的命运，不顾刘跃进的反对，到港资的金叶置业去应聘，居然聘上了，半年后升到了公关经理，工资是刘跃进的八九倍。刘跃进不能接受这个事实，要凌若云回学校，可那又怎么可能？她反过来劝刘跃进说："你每天趴在桌子上写那些东西，又有什么用呢？"道不同不相为谋，夫妻不能相谋危机就逼近了。以后凌若云又每天开一辆丰田车回来，把刘跃进气得半死，开始怀疑她和香港余老板的关系，不然怎么可能有这么好的事？从此家庭纠纷不断，却不愿对朋友说。我想他是怕影响自己作为一个导师的形象，自己的妻子都不跟着走，怎么能叫天下人跟着走？前几天争吵之后，凌若云离家出走数日不归。昨天刘跃进去金叶置业找她，却看见余老板当着许多职工的面站在她后面，弯了腰身体几乎挨着，一只手在电脑上指指点点说什么。几个职工看见刘跃进，眼神怪异，似笑非笑，他一声不吭羞愧地退了出来，实在忍不住了，才给胡一兵打了电话。

听刘跃进把苦诉完了，胡一兵说："我们是不是铁哥们儿？是！铁在一起八磅大锤也锤不散！铁哥们儿了说话就不必拐七八个弯，要我说，人非得用新的眼光看世界不可，人生看大势，跟上了大势烧水都能发动汽车，跟不上大势喝水硌牙烧水都粘锅，早晚成为一个问题人物。我看小凌有她的长处，看大势跟潮流，潮流从来不考虑哪个人的情绪，它把人像蚂蚁一样淹了。毛主席说历史潮流不可抗拒，我是有刻骨铭心的体会的。现在是什么潮流？升官发财。你掰着指头算算那些有眉有眼的人物，哪个不是走在这两条路上？"

接着他讲了自己刚经历的一件事，省里正在布置一个表现抗洪救灾的大型展览，布展的经费是四百多万，他也去投标了，可是想尽了办法，根本拢不了边，最后是文副省长的儿子文左良中了标。我说："怪不得你这么大的火气，财路被挡了。"胡一兵说："文左良他什么业务都不懂，可他的公司什么业务都做，从来就是赚大钱，布展只是小菜一碟呢。有几项公共工程没有权力在其中上下其手？他们想不发财，那是难于上青天。这一辈是他们父亲说了算，以后是他们说了算，升官发财的人说了不算。你讲人文精神的人说了算？"我说："文左良他爷爷是淮海战役牺牲的，他老爷爷是马日事变被杀害的，你胡一兵怎么好去跟人家比？"刘跃进说："胡一兵你这两年变俗了。"我说："那要看他碰上了谁，碰着雅人他是俗人，碰着俗人他又是雅人。"胡一兵嘿嘿笑说："跟大为兄一样，碰见当官的他是学者，碰见学者他是当官的。"又说："刘跃进我们言归正传，你干脆到我公司来当个副老总算了，别的人我也信不过。大为我以前动员他，现在他上路了我也不说了，他还看不起我呢。我看现在就是权和钱管用，刘跃进你这两头都不占，你老婆如花似玉挣钱还比你多十倍那还不出问题？不出问题那就是我把人性理解错了，人其实比我设想的要好些。说真的，你来不来吧？我们把公司做大了，那就不是几千几万块钱的事，到那天几百万都是小菜一碟，那时候你就把凌若云镇住了。"刘跃进摇头说："想不好。"我说："刘跃进他愿意做导师，就让他做个导师，你要他升官发财他很痛苦，他看得起那些俗事？他会问你，要那么多钱有什么用？"胡一兵说："要那么多钱有什么用？这是导师说的话。导师的话打开书句句漂亮，合上书又不知道说了些什么。碰上事情了再打开书走到事情里面去，发现总对不上号。事情它只认权和钱这两个死理，别的都不认，它就是这么俗。要那么多钱有什么用？这个问题要去请教比尔·盖茨，我还答不上来。"刘跃进说："我没有把钱看得那么重，真的，要那么多钱有什么用？"我说："胡一兵在商言商，他只要现实的市场。我在官言官，我只要现实的江山。刘跃进你在导师则言天下千秋，把天堂留给了自己。我们各得其所。历来的聪明人都把天堂留给老百姓。"刘跃进说："胡一兵早就是经济动物了，大为你也快变成政治动物了，我呢，还想做一个人。"胡一兵笑了说："刘跃进就是比我们高一个档次。"刘跃进说："不是档次的差别，是质的差别。"我说："刘跃进你不赞同我们，至少也可以理解我们。"他马上说："我可以理解你，正如我可以理解那些小偷。"

胡一兵说："我们不说玄的，说真的吧。把事情说得玄乎其玄，到头来事情还是事情，还得靠那个俗物。要那么多钱有什么用，听不懂！起码你得把老婆镇住吧？面对如此现实的世界，谁也无法自作多情。反抗世俗就是反抗潮流，反抗历史的合理趋势。这不是历史的悲剧，而是抗拒者的悲剧。看潮流还有一个最简单的办法，就是看那些美人倒在谁的怀里去了。"刘跃进的脸上变了色，胡一兵装作没看见，残忍地说下去，"美人依据自己追求幸福的本能，最擅长敏锐地选择方向，你别以为她们傻，她们一点都不傻。你到了文左良那个份上，一群女孩子围着你争风吃醋，那是什么滋味？什么境界？你想想吧！"刘跃进不屑地摇头说："我要别人围着我干吗，我还没精力应付她们呢。这个世界向人们昭示的幸福是虚假的，商人们把大家引向了一个错误的方向。真正的幸福是爱智慧，真正的价值是经历有省察的人生。"胡一兵说："刘跃进你说起话来还是像个导师。可是为什么大家都跟商人跑不跟导师跑呢？"刘跃进说："他们屈从于自己的物质欲望。"胡一兵说："导师没人跟他跑他还是导师吗？可惜这不是一个需要导师的时代，人人都明白自己应该追求什么。活着就是生存，生存就要解决各种问题，解决问题靠什么？靠权和钱那两个王八蛋！飘得再高也要落回到庸俗而现实的地面上来。飘在空中的话空空洞洞，也渐渐说不下去了，这是导师的悲哀。也许这个时代需要殉道者，可殉道者在哪里？导师们都太聪明了，把原则阐述了要别人去做，自己总是在关键的时候缺席，装成个聋子瞎子哑巴，不装行吗？"我疑心他在暗示我几年前在华源县搞血防调查的事，又想他也许是暗示我去年当职称评委的事。这些事我想起来是挺惭愧也挺内疚的，可我能挺身而出吗？我不能当殉道者。我观察胡一兵的表情，他似乎也没有特指我的意思，也许我多心了。

胡一兵说："按说每个朝代知识分子都是社会的最后一道道德堤坝，可今天这个堤坝已经倒了。连他们都在按利润最大化的方式操作人生，成了操作主义者。天冷了自己只有一件棉袄，而眼前有一个将要冻死的苦人，他于是跑到菩提树下去闭了双眼冥想大问题，想普度众生的方法，却决不脱下棉袄，冻杀自己。这就是导师，你要别人怎么跟他走？我不为自己辩护，我堕落了，牺牲和责任感已经与我无关。

大为你呢,你在这里别玩虚的,咱铁哥们儿几个!"我说:"那我也加入你的阵营吧。"刘跃进说:"你们要紧跟时代潮流,能不堕落?"胡一兵说:"也不止我们,我看那些以讲人格为专业的人也只有那么高的人格。我也不骂他们,总不能要求一个人去反抗历史,历史是不可以对抗的。"刘跃进说:"这是选择,只有软弱无力的人才把责任推给历史。"胡一兵说:"我不跟导师辩论,我们说事情,说真的到我的公司你来不来吧?"刘跃进倔强地说:"不来!"胡一兵说:"那就算了,我总不能劫持你来我的公司吧。"又说:"不来也好,像我上了这条船吧,有时候对面是条狗你也得陪他吃饭,你说人能跟狗一桌吃吗?我忍来忍去也习惯了,看在钱的分上,千万别把自己当人!刘跃进他来了他会受不了。"

刘跃进死死地盯着眼前那杯茶,好像里面有什么神秘的东西。我说:"我们回到地面上来,想一想怎么把小凌搞回来吧。人说得再飘逸也要回到地面上来。"刘跃进说:"搞她回来干什么,随她去!最好她不来打扰我,我还清静些呢。"胡一兵说:"你是说赌气的话还是说心里话?说心里话我们就算了。"刘跃进不作声,眼睛仍用力盯着那杯茶。我说:"胡一兵你有经验,你最了解女人,你去劝一劝小凌。"胡一兵说:"凭一张嘴怎么劝?谁能凭张嘴劝希特勒不杀人?"可还是问刘跃进要了凌若云的手机号码,掏出手机拨了号,接通了把手机递给我。我接过手机说:"小凌吧,我是池大为呀。我们胡总想约你说几句话。"凌若云说:"哪个胡总?"胡一兵的牌子没甩响,我连忙站起来跑到门外,说:"胡一兵想找你谈谈。"她说:"你们如果想做我的思想政治工作,首先你们做做他的工作。他那么敏感,谁受得了?你们把他的思想工作做好了,我自然就通了。"我说了好一会儿,她才同意见见面,我说:"我和胡一兵开车来接你,你在哪里?"她说:"我自己会来。"约好二十分钟以后在金天宾馆的门口见。我坐回去,胡一兵说:"等会儿别叫我胡总,她那个老板比我大,叫起来就没意思了。"我说:"胡一兵你的虚荣心怎么变强了,讲这一套?说到底那是个水泥匠,你怕什么!"他连忙说:"要讲的要讲的,甩不响的牌就别甩,就像你们那个圈子要把级别讲得清清楚楚,谁拿处长的牌子到厅长面前去甩?财大才能气粗,这是我们的游戏规则,不然怎么钱要赚个没完没了呢?"刘跃进说:"凌若云她算个屁!"我说:"算什么我们管不着,算你老婆我们还是要认她的。"

我和胡一兵到楼下去等,有丰田车开过来就注意一下。快到时间了,一辆凌志车从我们身边开过,胡一兵说:"这是辆好车。"我望过去看见凌若云正从车上下来。我刚想喊,胡一兵扯了我一把。凌若云在台阶上站了站,就进了大门。我看她穿着黑色的风衣,披肩发,转身走去时那种飘感特别有气度。胡一兵说:"几个月不见,凌若云真的变了,你看她的气质,典型的贵妇人呢。"我说:"她本来就是演员,这么一包装,那当然今非昔比。"他说:"我看算了,我今天没想到要约凌若云来,一身休闲服太随便了,走到人家跟前去,怎么开口说话?"又说:"我还以为她开部丰田呢,凌志!连我都英雄气短了。"我也有些气短,说:"没想到胡总这么重的虚荣心,我们过去把话说了,不成就算了。"他说:"我都没什么话说了。你看她那个气派,是刘跃进享受的吗?这种档次的女人,不是百万富翁消受得了的,刘跃进?世界上没有奇迹,我见得多了。连自己的老婆都跟商人跑了,还咬着牙说爱智慧?我就看不出这个智慧有多么智慧。刘跃进他享了两三年艳福,也该满足了。"我坚持说:"还是过去一下,不然也对不起朋友。"他说:"你知不知道有这么一句话:天下就没有对得起穷哥们儿的事!要去你去。"这时凌若云从大厅里出来,四下张望,胡一兵把身子转过去,扯着我走到街上,说:"何必自讨没趣?"又拨通凌若云的手机,说临时有急事不能来,改日再谈。我透过树丛看到凌若云接了电话,飘到小车旁,开走了。胡一兵说:"刘跃进以后的日子就难过了,曾经沧海难为水,他还会看得上谁?"我们上楼去,我说:"胡一兵你虚荣心太重了。"他说:"有钱人怕更有钱的人,有权的人怕更有权的人。她把凌志往你跟前一停,比打一个耳光还难受,要不钱怎么赚起来没个完?金钱如粪土,亿万富翁才敢讲这句话,百万富翁那是没有资格的。"

进了茶室,刘跃进询问地望着我们,我心中隐隐作痛。胡一兵说:"等了这么久也没来,过了十分钟也没来,怎么就不来呢?"我说:"要不再拨一次电话?"刘跃进说:"算了算了。"胡一兵说:"下次再找她好好谈谈。"刘跃进显得有些委顿。胡一兵把眼睛望着我说:"天下的事都是有缘分的,勉强不得的。大为兄你没有官运,拼了这条命还是没有,就靠一个缘字!事情不到你跟前来,那是没缘分,到你跟前又离开了,那也是没缘分。没缘分再好也不是你的,你想它干什么?"我连连点头。刘跃进说:"你们见到凌若云了?"我马上说:"没见到没打照面没说一句话。"刘跃进叹一声说:"真不知怎么办才好。"我有点可怜他,却也说不出什么。胡一兵说:"男子汉站在那里顶天立地,他怕什么风吹雨打?不怕!"

73

抗洪回来不久,我通过了博士论文答辩,几乎在同时,又被破格晋升为研究员。接着马厅长领衔的博士点批下来了,我又成了博导。出乎我意料的是,我的几个同窗也顺利地通过了答辩。同窗三年,我都没见过那两位书记主任,不知道他们什么时候来上过课,可这时他们都拿出了像模像样的博士论文。连任志强都嘟囔着说:"这两个人是三次博士,报到来一次,送礼来一次,答辩拿文凭来一次。"他们已经到了心想事成的境地,这个世界就是围绕着他们设计的,连讲道理的方式,也是由他们的需要决定的。原则在操作中变成了一纸空文,那些煞有介事的话讲给谁听的呢?反过来想,要求设计者设计游戏规则不考虑自己的需要,那合乎人性吗?权力唯一难以达到的地方就是更高的权力,我感到自己还得努一把力,还得向更高的境地前进,算起来也只有一步之遥了。

机会果然来了。快到年底的时候,马厅长在厅办公会议上提出要我兼任厅长助理,据说当时没有任何人提出异议,我得到信息之后也作好了上任的准备,只等下文件了。这样下一次的厅办公会议我就有资格参加了,就进入厅里的核心圈子了,这也算迈出了一小步吧。

可第二天纪检会卢书记悄悄告诉我,有一封匿名信把我告了,说我有作风问题。我一听几乎心跳停止,孟晓敏的事发了?我沉住气说:"说我有作风问题?说我?"我想着是不是药材公司瞿经理漏了什么风给谁,或者有谁盯过我的梢,不然怎么可能?卢书记说:"你别激动,这只是一种传说,我们还没调查呢。"一听要调查我的心里就发虚,一调查我就完了,因小失大,因小失大啊!我硬了头皮说:"希望组织上尽快调查。"

下午我跑到外面很远的地方给孟晓敏打了传呼,问她有什么异常的情况没有?她说没有,还一个劲地催我到老地方去见面。我说:"厅里现在有人要陷害我,要把我们的事情捅出来,你最近千万别跟我联系。"她还是坚持要跟我见面,我说:"现在是什么时候!"她很委屈,却不肯放弃自己的要求。我说:"你怎么就不知道个事情的大小!"就挂了电话。

晚上我怎么也睡不着,想着是谁在陷害我呢?躺在董柳身边翻来覆去也不是个事，就对她说要赶一份文件，起来了坐在客厅沙发上，在茶几上摊开了纸，手中拿着笔，装模作样写了几行字。毫无疑问，那封信是冲着马厅长的提议来的，政治目标也可以用迂回战术来实现。长期以来有人盯着我分析我，这我是知道的，我不也在分析别人吗？想上去的人总比上面的位子多，有了你的就没我的，所以条件越接近就越是冤家，这实在是没有办法的事情。要竞争大家挑明了竞争，你也抗洪去，你也发论文，你也把博士学位扛回来，在这些地方下绊子，小人啊！我知道这是男人的薄弱环节，没想到自己也在这上面栽了。我得想一个万全之策，这一仗输了，锐气挫了，很可能这一辈子都没机会了，人生又有几个下一次？我又后悔不该凭一时兴致跟孟晓敏来往，把她运动到省城来了。凭什么？别人一问我就没法回答了，这不是铁证如山吗？事情穿了帮，跟董柳又怎么交代呢？

　　我把可能的人挨个想了一遍，孙之华？袁震海？丁小槐？甚至黄主任？或者是他们中的谁指使哪个小人物干的？第一个回合，大将是不出马的。第二天我去处里，几个人看见我，眼神中都有点怪异，喊"池处长"的声音也有点特别。多年的训练使我能从别人的神态中察觉他们自己都感觉不到的那点差别。丁小槐来了，我用稍微变了点调的嗓音喊了声："老丁啊！"他似乎吓了一跳，我觉得自己的检验方式奏了效，马上接着说："早上好啊。"他连连点头说："池处长早上好。"我双眼望着他，面带微笑，他眼神有点乱，点着头到自己的办公室去了。我几乎认定信是他写的了。但我提拔不上去，事情也轮不到他，他跳出来干什么？纯粹出于嫉妒吗？不太可能。这时丁小槐进来找我商量事情，我感到他完全是为了掩饰刚才的那点失态而来的。事情说完了他说："有人嫉妒我们处里，怕我们处里办事更方便些，工作开展得更好些。"我说："那是谁呢？"他说："不知道风从哪里刮出来的，有这么多处室呢。"

中午回到家里，董柳倚在沙发上看电视，饭也没做。我说："什么时间了？"她说："还吃饭干什么？"我一听这口气就慌了，跑到厨房去做饭。董柳闯进来，把淘米的锅往地上一摔说："你在外面做的好事！"口气很严厉，声音却并不大。我弯下腰去把锅捡起来，想着是抵赖呢，还是承认算了。我慢慢直起身子，把锅放到台板上，又蹲下去收拾溅在地上的米。董柳一把将我扯起来说："外面人都知道了，只有我一个人不知道！以后叫我怎么出这个门？让我被人家戳脊背！怪不得这几天走在外面脊背上后脑勺都发麻！"我说："怎么呢，怎么呢，值得生这么大的气？"我打算承认了。她一推一推把我推到客厅，说："一个女人，这些事情不生气，那还有什么事情生气？就不说对得起我，你对得起我一波吗？我什么时候做过对不起你的事，你那样窝囊的时候我都没说过你一句，换世界上第二个女人她做得到？你变心吧，你变了心我把你的东西割下来，让你在别的女人那里当不了男人！"我说："我不好你把我丢了，去追求新的爱情。"她马上说："那没有用，男人总是男人，换个人他还是男人。男人我都看透了，就是夹不住那一泡骚，倒腾完了他就安神了，我看透了。"我说："轻点，轻点。"打算去关窗户，一看窗户已经全关上了，"轻点，关键时刻你不能向别人提供炮弹来轰我！"我想想董柳说的也是真的，她苦了那么多年，孟晓敏做得到？我知道赖不掉，打算先跟她晓以利害，把家里的战火平息了再说，就避重就轻地说："去年……"她把手掌当作一把刀从空中劈下来，把我的话砍断了说："屁话，你要说就老老实实说，别想轻描淡写！"我连连点头说："我是老老实实说。去年……"那把刀又从空中劈下来，说："去年？那一年你到北京去就是跟那个妖婆借的钱，前年妖婆带了表弟到我们家里来，还装模作样当我的面批评你几句，戏演给谁看呢？妖婆还帮自己的情人介绍过对象呢！你喜欢她你就做第三者去挖墙脚，挖下来算你的本领，你认识我干什么？"我一

她把手掌当作一把刀从空中劈下来,把我的话砍断了。

听梦醒了似的,外面人传说的原来是小莫!我试探着说:"你听谁说的?"她说:"要别人说干什么?我都当面看见了。别人都把你告了!"我把茶几一拍,气壮如牛地说:"别人陷害我你也跟在后面跑?我到厅里来十年了,我跟莫瑞芹?你听谁讲的?我当面去对质,看那条长舌头看见什么了?"董柳说:"你刚才都承认了,又不承认了?"我不理她,抓起电话就拨通了卢书记家,说:"卢书记,我们家里现在变成战场了,东西都打烂了好多,外面的谣言传到我家里,董柳说组织上都认定了我有问题,怎么说也不听。现在我请组织尽快把事情弄清楚,这是陷害,不早不晚这个时候出来一个粉红色的传说,这是政治陷害!董柳要跟我离婚,报告都写好了,逼我签字,下午就去办手续。先吃饭?到现在饭都没做。董柳还发疯说要抱了儿子去跳河,如果结论不尽快出来,真出了问题,那怎么办?"卢书记马上要董柳接电话,我把话筒递给董柳,凑在她耳边说:"哭,哭。"董柳一边听,一边使劲地把鼻子抽了几下,又抽了几下,抬起胳膊去擦眼泪,真的哭了起来。

我把事情的利害跟董柳讲明了。她见我说得斩钉截铁,将信将疑说:"你自己都承认了的。"我说:"那是我懒得跟你解释,反正已经闹到组织上去了,让他们去作结论。你如果也跟在陷害我的人后面跑,假的就成真了。别人说,池大为的老婆都说有问题。我怎么解释?"好不容易把董柳说服了,毕竟她还不至于糊涂到那种地步。吃过晚饭我提议到楼下去打羽毛球,董柳似乎不情愿,可还是带着儿子下去了。打球时董柳不停地叫"大为大为",很兴奋的样子。快天黑了,我们两人又牵着一波到大院门口去散了一会儿步才回家。

事情很快就平息下去,毕竟匿名信没有拿出足够的证据。我倒希望写信的人有进一步的动作,那样能够更进一步证实我的清白,也证明我是打不倒的,下一次就不会有人跳出来了。他没有进一步动作我还感到有点失望。我向卢书记提出了追查写信者及其动机的问题，卢书记说："事情到这里就打住了吧，难道还报公安局追查？"我说："陷害者你今天饶了他，他明天又卷土重来，他捅一刀子是可以捅死一个人的。"他说："算了，老池，算了。"我只好算了，但遇见马厅长孙副厅长我又提出了这个问题。我知道查是不可能查的，我要让所有的人都知道，我也不是一块面团凭人怎么捏都行的。

谁知一天晚上有人打电话到家里来，董柳接了，那边没说话就挂了。董柳用怀疑的神态看着我，我说："看着我干什么？"过一会儿电话又来了，依然没说话就挂了。我想一定是孟晓敏，在这种时候她还来给我添乱！第二天上班我找机会出去，把她约到裕丰茶楼。我一见面就说："你怎么把电话打到我家里去？"她噘嘴："那要我到哪里去找你？你也不给我打传呼！"我没跟她讲厅里的事，不然她知道我怕这个，反过来将我的军怎么办？我问她有什么事，她说："上次你在电话里的一句话，我想了几天，越想越想不通，你倒给我说清楚了。"我根本想不起来，她说："你自己说过的。"说了半天才知道是"事情大小"那句话。她说："你说清楚，你到底把我放在哪里？什么是大事，什么是小事？"我知道女人在这个时候是绝对不讲道理的，就说："你是大事，其他事都是小事。"她马上说："不对，我们的关系是大事，其他都是小事。"我说："对，对对，对对对。"她说："对吗？对吧？那你说你把我怎么办？这样不明不白都有一年多了，我不愿这样下去，你离婚吧。"我吓了一跳，说："不敢，不敢。"她说："你怕老婆？你怕我不怕，我去找她谈，我心平气和跟她谈，相信她是懂道理的人，没有感情了，还捏在一起，对两个人都是痛苦。"我望着她，不认识似的，小小女孩二十出头竟有这样一份勇气？这倒使我怕了起来，又感激她为了我竟能有这样的勇气。我说："这么急干什么，你还没老！"她说："你知道这一年我放弃了多少机会，又失眠了多少夜晚？别人晚上成双成对在外面走,我就在楼上看着他们。我过的是什么日子?你也为我想一想吧。"我想着离婚是绝对不可能的,对不起董柳更对不起儿子,而且进步要大受影响。可拖下去那将来我欠她的就更多了,女人有几年青春?到那天她更理直气壮了。就这么了结呢,我又实在舍不得。沉默之中她说:"你给我一个说法,我等也要有个尽头。"我说:"晓敏,我喜欢你,但是,"我停下来,在内心积蓄着残酷的勇气,"但是,"她用惊恐的眼神望着我,"但是,我不能离婚。"她马上把头伏在茶桌上,又一下一下地在桌面上碰着,我马上扶住她的头。她说:"池大为,我看清了你,男人都是自私的人。"我扶住她说:"别这样,有话好好说。"她用力甩开我,说:"看清了看清了看清了!"又扑到我怀中,疯狂地吻我,泪水渗进了我的嘴角,说:"这是不是最后的结论,你告诉我,你今天要说一句真话。你今天说了真话,我还能活下去,你再不说真话,到以后我就只有死路一条了。"看到她如此疯狂,我庆幸自己还是有所克制,还保持了最后的清醒,没有越过最后的界线。我说:"你坐好,我们好好说话。"她坐好了,我慢慢喝茶,把话扯开去。她说:"大为你不要说别的,我今天非弄个水落石出不可。"我被逼得没有办法,说:"我不能离婚。"她忽地笑了说:"池处长,谢谢你的诚实。"又嘿嘿地笑,笑得我心里发冷。她说:"我先走了。"背着挎包,头也不回走了出去。我猛地跳起来想叫她回来,在包厢门边停住了,叫回来又怎么办?我拍着额头,咬咬牙,没有开口。

过了几天我在家里打电话的时候,觉得话筒的手感有点不对,看一看还是那部蓝色的电话机,再仔细看才发现已经换了一部电话机,这是一部来电显示电话。董柳还是不放心我,那个传说启发了她的警觉。

经过了这件事,我走在大街上的时候,经常会出现一种奇怪的念头,迎面那部汽车或摩托车会不会对着我撞过来?迎面那部汽车或摩托车的后面会不会有什么阴谋？经常神经质地往街边一跳。好多次汽车在我的躲避中从身边开过，我下身的隐秘之处就会有一种又麻又凉的中了电的感觉。我越来越不相信这个世界。

74

刘跃进打电话问我能不能找到一张香港地图。我记起丁小槐前年去过香港，就问了他，果然有一张，就通知刘跃进过来拿。晚上刘跃进到我家来了。董柳说："刘教授你准备到香港去？"刘跃进说："到香港去轮得到我？"我把地图拿给他，他看了几眼，收在裤子口袋里。董柳问："你跟凌若云最后到底怎么样了？"我正担心董柳问得太冒失，会不会刺伤了他，刘跃进说："拜拜了。"很轻松地作了一个手势。董柳惊呼道："真的？"刘跃进说："那种女人，理她干什么？"

几个月没见面，刘跃进他变了。其实我知道他们分手是早晚的事，本来还担心他会不能自拔呢，见他竟放得下，我也就放了心。我说："想不到你还是放下来了，我和胡一兵本来还替你担心呢。"我忽然有了强烈的冲动要把那天晚上看见凌若云的事告诉他，话冲到舌尖上还是含住了。他刚才还在说不理人家呢，得让他在我们面前保持这个虚无的神话。哪怕是朋友，有些话也不能撕开来说。刘跃进说："放下来了，连我自己都没想到能这么快。再说不放下又能怎么样？"他笑几声，"不放下又怎么样？天下的事，也不是由谁的意志决定的。我不但把凌若云放下了，连世界我都放下了！放下一个世界比放下一个女人总要更困难更痛苦吧，可是我放下来了，不放下又怎么样？"

我说："大家不约而同都走到这条路上去了。说好听点吧，是梦醒了觉悟了，看清楚了不骗自己了。说难听点吧，是堕落了放弃了，只剩下自己了。"刘跃进说："心里其实还是苦呢，但想想苦也是白苦，苦它干吗？我一直觉得一个读书人的天然使命就是承担天下，就是人世的那一份情怀，先天下之忧而忧。你叫他不承担，不忧，他做人都没有感觉，空空洞洞的，那种轻松实际上很沉重，很可怕。可忧了这么多年回过头一看，自己是白忧了。自己说了什么，写了什么，做了什么，等于没说，没写，没做。世界它该怎么样还怎么样，绝不会因为谁而走另一条路。时间之中有一种力量比人的意志更加强大，那是天数，看不见摸不着说不清，可它制约着一切。天数非人力可改变，这一点我已经想通了。胡一兵说得对，在一个看重权钱的社会，你说那一套，谁听你的？这就是天数啊！我经常嘲笑电视播音员对着天说话，"他两只手的食指往上一戳一戳的，"最近我醒悟了我自己也是对着天讲话，我讲天下国家，连学生也不当真了。他们比我还潇洒，他们是在市场背景下成长起来的一代，好多话我在课堂上都讲不下去了。跟现实无关的话，空空洞洞大而无当的话，我讲着心里也不踏实，像飘在云端。市场它是一种经济结构，又是一种意识形态，它消解了终极，消解了知识分子。它还是一种人生观，活着你得去挣钱！有市场就没有终极，市场把一切都平面化、现世化了，我们的生命失去了想象的空间，谁都明白要面对自己，要抓住今天。大概念变了一切都变，浅薄就是深刻。你人格高尚视金钱如粪土？我忽然发现自己的功夫在不知不觉之间被废掉了，自己在不知不觉之间成了多余的人，不知不觉！被历史限定的人不可能超越历史，人不能抗拒宿命，因此别无选择。最伟大的逻辑程序也不能解决人的问题，也没有人能够给世界一种出人意料的理解，然后改变一切。读书人不可能在现实之外依托逻辑建立一套价值体系，建立起来也只停留在书本上，无法跟现实产生有效联系，我不能装作对自己无能为力的处境浑然不知。依我看，在一个按实力分配利益的社会高唱理想是叫笑的，由既得利益者来主唱更是滑稽的，他们的理想在高唱中已经实现。他们过得那么好，我过得这么差，我还要听他们来讲奉献和牺牲？大学还是精神文明的堡垒呢，站在讲台上我真的不知怎么开口了，所有抽象的话题已经失去了话题性，我再闭着眼睛对着天说那套虚的就是有意无意的骗子了。"

我说："那你以后不写书了？"他自嘲地笑笑说："书还得写，这是一个道具，与世界无关，也不可能有关。如今写什么都成了泡沫，泡沫是泡沫，精品也是泡沫，在时间之流中稍纵即逝。我花几年工夫写一本书，都被那些泡沫淹没了。"我也笑笑说："每个写了书的人都是这么说的。"他说："也许吧。时代变了，古代的读书人面对的是整个世界，今天却只面对各自的那渺小可怜的一隅，他们与世界的关系已经被一种难以描述的力量斩断。他们还存在，却已没有了神圣感，也看不出有什么必要为了这可怜的一隅把自己牺牲掉，牺牲如泥牛入海。把世界放下来了，我轻松了，我该为自己谋点福利了。现在人人精明能干自顾不暇，都想着怎么做大自己的蛋糕，有谁把天下放在心上？市场只承认眼前的利益，不承认万古千秋，这就摧毁了全部的神圣感。孔子在我心中已经死去，在这一代人心中也已经死去，因此我说知识分子也已经死去，你说是不是？"我说："细想之下，如果不自作多情，我们应该有勇气承认天下已经渺远，自己也只是个可有可无的小人物，于是自我便是世界。想掩盖这一点的人正是对这一点感受最深的人。"他双眼茫然地望着我，好像我是在很远的地方。我看出他说得很轻松，心里却并不轻松。他把目光从远处收回来说："前不久我去北京上海，看见我的那些文友的日子都过得很好，很精致，精致到骨头里去了，一个小菜都可以变着法儿弄出七八个花样来，还有人买了小车别墅。他们对钱的感受与常人并没有什么不同，对自我的关注和爱恋还甚于常人。他们说什么并不妨碍自己做什么，做什么也不妨碍自己说什么，他们在两极之间自由地滑动。我就知道再说什么都太多余了，太矫情了，高调再也唱不下去了。我对知识分子很失望，对自己也很失望。几千年来，在孔子的感召下，退守自我空间很少成为中国知识分子的主流选择，但似乎在一瞬间，情况就变了，大家眼中只剩下自我了，把世界扔下了。"我说："这不是谁的过错，这是历史。我们的幸运和不幸，都因为我们在世纪之交遭遇了相对主义，它把一切信念和崇高都变成一种说法，一种含糊其辞模棱两可的说法。一种说法不能够成为牺牲的理由。活着是唯一的真实，也是唯一的价值。历史决定了我们是必然的庸人，别无选择。人们因此看清了真相，解放了自己，却抛开了良知，放弃了世界。那些看清了真相的人实际上在一种更高的真实中迷失了，他们是这个时代最大的赢家，也是最大的输家。就说我吧，我是赢了，还是输了？"

他沉默良久，点了点头，说："我说孔子死了还有另一条理由。孔子是讲君子小人的，可市场和权力场只讲强者和弱者。孔子死了，高贵和卑贱的区别已经被一只看不见的手抹平，而强者和弱者的差异却如此明显。人们看透了这一点，放下了精神高贵，社会弥散着痞子意识，王朔是痞子，他还算痞得真诚，那些痞得虚伪的人，嘴上还念着道德经的人，那才是大玩家呢。古人可以凭人格力量做个布衣君子，今天谁称自己是布衣君子，那不是强者的笑柄？观念一旦改变，我们甚至不能说小人是小人，君子是君子了。我能说金叶置业的余老板是小人，自己是君子？没有了小人君子之辨，孔子他不死？承担和牺牲的精神，人格和道德的力量，传统文化的这两大支柱已经崩塌，也难有重建的可能。我说孔子死了，我很痛心惋惜，却也看到这是历史必然，在农业文明的土地上生长出来的观念无法面对今天的现实世界。如果说孔子还剩一口气，那就是'食，色，性也'，连我都要拿起这个武器大胆地走向堕落了，我只恨自己堕落不了！"我说："像你一个知识分子，要把过去的自己杀死，又谈何容易？人人都是爱自己的，谁下得了这个杀手？我特别能理解你。堕落也要有残忍的勇气呢。"刘跃进说："我说自己是知识分子我很惭愧，这一群人正在失去身份，变成了生存者操作者大玩家。对世界我已经是心灰意冷了，从绝望中生倒是有了一种堕落的勇气。有时候又想，绝望的反面就是希望，物极必反，我就不相信功利主义对人的征服是永恒的。"我说："真有那一天，你刘跃进还活在这个世界上吗？你的等待和牺牲只有靠历史学家来考证了，但恐怕未来的历史学家没有这样一份闲心。"他拍着自己的头说："是的，是的。现在是从个人看世界的时代，世界对自己有意义那才是真实的意义。起点变了，世界翻转过来了，从世界看个人的时代一去不复返了。你对世界的那点意义世界是体会不到的，一只泥牛填不平大海。大为我也要学你呢，要活出一点滋味，算算在世界上只能活一万多天了，还想那么多干什么？可当个旁观者又怎么对得起这点岁月，又怎么能活出滋味？人活着吧，就是活那点滋味！"他说着把嘴唇咂了几下，"那点滋味！"

听了他的话我感到了震惊，虽然这样的想法也是我曾经有过的，但现在从另一个人的口中说出来，特别是从刘跃进口中说出来，我还是感到了震惊。别人也在用心感受世界。这更使我相信，时间之中的某些因素，不是谁可以抗拒的，抗拒也没有意义。历史就是历史，聪明的人，倔强的人，都拗不过历史。我为自己先走一步而有了现在的主动而感到庆幸。

很晚了我送他下楼，在楼梯上他忽然浑身摸着说："地图带了没有？哦，在这里。"又说："你猜我要这张地图干什么吧？有出版商约我写一部小说，故事发生在香港。条件是第一页就要上床，要写细节。我想想钱来得快吧，就答应了。弄得好了还可以拍电视连续剧，那就不止三万块钱了。"我觉得他有点可怜，教书先生没见过钱，三万块钱就把头低下来了。我说:"出来了拿一本给我看看。"他说:"我用化名,用真名把我的名声都败坏了,也就是临时骗它几个钱。钱这个东西不能说它不好,它唯一的缺点就是没长鼻子,不分香臭,只知道为主人服务,管那个人是不是王八蛋呢。我看那个出版商离王八蛋也差不了多远,有了一把钱就耀武扬威人五人六的,我暂时忍下这口气,骗点钱再说。你想不到我也会这么做吧?孔子死了,世界放下来了,内心的约束解除了,人也轻松了自由了。"我没想到刘跃进他会说出这么一大篇话来,早几个月他还在说我和胡一兵呢。

刘跃进走了,我在灯下发了一阵呆。在这个时代,我们遇到了精神上的严峻挑战,我得承认这一点。我们没有足够强健的精神力量来回应这种挑战,在不觉中,就被打败了,缴械投降了。我们失去了身份,这似乎是时间的安排,不可抗拒。中国的知识分子失去了根基,他们解放了自己,却陷入了万劫不复的精神绝地。最后我叹一口气:"不知不觉,三千年一大变局!"

第四篇

75

大风起于青萍之末。

新年刚过,我打电话到医政处去,要袁震海把年前就布置的全年工作计划交来。袁震海说:"该死该死,这几天我父亲一病,我都把这事忘了,过两天吧。"我想谁都有个忘的时候,也没放在心上,把已经收上来的处室的计划看了,替马厅长起草全年工作计划的报告,过了两三天报告有了一个轮廓,可医政处那一块还空着。袁震海还没送计划上来,我心里有点不高兴,也不去催,等着。又过了一天,还不见动静,我心里就火了。你袁震海对我有想法我可以理解,让我为点难我也能忍,我还没有资格发脾气,我只是个厅长助理。可报告是给马厅长用的,这你是知道的!我气起来几乎就想空着这一块交上去,你袁震海自己去向马厅长解释。想一想还是忍了,报告没写完整,总是我的事。我又打了一个电话过去,他说:"该死该死,这两天实在抽不出空,明天一定送来。"我把火气压下去说:"马厅长明天就要这份东西了,他还要看,还要改,还要重新打印,下星期就开全厅的大会了。"他说:"明天,明天,明天一定。"第二天我一直等到下午快下班了,几次打电话过去催,袁震海才派小田把计划送过来。我对小田说:"我准备把你们处里这一块空着交上去。"小田走了,我想着有点不对劲,昨天我都把马厅长这面旗祭出来了,他还如此怠慢,他对我有怨气没关系,可他就不怕我到马厅长那里参他一本?我怨气难消想着干脆放慢一点操作节奏，等马厅长催起来，再把事情跟马厅长说，让他娘的小袁也摔一个跟头。转念一想又觉得不妥，我把马厅长的牌子都打出去了，居然还不灵，这话马厅长听着舒服吗？我只好忍气吞声，连夜把材料赶了出来。这时已近十二点，我气得睡不着，就把事情跟董柳说了。董柳说："公家的事你气什么，人生好比一出戏，气坏身体无人替。你这里睡不着，人家都打鼾了呢。"我想想也是，想放宽心去睡，可心里那种被怠慢的感觉怎么也按捺不下去。人到了圈子里，那自尊心就没有办法不敏感。袁震海不仅是怠慢，简直就是戏弄！该死该死，他真的是该死！我睡不着，把这件事翻来覆去地想，越想越感到还有一点别的意味在里面。袁震海他怎么有把握我不会把空着一块的报告往上面一交？真交了他怎么下台？他不只是怠慢我，还是怠慢马厅长啊！他敢，他居然敢！

　　想到这一点我心中划过一道闪电，又打了一个炸雷！马厅长今年五十八，按照二五八的政策，五十二不提处，五十五不提厅，到了五十八，厅长也要让贤了。十年来马厅长在卫生厅说一不二，谁不拿他的话当圣旨？难道袁震海听到了什么风声？不可能吧。我总觉得袁震海的行为有点异样，却一时想不透其中的道理。

　　我把报告的草稿交给马厅长，马厅长不高兴地说："那我只好周末加班来弄它了。"话不重，可比打我一个耳光还难受，我这个助理是怎么当的？袁震海的过错，难道要我给他扛着？我只好把几次催袁震海的事说了，但没敢说打了马厅长的旗号去催的情节。连我这个厅长助理稍被怠慢都堵在心中沉沉的一块放不下来，换了马厅长他能好受？我汇报了，就等于说他的绝对权威不那么绝对了，这话好听？马厅长听了说："知道了。"我也不再多说。

　　我总感到马厅长"知道了"三个字是有分量的，但想不透。马厅长会不会想着我是一个小人，为了保自己就把别人推了出来，所以他不置可否地说了这么一句？如果是这样，我就搬起石头砸自己的脚了。还有一种可能就是后面也许还有什么内容，他明白了，但不点破。那内容又是什么呢？我得想想，好好想想。

在听了马厅长的报告之后我深受鼓舞。我的草稿中谈的是今年的工作思路，可马厅长作了重大修改，把时间大大扩展，连以后三五年的规划都谈到了，准备盖新的办公楼，准备把后面皮箱厂的地征进来，准备研究出几种能在全国打开市场的中成药，等等。信息是明确的，他马垂章今年不会下台。只要他不下台，我就有足够的时间积蓄资历，就有了缓冲的机会。当然这是几家欢乐几家愁的事，肯定有人是很不高兴的。我去看孙副厅长的脸色，也看不出什么。

可几天后的厅办公会议又使我的信心动摇了。本来马厅长准备把中医研究院医政科的左科长调到厅医政处当副处长，这件事他也跟我透过风。可办公会议开到一半，准备讨论人事问题的时候，孙副厅长说："马厅长有一种意见我觉得很好的，很正确的，厅里提拔干部，主要从厅里内部解决，这是对厅里广大干部的关心，谁工作得好，就有机会，这条政策虽然从没形成文字，但厅里在马厅长的领导下，长期以来是这样做的。厅里能够做到人心安定，工作顺利展开，用人的思路是一条很重要的原因。"孙之华的话让我吃了一惊，这不是先发制人堵着马厅长吗？会场上的空气一时有点紧张，没有人接下来说话。沉默了足足有两分钟，这两分钟比两个小时还长。马厅长说："我原来有个想法，想把左文松同志调到医政处来帮助袁震海同志工作，是不是合适，大家可以议一议。"又沉默了一两分钟，我觉得自己是非站出来不可了，反正没有马厅长就没有我，我豁出去了，就说："左文松同志因为跟我的专业比较接近，我还是了解他的，不论从专业水平还是工作能力，他都还是可以胜任的。"我刚说完，袁震海马上说："我们医政处如果能来一个懂得西医业务的人，可能更好一些，开展工作更顺利一些，毕竟我们的工作对象大多数都是与西医有关的，不然就不太成比例了。"他居然暗示厅里的干部学中医的太多，看来他也是豁出来了。十来个人你一言我一语，说的都是这件事，可真有点站队的意味了。马厅长说："这件事有不同意见，暂时放一放，大家先议一议药品检查问题。"

事情很快就在厅里传开了，马厅长在六月份的去留，本来似乎不是问题，现在却成为一个问题了。大家每天上班，私下里隐隐约约闪烁其词但意义却非常清晰的议论也多了起来。星期天我去少年宫送一波上书法班，人事处贾处长正好送女儿上舞蹈班，见了我神秘地说："你注意没有，领导这一次没拍板，把事情搁下了。我在人事处这么多年，这是第一次。这后面莫不是真有点什么风声？"我说："你说呢，你搞人事的总该知道一点。"他说："我正想问你呢，你在省里有没有人？我方向不明夹在中间，做人容易吗？"我说："没想到袁震海的胆子这么大，他敢站在领导的对面。"他说："也有人说你的胆子大呢。"他又说了几句，匆匆走了。

贾处长的话使我的危机感陡增。按政策马厅长是下定了，他下了我就完了。袁震海正是看清了这一点，才押宝似的在孙之华那里一赌。马厅长下了，不论将来孙之华是否能主政，他都是赢家。真到那一天，我就如炒股票撞上跌停板了，还可能是连续几个跌停板。这时我又感觉到周围的人对我的态度有了一点变化，没别人的时候依然亲热着，可在公共场合就摆出一副不咸不淡的嘴脸，他们骑在墙上观察风向，骂他们小人吧也有点冤枉了他们，混了几十年才混出一点眉目，一点生存空间，谁舍得拿这点可怜的本钱去赌？都是有老婆孩子的人啊！

76

　　我准备趁春节去朱秘书家拜个年，看能不能摸到一点风声。如果大势去了，我还得到孙之华家去拜个年。门难进，也不得不进，至少我还没跟他撕开脸吧。门再难进也得进啊，只要他不把我拒之门外，看一看脸色也是应该的，不然我就真的撞跌停板了，玩完了。玩完了今后的日子可怎么过啊！想都不敢想。到了正月初二正准备去孙之华家，钟天佑打电话来说，明天同乡聚会，要我在随园宾馆门口等。我忙问："小朱去不去？"他说："有空他就会来。"我第二天上午十点钟到了随园宾馆，口袋里装了四千块钱，准备抢着买单，不一会儿钟处长开车来了，招呼我上车，旁边还有两个人也是上他的车的。上了车我说："不在随园？"钟处长说："找个安静的地方。"又说："文副省长今天可能会来。"到了城郊的丘山酒家下了车，已经来了几辆车。我说："我还不知道这里有一家家乡的酒楼。"就上了二楼。朱秘书果然在，我想，这是天要助我啊！老板来了，对着我们几个抱拳打躬，说："今天大家看得起我一个做生意的人，让我做了这个东，这是给我脸啊！我特地请了做国宴的厨师来了。"中午就我们两桌，其他人一概不接待。大家相互认识了，大都是厅长一级的人物，只有我最不起眼。我的名片有上拿和下拿两种拿法，我把一叠名片拿出来，从下面抽出来，是博士导师，跟大家交换了。大家说着话，等文副省长来。我凑到小朱身边说："卫生厅最近有一点小风波，你们在上面知道不？"他说："也知道一点。"我说："不知道风到底往哪边吹？你不知道我们办事的人有多难，踩一步都是地雷，今天不爆明天也是要爆的。"他说："省里还没讨论。"我说："有那么一点点意向也是好的。"他指了指钟处长说："那你要问他。"钟处长说："还没讨论。我们到时候提了方案，等上面批了，还要考虑人大会议能不能通过。"我说："钟处长透一口气给我们办事的人，我们也好做人一点。"钟处长说："真没有什么气可透的。"小朱说："池处长你按组织原则办事，今天谁当家你就听谁的。"我觉得这句话倒有了一点意味。人家做干部工作的，不能说就是不能说，有这么一点意思，就算一个信息了。我也不再追问，反正是不去孙之华家了。

等到一点钟文副省长还没来，大家都很有耐心，没有人催饭。崔老板不时地过来斟茶递烟，很知趣地不坐下来说话，他明白这里没他说话的份。到一点半钟文副省长来了，大家都拥到门边，文副省长说："来迟了，好不容易才从梦泽园脱身出来，来看看大家，酒是不能再喝了。"又抱拳说："这就给各位老乡拜年了，也代表梅书记给各位拜年了。"我想着既然梅书记的秘书能到这里来，文副省长跟梅书记关系肯定非同一般。上来的第一个菜是烂炖牛鞭，接下来是红烧鸡冠、油卷兔耳、卤牛鼻、法国蜗牛、清炖山鸡等，都是没见过的菜，酒是XO。崔老板亲自布菜，却不上桌，也没人喊他入座。我想着自己带四千块钱，真要付钱，连酒钱都不够。喝着酒气氛就亲热了，议论起省委省政府的事情，毫无顾忌，说到自己还想进步的愿望，也毫不掩饰。在这里大家想什么说什么，倒也不失一份真诚。平日里这些人将自己最大的愿望缄口不提，口口声声要有服务意识公仆意识，老百姓虽不傻，却也习惯了这些表白，不去较真。我看着这些人微醺的神态，竭力想象过了春节他们又坐在台上慷慨陈词该是一副什么模样。财政厅牟副厅长提起自己几年没动，说："钟处长，你是处长管厅长，你把我当作被爱情遗忘的角落了。"钟处长说："找我不管用，要找他。"指指另一桌的文副省长。大家过去给文副省长敬酒，文副省长望着我说："你就是小池吧，钟天佑跟我说起过。"我几乎感动得要掉泪，自己的名字居然从文副省长的嘴里说出来了！我鼓起勇气把名片呈上去一张，趁势鞠了个躬。回去的时候我把车门边的纸袋向钟处长示意了一下悄声说:"别人送我的,我也不抽,你拿两条给小朱。"纸袋里是四条中华烟,我一早买来的。钟处长对我笑笑。

春节过后厅里的局面就明朗了,孙副厅长跟马厅长摊了牌,万事不合作。我没想到孙之华做马厅长的副手十来年,竟会闹到这种地步。人们私下里传说孙副厅长跟马厅长摊牌的经过,孙之华说:"你五十八九了,你就是这几个月半年不到的事了,我五十才出头呢。"传说无法证实,但在厅办公会上,马厅长点了孙副厅长的名,指出他春节动用公车回老家探亲的事实,应该出一百一十七块钱油钱。孙之华马上反驳说:"我往家里跑一趟该出油钱是不错,但有人十多年来用公车往家里跑几千趟,那该出多少钱?也请同志们算一算。"空气一时紧张得能够点燃,有两个人装着上厕所,走到门边夸张地解着皮带示意着,躲开了。我想起钟处长"今天谁当家就听谁的"那句话,也顾不得孙之华当年是帮过我的,咬牙撕下脸皮说:"这倒不是一回事,平时用车是上下班。"袁震海马上说:"一样是公车,一样是回家,一样烧油,哪点不是一回事?"我捏了捏拳,奋不顾身似的说:"省里的领导上下班谁不是公车接送,你的意思是还要给省里的领导提意见?"袁震海马上说:"那省里的领导出去度假是开自己的车烧自己的油?"

会议不欢而散。我痛切地感到世界上的道理真是个讲不清的东西,话语权在谁手中,道理就是谁的。人不抓住印把子可不行啊,没有这个东西,人不可能有自尊,也不可能掌握自己的命运。历史上有那么多人豁出命来拼这个东西,以前我对他们不理解,觉得他们不值得,今天我是太理解他们,觉得他们太值得了。事到如今,我已经没有退路,后面是万丈深渊。人走上这条路心态就变了,感觉世界的方式也变了,就没有回头路可走了。

想一想人都是可以理解的。马厅长不谋求连任,五十八岁要他回家养老?孙之华五十二岁了,他已经等了很多年,再等一届就过气了,他不跳出来搏一搏？连袁震海也是可以理解的，马厅长把机会给了我，他忍得下这口气？人嘛。

接着厅机关和省直卫生系统流传着一封信，署名是部分群众。信上除了列举马厅长的五大错误，还说出了两个事实，一是马垂章在某年某月在省人民医院安了心脏起搏器，二是据十年前省内出版的一本叫《厅长访谈录》的书上记载，马垂章的出生年份是一九三七年，而不是现在大家认为的一九三八年，他今年已经五十九了。信上号召大家大胆站出来，向上级反映自己的意见。

在厅机关的中层干部中有一个地下表态运动，你在这场冲突中立场如何？表了态的人就有义务向省里反映自己的意见。丁小槐在第一时间就出示了父亲病危的电报，要请假回家乡去。我明知他在逃避，但电报拿在手中白纸黑字，也只好让他去了。

这时工会组织全厅干部去大叶山春游，内容之一是登山比赛，分老中青三个组，连马厅长都报了名。我为马厅长捏了一把汗，连夜打电话给沈姨，沈姨在电话中就哭了，说："这不是要把我家老马往死里整吗？谁料得到他身边还盘着几条毒蛇？"马厅长执意要参加比赛，我只好安慰沈姨说："我和工会陆主席会安排的。"我们在登山比赛前对老年组作了安排，比赛结果，五十岁以上的老年组十三个人参赛，马厅长是第二名。想起三十年前毛主席几次横渡长江，那种意义不可低估。春游回来之后，厅里的风向果然有了一点变化。

省委组织部钟处长带人来厅里搞干部考察，问到那封信，孙之华坚决否认与信有任何关系，说那是群众意见，自己并没有看到过。钟处长找很多人谈了话，就回去了。过了不久章副部长又带人来了，开了两个小型的座谈会，又把全厅干部召集起来，口口声声说要听取群众意见，每人发了一张表进行民意测验，就回去了，测验的结果后来也没有公布。好在大家也习惯了，并没有谁真把自己当成个人物，也没有谁真把自己的意见当一回事，去追问测验的结果。

　　厅里一时风平浪静，能往上用力的拼命往上用力。钟处长告诉我，马厅长找了省人大祝副主任等人在做工作，我心中感到一种安慰，却又有一种别样的感觉。多少年来我都把马厅长看得非常神秘，他本人就是无所不能的力量之源。现在这种神秘感消失了。一个人没有了权力，他不过就是他妻子的丈夫罢了。马厅长他也有求人拜码头的时候！圈子里的事，说一千道一万，赢了才是真的。在这里只讲结果不讲过程，正如人生只讲过程不讲结果。到了这种性命攸关的时刻，也没有什么不好意思那么一说。我们用不上力的，就竖了耳朵打探一点风声。在极度的焦虑中等了两个月，终于传来了好消息，马厅长继任一届，孙之华调到省计生委当副主任。我松了一口气，这一大战役是赢了！我本能地感到马厅长的胜利与去年抗洪时与梅书记见的那一面是有关系的。碰到了袁震海，他的脸都成铁灰色了，好像刚从地狱中回来。我喊一声"袁处长"，他竟不理我，看来他打算破罐破摔了。他不理我，我倒把心放了下来，我根本不必有什么负疚之感。总有人要下地狱，他不下地狱，难道让我下地狱？过了不久在一次会议上碰见了朱秘书，说起了这件事，他说："那封信是谁写的？脑膜炎啊！要不就是脑髓给狗吃了。"又悄声说："梅书记也安了起搏器呢，安了起搏器就该退休？"回想起来，我真的是与死神擦肩而过。

77

　　六月里章副部长带着钟处长等人到厅里宣布了新班子的组成，马厅长再干一届，我被任命为副厅长。在这之前钟天佑就打电话来给我通了气，说我在民意测验中反映不错，马厅长也竭力推荐我。我觉得自己这几年韬光养晦低调做人的策略还是奏了效的。后来又通知我去他办公室谈话。我想着我们老乡一起喝过酒玩过牌的，就带着很轻松的心情去了，还准备了随口说出来的玩笑话。一进门发现气氛不对，钟处长神情很严肃，我马上也严肃了起来。我一时就糊涂了，不知道哪种神情才是他的真面目。虽然我对这项任命早已知道，但在全厅大会上宣布的那一瞬间身子还是震了一下，自己现在是省里掌握的干部了！像有一个火球在心脏的部位轰地一响，暖流迅速分布到了全身各处，四肢都有点麻酥酥的。我坐在台下看着章副部长的脸，一时忽然觉得他那样可亲可敬，自己从此与他就有了血肉的联系。在全厅干部的掌声中我上台讲了很短的一段话，这段话我在前一晚都背了很多次了。我主要讲了两点，一是协助做好工作，这是讲给马厅长听的；一是当领导就是为大家服务，这是讲给群众听的。我是真心实意这么想的，走下台却有一点不太好的感觉，我讲真心实意的话怎么也会显得虚伪？又想大家现在不相信我，就以后看我的吧。

我决定继续奉行低调做人的宗旨。我揣测马厅长吧，孙之华的事肯定给了他很大的刺激，十多年跟着转的人，说翻脸就翻脸，他还敢相信谁？他那发现挑战者的眼光万一停在我身上，那就很难移开了。我又揣测周围的人吧，我九十年代初才开始起步，如今到了这个份上，很多人心里肯定都别扭着，我只能靠低调去化解这种别扭，不然这股情绪拧到了一起，一人一口唾沫也把我给淹了。

跟马厅长说话我总是赔着一百个小心，哪怕别人都把我看成了他的人，我还是把这些小心赔着，这毕竟不是跟朋友说话啊！一句话没说好，就可能产生一条裂缝，而且这条裂缝会随着时间的推移自动扩张，最后导致崩裂。有一次马厅长说："厅里的工作还能抓住一些什么新的增长点，大为你替我好好想想！"我说："该想的马厅长都想到了，再要想也想不出什么好点子了。"他笑着说:"是吗?是吗?"我事后反复体会他的笑声,觉得其中还有特别的意味,他用了"增长点"这个词,那一定是有所指的。有所指却引而不发,那一定是那个话需要我来说。晚上我把马厅长可能的想法反复搜索了一遍,忽然省悟到几年前曾向他提出搞厅史陈列馆的建议,后来自己觉得这个建议太过了一点,没再提起过,这是不是增长点呢?想到这里我犹豫了,我不该去迎合这种想法,卫生厅建一个陈列馆?这个建议由我提出来,大家不会骂我?可如果马厅长真有这个意思,我装傻不提,也有人会提,我岂不被动?凭良心说提出这样的建议不是正常人的思维,更不是一个知识分子做得出来的事,特别不应该是我池大为来做的事。问心有愧,问心有愧啊!可圈子里的思维方式与常人不同,向上负责是第一条。刘跃进说我是政治动物,我不这么着行吗?我凭良心?我实事求是?我摔着了脑袋吗?缺氧吗?我没摔着脑袋又不缺氧,我就不能凭良心也没法实事求是,那太奢侈了。我把自己的犹豫对董柳说了,她说:"别傻呢,我们家有今天靠的是谁?靠人民群众?我们住筒子楼那么多年,人民群众谁说过一句可怜?人民群众是个屁!别说陈列馆不用你一分钱,就是用你几万块钱,那也是应该的,你前几年能拿得出这几万块钱?我生一波都是借的钱呢!"像往常一样,她一忆苦思甜就情绪激动,这时又掏出手帕擦起泪来。我下了决心,反正马厅长想做这件事他就是要做的,我提不提都无关大局,还不如由我来抢了这个先手呢,管他妈的良心不良心。我表态说自己要为大家当好一个服务员,当时也确实是真心实意,可事情来了,首先得面对上面啊,我头上的帽子是哪里来的?没有了帽子我又是谁?这其实根本不是我可以选择的事情,这实在是神仙也没有办法的事情,更不用说俗骨凡胎的人了。大家要骂就让他们骂几句吧,他们骂几句毕竟还是不关痛痒。大家都说我不好,马厅长说我好,我还是好;大家说我好,马厅长说我不好，我还是不好。我不是我自己，我是一种现象。既然如此，我没有必要责备自己，换个人也只能如此。我有千想法万想法，还得把马厅长的想法当成最后的想法，势不可当！荒谬的事情就是会堂而皇之地做起来，不必奇怪。这样想起来，闹一场"反右"再闹一场"文革"也实在没什么可奇怪的。

第二天碰见马厅长我说："在马厅长您的启发下，我倒想起了一个增长点，我们能不能把厅史陈列馆搞起来？也让大家看看，这么多年来特别是这十年来，我们厅里走过的艰难道路，取得的巨大成就。""巨大成就"四个字脱口而来，连我自己也吓了一跳。马厅长说："你觉得合适吗？"我想着马厅长他想的万一不是这件事，我倒把这件事挑了起来，那连我自己都要骂自己不是人了！屁不臭，挑着臭！我试探着说："我觉得倒是挺合适的，马厅长您看呢？"他说："你觉得合适下次厅办公会你提出来，让大家议议。"

在下一次会议上讨论了别的事情之后，我就把建议提了出来。其他几个人似乎有点意外，互相望望，又一齐看着马厅长。马厅长现在的威信已经登峰造极，讨论什么事情大家的第一个想法就是摸清他的意图，然后再表态。马厅长说："大为同志有这么个想法，大家议一议。"几个人的发言都模棱两可，他们避免在马厅长态度明朗之前表明自己的态度。马厅长说："刚才大家的发言对我有很大的启发，我顺着大家的思路，看能不能这样？专门搞一个陈列馆，厅里也没有这么大一块空地，索性把临街的第二办公楼拆了，再把大门往东移，盖一幢像样的办公大楼，一楼就做陈列厅。房间多了我们可以租出去几层，充分利用码头好带来的商业机会，用租金来偿还贷款。"我马上说："还是马厅长想得远，想得深，这样我们既改变了办公条件，又把陈列馆搞起来了，还没有经济上的压力，一举多得，利国利厅又利民。"事情在原则上就通过了，马厅长指派我会同基建处把具体方案弄出来。我提议建十二层，马厅长说："怎么都是建，建就建出个气派来。"把方案改成二十层，一到四层为厅办公室，从东边楼梯上，四层以上准备作写字楼出租，从西边电梯上。我没想到马厅长有这么大的气魄，除了一楼做陈列厅有点可惜，这个构想其实是很好的。仔细想想，马厅长的想法实在是高人一筹，一幢大楼，就把陈列馆这个事实冲淡了。

设计方案出来已经到了年底。好些公司到马厅长那里去攻关，要承揽工程，马厅长都推到我这里。我家晚上十点钟以后总会出现一些神秘的敲门声，来人也不拐弯抹角，开口就是回扣多少，提出的数字能叫人血脉扩张。我一再解释投标的事马厅长一定要插手的，厅里的领导都要到场的，我无法左右。这也使我有了一点感叹：马厅长为什么是不倒翁？他不贪这个利！不贪利的人怎么也倒不了。外面盖了那么多高楼大厦，百万千万富翁不知培养了多少！一顶帽子的含金量，真不是老百姓可以想象的。胡一兵给我出了个主意，他说："七个投标的公司你都分别答应了，先拿五十万来押在这里，没投中退款，投中了就是百分之三。六千万的预算，那就是一百八十万，反正会有一家公司投中。你不说一句话，就是一百八十万，落袋为安。"我想一想，赚钱真是容易啊，吹一口气！我说："怪不得明明有那么多大酒店入住率都很低了，还有那么多大酒店在建造，不建国家的钱怎么流到他们口袋里去？有些人是怎么发财的，想都不敢想。"他说："现在机会到你手中来了，只要你下一个决心。"我连连摇头说："几百万拿到手里来，我没有这个思想准备。我拿了这些钱买不了别墅买不了车，又不能长出七八只胃来消化营养，还睡不着觉。"他笑了说："可惜了这个机会。"又说："要是天下人都这么想就好了，腐败也不用反了。"我说："想一想马厅长可不简单，这么一大笔钱他不动心！他如果说要给哪个公司，我们心里知道后面有内容，还得装作想都不往那方面想。"胡一兵痛心疾首连声叹息："可惜，可惜，可惜啊！

这天早上我去上班，办公楼前有一群人围着看什么，我走过去，那些人喊着"池厅长"，散开了。我一看是一封致马厅长的公开信，对盖大楼提出了不同的看法：大楼盖起来，厅里人均负债几十万，怎么办？把盖大楼当作自己的政绩纪念碑，对不对？用那么大的面积搞陈列厅，合不合适？我赶紧把公开信揭了下来，送到马厅长那里，马厅长看了说："通知下午开全厅干部大会！"

在下午的大会上马厅长说："我们的工作也可能有考虑不周的地方，欢迎同志们提意见，让人家说话，天不会塌下来嘛！当我的面提或者通过厅长信箱表达都可以嘛！提多么尖锐的意见我们都能接受，言者无罪嘛，可是——"马厅长眼睛望着台下，"为什么要用这样的一种方式？这是'文革'的方式！非常不正常的方式！我不打算追查写信的人，其实要追查也是很容易的。写信的人有这么几个特点，第一是经历过'文革'的，不会太年轻。第二是平时自以为是，认为自己比别人强，喜欢发牢骚。第三，不会有很高的职位，以为自己受了委屈，找个机会发泄发泄。我们厅里符合这几个标准的人，就那么几个。"他伸出手捏了捏，"就那么几个。"我没料到马厅长会说出这么一番话来，台下都是知识分子，他们听了心里是什么滋味？平时一个个都以为自己还算个人物，有尊严，现在知道自己是谁了吧？话就这么说了，你不听着？以后谁有千想法万想法，都装哑巴把嘴给闭紧！我不知道马厅长是不是真的心里有数，不禁也有点为写信的人担心，有你好瞧的了！不关你的事，负债也不要你还，你多事干什么？当好你的老百姓就算了！这些事连我都说不上话，有你说话的地方？卫生厅今天居然还有人敢碰马厅长一下，这是他想不到的，因此也格外恼怒。不知道他会不会叫我们把可疑的人逐一排查？说到清查我又想起了"文革"，想起了自己的父亲。如果可能，我倒想阻止这种行动。散了会回到办公室，我说："马厅长，我真的越想越气愤，想不到卫生厅到今天还埋伏着这样的人，保不定就是孙之华的残渣余孽！他不是针对哪个人的，而是针对我们整个班子的。如果不是觉得牵扯面太大，造成不良的影响，非搞个水落石出不可！"马厅长悠悠地说："算了，只要这些人以后能够吸取教训，就算了吧。"这样我又觉得马厅长讲的那一番话是经过了深思熟虑的，也是很有必要的。厅里有个决策，阿狗阿猫都跑上来提一通意见，那还了得？接受了意见不就等于承认了决策错误？特别是那些公开提出来的意见，哪怕说得对，也只能先顶回去再说，而且要坚持到底。一个人老是接受意见，还能说话算数当好家？还能在位子上坐稳？说到底并不是马厅长要拒绝，轮到谁谁也只能拒绝，这是由情势决定的，别无选择！在位子上久了，更是会形成习惯性的条件反射。马厅长也不是他自己，他也是一种现象。既然如此，人们应该心平气和，换个人也只能如此。那写公开信的人还抱有幻想，还想讲道理，真是太书生气也太不明白世事了，他们还没有想透屁股决定脑袋的道理。今天马厅长把话说到这个份上，以后看谁还敢乱说话？这样我更理解了马厅长，也理解了过去的一些事情，比如一九五九年的庐山会议。人只有到一定份上，才能入骨入髓地理解这种别无选择的情势。

78

厅里决定由我分管中医研究院。为了我工作的方便，马厅长在原来的院长退休之后，特地把那个位子虚着。这样我每星期到研究院去上两天班，自己开车去，当了副厅长后有了车，我马上学会了开车，这样方便。在半路上经常可以碰到大徐的车送马厅长来上班。

其实研究院也没有太多的事让我做，日常工作都由卞副院长处理了。人到了这个份上，对那些小事情就没了兴趣，只觉得烦琐。好在卞翔也不愿我多管院里的事，因此大小事情不厌其烦。我明白他的心思，这样也好，我们各得其所。两个月后我提名程铁军升了副院长，又将人事科郑科长调到行政科去。他当年对我那样一副派头，我实在忍不住要出了这口恶气。虽然他见了我就侧着身子站住，脸上浮着笑，一副等着我作指示的神情，我还是决定不吃这一套。有一次他踮着脚走到我的办公室，试图对当年为什么没有接纳我作一点说明，没等他说完我就打断他说："说真的我还要谢谢你呢。"他一听笑就凝固在脸上，嘴半张着不会动了。过一会儿才醒了似的，一步一步退到门边，转身溜了出去。

按照晏老师的交代，厅里的事情我能不管就尽量不管。很多次我都有那种想表达想发言的强烈冲动，但还是压下去了。晏老师说，马厅长是管事的，别人是办事的。我有点委屈，但还是把这当作一条原则。太能干太想表现自己是要遭忌讳的，跟马厅长共事的人，迄今没有一个人能坚持到最后，我希望自己能是一个例外。当然，一旦马厅长作出了决策的事，我就全力以赴。我只对他负责，这是没有办法的事情。

这样我有更多的时间到研究院这边来，到了这边我就有一种随心所欲的自由感，这种感觉使我忍不住去想象古代帝王的心态。我真正放在心上的只有一件事，那就是争取安泰药业股票上市，这件事已经在运作之中了。这只股票是五年前由研究院向省直卫生系统内部发行的，每股一块钱，当时筹了二千多万元，投到了研究院的中药厂，至今没有什么效益，钱却花得差不多了。气恼之中我真想把账认真查一查，但这一查又会引发轩然大波，揪出一连串的人，安泰药业这块招牌也倒了，还上什么市？马厅长指示了不查，我也只好不查，让有些人空手套白狼了。原来买了股票的人怨气冲天，很多人守不住都流向社会了，因为无法分红，每股柜台交易的价格已经跌到了五毛多钱。

我把院里的研究人员召集起来，反复讨论了，决定将安泰保肾丹作为突破方向，一定要搞出在全国叫得响的中成药来。攻关小组是七个人，我就是组长，由我领衔报了一个国家课题，又特地飞到北京去活动了，也找了许小曼，批下来了。如果搞成了，让闲置在那里的机器转动起来，那是什么成色？人一辈子无非就是要做成几件事，这样才对得起自己这一生，过去没有机会，现在机会来了，还能不死死抓住吗？

过了几个月安泰保肾丹搞出来了，临床试验的效果相当好，国家课题也结了题。有了这张王牌，股票上市的工作也有了一些进展。我对有关的人交代了，上市工作的进展要绝对保密，厅里只有几个人知道。有一天我开车经过华夏证券西岭营业部，看见程铁军的老婆在门口跟人说什么，心中一动，就下了车，远远地观察，发现她在收集安泰药业的股票。一打听股票的价格，已经涨到了近八毛钱。回家把事情对董柳讲了，董柳说："事情是你一手搞起来的，别人发了大财，你到时候两手空空，你想得通？"我当这个官时就下了铁一样的决心，要向马厅长学习，不往发财的方面去想，这样才能立于不败之地。按说到了这个份上也应该如此，这就是道理。可是道理还有一种讲法，一个人到了一定份上，要求他无知无欲，不为自己谋点什么，那可能吗？合人性吗？人是血肉之躯啊！这不是这个人那个人的问题，这是人的问题。人有偏见，有自恋，有特殊利益，因此他是非理性的，是不能从一个纯正的逻辑起点出发的。这个事实万古长存如日出东方一样明了，可大家偏偏要掩盖起来。应该怎么样是一回事，实际怎么样又是一回事，道理无法局限人性。最近省里强调加强理论学习，可有几个犯了错误的人是因为不懂理论？领导是服务，干部是公仆，这道理也只好对着天讲罢了。睁了眼看，哪里的公仆不在利益的核心之处？为什么我偏偏要例外？身边的人都在利用位置优先信息优先的机会，合理合法地发财，自己倒被抛到了一边，心里实在不是滋味。不犯法的钱，弯了腰捡起来就是，你不捡你不是傻瓜吗？机会送到眼前，你想不发财，那也不容易啊！我说："这个程铁军，这么多年没出头，他也乌龟似的把头缩着。我看在老朋友的份上给他一个机会，他屁股就一撅一撅地沉不住气了。人他妈的怎么都是这个德行！"董柳说："那你要人怎么样，他是娘肚子里爬出来的，不是上帝造出来的。"我叹口气说："是这个道理，真的没办法。"董柳说："我明天也去收点股票回来，别人一捞就是几十万呢，吹灰之力！"我说："你别去，你去了就别回来了。碰上了熟人，传出去好听？"她说："我看见立交桥下有乡下人在收外币，后面有人请他们收的，我也去请两个乡下人。"我说："你去登记，身份证上董柳的名字早晚会传出去，别人不知道证券公司的人也会知道。"董柳说："他们有纪律，不会说的。"我说："没人想扔炸弹当然也就没事，到哪天有人想扔炸弹了，他挖也要把这颗炸弹挖出来，你知道什么叫政治？"她笑了说："我用我妈妈的身份证不行？还有人知道我妈妈是谁？"我没作声，但我明白她安排这件事去了。过了几天她有点沮丧地说："安泰药业柜台交易价已经涨到一块二了，还收不收？"我说："要说合不合算，三四块钱也合算。"她说："早几个星期收的人，现在就翻番了，只有一个月一万变两万多，做什么生意也没这么快，只有印钞票才有这种速度。"我想去年胡一兵劝我在招标中做一点手脚，那是违规犯法的，上面还有马厅长盯着，又怕投标的公司翻脸。可眼下既不违规也不犯法，却有大笔的钱赚，怎么可能叫人心如止水？人都是从娘肚子里钻出来的，绝不了七情六欲啊。我对董柳说："你过几天看看再说，一块二还是太贵了点。"程铁军的老婆五六毛钱就收到了，董柳却要一块二，她怎么也咽不下这口气。她说："程铁军还是你推上去的呢，还被他老婆抢了个先手。"这时我对程铁军有了一点看法，想着将来总经理的人选，还是优先考虑卞翔算了。

几天后我为公司上市的事去了北京，一些数据还要经过会计事务所重新审核，我就把材料拿回来了。开会的时候我沮丧地把上市的艰难性作了重点的强调，将材料交给他们传阅，我看看几个人的脸色也看不出什么。但我想今晚可能有人睡不着，过几天市场就会见分晓了。过了几天董柳说："这几天安泰药业的柜台交易价猛跌，只有八毛多钱了，别人手中都像拿了烙铁似的，幸亏我们没有买。"又说："有传说上市上不成了，材料都退回来了，到底是怎么回事？"我说："跌穿八毛你就派人去买回来，家里还留点伙食钱就够了。"她不放心，一定要问我底细，我说："你问那么多我就犯错误了。"

又过了三四个月，安泰药业作为历史遗留问题上市了，我兼了董事长，还是让程铁军当了总经理，他比卞翔令人放心。开盘价竟高达九块多。我参加剪彩仪式回来，董柳已经叫董卉去把收到的四万多股全抛掉了，赚了三十多万，发财就像做梦一样。董柳兴奋之余还抱怨说："就是你不把事情给我讲透彻，我还有几万块不敢动呢，要全买了，就是百万富翁了。"我想一想也是真的，别人几辈子都赚不到的钱，我没费气力也不犯法就到手了，简直就不敢相信，可这是真的，真的。几天之后安泰药业涨到了十二块多，我简直不可理解。朋友问我内幕消息，我说："小盘股潜质股，不过你最好不要买。"谁知一路涨上去到了十七块多，朋友对我都有意见了。连朱秘书都打电话来问还能不能追，他是处级干部不能炒股，但他老婆在炒。我说："叫我说是不能追。"结果涨到了十九块，我都觉得对不起他。我自己手中的货都是九块多就抛掉了，真是有苦说不出。又过几天董事会在我授意下发表了一个风险提示，股价才逐渐回落了。

这天赖子云到我的办公室来，在门边站了，似乎是不敢进来。我指头勾一勾说："有话就进来讲。"他慢慢走到我的办公桌边，我说："坐。"手指点一点椅子。他摸着椅子边坐了，又站起来，眼睛怯怯地望着我。对他的神态我感到很满意，心中有一种说不明白的感觉，很舒服。我是怎么过来的？给我一点弥补，那也是应该的。这些年来我经常观察人的形体语言，我觉得圈子里的这种语言无比丰富而且富于层次感。你在一个人面前是否占有精神优势，这种优势大到什么程度，都可以从这里看出来。

记得赖子云前几年还是一个倔强的青年，现在却变得这么畏畏缩缩的。现实从来不怕谁倔强，一个人他不可能只凭着精神的力量挺立。我要他坐下说话，他说："不累，不累。"又说："池厅长您来研究院主持工作有一年多了，我看您跟别人还是不同。"我说："你对我有这么高的评价？"他说："我是实事求是。"我说："说吧，说吧。"他说："我真的从心里是这样想的，您……"我打断说："说吧，说事情吧。"他说："我，您看，我，我吧，研究生毕业都快八年了。"他一开口我就明白他是为职称的事来找我了。我想着他也真的可怜，我自己就是这样熬出来的，也不知他这几年是怎么过来的，惨呢。说心里话他的问题早就该解决了，怎么能拖到今天？可我哪里敢把事情公事公办？马厅长理论学习不够？不懂这个道理？笑话。可道理怎么讲是一回事，实际怎么操作又是一回事。要求人从理论出发，那不可能，过去不可能，现在不可能，永远不可能。这也是人的问题。人是娘肚子里钻出来的，这个事实已经确定了很多的不可能。我在这个份上，大会小会上道理还得那么去讲，不讲不行，事情也得这样去做，不做也不行。尽管我不太理解马厅长的记恨怎么坚持这么久，但也只能按他的意思去做。要我跳出来主持公正？笑话。我不能解决他的问题，他的问题是马厅长掌握的。我心里很同情他，脸上却硬了心肠摆出公事公办的神色。他看了我的脸色有些失望，凄苦地一笑，说："池厅长。"这声音里的哀怜，只有苦过来的人才能体会出其中的分量。但我仍然面不改色，我这时如果在表情上退一步，让他抱有希望，那反而害了他。他说："不知领导能不能给我一个改正错误的机会，那一年我跟在别人后面瞎跑，那是不对的，错误的，不正确的，荒唐的，也可以说是有罪的，罪该万死的。可是有罪被判了刑也该有个期限吧，总不至于是无期徒刑吧？事情都过去六七年了，也应该刑满释放了吧。"他这么说我真的想帮他一把了，如果不是事关马厅长，那真的是吹口气的事。可我现在不能按一般人的想法去想事情，总不能为别人的事把自己的前程给砸了吧？他说到评不了职称的种种苦处，连老婆都觉得找了他是上当受骗了。他的苦处我完全理解，不由自主地叹了一声，马上又把手边的茶喝一口，又叹一声气加以掩饰。我说："你的事情我管不了，你知道，我没办法。"他说："我让池厅长为难了。"我说："我为难办得到也不要紧，当领导就是服务，就是要让群众满意，就是要为难的。但是为难了我还是办不到。"我建议他直接去找马厅长，他三十多岁的人几乎要哭了，可怜巴巴地望着我。他告诉我，人民医院的郭振华去年五十八，想在退休之前评上主任医生，就去拜访了马厅长，承认自己在几年前犯的错误，希望得到谅解。当时马厅长和颜悦色送他出来，但在评审时，还是叫人事处把材料拿出来了，不让进入评审。这件事我早就听说了，但还是吃惊地说："有这样的事？"就硬了心肠低头看文件。他站在那里发一阵呆，一声不响地出去了。我叹口气，摇摇头。可怜的人啊，可怜的人！赖子云今天进这个门不容易，郭振华进马厅长家那个门更不容易！郭振华快办退休了，可他的日子还长呢。可惜我不是厅长，我是厅长就会给他一条出路，除了他，还有几十个人被压着呢。这些人都是知识分子，就这么乖乖地被压着，居然没人喘个气。有时候我觉得这些人是人格阳痿，可再细想下去，他们也只能忍着，不忍拿鸡蛋去碰石头吗？连他们自己都不跳一跳，当然也别想指望有人跳出来打抱不平了。我曾把这件事说给胡一兵听，我说："刘跃进说孔子死了，我看他老人家就没死，真死了就不是这样了。事情都是他老人家设计好的，凡事要讲一个秩序。孔老先生该死之处不死，不该死之处倒是死了，那些今天尊他老先生为圣人的人，安的就是这个心。"现代也好，古代也好，碰了不该碰的东西，就要付出沉重的代价，古今一理。

79

可惜我不是厅长。这个事实像锥子一样扎在我的太阳穴上，并一直旋进去，锥尖就停留在大脑深处某个密实的部位，在那里钻出了一个等待填充的空白。焦虑和饥渴从空白之处源源不断地释放出来，积聚了极大的心理能量。真有那一天我说话就算数了，就有很多事情可以做了。我觉得说话算数是人生的最高境界，是生命的巅峰体验，而这个目标又是无止境的。这时我更加体会到了权还有钱的妙处。这两个东西不像饮食男女，满足以后就索然无味，不能提供目标感。只有目标感才能使人觉得活着的意义，有成就，赋予人生这一场荒谬而虚无的游戏一种正剧意味。权和钱是没有限度的，无限的目标才具有无限的魅力，有这样的目标就永远不会有停留在某一点上而找不到方向的茫然无聊和厌倦。

"你对厅里的工作有什么想法？"马厅长最近有几次这样问我。第一次我还没有什么特别的感觉，我说："我觉得每一项工作都很顺利，

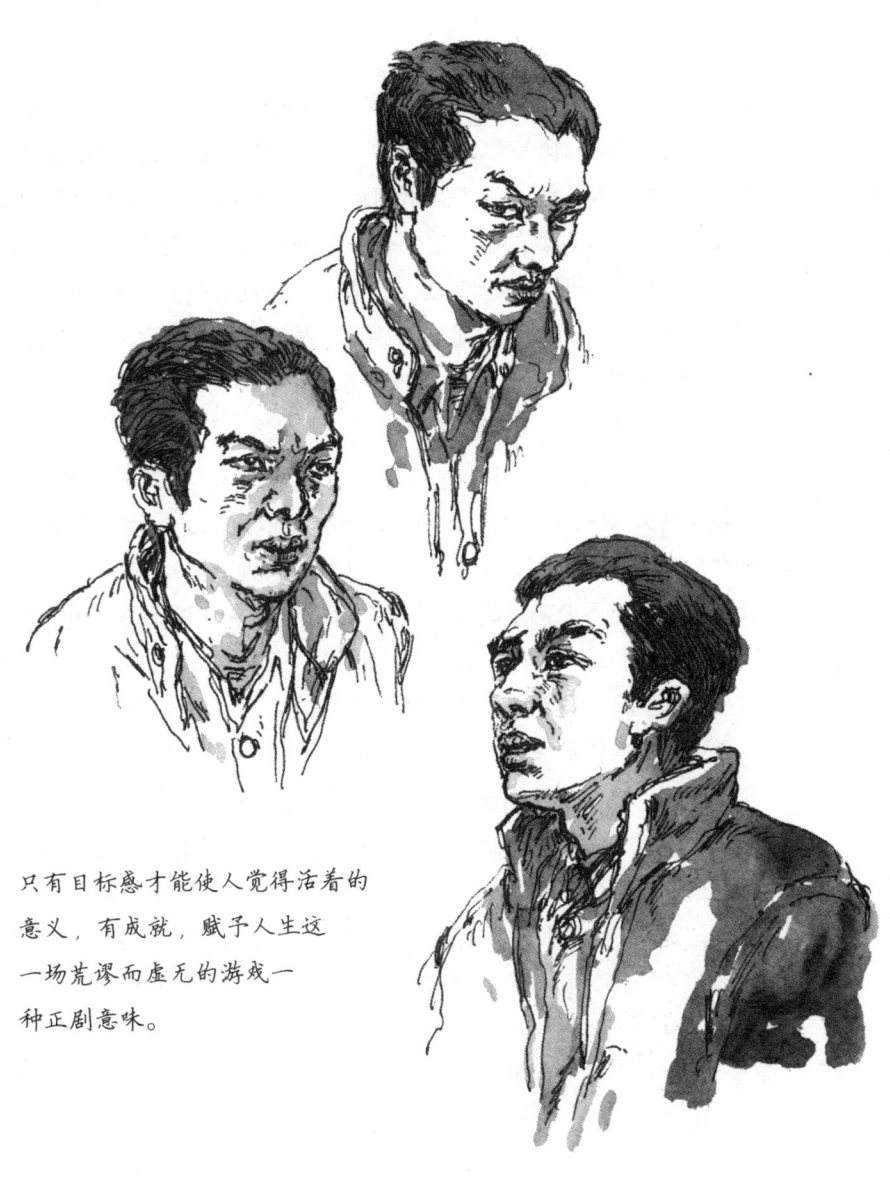

只有目标感才能使人觉得活着的意义,有成就,赋予人生这一场荒谬而虚无的游戏一种正剧意味。

大楼也盖到十六层了，公司也上市了，要考虑的事情厅里都考虑到了。"当他再次这样问我，并特别提到有什么可改进之处时，我才有了一丝警觉，他未必是在考我？我说："我觉得照现在这样就挺好的，要说改进，我还真想不出有什么可改进的。当然省里部里再多拨些钱下来，还可以办几件事。"晚上我打电话给钟处长，先问春节聚会的事，顺便说了马厅长问我的事。他说："我也说不清，你看看去年十一月七日的《中国人事报》。"他只能点到为止，但这就够了。我想如果到人事处去查找，贾处长是很敏感的，就干脆到省图书馆去了。这天的报纸有中组部部长的一个谈话，核心意思是要加快干部年轻化的进程，我心里怦怦地跳着，要抓住要抓住啊，不然这一等，起码又是四五年。

春节那天我去晏老师家拜年，把事情对他说了。我的意思是向他请教在这关键时刻，有什么绝招没有。他在纸片上写了四个字：以静制动。又在反面写了四个字：两个凡是。我看了说："懂了。"我现在什么也不做也不说就是最好的争取。出来时晏夫人说："我家阿雅在郊区医院学不到什么技术，也不是个长法，能不能活动一下调到人民医院？"阿雅的事我知道，她在那里待了这么多年都忍无可忍了。她的一个最重要的任务，就是陪上面来检查的领导打麻将。医院领导给她几千块钱，输光了就完成了任务。这算不算腐败也讲不清，至少不算行贿受贿吧，不能拿到桌面上来追究吧。在这样的时候，地位高的人永远是赢家。当然他也不傻，也知道自己是从何赢起，到时候是要回报的。这是一场心照不宣的游戏。我说："我不是厅长，哼一声就算数的，给我一点时间，半年之内。"晏老师说："你别在现在为难他。"我说："现在是有点为难，也许以后就不那么为难了。"

马厅长再那么问我时，我说："我看厅里的事，凡是……只要是马厅长您的决策，都是经过了周密思考的，想有所变动也难。只要是马厅长您作的指示，我们都要贯彻到底的。"他说："厅里的工作可改进的地方还很多,不少,你替我想想,不要有什么条条框框。"我沉吟了一会儿说:"想一想我竟想不出来,可能是我的思路还没打开。"他说:"这幢大楼,有人提出过不同的看法,我想想是不是有点道理?"我轻轻一拍桌子说:"以前有人有想法,那还是眼光短浅,可以原谅,今天还这么说,可就是别有用心了。"他说:"还有一种说法不知你听到过没有?有议论说我们省卫生系统有些数据不那么准确,比如说湖区的血吸虫发病率?"我皱了皱眉说:"不会吧?几次抽样调查我都参加了。要说绝对的准确,那也是不可能的。我倒在想这些议论后面是不是有什么动机?"他就不作声了。终于有一天他对我说:"省里已经找我谈了话,按中央的精神,六十岁以上的厅级干部要一刀切,我该让贤了。"我吃惊地拍一下大腿说:"怎么会有这样的事?不可能!现在六十岁才人到中年,马厅长您经验丰富精力充沛,换了别人来掌这个舵,他掌得稳?"他说:"这正是我担心的事。"我说:"我们与您配合工作已经习惯了,来一个新领导也难得适应。"又带了感情说:"特别是我个人,一走上岗位就是在马厅长您的扶持下工作的,回头看我走过的脚印,都是马厅长引过来的,马厅长您可不能甩下我们就不管了!是不是我们几个人以某种方式向省里汇报一下厅里的具体情况,我们厅里情况特殊,别人实在也接不上手。"他摇头说:"不用了,我只希望后来的人能稳定大局才好。"我说:"还要能够听得进经验丰富的人的意见,不然就把我们的工作部署打乱了。"他有些悲哀地说:"从来的新人都是以否定旧人另搞一套来标榜自己,我看得多了。"跟马厅长接触已有十多年,第一次看到他有这种悲哀的表情,几次风浪中都没见过。悲哀居然跟马厅长有缘,这是想不到的。我说:"好在厅里几个人与您的工作思路都是一致的,不见得谁来了就另搞一套吧?再说他想搞就搞得起来吗?有我们在呢。"马厅长沉吟一会儿说:"我退下来的事已经定了,就不去说了,省里要我推荐一个人,为了保证工作的连续性，我想推荐你。"我连声说："那怎么行，我……"马厅长指头一动截断了我的话，说："你怎么不行？要学历，要学问，要职称，硬件都有了，年龄也正是时候，四十出头吧。掌握厅里全局的经验也有两年了。当然再过两年更成熟些，可惜没有时间了。"我几乎要流泪说："马厅长，我真的不知怎么说。就凭您信任我，不管以后怎么样，也要把没做完的事做下去。"马厅长说："当然我只能推荐，最后定还是省里的事。想跨出这一步的人多啊。要跨出这一步不是件简单的事！其实在十多年前你刚来的时候，我就考虑过厅里的干部梯队问题，看出你是一棵苗子，血气旺了一点，年轻人嘛，放到中医协会去磨一磨你的性子。看起来你还是锻炼出来了。"离开了马厅长，我对他心存感谢，又想到连马厅长那么精明的人也会一本正经地担忧，认为自己是不可替代的，厅里的事情没有了自己就不行。他是诸葛亮，别人是阿斗，世上哪有这样的事？在圈子里浸泡久了，特别是在巅峰待久了的人，你要他有正常人的思维，也难。人有偏见，有盲点，因此奇怪并不奇怪，正如荒谬并不荒谬。

回去我把这个消息告诉了董柳，她喜得手足无措，双手在身上乱拍打。我说："这点汗毛小事把你喜成这样，参天大树才发出一个芽来呢。"我相信总会有那么一天，到那天我看卫生厅就像今天看中医学会一样。她拍打一番又对我说："你在马厅长面前可别做出这副喜滋滋的样子，他看了不舒服，心里转一个弯你就没戏了。"我说："我还敢喜？我很悲哀的呢。"就表演出一种悲伤的神情，"这样可以吗？"我想着如果真有那么一天，其他的几位副厅长肯定会不高兴，虽然他们会表示庆贺，但心里不高兴是肯定的。在圈子里待久了，我形成了一种看人看事的眼光，这就是从利益关系去分析一个人对某件事情的态度，这是最可靠的，而友谊、人格和道德的眼光都不太牢靠。圈子里的友谊是在精心计算的基础上建立起来的，不具有民间友谊的自发性，一旦你不在其位，友谊就终结了。这种思维经过了多次的检验，几乎是百试不爽。这使我把世界看得更清楚些，而对人性的评价却更低了。

春节后，马厅长这一任都干不完就要下台的消息就传开了，看来厅里还有人在上面有信息渠道，这使我感到了看不见的对手的存在。为了减少敌意，我尽量低调做人。有一天丘副厅长跟我说话，竟很随意地提到了马厅长将下台的事。他既然敢这么说，我想他是得到了确切的消息，马厅长来日无多了。他说："你知道厅里现在背了一亿多的债吗？这是一个炸药桶，只是现在导火线还比较长，炸现在的领导是炸不着了。"我一听就知道他在争取这个机会。炸药桶？你吓谁呢？又不是我个人欠的债，我怕？别说一亿，十亿也不怕，银行的人会到我家里去讨债？我说："想起来还真有点怕人呢，上亿！这么大的压力，也要有那么一个人来承受呢。"我把丘副厅长看成了主要的竞争对手，凡事我都得小心一点。

三月份马厅长身体不好住院去了，去之前开了个厅务会议，提出由我来主持厅里的日常工作，这样我的接班人姿态就突出来了。这是对我的一个考验，弄得不好随时都可能翻船。马厅长虽然躺在病床上，我的一举一动他都会了如指掌。我按照以静制动和两个凡是的原则，除了处理非常事务，什么也不做，似乎厅里没有什么事情值得大动干戈了。有一天我站在大院外看着已经升到十八层的大楼的框架，非常强烈地意识到，这么好的地方，一楼竟拿来做厅史陈列馆，实在太可惜了。我这种意识越是强烈，就越是体会到马厅长对这个问题的敏感，他不可能没意识到这个问题。对马厅长来说，你隔几天去医院看望他并不是什么本质性的问题，他最担心的是自己的接班人会不会按既定的方针办，会不会对他这么多年的工作予以肯定。一个快退下去的人，还能有什么比这更大的念想呢？特别是马厅长，他的历史意识又是这么强。按说圈子里的人都应该明白，人在一切都在，人不在一切都化为乌有，还能指望后面的人把自己的功绩铭刻在历史的记忆之中？当今连知识分子都不抱这种希望了，当官的人还能抱着？可是人对自己的偏见总是扭曲了他的智慧，把自己设想成唯一的例外。

我回到办公室，把基建处易处长电话召来，吩咐他尽快安排把一楼二楼的墙体砌起来。虽然我明白当街的那一面墙有一天还是要打开的，但现在却必须砌起来，让马厅长安心。浪费了几十万，那也是没有办法的事情。我不能以常人的思维考虑问题。什么叫政治优先？易处长说："按程序是应该等封了顶以后再砌墙体的。一楼还堆了很多材料，砌了墙运送就不方便了。"我说："要加快进度。"又说："留一条通道吧。"他还想解释，我做了一个无须多言的手势。他也许习惯了执行一些无法理解的指示，就不再多说。

80

马厅长现在最关心的事就是自己的去向。他才六十岁，按他自己的说法是五十九岁，要他去颐养天年，那就是要了他的命。两年前，市第三医院一位主任医生在退休之后，精神很快就崩溃了，整天在家里念叨："怎么不让我做贡献？"家里人也没有特别在意。谁知在一个冬天的下午，他投河结束了自己的生命。想到这件事我非常为马厅长担心，把深山中驰骋着的一只虎突然关进笼子，那是什么滋味？这些年我是他一手提拔起来的。甚至可以说是他扶着走过来的，凭良心我也得为他担忧。可他要是真的坐在一个什么位子上，比如说省人大的委员常委，或者卫生厅的巡视员，还能够影响厅里的行政，那又是我最担心的。他在厅里的根很深，他在那个虚位上发出一种声音来，也会有人呼应。我想如果厅长的人选不是我,那我也没办法,如果是我,我一定要尽量避免这种情况的发生。

有一天马厅长把我叫去说:"最近几天省里可能会找你谈话,你把厅里的工作做一个全盘考虑,准备一下。"我前趋了身子说:"如果是上面的政策,要一刀切,我们也没办法,从心里说,大家都是愿意马厅长带领大家干的。"马厅长轻轻笑一声,显然不太相信这些话,我也就不多说了。他说:"我今年不到六十,精力还可以,你看我做点什么好?"他做了一个手势,"钓鱼?"我马上说:"如果有机会,我一定要跟上面反映一下,能不能在卫生厅设一个巡视员或者督导?卫生厅还是不能没有马厅长的。"他摇头说:"一把手退下来做巡视员的几乎没有。"我说:"卫生厅有卫生厅的具体情况,有机会这个话我是要说的。"又说:"还有人大呢,上面总要考虑一下吧,至少是政协。"他说:"政协就没什么意思了。"这样我知道他的目标是到人大去占一个位子,就说:"说起来人大常委里也应该有卫生系统的人,事关全省人民的健康,在人大里也应该有我们的声音。"他说:"你这种看法与我的想法比较接近,省里的人如果谈到这方面,你把你的想法向他们汇报一下。"我马上说:"不是汇报一下,而是代表我们省卫生系统提出要求,强烈的要求。"他微微点点头,这个话题就算完成了。接下来他又仔细地交代了怎么跟省里的人谈话,大概要准备哪些方面的内容,我都拿笔记下来了。

说完话我准备离开,站起来走到门边,马厅长在后面说:"小池你过来。"我走到他面前站住了。他也不喊我坐,低了头不作声,两只手掌慢慢地来回搓着,好一会儿对椅子点一点头,我就坐下了。他说:"鸟之将去,其声也哀;人之将去,其言也善。我们今天好好说说话吧,以后还不知有这样的机会没有。"我马上说:"以后的工作都离不开马厅长您的指导。"他有点悲伤地笑笑,不置可否。停了停,他说:"有些话跟别人我就不说了,跟你吧……"他顿一顿,我马上接上去说:"毕竟我是马厅长您一手带出来的。"他说:"正因为如此,我想有些多余的话我还是说了吧。我在领导岗位上几十年,如果说有什么心得,那第一条就是不能抱幻想,对什么人、什么事都不能抱幻想,任何时候抱有幻想都将被证明是错误的。"这番话说得我心中冲了一下,这不会是在暗示我吧?难道我的想法他都知道?我不解释,一解释反而有了欲盖弥彰的意味。我不动声色说:"我记下了。"似乎他讲的是别人,而我是一个例外。他讲了好一会儿,把话讲完了,我说:"记下了。"他轻声说:"去吧。"我忽然有点可怜他,很想找一番话出来表白一番,让他放心。他似乎看透了我的心思,说:"去吧,去吧。"我就离开了。

其实马厅长可以等到六十五岁再退休,可以回到中医研究院去做自己的研究工作,带博士硕士研究生。可他不愿这样做,我理解他,太理解他了。在那个位子上待了那么久,已经形成了一种固定的难以移易的体验方式,他需要别人对他恭敬,需要自己说话能够算数,这不是一个普通的研究人员能够达到的境界。因此他无论如何都舍不得离开圈子,离开了圈子,他的世界就坍塌了。更何况他回研究院去怎么跟别人交往?周围的人对他有特殊的恭敬吧,他又不是厅长,这恭敬就显得滑稽,双方都会尴尬。没有这种恭敬呢,几十年培养出来的架子,放得下来?对他来说,没有恭敬本身就是屈辱。如果进不了人大,权力脱了手,他就要尝尝世态炎凉的滋味了。世界会因为谁是谁而例外吗?不会。对马厅长这种想法,我还是有一点反感,把自己看得太重了,当了这么多年的厅长,退下来还要抓住一点什么。人对自己是有偏见的,人不可能放下自己。自我是人性难以超越的极限,不论他怎样表白,怎样故作豁达。想一想谁又能放下自己?想一想人抱有这种不可移易的思维定式,却掌握了公共权力。这些真令人不敢细想。古往今来多少大人物为了一己之欲不惜流血漂杵,历史用一句话来概括，就是一将功成万骨枯，比起来马厅长这点愿望又算什么。

果然没过几天我就被召到省委去谈话。我上楼的时候还很自信，腿上的肌肉往后那么一蹬，跨出去的时候就有一种弹性。上了三楼到组织部，看到部长办公室几个字，腿竟有点发软。一个年轻的女孩接待了我，让我等着，说章部长等会儿就来，就带上门出去了。我坐在那里等了几分钟，心里竟有点发虚，自己会不会有什么问题被提出来？比如去年董柳收集股票的事？又比如三年前的那个传说？我取下报纸来看，对自己掩饰着心虚。这时章部长带着钟处长进来了，我立刻站起了，双腿并拢，肩往后靠，做了个立正的动作，手上却还端着报纸。章部长笑眯眯地说："大为同志来了，坐。"我本来准备了严肃的表情，看章部长很轻松的样子，也咧开嘴笑了一下。坐下来我在心里批评自己，毕竟是没经历过大风浪啊，这就有点失态了，以后怎么掌管一个厅？得把气度拿出来！我迅速调整了神态以适合现在的气氛，又感到了人采取什么样的姿态，完全是由他与对方的关系来决定的，我还能像对程铁军那样对章部长？

章部长说话开门见山，很快就完成了谈话，钟处长在一旁沉默不语，恪守着自己当配角的角色。我没有想到谈话这么简单又这么顺利。最后他果然问道："你对马厅长的安排有什么想法？"我说："这是省里决定的事，我没发言权，我想省里总会全盘考虑的。作为我自己，我只希望工作不要受什么干扰。毕竟马厅长在卫生厅工作了这么多年，还是有号召力的。他的话大家都服从习惯了，连我都习惯了。我要有点改革，还要靠省里支持。"章部长点点头，没说什么。我本来准备好了，他如果问我改革什么，我就要说出个一二三来的，可他没问，我虽然有点遗憾，也只好算了。他问我有什么要求，我说了两点，第一，如果定下来就尽快宣布；第二，宣布的时候希望文副省长能够到场。章部长说："你的要求组织上会考虑的，文副省长一个月之内的日程都安排好了，尽可能请他挤半天时间出来，我会跟省政府办公厅联系。"我很担心拖延宣布，没有宣布总还是有变数，难保有人拼了命要跳出来，一宣布大家就安神了；又担心文副省长不能到场，那样我的分量就减轻了。

钟处长陪我下楼，到了楼下也并没有分手的意思。我就叫大徐把车开到省委大院门口去等。钟处长收起了沉默的表情咧嘴笑了说："大为兄祝贺你了，你是全省最年轻的正厅级干部。"我说："感谢组织上的培养信任。"他说："正因为是最年轻的，开始讨论的时候有不同意见，处里的态度很明确，知识化年轻化不能停在口头上，卫生厅有几个人有博士学位又做出了两个国家课题？就在几个人选中坚决推出了你。"我马上意识到自己说"组织上"太抽象了，现在不是说场面话的时候，我说："我心里很清楚，我哪一年才起步？就这么几年走到今天，没有大家的帮助是不可能的。特别是你们四处。以前的进步是在厅里，这几年的进步完全在你们手里。没有你们，章部长、文副省长哪会知道卫生厅有个池大为？"他说："主要还是靠你自己努力。学位也有了，职称也有了，业务上也过硬，没有这些硬指标是压不住台的。再说你人缘也好，没有人跳出来唱对台戏。像你的情况，有人弄几条出来可能就搁浅了，年头没熬够。"到了大门口，我跟他握手说："一切都在不言中。"把他的手握得铁紧，拼命摇了几下。形体语言在这个时候比嘴里说的那些感谢的话更有分量，而且能避免难堪。我说："我们在下面工作的人全靠上面支持，不然几封匿名信就吃不消了，这些事情总会来的，前几年当厅长助理，还有人给我捏了个绯闻呢。"他笑着说："别的错误我就不说了，人难免犯错误，经济上出了问题，谁也保不了谁。"我一拍胸说："别的错误我难免会犯，经济上请省里绝对放心，我要往那方面动一点心思，早就是百万富翁了。"就把修大楼投标的事说了。他哈哈一笑说："好同志，好同志！"我说："我跟章部长提的两点，你替我催一下。"抱拳拱一拱手，"还有，什么时候叫上小朱，我做东我们老乡聚一聚，把手机关了，过瘾地甩几把，还等到明年春节？太久了。"

回去的路上我想着怎么向马厅长交代这件事。我原来以为会有一场恶战，想不到风平浪静地就解决了。多亏马厅长在那里压住了台，没人敢跳出来争抢。我越是感谢马厅长，就越是感到对不起他，也越是怕自己的工作受到他的牵制。他希望我说的话，我从反面去说了，这实在是没有办法的事情。我也没有力量超出人性的极限。我奇怪马厅长斩钉截铁地说对谁也不能抱幻想，可他怎么还对我抱有幻想？我也不能因为感恩而当个一事无成的傀儡厅长啊，谁又能放下自己？的确，没有马厅长就没有我的今天，如果当年他把我放在中医学会不动，不安排我去读博士，我这一辈子就注定一事无成了。到了这份年龄还当个老办事员，自己再怎么说人格坚挺，不为名利所动，是天字第一号忍者，是古往今来绝无仅有的踏雪无痕的圣者，那也是屁话！在文章中写写可以，轮到自己是什么滋味？谁能放下自己？连那些鼓吹放下自己的大人先生们都放不下自己，最后都露出了自己最重要最正确碰不得的尾巴。这倒使人们看清楚了，他们的鼓吹不过是抬高自己的一种方式。这些年我看来看去，也看出了自己尊崇的那些大人物们，也并没有真正的力量超越人性的极限。世上的好东西你不去竭力争取你就得不到，到死都得不到，死后更得不到，没人会追加给你。现在已经不是流芳千古的时代了。做个高人，隐者，君子？心如止水，冷眼看世界？安然入定，谈笑说古今？老皇历翻不得了，人可不能骗自己啊！说到底还是要感谢马厅长。可也正因为如此，我不能在他的阴影下工作，我想做几件事，不然我坐在那里不是尸位素餐？

我把谈话的情况向马厅长汇报了，只是把最后的部分修改了一下。我随即建议他在离任之后作一次出国考察，顺便看看在洛杉矶读博士的儿子。过了十来天，文副省长章部长到厅里来召开了中层干部会议，宣布我为卫生厅代理厅长，正式任命还要等下个月省人大开会通过。关于我的事文副省长只说了几句，主要是说对马厅长的工作的肯定。马厅长坐在那里也很平静。上级对下级肯定得最充分的时候，总是在他退下来的时候，这也是游戏规则。没有人向往这种肯定，可是既然反正要下，有总比没有要好吧。

81

马厅长几次从洛杉矶打来电话，询问厅里的情况，又问还有别的消息没有？我知道这个"别的消息"就是他的安排问题。我已经从钟处长那里得到信息，省里对他不会再有别的安排，吃了这个定心丸，我可以放开手脚干几件事了。但这个话不能由我来说，天下没有人喜欢报忧的。我只好回答说："暂时还没有听到消息，是不是要厅里促进一下？"他说："有机会你看着办吧。"如果是别人，我根本不把这话放在心上，谁有义务为你去促进？可对面是马厅长，我就背了一种心理包袱，他再次来电话我就紧张，觉得欠了他的，的确我也是欠了他的。他来电话次数多了，我又有了一点不舒服，现在到底是谁当厅长呢？不在其位不谋其政，这种游戏规则他应该是懂得的。他把我看成了他自己的人，以前这是谁都求之不得的，可他现在还用老眼光看新事物，就有点失态了。我理解他，一有了消息，他马上就会飞回来，所以总是忍不住要打电话。这使我感到他并不像我以前认为的那样神秘，那样坚强，神秘和坚强都是权力赋予他的。

我对马厅长说厅里的工作基本照旧，其实我已经有了几个动作。

首先就是清账。马厅长在退位前十几天在全厅大会上作了一个报告，提到厅里的亏空是三千多万元。据我的推测，厅里亏空已经近亿。马厅长一走，我就给省审计厅打了报告，请他们派人来厅里进行财务审计。我不能继承这笔糊涂账，现在不搞清楚，将来都要记在我的名下，那我还能办成事吗？审计的结果令我也吃了一惊，厅里的亏空是一亿三千万，我急得双眼发黑，拉下这么大的窟窿要我来填？我马上向省政府办公厅作了汇报，他们似乎并不着急，我才稍稍把心放了下来。这个数字我没有在全厅大会上传达，我得给马厅长留点面子，但在厅办公会上还是讲了，他们自然会传出去的，这就够了。做了这事我了却了一件心愿。想起来这是给马厅长脸上抹黑啊！我对不起他，对不起！看样子他是全部相信了我，并没有从别人那里去搜寻信息，在电话中也没提这件事。想着以后无法面对马厅长，我又背了一种包袱。可我实在是没有办法啊！

这种无法面对的格局其实早就包含在客观情势之中，现在不过是随着时间推移展开而已。不光是我，谁在这个位子上也将面对这种情势，不同的是别人没有心理障碍。可不论我怎么想，事情总是避不开的。这天人事处贾处长来到厅长办公室，说："池厅长，有件事要请示一下。"我说："说。"他并没坐下来，还是站在那里，说："是这么回事，这么回事……"眼睛询问似的望着我，我忽然意识到，他在等着我让他坐下，我就做了个手势，他小心地在我对面坐下了。其实我认为他有事情坐下来说是不言而喻的，从他的等待中我意识到了身份的分量。早几年他把我从中医学会叫去谈话的情景我已经忘记了，我想当时自己可能是一直站着的。如果他当时招呼我坐下，那他还算一个好人，可惜不记得了。人还是这两个人，可情势完全相反了。权力就是有这么神秘的力量。权力左右着资源分配，谁还敢说自己无须在分配中得到照应吗？照应不照应，天上人间！

贾处长说:"是这么回事,那年跟舒少华起哄的那一批人,今年以为形势变了,都准备报职称,一窝蜂都来了,池厅长您看?"我说:"有多少人?"他说:"除了退休的,还有几个调走了。剩下三十多个,有十来个以前考了外语,过了两年已作废了,今年不能报,除了这些大概还有二十来个人。"我说:"我们全部的名额也就这么多!"他马上说:"是的,是的,那我们是不是……您看?"他的意思非常明白,还想把这批人压下来。虽然他跟这批人无冤无仇,可马厅长的意思这么多年来都是他执行的,他不想认这个错。我想,人真的是个可怕的东西啊,为了自己的一丁点利益,甚至一点面子,就不怕要别人作出重大牺牲,要几十个人为他牺牲。凭良心?希望世界凭良心来运作,那就太可怕了。不凭良心又怎么样?凭良心?说凭良心这个话本身就是没有良心。在我的经验中,良心只是在少数人的少数情况下才是有效的。当年我去搞血防调查,那么多人谁凭良心了?这几十个人的职称被马垂章压了六七年,又有谁凭良心站出来说句心里话?良心太不可靠了,这是个未知数。凡事说凭良心那不但是幼稚,简直就是欺骗。人在不凭良心的时候根本不会意识到良心还是一个问题,个人的欲念和情感趋向已经把良心重重叠叠地遮蔽起来。我试探说:"这个问题,你有什么主意?"他也试探说:"我当然听从厅里的安排。马厅长交代过,基本上都按原来的方针办,池厅长您也是这个意思?"看来,在马厅长退下来之前,他就到马厅长那里把我的底也摸去了。我说:"按政策办吧。"他说:"对,对。"他显然没领会我的意思,而按自己的思路,把"政策"理解为厅里的既定方针了。于是我换了一种口气说:"坚决按政策办。"他马上意识到了,说:"池厅长的意思……是按什么政策办呢?"我说:"你看呢?"他有点不知所措,笑着望着我。我说:"除了党的政策、国家的政策,还有别的政策?"他这才恍然大悟,点头如捣蒜说:"对对对。党,国家,党。"又说:"这么多人,是不是分批解决？"我说："我们要摸着自己的良心想一想，这些人被压了这么多年，他们过的什么日子？对知识分子来说，他们不会耕田不会炼钢，更不会杀猪，也没有脸去偷去抢，职称就是命根子。这个问题不解决，住房没有，工资没有，连病人都不找他，他怎么抬得起头在家里在社会上做人？"我说着激动起来，把右手比作一把刀，说一句就在桌子上砍一下，我砍一下，他的头就点一下。我说："这些人的材料全部进入评审，至于名额问题，我想办法。"他说："其实我早就想解决这个问题了，我说话不算数，没办法啊，凭良心说，谁愿做这样的事？"他还想解释，我说："好了，好了。"他只好走了。

他刚走，退休办的小蔡就进来了，站在那里说："池厅长我向您汇报一个情况。"我故意不叫他坐，看他怎么办。他仍然站着，根本没有意识到这也是个问题，说："有几个人在进行地下活动，想等今年职称评完了，再等马厅长回来，要跟马厅长打官司，说是要讨个说法，凭什么压他们这么多年？"我问他有哪些人，他说："是舒少华在后面组织，但他没有职称问题，就不是当事人，不好出面，让郭振华打冲锋。"又说了一连串的名字。这个小蔡我不喜欢他，那年一起到万山红去没给我留下好印象，但他能来报告情况，我得给他一点鼓励，不然就没有下次了。我和气地笑笑说："坐下说。"他说："整天坐着，也坐烦了，站着还好些。"我说："你提供的情况很重要，以后有什么情况就打电话告诉我。"他点点头就走了。

我刚上台厅里就要起波澜，我怎么向上面交代？事情不是针对着我的，但担子在我身上。下午我把其他三位副厅长叫来开了碰头会，通报了情况。丘立原说："我早听说他们要有动作，没料到他们要来真的。"早听说了却不向我通气，巴不得有人把炉子架起来烤我吧？可见小蔡那样的人还是少不得的，不然火烧到眉毛了才知道起了火。冯其乐说："是不是向省里汇报？"我说："那太大张旗鼓了。如果能从人事厅多要几个名额,把该评的人基本都评了,再个别做做工作,看能不能在厅里就平息下去。事情不闹大,省里不会管,舒少华憋了这些年的气,就是想把事情闹大,而我们的方针是安定团结。"冯其乐说:"我跟人事厅顾厅长关系还可以,我去探探他的口气。"又说:"有两个人我还是可以做做工作的。"冯其乐比我大七八岁,我升了厅长,他并没有特别的怨气,这从主动请缨可以看出来。我说:"谁还可以做几个人的工作?"眼睛望着丘立原。他只好说:"那我也承包两个人吧。"我给省委组织部章部长打了电话,把事情说了,希望他能支持我,给人事厅打个招呼,他答应了。我又给耿院长打了电话,问郭振华的情况。他说:"已经办退休了,谈过话了。"我问:"什么时候?"他说:"上个月满六十,按政策是自动退休。"我说:"特事特办,郭振华推迟一年退休,工资关系从退休办要回来,这个人厅里要用他。"他还想说什么,我把电话挂了。

这是马厅长留下来的事,我来擦屁股,有苦难言。过了两天,我晚上开车到郭振华家去了。他老婆隔着铁门问:"找谁?"我说:"想找郭医师。"她说:"你是谁?"我说:"我姓池。"她对着里面喊:"郭振华,有个姓池的人找你!"郭振华跑到门边,不相信似的说:"是池……池厅长?"马上把门开了,拼命摇头说:"哎呀,哎呀,我家里的人不认识您,不认识您!"我轻松地笑了笑说:"你夫人警惕性还是挺高的,是在公安局工作?"他笑了说:"昨天看见电视里说找人找人,冲进来就杀人抢东西了,把她的胆吓虚了。"我在沙发上坐下说:"找你们耿院长商量个事,顺便来看看。"他夫人说:"啊呀啊呀,池厅长您、您、您来看我们?"我说了一些闲话,又说:"刚才听耿院长,你快退休了?"他说:"已经谈过话了,按规矩谈过话就算数了吧?"我说:"刚才耿院长说,你们皮肤科的梯队没形成,他想留你一年,又怕你不肯。我说郭医师我认识,那年我家一波烫伤了,还是他看的呢,就自告奋

"为了这件事我头发全白了,掉了一大半,我是戴的假发呢,池厅长!"

勇来找你了。"他将信将疑地说:"耿院长说了这个话?"我说:"他说了我说了都是一样的。像你这样的人才,正是干事的时候,退了也是医院的损失。你就给我一点面子,再干一年,把后面的人带一带?"他还不相信,说:"池厅长您、您、您这么看得起我?"我说:"我夫人在家里都念着你的好处呢,人好手艺也好,我儿子身上一点疤都没有,我们本来还作了有后遗症的心理准备呢。"他很激动地说:"既然池厅长留我,我就再干一年。"我说:"那我们就说定了,可不能反悔!"他夫人说:"池厅长您太看得起他了。"我说:"耿院长刚才说,你的职称还没有解决,特殊情况造成的啊。今年报了没有?没报赶快把材料弄出来,再晚几天就赶不上趟了。"他夫妇俩都惊呆了,半天说:"还报?"我说:"报!我说能报,谁说不能报?"郭振华一拍大腿说:"谁知道会有云开日出的这一天?我从九一年到九五年连考了三次外语都通过了,主任医师我报了六年啊!为了这件事我头发全白了,掉了一大半,我是戴的假发呢,池厅长!"他一把将假发扯去,果然头上只剩一圈白发了。他拍着秃顶说:"看吧,看吧,我这些年过的是人的日子吗?"他又把头使劲拍了几下,"啊哈哈哈哈,啊啊啊啊!"他突然大笑起来,笑着笑着声音变了,嘴歪到了一边,脸挤皱着,眼泪流了出来。他夫人也哭了,说:"我们家要倒苦水,三天也倒不完啊,池厅长啊!刚来的小青年都欺他,这么大年龄了,安排他值通晚班。值班不要紧,受不了那口气!我家老郭为了职称受气,哭都不知哭了多少次了,我陪着他哭也不知哭多少次了!马垂章他刚愎自用胡作非为自以为是固执己见一手遮天无法无天……"郭振华用力碰她一下,她就住了口。我是马厅长提上来的人,骂他太过就是骂我了。郭振华抬头说:"池厅长您给我机会,可我哪里知道今天会云开日出?哪里知道领导还会想起我?我没考外语!两年已经过了,过期作废。"我说:"特事特办!"一拍茶几,"我去帮你争取!"他双手抓着我的手,双膝曲了下去说:"那我真不知怎么报答您!"我说:"谈什么报答,又不是我池大为给你评职称。一定要说报答,你支持我的工作不就是报答?"他马上说:"一定支持,坚决支持。我本来想着退休了,职称反正也没希望了,拼个鱼死网破,如果池厅长要我安静下来,我听您的!"我说:"您也有一点年纪了,火气大了对身体不好,静一点,把身体保养好,才是大道理,大道理管小道理嘛。"出了门我想这些人其实很容易对付,他们没有原则,他自己就是原则。

其他几个人我就打电话召到办公室来,话挑明了说:"压了你们这么多年是委屈了你们,厅里对你们是特事特办,从上面要来了名额,够一个条件上一个。但如果闹出什么事来,省里不高兴,名额下不来了,厅里也没有办法。"有人说:"受了这么多年的压就白受了?总要讨个说法。"我说:"今年评了职称就是说法,当年右派比你的委屈大吧,平了反就是说法。他们跟谁打官司去?坦率地说像马厅长这样下了台还经得起审计的人不多,你们要赢官司也不轻松,不脱几层皮是不行的。"我原来以为会费一番口舌,可几句话就摆平了他们。我又一次感到了自己都理解不透的那种神秘力量。古人说,秀才造反,三年不成,真是把他们看高了。

82

老贾在人事处已经有十多年,自己过去做的事情总想维持,用起来不顺手。我不想让他难堪,可人在江湖,没有办法。我与其他几位副厅长通了气,准备把他调到红十字会去。我说:"贾亦飞在一个地方待久了,形成了习惯性的思维方式,跟不上改革形势的要求。"他们就同意了。贾亦飞知道这个消息,如丧考妣,找到我说:"池厅长我犯错误了?"我说:"组织上正常的平级调动嘛!"他在人事处这么多年,知道"组织上"是怎么回事,说:"其实池厅长指向哪里我就打向哪里,其他的想法我都没有。"我又解释了一番,他还不肯放弃,我索性说:"厅里这样安排,是为了保护干部,有人想跟你打官司你知道吗?你换一个位子,就不在火山口上了。"他痛心疾首地说:"我从来都是执行厅里的指示,我能不执行?我只是一个小小的螺丝钉,组织上把我拧在哪里,我就得在哪里使劲啊!"我说:"现在放在红十字会,那里正是要使劲的地方,好好干吧。"说着把右手掌一挥,五个指头依次倒下去,捏成了一个拳,停在空中不动。这是我为自己设计的一个表示"无须多谈"的动作。他马上就领会了,不再说什么。当了厅长以后我越发觉得形体语言是有着神秘的力量的,在厅里大小会议上,只有我一个人能够打着手势说话,别人说话手都得规规矩矩放着,这是游戏规则,绝对不能逾越。只有当我不在场的时候,其他副厅长才可打着手势说话。我偷偷观察过,丘立原的手势很自然潇洒,但只要我一出现,哪怕他一句话刚说到一半,手势也会立刻中止。也不知台下的人是否注意到了这些细节。

马厅长将从美国回来,这是我早就料到的,他在美国,没人请示汇报,没人敬之如神,他怎么待得住?知道他回来我有点遗憾,如果能再待半年八个月就好了。我派了小蔡去上海接他,小蔡为难地说:"厅里派我去我没有话说,可是我怎么跟马厅长讲?我心里还是怵着他的。"我说:"你照顾他们夫妻一路平安回来就可以了,别的事他不问你不提,他问了你就实说。特别是官司被平息下去的事,你实话实说。"马厅长到达的那天,我亲自带了两辆小车去机场迎接。事情我得办,那没有办法,从心里说我还是想对马厅长好。他们一过出站口,我就从马厅长手中把提包夺下来提了,丁小槐又从我手中把提包接过去,我把沈姨的包接过来,又有大徐接过去了。我看马厅长脸沉着,知道小蔡已经把审计和评职称的事说了。我问马厅长一路的情况,他爱理不理。要是早一年他这样对我,我真会有利剑悬首的恐惧,可现在心中却很轻松,甚至觉得他把脸色做给我看有些可笑。好汉不提当年勇,古人这话真是说到骨头里去了。时过境迁,当年的事情,能提吗?要耐得住今日的寂寞忍得下今日的气,那才是好汉。当个好汉,可不容易!

第二天我就指示计财处的人到马厅长家去为他报账,我所能做的也就是如此而已。跟马厅长见了这一面,看过了他的脸色,我的包袱反而放下来了。人在这个位子上,就想做点事,背着人情包袱能做什么?我是人在江湖,别无选择。毕竟我是从山村走出来的,毕竟我在下面苦了那么多年,毕竟,我是池永昶的儿子。我还是想当个好官,做点好事。人到这个份上不容易,上来了就要干点事,给自己一个证明。当然这点可怜的证明对世界并没有多少意义,但毕竟是我在干,这是问题的核心。我觉得自己跟别的官最大的不同,就是还有一点平民意识,愿意从小人物的角度去想一想问题。把郭振华他们那一批人解放了,了却了一桩心愿,也赢得了厅里上上下下的口碑。下面要做的事,就是要把华源那几个县的血吸虫发病率调查清楚。一方面我不能背这个包袱,将来认真查起来,发病率不是从我手中上去的,另一方面也想为那些无助的乡民争取更多的救助,这也是我多年来的一桩心愿。这件事做起来,无疑又是在马厅长胸口戳一刀。

这件事我决定马上就做,可做起来又颇费思量。部里省里没有布置,我凭空做起来,把真实数据弄出来了,省里不见得高兴,还会留下我过于追求政绩、贬低前任抬高自己的印象。我仔细考虑了,事情得从下面做起。

我的打算是叫华源县长港乡的乡民以群众来信的形式把情况反映

上来，叫厅里的《群众卫生报》登了，再想办法让北京的《中国健康报》转载。这样就有了气氛，再以此为依据向部里打报告，请许小曼帮助推动，申请一个特别项目下来。这样省里没有话说，马厅长也不能怨我了。我得找一个可靠的人，派他到华源去，帮助乡民把信写出来。我想了一下，对小蔡还是不太放心，就把厅里的名单翻了一遍，觉得办公室的小龚还可以用。他比小蔡晚来两年，人倒还很朴实的。前几天我看见他抱着两个西瓜从外面进了大院，抱不动了，我过去接了一个放在地上，让他休息。问他怎么不向卖瓜的要两个塑料袋兜起来提着，他说："塑料袋能少用一个就少用一个，大家都在讲环保呢。"现在还有这么认真的人，我倒觉得奇怪。环保我天天挂在嘴边讲，可从来没往这些小地方去想过。

  我打电话把小龚叫到办公室来，他进来叫一声池厅长，就在对面椅子上坐了。我心中有一丝不快，可还是觉得他的人格比较正常。虽然意识到这一点，我还是感到了不快。人格正常的人不那么顾及等级的界线，不做出相应的姿态，总会让人感到别扭。小龚他是碰上了我，要是碰上别人，他也许就玩完了，还不知道怎么回事就玩完了，哭都找不到哭的理由。圈子里的等级把人的界线划得清清楚楚，在每一个小地方都得把层次体现出来。我觉得那样很无聊，但也明白无聊有无聊的道理。回头一想有道理也还是无聊，再一想无聊还是有道理。天下的事大多如此，生活的辩证法早就为人们设置了他不得不去做那些自己不愿做的事情的理由，一个人跳不出辩证法就像孙悟空跳不出如来佛的手心。我对小龚从七年前去华源搞血防调查说起，最后才说了我的计划。他不明白我为什么要绕这么大一个弯，我把右手掌一挥，五个指头依次一晃，捏成一个拳。他竟没有领会这个信号，还建议我直接行动。我说："也是为了照顾一下老领导的情绪吧。"他就不再说了，带着我的短信去华源找血防办苏主任。

一个月以后群众来信登出来了。小龚向我汇报说，信是他起草的，但说的都是事实，没有半点夸大。上湾村一百多人，就有四十多个患病的，其中有九个是大肚子。这是苏主任替我找到的一个典型。我把血防办江主任叫来，他进来畏缩地站在那里。我说："老江，这期的报纸看了？"他说："看了。"我说："看了这封信我心里很难过，老百姓过的什么日子！"他手足无措说："池厅长，您是知道的……"我说："我去过长港乡我怎么会不知道？实际情况比这还惨！我想给部里打个报告，争取一笔特别经费，你去起草。"他连连点头去了。编辑收到这封信首先给他看了，他还想扣下来，怕自己面子上不好看。我说华源的苏主任给我打电话说有这么一封信，他才退给编辑。上面的人都像他这样冷漠，老百姓的苦吃起来就没个边了。想一想要世界凭良心，那靠得住吗？又过了半个月，信在北京的报纸上转载了。我把江主任写的报告和两张报纸一起用特快专递寄到部里去了。

两个月后抽样调查的结果出来了，华源丰源几个县里的发病率不是百分之三点几，而是百分之六点一三。我把调查报告送到省里和部里，部里很快就拨了两百万。省里又配套两百万，划到了这几个县，专款专用。可谁来保证钱都用在病人身上？我组织了八个医疗队下到这几个县，自己亲自带队在下面跑了半个月，走了四个县。又再次去长港乡看了，在那里待了三天，给几十个人看了病。没有办法完全解决问题，可总好一点吧，也了却了自己多少年来的一件心事。

从这以后马厅长就不再到厅里来。我知道他心中会怎么想我，他看人看走眼了。可换了谁也不会有别的选择，人在江湖！这时我明白了马厅长为什么不住在大院里，他想得深远，其实他早就有了世态炎凉的心理准备，像施厅长那样让自己的软弱无力天天暴露在以前的下属面前，那不是他的风格。

83

大楼盖起来了，厅史陈列馆的事再也没人提起。马厅长题写的"锦绣大厦"和"厅史陈列馆"的条幅放在厅办公室的抽屉里，人们都忘了似的。看着一楼大厅一千多个平方米，还没装修起来就有那么气派。现在想起来，把临街的风水宝地做厅史陈列馆，这真不是正常人的思维。因为个人的因素，荒唐的事情也可以进入程序。如果马厅长不下台，这件事还得有模有样地进行下去。哪怕自己的良知往左边想吧，事情还得往右边做，不做行吗？

锦绣大厦怎么处置，厅里开了办公会也定不下来。我想胡一兵在搞房地产，他有经验，就开了车跑去向他请教。他一开口就说："把它卖了，正好你们欠了银行那么多钱，卖了就还清债了。"这个建议倒使我大吃一惊，说："我一上台就卖家产，过了几十年别人还要戳我的脊背呢。"他说："要是我当厅长我就把它卖了，说起来别人也不会说是你盖起来的，卖了拿这笔钱在偏一点的地方可以盖出两幢楼来。"又说："说老实话，房子不流通，就是钱不流通，钱不流通怎么会流到自己手里来？"我说："你原来打的这个主意，那我还真有点怕。"他说："怕什么，当官不发财，请我还不来。你有了今天，你想不发财，那不可能。"我笑了说："想发财而不可能，那是可能的，想不发财而不可能，那是不可能的。"他也笑了说："我说不可能就不可能，你这个八字我算死了。"我说："我什么错误都可能犯，搞腐败那是不可能的。"他说："听不懂！你知道有些人养得有多肥了？报纸上天天警告贪污腐败亡党亡国，你以为有些人把警告当回事，怕亡党亡国？亡了国大批财产没了主人，他就是主人。苏联有样子摆在那里，他们心里想得滋滋叫呢。远的不说，云阳市的市长最近揪出来了，受贿四百万。你知道他最有名的一句话是什么？云阳市还有六十万人没脱贫，我睡不着觉啊！真是幽默大师，大玩家啊！如今的大师级玩家遍地开花，我还能相信有谁在认真？"我说："你在说我？"他说："说你也没冤枉你。"我说："那你看错我了。"又说："这些话你别跟我们卫生系统的人说，大会小会我还是要露脸的。"他说："我不说人家就不会想？他又不傻。你还想青史留名？那是陈腐观念了。"我说："总之你不能说。"他笑了说："那我们还说大厦吧。操作得好弄出几百万，无声无息，你不想？你想，我就帮你订个详尽的计划。"我说："你别吓我，你别吓我。"他笑着说："吓你？你说我吓你我就不说了。房地产我也搞了几年了，我看少了？说老实话做了都不止三五七八次了，如今不用钱把权买过来，你想赚钱？"

我没接受胡一兵的建议。我早就下了死决心不做越界的事，难啊！我叫基建处请人对锦绣大厦作了评估，值一亿两千万。听了这个数字我有点心动，用这笔钱把后面的皮箱厂收进来，有二十来亩一万多平方米的土地，盖了办公楼，还可以盖几幢像样的家属宿舍。卫生厅中高层干部的居住条件比不上别的厅，很多人都有意见了，我上了台也得在这里烧一把火啊！马厅长在他们不敢说，现在都提出来了。如果我打着这个旗号把大厦卖了，自己从中插一手，落下几百万真是神鬼不知。两年前有机会我不敢弄，上面有马厅长，现在我怕谁？想起钱可以这样到手，事情还可以办好，真是忍不住心跳。人总是人啊！

我把这个想法跟丘冯几位说了，他们都同意。他们早就想换更大的房子了，可没地皮盖，把皮箱厂收进来，问题就解决了。丘立原说："房子不盖就不盖，盖就一步到位，化工厅的厅级是一百五十个平方米，我们搞幢一百八的，要有超前意识。"说来说去竟形成了一种气氛，好像锦绣大厦要不卖都不行了。

这天晚上我接到一个电话，是凌若云打来的，说找我有事。我想可能是她回心转意了，要我在中间撮合。我要她八点钟来，她说："稍微晚一点吧。"十点钟她来了,手里提了什么东西。她坐下说:"听说你手中的锦绣大厦要卖?"我说:"我还以为你要跟我说刘跃进的事呢。"她甜甜地笑了说:"过去了,咱们就不提了。"我说:"那我们说房子,刚刚有这么一点想法。"她说:"我就是为房子来的,如果要卖,我们金叶置业想买。"我说:"更大的可能性是不卖。"她说:"其实我知道你们基本定下来要卖了。说老实话几百间房子要你们一间间租出去,也不是件容易的事,你们也没有系统化管理物业的经验。"我笑了说:"公关部的经理来攻关了。"她说:"我都忘记给名片给你了。"名片递过来,竟是金叶置业的副总经理,我说:"高升了,高升了。"她说:"大家都在进步,池厅长您进步更快,不然我们坐在一起也不是谈物业,而是谈刘跃进。"听她的口气刘跃进竟是比物业低了多少个档次的话题。我说:"我们已经请人作了评估,估价是一亿六千万。"我以为会吓她一跳,谁知她不慌不忙地说:"我们知道评估的结果是一亿两千万。但我们也请人评估了,不会超过一亿。"我慢吞吞地搓着手掌,说:"一刀就砍下去几千万,这样谈就谈不下去了。要不你们派人来跟我的基建处长谈?"她轻轻地笑了说:"当然是要跟池厅长谈,我就是想跟你个别谈,不然我今天也不登门拜访了。"我把笔记本打开看了看说:"还有好几家公司向我们提出了申请,我们准备竞标。"她眼睛盯着笔记本笑了,说:"来竞标的公司以后有没有我不敢说,以前是没有的。我们情报从来准确。"我没想到金叶竟这么厉害,马上说:"不说远了,胡一兵的公司就提出来了。"她瞟我一眼含笑说:"他有几张钞票我不知道?蛇吞象也要等蛇长大了才行。"她的口气使我有点不快,我说:"最近你去看了刘跃进?"她说:"我们还是谈物业,谈物业。"我说:"很难谈下去。"她说:"我今天来挂个号,池厅长你再考虑考虑,卫生厅的事,还不是你一句话?"她起身告辞,走到门边说:"池厅长我们毕竟是朋友,你信不过别人,你绝对相信我,我是把朋友看得很重的,也是从来不随便乱说话的。"开了门我不再说话,她也不说,用手把我推了进来。我想她的车停在楼下,会不会有人把车牌号记下来?我从窗户看去,楼下并没有车。有人在楼下等她,一起向另一幢宿舍走去,在那里上了车,开走了。

第二天早上我还在睡觉,董柳在客厅里说:"这个袋子里的东西是谁送的?"我说:"是你从董卉家里带回来的吧?"记起昨晚来过三个人,谁送了东西,我怎么没印象?过一会儿我起来了,看见沙发下有一个黑色的塑料袋,昨天谁进门的时候仿佛提了这么一个袋子。我洗了脸刷了牙,走过去轻轻踢了一脚,有点分量似的。打开一看,里面是牛皮纸包的几包东西。我叫董柳递过来一把剪刀,把其中一包剪开,里面是十扎百元的钞票,数了数一共六包。董柳说:"谁会把这么多钱忘记在这里?"我说:"那只有凌若云,她想买锦绣大厦呢。"金叶置业想用六十万从我这里拿走两千万,这个算盘拨得再精也没有了。公家对私人的生意是这个做法,血早晚要被抽干,怪不得那么多国企一家一家倒了。我说:"怎么办呢,守着这点东西我都不敢去上班了。"董柳说:"事办得成吗?"我说:"你真的想要?不能要。"要说吧,我说话虽然不像马厅长那样一言九鼎,但只要精心操作,事情还是办得成的,六十万呢!六十万摆在你前面,转一个念头就是自己的了,真叫人心动。人毕竟还是人,是娘肚子里爬出来的啊!要说谁恨钱,那是假的。再说昨天没有一个字提到钱,就算凌若云身上带了录音机也录不到什么。这时我对那些在经济上过了界线被判了刑的人有了理解,甚至同情,有这样的机会送给他,又要求他心如止水,这考验的确太残酷,经不起考验实在也不是什么特别意外的事,人总是人啊!我把钱抓起一扎来看了看,对董柳说:"可别是假钞!"摸了几张,不像。这一摸我有点紧张,好像是在摸自己的钱似的。我说:"这么重也亏她提得起,我都没注意她怎么提进来的。应该向政府建议发行五百元面值的票子,她就没这么辛苦了。"刚上台时我就下了死决心，违法的事我坚决不做。以前总想违法是很困难的，却没想到其实这么容易。违不违法，好像没有特别清晰的界线，也就是一念之差。我在沙发上呆坐了好一会儿，额头上汗都渗了出来。我不敢再去摸那些钱，对董柳说："包起来吧。"董柳说："我家池大为还是个好人呢，怕钱。前几天我们医院里还有人开玩笑，要申请一个科研项目，发明一种厌钱厌色的药，谁要想当官了就打一针，叫他看见女人和钱就呕吐，愿者上钩。你倒是只打半针就行了。"我说："人要那么多钱干什么？打张金床给我睡，我还会着凉呢。"董柳说："你不敢拿这钱也算了，别说钱没有用的话。钱没有用，那什么有用？"我说："你不是已经有了三四十万吗？有这么多跟几百万也没什么区别。"她说："现在别人都把儿子送到国外去读大学，你的儿子不比谁的儿子低吧？我就有这个理想，别人有的我就要有，只说这一件事，没有几万美元就拿不下来。"我说："为了几十万块钱把这个位子丢了，那我就太得不偿失了。将来建一幢一百几十平方米的厅长楼，那不就是几十万一套？"董柳说："东西你暂时收着，就说没看到，事情该怎么办还怎么办。"我说："天下有那样的事？她不派刺客刺了你才怪呢！这是交易，每一分钱都是要有十倍以上回报的。"下了决心我说："想用六十万拿走我几千万，也太小看我了。"我想了想，事情还可以稍微作点发挥，这是个机会。我给冯其乐打了个电话。一会儿冯其乐来了，我说："给你看一样东西。"就把钱给他看了，说了昨天的事。他说："你在这个位子上，这样的事总难免。"他倒一点也不觉得惊奇。我说："我一辈子都没看见过这么多钱呢。你说怎么办？"他说："送给你的当然由你处理。"我本来想开个玩笑说一人一半，想一想又开不得。我说："钱只能退回去，交上去了他们也不会善罢甘休，我有家有小的被弄一家伙也吃不消。请你来是想请你做个证人，六十万都在这里，我全退回去了，他们要赖我也赖不上。"我按名片上的号码给凌若云打了电话，说:"这里有一袋东西,不知是不是你忘记在这里的。"她说:"几条烟是我们董事长送给你的。"我说:"哦,你拿来的是烟啊?那这袋子里的东西可能是鼎云置业送给我的,我还没看呢。"她马上说:"我拿来的是六条烟,放在沙发下一个黑塑料袋里。"我说:"事情我们慢慢谈,烟我是不抽的,现在全国宣传戒烟,我当卫生厅长还抽,形象不好!"她说:"我们董事长说了,价格方面还可以谈谈,可以考虑再加几个百分点。"我说:"这点东西有那么沉,不像烟,不是你的我再问问鼎云的杨经理。"她说:"池厅长你真的不感兴趣?那我马上就过来拿。"一会儿她来了,我说:"东西还在沙发下面。"她提起来说:"池厅长,说真的我还没碰过钉子,想不到栽在朋友手里了。"我用手指比画着说:"我的胆子只有这么大。"出了门有个男人把东西从她手中接过去,一声不响地走了。

锦绣大厦最后还是没有卖,以每年九百九十万的租金租给了银河证券。他们把一楼临街的墙打开,做了交易大厅,二三四楼成了大户室,四楼以上也由他们分租出去做了写字楼。经过艰难的讨价还价,银河证券同意接收三十个人作为勤杂工和保卫人员,这样皮箱厂的部分工人就有了着落。我又以大楼作抵押,向建行贷款九千万,在皮箱厂的地面上实施第二步计划。六十万没有拿有点遗憾,但我没背包袱,而且也把事情理顺了。

84

就像预料的一样,这件事通过冯其乐在厅里传开了。省电视台不知怎么知道了,派了两个记者来采访我,一问知道是丁小槐给的消息。

人到一定的份上，就是有人会把自己没想到的问题想到。我对记者说："六十万也不算一个什么数目，再说金叶置业来的人也是我一个熟人，别让他们难堪，就不报道了吧。"记者一定不肯放过我，我就提了个要求，用"某公司"来代替金叶，他们觉得这样效果差了点，但在我的坚持下还是同意了。对着话筒我讲了反腐倡廉关系党和国家命运的道理，又讲了领导干部要经得起金钱的考验，不能以为自己有什么特殊权力，手中的权力只是一个多做贡献的机会，要对得起党和人民的信任，要以"领导是服务，干部是公仆"的态度对待手中权力。记者一定要我讲讲事情的过程，我就把过程描述了一番，说到"戒烟"一段的时候，记者也笑了。第二天两个记者又来了，说领导很重视，希望我把过程描绘得更详细一些。没有办法，我又绘声绘色描述了一番。过几天电视里放出来，胡一兵打电话来说："你现在是反腐败明星了，祝贺你啊！"这个话从他嘴里说出来，不是什么好话。我说："其实我就是胆子小一点，其实是电视台的人缠着我要拍的。"他说："向你学习，向你学习！"放下电话，我觉得我们朋友之间生疏了，连胡一兵都生疏了。我坐在这个位子上，其实是很孤独的。

经历了这件事，我觉得自己有了道德的勇气，也有了道德形象，想在厅里办几件事出来。这样想着我心中有一股暖流出其不意地冲上来，我咬紧了牙闭了双眼把头偏向一边，忍着不让眼泪流出来。我感到了一种崇高、一种神圣，这种曾经熟悉但已经很陌生的感情笼罩了我。一时间我下了决心要在自己心中重建崇高，重建神圣。今天我有机会了，终于有机会了，我能不好好地认真地做几件事吗？我既然下了决心不发不义之财，就有了凛然正气，就不怕说几句硬话，做几件硬事。我对自己有了信心，我还能不相信自己吗？如果我自己都不相信自己，怎么叫组织上和群众相信我？厅政公开就是我想办的一件事，这个口号已经提了好几年，可没有人认过真，藏着掖着的事还不少。

就说各处室的小金库吧，钱怎么来的？数额多少？怎么分配？连我都没有个底，几十个处室，要我一个个去过问，那不可能。要处长们自觉地自我约束，那也不可能。如果把底都翻过来，恐怕也够吓人的。我即使管住了一个两个重点处室，处长也会对我有意见，还会很委屈地说出别的处室怎样怎样，反过来将我的军，要求我一视同仁。我的想法，就是让群众参加监督管理，担子也不要压在我一个人身上，我根本管不了这么多。我把自己的想法跟丘冯几位说了，冯其乐说："可能会有点难度，火一烧起来就会蔓延开的。"丘立原说："现在农村都搞村政公开了，我们知识分子成堆的地方还不能厅政公开？老池这件事抓到点子上了。"冯其乐再没说什么。厅里作了决定，要把厅政公开作为下个月职工代表大会的主题，发动大家订出一些细则。我想着以后自己开着汽车到处飙就没有那么自由了，也要受群众的监督。为了做成一件事，我作点牺牲也是应该的。

我把这个想法跟工会主席陆剑飞说了，他说："池厅长有这个想法，我们工会当然是支持的。说起来有些人也太不像话了，叫花子烤火只往自己胯里扒，他的手长，只有他扒得到。"他打了这样一个粗俗的比喻我有点反感，跟我说话就不能文雅一些？我毕竟不是当年的池大为了。他说："池厅长您去调查一下，我们厅里买的办公用品，批发的比外面零售的还贵，哪里有这样的事？基建处进的建筑材料是什么价格？医政处分钱是怎么分的，丁处长给自己发超工作量奖，一发就成千上万，别人心里有意见，他还装作不知道呢。"去年医药管理局成立，药政处撤销，马厅长把丁小槐安排到医政处当处长。我说："所以这都是问题。我想通过职工代表大会搞一个条例出来，先叫各工会小组讨论，厅里不设条条框框，把正确意见形成条例，在职工代表大会上表决通过，通过了就按章办事，我也省点心。"陆主席说："做这件事厅里有决心没有？我就怕工会真的一动起来，爬到半路厅里又把楼梯抽走,我们就下不来了。"我把手一挥说:"厅领导都统一了思想,谁敢抽楼梯?谁抽楼梯谁就是不敢见阳光,害怕公开性,想堵着别人的嘴,我们大家盯紧他。"他还犹犹豫豫,说:"会有阻力的。"我豪爽地说:"办一件事哪有没阻力的?与人奋斗,其乐无穷,到中流击水,浪遏飞舟,那才是高境界!怕阻力你就不下河了?"他问:"那职代会只有一个多月了,厅里怎么安排?"我说:"我先作一个报告,让大家知道厅里的决心,吃颗定心丸,畅所欲言。然后各工会小组讨论,把意见收上来,工会归纳一下,形成条例。"他说:"这样好,这样好,池厅长您这么快就形成自己的工作风格了,肯定大家都看在眼中,记在心里。"他走了,一分钟以后又转回来说:"工会小组讨论,其实还是分处室讨论,大家很难畅快地说自己想说的话。"我说:"在办公大楼还有传达室和家属区专设几个意见箱,发动大家把意见投进去,补充讨论的不足。这一点我作报告的时候也会讲。"

我作了报告后,台下一片议论。"我们这个班子与改革共存亡!"这是报告中最有分量的一句话,大家议论得最多的也是这句话。看大家兴奋的神态,我感到这件事还是有群众基础的,心里原来的一点不踏实也踏实了。我在这个位子上,又岂能做个守成之人?多年怀着抱负想做成一点事,现在是时候了。这件事做好了,让贪污腐败以权谋私没了根底,说不定经验还会向全省推广呢。

下了班我在门口碰见了小龚,他好像是偶然碰见了我,但我知道他是在等我。他说:"池厅长您今天是引爆了一颗原子弹。大家都很兴奋,把话说到大家的心里去了。"我笑了说:"有那么严重?原子弹!"他说:"能在您这样富于改革精神的领导手下工作,我都觉得很幸运。"我说:"其实我是想省点事,我管不了那么多处室,厅里几个人也管不了那么宽。"又说:"我向陆主席推荐推荐,就让你们几个年轻人来整理大家的意见。"他说:"那我还是有点……怕。本来是大家的意见,有人说是我弄出来的，那我就吃不消呢。"我说："厅里支持你，你怕谁？谁害怕群众的监督，那他是心中有鬼，那我倒要查查他的底细了。"他说："厅里真有这样的决心？"我说："你说呢？"他说："那我就放心了。"我说："这是第一步。成功了还要走第二步，还政于民。这也不是我的创造，宪法上第一条说的就是这个道理。让大家都有说话的机会，说了就得管用，这样以权谋私就没有基础了。我们当领导的没有私心，不要特殊利益，压着大家不让说话干什么？都快二十一世纪了，还用孔夫子上智下愚那一套吗？在那个套子里再怎么滚也滚不出真正的名堂来，更不用说彻底反腐败了。"他望着我，不认识似的。我说："你以为我说着玩的？改革改革，不从这里下手，那个改革也走不了多远。"

第二天丘冯两位来到我办公室，冯其乐说："池厅长你昨天的报告反应还是很强烈的。"我说："这是意料之中的。我们天天说相信群众依靠群众，说了几十年总不能停在口头上，怎么相信怎么依靠，不能放空炮，总要找到一种途径，至少也要有一个对话的渠道。领导是服务，来点真的，服务还怕监督？干部是公仆，也来点真的，公仆还压着主人？干部是公仆，他们的权力是群众给他们来服务的。这个道理不能停在嘴上，写在书上，要落到实处！怎么落到实处，靠我们这些人自觉那是不够的，要靠制度保证，把监督权真正交给群众，否则就是一句空话。我们可不能搞叶公好龙那一套啊！"冯其乐不说话，看着丘立原。丘立原说："我还是支持这种改革的。我也没有什么个人的东西害怕监督，我下楼再上楼就上班了，一个月也用不了几次车，我不怕群众监督。"我说："事情是我们集体决定的，我们这个班子就与改革共存亡，你们可不能临阵倒戈！"丘立原说："我的态度一如既往，是支持池厅长的改革的。"冯其乐说："我还是有点担心，怕乱了章法，削弱了厅里的领导。"我说："我们就相信群众试一试，他们不懂道理？会乱来？厅里掌着舵，章法也乱不到哪里去。"冯其乐说："池厅长你真有信心？"

我望了丘立原说:"你呢？"他说:"我有信心，我有。"

老冯说怕乱了章法，我想这个章法是什么？无非就是官本位罢了。掌了权就有了特殊权威的要求，自尊心极度敏感，除了上级，其他人谁碰一下也是不可以的，谁碰了舒少华、郭振华就是榜样。同时也有了特殊利益的要求，手中抓着资源，谁不想多分一点给自己？人嘛。有特殊权威特殊利益就有了特殊标准，自己就是标准，就是价值尺度。为了维护这个标准，就千方百计把别人的嘴封起来。思想解放到了今天，真解放假解放就看他对这个问题的态度。这个改了一切都改了，这个不改，一切改的意义都有限。哪怕我自己是个官，我也想碰一碰这个东西。改革不改自己，就是一句空话。靠什么领导？不靠行政权威，靠人格魅力。这时我突然想到一个词，非行政性权威。想到这里我很兴奋，将来总结经验，这就是一个核心概念。凭职位压着别人服气，那不叫本领，甚至也不叫领导。这时我头脑中冒出一连串的词，我连忙用笔记下来，怕忘记了，将来都可以写到经验总结中去。

过了几天各工会小组讨论了，我把讨论记录要来看了看，也没有什么特别激烈的建议。我还有点失望，觉得大家还是没有敞开说话。过了几天陆主席提了塑料袋来找我，说:"书面意见都在这里了，大概有一百多份。"我说:"沉默的人还是大多数。有署了名的没有？"他把塑料袋放在桌子上，我抓起一把看了看，大多数都是打印的，竟没有一个是署了名的。我说:"大家还是有顾虑。原来的领导方式几十年一贯制，现在让他们作主人，一时还不习惯啊。就像哪部剧里的贾桂，让他坐，他说站惯了。"他说:"意见是不是交给厅里？"我说:"以工会的名义收集的意见，工会处理！厅里就不插手了。你去组织人整理出来，分成几大类，作为我们订条例的基础。"我交代他让小龚参加整理，他说:"他对这件事倒还有积极性。"

在整理的那几天不断有尖锐的意见传到我这里来，陆主席有点担心。我说:"这才是群众真实的想法,平时也没有一个表达和对话的渠道,被压住了,我们可不能搞叶公好龙那一套。相信群众依靠群众,为群众办实事,没有自己的特殊利益,大道理不能停在嘴巴上。不让别人说话,道理很多,这个道理那个道理都不是真的,自己特殊的利益不能触动那是真的。高明的领导不靠压服,别人提几条意见就让他七八年评不了职称,那叫什么本领?靠什么领导?靠人格魅力,靠非行政性权威。一个有远见的领导,不能太相信自己,自己是人,是人就有弱点有偏见有特殊利益的冲动。他应该有勇气去培养监督者,培养反对派,那才是长治久安之道。什么是英雄?当代英雄不是项羽关羽。为了把大家的事情做好,把自己的东西都丢开,那才是英雄呢。"陆主席说:"池厅长一番话真使我茅塞顿开,读了博士的人到底不同,有现代意识,高明的领导就高明在这些地方。池厅长您是下了决心了,那我就放心了。"

85

桌子上的电话铃响了,我接了,是一个女人的声音。我问:"是谁?"她说:"你猜。"我就知道是孟晓敏了。她叫我猜,我如今还跟她玩这个游戏?就说:"这位同志你有什么事就快说,我马上要开会去了。"她在那头撒娇说:"当了厅长连我的声音都听不出了?"我忍不住笑了说:"把你的声音剁碎再烧成灰我都听得出。"她说:"池厅长能不能给我一点时间?"我跟她三年没联系,都把这件事放下了,她突然又打了电话来,必是有什么事。我现在正要树立自己的形象,去见她合适吗?我说:"你有什么事情没有?"她说:"一定要有事才能见你?"我说:"我很忙,真的很忙。"她说:"我就是有事要找你,你今天忙，那我明天再打电话来。"我说："你有什么事现在在电话里说可以吗？"她不高兴了说："我这个事电话里没法说。"我只好说："那么好吧，过半个小时，九点半，我来接你。"她说："晚上不行吗？晚上气氛好些。"我想董柳晚上把我管得紧，到哪里去一定要问个一清二楚，不想节外生枝，就说："晚上有了安排。"她提出要到裕丰茶楼去，我想绝对不能碰见熟人，现在可不是以前了。我说了一个很偏僻的地方，叫她到那里去等。放下电话，我觉得自己有一间办公室非常重要，自己有个独立的空间，说话自由，有个秘书在一边就扫兴了。

  我开车去中兴路口，总觉得后面可能会有人跟着我，现在连私人侦探都有了，万一有人出于政治目的来了这一手呢？我开车拐了几个弯才向那里去了。孟晓敏穿着黑色的套装站在那里等，看上去还是那么苗条，生机勃勃。她在东张西望，我把车开到她跟前停了，她还没意识到是我。我把车窗摇下来，正想喊她，却看见黑色的裙下一双洁白的腿，细而匀称，离我不到一米，那种质感令人想到没有杂质的玉。我欣赏了有几十秒钟，轻轻叫了声："孟晓敏。"她这才发现了我，惊喜地说："你自己开车来的？我还四处张望看你到底从哪个方向冒出来呢！"她上了车，我往城外开去。快出城了她说："你把我带到哪里去？"我说："把你带到谁也去不了的地方去。"她一根手指头顶了我的额头说："真的？就我们两个人？"再往前开，她说："知道你带我去城南公园。"我怎么敢去那里，万一碰见熟人，怎么讲得清？经过城南公园，她叫道："到了到了。"我不理她，一直开到城郊，找一间卡拉OK厅要了二楼的一个包厢。

  服务小姐斟茶去了，我说："找我有什么事，这么急？"她说："我没有急，我说明天后天都可以。"我说："那总有点事吧？"她说："没事。"又说："要说没事也是假的，就是想看看你，就这件事，你说电话里讲得清吗？"

这时小姐端了茶来，出去时孟晓敏跟在后面把门闩上了。我心中有点跳，瞟了她的腿一眼，说："这是什么天气，都深秋了，你还穿春天的衣服。"她说："不冷。"又说："冷一点就冷一点吧。"我明白了她这套服装是特地为我穿的，以前我老赞美她的腿是象牙腿，她还记得，怪不得她连长裤都不穿。我说："你要看我你就看吧，这几年操心重，都半老头子了。"她看了我好一会儿说："你没变，没怎么变。"看着看着她突然说："池大为，你……"我又吓了一跳，池大为？好久都没人叫过我的名字了，这三个字听起来都有点生疏。我心中似乎转了个弯才想明白，池大为就是我呀。她说着声音就变了，颤抖了："你，你，你害了我，你知不知道？"我吓了一跳，我害了她？我与她交往一年，我没有把事情做到份上，也没有太耽误她的青春，我害了她？我说："我没害你吧，我害了吗？"我摇头说："没害，没害。"她轻笑一声说："男人都是自私的，生怕要他承担一点什么。你以为要把女人怎么样了才算害了？说真的，真的那么样了倒不算害，现代人也没把那件事看那么重，那不算什么。可是一个女人，她总是忘不了一个男人，跟别的男人总是没有情绪，放在心里一比感觉就上不来，那不是害了她一辈子吗？"我发慌说："有那么严重吗？我哪里值得别人老是把我放在心上？再说，我也比你大了……"她的双眼突然放出令人惊恐的光来，我无法准确地理解这种眼神。我住了口，沉默地望着她。她闭了双眼，叹了一声，叹息声中有一种悲哀。她说："那年跟你分手，当时我没觉得有什么。天下这么大，又是省城，凭我孟晓敏不能找到一个有情绪的男人？我恋爱了，可怎么也忍不住跟你比一比，比过来比过去就没了情绪，就分手了。我还没发现问题的根子，更没感到事情的严重性。我想自己是在向往更成熟的男性吧。我又有了两次经历，第二次还是在网上聊天室认识的，可一见面神秘感就去了一半，最后还是不行。我这才发现自己已经中毒了，中了你的毒啊！

我想说服自己，我已经说服了自己，人不能把希望挂在绝望之树上，这个道理我懂，可一旦自己面对，叫我怎么放得下？这心里好像有鬼似的。我想着自己的前世可能没做什么好事，上帝派你来惩罚我的。"我连忙说："我根本没有你想的那么好。你看，我半老头子坐在这里，就这个样子，你可能是沉入了一种幻觉，一种幻觉！"她奋力说："哪怕是一种幻觉，那幻觉也是真实的，对我来说没有比这种幻觉更真实的东西了。"

后来不知怎么一来，我们又回到了从前。刚开始的时候还有点不习惯，有点生疏，我的一只手在她的下巴处轻轻抚了一下，缩回来，又返回去，在她的衣领处流连了一会儿，突然，似乎是重力的作用，手往下一垂就放了下去。她说："你为什么把手放在我身上？"我说："你为什么要我把手放在你身上？"接吻的时候她用了很大的力气，咬住我的舌头不肯松开，拼命往里面吸，一只手从我的衣服中伸进去，轻轻地抚着我的背。我有些迷糊了，手在她的身上没有方向地乱窜，最后停在某个部位，说："这是我的责任田。"她说："你从来就没负起过一点责任。"我说："我想负责，你又把它划成了禁区。"她说："只要你愿意，我就为你开禁。"我沉默了，不敢接她的话。我身体的每一个微小的暗示，她马上就能准确地领会，予以迎合。有了这样一种默契的感觉，我完全沉醉了。松开来我们相互望着，她大口地喘气，说："我要把你吸进去，吸进去，吸进去你就跑不掉了，就归我了。"又扑了过来。好久好久她才安静了下来，说："你有老婆孩子，我也不敢有太多的想法，可是我做你的情人可以吗？我什么都不要，不要名分，不要你天天陪我，也不要你买一件衣服，我就默默地待在一边。一个星期能见到你一次，我就心满意足了，我平时的寂寞有了这点补偿，就足够了。"女人的感情一旦被激活，就有这么疯狂，奋不顾身，好像飞蛾扑灯似的。我说："那不太合适吧。"她马上不高兴了说："有什么不合适？"我说："这对你太不公平，你也不是几年前的孟晓敏了，我让你守着一个绝望的希望，那太自私了。"她说："这是你的真实想法？你不爱我那就算了，你爱了而不敢爱，你就是一个虚伪的人，自私的人。你怕你家董柳知道了，叫起来，影响了你的前程。"她一下子就抓住了问题的要害。董柳知道了当然会悲痛欲绝，但她不会叫起来，这是孟晓敏不了解的。另外还有人想抓住我的每一条小小的裂缝，用钢钎打进去，把裂缝扩大，以至把整堵墙掀翻，这也是孟晓敏不了解的。我说："我耽误了你，我于心不忍，女人的好时光不是无限的。男人与女人不同，我比你大这么多，我们还可以在一起，但你能想象我们的年龄颠倒过来吗？你将来怎么办？"她死命地箍着我的腰说："将来是我自己的事，不要你管，将来的事将来再说。"我摸着她的脸说："孟晓敏什么时候成长为新人类了，将来的事将来再说！一个女人有几个将来呢？"她把头贴在我的胸口，说："别的我都不管，我只问你一句，你爱不爱我？"我毫不犹豫地说："喜欢。"她把头侧了一点，把我的毛衣衬衣推上去，耳朵贴在我的胸前说："让我听听。"一会儿又说："我听见爱的心跳了。"她松开我，把外套脱去，把胸挺了一下，使胸前的轮廓更为分明，说："我们来吧！"她说得那样平静，我简直以为自己是听错了。我疑惑地望着她，她说："望着我干什么，你怕？今天解禁。"这么一来我明白了，说："这合适吗？"我望了一下门，"在这里？"门上有一个玻璃小窗，她走过去想用提袋把玻璃挡住，可没地方挂，就把门开了一点，把提袋的带子压在门缝里，提袋垂下来，正好把玻璃窗挡住。我说："在这里？"在沙发上做这件事，的确有一种特殊的刺激，特别的诱惑。平时习惯了循规蹈矩，打破常规本身就是一种挑战。我头脑中嗡嗡作响，感觉得到热血在通过一个空间，一股，又一股，推动我往前冲去。我意识深处有一种声音在警告着，哪怕只有万分之一的危险性，自己也不能冒这个险，不然就全完了，多年的奋斗在一瞬间化为乌有。我在报纸上经常看到娱乐场所突然检查的消息，万一轮到我呢？再说，用手提袋挡住小玻璃窗，不等于告诉外面的人房内有勾当吗？女人所看重的事情在我看来不一定是最重要的。可我没法跟她交流，我一开口她就会说我官迷。孟晓敏显然不理解我这些想法，说："可能你以为我是那么随便的女孩，我跟你说，我是不是那么随便你马上就会知道了，今天我要让你知道我为你守住了什么。我不是什么新人类新新人类，那些人才不管这一套呢。"明白了她的暗示我更加不敢了，我说："我不配承受这么珍贵的东西，也没有勇气承受。"她轻声说："是我愿意的。"我说："你已经坚守这么久了，八路军抗日还不一定能坚守这么久呢，不要这么轻易就丢掉了。"她说："那你要知道我是为谁在坚守。"又说："主要是见你一面太难了。我给你打这个电话，下了几个星期的决心，你相信吗？"

我把门打开，想把压在门缝中的带子放下来。一开门看见端茶的服务小姐正从提袋没遮严实的地方往里面看。我说："看什么，懂规矩吗？把你们经理叫来！"她涨红了脸，双手垂着低着头一言不发。我想，幸亏刚才没有头脑发热。你认为万无一失的时候都会有漏洞，如果你自己都看到了漏洞，那就更危险了。

回去的路上我不时往她的小腿上瞟一眼。她说："看什么？"我说："我想起了一个笑话。读中学时在县城电影院看《列宁在十月》，银幕上跳天鹅湖，演员们都穿着短裙，前面一排人的头忽然不见了，他们把头勾下去往上看呢。你穿短裙小心点，泄了春光你还没感觉呢。"她笑得在我身上扑打。我趁势在她脸颊上一亲，就在这一瞬间，方向盘一歪，汽车碰上了路边一棵树，栽到田里去了，我压在孟晓敏身上。她大声叫："大为！你伤着没有？"我把朝上的车门打开，爬了出去，又把她拉了出来。我看她没伤着，说："万幸，万幸。"又说："你去，你打的回去。"她美人救英雄似的说："我不能丢下你。"我说："我没事，我会打手机叫救护队替我把车拖出来。"她还不肯走，这时已有人来围观了，我说："马上就是一大群人来了，求求你了。"拦了一辆的士，把她塞了进去。不一会儿救护队的车来了，把车拉上来，需要修理，就拉走了。这时一个四十多岁的汉子拦住我，说压坏了稻子，要赔。我给他五十块钱，他不答应。我说："我压坏你几蔸，你数数，五十块钱买一担谷了。"他说："我这个稻子就不是一般的稻子，是做种的优质稻。一粒谷明年就是一蔸禾，一蔸禾又结几百粒谷，几百粒谷后年……"我又塞给五十块钱，他说："算了，谁叫你今天是碰上了我呢。"我笑了说："如果今天压死你一只鸡，那肯定是只会生金蛋的鸡，金蛋孵出金鸡，金鸡又生金蛋。"他也咧嘴笑了说："要是每天有一部车栽到我田里，那就好了。"

　　修车花了六千多块钱，我要大徐去开了回来。大家都以惊讶的神情问及我的安全，拍手称幸，没有一个人提到汽车和钱的事，也没有人问我为什么要在那个时候到那个地方去。许小曼曾说有了地位就有了自由，什么是自由，这就是啊。

　　我把自己与孟晓敏的关系作了彻底的思考，还是觉得不能为了儿女私情误了大事。这么多人盯着我，总有一天会败露的。败露了我不一定下台，但很多话就不好说了，很多事也不好做了。还有，我也不能保证孟晓敏那里就不会起火。一旦有了实质性的关系，她问我要一个家，我怎么办？她以前还说过惩罚自己的话，我不能不防备万一。再有，她二十四岁了，我再误她几年，我也于心不忍。想清楚了我给她打了电话，说了不能误她的理由，她当时就哭了。我抓着话筒听她哭了几分钟，说："我还是想帮你一个忙，安排你去医学院进修。这件事我会跟瞿经理说，让他送你去。"我当时就给瞿经理打了电话，他也不问我跟孟晓敏的关系，一口答应了。我说："要破费你出一点血，三万块吧。"他说："小事，小事。谁都有点事要办嘛。"又说："我正要找池厅长帮个忙呢。"他的儿子今年大专毕业了，想到安泰药业去工作。安泰药业的职工持有内部股都发了点小财，人人都眼热。我想叫程铁军安排一下也不困难，马上答应了，说："小事，小事。谁都有点事要办嘛。"我想尽快把这件事办好，还有阿雅调动的事，都拖这么久了。下个月把职工代表大会一开，条例一定，别人要问个为什么，我就不好回答了。

86

  孟晓敏的事就这样了结了，我心里有点委屈，好像恨谁似的。我想着自己抗拒了钱的诱惑，又抗拒了色的诱惑，不简单！我不贪财好色，那我还怕什么？我立于不败之地，谁想踩我的尾巴，妄想！我可以甩开膀子干几件事了。这样想着我把膀子用力一甩，想撞开什么似的。

  这天丁小槐带了老婆孩子到我家来，进门就说："强强吵着要找一波玩，宋娜也想找董柳说说话，我就跟宋娜来了。"我连忙让座，心里知道是他有话要说。记起那几年我和董柳到马厅长家去，总是打一波的招牌，怎么过了这么多年，还是这一套。董柳跟宋娜说话，先是说服装，一会儿就转到皮肤保养的话题上去了。宋娜说了一个美白去皱的秘方，董柳一本正经地记了下来。我看着电视，有一句没一句地跟丁小槐说话，好像相信了他是陪宋娜来跟董柳谈美白的，且看他如何转弯。看着董柳和宋娜说话，看得出董柳是处于主动地位的。今天不是当年去丁小槐家拜访的局面了。男人能感受到的东西，女人也一定能够感受到。对话中的这样一种优势地位，是男人迷恋权位的重要原因，也是女人盼望丈夫荣达的重要原因。不但男人，女人也会跟着感觉走呢。

丁小槐东说西说，最后说道："现在兵越来越不好带了，人的自主性越来越强了，调不动。"宋娜马上插过来说："小槐他经常为难，上个月云阳市有急事要派人去，人人家里都有困难走不开，还是他亲自去的。我看他这个处长，当起来也可怜。"我心里好笑，怎么还是老一套，演双簧！当年我跟董柳一唱一和，马厅长还不看得一清二楚？我说："可怜是可怜，不过宋娜，梦里想着这一份可怜还想不到的人，恐怕还不止一个两个！"我说着笑了，丁小槐也带点勉强地笑。我马上又说："坐在我这个位子上也可怜呢，动一动有人盯着，你信不信？"丁小槐要说的话说不出来，仍不放弃，又说："市场经济把人心都搞乱了，动不动就想到经济效益，你要谁额外多做点工作，他就看着你，等你把下面的话说出来，看你给他补助多少。为人民服务的宗旨都忘记了。"你丁小槐谈为人民服务，我是今天才认识你？宋娜又把头偏过来说："还谈为人民服务？恨不得做一点事赚两百块才好。他们处里的人，没有几个是文雅的。"董柳在一边喝着茶抿着嘴笑，她非常熟悉这一种表演。我也没有时间老是绕圈子，就说："丁处长工作中有什么难处，看厅里能不能给你一点支持？"我把话挑明了，丁小槐有点尴尬，他说："我今天来，还是有些事情想向厅里作个汇报。"我说："我想着你是有点话想讲。"他又笑一笑，说："池厅长是谁？什么事他不知道？厅里准备清理各处室的小金库，这条政策我们是拥护的。"我说："厅里这样做也是为了爱护干部，怕他们失足。部里检疫局就是因为小金库问题，从局长到处长，这一次是全军覆没。钱拿在自己手里，你要一个人心如止水，那不切实际！上次金叶置业把六十万摆在我面前，我的心就不跳几跳？那不切实际嘛！"他慢慢地点点头，似乎体会到了问题的严重，说："厅里的确也是为我们着想。"我说："也是为自己着想，下面出了问题，是上面的责任。

现在不像以前谁出问题谁负责，领导也有连带责任。我想起来就睡不着。小金库不封掉，处室难免违反政策去创收。现在的老百姓不是以前的老百姓了，他们向秋菊学习，什么事都要讨个说法，到时候他们讨说法不是向红十字会讨，向基建处讨，向你们医政处讨，是向卫生厅讨，向我讨！"我想话说到了这个份上，你丁小槐还能说什么？谁知他嘿嘿笑几声，又笑几声，顽强地说："我们处里的情况确实有点特别，经常要派人下去，厅里那点补助也调动不了积极性，处里还得再补一份。交往也比别的处室多，你下去他请了你，他上来你不请他，那我怎么好意思，以后又怎么工作？其实，吃个便饭还好些，谁也不贪那点吃，可风气如此，不是我们一个处挡得住的。别人请你吃海鲜，那是把我们厅里的人当人看。你请他吃萝卜白菜，他不会小看了我们卫生厅？请来请去，都是为了面子，中国人就是被这个面子害了。"他的话不能说没一点道理，人情的压力有多大，我也是知道的。可你丁小槐，一年到头又在家里吃过几餐饭？把你一年的招待费实打实列出来，还不吓人几个跟头？我说："厅里会安排一笔特别的交际费，怎么用的，年终向大家公布。"他说："除非别人来了我们给他吃快餐，不然公布出来大家会骂人的，反而有损厅里的威信，这来来往往的事太多了。"我想，照你说是非搞暗箱操作不可？我说："那你的意思是？"他说："我们处里情况特殊，能不能给点特殊政策？"我想他们医政处的确也有点特殊，就说："厅里再研究研究。"

以后几天，像约好了似的，各处室都跑来诉说自己的特殊情况，理由都很充分，比丁小槐的还充分。按处长们的意思，如果事事都要到财务上去要钱，那工作就没法做了。我知道这都是表面上的理由，实际上的理由，就是要把钱掌握在自己手里。当基建处的易处长也来说过一套话时，我说："中央明文规定收支两条线，这是制度。小金库出了多少问题？现在厅里想让它亮相，怎么大家都要死死地捂着，你们就不怕犯错误?"易处长微低下了头说:"如果我们这点内容都叫作犯错误,天下犯错误的人就太多了。谁还真的能把天下的人一网打尽?又靠谁来打呢?谁来打?名正言顺的腐败像秃头上的虱子,捉它们还捉不过来呢,谁来管这些毛细的事?"他说的也是实话。说来说去,他们的利益还是不能碰的。可依了他这个实话,我想做的事就做不成了。厅政公开从小金库入手,第一步还没迈出去,就搁浅了。我一肚子火想冲着易处长发出来,抬眼看他很老实甚至有点可怜地站在那里,就说:"你去吧,厅里再研究研究。"

我忽然感到了孤独,事情还得靠大家去做,这是没有办法的事,我也不能把他们都撤了。都撤了他们闹起来,闹到省里,我也不好看。我怀疑他们私下是通了气的,甚至达成了默契,不然怎么都跑来说一套话?丁小槐,他很可能就是只领头羊。我不能把所有人都晾了,晾你丁小槐还是办得到的。他以出差的名义带着全家去广州游玩,在小金库报销了,这我知道。去年给自己分了几万块钱的加班费,这我也知道。还有,有一辆小车天天接送他儿子上下学,是什么背景?接送的人是雷锋吗?

我把自己的想法跟丘冯几位说了,丘立原说:"有这样的事,这个丁小槐也太不像话了!"我说:"要特殊政策我没有,要找个人当处长还是有的!"冯其乐说:"慢慢来吧,处理一个干部也不是那么容易的。"我觉得冯其乐在这件事上老是不配合,心中闪了一下,把他拿掉?晚上冯其乐到了我家,坐下就说:"有些话我当着他人不好说啊!厅里的人不一定都是支持这件事的,池厅长没看出来?"他一提醒,我忽地醒悟了:"你是说他?"凌空写了一个丘字。他说:"根据我的消息,他在各个处室做了一些工作,他其实是那些人的头,不然他们也不敢一个一个来找你。"我明白了,丘立原想推动我走得更远,无法止步,也无法回头,等我下不来台,他的机会就来了。说来说去,这项改革戳到了处长们的痛处。要说错误,谁没犯过点错误,谁以后又能保证不犯错误?认真起来还有个完吗?我认真起来，就威胁到了他们的安全感。为了保护自己的既得利益，他们组成了联合阵线。冯其乐说："我前几天说大家的反应很大，就是这些人，有些人说的话不好听。"我轻松地笑了笑说："不好听的话你说几句我听。"他说："就不必说了，无非是说厅里太追求政绩了。"我手指点着桌面说："我无非是想兑现党的政策，厅政公开喊了这么多年，哪一点公开了？"他说："世界上的事，也不一定能够一五一十拿书来对的。"他说得很委婉，可意思很明白，我是过于认真，认真到有点书生气了，世上的事情，又有几件是从道理出发的？上面的人只知道讲政策，可这些政策在下面操作起来难度有多大，他们就不管了。真认起真来，连我这个自认为在树立形象的人都难以过关，我没打湿过手？说到底我也不能太认真，只要大家不过界线不犯大错就算了，我又何必？要求大家安分守己拿着那一份工资奖金，那可能吗？有了权力他们一定要为自己谋点什么，这实在是没有办法的事情，上帝也没办法，我总不能说自己比上帝更伟大吧。我没料到自己竟是这样孤立，丘立原不用说了，连冯其乐也不支持我。我气恼地说："那丁小槐怎么办，丁小槐？平时吃吃喝喝就算了，去旅游呢？给自己发加班补贴呢？我倒要查查他到广州出了什么差！"冯其乐说："按说吧，丁处长肯定是不对的，这样做的人呢，厅里哪里又是一个两个？扯出来一串，工作就不好做了。为了厅里的安定团结，是不是在厅里的大会上一般化讲一下算了，下不为例！"这样放过了丁小槐我不甘心，想一想也没有办法，就说："那由你去讲，我讲我就忍不住要点名。"他有点为难，但还是答应了。他说："古人的话句句都是对的。有一句话是……"我打断他说："是水至清则无鱼。那我们以后睁只眼闭只眼算了。"说着挤着一只眼一笑。他也笑了，说："说起来大家也不容易，有了一定的职务，也多做了工作。现在的社会，市场经济，一点也不体现出来，那也不合适吧？工资能多几个钱？从他们手里过去的大小老板，开诊所的开诊所，开药店的开药店，小老板都有十几万几十万了，大家心里都不平衡，憋着一肚子委屈。生活费用本来就高，厅里再这么一改革，大家的日子就更不好过了。"我想，这不是腐败有理吗？这些人日子还不好过，那一般干部呢？我不能拿这话顶他，毕竟他还是为我着想的人，比丘立原在后面使阴劲要好多了。我说："吃吃喝喝飞来飞去到宾馆里去搞文件日子还不好过，那没有这顶帽子的人，他们怎么过？"他笑一笑，不作声。我想，说一千道一万，有了更高位子的人就该有更多的利益，大家都是这样想的。不论用什么方式，这一点一定要体现出来。路径可能千千万，目的地只能是一个，这也是游戏规则。我想堵他们的路，违背规则了。说到底道理是道理，事情是事情，碰上了事情，道理说上千千万又万万千也没有用，最后还是要回到那个唯一的结果上来。我说："大家为自己也想得太多了。"他说："也可以说是这么回事，本来就是这么回事。"又说："社会对大家的要求其实并不高，只要经济上不过界线，就是过得去的干部了。我们厅里就按这个要求去要求大家，把好这一道关。过高的要求，恐怕也难有可操作性呢。"我说："再研究研究吧。"

我把冯其乐送到楼下，贴着手心握了握手。真为我着想的人，我得有这么点表示。回到楼上我就给晏老师打了个电话。他说："我退休了，局外人了，说话也不管用了，厅里的事也不想过问了。"很久不去见他，他有意见了。我马上又意识到他女儿的事跟我说了也有一段时间了，我还没有办，这不应该啊！我说："那就不打扰晏老师您了。阿雅的事，我最近会安排一下，不知她愿意到哪个部门？别人我管不了那么多，晏老师说的话，在我这里永远是管用的。"他说："那就麻烦你了。"我还是把事情说了，他说："天下哪有拿板子打自己的事？没有这个道理，没这个道理啊！"

87

　　看来这清理小金库的事是难得搞下去了。处室有抵触，厅里戏中有戏，难道叫我去直接发动群众，那不成了"文革"吗？就算把丁小槐们弄下去，换一批人上来，久而久之，事情还是事情，问题还是问题，也不会好到哪里去。那些意见最尖锐的人到了岗位上就会两样？他们那么激烈，无非是自己没有得到，心中刺着疼。把他们放在了丁小槐们的位子上，又会怎么样？他们也并不是什么特殊材料制成的，人毕竟是人啊！

　　我催陆剑飞把整理好的意见拿来，想在其中找点灵感。既然话说出来了，总得弄那么几条吧。陆剑飞把东西送来，都打印好了，有十多页纸。他说："基本上都是照原文抄过来的，我们只归了归类，别的没做什么。"又说："是小龚他们弄的，我基本上没管。大家的意见都保存在那里，可以查对。"我说："你有什么想法？"说着扬一扬那一叠纸。他说："我基本上没有更多想法，不过要说吧，大家的意见不一定对，但都是心里想说的话。"陆剑飞走了，我把那叠材料拿起来看：

　　小金库的钱由处领导分配，随意性很大，暗箱操作，严重不公；

　　拿公家的钱请吃请玩建立个人的关系网；

　　厅里提拔干部要经过群众的考评，考评的结果要公开；

　　没有紧急公务也坐飞机来往，太过奢侈；

　　在分房和集资建房中，职务分占的比例过高，一般职工排队排到老也没有好的机会；

　　一群人到宾馆去起草一个文件，借工作之名行玩乐之实；

厅级干部退休享受离休待遇，明显违反国家政策；

　　利用职权安插亲戚朋友熟人关系户，造成严重的人浮于事；

　　出国名额永远也轮不到一般职工；

　　各种评奖总是被少数人垄断；

　　用公车办私事，公家出汽油和养路费等等，一家人出去玩，比自己的车还方便；

　　医疗药费不能一视同仁，有些好药贵药一般职工不能报销；

　　奖金分配过于向职务倾斜；

　　……

　　一共有三十多条，每一条都作了详尽的分析，列举了事例。我都没有想到自己在这个位子上，竟占了这么多好处，这还只是看得见的好处。有这些东西你要一个人以平常心对待进步，那怎么可能？一切好处都以职位为标准，向权力集中，这是官本位的逻辑。在这样的情况下，那些觉悟很高水平很高的话，又怎么会有说服力？群众是傻瓜吗？可偏偏在大会小会报纸电视上，大家照说不误，一本正经。领导群众心照不宣，配合默契，这也成了一条游戏规则。领导不讲不行，群众说了也不行，总之他们不能说，说了就是他们的错。这种状况要改，要改，要让群众对厅里的领导口服心也服。让有些人在灰色地带纵横驰骋大展拳脚，群众怎么会口服心服？干群关系怎么可能融洽？要改，要改！我想了想，除了安插朋友熟人这一条不能接受，其他都还可以考虑，我手中正有几个人要安插，条例中定这么一条，别人说我制定条例又违反条例，我怎么说话？没有不透风的墙。再一想是不是干脆连公车私用的这一条也划掉，给自己一个开车的自由。说有人开了车带全家出去玩，没点我的名，这其实是在说我！

我把材料拿给冯其乐看了。他说:"别的我倒还没什么意见,只是我五十多岁了,不像你们年轻,身体走下坡路了,吃药是多一点好一点。要一视同仁的话,我家里就不要吃饭了。"顿一顿又说:"奖金向有职务的人倾斜一点,那又怎么样?我们不搞贪污,还要靠这点钱过日子,总不能逼我们去犯错误吧?"他的话我觉得也还有道理,只是再把这条划去,改革的力度就减弱了,没有那么鲜明的色彩了。

晚上我把材料给董柳看,看她会有什么想法。她看了说:"说有人开车到外面去游玩,这不是在说你?你去查一查这一条是谁提出来的,多个心眼,以后防着点。你当厅长开个车还被别人这么说!这样的人你不把他揪出来,让他难受难受,尝尝坐冷板凳的滋味,那以后你这个厅长就不要当了!"她这么一说我真的来了气,我倒要去查查这一条是谁提出来的!想一想那人既然提了,就不会自己用手抄,查起来传出去了反显得我没风度。查我是不查了,但要把原始材料看一看,考察考察,心里有个数。难怪大家的意见大多是在电脑上打出来的,我原来觉得这毫无必要,就这么不相信领导。现在想起来,他们并不错,要是我我也要用这隐身之法啊。正想着董柳说:"别的我不管,用车我都不管,大不了不出去玩,打的出去玩,那几个钱我也出得起。但房子这一条我是无论如何也不同意。职务分不算高一点,我们不就排在别人后面了?厅里工龄比你长十多年的多得很,那一百六十平方米的新房盖起来,是为别人盖的?岂有此理?岂有此理!"我想一想,的确也是个问题。可把这一条也去掉了,改革就太没有色彩了。我说:"分不到就算了,别人工龄长那么多,也给他们一个机会,让大家看看,新的班子有新的思路、新的作风!"她说:"我别的都不要,我只要房子,我在这里一天都待不下去了。"我生气地说:"董柳你现在真的把自己当作什么贵妇人了,没有老百姓在下面撑着,你凭空贵得起来?你摸着良心想一想他们,想一想自己以前,也要忆苦思甜,筒子楼也住了那么多年，这三室一厅倒住不下去了！"她说："正在盖的房子我都去看了很多次了，我看中了三楼东头那一套，都看出感情来了。怎么装修我都设计好了，我要铺复合地板，我要买家庭影院，我要让你的书和电脑有专门一间，我要让我一波自己……我要，我就是要！"我苦笑一声说："厅里的事你别管。"她靠在我肩上说："大为你想想，那么多年我们是怎么过来的？我们苦了这么多年，一起奋斗才有了今天，一半是为了儿子，一半是为了房子，人一辈子就是这几样东西。还真的为了事业？"我说："我也不唱那么高的调子，我就是想做点事出来，好不容易有机会了，我就是想做点事。"她说："你做什么事我都没意见，房子的事我要管，就是要管。"我叹口气说："你要我坐在台上怎么跟大家讲话？群众心里是雪亮的，只是不作声罢了。有些话不说不行，我在这个份上，上面的政策不能不说，说了又不能联系实际。我总不能像有些人，无赖似的，坐在台上大话只管讲，做起来完全是另外一套，我总得为自己留点脸吧。想起来坐在那里也不容易，要有心理承受能力。"她说："你别把自己看成是一个特别的谁，大家都这么说，你也这么说就没人说你。贪污分子天天作报告反腐败，他都坐得住，你又没贪污你坐不住干什么？"

这时有人敲门，是丘立原来了。他一进门就说："听说有那么一份东西出来了？"我说："材料在这里，今天下午拿来的。"他说："看看那个东西。"就从我手中接过去看。看了一会儿说："厅级干部享受离休待遇，这是马厅长退下来之前定的，我们都是他手上出来的，怎么好跟他说？离休就有个医疗费用百分之百报销的问题，有了年龄的人对这个问题很敏感的。"又说："集资分房还是按老办法吧，不然你我的房子都成问题了。我们盖那一幢房子干什么？到我们家里来商量工作的人多，房子大点也是应该的，工作需要！"董柳说："是这个道理，工作需要！"丘立原说："还有出国的事，是不是谁知道我最近要去美国考察，故意将我一军？很阴毒啊！"又说："提拔干部要群众考评？笑话，那还要组织部门干什么？老池，这一条是针对着我们来的啊！"我想着自己到底还是上台不久，身边几个人也不是自己提上来的，不像马厅长那样说一句算一句，谁提出一个建议都不能驳回去。看来以后还得组成自己的班子，任人唯亲？不任人唯亲行吗？丘立原说："这个东西是陆剑飞搞出来的吧？他自己是什么东西？远的不说，去年厅里进了两车柚子，多少钱一斤进的？当时市场上是什么价格？我建议厅里好好查一查！"他的口气让我很不舒服。再怎么样，事情是我布置陆剑飞去做的，他这么说，也是没把我放在眼里。我说："意见是大家的意见，陆剑飞也没参加整理。厅里有这个动作，我们是通了气的，丘厅长你是第一个支持的。群众的意见也许有点偏激，难免的嘛。让人家说话，天不会塌下来。"他说："让那些人说话，他们会有什么好话说？真让他们说个畅快，我们大家都别活了。"

丘立原走了，董柳说："大为我看你好好的就别自讨苦吃了，厅里的人不支持，处里的人也不支持，推广到人民医院和中医研究院去，我看也难，你总不能一天到晚守在那里吧。"我说："群众支持！这一百多张纸难道是我池大为写出来的？"她说："群众是谁？他们说句话算个话？名都不敢签，你依靠他们？等你想依靠的时候，才发现那里空空荡荡什么也没有。我看了这么多年，连我也看清了，你还是个厅长呢。"她这话倒提醒了我，群众是谁？这么多处长都敢站出来反抗我，温柔敦厚的反抗也是反抗，可没见有哪个群众出来支持我，胆大的也只敢写这几张不署名的意见。社会的默契已经形成，在份上的人是碰不得的，他们是如此的结构严谨同心协力，又如此强韧，不是谁想撼就能够撼动的。事到如今我心里已经承认了，厅政公开，这个口号还要喊下去，可这件事就这么完了。想到这一点我感到屈辱，感到难堪，想做点事情比登天还难。我在大会上振振有词言之凿凿，可叫我怎么交代？

　　大家稀里哗啦提了几十条意见，现在我却连一个小金库都拿不下来，这几十条一公布，那还不翻了天？以后我怎么下台？看着这几张纸我想，在白色地带和黑色地带之间，有一个灰色地带，这是权力者的利益空间，又是他们的运作空间。这个空间经过长期的安排，已经形成了默契，众志成城，铜墙铁壁，想打破是不可能的。利益就是利益，就是生存空间。争取空间的冲动是人生的大根本，不是几条道德可能压制，几点理性可能约束，几个榜样可能说服的。在重大的利益面前，大道理说上几卡车也没有用，苍白。这不是谁道德不道德的问题，更不是谁学习没学习、懂不懂道理的问题。与黑色地带不同，灰色地带有自己的说法，小金库，大房子，都是工作需要，怎么样？当然小人物也有他们自己的说法。利益关系不同，说法就不同，归根结底，还是要按着游戏规则来说。晏老师说得对，天下没有把板子打在自己身上的事。这样想着，尽管十分恼怒，我还是原谅了丁小槐他们，人嘛。对人，谁也不能超出上帝的安排去要求他们。

88

　　我给陆剑飞打了电话，要他暂时不要把那份材料传出去。他似乎也不感到意外，也不问为什么就一口应了。应了之后他说："池厅长，这份材料都是从那些建议上原话抄来的，我也没参加整理，这个情况您在适当的时候给大家讲一下。"我还没说退，他就在退了。我说："我要你做的事，你怕什么？"就挂了电话。我想不通为什么开始支持我的人退起来比我还快，连站出来向丁小槐们说句话的勇气都没有。我要靠他们来办事，那才叫碰上了鬼。这更使我感到了孤独，陆剑飞还算个主将了，刚开始就连撤退的路线都设计好了。

　　我犹豫了几天，真要放弃我觉得下不了台，只怪自己一开始太自信了。这时我看清楚了，我的自信来自一种幻觉，以为自己拒贿了，人格形象树起来了，大家就会跟我走。天下哪有这样的事？不要说我只是一个凡人，就算我是上帝，只要损害了他们的利益，他们也会有勇气站到上帝对面去。要是小人物也有这样的勇气就好了，没有。一个人到了份上，他要求特殊的权益，这可以理解。想要遏制这种冲动，那不可能，根本不可能。我必须默认这个事实，因为换一批人上来结果也不会两样。只要他们不到黑色地带去，不过那条线，在灰色地带怎么玩我都只能默认，大势就是如此。我还幻想要群众口服心服，要让他们满意，这不可能，根本不可能。谁眼中搁不下沙子，谁就没有办法坐在位子上，凡事都认起真来，那会没完没了，不但丁小槐，还有一大片人要牵进来，我能认真？再说上面都没提这么高的要求，都默认这个事实，我又何必？我本来想创造一个奇迹，在卫生厅，在我这个还有一点残余的平民思想的厅长的引导下，把对话的渠道建立起来，让小人物也有表达自己意愿的机会。现在再想，这是不可能的，似乎有一种说不清道不明却无处不在的力量把人给罩住了。这里有一种势，谁也无法阻挡，这又是一个局，无人可以超越。以前我灰头土脸觉得自己扮演的角色是被预设了的，痛心却无奈，今天红光满面觉得自己扮演的角色还是被预设的，仍然十分无奈。我经历了千山万水千难万险千辛万苦走到今天，本来是为了做点事的，但事情却不得我。

　　董柳见我闷闷不乐，说："大为你就算了，你不做那点与众不同的事也没人说你不够格当厅长，你做了反而危险了。"我说："我坐在那里就是想做点特别点的事，不然我跟别人有什么区别？我是小人物出身的，我知道小人物心里有多苦。我想给他们一点机会，他们还畏首畏尾。"

她说:"他们畏首畏尾是对的,谁傻大个似的跳出来,像以前的造反派一样,那看他怎么收场?他会怪你把他给卖了,爬到半路就抽楼梯了。"想一想他们不署名实在是有远见,他们对后面的事比我还看得清楚,我头脑都有点热了。我说:"谁支持了我,我心里还是有数的,等过一两年,我把干部队伍理顺了,还要卷土重来。"她不相信地噘噘嘴说:"一个人在同一个地方摔两跤,我看他也不见得有多么妙。这根本就不是把哪几个人理顺的问题。"又说:"大为我们家形势刚刚好转了,你就不要别出心裁了,你不要想着自己是谁。你以前老想着自己是谁,结果一点进步都没有。放下来了才有了今天,今天你又死灰复燃了。"我说:"毕竟我是苦出来的,毕竟我是池永昶的儿子,毕竟我还算个知识分子呢。"她笑着说:"我也不劝你,到时候你想法自然就不同了。好多人刚上台拍着胸脯保证这样那样,上了台也想放三把火,最后还是走上了轨道。"我想想也是,多少人以平民姿态走上岗位,不出一两年,想法就完全变了,坦然地走在既定的轨道上。圈子好像是个黑洞,好像有一种神秘的魔力安排了一切,进去了就身不由己。我说:"我偏要来个与众不同,官僚化的模子想把我也套进去?"董柳笑而不语。

董柳坐在床上看报纸,忽然把报纸甩过来说:"你看,你看。你在外面小心点,别得罪人,不然我们一家人的安全都没有保证。"这条新闻我早看过了,讲的是河南什么地方政法委书记雇凶杀人的案子。我说:"哪里至于?别想入非非,自己吓自己。"她说:"万一呢?我是说万一呢?对我下手倒不要紧,对我一波下手我就受不了,那我就是死路一条。"我说:"卫生厅这些人有几个胆能拉几粒屎出来我还不知道?你的联想也太丰富了。"她说:"前几年有人写匿名信告你有作风问题,那是哪个厅的人写的?这些人现在还潜伏在你周围,人还在,心不死,至于他采取什么方式你就不知道了。现在社会进步了,一日千里,写匿名信那还是君子做的事。去年广东有副县长雇人杀县长,现在河南又出事了，还是政法委书记呢，本来应该是由他去抓杀人犯的。"听她这么一说，我一时觉得对世界失去了把握的能力，难道我平时对世界理解错了？这些事情以前也的确闻所未闻，这个世界也不知哪里出了错。过了一会儿我从董柳设置的恐怖气氛中跳出来，恢复了正常的思维，说："除了你自己没有人能够吓你，但你要吓自己，也没有人能够救你。"她说："那我还是要小心点，这几天我得晚点去上班，送一波去上学。"

下了最后的决心我对冯其乐说："改革的力度太大了，恐怕大家一时也受不了，我想还是循序渐进稳妥些，你看呢？"他说："慢慢来，慢慢来，毕其功于一役，不说大家受不了，连我都受不了。我是不是跟不上形势了？"跟他达成了默契，我又把话对丘立原说了，他说："池厅长你锐意改革，我还是举双手赞成的，只有个别地方我觉得调整一下更好，你说慢慢来，那我们就慢慢来吧。什么时候你一声令下快马加鞭，我肯定是跟得上的。"我看着他笑眯眯的脸，心想，从这张脸上谁看得出他的想法？这张脸几十年来已经是千锤百炼了。

跟陆剑飞怎么讲我倒有点难堪。这个弯子转得太大太急，搞得他也不好下台。我把循序渐进的意思说了，他说："我一切都听厅里的安排，我不会擅自行动。厅里说走，我就走，说停，我就停。"我说："大家是不是会有点想法？"他说："想法吧，有没有都是那么回事，厅里说什么，大家还是会听的。"我安抚他说："你这次对厅里的工作是很配合的，厅里也很满意。"他摇头说："厅里怎么布置我们就怎么干，不求有功，但求无过，嘿嘿。"又说："那份材料我是没传出去，电脑里面也准备去删除了。只是事情是小龚他们几个人具体操作的，即使传出去了，也不是从我这里出去的，适当的时候还麻烦厅长给大家解释一下。"

后来的事情也并不像我预料的那么难堪。我转向以后，各处室还是很支持我的工作，说话还是灵的。只要我不触动他们的根本，他们也不会想着要造反，还是一口一声池厅长，喊得热辣辣的叫人陶醉。我想这些同志其实还是好同志，有这么那么一点缺点，这么那么一点私心，也可以理解。只要不超过界线，我又何必认真？不到黑色地带去就不错了，灰色地带还不放开了让他们跑一跑？在职工代表大会上通过的条例还是采纳了几条意见，比如没有特殊情况不能坐飞机出差，比如起草文件不去宾馆，就在厅内完成。在我的坚持下，厅级干部退休享受离休待遇这一条也取消了，给了我一点面子。事情就这么完了，群众居然也没有多大的反应。他们要议论就议论几句吧，无关痛痒。想一想这个大动作也根本就没有成功的可能，各处室反对不说，厅里的人也是三心二意。我为势所迫为局所困，不得不低下高傲的头，就像八年前我把头低了下去一样。再说上面会支持我？看了那份材料后我把事情作了通盘考虑，才有了一个清楚的认识。有些话，在那个份上的人不说不行，说了就认真更不行，也不能骂谁是双重人格两面派，大家身不由己，这个局不是谁想破就破得了的。大家都在努力扮演自己的角色，场面上的角色语言一本正经理直气壮慷慨激昂地讲就是了。角色语言与真实无关，想一想这好像是一种黑色幽默。生活中有许多幽默大师，现在连我也算一个了。

89

如果是前几年，我绝对不可以想象，董柳住着现在这样的房子，还会说出"一天也住不下去"的话来。那时候看着丁小槐家两室一厅的套间，就像天堂一样了。人到什么山上唱什么歌，永远没有顶点。她一天几遍念叨着正在修建的那幢厅长楼。虽然厅里谁也没有说过那就是分给厅长的,大家就这么叫开了。后来又有人把那幢楼叫作芝麻楼,意思是芝麻官也会为自己谋好处。大家就这么看我们这些当领导的,真叫人心寒。我恨不得要做一个榜样,偏不住进去,让大家看看,那么设想我池大为是不对的,我跟别人不一样,不能用那么庸俗的眼光看我。可董柳怎么也不答应,我说:"你就看不清个事!"她说:"我就是看得太清了我才这样。什么是真的,拿到手才是真的。谁是赢家,现得才是赢家。别人说你一声好一声不好,疼也不疼,痒也不痒,房子可是天天要住的东西。"厅里其他几位也不答应,丘立原说:"池厅长你不要这样来将我们的军,你一发扬风格,我们就悬在那里了。"我说:"你们工龄长些,打分高,是应该的,我就不一定能排上队了。"丘立原说:"池厅长你排不上,我们排上了也不敢上。"冯其乐与丘立原的口气也是一样的,在这件事上他们倒是高度一致。这样一来我真的不想要也不行了,他们有意见!他们心里一不高兴,不会认为我是风格高,而会认为我虚情假意收买人心。我想舍了自己,争口气,破了外面的那些议论,可这口气就是争不下来。我后悔听了丘立原的,向化工厅看齐,把房子建得太宽大了,与一般干部的距离拉得太大,别人在后面会怎么想?不骂人才怪呢。丘冯几位反正是副的,年龄又大几岁,不担骂名,要挨骂就是我,刚上来手就伸这么长,那些信誓旦旦的话都是屁话。我对董柳说:"我当了这个厅长,想法跟别人不一样,想当出一点境界,让别人口服心服。当个厅长别人当面赔笑背后吐痰,那有什么意思?"董柳说:"你的想法都跟不上时代了。现在是什么时代?现得才是赢家。你不得你就输了,别人也许说你几句好话,有什么用?你没有还是没有。"我说:"市场经济把你的思想搞坏了,一定要拿在手中的东西才是真东西。"她点头说:"那些虚的东西像天边的浮云,你看那么重干什么,傻!"现得才是赢家,得不到就是输了,永远输了,好人已经意义暧昧,君子是个笑柄,以权谋私名正言顺,能捞而不捞就是矫情就是沽名钓誉,这就是一些人的思维方式。没有了信仰,也就没有了来世,没有了牺牲的理由。市场是现世主义的课堂,它时刻在教育人们。孔子说,不义而富且贵,于我如浮云。现在人的想法是不同了,孔子的确是死了,连我也觉得董柳的话有道理。富贵如浮云,这话只能哄鬼,哄人是不行。说到底连人生都如浮云,飘过去就飘过去了,飘的过程就是意义,过后无人追念,你想着自己多么崇高多么清高都无人追念。这是个形而下的时代,要做一个好人真不容易!不管别人怎么看我,我厅长还是厅长,将来该进步还要进步,说不定还进步得快些,不然被别人看作一个异类,还会对我产生排斥感。那房子也实在太可爱,叫人割舍不下。这样想着我就不再坚持。我对自己很失望,我,池大为,怎么也会这样想?可想一想也只能如此。再一想吧,利润最大化的原则渗透到了圈子里,大批操作大师进入了岗位。他们什么都有,有文凭,有学问,有成果,有资历,有职称,有风度,有口才,有一切硬件软件,就是没有信念。要求他们不以自己为中心设计一切,那可能吗?不敢细想,不敢细想。为了平衡大家的心理,我叫基建处临时改了方案,把另外两幢由七十五平方米加到九十一平方米。已经砌到了四楼,又重挖地基,加一间房子。当了厅长,哪怕是为了自己,也得为大家做点事。为官一任,也想有一个好口碑啊!

　　董柳在手术室当麻醉师,已经评上了主治医生。按说她的资历还不够,但由于我的关系,耿院长把她当护士的资历也算上,破格给她评了。董柳知道,只要我不出问题,副主任医师甚至主任医师也只是时间问题。有了这点想法,她在工作上并不十分投入,很少看业务书,说了几次她不听,我也算了。她的注意力在于把日子过得一丝不苟,什么都向最好的看齐,对儿子当然就更是如此。她总是向儿子灌输要做人上人的意识,说:"一波你长大了总该比你爸爸有出息吧。"在她看来,我是个大人物,一波就应该是个小大人物,有优越感是当然的。

别人来我家的恭敬态度,还有生活上应有尽有的方便,已经影响了一波。我担忧说:"你把一波培养成一个精神贵族,你就是害了他,跟吸鸦片中毒没有两样,养成了贵族心态将来要改也改不了的。有出息还好点,没有出息,受点挫折,那他要痛苦一辈子。"董柳扭头生气说:"我一波没有出息?讲笑话!再没有出息,他爸爸这点出息还是有的。再过七八年他就要到美国去上大学了,你做父亲的把钱准备好就是。"

　　董柳的另一个关注点就是我,家里的一切都是从我这顶帽子中来的,这个她明白。若有人想搞我的名堂,她比我还激动,激烈,拿出来的主意总是带有致命的杀伤力。她说丘立原跟我不是一条心,早晚是个祸害,要想办法把他挤走。说了很多次,我都接受这种看法了。她还有个担心就是怕我有外遇,说:"你现在是个热包子,我得守着这个热包子,别被别人抢去了。外面的女人,谁可以跟你从筒子楼住起,住上那么、那么、那么多年还不跳起来,我就把你让给她。她想吃现成的,那我也没有那么大方。包子还是我烤热的呢。"又说:"你到今天不容易,可别因为作风问题丢了乌纱帽。"我说:"有作风问题的人也不止一个两个,你看见谁丢乌纱帽了?"她马上要哭了似的说:"那你的意思是你要犯错误?你起意了,都为自己找到理论根据了!真的有那一天,我就抱着一波跳河去,你别怪我没良心!"我笑了说:"怎么中国的女人搞了几百年还是这一套。"她郑重其事地说:"你以后少跟莫瑞芹来往,你一提拔她,别人都说那个传说是真的,连我都会说的。"我说:"你也太小看我了,我要开个侧门也不会找她,她儿子都十多岁了!"董柳马上跳了起来:"那你的意思是儿子十多岁你就没兴趣了?那我呢,我一波也十多岁了!好的,你嫌弃我了,你一下子就暴露了自己的活思想,你想找年轻的漂亮的!男人们人到中年,有三大幸事,升官发财死老婆,三条你只差一条了,只可惜我一时又死不了。"

　　从那以后她就特别注意打扮自己,化妆品买了一大堆,都是高档我说:"董柳你把镜子照穿了,你也回不到十八岁去。"

的，一天到晚对着镜子把各种早霜晚霜往脸上抹，在眼角揉了又揉。每天脸上的作业要做两次，没半个钟头完不了。我说："董柳你把镜子照穿了，你也回不到十八岁去。"她说："知道你们男人总惦记着十八岁，哼！"又说："我化妆是给自己看的，不是给别人看的，你别自作多情。"一个星期三次，她把黄瓜皮贴得满脸，躺在床上一动不动有一个多小时，又买了什么霜一天两次抹在胸前，后来干脆弄了一种中药塞在乳罩里面。我说："干什么呢？我也没说你不好。"她说："我不信你的，你们男人谁不知道？电视上说做女人挺好，挺好，都是被你们男人逼出来的。"

快到春节了，我为怎么去见马厅长犯了愁。和董柳去吧，马厅长把那点不高兴摆出来，我也下不了台，今天我还有必要去看那个脸色？和厅里几个人去吧，那又太公式化了，成了场面上的交代，也对不起马厅长，毕竟没有他就没有我的今天啊！我对董柳说："你今年去不去看沈姨？"她说："去，不去她在心里不会骂我白眼狼？"我说："人在人情在，下了台还要别人真心记着自己，那不现实，我退休了我不敢抱这个幻想。"她说："你不去反正我是要去的，你做了那么多对不起人的事，我听沈姨怨几句也是应该的，我就打算受一点委屈。"她这一说倒鼓起了我的勇气，我受点委屈也是应该的，反正也不会把我的帽子摘掉，怕什么。

春节那天我和董柳带一波去了。董柳要买古汉养生精，又要买红桃K。我说："人家学中医的，你买点水果还实在些。"就买了一箱进口苹果，把别人送的好酒提了两瓶。去之前我给卞翔打了个电话，问问马厅长近来的情况，知道他最近不怎么出门。这加重了我的思想负担，马厅长情绪消沉，我就是罪魁祸首了。

沈姨开了门似乎吃了一惊，说："池……池厅长来了。"我拱手说："还是叫我大为。我今年拜年这是第一家，我也只拜这一家。"马厅长坐在那里淡淡地说："我们这里还有什么好拜的？"董柳马上说："今天是我们全家来拜年，过两天他们厅里还要来的。"一波拜了年就去找渺渺讨论下学期考初中的事去了。马厅长说："听说池厅长你的工作搞得不错？哈哈。"这话真不好听，可我得听着。董柳说："他那一点东西都是马厅长调教出来的。"马厅长说："我那样教了谁吗？"沈姨碰一碰马厅长，说："老马在家里窝久了，脾气也变坏了。"马厅长说："我变了吗？我天天在写东西，这半年多我清闲了，不操那些闲心了，一本书也快写完了。要是我这么多年都不操那份闲心，我十本书都写出来了。"我说："谁不知道马厅长是全才？左右开弓，行政科研都是一把好手！"马厅长说："你说得我都不好意思了，哈哈！"他这一说，我像被剥开了一样，心里真有些不好意思。马厅长说："我们这些人都被历史淘汰了，长江后浪推前浪，大江就这么东去。"我想着今天真来得窝囊，听了这么一串不阳不阴的话。马厅长说："我闲着无事，胡乱诌了一个对子，哈哈哈！"说着一指墙上。我抬头望去，写的是：

老矣衰矣可以休矣烟云淡矣天下小矣其乐也融融矣
优哉游哉岂不快哉冷暖知哉岁月逝哉又岂有惶惶哉

我晃着头念了出来，又念了一遍，心想，牢骚不小！嘿嘿。我说："对得工，对得工，字也成了体，谁知道马厅长还有这么一手。"心想着他再不阴不阳地说话，我也来几句不阴不阳的顶一顶，别搞错了，今天已不是当年了。马厅长说："小池啊，听说你这一段狠狠地烧了几把火？"我说："我还敢放火，那不是烧自己吗？事情它自己燃起来了，还有人闹着要干这个事干那个事讨说法呢，我其实是个消防队员，嘿嘿。"他笑了说："干得不错，不错，烧三把火也是应该的。谁不想烧几把火？不冲天烧几把，谁知道有新人来了？哈哈哈，哈！"我说："事情倒也做了几件，最重要的是把那些想搞秋后算账的人平下去了。我也不能把他们铐起来，不给点甜的怎么行？人在江湖啊，身不由己啊，是不是？嘿嘿，嘿嘿。"沈姨抓了机会插进来说："过年不谈工作。你家一波今年也进初中吧,大为?"我感激地望她一眼,马厅长正用文火慢慢烤我,我虽然用不着怕,但总不舒服。这时渺渺跑过来笑嘻嘻地说:"一波哥哥他乱唱歌,大河向东流,天上的星星翻跟头。"董柳说:"他一张嘴从小就不安分。"又说:"看着渺渺一年年地快长成大姑娘了。"渺渺脸一红,跑开了。我说:"沈姨,厅里本来规定了厅级干部退休按离休待遇,群众要上告,我们就只好改了。我们有个内部掌握的条例,只有马厅长一个人还是按老政策办,医疗费百分之百报销,我跟计财处打了招呼,沈姨您就别跟别人说了。"马厅长说:"为我一个人定这么一条政策,我不要,不要!"沈姨用力扯了他一下,他就不作声了。我说:"我今天先透个信,过几天我们来拜年,丘立原会正式通知的。"沈姨说:"谢谢,谢谢。"她毕竟明白事情就是事情,今天争口硬气说不要,那以后想要也没法转弯了。现得才是赢家,她明白这个道理。

90

任志强带了董卉来拜年,问我安泰药业的情况。我猜他是想在我这里摸摸底,搞点内部消息,然后去买这只股票。我说:"上市都两年多了,也没有起色。具体的事都是程铁军在管,可股民有意见都冲着我来。中成药竞争太激烈,汇仁肾宝花上亿元做广告,我们也做不起。"他说他去年炒股亏了十多万,垂头丧气的样子。董卉说:"姐夫你有什么消息透点给他,他炒股就好像有鬼跟在后面,是个倒霉鬼,抛一只涨一只,买一只套一只。"我说:"别的我不知道,安泰药业你暂时别买,不值。"任志强说:"董事长都说不值,那我就把这个念头放下了。什么时候有重组之类的消息,一定要透给我,让我也翻一翻老本,我不会外传的。"我说："你以为这个董事长好当？每年开股东大会，我在台上就是批判对象，'文革'时批那些牛鬼蛇神是什么滋味，我都领教了。"

快到中午的时候，任志强的手机响了，接了电话他说："有个朋友请我吃饭，姐夫也去吧？"我马上说："要是每个人请我我都去，我起码要劈成八块才够。"那些年，谁请我吃饭，我都有受宠若惊之感，人家能记得起我！可现在我已经吃得疲倦了，没有精神去应酬。我说："到宾馆去吃海鲜，我还不如在家里吃点妈炒的酸菜呢。"他说："要是随随便便一张脸，我怎么敢拉姐夫去？姐夫是谁？这是李智打来的电话。"李智我知道，是全市有名的私企老板，在开发软件。我说："你什么时候跟李智混熟了，伴着他可以发点财。"他说："姐夫就给我一点面子去了吧，我已经答应了他。"他说着露出乞求的表情，这让我体会到了一种精神优势。与人交往时的这种优势感，实在是太珍贵了，哪怕是对亲戚，也不可能平白无故地赢得这种感觉。想当年无论谁请我吃饭我都心存感激，可今天对方要不是个人物我根本就不会去，这中间的距离，就是人生的滋味所在啊。如果我再上一层楼，谁跟我吃过饭说过话有过交往，都可以成为他引为骄傲的资本和谈资，逢人便告，那滋味就更有滋味了。这进步的魅力实在不可抗拒啊！

任志强见我不表态，赔笑着说："姐夫，就给我这点面子吧，我已经拍过胸脯了，怎么下台？真叫我把头扎到尿桶里？"我对李智也有点好奇心，心里打算去了，嘴里说："李智他是什么人物，动不动就要请我？"他马上说："是我答应的，我以前吹过牛皮，说我们挂着亲，他今天提到了，我就一口应了。姐夫要是不去，怕他笑我呢，姐夫也不至于让我吃别人的笑吧？"我说："到外面去吃海鲜还不如在家里吃碗剁辣椒饭。"他一听马上说："董卉你在家里陪着姐姐妈妈，我陪姐夫去应酬一下。"

任志强开着车，出了大院说："到阿波罗宾馆去。"又说："今天保证不让你吃什么海鲜,俗!我们吃点山上的东西。"我想一想说:"停车,停车。"他说:"几分钟就到了。"我说:"你不停车我下了车就自己打的回去了。"他只好找地方停了车,我说:"李智他找我到底有什么事?"他说:"没什么事,偶然提到,我就应了。"我右手一个指头凌空画一圈说:"我到底也是念了几句书的人,你们有什么事就直说,还绕来绕去?"他们今天是画了个圈套等着我,第一步就是要把我弄到酒桌边去。任志强打电话没提阿波罗宾馆,他出了门就往阿波罗跑,这不是安排好的?我也不说出他的破绽在哪里,只说:"你不把事情告诉我,我就走回去了。"他急了说:"真的没有事,就是偶然提起来的。"我说:"那你说我病了,到省里拜年去了。"说着把车门推开。他一把抓住我说:"姐夫,李智找你是有点事,求我求好几次了。我牛皮吹出去了,又抹不下面子,就答应了。"我说:"说事情。"他说:"事的确有点事,是什么事他也没说。"我说:"那我还是下车。"推开车门下去了。他从另一边跳出来,追上来拉住我说:"事的确有点事,大概是关于安泰药业的,再怎么我就不知道了,把我砍了我也不知道了。"我犹豫一下说:"你就说我到省里拜年去了,我真的要去走走,过了这几天再去,别人就会有想法了,你把他排在什么位置?这是敏感问题,也是政治问题。"他跺脚说:"那我就为难了,人家菜都订好了。"又说:"李智也就是个李智,他也不能把谁吞了吧,你怕什么。"我一听来了精神,说:"你也不用激将我,怕我是不怕的,我怕什么?他还想打我的主意不成,把我拉下水不成?我要下水早就下水了,还等今天?"我又走到车旁,任志强替我开了门,双手虚托在我的身后,等我坐好了,才关了车门,把车开走。

快到阿波罗宾馆,任志强打了手机叫李智在门口等。下了车李智从台阶上跑下来,女秘书在后面跟着。李智跟我握手,我故意漫不经心,手掌刚碰到就松开了。李智本来用了很大的力,也只好松开,脸上平静如水说:"今天能请到池厅长,这是给了我一个这么大的面子呀。"说着双手比画了一下。我说:"你李智李老板看人还看少了吗?上次电视里还看到文副省长视察你们惠利软件呢。"

进了阿波罗宾馆,里面确实气派。大厅有三四层楼高,四面墙都有浮雕,迎面是古代人物孔子、屈原、李白等,左边是埃及金字塔和古希腊帕特农神庙,右边是傣族泼水节。一盏大吊灯有十多米长,成倒圆锥形垂了下来。李智介绍说:"这是亚洲最大的吊灯,二百多万。"我说:"请客到这里来干什么,屁股一落座,几百块就没了。"任志强说:"别的地方请池厅长也不方便。"女秘书说:"这是我们李总比了好几家才选定的。"我说:"当年讲讲排场还有点意思,现在讲它也就那么回事了。"其实到哪里我都无所谓,路边小店也行,但必须是我提出来的,只要是对方提出来,就必须有相当的档次。李智说:"池厅长见多了,他什么没见过?"我说:"那我们到一家老百姓的餐馆去?"任志强说:"姐夫你不用怕把李老板吃穷了,他剥削了劳动人民那么多钱,出几滴血也是应该的。"到了餐厅迎宾小姐屈了腿说:"先生好,小姐好!"声音夜莺似的清脆。到包厢入了座,我说:"李总有什么见教,我这里听着。"李智说:"在池厅长面前,谁敢说见教二字?"任志强说:"先喝酒,喝酒。"一拍手服务小姐就拿菜谱来了。李智说:"菜谱上的菜我们都不点。"任志强说:"吃点山上的东西。"就问有猴子、穿山甲没有。我马上说:"那些东西你们下次来吃,我也管不着,今天我在这里不能点。"任志强说:"姐夫为人谨慎,保护动物不碰,谨慎!"李智说:"池厅长有慈爱之心,不忍杀生。"李智说出来的话就是比任志强的好听。我点了菠菜汤、酸菜肉泥和乡里腊肉三样,说:"别的我就不吃了,胃吃伤了,得休息一下。"心想,即使我真不吃,好菜也得点出来,放在桌上做个样子。李智果然是明白人,还是点了佛跳墙等几个高档菜。他又要点茅台酒,我说:"李老板等会儿还有话说,白酒就不喝了吧。"就要了一瓶王朝葡萄酒。举起酒杯,秘书小姐和任志强竭力营造气氛，好像是老朋友十年相逢。但我不冷不热，跟那种气氛保持一点距离，心里想着酒真是个奇妙的东西，它能让人进入虚幻的境界，怪不得有人说酒文化呢。

喝了一会儿酒我说："李老板不是有点事情要说说？"任志强对秘书小姐说："他们谈工作了，我们先走一步吧。"两人就走了。我对李智点点头，他说："听说池厅长的公子非常聪明，快读中学了吧？"我知道他在切入话题，但不知为什么要从这个方面切入，就说："咱们直奔主题好不好？毕竟我们都是有一定层次的人了。"我没直接说只有小人物才绕来绕去呢，他明白了这层意思，有点惭愧地笑了一笑。有了心理优势就够了，我也笑了一笑，让他下台。他说："池厅长快人快语，好！"然后说："池厅长想不想有不大不小的一笔收入？"我心中跳了一下，嘿嘿一笑说："要说收入，我当然不能跟李老板你比，不过吃饭还是够了。"他说："现在谁不想把自己的孩子送到美国英国去深造？家长有责任准备不大不小一笔钱呢。"我打手势说："你那个不大不小是多少呢？"他举起三根指头。我不知他是说多少，三万呢，还是三十万？我想他不至于对我把三万块钱也说成一笔钱吧，就说："三十万？我要弄钱，几个三十万我也弄了，我不是标榜自己清廉。"他说："池厅长面前三十万我敢说是一笔钱吗？三百万。"我轻笑一声说："现在几十万就能判死刑，你留着我这条命吧。"他说："池厅长这么谨慎小心的人，我敢叫您冒一丁点风险？有风险我就不开口了。"我说："没有风险可拿三百万，你李老板是慈善家？"我摇摇头，"我不信。"他说："赚小钱的人冒风险，赚大钱的人是没有风险的，傻瓜才拿命去搏钱呢。"

他说了自己的设想。他的想法是由惠利软件入主安泰药业，使安泰药业重组变成一家高科技的上市公司，最后改名为惠利软件。安泰药业股票现在的市价是六元左右，他在消息公布之前悄悄吸纳安泰药业的股票，把筹码吸够了，然后逐步公布消息，大幅拉升，最终的目标是四十元以上，跟托普软件等几家搞软件的上市公司股票的价位相近。利润就从这巨大的差价中产生。"

我听了心中直跳，这可是几亿元的赌博啊！我不动声色地说："安泰药业是我一手搞出来的，就像我儿子一样，有困难那是暂时的，总有一天要翻身的。你说我舍得把自己的儿子卖掉吗？"他不慌不忙地说："搞中成药的上市公司，哪一家不是在亏损边缘挣扎？要是那么容易翻身，别人早就翻了。您说是自己的儿子吧，我也特别特别能理解，可是您想过没有，您今天是董事长，再过几个月到七月一日证券法就要实施了，您当厅长是国家公务员，按证券法是不能兼任上市公司董事的。到时候一个小股东写一封信，您就有麻烦了。"他在引诱我，又在威胁，可他说的又句句实在。我说："到时候你去开个户买五手安泰药业，然后以股东的名义把我告到证监会去。"他立即拱手说："我李智绝不会做这样的事，但总会有人做吧？没人写信，证券法它也是法律。"其实这个问题我早就想到过，既然无人提出就拖下来了。我说："就不能让我辞掉厅长一心一意去盘好安泰药业？"他看着我说："那不可能吧，不可能。厅长毕竟是厅长啊！"

他有备而来，把我都分析透了。我要为儿子着想，我不愿犯法，我不能继续兼任安泰药业的董事长，这些他都想到了。他见我不作声，说："我们替您到证券公司存入一百万，用谁的名义您去考虑。到时候这一百万就是四五百万了，您把股票抛了，一百万还给我，您想想您做了违法的事吗？规定厅级干部不能炒股，没人规定他的岳母娘也不能炒吧？"我说："李老板你的算盘拨得太精了。也许我得了几百万，你得了多少？到时候惠利软件成了上市公司，全国都知道了，这广告效应的价值又是多少？我成了百万富翁，你成了亿万富翁！"他笑了说："到时候拉升是我的事，那还要成本的。这不是您赚我的钱，也不是我赚您的钱，而是我们合起来赚别人的钱，这是一个双赢的格局。

再说,"他顿了一顿,"我最多就是多等几个月,到时候新的领导还是会跟我们打交道的。"他在威胁我,可话说得实在,我在董事长的位子上最多只有半年了。对他的提议我还真不能一口回绝,就说:"再过几天你给我打电话。"

回家后我没有把事情告诉董柳。送一波去美国读大学已经成了她的既定目标,有机会弄一笔钱,她是不会放过的。我犹豫着,但似乎也没有特别多的犹豫的理由。我需要钱,我不必冒违法的风险,我在董事长这个位子上坐不久了。我没有想到灰色地带宽阔到这种程度,简直是一望无际。坐在这个位子上,对人的考验实在是太残酷了,只要动一个念头就可以得到上百万几百万的钱,在这种时候要求一个人心如止水,这可能吗?人毕竟不是神啊!如果我下决心做这件事,没有人能够阻挡我,我可以不动声色地安排一切。这使我深切地感到,这个位子不是为凡人而是为圣人安排的,以圣人的标准要求凡人,永远不可能,绝不可能。这几年的几次拒贿,我为自己虚构了一种人性的神话,我是刀枪不入的。可现在能在灰色地带有所收获,大收获,我为什么要拒绝?又有谁在灰色地带摔了跤呢?没有。我明白了自己,钱,我还是爱的,只是不愿冒犯法的风险罢了。我是人,我不是神,人所具有的我都具有,我不必为一个神话把自己禁锢起来。我感到身体中有一个无法准确指出的部位在源源地释放能量,推动着自己向前走去,我已经不由自主。

91

两天后我把事情告诉了董柳,她听了很兴奋,也有点紧张,毕竟刺激是太强烈了。她说:"这样的机会一辈子也就能碰到那么一次。"

我说:"太便宜李智那小子了,他这么一弄可能要搞几千万到荷包里。"董柳说:"你要怎么样都随你,反正我一波留学的钱你要准备好。连丁小槐都说要送强强去美国读大学,我一波比强强差还是一波他爸爸比强强他爸爸差?"我说:"安泰药业是我一手搞起来的,就像我第二个儿子,被李智那小子夺了权去,我心里不服气。"董柳说:"这个儿子不争气,你老抱着他干什么?"我说:"我们是作为历史遗留问题上市的,上市时又没有圈进来一笔钱,拿什么去争气?我们每股还有一分钱两分钱的利润,有的公司上市圈了几亿,两年就化成了水,成了亏损股,那些董事长讲起话来还雄赳赳吃了伟哥似的。"董柳说:"安泰药业落到别人手中去,那是早晚的事,在你手中不落,在别人手中也保不住。你的董事长还有半年,到时候李智就不找你谈了。嘴边的东西你不吃,但你保不住别人也不吃。"董柳的话撞在我的心上。安泰药业的经营难有起色,又丧失了配股的资格,被重组是早晚的事,重组过程中也必然有一些要被掩盖着的秘密。事情与其让别人来做,还不如在我手中就做了。我不再犹豫,抓起电话就拨了李智的手机号码。我又把话筒放了,我怎么能主动找他?那样我就失身份了,没了主动权。刚放下话筒李智的电话来了,约我出去谈谈。他没提到刚才那个电话,提到了我也不会承认。但我想他凭直觉可能猜到了一点什么,这让我感到了屈辱。

  第二次见面李智把操作的详细计划讲了,我想来想去,简直就是天衣无缝。他准备从银行贷款八千万吸纳安泰药业,股价拉上去以后公布重组的消息,趁利好把股票抛掉。我真的很难想象一个人可以在一夜之间如此暴富,却又合理合法。当然这是黑幕,却是合法的。他当时就要在董柳的股票账户上存入一百万,我说:"这个不急。"他很急这一点,只要钱存进去了,我就没有退路了。但我还得好好想一想,看能不能把我这边的事做得天衣无缝。我说:"这件事不能让第三个人知道。任志强也不能知道。"他说:"他想促成这件事,自己也在中间做点老鼠仓。"我说:"我们以后不能这样见面了,被别人看到也是个缝隙,要谈什么到没人的地方去谈。你打电话给我,我打电话给你,都到公用电话去打,将来电信局也查不到什么,那才让人安心。"这次见面他对我仍是恭恭敬敬,但我想着他心里一定在笑。

我把事情仔细想了一遍,唯一的漏洞就是那一百万。万一事情穿了帮,有人要调查那一百万从哪里来的,我怎么说?我想宁可不发那么大的财,也不用李智的钱,自己有多少就做多少算了。董柳有四十多万,从里面打个滚出来,也该有两百万了,够了。人不能太贪啊,把事情做过了头是要付出代价的。人的肠子即使长到了几十公尺也不能长到几百公尺啊。我要董柳回老家去,把她父亲的身份证拿来,春节后一开市就去开户,存钱,买股票。

想好后我去中医研究院到程铁军家。一进门我说:"来拜个晚年!"他有点惊慌失措,说:"来了?来了。池厅长来了!来了来了!"坐下闲谈一会儿,我说:"公司去年业绩怎么样?过两个月股东大会,我们俩就要上考场了。"他惶恐地说:"现在还在审计呢。今年加强了监管,会计事务所也不敢掺水了,恐怕难保不亏那么一点点。"我说:"公司的事全靠你,我只是挂个董事长的名。"我说着连连叹气,"股东骂我们都骂几年了,有什么办法没有?"他也连连叹气说:"池厅长,您知道的,我们上市也没圈进来一笔钱,赤手空拳拿什么发展?"我阴了脸沉默着,一只手在桌子上一下一下拍着,像陷入了沉思。拍了几十下,程铁军脸上的汗都淌下来了。把气氛渲染够了,我说:"也的确是难啊,股东要骂几句,那也是应该的,他买了我们的股票,还不是想发点小财?公司上不去,他没有脾气?"程铁军说:"今年,今年,今年一定……"我说:"有什么实在的措施没有?"他不作声,我说:"也不怪谁,的确也是难。我们的东西是好东西,可没有上亿元来做广告,别人就是不认你。这么拖下去，也不是个办法。"见把程铁军的信心打下去了，我就不再说什么。

在四月初的股东大会上，全省各地来的散户股民有八十多个，还有七八个是从外省赶来的。董事经理们坐在台上就好像坐在审判席上，台下的小股东大喊大叫，会场闹成了一锅粥。上台发言的散户好像是土改中的农民控诉地主，一个个声泪俱下。一个老太太摇摇晃晃走到台上，瘪着嘴把自己持有安泰药业的细账算了一遍，一边抹着泪，最后举起胳膊喊着："改组董事会，撤换总经理！"下面的人举起双手跟着喊。程铁军沉着脸坐在那里，大家对他的报告都不满意，觉得没有切实的措施。我看着这群激愤的人，心里想，你们要把股票捏紧，再过两个月你们就要发财了。看着这场面我也感到，安泰药业实在是难以为继了，在我手中不重组，到别人手中也会被重组了去。开完股东大会的当天，我到公共电话亭打了一个电话。

过了两天程铁军打电话给我，说有重要事情汇报，放下电话就过来了。一见面他说："有这么一件事，不知是好事还是坏事。"就把李智找他的事说了。我说："李智是个体老板，还想吞掉我们？不行！那不是蛇吞象吗？"他也说："不行！"他还想保住总经理这个位子。我站起来，把手背在后面，来回走了几步，坐下，又站起来，来回走几步，反复几次。程铁军双眼追随着我，头来回摆着，唉声叹气。最后我停了下来，说："还有什么办法让公司起死回生没有？没有办法，股民怒火冲天，我也不想坐这个位子了，你这个总经理也危险。"他说："那……"我说："我们先不作结论，明天把李智请来，我们听他讲讲，听听也掉不了你我三斤肉。"我叫程铁军把李智今天找他的事通知各位董事，请他们明天到公司开碰头会。我说："你一定要说清楚李智找你是今天、今天，他们得到信息是非常及时的。"

过了几天李智带着自己的会计师和法律顾问来了，几个人谈了三个小时。他要入主安泰药业,这是前提,其他的什么都可以谈,几位董事的位子也可以保住。李智走后我们十几个董事监事激烈争辩,有几个人指名道姓地指责程铁军经营不力,导致公司落到被吞并的地步。没人敢说我,但我坐在那里也不好受,我是董事长,而程铁军当总经理也是我点的名。从五点争到八点,打电话叫人送了盒饭来,吃了饭又继续开会。整间房子被烟气笼罩着,人的脸在灯光下都看不真切。到十点钟,墙上的挂钟"咚咚"响了十下,突然,大家都安静了,一起望着我。我缓缓地说:"公司是大家一起努力搞起来的,争取上市难于上青天,也被我们做到了,到今天要被重组,我心情也很沉重。但谁有办法让公司起死回生没有?没有办法,重组也是一种选择。"我望着那几个反对的人,他们都避开我的目光。我说:"今天谈到这里,大家回去想想,下个星期再谈。"

我知道股票就要涨了,我的事早已做完,连李智也不知我到底做了什么。李智的事我想也做得差不多了,他有两个多月的时间。我叫董柳打个电话给任志强,叫他明天一早就去股市抢点筹码。董柳把话筒递给我说:"他要找你。"任志强说:"姐夫,是不是李智那里有了什么消息?"我说:"他是你的朋友,你不知道?"他说:"市场这么低迷,我怕又给套住了,我的胆都搞虚了。这只股票最近逆市还涨了两块钱,我是不是又追高了?"我说:"电话是我叫董柳给你打的。"他说一声"好",就把电话挂了。第二天上午安泰药业还没什么动静,我知道这是风暴到来之前的宁静,大笔的钱都围绕它在运转,我想象着无穷无尽的百元大钞排着队向前冲去。到了下午,我下班回家打开电视机,知道安泰药业涨停了。董柳兴奋地说:"你的财产今天升值了四五万呢。"我说:"李智升了四五百万都没你兴奋,没见过钱的人就是这样眼皮浅。"安泰药业连涨几天,停住了。我知道它在等我,等进一步的消息,事情进一步,它就会往上蹿一截。我又召开了第二次董事会,这一次就没人再反对重组了。我明白他们都上了这条船，没有退路。至此，事情已经无法逆转。

到五月十日，就是美国的导弹攻击我驻南联盟使馆的第二天，股市突然跳空下挫，安泰药业也大幅掉头往下，形成了一个"导弹缺口"。董柳说："是不是抛了算了，已经赚了几十万了，保住胜利果实。"我说："这是李智在洗盘，重组的消息不公开，安泰的行情就不会到头。哪天到头，由我说了算。"几个董事纷纷打电话来问我重组的进展，我知道他们跟董柳抱着一样的想法，却装作不懂，说："事情还在进行吧，你们知道多少，我也知道多少。"到了五月下旬，大市扭头向上，安泰药业更是势不可当，连拉涨停。又过了一个月，股价已经到了四十多块，李智不停地催我公布消息。我知道股价已到最高峰，他要借利好派发了。他获利实在是太大了，不但吞了安泰药业，还用银行的钱发了一笔横财，比起来我只是在尾巴尖上咬了小小的一口。

事后董柳告诉我，这一次赚进了一百多万，近两百万。她说："我们是从鱼头吃到鱼尾，把行情做足了。"又叹息本钱太小，不然可赚上个几百万，我没有告诉她李智要借给我一百万的事，只是心里也有点后悔，借了现在还回去，神也不知鬼也不觉，有什么风险？这两百万赚得天衣无缝，即使反贪局的人也不能挑出我的毛病。这是位子的魅力，它在市场中找到了表演的舞台，找到了结合点，天衣无缝。想起刘跃进告诉过我，他们学校的党委书记，竟为基建中的五万块钱回扣丢了官又吃了官司，真的是太傻了也太缺乏想象力了。当时胡一兵故作正经地说："像这样的大傻是应该清除出去，以保持腐败队伍的纯洁性。"现在想来，这真是一句荒诞的妙语。

92

　　银河证券第一年的租金,我拿去还了银行的贷款。后来大家都有意见,为什么不拿来发奖金?事后我心里也有点后悔,前任落下的亏空,我着那个急干什么?上了台也得拿钱买个好口碑才是。第二年的钱拿到手,我跟冯丘几位商量了,决定拿五百万出来发奖金。消息传出去,厅里都轰动了,都说好,好,好!算下来,平均每人有一万多呢。奖金到年终再发,可得先订出一个方案。厅里召集中层干部开了个会,讨论分配方案,大家的一致意见,就是不能搞平均主义。这与我原来的想法不同,我的想法是差距缩小一点,不要让群众拿了奖金还骂人。可会上的意见一边倒,我若把自己的想法说出来,就显得孤立了。丘立原说:"什么叫改革开放?改革开放就是观念更新,抛弃平均主义。中央政策是让一部分人先富起来,我们厅里怎么体现?当然我们富也富不到哪里去,可日子还是要过吧。现在上面反腐倡廉抓得紧,以前各处室还能搞点小动作,现在也不敢了,不然过了线,自己都还不知道怎么就犯了法呢。怎么办?大家也只有靠厅里。当然另外有办法的人是例外。"他眼睛不朝我这边看,可我还是强烈地感到了他在暗示什么。在那一瞬间我就下了决心,早晚得把这个异己分子弄走,甚至弄下来,把自己的人培养起来。冯其乐说:"我们应该用政策来体现贡献的大小,拟一个文件先发下去,把标准定下来,不搞暗箱操作。"大家你一言我一语,导向渐渐明了,倒使我觉得自己原来的构想是不对的。说到底是政策要向职位倾斜。话可以有很多说法,但不论怎么说,都必须围绕着这个结论来说,结论是既定的,理由可以慢慢找,几条理由总是找得到的。我要到部里出差几天,就指定办公室主任黄松林去草拟这个文件。等我出差回来,黄松林马上拿了草案向我汇报。他把厅里的四百来人分成了九个等级,第一等就是我一个人,五万,冯丘几位是二等,四万一,丁小槐他们是三万,而普通干部是四千五,工人则只有两千八。他说:"这个方案是广泛征求了意见的。"我说:"两千四千的人你征求了没有?他们占了百分之八九十呢。"他说:"他们,他们……要按他们的意见,人人都是一万三最好,那不是平均主义吗?"又说:"我是比照了隔壁化工厅的分配方案,又向冯副厅长汇报了,才这么定的。"黄松林走了我把这份名单反复看了,觉得他还是动了脑筋的。毕竟我还要靠丁小槐他们做事,不把他们安顿下来,工作就无法开展,这是没有办法的事。哪怕我真有办法换一批人上来吧,事情也不会有什么改变。我知道那些拿两千四千的人白兴奋了一场。他们会骂人,会感到心寒,会骂我是强盗,撕下脸皮来抢钱了。但也只能如此,他们要骂在心里骂几句也是应该的,只要当着我的面乖乖地笑着就行了。我还真能去追求人格形象追求口服心服?坐在这个位子上,我的第一任务就是按照实力把各种利害关系摆平,摆平了才能运作下去,我才能坐得住。所以公正并不是我的目标,自从我放弃了重建崇高的努力,放弃了对自己的神话造型之后,就更不是我的目标了。有人要在心里慷慨激昂,骂我是强盗,那也只好由他去。他们不在这个位子上,不知我的难处啊!

晚上我还是到冯其乐家去了,提出把上面的人压下来几千块,把下面的人提上来一千块。我说:"新班子成立才一年多,让别人在心里嘀咕,也许还骂几句,也没什么意思。"他说:"化工厅按这个比例贯彻下去了,风平浪静。"我说:"跳我想没有人敢跳出来,只是不太好。"他说:"每人加一千,也起不了什么作用,每人减几千,那个影响就大了。我们也应该给办事的人一个宽松的环境,不要逼他们去犯错误,中国文化还有个养廉的传统呢。养廉养廉,廉是养出来的。"我叹一口气,知道结论是铁定的,围绕这个结论可以有很多论证,反正是这些人自己在论证。好处到了手是真的，其他都是假的，那七八条理由也是捏出来的。我们要做的工作就是在大会小会上形成一种氛围，让所有人的思维进入已经设计好了的轨道，平均主义要不得！拒绝进入了不要紧，有了氛围就不会有人有足够的勇气跳出来了。毕竟大多数人是从众的，只有那样他们才会有安全感，而众人的心理，那样一种气氛，要靠舆论来引导。这时电视里正在放一个关于"勤政廉政"的节目，是山东某县的县长在讲话，说要把群众同意不同意，满意不满意，乐意不乐意当作标准。我指了电视说："老冯你也看看，现在是什么时候？"他哼哼几声说："我倒要去看看，那里就不是中国？每人一万三，就同意了，满意了，也乐意了，可能吗？有了一些人的不满意，才会有另一些人的满意。天下就没有人人都满意的事。"这倒也是真的。要在份上的人不为自己谋点什么，那不可能，要群众对他们口服心服，那也不可能。我不能去追求那种不可能的可能性，我首先得让那些重要人物同意了满意了乐意了才行。我要靠他们做事，口说无凭，非多喂几口不可，我只能如此，道理讲到天上去，也只能如此。

在最后的定稿会上，我坚持把自己的标准降到第二等，大家都不同意。丘立原说："池厅长咱们实事求是，这是你该得的，理直气壮！"这话从他嘴里出来，我感到不是什么好话，是要在火上烤我啊！这样一来我就成了唯一的目标，他们都滑脱了。为了几千块钱，我值得？丁小槐也站起来慷慨陈词："池厅长该不该拿一等？该！这不是位子决定的，而是贡献决定的。"我心里想，又添一把火来烤。最后我说："大家为我好，就不要为一个人设一个等级了，不要让群众说我们因人设政。"话说到这个份上，就没人再坚持了。尽管因人设政已经成为一条游戏规则，但我决不能当这个出头鸟，让人家的枪来打。

文件发了下去，我知道很多人会感到心寒，议论纷纷甚至群情激愤，把什么难听的话都讲了出来。我想到了尹玉娥在中医学会一手叉腰一手指指点点跳脚骂人的神态。她不会点名，但在骂谁是很清楚的。"让他们买了好东西吃了拉痢疾，吃不了再带到棺材里去！"反正我听不见，也就算了，神仙也没有办法叫所有的人都口服心服。

九月份那几幢宿舍楼快盖好了，基建处拟了一个选房的方案。这件事我没有管，是冯其乐管的，方案出来后交给我签字。我看了这个方案的主要目标，就是要让在台上的几位领导排在前面。有两条是特地为我设计的，正厅级比副厅级高五分，博士毕业的加五分。以前排队选房，厅级不分正副，这次加上了。厅里还有两个处长在读在职博士，但没毕业。我心里排了一下队，按这个方案，我可以排在第一位，虽然我的工龄没有别人长。冯其乐煞费苦心，但这太明显了，别人要说话的。董柳看了这个方案说："反正又不是你定的，你谦虚干什么？你是厅长，当仁不让！"的确不是我定的方案，但别人早就为我精心算计过了。在这个份上的人，是无须自己过问的，说法就像影子一样紧紧地跟在身后跑。我说："我说不是我定的，老百姓也不是大傻。"她说："反正我就是看中了三楼东头的那一套，朝西当西晒，高了难爬楼，低了光线不好。"我说："好事情都被你想到了，别人脖子上顶着的不是个脑袋，倒是只南瓜？"她说："我去看那套房子都看出感情来了，别的我培养不出感情。"跟她说不通，我就不说了。有了这么好的房子，以前想都不敢想，当西晒又算什么？多爬一层楼，或光线差点又算什么？人不能把好事都想绝啊！第二天我跟冯其乐说了，要他把那两条划了。他试探地说："那，那……"我说："我不敢太过，太过会转到反面去的。"他说："那我再仔细算一下，至少保证厅里几个人不顶天立地吧。"

名单出来了，《群众卫生报》的老戴排在了第一。他原是省人民医院的主任医生，到厅里来当主编有好几年了。我排在第五，我觉得这种安排很好，老戴不是什么官，排在了第一，别人要说什么也说不出口了。当天晚上老戴的妻子到我家来，一进门就说："池厅长还住这样的房子,全省的厅长没有几个!"这话说得不伦不类,我不是马上就要搬了吗?人家都是在显微镜下看我的好,发现那么一点点就大惊小怪地嚷。她又说:"老戴在家里说新班子好,池厅长好,不然他哪能排得上,还别说排在前面了。"我说:"老戴是主任医师,本就相当厅级,工龄又长。他不排前面谁排前面?厅里尊重知识尊重人才,也不是只挂在嘴上说的。"她说:"感谢领导,感谢领导!有了这个面子,我家老戴没分到都没有意见,本来他就没作打算的。"她又跟董柳在一边嘀嘀咕咕好一会儿,走了。

选房那天我没到场,是董柳去的。回来她告诉我,还是选到了三楼东头的那一套。我简直不相信,问老戴选的是哪一套?她说是二楼西头。我忽然醒悟了,还有另一只手在安排。我说:"那天你跟老戴夫人都说了什么?她让了你,还让了厅里几个人,厅里几个人又让了你,这有什么意思!"董柳说:"人家不选那套我有什么办法?人家主动问我,我也没说我一定要哪一套。她问我哪一套最好,我总可以说吧。"我说:"这是一场戏,你就是导演。"她几乎要哭了说:"我没导,我也没演,我说自己最喜欢哪一套也是实事求是,我不会撒谎,我还没学会,要我说违心的话我也说不出!党不是要求我们实事求是吗?"

在深秋时分我们搬进了新居,房子的装修和布置都是董柳去弄的,我基本没管。房子里全部铺的吉象牌地板,家具也全部换过了,电视机换成了日本松下牌的家庭影院。据董柳说,总共花了近二十万块钱,光地板就花了三万多,如果是别人,还要多花几万块钱。有谁在其中帮了忙,我也懒得问了,但我知道用不了多久,这些人就会冒出来,求你办件什么事。这已经成了一个法则,只是我不必用自己的东西作为回报罢了。搬家那天是星期六,来了好几个人帮董柳安排。到下午人都走了,房子里变得非常安静。窗外的阳光明晃晃照着,似乎是一个初春的日子。房前的树枝光秃秃伸向天空，一丝暖风吹了进来。我忽然觉得这一切都不真实，安静不真实，房子不真实，连我自己也不真实。一时间我觉得自己飘在虚幻之中，进入了另外一个空间。一切都与十四年前我来到这个大院时设想的不同，不可能的事情都可能了，但可能的事情都没有成为可能。为什么会这样？我自己也想不明白。我得重新认识自己，这并不容易。八年前我刚进入圈子的时候，我给自己戴上了面具，那时我对自己说，我不过是为了上去做点事而不得不如此罢了，那时我也没有想过会有这么多的好处送到眼前来。戴了面具的我不是真实的我，真实的我是大山深处三山坳村的一个平民，是揣着几块钱去搞乡村调查的那个学生。可是不知从什么时候开始，虚假与真实竟换了位置，真真假假混沌一片也分不清了。坐在厅长的位子上我没了面具感，反而是到湖区去慰问灾民时像戴了面具。说到底人不是一个神话，说到底这一切都是自然而然的。

93

这天下班的时候，在办公楼前我看见了小蔡，他站在公布栏前，眼皮往上挑了一下。我知道他可能有什么事要找我，我现在对人的动作神态的观察可以说是出神入化了。我正与冯其乐说着话，小蔡没有过来，我想他是想找我单独谈。果然，晚上八点多钟小蔡打了电话来，说有事情找我汇报。我想，哪怕是汇报，也不能你想汇报就汇报，时间得由我来定。我说："今天晚了，明天上午你到办公室来找我。"他连声说好。话说完了我故意拿着话筒不放，他那边也不敢先放下。持续了有十几秒钟，他在那边怯怯地说："还有什么指示吗，池厅长？"

我没回答就把话筒放下了。哪怕是打个电话吧，也得把层次体现出来，这些形式我不得不讲。

第二天上午总有人找我，快下班的时候小蔡才来。我猜想他在门口已经观察了多少次，这才找到机会。我没叫他坐，他就站在那里，说："有些情况想向池厅长汇报一下。"我点点头，他朝门口望了望，门是虚掩着的。我说："没关系，说吧。"他说："有人对厅里的领导心怀不满。"这个我心里明白，也不算什么新情况，要是他以为自己汇报了这些就是有功之臣，那他就大错特错了。绞尽脑汁千方百计凭空来事，我不会认账。他见我没有特别的兴趣，试探着说："有些话我不知道该不该说。"我说："来都来了，说。"他站在那里有点犹豫，显然我的平静出乎他的意料。我就是要别人无法准确把握我的情绪，自己心里想什么，都被别人洞若观火，那还得了？他说："昨天下午政治学习，您知道，我们退休办跟办公室是在一个组的。会上就有人讲了一些不应该讲的话。"他停住了，等我问是谁，讲了什么话。我偏不问，我不能被他牵着走，他只好说："龚正开他说，中国人等清官等了几千年，也被误了几千年，这种清官意识从根本上说就是不对的，中国几千年才出了一个包公，等不到怎么办？他居然在会上这样说，暗示太明显了。"我说："你觉得他暗示的是谁呢？"他头上的汗都出来了，抬了手用衣袖擦了一下，说："这……这非常明显，特别明显，极为明显。"我说："你坐下说，坐下说。"指了指沙发。他说："站着也挺好的。"可还是退了一步坐下了，说："他说清官意识实际上是为少数人服务的，让老百姓沉浸在一种幻想当中，因此是绝对权力的道德护身符。他是在说谁呢？非常明显。"我说："龚正开他说我没有？"他说："那他倒不敢，但是，非常明显。当时有人在议论奖金的事，还有人说厅里的改革打了雷就不下雨了，他说了这个话。非常明显。"我说："厅里有厅里的难处，大家不太理解，心里有点牢骚，我们也是想得到的。

有牢骚就发一发吧,让人家说话,天不会塌下来。"我这么一说,他很意外地望着我,嘴唇微微颤抖,终于说:"那,那他也不能在会上说,我气愤就气愤在这里。"他这话倒讲到点子上了。有人会骂人,这是早就料到了的,可在会上说还提到理论高度,带有全盘否定的意味,这就是个问题了。我鼓励地点头,小蔡马上就兴奋起来:"这种明目张胆损害领导威信的行为,我是不能容忍的,今天容忍了他,明天后天就会愈演愈烈!那叫领导以后怎么工作?"这话说到我的心坎上了,他们都在动脑筋啊!我说:"黄主任当时说什么了?"他说:"黄主任拿张报纸把自己遮住了,后来就走了。"我说:"好,你去吧,你对厅里工作还是很关心的。"他走到门边,犹豫了一下,又走上来说:"他在会后还说了一句话。"又望着我。我说:"说吧。"他吞吞吐吐好一会儿,我鼓励地点点头,他说:"龚正开他说,一切新例都是老例,对任何人都不能抱有幻想。我觉得这话,非常明显。"我笑了,点点头说:"去吧。"他转过身来点点头,把门慢慢拉开,探出头看了看,一溜烟走了。

  他走了我想,小龚倒还是一个有头脑有想法的人,不傻。倒退十年我倒愿跟他交个朋友。可现在是现在,我坐在这个位子上,就由不得我不在这个位子上考虑问题。有想法可不是什么好事!有想法也得给我把嘴闭紧了,装个哑巴。还在会上说,那还了得!还有没有规矩?没有规矩哪来的方圆?总之你不该说,你说便是你的错!我倒想原谅他算了,他并不坏,还可以说是好人。可原谅了他这就开了一个危险的先例,不行!这时我感到按自己的情感本能做出的判断和从这个位子作出的判断是截然不同的,而且前者须服从后者。人们常说某某人一上去就变了,他坐在那个位子上,不变行吗?卫生厅是我的领地,在我的领地上我得说话算数,我能容得别人多嘴?人在江湖身不由己啊!我碰到黄主任,问到那天开会的情况,他惶恐地说:"我开始在看报纸,也没听清是谁在说什么,后来就上厕所去了。小龚他是说了几句不应该说的话。"我说:"有人在会上说不利于安定团结的话,你应该站出来顶回去,形成健康的氛围,引导舆论的方向。在卫生厅工作,时刻都要记得自己的职责,要讲政治,改革开放更要讲政治。还要讲正气,这里容不得歪风邪气。那些人我不得不提醒他们,他要想一想自己不好好工作,分流下岗了他到哪里去,他还能做什么?这个问题,下次开大会我要重点讲,刹一刹厅里的歪风邪气。你不要因为自己多拿了点奖金就好像欠了谁的,心软口软,腰杆子要挺起来。大家都挺起来,阴风就刮不起来。奖金是厅里的,不是他们的。"黄主任连连说:"只怪我没认真听,只怪我在看报纸,只怪我正好又上厕所去了。下次,下次。"这样我在心里决定了要调动龚正开的工作,这样的人不能在办公室。我绝对不能让下面的人感到他是有一定的主动性有一定的权力的,哪怕是议论的权利也不行,不然很多事我就没法做了。要求对话的渠道?笑话!一对话那几十个问题都要提出来讨论,那怎么可能?有了你的就没了我的,这个话怎么对?还政于民?笑话笑话!早些年我对这种状况不满,现在看来是有道理的,有道理,越想越有道理。你图嘴巴痛快?让你知道什么叫祸从口出!这样想了我犹豫了一下,调动龚正开的决定违背了我的本性,我池大为不是这样的人。可马上我又对这种犹豫产生了犹豫,我要这么心软,以后谁会怕我?威信一倒就什么事也做不成了。龚正开必须受到警告,付出代价,这才符合我真正的本性。想到这里我深感历史并不荒谬。有些人一生潦倒是必然的,他们只能如此,哪怕他们是人杰是圣者,也不能逃脱这种命运。历史并不荒谬,甚至荒谬其实并不荒谬,认为历史荒谬是浅薄的。事情只能如此。

这天晚上正好胡一兵来了,我就把小龚的事对他讲了。我说:"我这个人可能不是当官的材料,明明知道该下手的时候,就是下不了手。"他说:"想不到你手下还有几个明白人。要是我,我就要把他提拔上来,算个人才!他看事情真看到点子上去了。"我说:"这么说起来那我还得提拔他?提拔了别人也学了起来,我就被动了。"他笑了说:"这样的明白人多了,并不是你厅长之福。这个小伙子是不错的,但事情要看站在什么角度去看。"我点头说:"好,好。"

这样我指示人事处把龚正开调到中医学会去,让他去跟尹玉娥作个伴。他想不到的事还多呢。既然他说了不要抱任何幻想的话,那就让事情应验了他自己的话吧。说心里话我并没有低看了他,但正因为如此,我得给他一个警示,也给别人一个警示。芝兰当路,不得不锄。作为池大为我愿意跟他交个朋友,作为池厅长我得让他摔一跤,不是我想要他难堪,而是我不得不让他难堪,我只能如此。我甚至希望他能理解我的难处,池厅长不是池大为,我是一个角色,只能如此。这是理所当然的,这不是一个问题,我实在是没有必要把它当作一个问题犹豫徘徊,让自己为难。也许有一天,我要用他,但先得熬一熬他的性子,少年气盛,不知道事情不得不那么冷漠残酷,不是谁想宽容就可以宽容的,熬几年就知道人是怎么回事了,信口开河可不是喝蛋汤!

又过了一个月,我把小蔡调到了厅办公室。我并不欣赏他,更不相信他拿着四千二的那个等级会口服心服,以至别人发牢骚了他还要来汇报。这不是君子做的事情。君子和小人的区别在于君子讲道义讲原则,小人则只讲功利。若有朝一日我倒台了,小蔡的脸会比谁都翻得快,尽管他今天捧我捧得比谁都恭顺细致。翻脸和恭奉其实都是出于同一原因。这样的人,我得警惕。但我还是决定给他一点鼓励,他是个明白人,我身边需要几个明白人。这是理所当然的,这不是一个问题。这些事情单纯地看没有道理,但放到结构中看就有道理了,没有道理就是其中的道理。

94

　　一九九九年十二月三十日，我和胡一兵还有刘跃进开了车回家乡去。我坐在胡一兵的车上，大徐开了我的车跟在后面。快到丘山县的时候，胡一兵说："是不是叫庞县长开车过来迎我们一下？"我说："算了，摆什么谱？我还没有精力来对付他们呢。"入了县境刘跃进说："前面就是下元村了，我们当年还在那里搞过调查的，是不是拐过去看一下？"就拐上了乡村公路。开了一段路刘跃进说："停车。"胡一兵就把车停了。刘跃进指着远处一棵树说："那年我们还在那棵苦楝树下烧野兔吃。"我们走了过去，刘跃进踢着一片杂草说："就是这里。"我过去把草翻了一下，一点痕迹也没有。胡一兵围着苦楝树找了一圈说："当年我把树皮削掉一块刻上了名字，找不到了。刘跃进你记错了地方没有？"我帮着去找，在手伸不到的地方有一块树皮光滑一些，我仔细看了，隐约还可看出"胡一兵"三个字。我说："你看那是不是？二十多年了，你还低着头找！"胡一兵踮了脚摸着那一块树皮说："树犹如此，人何以堪！有一天我死了，我的名字还活在这棵树上，永垂不朽。"进了下元村，老百姓的房子比当年好些了，别的也没什么变化。很多小孩子围过来看，我们没下车，转了一圈就走了。

　　晚上我们去看班主任岳老师，他退休在家很多年了。岳老师又老又病，从床上爬起来，抓住我们的手就不肯放了。胡一兵说："学校里怎么还让你住这么老的房子，我明天跟庞县长说一声，叫他跟侯校长打个招呼！"岳老师说："要见上帝的人了，一切都无所谓了。死去原知万事空，你们没到我这一天，体会不到啊！我一辈子没有什么能说上口的事，有一点骄傲的本钱就是有你们这些争气的学生，天下支柱，国家栋梁！当了教授了，厅长了，知名企业家了。有学生如此，我一辈子清贫也值了。天下支柱，国家栋梁！"岳老师的激动让人惭愧，他以为我们还认那个真呢。想认真也没法认真！谁认真谁走投无路寸步难行一生潦倒一败涂地，我也不是没认过真的人啊。送我们出来的时候，岳老师流了泪，我心里也只想哭。

回到宾馆，省卫视频道正在播放"惠利之夜"的文艺晚会，李智正在描绘惠利集团的美好未来。而节目的主持人，就是卫视台的常青藤杜芸。从全国赶来的明星们一个个在台上出现，有模有样。李智这么有模有样，杜芸也这么有模有样，而岳老师却如此潦倒，我心中被堵着了似的难受。又看到文副省长也出席了晚会，心里就更不舒服了。胡一兵说："明年最迟后年，看哥们儿我的吧，哥们儿我也会来这么一手，不就是几个钱吗？"

晚上我们挤在一间房中，躺下熄了灯说话，好像又回到了二十多年以前。我们说到班上的同学，有的人仍在大山深处当一个艰苦度日的农民。说到当年半夜口渴却停了水，几个人到井边把吊桶摇上来喝水。又说到那年搞农村调查的事情，说到青春的信念，这信念曾像日出东方一样坚定。突然，我们都沉默了。我们今日的成功超出了当年的想象，可真诚和信念却只存在于回忆之中。只要将目光转向现实，思维就本能地驶向另一条轨道。在那里才有成功，而成功就是一切，别的说什么都变得意义暧昧，成为多余。在世纪末的人生之旅中，我们不知不觉就进入了这样的境地，这简直就是历史的安排，而个人不过是被生存的本能推着走罢了。我们在不知不觉之中失去了精神的根基，成了悬浮一族。我们在随波逐流之中变成了新型的知识分子，没有义不容辞的使命意识，没有天下千秋的承担情怀，没有流芳千古的虚妄幻想。时代给了我们足够的智慧看清事情的真相，因而我们也不再向自己虚构神圣预设终极，不再去追求那种不可能的可能性。我们以前辈的方式说话，但本质上却没有力量超出生存者的境界。对世界我们什么都不是，对自己就是一切，我们被这种残酷的真实击败了，从内部被击败了。我们没有力量面对那些严峻的话题，关于身份，关于灵魂，于是怯懦而虚伪地设想那些问题并不存在，生存才是唯一的真实。我们曾经拥有终极，而终极在今天已经变成了我们自己。生命的意义之源突然中断，梦想成为梦想，我们成为无源之水无本之木，成为永远的精神流浪者。天下千秋已经渺远，自己这一辈子却如此真实。当一己之瞬间成为天下之永恒，我们就与乐观主义作了最后的诀别，毕竟，人只能在自身之外而不可能以自己为目标建构崇高，建构形而上的意义世界。悲剧在时间的巨掌中已经注定，我们还没来得及细想就进入了铺就的轨道。对我们而言，这个事实只能接受，而无须讨论也无法抗拒。

第二天中午请老师们聚餐之后，胡一兵刘跃进分别回家。我开了车，回山里去。县卫生局常局长一定要陪我去，我要他陪家人迎接新的千年，他怎么也不肯。把车停在乡政府，常局长陪我上山，熊乡长也跟上了。

听说我回到三山坳，全村人都出来了，都挤在秦四毛家门口。我是村里出的一个人物，是他们的骄傲。我在村里走了一圈，没有很大的变化，山还是山，树还是树，房子也还是那样简陋。若不是人的兴衰，时间就像没有从这里经过。秦三爹死了，马七爹也死了，我八八年跟董柳来的那一次他们还在。我当年住的那间土坯小屋已经不在了，那里生长着一片小白菜。回到秦四毛家门口，我把准备好的信封拿出来，四十七个，每家一个，里面是两百块钱，我能为他们做的也只有这么一点点。马二虎我给了他四千块钱，当年父亲入土，用的是他家的寿材。这样做了我心里还有点不安，他们太穷了。我临时决定资助村里那九个在读中学的孩子，每人每年七百块钱。

我要到父亲坟上去，大家都要跟去，我没有答应，就一个人上路了。七里山地，我走在大山的怀抱之中，很多年没有享受过这种宁静了。大山让人感到生活在它的怀抱之中是多么幸福，明知这是一种幻觉，我仍在幻觉中沉醉。

远远地看到父亲的坟，锥形的坟头已经扁平，被枯草覆盖。我心中忽然有一种怯意，不敢这么走过去，似乎活着的父亲在那里等待了很多年。上坟也需要勇气，这是我没有料到的。我踏着枯草慢慢走过去，在坟前站住了。在这里，一个叫池永昶的人，我的父亲，已经沉睡了二十多年。他曾以一种不可思议的姿态路经世界，然后，以一种意想不到的方式消逝了。今天，我站在这里，在风中，在夕阳下，与父亲的灵魂对话。在这一刻，我不能相信那样一种冷峻的唯物主义，我强烈地感到了灵魂存在，生死相通。风在我的肩上，风中弥漫着枯草的气息，一种裹着干涩微香的熟悉气息。当年，就是在这样一种气息之中，父亲无数次地逃避着我对父爱的观察。我只能用心去感受他的目光，而装作毫无察觉。一旦四目相对，他就会把头扭向别处。二十多年过去了，记忆依然清晰，这是我从不与人交流也无法交流的记忆。

夕阳的殷红像是从它后面流出来的，有着透明的感觉和立体的意味。它在群山之巅一动不动，沉静地注目人间。那边是它，这边是我，我们面对面相望，像有着一场无声的对话。站在这里，我相信世界上有着一种不可描述的声音，不可解释的力量，那是超越经验的价值之源。夕阳的下面是一线红云，非常平整地舒展开去，像一只巨大的盘子，托住了那一轮金球。忽然，似乎有一只巨掌在下面猛地一拉，夕阳震动了一下，有一半就沉到云彩之中去了。剩下的那个半圆，光芒就强烈了起来，一线一线地喷射着，把山峰切割成一阴一阳的两个部分，群山之巅被染成了金色。终于，无可抗拒地，那金球全部沉到红云之中了，云彩在瞬间变成了金色，中间的一块亮得透明，好像马上就会燃烧起来。透明的亮点在剧烈地沸腾，往两边伸延开去，刹那间，那一线云翻滚起来，似乎要把群山和我也裹进去。夕阳在云层中挣扎着，把金色的云撕开了几个小孔，把这个千年最后的光射了出来。在云彩的下面，露出了一线弧形的轮廓，渐渐地生成一个半圆，往群山之中坠落，最后，在山峰之间剩下一个金色的小块，一束阳光正对着我射过来，我似乎可能在这束光的牵引之下，腾空而起，融到夕阳之中去。这时，树丛中飞起了无数的小鸟，喳喳地叫着，争先恐后地朝着那一束光飞了过去，霎时便融到光芒之中去了。紧接着，那一束光也消失了。山峰之上晚霞连成一片，使人感到了浪漫的神秘。然后，我还没来得及感觉，暮色四合，苍茫中大山隐去了黛绿，只剩下沉寂的轮廓。在无边的沉寂之中，一种声音在萌发着，聚汇着，由朦胧而清晰，缓慢而坚定地浮了上来。

　　父亲，现在是我，你的儿子，站在这里。也许，在这个世界上，我是唯一能够理解你的人，虽然我并没有以你的方式面对世界。你相信人性的善良，相信时间的公正，把信念和原则置于生命之上。你对世界的理解有着浪漫的崇高，而没有现实的庸人气息。我理解你以知其不可而为之的姿态，那样从容不迫地走了牺牲的道路，甚至不去细想这种牺牲的意义。在你看来，原则是不能够经过精心计算的，你是大智若愚。在没有天然尺度的世界上，信念就是最后的尺度，你无怨无悔。而我，你的儿子，却在大势所趋别无选择的口实之中，随波逐流地走上了另一条道路。那里有鲜花，有掌声，有虚拟的尊严和真实的利益。于是我失去了信念，放弃了坚守，成了一个被迫的虚无主义者。我的心中也有隐痛，用洒脱掩饰起来的隐痛，无法与别人交流的隐痛，这是一个时代的苦闷。请原谅我没有力量拒绝，儿子是俗骨凡胎，也不可能以下地狱的决心去追求那些被时间规定了不可能的东西。父亲，我理解你，你是真实的，这种真实我已经生疏了，而现在又强烈地感到了它的存在。不知道你是不是也能理解另外一种真实？父亲，现在是我，你的儿子，站在这里。

我缓缓地把双手伸了上去,
尽量地伸上去,
一动不动。

我感到眼角有些涩，眨一眨眼才知道自己刚才流了泪，在风中已经干了。我心中发疼，鼻子酸酸的，泪水又要冲出来。我紧闭双眼，咬着嘴唇，忍了下去。我在坟前跪下，从皮包中抽出硬皮书夹，慢慢打开，把《中国历代文化名人素描》轻轻地放在泥土上。十年来，这本书我只看过两次，我没有足够的心理承受能力打开它去审视自己的灵魂。我掏出打火机，打燃，犹豫着，火光照着书的封面，也灼痛了我的手指。我拇指一松，火熄灭了。下面有人在喊我："池厅长——池厅长——"声音从黑暗中飘来，越来越近。我没有回答，再次打燃了火，把父亲的肖像从书中抽出来，把火凑近了，鼓起勇气看了看，像是一个活人在面对面凝视着我。我像被他的目光击中了似的，身子往旁边一闪，浑身发疟疾似的抖了起来，上牙敲着下牙。我左手把书拿起来，纸已经脆了，一碰就掉了一块。我把火凑上去，书被点燃了。火花跳动着，热气冲到我脸上，书页在黑暗的包围之中闪着最后的光。我死死地盯着那一点亮色，像要把它雕刻在大脑最深处的褶皱之中，那里是一片无边的黑暗，一点亮色在黑暗中跳动。"池厅长——池厅长——"声音越来越近。我双手撑着土地站了起来，在直起身子的那一瞬，我看见深蓝的天幕上布满了星星，泛着小小的红色、黄色、紫色，一颗颗被冻住了似的，一动不动。我呆住了。我仰望星空，一种熟悉而陌生的暖流从心间流过，我无法对它做出一种准确的描述。我缓缓地把双手伸了上去，尽量地伸上去，一动不动。风呜呜地从我的肩上吹过，掠过我，从过去吹向未来，在风的上面，群星闪烁，深不可测。

CONTENTS 目录

辑一 人生很长，别只满足做自己

二十几岁，没有答案 / 002

人生很长，别只满足做自己 / 008

主动的人生，究竟有多赚 / 012

扛不住读书的苦，也很难扛起生活的苦 / 017

你最大的问题，就是不肯善待自己 / 022

如何挺过人生中的至暗时刻 / 026

别再忽悠年轻人"做自己"了 / 031

辑二　接纳自己，是对生命最大的温柔

成长中最大的敌人，是羞耻感 / 038

你人生中99%的烦恼，都是因为不够自私 / 043

人生中最稀缺的能力，是把自己看不上的事做好 / 048

别人如何对你，都是你教会的 / 053

你可能一辈子也过不上理想的生活 / 058

为什么你不敢承认自己很努力 / 063

希望你过得好，但不能比我好 / 068

为什么你总是管不住自己 / 073

接纳自己，是对生命最大的温柔 / 078

辑三　好的爱情，是彼此需要和成长

钟表坏了，要学会重新看太阳 / 084

爱情不是一个人的独角戏 / 088

女追男的正确打开方式 / 093

连恋爱都不敢谈，就别标榜独立了吧 / 098

那些嫁给爱情的女人，后来都怎么样了 / 103

不想和没有安全感的女孩谈恋爱 / 108

千难万险，总好过遗憾错过 / 113

主动的爱情并不卑微 / 118

你没有梦想，是你的福气 / 122

辑四　热闹中容不下肉身，孤独中放不下灵魂

别在最该拼命的年纪装佛系 / 128

热闹中容不下肉身，孤独中放不下灵魂 / 132

怎样跟与自己不一样的人做朋友 / 137

敢要的人，才接得牢 / 142

大学女生宿舍生存指南 / 147

让你越活越窄的不是三观，而是优越感 / 153

别把不懂人情当作特立独行 / 158

为什么年轻人越来越喜欢一个人待着 / 162

辑五　对自己要狠，对别人要忍

降低内耗，人生才能变得轻松 / 168

有种低情商，叫"我对所有人都一样" / 172

职场上混得开的新人，都做对了哪些事 / 177

好的关系，都自带捧场能力 / 183

对自己要狠，对别人要忍 / 188

优秀不够，你得耐揍 / 193

好的关系，一定要有分寸感 / 198

不说那种没用又伤人的话 / 204

辑六　复杂的世界，做一个聪明的人

现代人为什么越来越难共情了 / 212

如何与控制型的父母相处 / 217

不会跟父母吵架的人，都没有真正长大 / 222

不带预设看他人，不带人设做自己 / 227

大学期间除了学习，还应该做什么？ / 232

大学期间该和什么样的人交朋友 / 237

如何跟霸道总裁式领导打交道 / 242

年轻人如何升级自己的社交圈 / 247

情商最低的行为，就是一直说反话 / 252

真正聪明的人，都不跟人性较劲儿 / 257

"低自尊星人"自救指南 / 262

辑 一

人生很长，
别只满足做自己

二十几岁，
没有答案

最近接连收到好几位读者的提问，有关二十多岁时的选择与生活。

要不要继续读研？毕业后要做什么工作？

该培养什么技能？要往哪个方向发展？

还能做点什么？会成为什么样的人？

远离高考的激烈竞争，离毕业季又尚有距离，人人都说这是人生最美好的时光，可只有自己知道，最自由的日子，往往也最难熬。

像是驻足于一个三岔路口，哪条路都能走，但哪条都不一定对，其中的纠结、焦虑与迷茫不能与旁人道，对未知的恐惧与怀疑足以稀释掉一个人所有的好奇。

我理解这种"二十几岁综合征"，是因为我也曾经在二十出头的时候狠狠恐慌过：跟风考过一些压根儿派不上用场的证书，疯狂地去听一场又一场讲座，希望那些带着一长串头衔的大V能给我答案。

可归根结底，关于一个人人生的回答，最终只能由自己完成，我把我曾经寻找答案的方法分享给你，希望这盏烛火能为你照亮一程。

一、你的问题，越明确越好。

这样一类问题，常常让我非常头疼：

"我没有特长，也没有喜欢的东西，不知道自己想干什么，也不知道自己能干什么，我好迷茫啊，你能帮帮我吗？"

这种模棱两可的提问，常常会把回答引向"一碗纯纯的鸡汤"，想想看，你自己用了二十多年都没弄明白的自己，难道希望别人从这一句话里就看出你的前世今生？

这样的问题之所以无用，是因为它本质上并不是一个需要回答的问题，而是一种自我确认。

"我没办法，你看，你也没办法，那这就是正常现象喽。"

转头在朋友圈转发一篇"你的迷茫就是你的福气"，看到同龄人纷纷点赞，自己也松了一口气。

这一招对缓解焦虑情绪屡试不爽，但也正因为如此，往往会让人沉迷于这种短平快的安慰，而忽略了引发焦虑的根本原因。

真正的方案和出路，一定是聚焦的，比如"我是学语言类专业的，但希望从事金融类工作，需要补充什么技能"或者"去大企业零薪打工或者去小公司实习，哪种方式对就业更有帮助"。

一个人无法把自己的问题整理得清晰明了，一定是思路本身出了问题，要么是压根儿懒得规划自己的人生，要么是想一次性把所有的问题解决掉。

但别这样。

一个人的求助机会很珍贵的，对萍水相逢的陌生人来讲，你得到第二次提问的机会，很大概率上取决于你第一次提问的质量。别用一团糨糊似的提问把对方吓走，你总得知道自己到底想要什么。

二、搜集信息，越早越好。

对于二十岁出头的大学生来讲，常见的出路不过三条：考研，就业，出国。

如果你实在不知道自己该怎么选，你也至少应该能够回答自己以下的问题：

考研：大概从什么时候开始复习；哪所高校录取率最高；本专业通过率如何；毕业后就业前景怎样；除了文凭之外，有没有本科生无法代替的竞争优势。

就业：本专业的毕业生就业方向；职位和企业名称；平均薪资大概是多少；除了专业之外，是否还有其他相关要求。最重要的是以上这些信息是否与你的人生规划相匹配。

出国：报考哪所大学，这所学校有什么优势，大概要花多少钱；毕业后想留在国外还是回国；想从事什么工作。

大多数时候，答案都不是从天而降的，你在搜集信息的同时，也在做出选择。

别等到快要毕业的时候才开始操心未来，如果你不知道自己想做什么，那就先去弄清你能做什么。

三、听取别人的意见，但要自己过河。

二十岁出头的时候，每个人都曾因为"别人说"而犯过不少错。

别人说大学的社团特别官僚特别没用，于是什么也不参加，就在宿舍宅着；

别人说这个专业就业前景不好，于是心灰意冷地混日子，以拿到文凭为唯一目标；

别人说普通话证书特别好考，于是脑子一热，也跟风考了一个；

小马过河的故事我们从小就背，可寓言成了现实之后，我们却总是忘了要自己过河。

其实，一个人在二十几岁的时候，是能够承担很多弯路的，因此，这个年龄往往也是最佳的试错时机。

大学的社团到底有没有意义，自己去试一试，有意义就待下去，没意义再退出也不迟；

专业的就业前景好不好，自己去验证一下，同一个专业的学渣和学霸，在就业的时候常常有云泥之别；

某张证书有没有用，学两天就能发现端倪，能让你轻轻松松就拿到的证书，往往也没太大的含金量。

不是耽误不起这一两天或一两周的时间，无非只是想偷懒。

满以为踏着别人的脚印就能轻松前行，却忘了需要经营的终究是自己的人生。

四、阅读是个可以移动的小型避难所。

阅读是人一生的事业，但最适合阅读的时光，无疑是在二十几岁。

没有"必读书目"的限制，也没有必须"拿来就用"的需求，好奇心最强，理解力与记忆力最好，时间最多，负担最少。

如果一个人在这样的年纪都无法培养阅读的习惯，那他的一生，很大概率会与阅读无缘。

在二十几岁时的阅读，与其说是学习，更不如说是寻找。在财力与经历都有限的情况下，阅读就等于体验人生。

你会找到朋友，找到能够明白你的痛苦，甚至比你自己还能理解你的知己；

你也会找到答案，知道自己在相似的情景下，应该做什么，不能做什么；

你会得到碰撞，你会感慨"世界上怎么会有这样的人"，然后更清楚自己想成为谁；

你会理解人性的复杂，你遇到的人并没有纯粹的好坏之分，更多的是在某个特定情境之下的选择。

无须从艰涩难啃的大部头名著开始，但也不要放任自己沉迷于"霸道总裁爱上我"的玛丽苏。

从你喜欢的作者开始，从你喜欢的类型开始，顺藤摸瓜一般，逐渐找到你的那只金蛋。

我很喜欢吴思老师的一句话：知识无涯，可多可少，灵魂却只有一个，不能让它枯萎了。

去发现更多的可能，然后从中选择最想做的自己。

人生很长，
别只满足做自己

有个读者找我诉苦，因为公司内部转岗的事情郁闷得想要离职。

她在一家外企做管培生，5年时间要把公司的几大部门轮流待遍，前几次转岗都很顺利，直到去年年初她被派去了销售部历练。

她沟通能力挺强，脑子也灵活，几个月以来一直业绩斐然，销售部的老大连连夸她天生就是做销售的人才，她每个月的薪水，也随着提成水涨船高。

她暗自下了决心要拿下公司今年的销售精英。可没承想，上个月老板一封邮件下来，让她准备准备，转岗去行政部。

这段时间她天天打怪通关，收入不菲，成就感也满满，转眼就要被打回到冰锅冷灶，做枯燥无味的行政工作，落差之大可想而知。

她先是跑去找老板谈了好几次，反复请求留在销售部发展，都被老板用各种理由回绝。她愤懑地来找我聊天，先是吐槽了一通公司制度的缺乏变通，然后又感慨起来："我明明已经找到最合适自己的方向了，再一个个部门轮下去不是浪费时间吗？我真想跳槽去别的公司干，有在这儿被折腾的工夫，估计都能混到大区经理了。行政的工作多无聊啊，女孩子的职场上升期这么宝贵，难道不该集中精力发展优势吗？为什么非得要让我在别的事情上浪费时间？"

我听她说得义愤填膺，忽然就想到美国作家吉姆·柯林斯的那句话：优秀，才是卓越最大的敌人。

有的事情，你之所以无法做到最好，并不是如我们想象的"起点低"，相反，而是因为你已经做得足够好了。

比上不足，但比下绰绰有余，不需要拼尽全力就能做得很好。于是对挑战不屑一顾，对未知的机会嗤之以鼻，只愿意在自己的舒适圈里跳一跳，至于那条线外的大千世界，既看不见，也没有兴趣。

因为"足够好"，所以不去做的那些事，才是一个人成长中最大的绊脚石。

是，3年时间做到大区经理或许并不难，可然后呢？

到了区域经理的级别，单打独斗的赛道也就到了头，下一段赛道拼的是领导力，你如何带团队，如何制定KPI（关键绩效指标），如何协调成员间的工作，如何优化流程，如何提升沟通效率，这些才是这个赛道里最加分的能力。

在最关键的能力奠基期你缺了席，到了那个时候，岂不是要两眼一抹黑？

我很喜欢一个人对《能力陷阱》的总结：我们很乐于去做那些我们擅长的事，于是就会一直去做，最终就使得我们会一直擅长做那些事。做得越多，就越擅长，越擅长就越愿意去做。而它就像是毒品一样，我们被它深深吸引，因为我们的快乐和自信都来源于它。它还会让我们产生误区，让我们相信，我们擅长的事就是最有价值且最重要的事，所以值得我们花时间去做。

日复一日地给自己洗脑，亲手织就一个看不到出路的牛角尖还无知无觉、沾沾自喜。

《我和我的经纪人》里，我很喜欢一个跟春夏有关的片段。

春夏这两年拍了好几部电影都没上映，她的经纪团队内部沟通之后，希望能给她再接一些像是《奇遇人生》这一类的综艺节目，无论电影播不播，都先在屏幕上刷个存在感。

讲真的，春夏在《奇遇人生》里蛮圈粉的，她那种天真里带点孤勇的少女气质很适合这种节奏慢悠悠，但又很新奇有挑战的旅行类综艺，但她还是拒绝掉了。

"我不想在那些已经证明能做好的事情上重复自己，反复展示那个被人喜爱的形象，那既不是全部的我，也不是真实的我。"

很佩服她这种清醒的勇气。

靠着重复自己来讨喜太容易了，这样的捷径支撑着很多真人秀从第一季拍到了第五季。但在百花齐放的今天，曾经再讨喜的角色，也逃不过被观众遗忘的结局。

人人对"C位"趋之若鹜，可流量虽能推舟，却也有暗藏着的无数危机，如同湖底看不见的漩涡，一旦裹挟其中，就身不由己。

找回自己很难，但弄丢自己，却总是比想象中容易。

财新传媒总编辑王烁老师曾经讲过一个很有意思的名词，叫作：跳船力。

意思就是字面上的，从一艘船上跳到另一艘船上的能力。

这些"船"可能是岗位，也可能是公司，甚至可能是整个行业，当巨轮沉没的时候，你不能让自己做留在船上的最后一个人。

而保持跳船力的方法，就是永远不要封锁自己的人生，永远给自己的人生中空出20%的留白。80%用于在自己擅长的事情上精益求精，但永远留一点力，去不断尝试那些"看起来没用"的事儿。

那或许不是你擅长的，不是你喜欢的，甚至也不是能立刻给你带来好处的。

它无法在你攀缘而上之时做你的绳索，但当大浪来临时，它却是你跳船时最好的助力。

你要踮起脚看看远方，别只在局部环境中去做最佳选择，别怕浪费时间，人生很长，别只满足于做自己。

主动的人生，
究竟有多赚

你有没有这样的朋友，或者你自己就是这样的人——

别人不来打招呼，就绝对不去认识别人；

从来不主动约朋友出门；

主动表白？不可能的，只要对方拖拖拉拉，自己一定遮遮掩掩；

决心下了一次又一次，却还是没办法开口跟老板说"我想加薪"。

理智上知道应该，情理上清楚不对，可就是没办法主动迈出那一步，内心明知人皆有不足之处，可每当夜深人静之时，还是会深恨自己的不勇敢。

说来惭愧，我就是那个"你要是不来找我，我也不会去找你"的女同学。

意识到这一点，还是因为一个认识了很多年的朋友偶然跟我感叹："认识了这么多年，你从来都没主动给我打过一个电话，发过一条微信，每次都是我先找你。你让我觉得，好像你一点儿也不需要我，是我一直在打扰你。"

我不服气，当场打开微信开始翻聊天记录，惊讶地意识到，这么多年来，我居然真的从来没主动过一次。

从那之后，我开始有意观察自己的心态，每次明明很想要跟对方说点什么，总是先要问自己一千零一个问题：

对方现在有空吗？会不会在睡觉或者在工作？会不会觉得被打扰？

我说的这件事，他会感兴趣吗？还是会觉得很幼稚，很无聊？

这件事对他有意义吗？信息量足够大吗？说得足够清楚吗？

在重重自我审查和自我怀疑之下，任何想要主动说点什么的冲动，最终都会意兴阑珊。

这种难以被察觉的束缚，本质上是一个人自我意识的过剩。因为太过在意自己对他人的影响，又常常过度解读对方的反应，所以常常会陷入羞耻和尴尬，无法坦坦荡荡地做自己。

很难说，这到底是件好事还是坏事。

这样的人一定会是好公民。永远谨慎小心，永远不会在公共场合打开公放听音乐、玩游戏，接个电话都会特意压低声音，永远不会放任自己的小孩儿在饭店、商场和高铁上尖叫疯跑。

别人只要稍稍一侧目，哪怕压根儿与自己无关，也要先三省吾身，看看自己的言行是否恰当，衣着是否整齐，有没有给别人添乱。

但这样的人，却未必能做个好朋友。不是讨厌对方，不是不想被打扰，不是不会聊天，只是在被评价之前，我们早已习惯了否定自己。而这种自我否定，也常常会把对方越推越远。

有次跟朋友聊天，她说起在公司竞聘部门经理的事。

论资格，论能力，论人际关系，她都是最合适的人选，可当老板在开会的时候问谁有意向想要竞聘时，她却无论如何也开不了口。

理智上知道机会难得，但心底又在游移不决：

别人会怎么看我？万一做不好怎么办？会不会给人看笑话？会不会有人不服气？

但万幸的是，她的老板在几度鼓励下主动出手无果后，索性拿出暴君手腕，决定以业绩为硬指标直接任命。

就这样，她居然还半推半就地犹豫了两天，才接受了这个自己渴望了很久的职位，上任之后一直做得不错，在任三年，整个部门的业绩翻了一番。

如果你不是一个"死被动"，你大概无论如何也无法理解这种欲拒还迎的矫情。

但对于我们这样的人来讲，被"赶鸭子上架"，往往才是做成一件事最有效的途径。

因为不必主动争取，所以可以节省掉很多无谓的自我怀疑，哪怕还是会出错，还是会有人不服气，也可以用一句"我这不也是没办法嘛，能做成什么样是什么样吧"来安慰自己。

摆脱了情绪的内耗之后,人的办事效率和表现自然都会有质的提升,事情自然也就能做得好,久而久之,这样的循环会固化成一种认知:

只要是我主动要来的,一定会失败。

只要是我被动接受的,一定能做出好成绩。

这也就是越是被动的人,就越会陷入被动,宁可错过也不犯错的原因。

陪我小侄女去上芭蕾舞课时,遇到了这样一对母女。

小女孩三四岁的样子,才来上第一节课,在妈妈身边压根儿坐不住,一看到其他小朋友跳,自己也要跟着音乐起舞。

跳得自然是毫无章法,但小女孩很开心,蹦蹦跳跳地跑回妈妈身边,那位母亲说:"你刚刚鼓点都没踩对,你看旁边那个小姐姐跳得多好,你报名晚,要多留心跟其他小朋友学习,别自己在那儿瞎蹦跶,惹人笑话。"

后半节课的时候,小女孩身上就明显多了一种怯生生的拘谨,每做一个动作之前,都要先打量一下身边的人,确定自己跳的是对的,才开始做动作。

我看到那个小女孩努力做着正确的动作,神情却越来越小心翼翼,再也没有了刚踏进舞蹈教室时那种纯粹热烈的开心时,其实还蛮难过的。

我毫不怀疑她会成为一个正确的人,但永远正确,就意味着少了很多快乐。

她会因为害怕自己"不够好",不敢去报名一场英文演讲、一次歌唱比赛;会因为担心"别人笑话",在人群中本能地保持沉默。

但人不是为了正确和安全而活的,就像电影《全民情敌》中的一句台词:

Life is not the amount of breaths you take, it's the moments that take your breath away.(生命的真谛不在于你呼吸的次数,而在于那些令你无法呼吸的时刻。)

扛不住读书的苦，
也很难扛起生活的苦

　　大概是6月的考试季使人感觉压力山大，最近的一段时间，被好几个读者问起有关"学历""文凭"和"到底还要不要继续读书"的问题。

　　初二的男孩给我展示了自己出色的游戏成绩，说他对上课的内容一点儿也不感兴趣，只想混到初中毕业，然后一心一意地搞电竞。

　　高一的女孩迷上了烘焙，照片里的小蛋糕、小饼干精致又好看，她不服气地问我："反正我靠手艺吃饭，有没有大学文凭有什么相干？"

　　大二的女孩是人气极高的短视频博主，平台一个月的收入比很多学长学姐的月薪都高，她犹豫着要不要退学全心全意做网红，毕竟"一纸二流高校的文凭也没什么意义"。

　　面对这样的问题，我常常会有种不知道怎么回答的尴尬。在这个时代，任何人都很难再像从前那样，把功成名就与读书上学理直气壮地挂钩。

　　薪水微薄，月月靠信用卡"续命"的大学生比比皆是，而初中学历的煎饼大妈月入3万刷爆了朋友圈。

人有独立办公室，出有公车商务舱也不过是为人卖命受气受累的"高级民工"，高人气的说唱歌手在直播网站上露个脸，享受的待遇可比二线明星不说，单日的收入就足以完爆许多高管的年薪。

我们可以讲太多漂亮又正确的话，来告诉自己的弟妹子侄读书好，读书对，但这"好"与"对"究竟有什么用，已经成为这个时代的谜题。

"朝为田舍郎，暮登天子堂"成了一个苍白稀薄的旧梦，而每个人都忍不住会问问自己：如果上学读书这条路已经无法通向更好的未来，又何必要错付12年寒窗？

我第一次遭遇到这个问题的灵魂冲击，还是在2008年。

那年我刚高考完，趁暑假去另一个城市找我表姐玩，临走的时候她打车送我去机场，在出租车上说起金融危机。

她的不少朋友都被裁员，倒闭的小公司更是数不胜数，她叮嘱我上了大学也要好好念书，毕业后才好顺利找到工作。

我懦懦地应着，出租车司机却发出一声嘲笑，他比我大不了几岁，而我至今记得他从后视镜里看我们的眼神，三分轻慢，两分同情，还有五分骄傲："念书没有用啦，我平时跑商务区见到的白领多了去了，昨天还风风光光地穿着高跟鞋去上班，明天就灰溜溜地抱着箱子走人，念再多书还不是要被开掉，还不如我一个初中毕业跑出租车的，旱涝保收。靠自己的双手吃饭才永远不怕失业，念书有什么用啊？"

我跟表姐面面相觑，顾不上生气，只觉得悲凉。

看着身边那么多读了十几年书的大学生找不到工作，看着那么多人干得兢兢业业，却因为金融危机一朝丢了工作，你很难克制住心底深处像什么被点燃了一般疯狂腾起的那股烟——他是对的，念书没用。

后来的后来，我换过两份工作，考了驾照买了车，才发现开车也是一件苦力活儿，说得出的腰酸背痛不说，还有注意力与精力的耗散，开车时的高度集中常常会让人关上车门一动也不想动。

每当这些时刻，我都会想起当年那个跟我们讲"念书没用"的司机。

他现在还在开车吗？也会觉得累吗？想过放弃吗？除了开车之外，他能做些什么呢？

有那么多大学生在毕业之后都学会了开车，但没有几个出租车司机会回头去上大学，大多数的他们，无非从二十几岁开到五十几岁，永不失业，但也很少能转行。

那也是我第一次理解了为什么稳定本身就是一种绑架，他所谓的"旱涝保收"并不是想做什么就能做什么，而是被卡在原地，无论如何辗转挪腾都动弹不得。

一纸文凭不是一个摔不烂的铁饭碗，它从来就不是。

但它是一条路，让你在疲惫、厌倦、忍无可忍之时有来处可以回望。

它不是"活着"，而是"选择"。

我跟一位管人事的朋友聊过一个很现实的问题：大多数文职类的工作，即使让初高中生来做，经过足够的培训，他们做的或许不会比大学生差，为什么企业还要花更高的成本去招本科生甚至是研究生呢？

她的回答让我至今记忆犹新："企业的学历门槛不是为了选材，而是为了淘汰掉99%不愿意尊重游戏规则的人。"

青春年少的时候谁不贪玩？又有谁能真心喜欢完型填空、古文、回归方程？但人生不是你想做什么就可以做什么的，在获得随心所欲的自由之前，每个人都必须完成许多不得不完成的事。

那不是唯一的一条路，却已经是最最简单的一条。

如果一个人觉得课本枯燥无聊就索性辍学，你能保证他在工作上遇到瓶颈期就不会撂挑子转身走掉吗？

如果一个人连念完基本课程都叫苦不迭，你能相信他在职场上遇到难题会咬紧牙关攻坚克难吗？

一个人的定力有时候就是他的潜力。如果一个人在最年少、负担最少、反应最敏捷、记忆力最佳的时候都扛不住念书的苦，那这个人很大概率也扛不住生活的磨难与艰辛。

挺简单粗暴的，对吗？但人与人的交往常常就是如此只凭规则，没有人有责任、有耐心还有时间来挖掘你身上的宝藏。

退一万步说，真正优秀的人，也该是那些既遵守游戏规则，又能出奇制胜的人吧。

就连在明朝那么死板无趣的八股文科考下，也还是有张居正、于谦和杨士奇这种识大局、懂变通的能臣。

无聊和枯燥从来都在，勇者接受它、挑战它，而弱者只会一边抱怨，一边绕着它走。

《双城记》里说：这是最好的时代，也是最坏的时代。

活在这个时代，请不要让自己沦为时代中的庸碌之人。

你最大的问题，
就是不肯善待自己

周末跟朋友约饭，茶足饭饱之后聊起减肥的话题。

她是朋友圈里出了名的健身达人，清晰可见的马甲线和蜜桃臀使她的回头率超高，我羡慕嫉妒恨地抱怨起自己的懒：健身最多坚持不到一周就找各种借口偷懒，也管不住嘴，凡是跟吃有关的邀约基本上来者不拒，跑步坚持不下来，无氧又觉得太累，看到橱窗里的甜点就迈不动步。

之后，我又从这些小细节说到自己没毅力和不自律，回想过去的二十几年，居然真的想不起什么"明明不喜欢可还是坚持下来了"的东西。

等到我从没毅力上升到没追求，又从不自律讲到没动力时，她才慢腾腾地开口："你这一通自我批评下来，除了更想躺下来喝杯奶茶压压惊，腰间更生二两赘肉之外，还有什么其他效果吗？如果别人说你一无是处，你肯定能找到100条理由回击，如果你听到我这么议论别人，你大概会觉得我太过刻薄，可为什么就不能对自己好一点儿，一定要这么苛刻呢？"

我很想反驳她"可我就是需要改变啊"，但心里又不得不承认她说得对。

我们对自己的感情总是最最复杂,像秋微写的一样:多数时候,我没有那么喜欢自己,我只是习惯于维护自己而已。

维护就是维护,那不是喜欢。

我记得有个读者找我聊天,说起自己不擅长社交,一到人多的公共场合就满脸窘迫,手脚都紧张得没地方放,更别说自在地跟人寒暄搭讪了。

那位读者说起这些的时候我正准备登机,于是让她先留言说清问题,等我下了飞机再回复她,6个小时之后我落地,看到来自她的几十条信息——

从不善社交说到情商不高,觉得自己的性格有重大缺陷,想到这种性格在职场上有多吃亏就觉得前途渺茫;

能力也不够,连公司刚入职的实习生都比自己强,又没有什么一技之长,万一失业了,以现在的环境和竞争程度,连养活自己都是难题;

挺想上进的,订了好多网络课程但常常顾不上看,一定是时间管理有问题才这么低效;

想做的事情做不了,必须做的事情做不好;

……

我一条条看过去,像是目睹一场雪崩。我几乎是立刻明白了她早早就发现了自己的问题,但却一直没能改变自己的原因。

她太喜欢做加法了,以致一旦遇到点不顺,就会把自己的缺点清单无限加长,如:

我做得不够好,肯定是还有××和××方面需要加强吧?

要改正的缺点越来越多,要看的书单越来越长,需要的课程越来越多,一点一点,成为生活中不可承受之重,被压垮之后,苦笑一声告诉自己:看,我就说我是个失败者吧!

美国作家瓦茨拉维克在《改变:问题形成和解决的原则》中写了这样一个故事。

1990年,一位名叫杰瑞·斯特恩的营养学家被派到越南,去帮助当地一个村庄解决儿童营养不良的问题。村庄的条件非常糟糕,村民卫生意识几乎为零,卫生系统形同虚设,根本就没有干净的生活用水,最关键也最致命的是贫穷。

想要改变其中任何一项,都需要耗费巨额的资金和漫长的时间。可斯特恩只有6个月的时间,而且得不到任何资金方面的援助。

这个看上去无解的局面,被斯特恩一个偶然的发现化解了。

在所有的不利条件下,这个村庄里仍有一些孩子能够比同龄人更加健康,如果无法让这些孩子过上美国中产阶级的生活,让他们少生几次病也不错。

按照这个思路，斯特恩花了大量的时间在当地调查，观察那些在同等条件下长大的孩子，仔细观察那些家庭中所有不同的地方，得到了许多意料之外的收获。

他发现，那些健康孩子的母亲会在稻田里收集小虾米和小螃蟹，并将它们掺进孩子的米饭里，正是这个不起眼的举动为孩子补充了非常重要的蛋白质，让这些同样贫困，同样喝着脏水的孩子有了更强的抵抗力。

斯特恩把自己这个小发现分享给了全村的母亲，在他离开的一年之内，当地孩子的患病率降低了30%左右。

改变有时候并不需要做加法，让问题雪上加霜，难上加难，只要一个闪光点、一个突破口就够了。

心理学中有个现象，叫作"窄化效应"。像是穿越一条黑暗的甬道，你的身体会不自觉地变得紧张，大脑无法思索走出甬道之后到底该去做些什么，焦虑、恐惧、担忧会让你的心智集中在某一个点上，越是盯着这个点，就越无法放松。

因此，"好起来"的关键，并不在于完美，而是停止苛责自己。

像黄永玉写的那样：明确的爱，直接的厌恶，真诚的喜欢，站在太阳下的坦荡，大声无愧地称赞自己。

你总会想到变好的方法，但在变好之前，你要相信自己可以做到。

如何挺过人生中的
至暗时刻

大概是春夏之际最容易抑郁，最近收到了不少来自朋友和读者的消息，都蛮丧的。

23岁的女孩说，大学4年每天自习室图书馆两点一线，没玩过，没恋爱过，一心一意想要考研，去年年底的考试中却铩羽而归。住在家里每天被爸妈唠叨，又找不到合适的工作，烦得很。

27岁的男孩工作了3年，被前老板忽悠出来一起创业，兢兢业业，每天忙得连家都顾不上回，恋爱5年的女朋友也因此分了手。上个月他出了车祸，只得到了前老板3分钟的电话问候，他的职位飞快地被老板新的心腹所取代。他一个人躺在床上算起自己这几年来的得失，只觉竹篮打水一场空。

因为价值观不合，31岁的女孩跟谈了1年多的男友分了手，眼看身边好友都已经结婚生子，遇到亲朋聚会，要携家带口时更是尴尬无比。事业上没什么突破，感情上也状况百出，哪一样都不按计划来，满心的焦虑和苦恼无处说。

无能为力，万念俱灰，焦头烂额，我把它叫作人生中的"至暗时刻"。像是被整个世界抛弃了，生活中没有任何值得高兴的事，没有光，没有伴，没有爱，没有温暖。一个人在幽暗潮湿的甬道中辨不清方向，不知道自己还能撑多久，也不知道什么时候才能熬到头。

但这甚至都不算是最可怕的，最最折磨人的是这个过程中伴随着的自我怀疑：

"你好傻""你是个失败者""你错了""你真的好差劲"。这种耗尽心力的自我厌弃，真的可以完全摧毁一个人。

如何挺过这些"至暗时刻"，希望这4条建议可以帮到你。

一、别放任负面情绪发酵。

我在之前的文章里写过身边一个姑娘的事儿。

遭遇了男朋友劈腿，把情绪带到工作中捅了大娄子，挨了处分跑到夜店喝酒买醉，差一点儿被陌生男人带走，挣扎之际把胳膊撞骨折了，公司索性给了一纸解聘书让她走人。

我眼睁睁地看着她的生活像是脱线的毛衣一样，从第一针开始迅速地脱落，以迅雷不及掩耳之势发展为无法收拾的残局。

那是我人生中非常重要的一课，人在走霉运的时候，常常会误以为自己已经跌落谷底了，无论如何也无法再坏。

但其实并不如此，生活是个无底洞，你敢错上加错，它就会让你一落再落。

人在心情不好的时候往往喜欢做加法，像个吸尘器一样把生活中所有的细微的糟糕都收集起来，哪怕只是感情上的不顺利，也会勾出你对家庭、对朋友、对工作、对整个社会的不满。

但别这样。

别放任伤心和愤恨自我发酵，口出恶言、喝酒买醉、赌气裸辞都是不明智的举动，实在难过的话，自己哭一哭就好。

当你无法让自己的生活好起来时，至少不要让它越来越糟。

二、别将就，别将就，别将就。

不要因为考研失败，错过了最好的招聘季就随便找家公司上班。

不要因为年龄到了，身边朋友都出双入对，就随便找个人结婚。

这种"只要你低头认怂，我就放你一条生路"的解决方案并不明智，生活不会因为你妥协了就会对你好一点儿。

相反，将就之后的生活更像是一片沼泽，表面上风平浪静，却让你日复一日越陷越深，直到最后连脱身的机会都没有，路过的人看不懂你的挣扎，还以为你在戏水。

世界上真的有很坏的工作，它浪费你的时间，压抑你的能力，逼你硬忍着恶心学会逢迎拍马，每天每夜自问"我就只能配得上这样的工作了吗"，自信尽失。

世界上也真的有很糟糕的婚姻，永不停歇地争吵和冷战，永远干不完的家务，永远爱不起来的另一半，想要摆脱却又不敢摆脱的不甘心，委屈和愤恨日渐成为镌刻在你脸上最深刻的痕迹。

你无法借助一种不喜欢的生活逃离另一种，无论如何别将就，守好自己的底线。

三、别急着自我批评。

换一个城市，裸辞之后重选一份工作，列一张清单写出自己所有缺点并发誓不改不是人，都不是你在至暗时刻里该做的事。

人在很丧的时候并没有自己以为的那么理智，你所谓的深思熟虑不过是赌气和逃避，而那只会让你的生活变得更糟糕。这个时候的自我批评也常常会过于苛刻，除了让你坚信自己很差劲之外起不到任何作用。

生活越是糟糕，你就越是需要控制身边的变动，自我反思不仅需要时间，还需要一个相对稳定的环境。保证收入，保证熟悉的生活环境，保证自己的自尊和自信不要受到毁灭性打击，只有这样，你才能真的静下心来给自己时间，理一理生活中发生的事情。实在想要改变点什么，就去减减肥，整整牙，换个新发型吧。

四、别要,去给。

我们在心情不好的时候,常常会呈现一种"索取"的状态,求安慰,求建议,求体谅,求抱抱。一半是实在没什么气力付出,一半是希望通过"索取"让别人看到自己的糟糕和委屈。

可是,被看到了又能怎么样呢?一两句鼓励,三五次安慰,治标不治本。归根结底,生活的糟糕还是得自己来扛。

而找回力量最有效的途径并不是"要",而是"给"。

给小区里的流浪猫买一包猫粮,帮临时要接小孩儿的同事调个班,献一次血,在支付宝里给贫困山区的小孩儿捐5角钱。

人是最最奇怪的动物,仅仅是知道自己"被需要",就能获得满血复活的能力。

我很喜欢刘瑜的那句"让命运的归命运,自己的归自己",而这或许也是我们面对生活里至暗时刻的最佳态度。

命运做它的事,你做你的。你或许无法战胜它,但那也会过去。

别再忽悠年轻人
"做自己"了

跟朋友交流工作之后懂得了什么道理,她给我讲了这么一个故事。

那时候她刚毕业,在一家公司做财务。公司内部的一个部门打来报告,说本部门出差的频率太高,公司报销的流程又麻烦,希望财务部借调一个人给他们,只负责这个部门的业务,算是半个专用秘书。

一开始这事儿被派给她的时候,她压根儿没怕。刚过去一周,她就整理出了详细的报销流程图,从要用哪个浏览器打开网站,到怎么把扫描件传到邮箱,再上传到公司的系统……都写得清清楚楚,就算是十几岁的孩子也能照着这个流程走下来。

那张流程图就贴在部门白板上最显眼的地方。可总是有人不照做,不是扫描件不清晰,就是发票抬头写错;不是少贴了电子版的采购清单,就是没有纸质发票。

她在部门会议上详细地介绍过,也跟一些"困难户"私下一对一地聊过,可无论对方当面如何表示明白、理解,会支持她的工作,报销时该犯的错还是一个都不少。

时间一长，她也失去了耐心，遇到不合格的报销单就直接毫不留情地退回去，还不忘语气不善地说一句：请先查看流程图，确保所有资料齐全之后再提交。

磕磕绊绊地熬到年底，部门总监找她谈话，她烦躁又委屈，加上年轻气盛，开口就吐槽大家不配合，总监一声不吭地听完她抱怨，说："你有没有想过，如果报销的问题是一张流程图就能解决的事，那我借调你来做什么？我现在就可以出去要求他们按照你的流程来，但那就成了我的成绩，而不是你的。

"你希望所有人一开始就能按照正确的步骤来是正确的，但你在这里的价值，就是去帮那些做不对的人把事情做对，而不是退掉他们的单子，抱怨他们总是做错。

"我知道你是个看重程序、看重效率的人，但不要让你的价值被你的价值观淹没。"

她说她至今都记得听到那番话后的感觉，先是不服，然后有点儿心酸，想通之后又是释然。

是啊，职场里哪有那么多"应该"呢，谁的工资也不是平白从天上掉下来的，要是所有人一开始就能把所有事做好，恐怕至少有三分之一的人就要失业了。而我们之所以被需要，很多时候并不是因为自我有多独特，而是这张大网上布满着窟窿，需要我们把它补好。

你想怎么干并不重要，真正重要的是把你该干的事情做好。

这句话一直激励着她，使她从一个普普通通的财务人员，到部门经理，到自己独立带项目，到去年跳槽去一家公司做了财务总监。

每次遇到不配合的同事、难缠的合作伙伴或者挑剔的上司，发火之前她都会默念一遍那句话，"不要让你的价值被你的价值观淹没"，然后平心静气地去讨论解决方案。

日本作家三浦展有本很有争议的书，叫《下流社会》，不是跟廉耻挂钩的下流，而是指对生活失去热情，无法向上突破，只能被现实裹挟着一路不断向下的"下流"。

书中有12道有关"下流指数"的测试题，如果你在12道题中有6道以上选了"是"，那么大概率你就属于三浦展所定义的"下流阶层"中的一员：

1. 年收入不足自己年龄的10倍（这里的年收入是以"万日元"为单位计算的，如果换算成人民币，大概是"0.67×你的年龄×10000"）；

2. 觉得人不用考虑将来的事，而是该快快乐乐地过好每一天；

3. 觉得人应该活出自己的色彩；

4. 期望只做自己喜欢的事情，而不想虚度此生；

5. 事事嫌麻烦，不修边幅，生活不规律；

6. 喜欢独处；

7. 生性朴实，不喜欢表现，不出众；

8. 服饰不在乎流行，而是注重展现自我风格；

9. 觉得做饭是一件很麻烦的事情；

10. 经常吃零食和快餐；

11. 待在家里玩一整天电脑游戏或上网也不会厌倦；

12. 未婚（男性33岁以上，女性30岁以上）。

这本书里最有争议的一点，就在于论证"下流阶层"和"自我"的关系。

三浦展根据调查结果得出一个结论：越是下流阶层，就越强调追求个性和自我坚持的价值观。

这些人无论在生活中还是职场上都不愿意让步和妥协，总是我行我素，很难与人合作，不仅难以得到升职加薪的机会，还特别容易因为处处碰壁而心灰意冷，陷入"向下"的恶性循环。

这当然不是个令人舒心的结论，它很像一根尖利的银针，毫不留情地戳破了那些"做最好的自己""走自己的路"和"坚持自我"的气泡。

其实，人的价值并不仅仅是因为"我是谁"而得以实现的，而是看你放弃了什么个人的价值观，来成全自己在群体中的价值。

前几天看汉史，看到王莽短暂的改朝换代时，又想起了朋友的这个故事。

在漫长的中国历史里,王莽是唯一一个异姓王上位,但没发生过流血事件的君主。他是以几乎无瑕的德行,被百姓和百官推举登基的。

他得到的好评包括但不限于"儿子打死了无关紧要的家奴,不仅不包庇纵容,反而逼自己的儿子自杀偿命","在灾荒之际带头捐粮捐地,拆除皇家园林安置灾民"和"生活朴素,克己复礼"。

但问题是,"克己复礼"作为个人的行动准则没问题,但当王莽以皇帝的身份下令,要严格按照周朝的体制来建立理想社会的时候,麻烦就来了。

且不说大费周章地模仿周朝时期的官制,废除所有的官名,一律改用周朝的旧名这种瞎折腾的事儿,仅仅来感受一下王莽的金融改革,就让人想吐血。

他废除了西汉的五铢钱,仿照周朝的体系,建立了一个完整的币制体系。这个体系里分为大钱、壮钱、幼钱、幺钱、布、龟壳和贝壳,它们的换算关系极其复杂不说,还每三年都要改币一次。

你要是老百姓,你疯不疯?

所以,王莽和他短暂的"新朝",也就这样在一系列的失败中走向了末路,仅仅建立15年,就被刘秀创立的东汉推翻。

但也蛮让人难过的。

王莽不是杨广,他是真的坚信自己的那套价值观,而不仅仅把它当作上位的手段。坐了15年皇位，除了上朝，依旧穿着普通的麻衣，每天通宵达旦地工作，几乎没有任何娱乐。

他只是个顽固到荒诞的理想主义者。

王莽和明君最大的差别，并不是人品、性格上的好与坏，而是在于把权力当作实现自我的工具，还是造福百姓的方式。

前者是价值观，而后者是一个皇帝存在的价值。

一念至此，忽然觉得有点儿平衡了。就连坐在皇位上的人，不也没办法只做自己吗，更何况我们这些普普通通的人？

去做你该做的事吧，去实现你该实现的。

这才是成年社会的生存法则。

辑 二

接纳自己，
是对生命最大的温柔

成长中最大的敌人，
是羞耻感

我人生的第一个"官阶"，是在小学三年级的时候，被班主任随手指派当了英语课代表。

在我小的时候，英语的重要性还远没有现在这样高，所以班主任才用特别随意的态度，用指节敲了敲我的桌子，轻描淡写地跟站在门口的英语老师介绍："她以后就是你的课代表，收作业发作业你找她就好。"

我被天降的"殊荣"砸得晕头转向，压根儿没意识到班主任之所以选了我，并不是出于信任的缘故，不过是因为我坐在第一排，而她又恰好站在我桌子旁边。

我们的英语老师是个刚毕业没多久的姑娘，压根儿镇不住叽叽喳喳的小学生，每当她不得不点名批评某人时，总会自己先红了脸，提问没人举手的时候，也会露出掩饰不住的失落。

她也不懂那些"讲公开课之前要先指定好谁来回答哪个问题"的套路，在一次校领导旁听的公开课上，她需要一位同学来朗诵一段课文。

课文并不难，又已经讲过了三四次，可不知道什么缘故，当时就是没有人举手。

我坐在第一排，清楚地看着她的脸从耳朵处一点点红起来，求助似的看向班里成绩最好的几个同学，可他们却不懂察言观色，还是没有一个人举手。

大概人在年幼的时候总是正义感爆棚，再加上那个天降的课代表殊荣驱使，我不顾自己学渣的身份举起了手，英语老师如释重负地冲我笑笑，可下一秒，笑却险些成了哭。

作为当事人，我对自己念得有多难听完全没概念，唯一知道的是班里很多人都笑了起来，英语老师的脸已经红到了脖子，她用不满的眼神盯着我，好像由于我的存在，更加重了她的窘迫。

而班主任很快在自习的时候找上门来，带着抱怨的语气对我说："就你念的那样，还英语课代表呢，你对得起这5个字吗？都不知道在家好好先念几遍课文，瞎举什么手。"

是我给班里抹黑了吧，都是我的错。

我很糗地一路哭着回家，父母以为我受了天大的委屈，问明原因后却只是说："下次准备好一些就行了。"

他们在心底也觉得我不该草率地举手吧，没人夸奖我的正义感，所有人都在告诉我准备好了再做一件事有多重要。

在微博上看到一段话，特别有同感——

"对表达怀有羞耻,是成长最大的敌人。忘了是哪位音乐老师说的,学会弹第一个音时就要上台表演——哪怕舞台下只有你挑剔的双亲和不堪其扰的邻居。观众的压力是最好的教练,现场的反馈是最好的老师。同样的,学会写第一句话就得拿来示人。没有什么我准备好了,就该时刻准备着。"

可我们的教育却不是这样的,在我们的生活中,"羞耻感"是个分量极重的词。

长得不好看,就活该只配躲在人群之后,唱跳能力稍微差一点儿,就应该低调地龟缩在舞台的一角,只要在人前露出一点点的不够好,就会被骂得体无完肤。

就连做个普通人,你都得小心翼翼,哪怕就是在自己的微博、朋友圈发张自拍照,也逃不过杠精的评论:"哎,你长得真不好看。"

认识一个写作天赋极好的小朋友,刚写了一篇就有人留言:"这写的什么呀,就这水平还好意思发表?"她就立刻惶恐地注销了账号,跟我说:"我也觉得自己没准备好,我自己先练练,之后再说吧。"

我本该坚持劝她两句,但也实在不知道该说点什么,眼看着她一直停留在"做准备"的阶段,步步艰难,又因为没有任何反馈而进展得更加缓慢,直到彻底不写了。

她说:"反正我也写不好。"

还有一位朋友，是每次在超过 10 个人的场合说话总会诚惶诚恐的那种人，有次我们聚会人多了点，她就整晚把自己缩在墙角，连头都不大抬。

散场之后我们一起回家，我能明显地感觉到她身上有种坚硬的如同盔甲似的东西随着人群的离散一片片剥落，我问她："你刚才怎么一句话都不说？"

她回我一个苦笑："人太多了，万一我说错什么，岂不惹人笑话？"

"谁会笑话你呢？"这一句话我没问出口，因为我心知肚明，那个会一直笑话她的人，就是她自己。

我们这样的人，总是像自带着一根磁针，总是能特别轻易地找到同类，我们带着同样的气质行走于人群，一半叫谨慎，一半是瑟缩。

我们已经不需要任何人来给我们施加"羞耻感"了，那早就已经内化成我们内心的声音之一，它反复地在跟我们说：

你这样很傻呀；你还没准备好；你会出丑的。

在迎向别人的眼光之前，我们已经把自己审判了千万遍。

也正是因为这个原因，我特别能理解那些喜欢杨超越喜欢到不行不行的人。

她像是我们的反面，她永远不拘谨，永远不觉得自己傻，永远相信自己能变得更好，仿佛拥有一种浑然天成的钝感。

她永远用不着那套严谨而复杂的内心过滤机制，也正因为如此，她的一颦一笑都散发着毫不做作的天性能量，即便再不喜欢她的人，也无法否认她身上的那种放松感。

就连在男篮世界杯抽签仪式上，她嘴瓢把"国际篮联男篮篮球世界杯"说成了"国际篮篮篮篮……"，也毫不羞怯。而我的一个朋友在群里感慨：天哪，我要是她，恨不得找个地缝钻下去，这一天就完了。

可托马斯·哈代早在很久之前就在《苔丝》中给了我们答案：

假若她没日没夜的自怜自卑，他们也不过说一句：她可真是自作自受啊。但假若她力求欢快，排遣烦恼，他们也不过是念头一转：嗨，她还真能挺得住啊。

你周围的人如何对待你，是由你决定的。

被批评了就躲起来，别人觉得你活该，你着急反驳，又会显得剑拔弩张，你需要的只是大大方方地出现在人前，该哼歌哼歌，该聊天聊天。

当你忘了自己出过的丑，别人才会跟着你忘。

这世界不是只有完美之人才配有舞台，别让羞耻感毁掉你的成长。

你人生中99%的烦恼，
都是因为不够自私

前几天看《我家那闺女》最新的一集，被papi酱提出的人生排序圈了一波儿好感。

她在跟嘉宾焦俊艳聊天时，将自己生命中的"重要他人"排出了这样一个顺序：自己＞伴侣＞孩子＞父母。

这厢话音刚落，另一个镜头下的爸爸们就炸了锅，虽然没好意思在镜头前说出"自私"二字，话里话外却也不约而同地带上七分讶异和三分怀疑。

开玩笑的吧，怎么能把自己放在第一呢？

还是一位爸爸给出的排序得到了全体中老年人的认可：父母＞孩子＞伴侣＞自己。

那是太多人践行了一生的排序，年轻的时候不忍违拗父母，让报什么专业报什么专业，让毕业回老家就乖乖回家，按部就班相亲结婚生二胎，从不敢说出一个"不"字。

有了小孩儿之后的自我变得更加渺小，榨干毕生积蓄买学区房，给孩子报各种培训班,从有名有姓的"×××"变成了微信上的"××妈",好不容易等到孩子长大成人离开家,千疮百孔的精力还要留给被忽略多年的另一半。

一开始看不见自己的人,一生都觉得自己不重要。

奈何心底的那个叫作"自我"的小人儿总是不断跳脚,自己亏欠自己的,就总是希望从别人那里要。

过年期间,我妈有位老同事来访,顾不上还在年节里,刚开口说了两句就眼泪汪汪。

她儿子北漂8年多,终于攒够了五环外一间小公寓的首付,小两口兴冲冲地去看了楼盘,她知道之后却着急了。

"50平米的小房子够干吗呀,将来再有个孩子,根本就没法儿住。"她跟老伴儿一合计,咬牙把老家的两套大房子卖了,钱全部汇给了儿子,将寒酸的小公寓换成了体面的大房子。

老两口为了省钱,租的是最老旧的那种居民楼,冬天没暖气夏天不通风,吃了一年多的苦。年前儿子的新房刚装修好,翻看照片时,她高兴得忍不住推推儿子:"啥时候把我跟你爸接过去住几天?让我们也享享福。"

儿子面露难色,欲言又止了好几秒,还是选择拒绝:"你们要想去北京玩,我给你们订酒店吧,你们住我这儿也不大方便,还不如酒店住得随意。"

她跟我妈一把鼻涕一把泪地哭诉："你说他是不是没良心？我跟他爸过成这样，还不是为了他，他倒好，现在住上大房子了倒嫌弃起我们了。"

我妈劝道："可你当初不也是自愿的嘛，人小两口都没嫌房子小，你非要管。"

"可我不都是为了他好嘛，又不求他还我们什么，但这孩子也太不知道感恩了吧，我真是命苦……"

我在一边听着只想笑，明明是硬塞过去的恩惠，却总盼着对方领情，口口声声说"不用还"，却总是觉得别人应该感恩。

但想想也蛮难过的，越是不会对自己好的人，才越是期待别人的回报。

越强迫自己无私，就越痛苦，越渴求回报，就越将别人推得更远。

"我都这样对你了，你就不能对我好一点儿吗"，永远都是抹杀人际关系的元凶。

有个今年毕业的小朋友刚找到了一份实习工作，问我，刚入职场的时候应该注意什么。

我想了想，回答她："帮别人的时候一定不要勉强自己，有空的时候帮别人打打杂跑跑腿没什么，但很忙的时候一定不要勉强，除了分内的工作，不要为了别人加班。"

"可这样不会显得很自私吗？"她有点儿忐忑。

是啊，很自私。可你扮演无私的小天使，又能坚持多久呢？

牺牲自己的时间端茶倒水取外卖，等别人都走了之后自己再熬夜加班，时间一长，心中难免就有渴望和怨怼，希望对方能给你对等的援助，又暗暗算计自己的每一次付出值不值得。

与其中途变脸，倒不如开始的时候就自私一点儿。以自己的时间为准绳，因为不需要勉强，人际互动产生的愉悦感就足够让你快乐，你不会因为帮对方打印了一份文件就耿耿于怀，也不会因为跑腿取了几次外卖就委屈。

职场也好，家庭也罢，太多的因爱生恨，不过是来源于自私得不够坦荡，又无私得不够彻底。

一位读者给我留言，说起自己重男轻女的原生家庭。挺像现实版樊胜美。哥哥做生意失败欠下一屁股债，母亲就逼着她出钱，不然就声称要卖掉自己的房子回老家。

她工资不高，挣得也是辛苦钱，可又见不得母亲吃苦，每个月工资拿到手就给家里汇去一大半，24岁了还在用超市里那种十几块钱一大瓶的杂牌洗面奶，每天都过得紧巴巴的。

她跟我痛诉哥哥的不争气和母亲的无情，问我："同是一个娘胎出来的，我都已经过成这样了，他们为什么就不能心疼一下我呢？"

我问她："如果你不管，让她卖掉了自己的房子，会怎么样？"

"会很可怜啊。"她想也没想回答我，"那么大年龄了还要找房子住，多不方便。"

"可你也是在租房子住啊，你也不方便啊，为什么就不先可怜可怜自己呢？"

我认识跟她一样的"好姑娘"，一直任由自己被压榨，任由自己处在家庭系统的底层，像是任劳任怨的灰姑娘，盼着这世上有魔法，也盼着有人能看到她的可怜。

但我很认同闫红写的那句话：一个人怎样在家里被对待，是会写在她脸上的。像是一行大字，在告诉所有人：我一点儿也不重要，请来欺负我。

想要改变这样的局面，外力没用，你只有揪着自己的头发逼着自己硬起心肠来。永远把自己放在第一位，尊重自己的时间、能力和意愿，只提供力所能及的帮助。

每个人都能且只能为自己的人生负责，而你只有先将自己的生活过好了，才有余力惠及他人。

学会坦荡的自私，才是爱自己的开始。

人生中最稀缺的能力，
是把自己看不上的事做好

上周末跟一个小朋友约饭，她在新媒体公司上班，算是我半个同行，她吐槽起公司的事儿时一脸愁苦。

标题必须"内涵"抓眼球，结构必须比着模板，内容全靠东拼西凑，随便出个热点就得像狼一样扑上去，哪怕写出的是自己也看不上的口水文，也必须第一时间推送出去。

没有所谓创作，没有所谓走心，流量是衡量一切的指标。

她别扭地干了1年多，始终没能说服自己认真起来。才23岁，就成了职场划水的老油条，能推脱的事就踢皮球，推不过去的任务永远是压着最后期限勉强完成。

数据不好看？她反正有大把的借口，如选题不好，时间太紧，受众太狭窄，几趟太极拳下来，也能把自己的锅甩得差不多。

不是没想过改变，她偷偷给几家心仪的公司递过简历，每次被刷的原因都很明确——她从业1年，没有任何能让人眼前一亮的业绩，也没有哪怕一篇能拿得出手的代表作。

"我就是不喜欢这份工作嘛。"她委屈巴巴地控诉,"我只是需要一个机会呀,要是让我做我喜欢的事,一定能让他们刮目相看。"

可世间又哪有那么多"要是"呢?对大多数的普通人来讲,生活没有如果,只有恶性循环。

因为不喜欢,所以做不好,因为做不好,所以没有选择的资本,又因为无从选择,陷在自己不喜欢的事情里无法脱身。如同黏腻浑浊的泥沼,悄无声息将一个人所有的斗志和热情磨灭殆尽。

如何找到自己喜欢的事,如何把爱好变成可以安身立命的工作,是每个人在二十几岁都想弄清的事。

我们像是不世出的高手,为自己"喜欢的事"保留着最锋利的刀和最后的大招,以至于所有"做不好"都有了冠冕堂皇的借口。

"在我们公司只有会说会演才能上位,可我就是看不上那些虚头巴脑的人,不想跟他们同流合污。"

"这款产品设计有问题当然卖不好,要是给我一款好产品,我也能当销售冠军。"

"每天从早到晚都跟数据打交道,无聊死了,根本发挥不了我的创造力。"

这样说着,这样想着,逐渐不愿再为这些"看不上""不喜欢""没前途"的事付出一点儿努力。

凡事但求及格，无功无过无压力，电脑一开一关就是一天工资到手。可职场里，最容易应付的其实就是老板，最对不起的才是自己。再锋利的刀和剑，放久了也会生锈。

主持人窦文涛在《圆桌派》里说过一件往事。

《锵锵三人行》火了之后，凤凰卫视临时决定给他加一场时事电视评书节目，叫《文涛拍案》。要讲的是"传奇性质"的大案要案，要用的是单田芳讲《水浒传》评书的那种慷慨激烈，跟窦文涛之前的风格定位格格不入。

这个节目，他从一开始就不喜欢。

一方面是在文化类节目里熏陶久了，看不上这种打着社会传奇的名义赚人眼球的噱头。

另一方面，他37岁了，风格和气质都已经基本固定。转型，尤其还是向着自己不喜欢的方向去转，就显得尤其艰难。

他回忆起那段时光的时候说："因为不喜欢，总是担心自己做不好，一期节目常常要反复录四五次。有一次凌晨6点录完节目回家，深圳暴雨如注，想起今天的节目还不是很满意，那一刻心里只有4个字：生无可恋。"

然而，就是这样一件既看不上也不喜欢的事，窦文涛做了8年，还连续3年拿下凤凰卫视时事类节目收视率冠军。

我想，以窦文涛多年的积淀，即使不那么认真去做，想要交出一份及格的答卷应该也不难。但我也是在今年，才真正理解了窦文涛的拼。

我们常常误以为，自己可以完美地把自己喜欢的和不喜欢的事分开。只有喜欢的事才需要拼尽全力，至于那些不喜欢的，就可以得过且过。可在60%的区间待久了，人往往是无法回到100%的。

思维惰化，心气低迷，感官逐渐失灵，效率连年下降，对细微的变化不再敏感，只满足于最简单粗暴的解决方式。

像无色无味的慢性毒药，让你距离你的"最佳状态"越来越远，嘴上满是豪情壮志，做起事来却力不从心。

人生最可悲的不是没有机会，而是你梦寐以求的东西终于找上门来时，你却抓不住。

有这样一个年轻人的故事。

他在大学读的是当时最热门的专业，毕业以后他所心仪的公司却不肯录用他，只好去了一家完全不对口的公司，还被分配到最边缘的部门。

公司没钱，没资源，没有人帮他，甚至都没有人管他，别说成就感了，连存在感都没有。

他尝试过跳槽和转行，但都失败了，因为还要靠工资为生，又不敢裸辞，还得每天按时来公司混日子。

人人都向往自由，可真到了无所事事的时候只会觉得煎熬，年轻人为了打发时间，开始研究起了公司的业务。没有资料，就跑去图书馆查，没有复印机，就全靠手抄，囊中羞涩买不起昂贵的专业书，就厚着脸皮跟相关的协会和出版社写邮件索要。

开始时不过是为了打发时间，逐渐发现自己喜欢上了这种枯燥的研究，设计出了新的产品，琢磨出了新的经营之道。

这个年轻人，就是在日本商界几乎已经被封神的稻盛和夫。

而我总觉得，他在《干法》和《活法》中最想传达的理念，并不是什么只要埋头苦干，总能得到神明保佑，最终凤凰涅槃。

他的一生都是在践行一句话：对自己的生活负责，始终以百米赛的速度跑马拉松。毕竟，决定人最终走向的从来都不是机会到来的那一天，而是在那一天前，你所准备好的每一天。

别人如何对你，
都是你教会的

你被身边关系亲密的人伤害过吗？

如信赖的亲人、亲密的朋友，或者是热恋中的伴侣？

当然不是那种所有人都看得到的矛盾和争吵，而是你的父母打着"为你好"的旗号，偷偷修改了你的第一志愿；是你的朋友一边对你好，一边打击你；是恋人删掉了你通讯录里所有异性的联系方式，一把鼻涕一把泪地宣誓自己多么爱你。

你会怎么想呢？是觉得他们真的爱你，只是方式不恰当？还是能分得清那打着"爱你"的旗号的控制和操纵？

我收到过一封读者的来信，蛮有意思的。

她来自五线城市的郊区，去年考上了北京的一所有名的高校。宿舍里跟她走得最近的女孩是北京本地人，对她一直挺照顾，周末常带着她去周边玩，还把自己昂贵的化妆品大方地借给她。

如果她的讲述仅限于此，那应该是个亲密无间的姐妹淘故事。但那女孩在对她好的同时，又总是对她极尽各种打击和嘲笑，比如当着其他同学的面叫她"土包子",说她又胖又矮又没见识。人越多,那舍友嘲讽她的时候就越来劲。

她一开始忍着,一方面的确因为自己的出身有点儿自卑,另一方面又觉得舍友的确对她不错——她刚入学的时候连饭卡怎么刷都不知道,全靠舍友的帮助才好不容易融入了这所大学。她也曾经隐晦地跟舍友表达过自己的不满,希望对方别再当着众人的面取笑她,但舍友总是一副很不在意的样子,打个哈哈就遮掩过去。

今年暑假,她在北京找了个实习公司,有天舍友中午来找她吃饭,当着她所有同事的面奚落她化的妆难看,她的黑框眼镜很土,她来北京两年了还是一口土味普通话等。她面子上绷不住,就怼了舍友几句,舍友当场就甩脸走了,从那天起,两个人就开启了谁也不理谁的冷战。

她觉得自己没错,不该主动道歉,但另一方面又总是觉得有点儿对不起舍友曾经的照顾,别扭了好几个月也没想通,跑来找我聊天。

"是我太玻璃心了吗?我该道歉吗?"她问。

我在屏幕这头看着她的私信,想起的却是是枝裕和的《小偷家族》中一个我很喜欢的情节。

小女孩凛的妈妈每次心情不好都会拿她撒气,不问青红皂白就劈头盖脸地打她,但心情好的时候,又会带着凛去买衣服作为补偿,并告诉她:"妈妈爱你,之所以打你,是因为你做错了事情,我是为你好。"

凛走失之后，被信代带回了小偷之家，看到小女孩身上的累累伤痕，信代忍不住把凛搂在怀里。

"凛酱挨打，不是凛酱的错……"信代慢慢对凛开口道。

"爱你才打你，这是骗人的话。"信代紧紧地拥抱着凛，"爱你的话，应该这样。"

我有时候觉得，这段对话适用于任何一段关系，爱是那样主观的东西，以至于它有时也被当作垃圾桶，无论什么乱七八糟的东西，都能以爱的名义往里塞。

专制的父母逼着孩子跟自己看不顺眼的男（女）朋友分手，我是爱你的；

丈夫因为妻子跟陌生人说了句话就动手家暴，我是爱你的；

以朋友之名，损毁你的自信，贬损你的自尊，我是爱你的。

而那些被迫接受这些爱的人呢？

在巨大的认知不协调中，人会自觉给自己洗脑。"他们也是为我好"，"他这么做都是因为他爱我"，"她也没说错什么"……

直到对这样的"爱"深信不疑：是啊，我这么糟糕，这么一无是处的人，还好有你爱我。

可这是爱吗？若你以旁观者的身份去看，你就会发现那是伪装成爱的打压、剥削与控制。

所以，感知爱的时候不妨简单一点儿，不要问初心，不要问动机，不要任何的"其实"和"但是"，你只要问问自己的感受。

你感觉到被爱了吗？

那是让你愉悦和自信的东西吗？

如果你爱一个人，你会这样对他吗？

人际关系中有一条铁律：如果你感觉不到爱，那一定不是爱。而你需要做的，只是别贪心，别为了那一点点的甜，去喝下那剂包装成爱的慢性毒药。

你得从一开始就守住自己的立场：不，这不是我想要的爱，如果你只会这样爱我，抱歉，这样的爱我不要。

因为真正想要帮助你变得更好的朋友，不会当着外人的面嘲讽你，不会一次次地把你的抗议当耳边风，不会像摆布一个洋娃娃一样，完全不把你的感受放在眼里；

想要让你过上幸福生活的家人，也不会把自己的意愿凌驾于你的自由之上，更不会以亲情为绳索，来捆绑你飞向未来的翅膀；

想要跟你白头到老的恋人，不会靠着打击你、贬损你来告诉你"你看你这么差，除了我根本没人愿意爱你"，而是会鼓励你打开人生的另一扇门，让你有更多的朋友，让你更自信柔和。

每个人都有机会遇到真正爱你的、温柔而诚挚的人，但前提是，你得先摆脱这份有毒的爱意,摆脱它带给你的妄自菲薄和自我怀疑。

别人如何对你,都是你教会的。

永远提醒自己远离身边"有毒"的人与事,永远相信自己值得最好的爱。

这是一个人最该有的生活态度。

你可能一辈子
也过不上理想的生活

前段时间重读了《傲慢与偏见》,发现了一位宝藏女孩——鲁卡斯家的大女儿夏洛蒂。

夏洛蒂是女主人公伊丽莎白最好的朋友,论美貌、论故事都排不上番位,以至于很多人看完了书,都意识不到她的存在。

咖位低归咖位低,夏洛蒂却常常是点睛之笔。每每伊丽莎白有不良情绪时,她都能保持冷静,不仅不附和伊丽莎白刻薄的吐槽,还能给闺密最中肯的建议。

当伊丽莎白抱怨宾利先生对姐姐简不够热情时,是夏洛蒂提醒她,简身上过分自矜的美德有时反而会成为爱情的绊脚石——

"在男恋女爱中,感恩图报和虚荣的心理几乎每个人都有,如果不借助这些而听其自然,是很难成功的。情爱的事,开始的时候都好说。对某人有些偏爱好感,那是很自然的事;可是要能真正地去爱,如果得不到对方的鼓励,却很少人有这样的勇气的。"

看,她才不相信什么痴情什么钟爱什么一眼万年,男欢女爱的本质不过是一场你追我逐的游戏。

当伊丽莎白因为达西的傲慢而耿耿于怀时,也是夏洛蒂一语点破她心中的纠结——

"这么英俊潇洒的一个年轻人,有那么好的家庭,那么多的财产,事事顺遂如意,把他自己看得高一点儿,也不足为怪。我觉得,他有权利和资格骄傲。"

逼得伊丽莎白不得不承认,她的偏见并不是由于达西的傲慢本身,而是因为达西在舞会上"对她表现得很傲慢",伤害了她的自尊心。

夏洛蒂比伊丽莎白更清楚她与达西的较量,她对达西从来都不是无可挽回的厌恶,她的偏见,她的狡黠指向同一目标,不是推开他越远越好,而是该如何扳回这一局。

在《傲慢与偏见》中的所有女性中,简"只会把人往好里想";伊丽莎白虽然聪明,却情绪化得要命;莉迪亚虚荣轻浮;玛丽只会掉书袋;达西的妹妹乔治安娜拘谨怯懦;智商情商始终在线的,好像只有夏洛蒂。

可就是这样的夏洛蒂,在婚姻上却让人大跌眼镜,伊丽莎白拒绝了表哥科林斯的求婚后,夏洛蒂果断充当了"接盘侠",从相识到示好再到订婚,满打满算仅仅一周,她就为自己定了终身。

当然,并不是出于什么天雷地火般的一见钟情,夏洛蒂早已耳闻了科林斯的虚荣、无趣与急躁。她甚至明确地知道他并不爱她,就连急切地向她求婚,都像是对伊丽莎白的报复——你看,你错过了我这样一个好男人,后不后悔,难不难受?

而夏洛蒂嫁给他的理由也很简单:她不漂亮,家底又不丰厚,如今已经27岁了,还没有找到如意郎君。

在那个时代里,女人唯一的出路就是结婚,而一个"大龄剩女"迟迟不嫁,关系的不仅仅是自己,还会影响姐妹们的社交乃至兄弟们的前程。

说夏洛蒂是"逃"进那场婚姻也不为过,我曾经一度为她惋惜。

为什么就不能勇敢一点儿呢?为什么就不能决绝一点儿呢?

为什么偏偏是她,那么聪明,那么理智,却最终要走向这样一个平庸的,甚至带点自暴自弃的结局。

可我也是在多年以后才读懂了夏洛蒂。

是的,她选择了一场没有爱的婚姻,但生活中除了爱,还可以有很多很多东西。

那个时代的女人无法外出工作,她就把全部的精力倾注于自己。她亲手设计屋子的格局,打理庭院里的花花草草,一砖一石一草一木,都是她的平静。

她也不是逆来顺受地接受了这样的生活,伊丽莎白来她家里做客时,就发现了她的小心思:夏洛蒂特意将餐厅和起居室分开,让餐厅挡在起居室外面，把起居室衬托得又暗又狭小，让科林斯不耐烦常常待在那里，因而得以偷到一段独处的平静。

她要的不是陪伴，更不是卿卿我我你侬我侬，在婚姻这个避风港里，她想要的始终只有宁静。

而她得到了。

我想，在无数个下午，他在书房写信，或者在花园里耕作时，她在起居室里捧一本书，或是绣一方手帕时，她脸上带着的，一定是那种让伊丽莎白百思不得其解的欢悦的神气。

此时情绪此时天，无事小神仙。

她从来都知道自己要的是什么，也知道生活并不完美，因而心平气和地接受了不完美的一切，并竭尽全力地按照自己要的样子生活。

求仁得仁，她从来不贪心。

对于既没有那么多资本去傲慢，又往往缺少可偏见对象的普通人来讲，我们日常要面对的，其实正是夏洛蒂拿到的那道题：过不上理想的生活时，如何让生活变得理想一点儿？

我们有理由相信，在夏洛蒂的十几二十岁，她也一定幻想过轰轰烈烈的追求，在舞会上吸引所有人的眼光，被偏爱，被惦念，被从天而降的白马王子当成心头一点朱砂痣，过上衣香鬓影的贵族生活。

每个人都有做梦的权利，但也要有面对美梦破碎的勇气。

有些人将错就错，放任自己的一生，将无数错误累积为一场恶性循环，再无回天之力。

有些人自暴自弃，任由荒芜和乖戾上脸，从内到外都枯索无趣。

有些人拼了命地否定自己，挖空心思地想要变一副模样，表演另一副性情。

但夏洛蒂不是，她知道梦碎了就是碎了，而生活还要继续，不抱怨，不后悔，不一步一回望，任何烦恼最终都指向自身——

最想要的得不到，那么其次想要的是什么？

我该如何得到它，我该如何驾驭它？

我还能做些什么，来改变我的生活？

生活从没有绝境，在外界全不可控的时候，人唯一能依靠的只有自己。这才是没有金手指的普通女孩最该明白的道理。

为什么你不敢承认
自己很努力

周末回公司取电脑的电源线，老远就看到小K坐在工位上，正在跟读内网上的一个英语课程。

小K是刚入职1个多月的应届生，贵在专业对口，人也机灵，面试时却因为口语不够好只评到了一个B，3个月后还有一次实习考核，她应该是怕被英语拖了后腿，早早就先准备起来。

我还没来得及夸她勤奋，她看到我却立刻跳起来，飞快地把电脑切换回桌面，窘迫得像是行窃的小偷被抓了个正着，惶惶然跟我解释："我家断网了，来公司蹭会儿网……"

看着她这一波儿操作，我瞬间就想到自己高中时，顶着硕大的黑眼圈，还要坚持声称自己完全没学习，不过是熬夜玩了几把游戏。见我只笑不说话，小K红着脸央求我不要把她在恶补英语的事情告诉别人。

"我知道我英语不好，但我不想让人家说，这么努力还是这个水平。"她说。

被别人发现你很努力，是一件可耻的事吗？

我想很多人都和小K有同样的念头——

我不要让别人看到我的烦躁和挣扎。等到我准备好了的那一天，再大显身手让所有人刮目相看；如果让别人知道我为做这件事付出了这么多努力，他们肯定会觉得我根本不擅长做这件事；万一努力的结果不够好，就更丢人了，别人肯定会笑话我。

美国心理学家卡罗尔·德韦克将这种心态称作"僵固型思维"。

拥有这种思维模式的人认为，真正了不起的天才是不需要努力的，对努力的需求会给一个人的能力蒙上阴影，制造出一种"你其实很平庸"的羞耻感。

在它的作用下，人会不自觉地把注意力从"如何把事情做好"转移到"如何证明我很强"上。

2001年，美国安然公司宣布破产。

在前一年，安然公司还是世界上最大的能源交易商，名列美国500强企业前十。曾经连续6年被《财富》杂志评为美国最具创新力的公司，从市值到声誉，都甩了微软和英特尔好几条街。

安然公司的倒闭震惊了整个美国企业界，无数的经济学家和管理学家试图从财务腐败、管理层无能等原因分析这家巨头公司的垮台，而鬼才马尔科姆·格拉德威尔给出了一个更让人惊讶的答案——思维模式。

"怕出丑""怕犯错""怕努力"的僵固型思维，才是最终导致公司垮台的原因。

为什么这么说呢？

《纽约客》杂志中写道：安然公司对人才有着异乎寻常的执着，几乎每个人都是有着漂亮学历的"超级天才"，这种人才至上的企业文化，会让身在其中的每个人都必须努力表现出天才的样子。

而天才是什么样的呢？是不需努力，是不会犯错，是只要用一点点付出就能换来巨大的回报。所以从员工到管理层，每个人都小心翼翼而又固执地停留在自己的可控圈里，不敢接下任何一个可能暴露自身不足的挑战，也因而错过一个又一个可以改变公司命运的商机。

直到出现巨大的财务漏洞，安然公司想的也是"如何收买第三方审计配合造假"，而不是"如何改变公司的运营状况"。

宁愿说谎也要维护自己的形象，如日中天的安然公司，就这样被不断腐蚀扩大的黑洞从内向外地瓦解掉。

僵固型的思维不仅仅表现在如何看待天赋和努力，还表现在生活的方方面面。

问问自己这样的问题：

你觉得人的性格和智力是天生的，还是可以靠后天改变的？

在进入新环境时，你更在意展示自己的能力，让别人觉得"你很强"，还是更愿意尽快试错，学习更多东西？

在面对拿不准的挑战时，你会因为担心"万一搞砸怎么办"打起退堂鼓，还是会想着"是个学习的好机会"勇往直前？

当别人因为一件事批评你时，你想的是"我这件事没做好"，还是"我就是个啥也干不好的失败者"？

当你跟恋人发生矛盾，你会认定对方就是这样无可救药的人，还是有信心跟对方一起改善这段关系？

根据卡罗尔·德韦克的研究，我们每个人都有僵固型思维的一面，比如有的人坚信后天学习能改变智力——这是一个很典型的成长型思维，但另一方面，这个人又会认定性格是无法更改的东西。

更有意思的是，即使是看起来"错得离谱"的僵固型思维，有时也会成为促进一个人向前走的动力。

想想看，你有多少次是为了在朋友圈打卡炫耀，才勉强自己闯关背单词，看了一本又一本书？

又有多少次，你明明可以凑合着把手上的任务做完，但为了凸显自己很厉害，才打起精神拼到100分。

正是因为僵固型思维也让我们受益，想要摆脱它才显得尤其困难。这个过程中最重要的一步，并不是下决心立誓言，而是察觉和记录。

记录在什么情境下僵固型思维会被激发出来，察觉它存在于哪里，同时，也记下它出现时你脑海中的假设。

比如：

情境——别人指出我某件事做得不对，我非常愤怒地回击，找借口维护自己。

假设——这件事做错了，说明我是个很糟糕的人。

僵固型思维——一个人如果很能干，他就不该犯错。

只要把这个声音从潜意识里揪出来，你所知的情理和常识就会自动帮你反驳——人无完人，犯错是一件很正常的事，没必要觉得羞耻。

观察到僵固型思维的存在，才有机会改变它。

毕竟人生最失败的事情并不是做个普通人，而是以平凡为借口，纵容自己将错就错。

希望你过得好，
但不能比我好

有个女孩找我聊天，反复叮嘱我若将聊天记录写出来的话，一定要匿名。

她上高二，跟最好的朋友坐一起，同桌数学不好，她就每天专门抽半个小时帮她讲题，辅导资料和学习方法也是毫无保留。

可就在上次月考的时候，同桌的数学成绩忽然提高了二十多分，老师也连连夸赞"开窍了"。明明有她一半功劳，可她却一点也没有想象中的高兴——在这一次的月考中，同桌的名次只跟她差了两位而已。

她一向被数学老师偏爱，老师每周都会额外给她一套复习题做拔高练习，以前的每一次，她拿到卷子之后都会印一份给同桌，再花费一两个小时帮她梳理解题的思路。

可这一次，她却鬼使神差地直接把卷子带回了家，同桌问起的时候还装起一脸迷茫：可能是老师太忙，忘了吧。

同桌没说什么，她却睡不着觉了，一面深恨自己的虚伪，一面又特别害怕数学成绩被同桌超过。

共同进步，取长补短；她应该超越的不是她，而是坐在考场里的其他人；一个人走得快，两个人才走得远。

道理她都懂。

可所有的大道理加起来，也浇不灭心底那点阴暗又自私的念头：千万千万，不能让她超过我。

这种亲密友谊和胜负欲交织的感情，对一些人来讲固然不可思议，但对另一部分人来讲，却是他们在人生中始终摆脱不了的命题。

谁考得更好，谁念的学校更有名，谁的工资更高，谁更配得上"人生赢家"的称号。

他们竞争的对象，也常常是最亲密的朋友，因此也很难真正享受到竞争本身的快感，更多的时候，他们感受到的只有压力和愧疚。

"我怎么可以这么想？""我为什么是这样的人？""我是不是心理有问题？""明知道这样不对，可为什么我就是改不掉？"他们常常被类似的问题纠缠着。

更有趣的一个现象是，当他们是赢家的时候，他们常常会不遗余力地来帮助处于弱势地位的朋友，可一旦感到自己的优势地位受到了威胁，就会担心会被反超上来的朋友嫌弃。

曾经给予对方的一切付出，却不认为自己配得上同等的回报。

好像只有处在上风的时候，才认定自己是安全的。

所有对他人的不信任，最终都指向对自我价值的怀疑。

这种对自我价值的不信任，可以追溯到一个人性格的养成期。

如果一个人从小就在"有条件的爱"中长大——

母亲告诉他：你要听话我才会抱你；

父亲告诉他：要考第一名才带你出去玩；

祖父母总是有意无意地强调：你看妹妹多乖，你也要乖乖的，大人才喜欢你。

久而久之，这些条件式就会内化成人自我评价的标准。这就是心理学中的"评价体系偏差"。

不认为"我是值得被爱的"，而是认为"我被爱，是因为我做了某事"。

不相信"无论如何都有人会爱我"，而是认定只要自己做错了，或者没做好什么事，就一定会失去所有疼爱和关心。

在这种存在偏差的评价体系下，人需要的安全感就会被投射到一些能够被排序、被物化的东西上。

比如成绩，比如名次，比如月薪，比如房子的面积和车子的品牌。

也不是非得要赢啊。

只是特别怕，输了就会被抛弃，被夺走所有喜爱与亲昵，也被看不起。

对这样的人而言,"被超过"不仅仅意味着竞争失败之后的遗憾和难过,还会伴随着对自我巨大的羞耻感——我没价值了吧,你不会爱我了吧?

这种说不出口的恐惧,会让他们变成胜负欲爆棚的怪兽,当优势地位无法维系的时候,宁可放弃这段关系,也不肯让自己处于下风。

这也是一种典型的防御型心理:既然你终将离开我,那我就先离开你。

一个显而易见的悖论是,当一个人始终要求自己处在上风的时候,其实也就失去了自己矫正评价体系的机会。

不允许自己出错,不允许自己示弱,因而永远无法体验到被接纳,被原谅,被无条件地一把拥抱入怀的感觉。

人年龄越大,是一定会越来越胆怯的,潜意识里的恐惧,因为得不到反向的例证而不断固化,逐渐成了碰也不能碰的逆鳞。

我猜写到这里,一定又会有人在留言里问:那我该怎么做呢?

其实对绝大多数非病理性的心理问题,无论有多少漂亮的理论,无论给出对策的这个人说得直白还是委婉,真正的解决之道永远只有一条:要保留让自己受伤的勇气。

在你学习失败和示弱的过程中,一定会有人如你所想的那样,转身弃你而去。

在你练习表达爱的时候，一定会有人面无表情地接过你那颗真心随手一丢。

当你试图告诉对方你的感受时，一定会有人半是惊讶半是厌烦地回应"是你想太多"。

而你唯一的收获，是终于可以告诉自己一句：是的，有人不爱我，有人不理解我，有人看不起我。

但那不是全部。那些差异化的反应，正是打开你封闭的潜意识的一道道光，这些微小的光，才是重塑自我的开始。

为什么你总是
管不住自己

你有没有过这样的经历?

大考在即,明明非常重视,一遍遍告诉自己要抓紧时间多做几道题,可就是忍不住想看手机,无法集中注意力。

制订好的计划总是坚持不到两天,大道理都懂,就是提不起干劲儿。

知道自己该做的一切都会帮助自己走向美好的未来,但总是忍不住沉沦进眼前的安逸里。

一边愧疚一边放纵,一边遗憾一边自欺。

很多人都会把这种情况归咎于意志力不足,但有趣的一点是,你以为"很匮乏"的意志力,往往正是支撑你"不努力"的动力。

每一次走神,每一次解锁手机,每一次找借口把计划搁置下来,你都必须克服强烈的自我谴责和巨大的负疚感,才能一次又一次地回到"不努力"的状态。

真的轻松快乐吗?其实一点儿也不。

更简单的方式其实反而是顺应大脑的召唤,让背单词就背单词,让做PPT就立刻去做，该念书念书，该学习学习。

那么问题来了，为什么你的意志力会沦为大脑的"叛徒"，宁愿折腾自己，也不愿意让你好过呢？

先来看看下面这个金字塔，它代表的是大脑处理事情时，从低到高的6个层次：

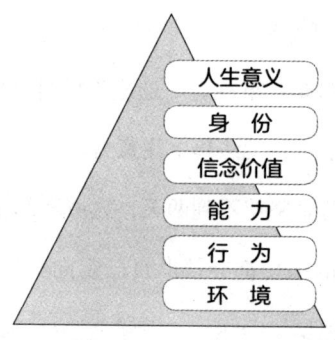

比如，当你决定要"好好学习"时，你的大脑就会对这个目标进行分析：

环境：现在社会的竞争很激烈，如果我不与时俱进，就会被淘汰……

行为：我应该好好学英语，每天晚上还要看书1个小时，网上买的课程也要学起来……

人生意义：只要我把这些东西学完，我就能成为很厉害的人，拥有更好的人生……

发现什么了吗？

这个本能的思考过程，其实是跳跃性的。

通过省略最重要、最困难的步骤，你给自己制造了一个非常美妙也非常轻松的梦境，可一旦到了执行的时候，问题就会接二连三地出现。

比如能力层面：你一天根本背不下来100个单词，看书看不到10分钟就忍不住打瞌睡，原计划半小时做完的数学卷子，一不小心就做了2个小时。能力和行为上的不匹配，常常会带给人极大的挫败感，很容易就让你陷入自我怀疑的内耗中。

比如信念价值的层面：你可能根本就不认同"学习是最好的出路"，你并不喜欢所学的内容，更不认可"把生命中最好的时光用来学习"的价值观。逼着自己用功，不过是人云亦云，想获得什么，想学到什么程度，想拿学到的知识做什么，你从没想过，也压根儿不愿意想。

比如身份的层面：不是每个人都把"功成名就"当作一生中最重要的事，如果你的人生策略并不是成就型，而是幸福型，你可能很容易就会满足于生活中的"小确幸"。

不求出人头地也不求名声显赫，如果你是那个愿意坐在路边鼓掌的人，你就很难在人生的马拉松中拼尽全力。

因此，当"鼓掌者"的身份跟你"拼搏者"的目标发生冲突时，强大的潜意识就会把你的意志力拉拢过去，让你一看书就犯困，一做题就打瞌睡。

李中莹教授给出过一句精辟的总结——如果一个人的答案显露出某些层次的空白，那这个人往往是正在迷茫中摸索，既没有明确的方向感，也没有效果。事实上，在这类情况中，这个人甚至不会付出努力。

你不会拼尽全力，除非你清楚自己想要的是什么。

当你发现自己又不受控制的走神、发呆、玩游戏、吃零食的时候，先别忙着自责，把这6个层次，从低到高地梳理一遍：

环境：我在哪里，我周围的环境是什么样的。

行为：我要做什么，要怎么做。

能力：我会不会做，能不能做好。

信念价值：我为什么要做，什么最重要。

身份：我是谁，我的理想生活是什么样的。

人生意义：我想实现什么，以什么样的身份过一生。

梳理后或许你就能发现，你的问题根本不是意志力不够，而是你的能力配不上行动目标，或者你的目标干脆就和自己的人生意义冲突。

改变行为容易，改变人生意义很难。一个人对自我身份、对人生意义的认知，不仅是来自于自身的经验，有时候甚至是来自于家庭成员之间的代际传递。

如果你的父母辈，甚至是你的祖父母辈，都认可"小富即安"，不求闻达于诸侯,你就很难能把"做第一"当作自己的人生信条。

如果在你的成长环境中,所有人都认为学数学是为了买菜算账,学语文是为了写自己的名字,你就很难将学习当作唯一的出路,愿意为它付出100%的努力。

正因为如此,大多数从下至上的计划都常常是无效的,无论行动层面计划得有多好,都会在最后的身份和意义上卡壳,带给你巨大的内耗和痛苦,然后功败垂成。

而一个成功的规划,无论是减肥瘦几斤,还是考到第几名,都必须从最上面的一层反推回来,才能顺利地执行。

不是因为外界的竞争太激烈你才学习,除非你知道你所学的东西能帮你实现什么。

不是因为别人说应该考大学你才努力,除非你真正把学习看作是一条上升的通道,你能经由它走向理想中的人生。

不要仅仅为了做而做,你要知道你想做的,到底是什么样的自己。

接纳自己，
是对生命最大的温柔

我有个女友月初裸辞，拿着一纸"中度抑郁症"的诊断证书回了老家，刚坐稳就被母亲一通质问：

"我看你一天吃吃喝喝玩得开心得很，这会儿抑郁了？

"当年你爸丢下咱娘仨，我一个人把你跟你姐养大，每天走十几里路给几个厂子做账，还要赶回家给你们做饭，把你俩从小学拉扯到大学，压力不比你现在大？

"你看看村里有多少女孩，还不如你过得好呢，人家都好好的，你怎么就抑郁了呢？"

她在那个深夜哭着给我打电话，一半是因为不被理解而难过，另一半，却也是切切实实的自责。

她有什么资格抑郁呢？

虽然她从小没了父亲，但也是在母亲的庇护和姐姐的照顾中长大，顺顺利利考上了大学，一路拿着奖学金进了行业顶尖的公司，每年也能不看价格来一次说走就走的旅行。

跟母亲经历的苦难相比，跟那些没走出村子，早早嫁人生了小孩儿，湮没在家务里的同龄人相比，甚至是跟学业上不那么顺利，只能辗转在小企业里拿着微薄薪水的姐姐相比，她的生活的确太好了。

那么顺遂，那么风光，连难过都像是矫情，凭什么就说自己抑郁呢？

我想，这或许并不是她一个人的困惑。为什么生活变得越来越容易了，但抑郁的年轻人却越来越多？

不单单是在中国，全世界的抑郁症患者数量都出现了逐年上升的趋势，全球仅仅是被确诊的抑郁症患者，就已经多达3.5亿人。

而抑郁症患者群体，也在由成年中期的三四十岁，往成年初显期的十几至二十岁下行蔓延。

2019年7月，中国青年报发布的"大学生抑郁症发病率逐年攀升"的话题，刚一发布就立刻冲到了微博热搜榜前三。

而这样的现象，也让更多人感到疑惑。大学不该是人生中最最轻松的4年吗？没有课业压力，没有家庭负担，甚至连自己都不用养活，明明是最好的年纪，为什么会有这么多人受困于抑郁症？

德国学者韩炳哲在《倦怠社会》中，给出了他的答案——我们从前生活的社会是规训社会，每个人都被无数的"应该"束缚着，应该拿到4.0的绩点，应该在大三去做一份实习工作，应该把老板交代的每件事做好，应该25岁结婚，27岁要小孩儿，30岁升到主管级。

这些束缚，同时也是种保护，像潮水一样把每个个体包裹起来，不给人自由的空间，也因此让人能够免于思考的痛苦。

而我们如今生活的社会，被叫作功绩社会。功绩社会中讲的不是"应该"，而是"能够"。它鼓励每个人做自己，做最好，但也是这样的自由，常常让人无所适从。每个人都可以按照自己想要的方式来生活，可我想要的到底是什么？到底什么才是做自己？我到底是什么样的人？到底什么样的人生才是有意义的？

这些困扰了哲学家们几千年的问题，就这样砸在了年轻人的头上。

《倦怠社会》里说："当控制行为的规训模式让位于另一种规范时，每个人必须自发地行动，每个人都有义务去成就他自身，抑郁症就在这时开始盛行。"

在规训社会向功绩社会的转型过程中，每个人都要构建出一个理想的"超我"，但超我是压抑性的，它的主要功能是发布禁令——"不许无所事事"，"不能不思进取"，"今天的书还没看完，还有脸追美剧"。

而我们身体里代表人性的那一部分"自我"，在超我严厉的苛责下，被困在了一个永远也达不到的理想彼岸。由于真实自我和理想自我之间存在鸿沟，从而产生了一种自我攻击。

换言之，如果你没有最大限度地发展自身，就会在成就自身的努力中精疲力竭。

不记得是从哪一年开始，好像每个人都越来越难对自己满意了。

不知道生活的目标，搞不好和舍友、同事的关系，身材不好，没有特长，没有兴趣爱好，月薪不够高，生活太单调……一切的一切都成了自我苛责的理由。也因此焦虑、烦躁、情绪低落，陷在自我批评的泥潭里无法自拔，每时每刻都感觉着自己的糟糕。

这些让人手足无措的负面情绪，往往是蚕食掉一个人信心和乐趣的罪魁祸首。

越是看到自己身上的问题，越是急着解决，强加给自己一个又一个行动计划和任务清单，压榨着本来就所剩无几的自制力，直到情绪、意志双双崩溃，又反过来印证了自己的失败。

这时，便会说："看吧，我就说我没办法让自己上进起来，也没办法让自己开心起来，我真的好糟糕。"

这些看在别人眼里不过鸿毛般轻描淡写的烦恼，在当事人身上，却是比风刀霜剑还要凌厉的痛击。

我有时候觉得，这个时代最稀缺的，其实是一种"允许自己做废物"的能力。

当然不是混吃等死，而是不轻易被鼓动着焦虑起来，对自己的缺点与弱项都能接纳和认同。

别人早上5点就能起来念英语,可我就是起不来;

别人能一天上11个小时班回家来打卡背单词,可我就是意志力不够;

月薪10万,A4腰和马甲线都很好,可我就是做不到。

请允许诸如此类自己身上那些不够好、不够美,甚至不够正确的东西存在,不要把每一种羡慕嫉妒恨都转化成焦虑的自我批评。

做不到跟别人一样没什么可耻的,而一个人的改变,往往是从真正承认了自己的缺点,且完成了自我接纳之后才能开始。

人的一生十分短暂,别虚度,但也别折磨自己。

辑 三

好的爱情，是彼此需要和成长

钟表坏了，
要学会重新看太阳

收到一个女孩关于感情问题的邮件，蛮有意思的：

男朋友是同学介绍的，约会第三次他就说觉得跟我很投缘，我们很快确立了男女朋友的关系。他对我挺好的，每天晚上陪我聊天，周末一起吃饭看电影，偶尔还会准备一个小惊喜。

但他也有不好的地方，比如他跟公司的一个女同事的关系比较暧昧，常常当着我面带微笑地给女同事回微信。明明约好了看电影，女同事说电脑坏了就放我鸽子帮人家修。

我说了他好几次，他反而嫌我小气，说自己就是心里没鬼才不避着我的。还有些其他的问题，比如每次他去跟同事喝酒或者玩游戏的时候，都不接我电话也不回我微信，好像我不存在似的，每次都是事后解释一下"忘了""没顾上"什么的。

这些真的让我感到很困惑，我们才约会1个多月，按理来讲不该这样吧？但我遇见他之前真的没有什么恋爱经验，实在不知道该怎么跟他相处。

她在邮件的末尾问我:"他是真的喜欢我,还是只想拿我当备胎,填补一下空窗期?"

我想起一部电影,叫 *He's Just Not That Into You*(《他其实没那么喜欢你》),电影讲出了很多女孩在恋爱中的真实心态。

小男孩将冲他笑的小姑娘一把推倒在地,小姑娘的妈妈安慰她:他欺负你是因为他喜欢你。

长大之后的男生不回女孩的电话,女孩的闺密安慰她:他心里是有你的,不回你电话说不定是被车撞了呢。

约会了两次的男生连声招呼都不打就消失不见,女孩的同事劝她:他肯定是喜欢你的,不过是看到你这么优秀,觉得压力有点儿大,需要好好思考一下而已。

无论男孩如何表现,女孩身边总不乏出现这样的声音,教她忍耐,教她等待,教她放低身段,直至把自己低到尘埃里,也教她像个可怜的小乞儿,把他心情尚好时施舍的一点点爱收藏在口袋里反复揉搓,一遍遍告诉别人也告诉自己:你看,他爱我呢,他还爱我。

现实再残酷,道理再好听,也抵不过一个人的自欺。

电影的名字早已经给出了答案,他对你有好感是真的,喜欢你也是真的,只是还不够而已。

所以,可以约会,可以甜言蜜语,可以陪你聊天到深夜,但不愿意为了你改变自己的习惯，也不想为了你放弃跟别人暧昧调情。

看着你猜，看着你等，看着你抓狂，因为喜欢得不够，才能毫不在意。微博上那句话说得多好：所有的渣，不过都是不在意，只有当你成了他的软肋，他才能成为你的铠甲。

而你需要解决的问题，并不是确认他的"喜欢与否"，而是问问自己，他给你的喜欢，能不能帮你在恋爱的战场中支撑下去。

谈恋爱很难的，你得生生地把自己的世界敲出一条缝接纳另一个人进来，也得削尖脑袋费尽心思，努力把自己"塞进"对方留给你的那条缝里。

谈恋爱也很累的，你的敌人是一茬接一茬年轻貌美的姑娘，是生活本身的鸡毛蒜皮，也是人性里自带的占有欲、自私和猜忌。

所以我才特别喜欢那句话：你需要的伴侣，最好是那能够和你并肩立在船头，浅斟低唱两岸风光，同时更能在惊涛骇浪中紧紧握住你的手不放的人。换句话说，最好他本身不是你必须应付的惊涛骇浪。

而很多时候，支撑你挨过那些风浪、那些闹剧的，其实就是对方给你的笃定的爱意，在这份爱意中，你知道自己愿意给予更多，也确定对方能懂得，确定对方也会珍惜你的付出。

我始终认为，一段感情中最可贵的，其实并不是花前月下卿卿我我，而是恋爱中的两人彼此滋养的能力。是你们把彼此从芸芸众生中打捞出来，变成对方眼中独一无二的那个人。

因为被看到，被理解，被珍惜，被放在心上，所以想要让自己变得更好，去配得上对方的喜欢，也回报给对方更好的爱。

好的爱情会把人变得轻快又可爱，自信且笃定，如果你发现自己在感情中变得疑神疑鬼、畏首畏尾，每天每夜都忍不住想："是不是我还不够好""我在他心里到底排第几""我这样做他会不会不喜欢我了"……

这样的爱情，无论喜欢有几分，都是很糟糕的爱情。

他喜不喜欢你不重要，重要的是你喜不喜欢他，以及这段感情是否能让你变得更好。

借用宋涵的一句话来回答你"他到底是不是真的喜欢我"这个问题——

全世界的钟表都坏了，你要学会重新看太阳。

爱情不是一个人的
独角戏

最近疯狂加班,精神疲惫,每天靠看李现和杨紫的高糖恋爱剧缓解压力,被几个要好的女友拉进一个小群,忙里偷闲地讨论几句剧情,1998年的小妹妹眼冒红心:"你们都不要跟我抢韩商言,他是我的!"

老阿姨们纷纷表示没兴趣,小姑娘是"现男友"的死忠粉,对这个答案很是不甘心,急吼吼地跟我们讲韩商言有多迷人,试图给自己多制造几个"情敌"。

"韩商言这么好,你们真的不想追他吗?"

我们齐刷刷地摆手自嘲:"不想,反正也追不到……"

韩商言是什么样的人呢?

他有才华,有底线,孤僻又高傲,他不懂那些浪漫的小伎俩和招女生喜欢的套路,看上去又冷漠又难接近。

这些甚至有些冲突的特质,让韩商言看上去很像《红与黑》里的于连,对女人有种无可救药的吸引力。

这样的人就像是一个椰子,哪怕外表看上去千般坚硬万般粗糙,只要你能撬开外壳走入他的内心，就能得到很盛大的甜蜜和意料之外的柔软。

而且，只属于你一个人。

这样的人，是我十几二十岁时连做梦都向往的男友类型，可白日梦归白日梦，梦醒了还是要面对现实。

跟韩商言这样的人在一起，其实很累的。

你得给他宽容，忍受他的不懂爱，忍受他的低情商，忍受他一次次把你推开，自己还得觍着脸放下自尊向他靠过去。

你得给他耐心，主动开口，主动表白，闹矛盾主动道歉，主动嘘寒问暖，外加给他排忧解难。

你得给他极其充沛的爱，以及极其丰盈的热情，才能撬开他的外壳，享受那份不为外人拥有的甜蜜。

那甜蜜固然很好，但我们已经没有足够的爱和力气走到那里了。

"撬椰子"太累了，我们宁愿"啃苹果"。

我有位女友，一直对这种外表超冷的椰子男情有独钟，大学期间果然如愿以偿地谈了个这样的男友，男生是个高高帅帅、又冷又高傲的学霸，她是他的初恋。

甜也是真甜。

聚会的时候只正眼看她，一张严肃脸只有在她说话时才有笑意，明明是个高冷学霸,却连她爱喝橙汁不喝雪碧这种小细节都记得门儿清,不知道如何表达爱意,就省下自己的早餐钱,跑去她喜欢的那家蛋糕店,把每个口味都买了个遍。

这种明目张胆的偏爱和略带生涩的示好,像极了偶像剧里的高糖剧情,人人称之才子佳人、金童玉女。

在我们羡慕嫉妒恨的目光里,他们从大二走到毕业,甚至还幸运地与同一家公司签约,就当所有人都以为他们要把婚嫁提上日程时,她提出了分手。

我是在3年之后才从她口中听到了原因,那时她已经快要成为另一个人的新娘,我们几个要好的朋友提前帮她打点婚礼的筹备,有天晚上,她忽然问我:"你还记得×××吗?"

我点头,她叹气:"我没跟你说过我们为什么分手吧?"

"为什么呢?"

大概是她心情不好时,他只会束手无策地让她"喝热水"。

大概是每次吵架,他只会沉默着冷战,而她总要负责低头认错。

大概是他永远跟同事、跟她的朋友和亲人处不好关系,而她总是夹在所有人中间分身乏术地做和事佬儿。

他们在一起的时候她就知道的,他自幼父母失和早早分居,他因为频繁转学没什么朋友,对人情世故几乎一窍不通。遇到她之前,他根本不知道如何去爱一个人，也不知道亲密关系中有了矛盾该怎么办。

跟这样的人在一起要付出什么，她不是没想过。可那个时候，她是怀揣着满腔的热情想要修补好他的，想要给他一个家，想要让他有安全感。

不是不爱了，但真的太累了啊。

那些林林总总不被看到的心塞如同雪花，一片一片不显山不露水地堆积，直到酿成一场雪崩，把所有的爱意都压垮。

她也是在那个时候才明白自己有多幼稚。

哪个成年人的世界不是千疮百孔，她唯一的那点力气还要用来跟现实贴身肉搏，修补自己已经够精疲力竭了，哪里还剩得下多少细心与耐心去修补另一个人？

她要嫁的人，看上去是个很普通的男人，中等样貌，家境小康，会对每个人露出同样弧度的笑容。在她因为婚礼的冗繁细节抓狂的时候，他会细心地给她买一杯奶茶，好言好语耐心地哄，直到把她逗笑为止。

我没有问她后不后悔，我想，那个笑容里藏着所有的答案。

谁青春年少的时候没想过要去不顾一切地把自己点燃去爱一个人呢？

但常常是长大之后才明白，很多事真的不是愿不愿意，而是能不能做到。那终究是一场两人参加的比赛，只有你侬我侬不够，只有一个人摇旗呐喊想要赢也不够。它还要两个人的互相配合,去成为彼此的支撑,而不是需要去修补,去解决麻烦。

归根结底,爱情不是一个人的独角戏,而是两个人的互相照顾,同频成长。

女追男的
正确打开方式

张雨绮在一期综艺节目中脱口而出一句"你父母把你养这么大，又不是让你去追男生"，让很多差点儿就能鼓起勇气表白的女孩打起了退堂鼓。

在我们的文化中，含蓄是美，矜持是美，欲迎还拒是美，而主动出击则常被误解为"倒贴"。

"就算是得手了，表现也不好看啊。"

"太轻易得来的都不会珍惜。"

"万一他不喜欢你怎么办？多丢人！"

这样的三个问题，可以说是困扰很多女孩的"灵魂三问"，明明心有所系，却不知如何是好。

最近重新看了《怦然心动》，忽然发现女主朱莉简直提供了一场教科书级的"女追男"大型虐狗现场，让我们一起来看看，朱莉在爱情中到底做对了什么。

一、你是我全部的爱情，但爱情不是我的全部。

从第一次见到布莱斯的那天，朱莉就掉进了一场属于自己的单相思。

她被布莱斯的卡姿兰大眼睛迷得神魂颠倒，又因为布莱斯阴差阳错拉住了她的手而激动不已，从7岁起，就在等布莱斯来"夺走"她的初吻。

她从不掩饰自己对布莱斯的好感，无论是偶遇还是在学校，她看向他的时候总是一副星星眼，即便布莱斯总是对她的热情退避三舍，甚至不惜假装跟她的死对头谈恋爱来把她气走。

好像不过是个陷入单恋的女孩，无望地凝视着她所爱之人的背影，从遇见他的那一刻起，她的眼中再也容不下第二个人。

但另一方面，她从未将爱情当作生活的唯一，甚至连最重要的事都不是。

她那么迷恋他，却从未因为他放弃过自己真正喜欢的东西。无论是坐在梧桐树上看风景被他嘲笑，还是自己孵化小鸡被他嫌脏，她从不曾为了迁就他的喜好而强迫自己变得文静娴雅。无论他是否喜欢，她都要做自己。

布莱斯占据了她所有的爱情，但却从来都不是她生活的全部。除了爱情之外，她还有很多很多事想要做。

正是那些"做自己"的乐趣构成了她独特的底气和魅力，让布莱斯的姥爷柴特脱口而出："斯人若彩虹，遇上方知有。"

没有哪种爱情值得你把自己的生活弄得一塌糊涂来迁就，相反，只有当自己的世界足够精彩之后，才有余力款待另一个人。

二、我喜欢你，不等于你躺赢。

朱莉跟布莱斯的第一次冲突，是因为布莱斯偷偷扔掉了朱莉特意送给他的新鲜鸡蛋，同时还吐槽了朱莉家的院子："你家院子看起来又脏又乱，说不定会有沙门杆菌。"

朱莉气得要命，她的新鲜鸡蛋本是社区太太们的抢手货，是出于对布莱斯的爱意才专门为他留下了一份，可他却一点儿也不珍惜，就连不想收下她的鸡蛋也不直说，每次都是她前脚离开他后脚扔掉。

她认真反思了这件事的始末，理智地认可了布莱斯说对了的那部分——"你家的院子又脏又乱"，第二天就决定自己动手去收拾前庭和草坪。

但是，她并没有因为喜欢布莱斯就任由爱情的光环美化他的过错，而是头一次觉得自己的感情太过盲目。后来，她又在图书馆发现布莱斯附和好友贬损她的智障叔叔，更是让她产生了放弃他的念头。

要知道，爱情总是让人最擅长于自我合理化，将对方的一切都解读为"无意"和"他这么做是有原因的"。

可她偏不自欺欺人，诚实地对待他每一次的不尊重，并不断重新审视着他们之间的关系。

她甚至开始刻意提防自己为他带上的那道光环，当他一次又一次让她失望的时候，她并没有死缠烂打，也没有表现出一丝一蹶不振。

是的，她喜欢他，那么早，那么多。

但"我喜欢你"，从来都不等同于你可以不费吹灰之力得到他。那不过意味着，你们爱上彼此会更容易一点儿。但你如果想要得到他，请拿出你的努力和诚意。

表白不是最后的宣判，它只是发令枪声而已。

三、最好的爱，是让你发现更好的自己。

布莱斯有千万种好，可他唯独缺一点儿勇气。

因为不够勇敢，他明明不认同父亲的高傲冷漠却不敢说出口，明明只要跟朱莉讲"我不喜欢吃鸡蛋"就能搞定的事，却要偷偷摸摸把鸡蛋扔掉，直到被她抓住现行。

在图书馆里，当他的好友调侃朱莉叔叔的智障时，他明明很想反驳，却依然只是尴尬地笑了一声，什么也没有说。

那个年龄的"缺乏勇气"，恰好会让一个男孩处于最最微妙的性格里。往前一步是羞涩，往后一步就是懦弱。

如果没有遇到朱莉，他大概会成为一个如他父亲一般的人，因为无法鼓足勇气面对自己，所以将对自己的怒火全部转化为对别人的刻薄。但朱莉的存在，逼着他不得不去面对自己的内心。电影中布莱斯每一次犹豫的时候，都会拿出朱莉因为保护一棵梧桐树而登上报纸的新闻。

因为朱莉的理智与坚持，布莱斯才不得不反省自己的所作所为；因为她的态度明确，他才有了表达自己真实想法的勇气。

如果她是个一陷入爱情的泥潭就理智全失的女孩，那他有很大概率，会被她纵容成一个表面上自以为是、内心懦弱不堪的伪君子。

我们爱的人，其实是我们最好的镜子，一段好的感情，并不应该只满足于你爱我如我所是，更重要的是，在你身上，我看得到更好的那个自己。

毕竟爱情从不只是爱情，它还是我们对自己、对未来的期许。

连恋爱都不敢谈，
就别标榜独立了吧

现在的年轻人真的不敢谈恋爱了！

意识到这一点，是在某天的午餐上，我受一个朋友之托，在几个单身的95后小姑娘中帮他物色一个女朋友。

刚开始她们捂嘴偷笑，等我吧啦吧啦说完，她们交换了个心照不宣的眼神，由一个胆大的女孩开口："姐姐，那个……我们现在都挺不想谈恋爱的，就是想集中精力好好工作。"

我一口老血喷出三米："别告诉我，你们不想谈恋爱是因为想好好上班。"

"真心的！"她杏眼圆睁，"谈恋爱那么麻烦。一周要约会两三次吧，带着一身加班的疲惫匆匆约饭，周末也得早早爬起来化妆，平时每天得抽出一两个小时聊天吧，除了自己的小情绪之外，还要把对方的脾气心思也照单全收。

"过了热恋期也还没完，双方的七大姑八大姨会不断发起史上最严格审查，万一查着查着分手了，还得编一套天衣无缝的借口安抚身边所有知情者。

"折腾不起了。有那点儿精气神,还不如省省多做几个项目,涨点工资多点奖金,多实惠,性价比多高。

"我们搞事业的女孩不需要男朋友,跟时间和金钱谈恋爱就够了。"

她冲我眨眨眼。

岩井俊二导演过一部电影,叫《关于莉莉周的一切》,其中有段话是这样说的:"要是3年之前,你问我想成为什么样的人,我一定会说,我想要成为那种能跟所有人都打成一片的人。但要是你现在问我这个问题,我肯定会说,我就维持现在的冷清高傲的现状就好了,这样没有人能来打扰我,省掉了很多麻烦。唯一需要克服的,就是耐得住寂寞。"

而现在的年轻人,似乎连寂寞也不需要再忍耐了,一部手机顶得上10个男(女)朋友,还随叫随到,还不离不弃。

仿佛一朝之间,大家就都心硬如铁,不再会喜欢别人了。

我一个学弟,毕业后进了一家世界500强大公司,年终跟老板对谈的时候,老板说完一大堆工作上的展望,问他:"你对自己的生活有什么安排吗,下班以后的8小时?"

学弟是特老实一孩子,想也没想就答:"我想找个女朋友。"

老板的神色瞬间就微妙起来,几乎是强忍着笑送他离开,第二天全公司都知道了他"想找个女朋友"的年度小计划。

他也是那时候才知道，除了他之外，别人说的都是：

我想利用业余时间拿下金融分析师证书；

可能会把英语拾起来学吧；

我对市场营销的部分还蛮感兴趣的，应该会自己学一学吧。

每个人都想着更好、更强、更优秀，唯有他想着温柔乡。

错也没错，但……也挺没出息的吧。

他被嘲笑了整整半年，聚会的时候丧气地问："想谈恋爱真的很不上进吗？"

以前不是人人都追求事业、爱情双丰收的嘛，为什么现在想谈恋爱也成为一件可耻的事儿了？

我有点儿能理解有些人不敢承认自己"想谈恋爱"的原因——袒露脆弱太不酷了吧，更何况在别人眼中，那只能说明你还不够独立，不够优秀，不够强大，不够充实。

毕竟，一个真的活成一支队伍的人，又怎么会渴求爱情呢？

我一个要好的女友，是那种标准的女精英，有次跟我聊起了她的心路历程。

她一个人在上海的金融圈打拼，有了自己的房子和车，单身生活过得活色生香，工作压力大的时候，常常周末飞到三亚去潜水，周一再飞回来工作。

追求者众多，可她却铁了心不谈恋爱，理由也很简单：浪费时间，性价比太低。

就这么一直单身到了27岁，直到前段时间，滴滴频繁爆出命案，她常常加班，赶过的红眼航班也不在少数，难免就后怕出一身冷汗。当滴滴更新了版本，让乘客输入紧急联系人的时候，她傻眼了。

输入谁的名字呢？

父母远在相隔几千里的西北老家，万一出点事儿就是长了翅膀也来不及；

同事呢？工作关系而已，也不好这样贸然打扰别人吧；

朋友呢？万一人家已经睡觉了呢？万一人家这会儿正有约呢？万一人家忙着没看见呢？

她纠结了好几天，找了自己手下的实习生，艰难地表达了自己想把对方设置成紧急联系人的想法。

那女孩是个人精，她刚一说完就拍胸脯道："姐你放心，包在我身上，我保证第一时间看你信息。"

可那转瞬即逝的惊讶和尴尬，还是没能逃过她的眼睛。

"就是那一瞬间，忽然很想很想恋爱了。"她说。

想成为某个人的"没你不可"，而不是"可有可无"。

想有个人能永远对自己"有空啊"，而不是那种"有空才理你"。

于是，她拿出做职业规划的劲头儿，仔细给自己制订了一套脱单方案，一年之后我再见她，果然已经与某位男士十指相扣。

如果连成功都可以规划，为什么爱情不行？

爱情也是幸福的一部分，它与独立彼此互补，而不是非黑即白的对立。

我很喜欢刘若英在《我敢在你怀里孤独》里写的那段话：很小的时候特别喜欢自己的卧室，觉得只要待在自己的卧室里面就可以与外界隔绝，保持绝对的隐私。再长大一点，随着身边的人越来越多，就开始渴望一间客厅，大家可以说笑玩闹，曲终人散之后，我依然可以回到自己的卧室去享受自己的独处。

能够享受孤单，也能够与人相处，这代表你已经变成了一个除了单人房还需要客厅的成年人了。

愿你能自得其乐，也愿你想爱的时候，能坦荡勇敢，毫不迟疑。

那些嫁给爱情的女人，
后来都怎么样了

最近在读张恨水的《金粉世家》，感觉原著和电视剧差距挺大的。

不变的主线是金燕西和冷清秋的爱情，从相遇相知到秋扇见捐，一年不到，就从佳偶成了怨侣。

原著里没有电视剧里百合花求婚和学校里挂横幅的桥段，但金燕西的追求依然不可谓不热烈，费尽心思租了冷清秋家隔壁的房子，跟冷清秋的舅舅刻意结交，又一趟趟地送礼，从绸缎到坤鞋，再到昂贵的珍珠项链，大笔砸钱毫不手软。

肯用心的富家少爷，对于家境贫寒的女子向来都有着致命的吸引力，她缺什么，他就送什么，而她接受的东西越多，缺失的也就越多。

更何况他也不仅仅是砸钱送礼，为了给冷清秋写信，最坐不住的金燕西把自己关在房子里整整一天，翻着《辞源》一句一句地查了几十回，只图找出最合适的措辞，给她留个"有文化"的好印象。

无论冷清秋说什么，他总是应和的，小有分歧也常常以"一笑"和"哄着她"而结束。

肯花钱，肯花时间，肯花耐心，在她来不及弄清他是否是个值得爱的人之前，他就已经以攻城略地的姿态成了她生命中不可或缺的一部分。

于是情缘暗结，于是奉子成婚，于是嫁进豪门。

冲破了一切障碍终于走到了一起，但往往是走到一起之后，矛盾才开始浮现。

小说里的白秀珠并不是电视剧里动辄垂泪寻死的痴情娇小姐，在金燕西和冷清秋新婚后，她为了避嫌，甚至连金宅都不肯再去。哪怕后来跟金燕西恢复往来，白秀珠满脑子想的也是"不能输"，而不是"我爱他"。

没有情敌，没有白家兄妹联手导演的政治上位和爱情复仇的大戏，他们的爱情像一朵花，甚至都用不着外力逼迫，花期一过，就萎谢凋零了。

没有白秀珠，还有白莲花、白玉花，金燕西身边从来不缺少女朋友，唯一的区别只在于，他愿意把精力和时间花在谁身上而已。

能一掷千金送冷清秋珍珠项链，就能带着白莲花、白玉花姐妹逛绸缎店，逛洋行。

能在中秋节晚上溜出家门陪冷清秋赏月，就能在父丧期间去给二白姐妹的新戏捧场。

多情的人最无情，冷清秋在最后的决裂书中也写得一针见血：西楼一火，劳燕遂分，别来想无恙也。秋此次不辞而别，他人必均骇然，而先生又必独欣然。

爱她，很用心很动情地爱过她。但他给过她的一切，也可以眼都不眨地转头去给别人。

女人最大的悲哀之一是，当男人说"我爱你"的时候，他说的是"爱"，而她却只听见了"我"。

我有位韩剧迷女友，跟我聊起前段时间一对演员的八卦情史。

那个女演员在综艺节目上说："姐姐我34岁了，做什么都不会动心了，让我最后心动的，只有你。"

甜也是真的甜过，但也不过短短3年，就要劳燕分飞了。

"他好像只是短暂地爱了我一下。"

"我是住在家里的幽灵，你曾经那么爱过的女人变成了僵尸，现在也是。"

我看《金粉世家》的时候忍不住想，当冷清秋被金燕西逼到心灰意冷，把自己锁在楼下的小房间吃着粗茶淡饭，穿着自己从娘家带来的粗布衣服，在火场中抱着孩子独自离开时，是不是也这样想过。

士之耽兮，犹可说也，女之耽兮，不可说也。

今年重读了一遍《安娜·卡列尼娜》，在1877年，安娜就是个一心要"嫁给爱情"的女人。

她的丈夫卡列宁不善言辞也不解风情，给不了她渴望的甜言蜜语，也理解不了她想要的那种略带叛逆的真实。

在一次旅途中，安娜认识了年轻的伯爵沃伦斯基，两人都认定彼此是自己这一生的灵魂伴侣。安娜抛夫弃子，不惜自毁名誉和他私奔，而沃伦斯基也用事业和社交上的牺牲，带她远走高飞来回报这份爱情。

她终于跟自己深爱的人在一起了，可还是会吵架，还是会被误解，还是会孤单，还是不得不应付她最最厌恶的名利场。

10年之后，我才读懂了安娜在铁路边的纵身一跃。

《安娜·卡列尼娜》当然不是在讲一个不知检点的出轨妇人被情夫伤害，最后羞愤交加选择卧轨而死的故事，它讲的是一个女人在拥有了真爱之后的彻底绝望。

如果没有体验过这样的爱，她还可以安慰自己"我就是没有找对人，我的丈夫就是这样不解风情"。可她遇到了沃伦斯基，她百分之百地投入了，也知道对方全然地投入了，但即使是这样的爱，也无法让人满意，也无法支撑起生活本身，也一样会破灭。

她找到真爱了，她跟自己真爱的人在一起了，但也不过如此。

爱无法救赎生活，相反，它往往是压倒生活的最后一根稻草。这才是最真实也最冰冷的绝望。

20岁出头的时候，我以为"嫁给爱情"是人间最美好的祝福，但后来才慢慢发现，爱情本身才最不值得托付。

聪慧如林徽因，大概是早早想通这一遭，才会拒绝徐志摩的追求，嫁给了跟自己门当户对、知根知底的梁思成。

激情易逝，心动难长。能战胜生活的从来不是浪漫的粉红泡泡，而是两个人的眼界、认知、性格、人品。

因爱结缘是人间幸事，但千万不要只嫁给爱情。

不想和没有安全感的女孩
谈恋爱

如果问一个女孩,"恋爱中你最想对方给你的是什么?"十有八九,你得到的答案都会是"安全感"。

女孩子对安全感的执念早就超过了对山盟海誓的热爱和对名牌包包的占有欲,安全感已然成为恋爱中的女孩最不可或缺的东西。

这也无可厚非吧,但我有位朋友,最近正是因为"安全感"跟女友分了手,周末聚会说起来,也是满腔的委屈:"把前女友拉黑,没问题;跟同事聚餐提前报备,没问题;陪你朋友圈秀恩爱,也没问题。但总是惦记着看我邮箱、微信和QQ的聊天记录,就真过分了吧,两个人之间没一点点隐私,那怎么行?"

不是没给她看过的,一开始他经不住她的软磨硬泡,将手机交出去任她仔仔细细地盘查过一整天,可就当他觉得"检查完就完了"的时候,却发现她会不时偷偷翻看他的手机。哪怕就是他吃饭时去一趟洗手间,回来也会看到她拿着自己的手机飞快地滑动着,像福尔摩斯一样,恨不得找出一丝蛛丝马迹。

倒不是有什么见不得人，但次数多了总是不爽，他将手机换成了指纹开锁，引发了两人之间的一场海啸："你是不是心里有鬼了？从前都是让我看的，现在为什么不行？你是不是不爱我了？"

最最让他无法回绝的一句是："你也知道我从小缺爱，最没安全感了，你就当让让我，行不行？"

"行……吧！"话虽出口，但也是牙关紧咬，心不甘情不愿，像是那种喝了一大口冰水的感觉，不是咽不下去，但总是冰得五脏六腑生疼。

如此这般吵过好几场，最终还是分了手。

"真的不想跟没有安全感的女孩谈恋爱了。"他心有余悸。

挺理解他的，友谊里的占有欲有时不输于爱情，我在高中时就有过这样一个朋友。

出入教室一定要手挽着手，课间放学必须如影随形，每天变着花样确认"今天我还是你最好的朋友吗"，就连我跟其他女同学自习课传纸条聊天被她看到，她也要冷冷地讽刺我："××学习好，人缘也好，难怪你们聊得来，像我这种没人爱、没人理的小透明，就活该一个人玩。"

这也是我没法儿回答的一句话。

她父母做小本生意，天南海北地跑，她也跟着转了好几次学，在每个学校待的时间都不长，一直也没有什么朋友。我们因为同桌而发展出来的友谊，对她而言像根救命稻草。

平心而论,她对我也蛮好的。知道我总来不及吃早饭,就常帮我带热乎乎的水煎包,中午打饭的时候也自告奋勇地揣着我的饭盒在人群中奋勇直前,遇到我喜欢的红烧排骨和麻婆豆腐,总会排长长的队给我打回来。

而这些"好"唯一的条件,就是彼此要做对方最好且唯一的朋友。

我至今都还记得那种跟别的女孩聊天都像是做贼的感觉,以及当她第N次在我面前叨叨:"我是个特别没有安全感的人,你又是我最好的朋友,迁就我一下不行吗?"她丝毫感受不到对方的为难和隐约的愤怒。

当一个人主动把自己的伤疤揭开给你看的时候,你是无论如何也不忍心撒一把盐上去的,但那些伤口又像是她的勋章,让她得以理直气壮地进行情感勒索:"我没有安全感呀,你要给我。"

三毛在《撒哈拉的故事》中写过这样一段趣事。

有家出版社邀请她写一篇关于荷西跟她的故事,名字叫《我的另一半》。

荷西知道后不解地问:"什么是另一半?"

"你的另一半就是我啊!"三毛提醒他。

"我没有另一半,我是一整片的。"荷西肯定地回答。

三毛哭笑不得,却也不得不承认"其实我也是完整的"。

"我们虽然结了婚,但是我是我,他是他,如果真要拿我们来劈,又成了四块，总不会是两块，所以想来想去，只有写《大胡子与我》来交卷，这样两个独立的个体总算拉上一点关系了。"

这样的一段，小时候看的时候总觉得像是逗趣的话，直到后来，才慢慢发现藏在这句笑话背后的爱情观有多美，又有多独立。

我们常常听到的说辞是这样的：每个人都是一个半圆，直到遇上自己的真命天子（天女），才能成为一个整体。

也正是因为抱着这样的希望，我们很自然就希望用另一个人的出现来弥补自己生活中的不足——

我怕黑，就希望有个人能在我晚上加班后送我回家；

我无聊，就想要有个人能点亮我的生活；

我没安全感，就好想有个人能"免我惊，免我苦，免我颠沛流离"。

可在大多数时候，决定感情浓度和长度的，并不在于你想要什么，而在于你能给出什么。

其实，安全感更像是一个人揪着自己的头发把自己从泥潭里拉起来，它是许多看上去可能不美、不优雅，甚至都不够体面的举动。

是你满手油污笨拙地清理厨房的下水道；

是你为了一张单子的提成看过的很多冷脸，说过的很多违心的话；

是你走夜路时心里怕得要死，却只是握紧了手中的防狼报警器，走过了那一段没有灯光的小巷。

那些你战胜了自己的瞬间终究会沉淀进生命,成为扎根你骨血中的安全感。

这才是你被爱的原因。

就像尼尔·唐纳德·沃尔什在《与神对话》里所说的那样:你不是因为爱上一个人才变得完整,而是爱上一个人,想跟他分享你完整的世界。

千难万险，
总好过遗憾错过

《如懿传》终于大结局了。

身边追剧的朋友纷纷为如懿叫好，夸她没掉进宫斗的大俗套，夸她骂起乾隆来字字见血句句穿心，让人忍不住长吁一声，出尽满腹的怨气。

最后，她甚至还拒绝了乾隆送回来的皇后册宝，成了后宫中第一个主动放弃皇帝的女人。

大气归大气，可一路看过来，却还是遗憾的。

他们本有那么多次机会可以冰释前嫌的，可每次见面，却还是让矛盾一次次升级。

其中有这样一个情节，乾隆和如懿闹了半年矛盾，两人都不肯先向对方低头。

一次送十二阿哥上学时帝后偶遇，乾隆明显有和好之意，可如懿却不为所动，始终眉眼低垂，一张冷漠脸："是臣妾教子无方，让皇上失望了。臣妾知道会让皇上不悦，不如不在皇上眼前，皇上也可以清静些。"

在乾隆试图继续寒暄时，她甚至抢先下了逐客令："臣妾自知不足，就先回宫闭门思过。"

多像是个别扭的小姑娘,明明不想吵架,却句句出口伤人;多想被那个人好好哄劝一番,却昂着头把他越推越远。

这还不是如懿"硬刚"的全部。

为了容妃,为了凌云彻,为了十二阿哥的胆小,她一次又一次跟他争吵,从不示弱,从不退让,眉眼冷若冰霜,以致与乾隆之间的矛盾越积越深,甚至抹杀了所有往昔的美好。

有了这样的铺垫,如懿最后的死心虽然解气,但也还是让人难过。

"这次,是我先放弃你的。"如懿用了87集,才终于扳回一局,但她自己,又何尝不是因为这样的脾气在爱情中吃尽了苦头。

我第一次谈恋爱的时候是在高中,表姐察觉到端倪后,把我叫到她家谈心聊天,郑重其事地叮嘱我:"既然都已经谈恋爱了,就已经是大人了,自尊心别那么强,该哭哭,该服软服软,该撒娇撒娇,反正你是女孩,这样也不丢人。"

那时我还正年轻气盛,对她这种"没骨气"的叮嘱嗤之以鼻:"才不呢,他必须得哄我,哪怕我也有不对之处,也必须他先道歉。"

"你就傻吧。"她沉默了好一会儿,给我讲起她和男朋友分手的事情。

他们大一牵手,郎才女貌,是整个班里人人都看好的情侣。两人早就说好毕业之后要留在本地工作,可就在毕业前一个月,男孩忽然吞吞吐吐来找她,说自己拿到了北京一家公司的录用合约。

中国500强上市公司,一入职就是管理类的职位,月薪比现在高出两倍有余,他想先去闯两三年,正好攒一点儿钱回来做买房子的首付。

表姐气疯了,不单单为他的临时变卦,更是为他去参加了好几轮面试、笔试,而她居然一点儿都不知道。

当然还有那层没能说出口的气恼:"难道在你眼里,我就是那种会拦着你前程的自私女人吗?"

她越想越气,半夜爬起来打电话跟他闹分手,手机号直接拉黑,在学校里遇到他,也是黑着脸转身就走。

他也是万人迷的学霸,又加上年少面子薄,委婉地赔了好几次罪,在她又一次黑脸之后,他也动了气:"分手就分手,有什么了不起?"

"这是你说的?"

"对,我说的。"

"好啊,分就分,你还真以为我不敢?"

然后,就也没有什么然后了,直到5年之后的同学会他们才再联系上,沦为彼此朋友圈里的点赞之交。

"要是现在,我大概会直接扑进他怀里,一边撒娇,一边让他道歉吧。我都已经在看北京企业的招聘启事了,我也不是没想过要跟他走。他大概也等过我吧,就像我等着他先打来电话那样,明明只要一个人先低头就能和好如初。如果那个人不是他,为什么不能是我。"她说。

我至今都记得她说这句话时努力用笑容想掩盖的哭腔。

错过毕竟还是太遗憾了啊,而这种遗憾足以让人辗转反侧。

再后来,我认识了不少在爱情里"硬刚"的女孩们。

她们聪明,她们能干,她们在职场上不输给任何一个男人,她们也骄傲,她们也倔强,她们从不肯服软,哪怕自己在夜里哭到枕头湿透,也从不在任何人面前示弱。毕竟承认自己在乎、承认自己需要、承认自己能被伤害,真的不是一件多么光彩的事儿啊。

但有些伤疤并不是为了展示,它的存在,仅仅是为了证明你活过。

老实说,爱情和尊严二选一的这道题,我也不知道该怎么做。但我总是想起《请回答1988》里的宝拉姐姐,为了追回曾经被自己残忍拒绝的男友善宇说的那段话:

"我想着会不会有1%的可能是你,但听说(相亲对象的)外号是'垃圾',啊,那就连1%的机会都没有了。然后我又想,那就该寄托在别人身上的1%的可能性上了。传到你的耳朵里去吧,因为是同一个学校同一个系的同期的朋友,传到你的耳朵里去吧,就算是1%的可能性也好。

"如果你还喜欢我的话,也许我们可以重新开始,我就是怀着这些期待出来的。

"听起来像是疯话,但我很想你。"

拜托，说这话的人可是宝拉，那个在巷子里呼风唤雨说一不二的宝拉，那个为了专心考试毫不犹豫就能放弃爱情的宝拉，那个嘴硬、骄傲，从不肯低头认错的宝拉。

但她，终究还是那个永远清楚自己想要什么的宝拉啊。

所以才能放下自己所有的骄傲和矜持，爱他就要让他知道，想他就要追回他。

在感情中永远立于不败之地该是很难吧，低头很难吧，退让也很难吧。但千难万险，总好过遗憾地错过。

主动的爱情
并不卑微

在金庸所有的小说里,成功把心上人追到手的,一共有两位女主。

"我偏要勉强"的赵敏完胜了与张无忌青梅竹马的周芷若,"我偏不勉强"的任盈盈,也取代了令狐冲眉间心上的小师妹,成为他的灵魂伴侣。

比起赵敏的热情大方,任盈盈更像是我们普通女孩子,虽然江湖上人人称她一声"圣姑",可她却"动不动就脸红,眉眼间略带羞涩"。

从绿竹巷芳心暗许开始,她先是安排了众多英雄豪杰一路照顾,想方设法地为令狐冲续命,又为了替令狐冲拿到《易筋经》,甚至不惜以自由为交换,被困少林寺后山。明知令狐冲对小师妹念念不忘,却也没有对他甩过一次脸。

想把一切最好的都给他,哪怕江湖人皆知,只有他不知。多像是张爱玲笔下"低到尘埃里"的姑娘,满心满眼,都只装得下那一个人。

我曾经以为这就是任盈盈爱情里的全部,直到长大之后再读《笑傲江湖》,才忽然理解了任盈盈的爱情观。

书中有这样的一个小细节：

当时令狐冲、任我行、任盈盈几人被名门正派联手围攻，双方约定三战定胜负，到了决胜局，华山派掌门岳不群主动要求与令狐冲对战。

当时令狐冲已得《易筋经》精髓，武功远在岳不群之上，但他的重情重义，却使他无论如何也无法对曾经的恩师下手。

任我行看出了令狐冲有意相让，向任盈盈低声道："你站到对面去。"

冰雪聪明的任盈盈立刻就明白了父亲的意思：父亲是怕令狐冲顾念昔日师门之恩，叫自己到对面去是要令狐冲见到自己之后，想到自己待他的情意，便会出力取胜。

她轻轻"嗯"了一声，却不移动脚步。过了片刻，任我行见令狐冲依然不肯出招，更是焦急，又向任盈盈道："到前面去。"任盈盈仍是不动，连"嗯"一下都不了。

我爱极了任盈盈的那段内心独白："我待你如何，你早已知道。你如以我为重，决意救我下山，你自会取胜。你如以师父为重，我便是拉住你衣袖哀哀求告，也是无用。我何必站到你的面前来提醒你？"她深觉，两情相悦，贵乎自然，倘要自己有所示意之后，令狐冲再为自己打算，那可无味之极了。

她喜欢他，这没错，但他也依然需要努力，需要拿出诚意才能得到她。

她对他的主动，不过是给他一个来爱自己的机会，而不是结果。

她爱得赤诚、坦坦荡荡，她从未自贬身价，哪怕就是她先动了心，也不意味就得低人一等。

但很多女孩都不是这样的，她们表白之前迟疑不决，反复犹豫，反复纠结，有时候生生等到意中人都已有了女朋友，才为自己没有早点儿表白而后悔不迭。而表白之后，她们又常常不自觉地把自己放在渺小又卑微的位置，在意对方的每一句话、每一个表情和每一次回微信的时间。

因为他回复得慢一点儿就捶胸顿足；因为他对其他女生笑了笑就哭天喊地；熬着通红的双眼撑到半夜只为了等一句"晚安"；每天忍不住反复思量：他爱我吗？他有多爱我？他会一直爱我吗？

甚至还没等对方回应，先自己给自己泄气：我不够美，不够瘦，不够优秀，这样的我，怎么配得上那么好的他？

在感情这场微妙的博弈中，你输了淡定，输了自矜，输了气势，那就真的什么都输了。

不是输在主动，而是输在不平等。

你都把自己放得那么低了，卑微得像一粒渺小的尘埃，再真心也是微不足道，又让对方如何心生爱惜？

《欢乐颂》里，曲筱绡不也是对赵医生一见倾心，从而变着花样追求他？

面对赵医生的高知家庭她也会心生自卑，但她在感情中始终是跟他平等的，他忙着手术的时候，她也忙着自己的生意。让他等也理直气壮，她才不会把自己当作是谁的附属品。

再主动也不廉价，爱得再深也不卑微。

那种自带光芒的爱情才是主动表白的魅力之所在，而不是让对方把你当作一个免费送上门、不占白不占的便宜。

我认识一个学姐，超洒脱，一天早晨睡醒忽然觉得深爱某人，骑了辆自行车就跑到男生的学校表白，我们一帮吃瓜群众还在紧张兮兮地等剧情进展，可她却径直去了图书馆，甚至还跟往常一样不带手机。

那男生慢热，用了2天时间才想起来带着花来找她，当时她正在健身房练瑜伽，低头看一眼表，还有10分钟，于是让他在楼下等着。

我那时一度以为这是种以退为进的心机，直到后来才理解了她的坦然与随意。

我喜欢你，那不过是我给你提供的一个可能，而不是意味着我已经为你所有，想得到我，请拿出你的努力和诚意。

别怕成为那个走出第一步的人，为自己想要的生活去追，去争，不要等。

别因为自己的主动就自贬身价，那个爱你的人，一定也最爱你的珍贵。

你没有梦想，
是你的福气

亲戚家刚上大学的小妹妹来家里做客，面色凝重。

她前不久刚报名了学校的一个演讲比赛，主题是"我的梦想"，刚报了名就兴冲冲地跑来请我喝奶茶，拜托我帮她改稿，我看她面露难色，问："怎么，演讲稿没写完吗？"

"岂止是没写完，我是压根儿就不知道要怎么开始……"她神色怏怏，用手指绞着衣襟，半晌才开口。

我好像，没有什么梦想啊。

喜欢弹琴，但并没想过要做个音乐家；成绩尚优，但也没打算一直深造去做学者；热爱旅游，但也不想以背包客为生。

算得上是个文艺女青年，但对开书店、花店、咖啡馆这种文艺营生没什么兴趣。也算肯干有头脑，可对创业当老板的前景也并不感冒。

像是身处一片迷雾漫漫的森林，明知道条条大路通罗马，可自己的未来到底通向何方，却怎么也找不到。

不到2000字的演讲稿，她拼拼凑凑写了又删，一方面是对稿子不满意,另一方面又深恨自己的不上进,说到后来,尾音甚至带上了一点点哭腔:"我觉得自己好失败啊,做人怎么能没有梦想呢?"

说来有趣,我曾经跟一位做人事的朋友聊起这个话题。是她来找我吐槽,抱怨这两年遇到的年轻人"胸无大志":聊起自己的职业规划只会傻笑,说起未来5年、10年的打算一问三不知。这让她极度怀念曾经以80后为主的应聘大军,用不着她开口,他们就会将自己整个人生计划和盘托出——1年成骨干,3年当经理,5年怎么着也得拼个部门副总,人生的终极梦想就是成为合伙人,过上拥有独立办公室、出门商务舱、进门有助理的金领生活。

可现在的年轻人让人害怕,因为你根本就不知道他们想要的是什么。

她曾经办过一个特别让人惋惜的离职手续,那男生的人际关系、业务能力样样出挑,一路坐火箭似的被提拔,成了公司史上最年轻的部门经理。做了经理还没满半年,他就向公司提出了离职。

她奉总监之命旁敲侧击,试图弄清他到底是被哪个竞争对手挖走,他却不遮不掩和盘托出:离职之后,他打算加入一家做动物保护的组织。

"VP(副总监)? RD(区域总监)? 还是直接Partner(合作人)?"她问。

"都不是,"那男生看着她笑,"我去做志愿者。"

她很努力才控制住那句险些滑出口的"你疯了吗",只是委婉地问:

"那今后的打算呢？就准备一直做志愿者吗？"

"以后啊……"男生诚实地摇头，"没想那么多。"

她事后跟我感慨，替公司惋惜失去了这样一个在美国顶尖大学拿到金融硕士学位的人才，又有点儿替他的选择不值，但更多的还是羡慕。

真是羡慕这样的年轻人啊。生活无忧，眼界广阔，每一天都是未知，生命里有千千万万种可能可以去尝试，而不必把眼光局限于从一栋办公楼到另一栋办公楼。因为不知道要什么，所以什么都可以试一试。

他们不需要那个叫作"梦想"的笼子，把自己的人生禁锢进水泥森林，缩小到某一个选项，以牺牲快乐为代价来换取聚焦。

那样自由，那样好奇，那样有趣。那不是世俗意义上的成功和有出息，但那是真快乐。

或许这个时代给年轻人最好的恩赐，就是允许他们不需要有梦想，就能活得很好。

我想，我大概也是受益于这个时代的人。

有个读者跟我聊天，说她从小就梦想着能出一本书，写过不少小文章，报过不少所谓的"写作培训班"，但最后都搁置了，折腾了好几年也没什么动静，特别羡慕我目标明确，能一直坚持写下去。

我知道这种"写作 x 年终于实现了年少的梦想"听上去真的很励志，但我的梦想从来不是写作出书。

我没想过要做一个作家，也没那种要写一辈子，写出几百万畅销书的远大志向，写作于我更像是一个意外。它来的那一年，我的梦想还是成为一名同传。

每天业余时间一边练口译一边学日语，忽然就在某个平台里被点了名，彼时还是陌生人的夜一君@我，问：要不要来玩个游戏，挑战连续写作21天。

我一贯的不坚定很快让我搁置了"做同传"的梦想，开始吭哧吭哧地每天坐在电脑前码字。连续21天，一年两次，写到第二年，有出版社的编辑来找我，想要跟我合作出版一本书。

之后的一切更像是顺水推舟，我有了自己的公众号，有了很多愿意把心事讲给我听的读者，有了一本又一本书。

于我而言，那是"惊喜"，而不是"实现"。

挺不励志的吧，但也正是因为没有需要实现的压力，我才得以不必以一种苦大仇深的姿态努力，做自己真正喜欢的事，不需要刻意坚持。

我开始慢慢接受自己"不太上进"的状态。想写的时候才写，写自己相信和喜欢的东西，我甚至都已经为某天的"江郎才尽"想好了出路：如果有天我写不出文章了，应该会去好好练一下字，学学小提琴和韩语。

人生充满意外的惊喜，我不知道自己想要的到底是什么，所以才不能用现在把未来占满。

我信《增广贤文》里的那句话：但行好事，莫问前程。河狭水激，人急计生。

一棵树生长在森林里，它不需要方向，只要有光足矣。

辑 四

热闹中容不下肉身，
　孤独中放不下灵魂

别在最该拼命的年纪
装佛系

《红楼梦》里,有个跟迎春有关的情节,总是让人看着就来气。

迎春的乳母好赌,偷偷拿走她的首饰"攒珠累丝金凤"去做抵押,被贴身丫鬟绣橘揭穿,迎春先是用"她忘了"替乳母开脱。被绣橘点破"她就是看准了你才敢这么做"之后,迎春又索性和起了稀泥。

可世事诡谲,越是怕事的人,事儿就越会找上门来,迎春满心想着息事宁人,乳母的儿媳却找上门来。

为的还是累丝金凤的事儿,贾家精明的几位掌事儿早已掌握了乳母偷窃首饰的证据,乳母的儿媳找上门来求迎春向贾母求情,嘴里却是一点儿也不客气,潜台词翻译成今天的大白话,不过就是:你赶快去给我婆婆求情,我们还有可能把累丝金凤还给你,要是我婆婆受了责罚,累丝金凤你也就别想要了。

算得上是赤裸裸地威胁了吧,连丫鬟绣橘都看不过去,可丢了东西的事主迎春,居然一点儿也不计较,依旧把"没有态度就是我的态度"坚持到底,任凭门外争吵喧天,自己只拿着一本《太上感应篇》翻看。

恰好这个时候宝钗、黛玉、宝琴、探春来访，犀利如探春，三下五除二就镇住了一直骂骂咧咧的乳母儿媳，还找了凤姐的代表平儿过来，平儿弄清原委，征求迎春的处理意见时，迎春说了这样一段话："问我，我也没什么法子。她们的不是，自作自受，我也不能讨情，我也不去苛责就是了。至于私自拿去的东西，送来我收下，不送来我也不要了。太太们要来问我，可以隐瞒遮饰过去，是她的造化；要瞒不住，我也没法儿。没有个为她们反欺枉太太们的理，少不得直说。你们若说我好性儿，没个决断，竟有好主意可以八面周全，不使太太们生气，任凭你们处治，我总不知道。"

看上去好像还颇有一种看破红尘、与世无争的洒脱，不批评，不生气，不负责，不在意。可林黛玉说得多一针见血："虎狼屯于阶陛，尚谈因果。"

熟悉《红楼梦》的我们都知道，等待迎春的是命运急转直下的旋涡，连自己的乳母丫鬟尚且无法制裁，遇到中山狼似的孙绍祖，又如何能有招架之力？

于是任由孙绍祖"一味好色，好赌酗酒，家中所有的媳妇丫头将及淫遍"，并遭遇"打一顿，撵在下房里睡去"的无情家暴。

可怜金玉质，一载赴黄粱。一路读来，像是一步步看着她，不闪不避地走向那个早就被写就的命运。

不是所有与世无争换来的都是岁月静好，红尘险恶，你越怂的时候，坏人越多。

想起这段情节，是因为听到一位读者说了自己"被离职"的事。

我们认识蛮早的，她刚刚入职的时候就加了我的微信，和我有一搭没一搭地聊过很多职场的难。比如公司盘根错节的裙带关系，别人搞错的事情让她背锅，莫名其妙的孤立和隐秘的嘲讽，她一个刚毕业的小姑娘，难免在这林林总总的压力下感到焦头烂额。

我跟她聊过不少应付职场明枪暗箭的招数，也说过好几次尽早找机会跳槽，可她总是一副听天由命的态度：再找也不一定就能比现在好吧，混生还不如混熟；日久见人心，等他们发现我既不想争功也不想拉关系，自然也就会对我好一点儿了；我管好我自己，别人怎么样跟我没关系。

像极了拳击比赛中处于弱势的那个人，眼睁睁看着对方拳脚不停地招呼过来，还要双手合十安慰自己"再挨一拳，他打累了就不会再打了"。

去年年底，她去了一次西藏，给我寄明信片的时候，附带了自己新的感悟：本来准备旅行回来就辞职的，可看到那么辽阔的天地之后才发现，计较那么多有什么意思呢？跟世界相比，我的烦恼压根儿不值一提。

她就这样继续留在了那家公司，连朋友圈的签名都换成了"万箭穿心，习惯就好"。

可我们都知道的，嘴上说"没关系"很容易，可箭插在身上还是会疼，更可怕的是，那种疼很快就会蔓延成一种吞噬状的自我否定：我就只配得上这样的工作，这就是我的命。

看着她在朋友圈里把《心经》抄了一遍又一遍，一次次转发类似"我从来不跟人争，跟谁争我都不屑"的鸡汤，越来越顺手地把"未来""日后""来生"挂在嘴边，我只是觉得可惜。

有这个时间，多背几个单词不好吗？

有这个耐心，去死磕一张含金量高点的专业证书不行吗？

几百年前的迎春，或许还能用一句"别无选择"来解释自己的懦弱与不作为，而今你我本有千万条路，可依旧统统输给了伪装成佛系的不努力。

以为解决了眼前的情绪就解决了一切，可只要你一天无力改变现实，那些让你烦恼、焦虑、痛苦又无从解脱的情绪依然会如潮水一般涌来。

或许能躲过他人探询的眼光，但你永远瞒不过内心深处的自我拷问：不，我既不幸福，也不平静。

一个人想要的东西，绝对无法只靠"躲"和"熬"就从天而降。

你得为自己而战，你就是你的命运。

热闹中容不下肉身，
孤独中放不下灵魂

不喜欢热闹的人，就应该喜欢孤独吗？

我想对于很多人来讲，这个问题的答案应该是二选一。

那我再问这样一个问题：

语文不好的人，数学就应该很棒吗？你又会怎么回答呢？

偏科自然是可能性之一，但还有其他的原因，比如压根儿就不喜欢学习，任何一科都不喜欢，甚至他的智商本身就有问题，不管是语文还是数学还是任何一科，都不可能学得很棒。

人生中有许多词组虽然看上去是反义词，但本质上都是出于同一原因。

想起这些，是因为跟一个读者聊天，说起了"合群"和"孤独"的问题。

她说自己既不喜欢跟人交往，也很害怕一个人待着。每次在社交场合跟人虚与委蛇，都觉得特别累，但一个人待着的时候又总是觉得很无聊。

既不喜欢热闹，也不喜欢孤独，在哪个状态里都待不久，享受不到人际关系的乐趣，也很难真正地沉浸于一个人的时光。

不喜欢热闹和不喜欢孤独，并不是两个对立的问题，它们共享着同一本源：你弄不懂你自己。

因为弄不懂自己，你不知道如何才能哄自己开心，不得不借助游戏或者网络社交来打发时间。同样，也因为对自己不够了解而更不够自信，以至在人群中总像是一片落叶，不知道自己在团体中该扮演怎样的角色，总是仓皇无措，感知不到自己存在的意义。

意大利的传奇导演费里尼说，一个人要有很充足的内在资源才能学会独处。

其实还有后半句：一个能学会独处的人，才能在热闹中找准自己的位置。

社交之所以带给人压力，因为它常常以舞台的形式强行把你送到聚光灯前，要求你展示幽默、共情、分寸感等沟通技能。

但一个人并不是天生就明白这些，所有你看上去的如鱼得水，不过是练习过太多次的结果。

接纳了自己的短板，才懂得在适当的时刻用适当的语气自黑；

明白了自己的力所不能及，才学得会在别人讲起伤心事或失败的经历时保持理解的沉默，而不是低情商地补一刀"你是不是傻？你应该怎样怎样做"。

跟自己周旋过太多次，才知道什么时候可以逼自己一把，让自己更上一层楼，才知道什么时候应该睁只眼闭只眼地允许自己偷个懒，才知道在人群中什么话该说，什么话不该说。

人永远要通过自己的切身感受去理解他人，一个连自己都不懂的人，是无法真正掌握社交技能的。

无论你知道多少道理上的"应该"，或者看过多少"三天让你成为社交达人"的攻略，你都无法真正学会与人共处，你看着自己在人群中表演，骨子里会觉得自己是个傻瓜。

但，一个人想要真正了解自己，又往往不得不借助他人的力量。

就像山本耀司说的那样："自己"这个东西是看不见的，撞上一些别的什么，反弹回来，才会了解"自己"。

看见别人乱扔垃圾，心里暗暗决定"我不要这样做"；看到别人拿着画笔的样子很酷，自己也想要试一试；因为钦佩某个人的智慧、通达，做决定之前则总会自问一句：要是他的话，他会怎么做呢？

是那些反对，那些模仿，那些你歆羡着的或者厌恶着的东西，帮你把那个模糊而零散的自我拼凑起来，帮你慢慢成为你希望的模样。

一个人最可怕的处境，是处在"不愿见他人"和"不敢见自己"的下行旋涡中，画地为牢锁死了自己。

东野圭吾在小说《信》中写过这样一个故事：

哥哥为了帮弟弟筹集学费，入室行窃，失手杀人，被判刑入狱。弟弟尽管是无辜的，但因为他是杀人犯的弟弟，处处都遭遇歧视，没法上学也找不到工作，还被女朋友分了手。

东野圭吾借书中一位老总的口给这种处境下了定义，叫作：社会性死亡，即明明还活着，却被忘记了，被抹杀了社会属性，切断了跟他人的联系。

听上去可怕，但想要破局也并不难。

"社会性的死是可以生还的，方法只有一个，孜孜不倦地一点一点恢复与社会的相容性。一根一根地增加与他人联系的线。等形成了以你为中心的像蜘蛛网一样的联系，就没有人无视你的存在了。"

像这样迈出第一步的地方就是这里，那位老总用手指指脚下，为他指点迷津——

没有朋友给你打电话的时候，你就去打给朋友；

没有人来帮你的时候，你就去帮人；

没有人邀请你参加聚会，你就去邀请别人。

在这个过程中，找到你想要模仿的人，确定你绝不会去做的事，去见更多的可能和更多的选择。然后在剩余的独处时间复盘，阅读，培养一些能带给你满足感的兴趣爱好。

到了那个时候你就会明白：

所谓热闹，不过是你能在人群中跟自己相处，而所谓独处，本质上是你一个人的热闹。

怎样跟与自己不一样的人做朋友

跟一位读者聊天，她说起与一个朋友微妙又纠结的"相爱相杀"。

她们从高中就认识，关系一直不错，但朋友的好多行为她不仅无法接受，甚至会有点儿厌恶。比如，朋友非常自来熟地从别人的桌上拿零食吃；在男生面前——无论是不是自己喜欢的类型，朋友与对方总是能一秒熟识，好像已经是认识多年的老友那样说笑。

她喜欢音乐，喜欢读书，朋友却是学校排球队的运动健将。她无法明白夏日里一身大汗之后的爽快，正如同朋友弄不懂她女文青感情上的敏感脆弱和思想上的弯弯绕绕。

矛盾的爆发是在最近，她是个内向的女生，在有陌生男生的场合就更是个闷葫芦，她的朋友却立刻能和大多数男生打成一片，而把她冷落在一边，甚至还跟其中一两个男同学有些暧昧的互动。虽然事后朋友解释那只是同学间正常的交往，但她们还是大吵了一架，之后的关系也越来越淡了。

又惋惜，又愤怒，又不舍，又自责。

"我现在确定了我跟她不是一个世界的人。但难道就要因为这样放弃这么多年的友谊吗?可我真的不知道该怎么处理我们之间的关系了。"她问我。

我想起人生中第一次经历友谊的幻灭,还是在小学的时候。

当时有一部热播的电视剧,叫作《绝代双骄》,其中的一个男主角是林志颖扮演的,另一个是苏有朋扮演的。我和朋友争执的焦点是两位男主谁更帅,甚至有几次吵到不欢而散。

人和人的关系挺有趣的,一点点的"看不惯"也会像劈在冰面上的巨斧,延展出许多意想不到的裂痕。理智逐渐动摇,开始与情感合谋,寻找更多对自己有利的证据。

很快我就说服了自己:她跟我不是一路人,没办法做朋友的,然而写在日记上的文字让我后来翻起时屡屡无语笑喷:

她喜欢穿红衣服,我喜欢蓝色的;

她是数学老师的宠儿,我是英语老师的宝贝;

她只吃红豆味的小奶糕,而我最爱的是牛奶;

……

我就用这些蹩脚的理由说服了自己,只用了不到一个学期,就和我最好的朋友从无话不谈到了形同陌路。

大概人在太年轻的时候总是自恋,只愿意跟与自己高度吻合的人交朋友，哪怕一点点的不同也会让人跳脚抓狂，恨不得身边所有人都是按照自己复制粘贴出来的。

只有等到年龄稍大一点，需要朋友的帮助和建议时才能明白，那些被你精挑细选出来的、跟你一模一样的人，既无法让你开心，也帮不到你。

你难过的时候她也哭个不停，你不喜欢的她也不擅长，谁也点亮不了谁，谁也帮不了谁，你看着她的那种无力感，就像是看见自己。

不，不该是这样子的，人需要朋友，是为了让自己的人生之路更宽广而不是更狭隘，是为了看到更多的可能，而不是在每种可能中重复自己。

要兴高采烈地拥抱你和朋友之间的不一样，并借助那些不一样的角度，看看自我之外的人生。

你的朋友是你看向世界的一面镜子，而不是你贴在墙上的自拍海报。每个人都会老到只有气力喜欢自己的那个年龄，但在那之前，别满足于做自己。

想和大家分享一下后来我挑选朋友的 3 个标准：

一、共同的三观底线。

朋友之间应该有不同，但那些不同必须建立在共同的三观底线上。

很多人都把"三观相同"和"能聊得来"当作同一回事。但事实并非如此。

比如，我作为一个资深吃货，跟另一个以吃为人生追求的人一定会有很多共同话题。但如果我的吃是建立在自食其力的前提下，而对方总想着如何才能骗吃骗喝，我们成为朋友的概率应该为零。

所谓三观的底线，并不在于"做了"什么事，而是那些"不做"的事。比如认可承诺的重量，不出尔反尔，无论如何也不靠坑蒙拐骗和出卖良心来谋取成功。

二、相等的成长速度。

朋友之间贵在平等的交流，而维持势均力敌最大的砝码，就是保持成长的速度大致相等。

成长这种看似顺理成章的事，过了25岁之后，都是需要刻意用力才能维持的。生活步入正轨之后的稳定，很容易让一个人失去斗志。

尤其对女孩子而言，化化妆、追追剧、逛逛商场、谈谈恋爱很容易就能打发时光。

如果这时候互为朋友中的一个人还在成长，而另一个已经放任自己被包裹进生活的老茧，她们的友谊很快就会死于无话可说。

当然，这并不意味着你的朋友要跟你一样成为画家、作家、歌唱家，或者有着八块腹肌的模特。人的成长是很多维的东西，但本质上其实是种心气儿：我还能更好，我还不满足。

成年之后的友谊，从来没有单方面的迁就和提携，而是两个人的互相扶持，互为彼此的光，照亮彼此的生活。

三、愿意为彼此花费时间。

每个人的生活都越来越忙，但作为朋友，你总会为一些人在心底保留一个角落。是在开会时低下头回复一条微信的琐碎，也是跨山越海也要约一顿饭，聊心事聊困惑的执着；是彼此愿意去了解和分享对方生活中的点点滴滴，不管见与不见都有话可聊；是那些为彼此付出的时间让彼此的心贴得更近，而不是平时没半点联系，只在遇到难事时把对方当作救火队员。

时间是一个人能给予另一个人最珍贵的礼物，一分一秒都做数。

归根结底，友谊的不可或缺，并不仅仅是为了抚平孤独，而是因为它通向更好的生活。

敢要的人，
才接得牢

有个读者跟我讲过这么一件事：

她拉上了一个舍友去超市买东西，挑完自己想要的东西之后，客气地招呼了对方一句："你有什么想吃的一起拿上呗，我请客。"舍友就去拿了一些小零食，坦然地跟她的东西放在了一起。

舍友买的东西中，好几种都是她平时舍不得买的进口零食，可请客的话已经说了，她咬咬牙结完账，心里觉得有点儿不是滋味。

我以为那是小女孩之间敏感又尖锐的斤斤计较，问她："你是觉得她不该把你的客气话当真吗？"

她摇了摇头，说："不，不是的，我说这句话的时候的确是认真的。不是觉得自己吃亏了，也不是埋怨她不懂事，只是羡慕她这样的人。想要什么就去拿什么，每一句话都是实实在在，脑子里没那么多弯弯绕，也不会死要面子。

"可我不行，哪怕是被别人诚心实意地邀请，我也会装作无欲无求的样子，立刻回答'哦，我没什么想要的'，连瓶水都不会拿，哪怕自己待会儿还要再跑一趟来买。"

她一面觉得自己很清高很有礼貌，另一面又深恨自己好虚伪。

我想我是懂她的，我人生中第一次体会到这种微妙的纠结感，还是在七八岁的时候，过年跟外婆一起去亲戚家串门。

为了让我看上去像个大家闺秀，外婆早早就开始调教我：

人家问你想吃什么，那是客气话，你就说家里都有，别给人家添麻烦；

别人让你吃糖，你要说"谢谢，我不要"，人家随口一说你就伸手去拿，那样很难看；

给你压岁钱，你一定要推让两三次，除非人家硬塞给你。

我至今还记得去串门的那家，有个很漂亮的大姐姐，她在俄罗斯工作，带了很多我从来都没见过的糖，放在一个很漂亮的铁皮盒子里，从我们一进门，她就招呼我："来，吃糖。"

我牢记外婆的叮嘱，假装淡定地推辞，只眼巴巴地盯着她，盼着她能像长辈们那样，有种不由分说的热情，把糖抓起来塞进我的口袋里。

如果眼神有热度，她大概早就被我盯成了放大镜下被炙烤到焦灼的蚂蚁。但那天来的客人很多，她把糖盒子放在我身边的小茶几上，说"你想吃的话自己拿呀"之后就转身出去招呼其他人了。

不断有其他人家的孩子跑过来，那个盒子里的糖很快就被拿空了，剩下一两颗糖的时候，我差点儿没忍住就伸手去拿，立刻就被外婆瞟来的警告的眼神制止了。

我也记得那天外婆牵着我的手回家，略带鄙夷地说起那些不停跑过来在盒子里抓糖的孩子。

"那些猴孩子，一看就没见过什么世面，随便就拿人家东西吃，真没礼貌。"

可什么才是见过世面，什么才是有礼貌呢？

是口是心非吗？是死要面子吗？是明明被邀请，还偏要装出一副"我不稀罕"的傲娇吗？

我不知道，只满心怨恨着那个漂亮姐姐。都是她，不把糖塞给我；都是她，不多邀请我几次；都是她，嘴上客气但一点儿也不真诚。

你看，人心多坏啊，明明是自己假清高，却偏要把虚伪归罪于他人。

上大学的时候，我有个关系蛮好的舍友，她特别丢三落四，常常要找我借各种各样的小东西，每次我也都会立刻停下手头的事拿给她。

有天晚上，我发现衬衣的纽扣掉了一颗，正好她不久前才买了针线包，我就问她借。她当时正在低着头做题，随口回答我："我正做阅读呢，针线我放在抽屉的最外层了，你自己拿。"

又是自己拿。

当年没好意思在那个盒子里拿出糖的我，始终也说服不了自己去拉开别人的抽屉，我站在那儿等了一会儿，看她还不起来帮我拿，就赌气换下睡衣去超市买，还听到她在说："不就在最边儿上吗？难道是我塞里面了？你把抽屉拉大点儿找找。"

如今回想起来只是觉得好笑，但当时是真的好生气，我也无法向她解释自己曲曲折折、千回百转的内心戏，只好冷冷地说一句："你架子可真大，问你借点东西这么难。"

她也是暴脾气，当场回怼我："我不都说了我忙着呢，让你自己取吗？怎么，还非得我跪下来，双手捧过头递给你才算真心？"

很多年之后，我们见面时还会聊起这个梗，她说："我记得那个时候，你好难打交道啊，一身的古板拧巴，感觉像是上个世纪的人一样。"

是她那句话忽然点醒了我。

在我外婆的童年时代，"来吃糖""吃完饭再走"真的就只是有客套没真心的邀约。毕竟家家物资都紧缺，人人都有眼力见儿，只有少数不懂事的，自然就成了公认的眼界浅和没礼貌。

但如今的时代不是这样的，邀你吃糖，请你吃饭，让你自己拿，都是实打实的真心。你不接受，对方就会觉得你是真的不需要，而不是欲迎还拒的手段。

我带着前一个时代的价值观长大，却更偏心于后者。

想要就是想要，不怕承认自己有欲望，更不怕落下还不起的人情债。

有来有往，才有了情谊，才有了了解，才用不着反复纠结、来回猜心思，才不会在我要的是梨你给我的是菠萝的拉锯战中耗尽所有热情。

毕竟人与人之间，不仅有丰沛的付出，还有坦荡的索取和坦然的接受。

敢要的人，才接得牢。

大学女生宿舍
生存指南

如何跟舍友相处，大概是每个大学生都要面对的重要课题。

来自五湖四海的每个人，带着自己独特的经历、观念和背景，寄居在十几平米的宿舍，任何一点细微的不同都被无限放大，继而成为不可调和又无法容忍的冲突。

相比起男生之间赤裸直白的"不服来战"，女生宿舍里的波诡云谲更要复杂许多，微博和知乎上有关"女生宿舍"的真假新闻一抓一大把，以至于很多人在开始宿舍生活之前，就已经先存了三分疑心和两分畏惧。

但是，现实中的大多数宿舍的生活虽然没有多么其乐融融，但也绝不至于动辄上升到什么牙刷被用来刷马桶、被子被泼水，甚至是杯里被下毒的地步。在看如何跟舍友相处的建议之前，希望我们能先对以下立场达成共识：

90%的人都和我一样，是有优点也有缺点的正常人。

90%的矛盾，都可以靠沟通来化解。

无论遇到什么问题，都有至少两个选择。

如何处理好跟舍友之间的关系，平安快乐地度过4年大学时光，请收下下面这些建议。

一、先观察，别急着建立友谊。

别在开学第一天就跟舍友掏心掏肺，也别在第一个礼拜就宣布自己跟舍友成了闺密。在漫长的4年时光里，确认对方是什么样的人，跟你是否合拍，远比急匆匆地建立起塑料姐妹情重要得多。

你的舍友来自哪里，家境如何，是不是独生子女，跟家人的关系怎么样。了解一个人的经历和她身边重要的人，可以帮你判断出一个人的基本性格。

舍友有什么优点（至少3个），有什么缺点（至少3个），有什么值得学习或者跟自己互补的地方（至少3个）。

没有哪两个人可以完全合拍，客观地认识对方的优点和缺点，能避免掉很多后续的失望和伤心。也没有哪两个人真的格格不入，把"对比"变成"合作"永远是升级一段关系的最佳途径。

舍友最在乎的是什么？

甲之蜜糖，乙之砒霜，了解对方最在乎的是什么，可以避免很多不必要的冲突。

就拿当班长这一件小事来讲，如果你没有什么权力欲，也不想担负什么查寝汇报、监督卫生的责任，不妨就大方推荐一下你"心之所向，口不敢言"的那位舍友。

满足对方没说出口的需求，是最高级的礼物。

无论是否成功，她会记得你的认可，也会因为你的了解和洞察心存感激。

二、不拉帮结派，不站队。

不要试图拉拢ABC来排挤你不喜欢的D，也不要因为任何人笼络你，就向着她去疏远另一个人。

群体暴力之所以可怕，是因为它不仅会让身在其中的每个人都失去理智，更重要的是它还会不时地掉转方向，来一个360°的大反转，你永远无法预测，下一阵风来时，浪头对准的是谁。

不想身受其害，就要有意保持距离。尽量避开这种"谁不在场就议论谁"的场景，去超市逛一圈，去操场跑跑步，被问起的时候假装一下傻白甜："我可能平时在宿舍不多，我觉得她还挺好的呀。"

你可能会因此错过被接纳进小团体的机会，但你也可能因此避开被裹挟的命运。

三、有话直接说，有话当面说。

不要相信任何"女生的感情是靠说第三个人的坏话建立起来"的这种鬼话，也不要以为自己开个微博小号就可以随便吐槽舍友还不为人知。

不要猜忌，"我觉得她肯定是×××"，去问问她"你觉得是不是×××"。

不要绕圈子，不要试图让A传话给B再让C知道你的不满，比直接得罪人更可怕的是传话人无意中的断章取义。

不要摆脸色，如果舍友开着公放追剧影响了你学习，你要直接去好声好气地跟对方商量。

不要将错就错，对方给你脸色，你就摔门回击她。

你要成为自己想象中的那个人，而不是对方以为的那个人。

四、学会自嘲，适当沉默。

不是只有居高临下才能让别人服从，有时候把自己放低一点儿是解决问题的最佳途径。

被舍友反问"就你娇气啊"，不妨自嘲一句"对啊，我也觉得我挺娇气的，睡觉的时候听不得声见不得光的，还要你多多照顾喽"。或者首先用自黑来给大家打个预防针，"我这人说话声音大""我睡觉打呼噜""我从小被爸妈当男孩养的,特别粗心大意,大家多包涵"。

也不是所有挑衅都要怼回去。

你要清楚自己的底线,什么是可以接受的,什么是不能忍的。在接受范围内的小摩擦可以一笑了之。

别担心沉默和微笑会让你看上去很尿,爆发不应该是你的常态,你发过一次火儿之后,所有人也就知道了惹怒你的后果。

最后的底牌,别轻易示人。

五、是舍友,不必做朋友。

地理距离不是你交友的凭据,三观和性格才是。

你的世界不仅有宿舍里这几个人,同班,同校,甚至不同校但同专业的人,都可以成为你的朋友。

跟舍友保持礼貌的距离,出门的时候打个招呼,打水打饭的时候叫对方一声,不要乱动对方的东西,考试前共享一下笔记。

不必成为朋友,但也不要给自己树敌。

六、管住嘴,迈开腿。

人性中最大的缺点之一,是慕虚名而不避实祸。

有男朋友了,要在舍友面前秀秀恩爱;拿了奖学金,当了班干部,去了一趟欧洲，买了一件名牌，都忍不住要发个朋友圈让所有人知道。

你或许没有恶意，但你永远不知道，别人会如何解读你。女生之间的嫉妒与攀比的恶意，常常都是祸从口出。

开口之前先问问自己：

我做这件事的目的，是为了让别人知道吗？

别人知道这件事，对我有什么实际上的好处吗？

有说话的工夫，不如去操场跑两圈，或者去天台上念念英语。

要知道，大学只是一阵子，不是一辈子，你的对手和朋友都不只是宿舍里这几个人。

你才是你的本钱，不要本末倒置。

让你越活越窄的不是三观，
而是优越感

三观不同，到底要不要强融，一直是从学校到职场都被热议不休的话题。

人天生就喜欢与跟自己相似的人亲近，一半为着愉悦，一半为着偷懒，哪怕对方有一丝一毫的差异，也会抓狂，最终以"三观不合"的名义把别人越推越远。

可那看似轻松的，往往才最沉重。当你交往的所有人都像是自己的分身，在熟悉的群体中自觉如鱼得水时，你早已错过太多的可能。

我第一次尝到这样的苦头，还是在大三的时候。

当时学校有个为期3个月的公费交流机会，全年级只选一个人。我成绩领先，平时也挺讨老师喜欢，把申请表一填就觉得稳操胜券，听到有人绞尽脑汁奔忙只觉得可笑。

那女孩一向是班里的活跃分子，自从知道了公费交流的机会，就开始各种折腾，又是找学长学姐打听，又是跑到学校的论坛上咨询跟那个学校有关的问题。

我自小听着"酒香不怕巷子深,是金子总会发光"的谚语长大,为自己"低调稳重"的做派得意不已,跟我要好的朋友也纷纷为我打气:"靠实力说话,她就是再想什么招也没有用,管她怎么折腾,名额一定是你的。"

倒是她来找过我两次,问了几句简历的事,跟我说:"辅导员说院长明天刚好出差回来,他之前正好在那所学校做过副教授,要不我们明天一起找他推荐一下吧?我一个人不太敢。"

"我就不去了,这点小事不用麻烦院长吧。"我婉拒了,心中更加鄙夷她为了得到这个机会四处活动。看看姜太公,再看看诸葛亮,前者"愿者上钩",后者被"三顾茅庐",那才是真正有风骨。

可我投向她的同情眼神,没多久就砸回了自己头上。

现在回想来并不意外,美国的大学本来就非常注重校友文化,得到院长亲笔推荐信的她和只有一张光秃秃的高分成绩单的我,大概从一开始就高下立判。

可我连她都怨不了,毕竟也不是输给了什么阴谋诡计,毕竟她去找院长之前,也来找过我。毕竟她也没做错什么,她只是比我更勇敢,也更大声地说出了"我想要"。

那是我头一次清楚地意识到,原来,除了自我之外,还有那么多种可能。而这样的冲击,是与我"三观相投,如同一人"的朋友无法带给我的。

而我们之所以习惯了用"三观"为标准来选择朋友，其实更是出于一层隐秘的优越感：我是对的，你是错的；我是好的，你是坏的。

把自己当作宇宙的中心来评判别人，用自我的优越感竖起重重藩篱。

可成长是抽丝剥茧，需经过漫长的自我质疑和自我挑战才能破茧成蝶，它不是一次次单调的自我确认，也不是在自己选择的"分身"中不断确认：我很好，我最好。

知乎上有个问题：毁掉一个年轻人最快的方式是什么？

有个高赞回答这样说：让他跟与自己相似的人在一起。

是的，那样会越活越狭隘，越活越单调，所有的精力都用来维护既有的偏见，每一年都是20岁，心智停止生长，生命停止探索，在由自我构成的狭小舒适圈里辗转腾挪。

但友谊与爱情一样，不仅需要互相迁就，还需要互相成就。

我跟上面提到的那位女同学后来成为很好的朋友，在我每次清高病发作故作不在乎时，她总是能毫不留情地点醒我，在我每次犹豫不前的时候，她总是帮我出谋划策的那一个。

我想，和菜头说得很对，人的三观，本来就是在不断的崩塌和重塑中日趋完善的。

可怕的不是碰撞本身，而是你先竖起一道铜墙铁壁，隔绝了所有被冲击也被改变的可能。

并不是所有朋友都是可以深夜聊天、逛街、约饭的，成年人的关系里除了悄悄话之外，还有合作和互补，还有启迪和引导，还有很多比"聊得来"更多维的关系。

就像梅格·杰伊说的那样：送你未来的人，无法送你热汤。

另一件让我深感触动的事，是在工作之后发生的。

因为公司的临时安排，我跟一个陌生的女同事被分到同一个项目，女同事像极了聒噪的花孔雀，爱邀功，爱叫苦，在电梯里遇到老板会嘟嘴撒娇："李总你可不知道，昨天那个客户代表有多难搞，我们俩可是熬夜改了三版合同才争取到的。"然后指指我，"你看她的黑眼圈，都快掉到嘴唇上了。"

那时我已经能克制住自己"一言不合就绝交"的脾气，但合作的过程也总少不了磕磕碰碰，当我想着如何才能把项目做得更好的时候，她关注的却是如何邀功。

可无论我对她这一套多不买账，也不得不承认跟她搭伙儿做事的受益，每个月都能拿到不菲的奖金，比之前更难更累的项目都高出很多。

我也逐渐发现了即便我们有千般不合，却还能顺利合作下去，也明白了我们从搭档成为朋友的原因。

我爱抠细节，但从不把责任划得泾渭分明，分属她的工作范围内的我也是能帮则帮。

她爱邀功，但从没有把成绩归功于自己，汇报进展的时候也总是捎带着我。

遇到合作方想用一点儿回扣来压价的时候，我们不必商量就能默契地说"No"。

我们的三观有太多太多不同，但终归共享同一底线：绝不靠坑蒙拐骗、违背良心来交换利益，我们想要的是清清白白的成功。

那些我们都不愿，也不会去触碰的东西，成了彼此友谊的基础。在共同的底线下，我们的性情虽然不一样，却能相互帮助、提携。

像《飘》里温柔守旧的媚兰和叛逆的郝思嘉之间的惺惺相惜，当郝思嘉在十二棵橡树对着在场的男孩子狂送秋波时，其他女孩都秒变柠檬精，而媚兰笑着劝带头讽刺郝思嘉的卫蜜儿："你不要这么刻薄，她不过是活泼罢了，我总觉得她非常可爱。"

她们用不着去改变彼此，正是因为那些不同的存在，她们才成了彼此的另一条出路，当她们看向彼此，就好像看到了自己的别样人生。

而那正是友谊的真谛之所在。

归根结底，人需要朋友，不是为了在另一个人身上重复自己，而是为了创造更多的可能。

别把不懂人情
当作特立独行

上个月,一个很熟的读者来西安玩,约我出去聊天。

我们挑书和电影的品位极其相似,见面之后几乎一直在聊书和最近在追的美剧,从中午的火锅到下午的烤肉,直到吃完甜点该分手的时候,她不让我走。

女孩可怜巴巴的神情极像一只小鹿:"再聊会儿吧,你不知道,平时在公司都没人跟我说话的。"

我好奇地问了句为什么,她就打开了话匣子,几分无奈几分轻蔑的模样跟我控诉:

"她们品味好差,追的都是时下的国产热播剧,那种东西有什么可看的嘛,情节狗血不说,题材也没有深度。"

"还有哦,好多人毕业之后都没翻过书了,就算是看也只看那种'霸道总裁爱上我'之类的无脑网文,每天就只知道聊家长里短和明星八卦,特别没追求。"

她脸上的清高与挑剔那么熟悉,熟悉到让我觉得那就是刚毕业时的我坐在现在的我对面,眉梢眼角都是不满不爽与不甘心。

我甚至还记得当时有女同事邀请我周末做美容的时候,我回答她的那句情商为负值的话:"不了,我《宋史》还差一点儿没读完,昨天又收到了一套陀思妥耶夫斯基的书,真的没时间。"

她惊讶地随口夸了两句走了,我还扬扬得意,觉得自己的格调简直不要太高哦。

一起吃饭的时候,大家在讨论明星八卦的时候我也从不搭话。一边刷着知乎,一边在心里默默地鄙视她们:"真没追求,真无聊,真俗。"

别扭了1年多,当时的老板叫我进办公室"喝茶",开门见山地说:"我怎么听说你有点儿不合群?"

我那时年少气盛一点儿也不怯,立刻回击:"那也要看是什么群,那种无聊的八卦群,我没兴趣,也不想委屈自己。"

他像是早就猜到了我会这么说,不仅没恼,反而冲我笑笑:"你很聪明,但你要知道,越是聪明的人越要会说蠢话,心里特立独行没关系,但表面上不要太不合群。"

我是在后来吃过了很多亏之后才懂得了这句话的含义。

人与人之间,谁会真正在意你多有想法,多有追求,多么聪明呢?最基本的交往底线,不过是懂人情,通情理而已。

电影《模仿游戏》中,卷福扮演的艾伦·图灵是一个智商碾压众生的天才。

艾伦·图灵是谁？

15岁，他拿到国王爱德华六世数学金盾奖章；19岁，考入剑桥大学国王学院；24岁，提出"图灵机"构想，有关图灵机的论文，被称为计算机领域最重要的研究之一；直到今天，计算机领域没有诺贝尔奖，最牛的奖项是"图灵奖"。

这部电影拍的是图灵的27岁，那一年"二战"爆发，他应召到布莱切利庄园工作，负责破译二战中德国被称为人类噩梦的恩尼格玛密码机。

这台机器让密码的随机组合达到了150万亿之多，哪怕发动全英国所有人不眠不休地来一一测试，也需要整整20亿年。

身为天才的图灵很快在众人中崭露头角，当其他人都试图靠人脑来解密时，只有图灵意识到了人脑的计算速度和计算量无法跟机器匹敌，想要战胜恩尼格玛密码机，就必须借助另一台机器的力量。

观念上有了分歧，行动上自然就有冲突，恃才傲物的图灵很快将共事的同事们得罪了个精光，虽然他说服了丘吉尔批准了解密机器的研发，可无论他多么废寝忘食，却始终达不到他想要的效果。

是克拉克小姐的一番话帮他破了局："你很聪明，但恩尼格玛比你更聪明，想要战胜它，你就需要别人的帮助。如果他们不喜欢你，他们就不会帮你。所以，他们的喜欢很重要。"

图灵一点就通，很快跟其他几位同事冰释前嫌，在他们的帮助下，破译机器有了质的突破。当图灵差一点儿被炒鱿鱼的时候，也多亏几位同事的力保，他才能继续留下来。

在电影里，你可以明显地看出他坐在人群里时那种掩饰不住的别扭，但有时候，谁在乎他是不是真正融入了他们呢？他只要在那儿就够了。

人与人之间的肯定有时候不必说出口，他跟他们在一起，就是对他们的最好的赞扬和承认。

历史上对图灵发明的密码破译机的评价是：让"二战"至少缩短了2年。

没有图灵，英国做不到，但没有伙伴的帮助，图灵也做不到。

特立独行本身没有错，但只要你还有一点点想要为之奋斗的目标，你就得放下身段，放下你的清高和傲慢；你得接受那些让你不适的社交规则，知点世故，懂点人情；你得学会给自己穿一身"防弹衣"，来保护你最珍视的东西。

用八卦和蠢话来寒暄闲聊不会让你掉价，每天花10分钟来刷刷热点、找找话题也不会拉低你的思维水平。

所以，无须强融，但也用不着刻意不融。

什么姿态一点儿也不重要，真正重要的，是它是否能帮你成为你想要成为的人。

为什么年轻人
越来越喜欢一个人待着

跟一位读者聊起一个很有趣的话题，有关孤独和朋友。

她说，每次一个人待着的时候，都觉得特别孤单、特别想朋友，可真的跟朋友相处吧，又觉得有点儿烦。

她想去看电影，朋友偏要拉她逛街，陪她买衣服，这些都是小事，更可怕的是，她忙得要死的时候，闺密遇到了糟心事偏要跟她倒苦水。

她也有自己的烦心事，可朋友才不管那么多，大脾气小情绪总是一股脑儿地倾倒给她，也不管她接不接得住。

她感觉蛮奇怪的，人不就是想要从朋友身上获得陪伴和关心吗？可为什么和朋友在一起之后，又会觉得烦。

我秒懂她的感觉，因为就在前两天，我还跟一位朋友为了熬夜这件小事闹腾了半个多小时。

我睡得晚，平时正常入睡时间都在凌晨2点左右，前几天出差去了她所在的城市，她特意丢下老公跑来酒店陪我，刚一过10点，她就以20分钟一次的频率冲我叨叨："快完了吧，早点儿睡吧，熬夜不好。"

我那天挺忙的，聊了一下午天攒着一堆事儿得在晚上做完，让她先睡她又不肯，一直在我方圆两米之内徘徊，唠叨熬夜带来的种种坏处。

我被她唠叨烦了，问她："刚认识的时候，你知道我熬夜，也没见你说什么。怎么熟了之后，反而越管越多？难道是要准备当妈，所以拿我练手？"

她被我气笑了："才不是！刚认识的时候，谁会在乎你的死活？"

她的回答让我想起"新世相"的创始人张伟讲的那句话：一个温柔的人，也是一个疏远的人。

温柔是节制而漠然的，带有一种点到为止的客气，所以真正的关心是很难温柔的，一个人跟你离得越近，也往往就显得越不温柔，你们的生活重叠得越多，矛盾也就越多。

所以，我们才对朋友关系又爱又恨；所以，纳兰容若才会感叹：人生若只如初见。

我很喜欢日语里一个对"关系"的准确描述：羁绊。

它温暖你，让你不至于孤零零地行走于荒野；但同时它也牵绊你，让你再也不能像一个人时一样潇潇洒洒、随心所欲。

它是铠甲，让你无论经历多么糟糕的事都能在朋友的陪伴下满血复活；但它也是软肋，让你迈出一步的时候，总是忍不住要回头确认：我这一步走得对吗？会不会伤害到我身边的人？

它让你勇往直前，但也把你变得畏首畏尾，人的勇敢和怯懦永远是来源于一处，那就是当你生命中有了可爱之人。

弗雷德里克·巴克曼的小说《一个叫欧维的男人决定去死》中，就讲了这样一个有关"羁绊"的故事。

59岁的欧维因为深爱的妻子的去世想要自杀，就在他为自杀做准备的时候，一户新邻居搬进了他的小区。

一个孕妇，两个孩子，笨拙的男主人在第一天倒车的时候，车轮轧到了欧维的花坛。

不能不管吧？毕竟他连车也倒不好，毕竟她家连内六角扳手都没有，毕竟男主人从梯子上摔下来之后开不了车，而临盆在即的妻子又必须定时产检。

他冲他们吼叫，冲他们翻白眼，但每一件需要帮忙的事，他都会管。

欧维像是一张小小的渔网，一次次把那一家人救出困境。而他给出去的那些好，形成了一张更大的网，起了反作用似的，一次次地把他拉回人世间。

是这种羁绊让他厌恶透顶，它让他无法与心爱的索雅重聚，它让他的每次自杀计划，都被突如其来的小事打断。

但也是这种羁绊，让他意识到自己的爱并不只是给了索雅。他还给了因为换了一辆车而交恶的老友鲁尼；还给了怀孕的帕尔瓦娜和胖子吉米；也给了他非常嫌弃的那只小猫……是这些他自己也意识不到的爱，把他从心灰意冷中拽了回来。

所以，你看，跟身边的人创造很深很多的羁绊，某种意义上就是对自己好一点儿，无论你的生活此刻有多风雨飘摇，只要那些羁绊还在，你都不至于冒出那个绝望的念头：这个世界与我无关。

有时候，仅仅是知道自己被需要，就能好好活下去。

而那不是朋友圈里浅尝辄止的点赞之交，不是保持着距离寒暄客套"我很好，你也是吧"，甚至不是温柔。它是打扰，是麻烦，是巴克曼笔下的那段话：

就像搬进一座房子，一开始你会爱上新的一切，陶醉于拥有它的每一个清晨。但经年累月房子的外墙开始陈旧，木板七翘八裂，你会因为它本该完美的不完美而渐渐不再那么爱它。然后你渐渐熟谙所有的破绽和瑕疵。天冷的时候，如何避免钥匙卡在锁孔里；哪块地板踩上去的时候容易弯曲；怎么打开一扇橱门又恰好不让它嘎吱作响。

你的羁绊，就是你的归属感。

辑 五

对自己要狠，
对别人要忍

降低内耗，
人生才能变得轻松

你有没有过这样的经历？

明明知道有一大堆事儿要做，却不知道该从哪一件开始，好不容易理顺了头绪，什么都没干，却好像已经跋涉了三千里，只想停下来玩会儿手机。

你父母嫌你总是独来独往不跟人交际，他们在你背后重重叹气："这孩子这么不会来事儿，以后怎么办？"你觉得自己没错，但又忍不住怀疑自己真的像他们说的那么糟糕。

你跟老板提了升职的要求，他答应你考虑几天，却一直没有回话，你忐忑地猜测这是隐晦地拒绝，又不甘心地想去问个清楚，心里一直七上八下，没办法集中精力好好工作。

以上这些情况，就是我们常说的"内耗"。

简单地讲，就是既分不清轻重缓急，又不确定什么事该做什么事不该做，所以总是处在犹豫和怀疑的状态里，给自己平添许多烦恼。

这种拉锯战式的自我斗争非常消磨意志力，让你什么都没干只是觉得心累，又因为效率低下加剧了自我怀疑，需要更多精力给自己打鸡血，整个人的状态像是一辆过山车，忽高忽低。

那么，如何才能摆脱内耗状态呢？你可以尝试从以下几个方法做起。

一、一次只做一件事，做到让自己满意。

你一定听过有关紧急和重要的四象限分类，看上去很有道理，实际上却没什么作用。很多人遇到的问题并不是不懂这四个象限的分类，而是分不清紧急和重要的区别。

期末考试中到底哪门课更重要？女朋友的电话和老板的电话哪个才算紧急？

如果你把大多数的精力都用在给类似的事情排序上，那你也就"成功地"开启了内耗模式。

这就是有时候你的任务清单越长，你就越是什么都不想做的原因。

想要破局其实也不难，当你手头有不止一件事要做的时候，你大可以不必要试图给它分出个轻重缓急。

如果没有明确的截止期限，你只需要从自己想到的第一件事开始做，别敷衍，认真做完一件再进入下一件。

这种做法可以让你把精力用在做事本身，而不是选择做哪件事上。

做到让自己满意再做下一件，你就不需要总是回头看，一边做着 B 一边想着A，要知道，返工需要的时间永远比开始更长。

二、无限降低对他人的期待。

常听到这样一种抱怨：我对她都能帮一把，她怎么就不能也帮我一把呢？这种暗含不公平的怨气常常会成为人际关系中最大的绊脚石。

你既无法把自己之前的付出都一脚踢开，又不愿意把对方带来的负担照单全收。自己的内心天人交战，真正的当事人却对你的痛苦一无所知。

这种人际内耗的起因，常常是"以己度人"：

我这样对你，你不该同样对我吗？

你看不出来我不喜欢你这样做吗？

我都走了99步了，你就不能走一步吗？

听上去委屈且正确，但大多数情况下，如果你不明说，对方真的不知道你想要的是什么，所以你也用不着拿别人的无动于衷给自己添堵。

尽量放低对他人的期待，别想着对方会像读卡器一样明白你的所思所想，需要对方做的事情要直说。比如"我不太喜欢别人乱动我的东西，请你以后不要再随便拉我抽屉了"或者"我都约你好几次了，你就不能约一下我吗？"

一时直白一时爽，一直直白一直爽。

三、永远把注意力放在影响圈，而不是关注圈上。

"影响圈"和"关注圈"是史蒂夫·柯维在《高效能人士的七个习惯》中提出来的两个概念，它们的区别，是你对事情的掌控力。

举个简单的例子，明天上班路上会不会堵车就是你的关注圈，你的关注程度再高也无法左右事情的发展，但影响圈里的事情却是你能够掌控的，比如早起半个小时避开早高峰。

如果你一直盯着关注圈，你就会把大量时间浪费在自己无法控制的事情上，陷入深深的无力感而不断抱怨，最后导致连自己能做好的事也没心情做。

一个人影响圈的大小是可以改变的。如果你想升职，就努力做出业绩，有了优秀的业绩作为资本，你就可以影响老板的决定。

但如果你只把目光放在关注圈上，抱怨老板有眼无珠不肯赏识自己，就只能收获满满的负能量，最后连力所能及的小事也懒得去做。这样一来，就算是老板有心给你升职也找不到理由，你的影响圈就会逐渐缩小。

分清哪些是你能跳一跳就能得到的，哪些是你根本无法控制的。在前者身上拼努力，在后者身上赌运气。

有种低情商，
叫"我对所有人都一样"

跟一位创业的朋友聊天，他有个20多人的小团队。他最近遇到了一个小麻烦，就是一个特别得力的骨干早上总是迟到，少则几分钟，多则半小时。

这算不上什么大事吧？但偏偏他早就给员工定下了规矩，一个月迟到2次全勤奖泡汤，迟到5次以上就得扣工资。

他那位得力助手才搬了家，每天上班要从城北到城南，早高峰路况复杂，稍微遇到点意外情况，保不齐就得迟到。

于是，我这位朋友就以老板之尊，趁人事部还没汇总考勤之前，偷偷在系统上修改他的打卡时间，把迟到改成准时。如果实在没机会下手，就在发工资的时候以别的理由另加一笔奖金。

竟然还有这种操作！我听得目瞪口呆，说好的公平呢？说好的一碗水端平呢？

他笑了一笑说："对公司来讲，有的人可有可无，有的人不可或缺，每个人对公司的重要性都不一样，我怎么可能端得平？要是强行端平了，那才是最大的不公平。"

他这一通道理意外地解决了一个困扰我多年的困惑。

在《红楼梦》第六十三回《寿怡红群芳开夜宴，死金丹独艳理亲丧》中，薛宝钗在宴上掣出一支牡丹花的签，得到批语"任是无情也动人"，这句唐诗，也成了对薛宝钗待人处世的最佳解读。

可面面俱到的宝姐姐，怎么算是一个"无情之人"呢？

她那么体贴。她给众人送礼的时候，就连在贾府混得连个丫鬟都不如的赵姨娘，也从不曾短了她的一份。背地里接济寒酸的邢岫烟，也从不炫耀自己施予的恩德。

她是那一众姐姐妹妹里人缘最好的女孩，就连最多疑最小心眼的林妹妹也跟她掏心掏肺，史湘云更是不用说，整日把宝姐姐的好挂在嘴边。

薛宝钗在书中唯一能被人抓到的错处，不过是在金钏跳井自杀之后安慰了自责不已的王夫人几句："据我看来，她并不是赌气投井。多半她下去住着，或是在井跟前憨玩，失了脚掉下去的。她在上头拘束惯了，这一出去，自然到各处去玩玩逛逛，岂有这样大气的理！纵然有这样大气，也不过是个糊涂人，也不为可惜。"

看上去好像是一番冷血无情的言论。可设身处地想想，若你去长辈家做客遇到这档子事儿，当长辈在你面前哭诉的时候，你不也得如宝钗一样假装糊涂，应付地开解一两句吗？

宝钗真正的无情之处并不在于她的这一番话，她的"无情"，恰恰是因为处处有情。

在前八十回的《红楼梦》里，你可见过宝钗跟人红过脸？见过她对哪个姐姐或妹妹有不一般的喜爱和投契？

薛宝钗的温柔体贴，与其说是出于情谊本身，更不如说是出于教养和眼界。这才是刻在骨子里最深的"无情"。黛玉、湘云、探春、岫烟，甚至是赵姨娘，在她眼中都毫无区别。

若是将大观园里所有女孩塞进同一间宿舍，宝钗会是最好的舍友，但她永远不会是你最好的朋友，也不会是任何人最好的朋友。

她对谁都好，但永远不会对谁特别好。

她对谁都没有特别在乎，所以才没有分别心。

她看上去最温柔也最好相处，但实际上却最难接近。

这或许就是为什么薛宝琴进了大观园之后，放着自己嫡亲的堂姐不顾，反而将林黛玉作为偶像和知己。

也许是最近的人才能感觉得到，宝钗一碗水端平的背后，是无情。

有个读者找我聊天的时候，说起自己和舍友相处上的困惑。

她上大一，正处于人际关系的磨合期，第一学期，她就努力在宿舍里保持着"一碗水端平"。

今天跟 A 一起去吃饭了，明天就叫 B 一起打水，笔记借给了 C，那上课的时候就帮 D 签个到。生怕忽略了任何一个人，也生怕被任何人不喜欢。

女孩之间的友谊发展得最快，一学期刚完，宿舍里就分成了三个不同的小阵营，而她尴尬地发现，自己不属于其中的任何一个。

并没有很狗血或是很戏剧性的排斥，她们还是会一起讨论热播剧的剧情，讨论明星的颜值和穿搭，去自习或者是逛街的时候也总是在一起。

可谁稀罕这种不疼不痒的陪伴式友情呢？

她想要的，是能隔着一张床板聊微信聊到半夜也不会困，是能说到一个梗的时候交换个默契的眼神，是能彼此掏心掏肺地交换梦想和悄悄话的友谊。

"是我做错了什么吗？"她忐忑地问我，"我这个人情商不高，之前总是得罪了别人也不知道，所以我一直特别留心自己的言行，感觉没什么不对啊，我对大家都那么好。"

但问题恰恰就出在"都那么好"上。

像是手中有两颗糖，平分给了站在你面前的两个人，还以为自己做得滴水不漏，可其中有一个人，曾把自己所有的糖都给了你，可你还给她的却只有表面的公平而已。

是你的"都挺好"，让那个真正能成为你朋友的人一点点寒了心。

人与人之间，从来不缺那种不加分别的友好，但真正能打动人的，却只有偏爱而已。是能对着所有人都笑，但只敢在你面前哭的信任。也是给大家发糖的时候特意藏起来一颗："我就知道你喜欢草莓味，专门帮你留的，只有这一颗哦。"

是那些偏爱的片刻使你成为独一无二的那一个。

如果你不想让每个人都对你一样，那就不要对每个人都一样。去挑剔，去偏爱，去把所有的好，都给那个你最喜欢的人。

职场上混得开的新人，
都做对了哪些事

你有没有听说过"职场奶茶社交"这个词？它指的是职场新人通过给同事买奶茶（或者其他小零食）的方式，跟同事搞好关系的社交方式。

对于大多数人来讲，吃吃喝喝都是能迅速拉近同事关系的捷径，毕竟"吃了人家的嘴短"，能一起喝奶茶的人，关系都不会太差。

但是，奶茶社交真的能成为一个人打开职场的通行证吗？

跟一位读者聊天的时候，他就讲到了自己初入职场的困惑。

他今年夏天毕业，在一家做快消的公司实习，公司每年这个时候都是业务旺季，前辈们都特别忙，培训了一周就没人管他了，也没人给他安排任务，他每天在办公室像个透明人。

他不甘心，每天总是想着法儿提问，瞅准机会给前辈们打下手，力图给别人留个好印象。但大家好像都不大想搭理他，每次他跑去问东西的时候，都能明显感觉到别人的不耐烦。

吃一堑，长一智，他不敢再随便拿着问题去找人问了，有次同事找他做个报表，他感觉简单，就没多问按照自己的想法做了，结果弄错之后，又被同事批评了一顿。

一半是委屈，一半是沮丧，他入职两个月，奶茶早已孝敬了不少，喝奶茶的时候其乐融融，可是一回到工作场合，大家就又对他十分冷淡。他沮丧地跑来问我："是我想太多了吗？还是我做错了什么事，但自己没发现？"

我能理解他的焦虑和困惑，从校园到职场，是一个人成年初显期最重要的变化，从环境到身份，都要求一个人快速蜕掉学生思维，用职场人的态度来面对他人，面对手头的工作。

职场小白如何快速融入新公司？希望下面这3条职场建议能帮到你。

一、职场不是你想学就有人愿意教。

很多新人刚进职场的时候，都会太过热情好学，大大小小的事情都要拿来问，甚至还有人为了显示自己在空闲时间也勤奋好学，明明是跟自己无关的业务，也要钻研一番。

你觉得自己很认真，很刻苦，很谦虚，但那些被你问问题的人，却是真的想躲开你。

别怪别人刻薄，只消过两三年你就会明白，作为职场的"老鸟"，在公司进新人的时候有多煎熬。不仅得做完自己手上的活儿，匀出一两个小时来给新人培训，还得应付时时刻刻无处不在的打扰。小到打印机不会用，大到老板的邮件读不懂。无论在做什么，都得放下手上的事情来帮他们解决问题。

换位思考，谁愿意手下的新人在这个时候跟自己聊公司年报、部门战略，或是像只小蜜蜂一样缠着自己，一会儿问会议室订哪间，一会儿问数据表用哪个公式？

所以，初入职场，你要早早给自己做好心理建设，准备好应付同事的敷衍、冷漠和不耐烦，因为没有人有义务为你的成长负责。

那就不问了吗？当然不是。

对于不得不问的事，先说出自己的想法，或者自己尝试过的步骤，别一上来就把所有问题抛给别人。如："待会儿开会订哪间会议室"变成"我算了一下人数，觉得××会议室可以，你看行吗"；把"这个格式要怎么做呀"变成"我已经尝试了ACCRINT和TRIM函数，可是格式还是不对，你能帮我看一下吗"……

让对方看到你的努力，至少是你在为他节省时间的努力，这不仅是对自己的锻炼，更是对别人的尊重。

对于暂时可以不问的事，要学会默默偷师。如，看看前辈们的邮件、签名栏一般都怎么写，发邮件是否抄送给老板，"你好××"后面有没有逗号；看看共享文件夹里过去的报表大概有几栏，每一栏是什么内容，需不需要标出不同的颜色。

这些都是你不该问，但是该懂的事。

二、先做事，再做人。

奶茶社交有用吗？

有的，那是一个人敲碎职场隔阂，迅速跟大家打成一片最快的途径。

但它充其量只能作为敲门砖，消除前辈们对你的嫌弃或敌意。想让别人真正喜欢你，接纳你，把你当作集体一分子的，一定不会是你请大家喝过多少杯奶茶，而是你做事利索不利索，靠谱不靠谱。

试想一下，当你忙得四脚朝天时，你是希望有人帮你一把，一起提前下班，还是有人一边给你添乱，一边给你买奶茶？当你要出差见客户的时候，你是愿意带一个连PPT都做不好，但总是给你买零食的小迷糊，还是愿意带一个能在电脑死机时冷静地告诉你"我硬盘里还有备份"的得力助手？

初入职场，千万千万别抱着"吃我的嘴短"的念头，用买买东西、拍拍马屁这一类的做法跟同事套近乎拉关系，你最好的名片永远是你做的事情。

事情做不好，人再好也是白搭，只有先把手头的每件事做好，人缘好才能是锦上添花。

永远要尊重时间。同事交代的事，主动给一个时间节点："我下午3点之前给你，可以吗？"如果因为意外耽误了时间，也要提前给对方打预防针："我可能稍微晚一点儿，三点半才能给你，但我会尽快弄。"

你要在意细节。通过邮件发送的文件最好不要超过10M，如果有链接，发送之前一定检查一遍能不能打开，做好的Excel里不应该有各种没有转化为数字格式的公式与函数。

在你能做的事情不多时，更要把自己手上的东西做到最好。这样才能得到更多的机会，去向别人证明你是怎样的人。

三、不用背锅，但更别甩锅。

不要在老板质问你为什么做错了的时候委屈地哭诉，"是×××让我这么做的"，或者"都是他们不愿意教我"，哪怕那就是事实。

这一类话永远是伤害同事关系的大杀器，更何况你一个新人，连"关系"压根儿都还没有。

不要主动去背锅，但也千万别甩锅，新人犯错本来就在大家的预期之内，关键是你如何面对你的错误。把"这是××姐让我做的"换成"是我没理解她的意思，我再去跟她确认一下"；把"他们都对我特别不耐烦，不愿意教我"改成"那我等午饭时间，大家都有空的时候找他们教我"。

说出真实的情况,但别让别人去承担过错。毕竟,职场通行证永远不可能是哭闹和抱怨。

你的态度,你做的事,你的品格,才是最好的通行证。

好的关系，
都自带捧场能力

这几天二刷美剧《我们这一天》(*This is us*)，被其中的一个小细节打动。

瑞贝卡和杰克去保龄球馆庆祝一周年结婚纪念日，杰克提前给球馆打好了招呼，专门留出了一条赛道让二人共舞，当作给资深保龄球迷瑞贝卡的小惊喜。

当音乐和灯光就位，瑞贝卡瞪大眼满脸的不可置信，低呼一句"天啊"，然后欣然上前，给了杰克一个温柔的拥吻。

之所以被这个情节打动，是因为想起了我自己第一次谈恋爱的时候做的傻事。

那时我才大二，也是一周年恋爱纪念日，当时的男朋友准备了一束很大的捧花，并非常用心地跟学校门口的餐馆老板折腾了足足一个小时，才把店里循环播放的凤凰传奇的歌换成了我喜欢的歌手的歌。

饭吃到一半，他潇洒地打了个响指，随着歌手的温柔歌声响起，他把藏好的一大束花塞进我怀里，举着专门买来留念的相机对着我比画：

"快，笑一个。"

那是我至今想起来都忍不住想要嘴角上扬的场景，但当时我笑不出来。

从小父母就教育我要低调稳重，根本没见过这种又是花又是音乐又是当众秀恩爱的桥段，一半有点儿慌，一半又非常窘，我努力在这种陌生的不知所措中保持着理智，开始了对他的现实拷问："这么大捧的花，你也不想想我宿舍那儿有没有地方放？你这个相机很贵吧，这么早就把钱花完你下半个月准备吃土？你弄这么大阵仗，被别人知道不说我浮夸吗？多不好……"

最终，那顿饭吃得很是没滋没味，我至今都记得他一脸的兴冲冲，在我一个又一个问题中像是稀释在一大盆清水中的一滴墨汁，以肉眼可见的速度迅速溶解，然后消失不见。

一个人能够坦然地接受别人给的惊喜，其实也是一种很难得的素质，所以我对瑞贝卡那种明明很惊讶，但立刻又能捧场的应对能力佩服极了。她那么配合，也那么坦然，让给予她惊喜的人也能跟她一样坦然，而不必为了惊喜中惊的那一部分，生出一丝一毫的抱歉。

因为工作关系，我认识了一个小姑娘。有天她在微信上找我聊天，说不知道怎么回事，同事们都不喜欢她，她在公司每天都待得很不爽，问我能不能给她写封推荐信，她想跳槽到别的公司试试。

我跟小姑娘打过几次官方的交道，对她印象蛮好，觉得她做事很认真，于是在帮忙之余好奇地问了句：“你为什么会觉得大家都不喜欢你？”

"很明显啊，"她发来一个大哭的表情，"大家聊天的时候只要我凑过去，他们就都开始玩手机，周末聚餐活动什么的也从来不叫我，就连朋友圈都对我不可见。"

我当时还安慰了她几句，以为这不过是年轻的女孩常见的过度敏感，直到后来有次我跟她一起参加了一个活动，活动结束之后大家一起聚餐，这才明白了她不受欢迎的原因——

有人说自己正在准备出国读研，她说海归现在受欢迎程度越来越低，有些在不知名大学混了几年回来的，还不如国内985大学的应届毕业生。

有人说自己最近正在追热播的××剧，她说网友已经扒出了这部剧的十大穿帮硬伤，给你推荐一部更好的，那个×××才好看。

有人在朋友圈发出了活动的合照，她立马凑过去：“哎，你拍照的时候记得要侧着站，腿往前伸一点儿才显瘦，你看你这张都驼背了，照完还得修。"

一顿饭下来，在场的所有人都不想再跟她说话，她主动跟别人要微信加好友，人家也都装着没听见。

饭局结束后我们同路回家，她特别懊丧，说：“每次都是这样，我明明什么也没做错，不管是干什么都没人喜欢我。"

"你真的不知道你做错了什么？"我忍不住问，"在场的所有人，可都被你的冷水泼了个遍。"

"天地良心！"她瞪大眼，"我真的不是想给人泼冷水啊，只是想提醒一下而已，我都是好心的，况且我也没说错呀。"

是啊，她好心，她没错。

可人与人之间，又需要多少导师般的指点和绝对正确呢？一个捧场的微笑，有时候顶一万句的苦口良言。

我刚开始带新人的时候，每天都非常焦头烂额，跑去找我当年的师父支招。

他给我出了这样的一招：把所有的"是，但是"都换成"是，而且"，再去跟别人沟通。

他说得轻巧，但做起来哪儿有那么容易？我开始跟他大倒苦水，吐槽新人的好高骛远和不切实际，提出来的方案自己都说不通，这种东西交上去，我都得陪着挨骂。

他笑眯眯地听着我抱怨，最后才说："你刚上班的时候不也是这样？可我说过你什么吗？我也不是让你一味没原则地去肯定他们、鼓励他们，只是有时候，人不能只相信自己。"

同样的一句"想法很好，但是不切实际狗屁不通"，完全可以改成"想法很好，而且很有前景，那你觉得怎么才能让这个项目落地呢？"

有时候你把"但是"挂在嘴边,并不是像你说的那样为别人补锅,是你根本就不相信别人能做好,才不给人家"而且"的机会。

难道不是吗?

有太多的沟通,其实并不是坏在了恶意本身,而是攻击而不自见,否定而不自知。在不知不觉中浇灭了别人的那盆火,内心还扬扬得意,觉得"要不是我你就完了"。

"捧场能力"的可贵之处体现在,它并不是简单的敷衍和逢迎,而是对对方的信心。

相信你的行为经过了深思熟虑,也相信你有能力为这件事兜底。

先有信任,才有好的关系。

对自己要狠，
对别人要忍

前几天跟一位女友自驾出去玩，车开在高速上的时候，她接到了一通电话。是她手下的实习生打来的，小姑娘带着哭腔问她有没有空，她冲我抱歉地笑笑，伸手打开免提。

挺意外，但又不意外，对于刚实习了3个月的小姑娘来讲，职场中任何一点儿压力都是不可承受之重，任何一点儿动静都风声鹤唳。而我这位女友，就成了她在那片迷乱的汪洋中唯一能抓住的救命稻草。

她语义混乱地讲了自己的电脑忽然蓝屏死机，耽搁了前辈交代的事，被狠狠批评了一通，一个人凄凄惨惨在办公室加班的事儿。

她又从这个意外，联想到公司十中选三的变态淘汰率，忍不住心灰意冷，觉得特无助又特茫然。于是，没考虑别人还在休年假，就一个电话打过去求开解、求安慰。

我坐在一边听着，不厚道地在心里翻了好几个大白眼，从过来人的角度，迅速梳理了她的"几宗罪"：

出了问题不知道求助，自己硬扛到最后耽误事，这是不懂借力；

明知道按时做不完也不提前报备，等截止日期到了眼前才给人突然"惊喜"，这是不知变通；

遇事自己不反省、不思考，本能就先打电话倾诉求助，这是没有耐性；

在人家休假的时候打扰别人，这是不懂职场礼仪。

可就在我掰着指头默默吐槽的时候，我这位女友，已经迅速把车停靠进服务站，一边安抚她的情绪，一边帮她出谋划策，甚至还打开电脑给小姑娘发了一张类似的设计图作参考。

等那头好不容易收拾了心情挂掉电话，已经过去了大半个小时。她又是那样抱歉地冲我笑笑："刚工作的小姑娘，不懂事。"

我太熟悉她脸上那种长舒一口气的松快感了，就好像她刚刚毕业的那年，那时候的她也不过是个职场菜鸟，她的女上司仿佛就是那个活生生从《穿普拉达的女王》中穿越出来的梅姨：严苛，偏执，优秀，刻薄，不留情面，有过之而无不及。

那时候的她又过着什么日子呢？

连着小半年天天加班加到深夜，第二天还要赶在上司到公司之前冲好不加糖、不加奶的咖啡；

被挑刺、被批评是家常便饭，我甚至都还记得那封让她大哭了一场的邮件——"你真是我用过最差的一个实习生"；

一个简单的设计图，反反复复地改了几十遍，最后还是逃不过一通骂，因为底部备注部分的小字没有对齐。

我看过她受了太多苦太多委屈，看过很多次她解决问题之后那种如释重负的微笑，也看着她飞快地成长着，从那个只会说"是我的错，我马上做"的小喽啰，变成了如今独当一面的女强人。

但也正是因为我看过她所经历的一切，才越发觉得她的温柔和耐心不可思议。

她不是那个最该吼出"你就不能动动脑子""你就不能成熟一点儿"的人吗？

人不都是这样的吗？对自己狠的人，对别人就更难温柔，自己足够坚忍，就很难体谅别人的软弱。成功地做过某件事，就会把那当作每个人都应该达到的标准。

"我都能，你为什么不行？"

无论是生活中、职场上，还是爱情里，这句话是适用于任何场合的万能句型。

可她却不是的。当我忍不住好奇地问起的时候，她只轻描淡写地回答我："其实当年我也有很多个差点儿就扛不住的时刻，但我还是扛住了。可我也知道，不是每个人都是我。"

一位著名主持人曾在一个综艺节目中讲起自己"出柜"的经历："演

艺圈的朋友出柜前都会问我的意见。作为唯一一个'出了还健在'的人，我通常都会去拦一下，我会跟他们说：'如果你是我弟弟，我会跟你说不要这样做，或者我们再等半年，再等一年，等你冷静下来，我们再商量这件事。'

"我比任何人都想要证明，我们不是妖怪，可以很好地活着，当走到行业顶尖的时候，爸爸妈妈也就释怀了。可是好多人走不到这一步，我不能活生生地鼓励这些要面对家庭的巨大压力的人，就怂恿他们说，'你勇敢地出柜吧'。

"我是如此好强的人，我可以向所有反对的力量宣战，可以撑下来。如果我没有经历过这些打击，我可以鼓励他们一起站出来把柜子给拆掉。可坏就坏在我经历过，我知道有些人扛不住。"

他本可以顺水推舟给自己拉到更多战友，可他宁愿孤孤单单一个人面对炮火攻击，也要面带微笑劝解后来的人：能不能冷静下来，要不要再想一想。

这世界上有太多人，自己熬过太多艰难，被打磨成了里外都坚定的一块铁板，而还有一些人，却将那坚硬和狠绝牢牢锁在心底，面向他人的时候，还是一派柔软。

那是一种很温柔的悲悯。

这世界上有很多很难的事。

我做到了，并不是为了让其他人也跟我一样做到，而是为了他们不必再去做。

他们没有忘记自己经历过什么，但正是因为太清楚地记得，才不忍心看更多的人重蹈覆辙。

而悲悯，是真正强大的人才会有的感情。

这样的人知道成就有多来之不易，才能不把自己当作标杆来衡量他人；

这样的人清楚地意识到自己的局限，才能理解别人的不能，不带轻慢，不会强人所难；

这样的人明白自己不需要靠谁来分摊这些艰难也能过得很好，才愿意给别人更多耐心与时间。

让我成为我，也让别人做他自己。

这才是最最难得的温柔。

优秀不够，
你得耐揍

上周末跟一位朋友约饭，聊到一个很有意思的话题：为什么职场上最后的赢家往往并不是最聪明最能干的那个？反而是那些看起来反应慢一点儿，能力也不是特别强的人容易走到最高点？

他所在的公司有位技术员大牛，论专业能力稳坐头把交椅，人也活络，不想一辈子与代码为伴，早早就动着挪去管理岗的心思。不仅积极栽培新人，主动给别的部门帮忙，平时也十分留意经营着与公司老大们的关系。

等了两年，终于等到总监的位置空出，总部却从美国派来一位工程师，说是协助他一起做一套新系统。

总部来的，空降，工龄、资历都比他强，大牛以为自己读懂了上级的安排，消极怠工了两个多月，就向公司提了辞职。

他心里带着气，辞职也不肯好好说，在邮件中把公司数落得一无是处，还抄送了所有的老板和中层，把自己几年的贡献一笔抹杀，走得既不得体又不风光。

更让人遗憾的是，他走后不到半年，那位美国工程师也离开了公司——人家早在一年前就准备好辞职去做自由摄影师，总部把他派来中国，并不是内定了要他做总监，而是要趁他离开之前再发挥一把余热，来跟大牛合作，升级可以兼容英文的操作系统。

太敏感又太高傲，受不了一点儿委屈，更忍不下哪怕一点儿气，以为反正聪明人从来不愁去处——可有时候选择太多，反而成了掣肘。

好几年前，我带过的第一拨儿新人，其中有两个小姑娘，都是应届毕业生。

小A聪明勤恳，反应也快。闲下来的时候就比对着系统里的旧报表一遍遍练习Excel函数，琢磨着前辈们发邮件的措辞，每周的培训总结都堪称范文。

这样的新人谁不喜欢呢？培训期还没完，就已经有两个部门的老大点名想要她过去。

相比之下，小B则显得泯然于众人，跟所有零经验的职场小白一样，粗心又大条，只要不明确交代"你弄一下这个"，她就完全不知道自己该做什么。

入职一个月，发出去的第一封邮件还是没称呼没落款，被我质问的时候还答得爽快："啊，对不起，我没注意到，这个没人教我。"

就连她的留下都是占了一半运气的因素，市场部新签了几个大客户，又遇上休产假的人扎了堆,急需新人填补进去。

我还记得市场部的老大看完小B刚够75分的培训考核分数,分明是犹豫了好几秒,才咬着牙不大情愿地签了字。

小B身上最大的闪光点就是脾气好,即便前一秒刚被客户骂得狗血喷头,下一秒还能面不改色地叫着哥哥、姐姐,无论多难的东西砸给她,她也总能笑嘻嘻地接过去,从不在人前抱怨任务太重。她只是一直在做事情,但你却很难从她身上感觉到焦虑和压力。

她们入职一年的时候,我去了另一家公司,到年底的时候,小A忽然在微信上约我吃饭。

饭局上聊的都是工作,她是怎么一不小心把两个客户的资料装订反了,又是怎么被部门老大一通痛批,同事们看她的眼神有怎样微妙的异样,分给她的项目,又是如何变得越来越边缘。

当然有些是真,但更多还是主观上的"越想越怕",谁刚工作的时候没办过两件蠢事?没坐过一两次冷板凳?

可她受不了,她已经习惯了做那颗最闪亮的星,一旦离开了聚光灯,她根本不知道该怎么做。

"今天有个客户因为我回复晚了一会儿,就跟老大说我态度不好,老大虽然没说我,但肯定挺失望的吧……"

"××今天吃饭的时候说有的人干活就是三板斧,我觉得她好像是在说我……"

"无论我怎么努力,好像都没办法做得更好……"

类似的信息,她在深夜给我发过很多次。

刚开始我还有耐心安慰开导她,可谁的职场不是要在刀光剑影里自己拼杀,哪儿又能平白分出那么多精力给别人。我回复她的次数越来越少,有时甚至不大客气地让她"自己想想"。

我们的最后一点儿交集,是在朋友圈。

她转发了一篇类似"世界对年轻人充满恶意"的文章,又用了大概500字,感慨了自己有多难。

可谁的职场又是容易的呢?我本想这样告诉她,却只是回复了一句"加油"。

后来的后来,我从前同事那里偶然听到小A和小B的消息,小A离职了,降级去了一家薪资福利都不大好的公司,小B却已经成了部门不可或缺的骨干,年底就能再升一级。

一个人最大的绊脚石,总是自己。

我们常常以为,职场是"拼过来"的,但是不然,更多时候那不过是"苦熬"而已。

前一秒挨完骂,后一秒要面带笑容。

老板不给力你得背锅,遇上猪队友你得填坑。

质疑、否定、挑衅，所有的明枪暗箭都得受着，而你还要管住自己，不要听到不中听的话就如临大敌，不因为受到攻击就要想尽办法扳回一局。

这也正是"聪明人"常常熬不过去的坎儿。

慧则多思，多思生疑，疑心之下行为举止难免失措，常常不自觉地被人牵着走，无法把全部精力用于提升自己。

我也是在最近这两年才读懂了渡边淳一的《钝感力》。

钝感并不是傻，也不是反应慢。它的本质，是种"不回应"的能力。

知道自己要的是什么，而不是别人要你做什么。不因为有人要惹你发火儿，就要配合生气。

不被别人牵着鼻子走，不回应任何的激将和挑衅。

像司马懿一样，坦然披上诸葛亮送的女裙，隔着三军大喊"谢谢丞相赠衣"，也不动摇"坚守不出，耗尽蜀军粮草"的大计。

保护好自己的心境，才是职场最加分的隐性竞争力。

好的关系，
一定要有分寸感

最近听到两件事，蛮有趣的。

第一件来自一个刚上大学的小姑娘。她有个舍友，常常招呼都不打就从她抽屉里拿零食，不仅自己吃还要分给别人，大方坦然得如同拿自己的东西。

零食不值钱，但每天看到自己抽屉被翻得底朝天，好像所有的隐私都被暴露于人前，生吞了一千只苍蝇似的恶心。

她明里暗里暗示了几次都没用，酝酿了好几个礼拜，终于想好了一套温和又能表明立场的说辞，准备跟对方摊牌。

结果话音还未落，那个女孩却先哭起来，一边哭一边道歉："对不起，我不知道你这么介意我动你东西，我本来想着咱们一个宿舍，不用那么生分，我自己的抽屉也是从来不上锁，我不在的时候，你们需要什么都可以自己拿，这不是比较方便嘛……我真的没想到，会让你这么生气。"

第二件事，是一个工作了一年的女孩讲给我听的。

她在一家创业公司,办公室里的几个女孩年龄相仿,又都是北漂,在沉重的工作压力下,大家的亲密友谊成了办公室唯一的暖色。

因此,当其中的一个女孩被分手时,她立刻承担起了好闺密的角色,又是陪聊陪哭,又是出谋划策。无奈几番挽回无果,那女孩周末又一次召集了同事们,在KTV里以泪洗面,一遍遍唱着他们的定情歌。

她又是着急又是心疼,一把把话筒从那女孩手中夺下来:"××这种渣男,他根本不值得你这样做。"

当时好像是有谁打了个什么岔,不久大家也就散了,只是从那开始,她明显感觉到那女孩与她疏远了,她旁敲侧击地打听到了那女孩对她的评价:人不错,就是太没分寸感。

她委屈得要命——

她一句心情不好,我陪她聊一夜,第二天6点起来补PPT;

她精力不集中,工作老是无法按时弄完,是我每天都在陪着她加班;

她要去酒吧买醉,我怕出意外,自己还患着重感冒都陪她去;

我对她掏心掏肺,她嫌我没分寸感?

在听到这两个故事之前,我对缺乏分寸感的人总有种缺乏耐心的偏见,可第一个姑娘有多愤怒,第二个就有多委屈。

而这两种情形,在我们的生活中,几乎每天都会遇到。

相比起那些处心积虑的伤害和有意的激怒,因为"分寸感"产生的纠纷最不起眼，却往往最让人头疼。说吧，好像小题大做，不说，却又如鲠在喉。

毕竟那不是坏，也不是蠢，甚至都不能扣上"教养"这样的帽子一概而论，如同第二个讲述者一样，明明一番好意，却只收获了疏远和嫌弃。

分寸感的本质无关素质，更无关智商，而是一个人在社交活动中，表现出的"推演他人心智"的能力。你不仅要知道自己在做什么，还要知道自己的行为会激发对方怎么样的反应和情绪。

从这个意义上来讲，分寸感有3个层次。

第一层，尊重他人。

别人午睡的时候不要大声打电话；不要跟任何人开有关人身攻击的玩笑；不要随便动别人的东西。

以他人的界限为界限，来约束自己的行为。

第二层，看重自己。

珍惜自己的时间，不是每个电话都需要接，不是每件事都要去掺和。

尊重自己的付出，永远不要不求而教，不要在别人只要求1的时候给人家10。

不要让自己的付出成为对方的负累。

不要因为出发点是"为你好"，就肆意越过别人的防线。

以自己的界限为界限，主动构建人际交往的疆界。

第三层，敬畏看不见的规则。

"初唐四杰"之一的王勃，6岁能作文，9岁注《汉书》，是唐高宗亲自盖章认证的神童，16岁就被沛王李贤召至府下，看起来前途无可限量，实际上他的仕途之路却一波三折，归根结底就在于他缺乏分寸感。

王勃第一次遭贬斥，是因为一件看似小得不能再小的事。

高宗李治共有8个儿子，诸王之间以斗鸡为乐，鸡与鸡的胜负，就是诸王之间的暗自较量。

作为沛王的幕僚，王勃觉得义不容辞要帮一把，斗鸡他不在行，写文章却是一把好手，他立刻大笔一挥，写了一篇《檄英王鸡》来为沛王助威。

皇子之间的波涛暗涌再常见不过，借斗鸡发泄也没什么，可檄文这种东西是一个王府幕僚能随便写的吗？

王勃在迎合沛王的时候，压根儿就没有想到，自己触碰了唐高宗最敏感的底线。

血淋淋的玄武门之变是罩在唐朝历代君主头上的阴影，前车之鉴，不得不防。唐高宗以"离间兄弟关系"为理由，将王勃逐出王府。

直到死，他都没能再踏进长安城一步。

从现代人的眼光来看，王勃可惜，但并不冤枉。

任何一个时代的社交场合，都有不宜触碰的禁忌话题。

从前，是朝堂是非，是权力，是皇位继承。如今，是男人的收入和女人的体重，是微信聊天记录，是"对方的男（女）朋友配不配得上她（他）"的评价。

这些东西不会写在任何的学生手册和入职指南上，但也是这些看不到的规则，让触碰到它的人"非死即伤"。

相比起缺乏分寸感的王勃，魏国的李悝则要聪明很多。

《资治通鉴》记载，魏文侯有次询问李悝："我现在有两个人选，你看立谁做国相更合适？"

不答轻慢君主，答了得罪同事，讨好一个，就必然得罪另一个，李悝立刻来了个漂亮的闪身："卑不谋尊，疏不谋亲。"——这是您老人家自己的事儿，我干涉不起。

魏文侯一再追问，两个候选人也殷切地等待李悝"喊出我的名字"，李悝选择了继续打太极，给出了一大串高大上的金句：平常看他所亲近的，富贵时看他所交往的，显赫时看他所推荐的，穷困时看他所不做的，贫贱时看他所不取的。话都说到这份儿上了，该选谁，您自己心里真没点儿数？

魏文侯若有所思地点头，李悝得以全身而退，完美地避开了权力之争的旋涡。

知道该做什么，知道该回避什么；知道自己应该站的位置，知道自己的行为会带来什么后果。这就是有关分寸感的一切。

毕竟分寸感不仅仅是关于别人，也是认清自我。

不说那种
没用又伤人的话

机场的肯德基里跟一对情侣拼桌，是挺年轻的两个人，男人出差，女人送行。

你侬我侬、依依不舍地在一盒薯条下肚之后，变成了女人半是撒娇半是幽怨的控诉：

"还说陪我看电影，结果回来了3天，天天晚上都跟你那帮朋友喝酒，还不是把我一个人丢在家里。"

"上个礼拜卫生间漏水漏成那样，我都快急死了，你一天都不理我，到了晚上居然只给我回了一个'哦'。"

……

女人越说越委屈，眼圈渐渐红了，哽咽着说："我说你这个人就是自私吧，压根儿没把我放眼里，反正我是死是活都跟你没关系。"

男人自知理亏，从开始就一直低眉顺眼地赔着小心，直到女人说完这一句，他忽然像被针扎了一下似的向椅背靠去，做出一个典型的防卫体态，语气也冷冷的："你要这么想，我也没办法。"

还有什么能比这句话更火上浇油的吗？

我跟另一个拼座的女孩尴尬癌都快犯了，立刻默契地拎起箱子闪人，走到10米开外，还能听到女人拔高八度的声音："你什么意思？难不成还是我没事找事？你这人就是这样，从来不承认自己有错。"

"没承认吗？好像也不算是错吧。"

比起抵赖和不认账，那其实更像是一种心灰意冷的破罐子破摔——反正你都这么想我了，反正也无法让你满意了，那就这样吧。

《高难度谈话》里，将对话分为3层。

"我着急找你，你却不回我微信。"这是第一层，也就是事实层面的沟通，即你做了什么，我做了什么。

"你知道我有多生气吗？"这是第二层，即情绪层面的沟通，即我的感受，你的感受。

"你就是自私，就是冷漠，就是心里没我。"这是第三层，自我认知层面的沟通，即你是什么人，我是什么人。

而自我认知层面的沟通，正是绝大多数矛盾的爆发点。

对于大多数人来讲，接受对方对自己某个行为的不满都很容易，甚至因为自己做错了事引发的对方的坏情绪也能照单全收，可一旦上升到自我认知的层面，人会本能地为自己而战。

"我不就是偶尔忘了一次，至于吗？"

"那你呢？你就一点都没错吗？"

"就不能好好说一次话吗？"

这些话无论说没说出口，都像是横在两个人之间的墙。

而这种互动模式对于关系的真正影响在于，你所表现出所有的次生情绪（焦虑、愤怒、烦躁），原本都是想要表达内心的原生情绪——被满足，被珍惜，被看到。

可听话的一方却常常会被你外露的次生情绪干扰，把愤怒当成攻击，把追问当作不信任，把委屈当作是嫌弃。你以为你已经说得够狠够多了，可对方却完全接收不到。

美剧《我们这一天》的第三季里，精英夫妻兰德尔和贝丝有一场史无前例的争吵。

兰德尔竞选上了州议员，每天上班单程就要2个小时，加班加点更是家常便饭。

妻子贝丝被待了14年的公司扫地出门，决定追寻自己儿时的梦想——去教芭蕾舞，也忙得不可开交，几乎每个晚上都有课。

请保姆充其量只能照顾生活，而他们的3个女儿，有的叛逆，有的懵懂，使他们整天惶惶不安。

两个人都分身乏术的时候，谁来照顾家庭？他们为这个问题吵了很多次。

吵得很凶的那晚，贝丝脱口而出一句："一直以来都是我在让步，你永远觉得自己的追求才是可贵的，我的梦想就不值一提，凭什么我就要一直为家庭牺牲。"

话没说错，贝丝的确一直是管家更多的那个，更何况兰德尔当选议员之后的确无数次有意无意地暗示过：你的梦想什么时候不能去追，就不能再等一等吗？

可下一秒贝丝就道了歉。

"对不起，是我说错话了，我刚刚太生气了，你知道我并不是在否定你。我知道你爱我，你也爱这个家，我们再想想吧，总会有办法的。"

我想过很多次，都觉得自己在气头上的时候，大概率说不出这样的话，也没有这种觉悟。

我们习惯的是乘胜追击，是不依不饶，是只有把对方数落得体无完肤，才能证明自己的正确。

可赢了又能怎么样呢？在亲密关系里，证明自己的正确永远是最不重要的事。

而这也是区分一个人是否"会说话"最重要的标准——好的争吵，是我发现了问题，邀请你跟我一起解决。而坏的沟通，是我发现了我们之间的问题，所以我要和你争论。

为什么我们真正感受到的，说出口却总是会变了样？

我想，大概是因为对于大多数在中国式教育模式下长大的孩子，最熟悉的都是惩罚式激励，如——

"考了95分就骄傲了，人家隔壁小明考了双百呢！"

"你真的是我亲生的？我小的时候数学可比你好100倍。"

"说了100遍了还是记不住，你是不是猪脑子？"

通过批判你犯的错误，不断挖掘你的缺点，来制造一种带有激励性的负面情绪，逼得人不得不上进，不得不努力，哪怕一点儿也不快乐。

在这样的环境中长大的孩子，常常会有一种错觉，把不断否定当作唯一的激励途径。

一个人如何对自己，就如何对待他人，问问自己：你是否曾经因为做错了一件事，就被批评得体无完肤？你是否担心只要做得不够好，就会被嫌弃和抛弃，再也抬不起头？

当我们说出那些扎心的话时，我们也希望对方能感受到一直以来困扰我们的战战兢兢，自我否定和羞耻感。

但相处中一个颠扑不破的真理是：

你想要对方表现出什么样的特质，就要从他身上找到这些特质，并不断给予鼓励和赞扬，如：

"我知道你很忙，大半夜还给我回微信，肯定是一直挂念着家里吧。"

"昨天我不在家，你自己把作业做完了，知道自律了，特别棒。"

"你发现我修了个新眉形呀,好细心哦。"

"谢谢你,你非常守时,跟你合作很开心。"

别人如何对你,都是你教会的。

去做个塑造者,不要做破坏者。

辑 六

复杂的世界，
做一个聪明的人

现代人为什么
越来越难共情了

昨天看到一条很有意思的微博,说的是"共情感的缺失"。

博主李三水说:我们越来越不会理解别人也有难处,不会理解别人也想要好好被对待。她长得丑,嘲笑她;他挣钱少,嘲笑他……她发的照片我不喜欢,骂她;他写的东西我看不懂,骂他……有人敢骂我,骂回去……把他照片搜出来一起骂。

看到这条微博挺有感触,是因为前两天正好跟一个闺密聊到类似的话题。

她怀孕刚两个半月,有天车限号又恰好赶上下雨,等了十几分钟还打不上车,眼看要错过早上跟一个重要客户的会议,她一咬牙跑去挤了地铁。

早高峰时段的地铁站,人流如织,她等了3趟才挤上车,占据了一个不太挤的角落。站在她身边的是一对情侣,女孩子靠在男友身上吃着东西,一手拿着面包,一手拿着豆浆。

真的不是味道很大的东西,但在香水味混合着头油味的早高峰车厢,任何一点儿气味都会被无限放大，更何况那一对情侣就站在她身边，油油的肉松味混合着甜腻的豆浆，每一秒钟都像是在捶打她的胃。

她忍了3站，实在忍不下去，于是碰碰那对情侣："那个……能不能先把吃的东西收一下？我刚怀孕，闻着这个味道有点儿难受。"

女孩打量了一下她隆起的小腹，反问了句："孕妇还挤地铁？还是在早高峰？"

她的男友立刻接着说："我女朋友吃的是面包又不是包子，面包能有什么味道啊？你这么矫情，怎么不去打车？"

车厢里有人拿起手机，但没人帮腔，为了避免登上第二天微博的热搜，她顾不上还没到目的地，就匆匆在那一站下了车。

她也因此错过了公司那场重要的会议，她的女上司听完她的遭遇后，只不冷不热地说了句："以后有会的时候，你早起来一会儿。"

她在那晚给我打来电话，语气怏怏："我怨谁呢？我谁也不怨，谁让我是个一点儿气味都闻不得的孕妇，也没想到要提前半小时起床。只是觉得自己特别幼稚，想被世界善待一点，原来这么难。"

我想起来前段时间，那个因为赶时间给女友送钥匙，逆行被交警抓个正着，因为压力太大直接"哭上热搜"的杭州小哥。

吃早餐的时候跟同事们聊起这件事，一个男同事直接头也不抬地答了句："就这点事儿也值得哭？太窝囊了吧。抗压能力这么差，还不顾别人的安全而逆行？这种人就该被好好教训一下。居然还有那么多人同情？"

我抬眼看看他，他正在一边回着老婆的微信，一边以最快的速度吞下手中的三明治。8个小时前，他刚从美国飞回来，顾不上倒时差就来公司继续上班，13个小时之后，他又要飞去意大利。

原本要做6个月的项目要在1个月内搞定，除了加班之外他没有选择。

早餐之前，我在茶水间听到他跟妻子打电话——

"你先带儿子去医院，我下午开会之前先去看看他……晚上让妈不要做我的饭，我得先把述职报告做完，老板等着看数据呢……你别冲我发火啊，我不是也没办法吗？"

台湾的女作家陈雪写过这样一句话：我不是个强大的人，我的内心太过脆弱，以至于无法同情和理解别人，也没有能力让自己温柔。

或许对这位男同事来说也是这样的吧。

连压在自己身上的担子都应付不来，哪里还能分得出一丝一毫的同理心去理解别人的不容易呢？

现代人越来越难共情了，或许也真的是因为我们的生活越来越难了。不是那种吃不起饭，穿不起新衣服，要为活下去苦苦拼搏的那种难。

这种难更像是一种心理上的绑架——

你是女人，你得美，你得精致，体重不能超过三位数，得有马甲线，你还得有自己的事业，还得懂音乐爱看书；

你是男人，你得能赚钱，你还得顾家，你得永远用最高的效率完成最多的事情，扛起方方面面的压力。

做不到吗？那都是你的错，是你不够努力，是你渣，是你蠢，是你不够自律。

在这样的绩效社会中，一个人连自己的脆弱和缺点都无法接受，你怎么还能期待他平静地接纳另一个人的烦恼和痛苦？

当我们学会了用KPI来衡量自己的时候，也学会了用大道理来评价别人：

"不就是加班嘛，忍忍不行吗，抗压能力这么差？"

"不就是怀孕嘛，哪个女人不会怀孕，就你特别？"

"不就是有压力嘛，谁没压力呢，难道人人都能逆行然后去跟交警哭？"

但是，这样评价他人，也并不会让你的生活好过一点，当你以最大的恶意来揣测别人，以最严苛的标准来要求别人时，你感受到的压力只会更多。当你用敌意把所有人推开的时候，自己也就失去了被人理解的可能。

我很喜欢李松蔚老师讲过的一句话：所有的敌意，表面上看起来是拒绝，但其中一定包含着想要亲近的意愿。

亚瑟·乔拉米卡利在《共情力》里说：所谓的共情，以及共情促进的相互理解和产生的积极正向的化学物质，只有在一个相互信任、安全的环境下才能产生。如果一个人感觉自己被忽略或者被伤害，那么他共情的能力也会消失。

于是陷入一个恶性循环。压力越大，越难共情，越难共情，压力就越大。

所以，说别人的时候别太无情，骂对方的时候也别太狠。与善良无关，与修养也无关。只不过当你用一根手指指着别人的时候，别忘了还有三根手指都指向自己。

如何与控制型的父母相处

我收到一位读者的求助邮件,字里行间都透着喘不过气的憋闷和绝望。

她是个23岁的北京女孩,在外地上完大学,被父母催着回到了北京工作。在她回来之前,父母专门为她装修了卧室,换了全新的书柜、衣架和床,粉嫩的公主风让她的朋友圈直接炸了锅:

哇,你爸妈对你也太好了吧,真是把你当小公主宠着,羡慕死了。

她也得意,享受着住在家里的舒适和惬意,现成的一日三餐端到面前,所有的家务都不用她做,就连每天带去办公室的鲜果和零食,也是父母买回来洗好,再帮她装进手提袋。

好像从冰冷的尘世间打了个滚,忽然又被人捧回到了手心,温暖是温暖,但捂得太紧,也会让人窒息。

她很快发现自己失去了几乎所有的自由,小到想买一包辣条也被母亲唠叨"不要吃那种不健康的东西,我不是帮你买了坚果和牛肉干吗"。大到工作被父亲挑剔"我托人给你安排在了一家幼儿园当老师,你明天别去上班了,面试去"。

她所在的企业正在创业初始阶段,工资的确不高,但工作氛围和工作内容她却非常喜欢,她不肯放弃目前的工作,几乎每天回家都要被父母一通连环劝:"你现在干这个有什么前途?""女孩子就是要稳定。""我们还不是为你好?"

连交什么朋友说什么话,她都必须按照父母的意愿来,第一次带同事回家做客,同事前脚刚走,母亲就正襟危坐地告诫她:"那女孩的裙子那么短,还把头发染成绿色的,一看就不是什么好姑娘,你以后不要和她来往了。"

她甚至悲哀地发现,自己根本没有"瞒着父母"的能力——父亲坚持要接送她上下班,无论她加班到多晚,他都会在车里等着她。

太过细致的关心与照顾如同蛛网,逐渐缠成一个密不透风的茧,将她包裹。旁观者羡慕有人为她遮风挡雨,可只有身在其中,才知道生活中没有自由空间有多煎熬。

前几天,她跟父母大吵了一架,跑出来住到了同事家。尝到了久违的自由之后,她想要搬出来自己住,但以她目前的工资,每个月交完房租、水电、物业费,剩下的还不到2000元。

2000元,对于一个生活在一线城市的女孩真的太少了。她犹豫了好几天还是下不了决心,来找我商量,有没有什么办法能让她既不用做吃土少女，还能享受自由的生活。

我理解一个年轻女孩对贫穷的恐惧，但想要摆脱父母的控制，搬出来自己住，拉开物理距离永远是最快、最有效的方式。

人在20岁出头的时候真的很难的，说是四面楚歌都不为过。在职场上工资和地位都最低，干不完的活儿背不完的锅，最穷的时候却想要的最多。

但这样糟糕的二十几岁，也是一个人的黄金成长期，记忆力和理解力俱佳，野心与动力皆足，因为单纯率真，常常能得到前辈高人毫不吝啬的指点与相助。

正是因为如此，一个人在这个阶段将精力和勇气花在什么事情上，就显得尤为重要。

控制型父母的伤害远远不止停留在管束和唠叨本身，它真正的毒害在于每时每刻都提醒着你：你不行，你只是个小宝宝，你根本没能力负担自己的人生。

这样的洗脑会给人制造严重的内耗，让你不得不分出一部分精力跟自己辩论。在8小时，甚至更长时间的工作之后，还要跟自己内心的烦躁和怀疑反复辩论、斗争。

无论内心有多强大，同时来自四面八方的压力一定会将你打垮，让你在某个自己也留意不到的瞬间，陷入一场自暴自弃的崩溃之中。

时光的力量很难把一个控制欲很强的人变得宽容平和,却能让一个本来就不够坚定、不够勇敢的人变得更加怯懦。

20多岁的勇敢和锐气都太珍贵了,别让它像针扎过的气球一样一点点耗散在日常内耗里,要把它留给职场,让它为你的人生开疆拓土。而不是像个幼儿园小朋友一样,跟父母为了"我想穿这件衣服去上班"而争吵。

你与父母保持适当的距离,不仅仅是保护伞,也是矛盾的缓冲器。当父母指点你该买什么不该买什么时,你只需要打个哈哈应付一句,至于到底要不要买,凭你的钱包和心情。当他们催促你换工作、安排你相亲时,你也完全可以搬出"在开会"甚至是"出差了"的挡箭牌来躲过。这效果远比你躺在沙发上玩着手机抱怨"让我静静"要强得多。

不用每天面对着面,你自然就避开了大部分的唠叨,有了自己独立的空间与时间,也就有了满血复活的可能。

省去了情绪上的内耗,你就可以把更多时间和精力放在成长上,哪怕就是做点兼职补贴开销,也总比将时间和精力白白浪费掉好。

但这还不是全部,想要摆脱控制型父母的照顾,你需要的不仅仅是物理上的"分开",还有心理上的"断奶"。

"建立关系的边界"这句话,不是只有在需要自由的时候才呐喊一两句的。你不能一边占父母的便宜,花着他们的钱,享受着父母无微不至的照顾，一边抱怨他们管得太多。

心理学大师米纽泰有句话：我是你的狱卒，也是你的囚徒。很多人抱怨父母的管束，但每当遇到点事儿，又总是忍不住伸着手向父母求助。

这世界上没有什么免费的自由和不需要代价的成长，但穷是一阵子，尿是一辈子。

你总有选择。

不会跟父母吵架的人，
都没有真正长大

发小阿圆结束了长达两年的"澳漂"，刚回家待了两周，就连人带行李逃到我家，一脸颓丧。

她丧气的理由是在家实在待不下去——她那处女座的母亲，从她进门开始，就没一刻停止过挑剔：

"你怎么买一条这么显腿粗的裤子，真没审美！"

"你看看你切的菜，粗的粗细的细，这么大人了，这点事儿都干不好！"

"我当初就说你这个专业不好找工作吧，你偏不听！"

熟悉的数落总能在一瞬间勾起她心里如影随形的自惭形秽，于是所有龃龉都被拔高又简化为一句：

"不是你总这么打击我，我也不至于成现在这样。"

"不是我压着你，你还不知道是什么样呢，说不定早去给人打工端盘子了。"

"我宁愿给人打工端盘子也不想听你数落。"

阿圆撂下这句话，草草抓了几件衣服打包就跑到了我家。

这当然也是熟悉的模式，从中学开始，阿圆就常常因为受不了母亲的数落逃到我家，过三五天，她妈妈就会带着她最爱的草莓蛋糕上门，表面上是来道歉给我家添了麻烦，实则是送个台阶接她回家。

这样的母慈女孝通常持续不到一个月，就又会以她的百般挑剔和阿圆的离家出走开启下一轮循环。

"我离家两年了，还以为她会变，哪怕一点点。"阿圆苦笑，"她根本就不知道，那些所谓'为我好'的数落，让我心里有多难受。"

妈妈的数落让她怀疑自己所有的选择都是错的，也质疑自己压根儿就是个不值得被爱的人。

她用了两年时间才治愈了有着心理创伤的自己，可回家才不到两周就被打回了原形。

"你有没有告诉过她，她这种说话方式让你很痛苦？"我问。

"还用说吗？"她拍拍身边的行李箱，"行动抗议这么多年不都失败了。"

"为什么不直接告诉她你的感受呢？"我又问。

阿圆沉默了一会儿，回答："说不出口。"

我有时候觉得，"说不出口"这四个字，才是对大多数亲子关系的准确描述。

有位读者曾经跟我讲起她的经历，从她很小的时候，父母就常常吵架，无论大事小事都要拉她来评理，都试图努力拉拢她站在自己这边，把她当作对付另一个人的工具。

长大后的她选择了心理学，看到了这种相处模式里的问题，也意识到自己的介入只会让每个人都在这种错位的关系里越陷越深。

可理论上知道归知道，"这是你们的事，请你们自己解决"的话总是说不出口，从"买香菜还是买芹菜"的小事，到"谁对女儿更上心"这样的抽象问题。哪怕不情不愿，她依然还是被夹在父母中间，充当着家庭里的裁判。

她尝试过逃避，把父母的手机号拉进黑名单整整一周，也尝试过发火，在父母吵得最激烈的时候摔门而去，甚至无法自控地想到了自残——像她小时候不小心踩在他们摔坏的花瓶上划破了脚，只有她受伤，他们才能停止争吵。

明知道这一切不过是扬汤止沸，眼睁睁地看着自己深陷泥潭，却控制不住地继续下沉。

我想我理解她说不出口的那些难。

"我不想再被人当作武器了！"

这句话背后有太多委屈和惶恐，有太多被剥削的童年和被逼迫的早熟。

她自己都不知道要如何负担这些情绪，也因而害怕自己说出口的都变成了不通人情的抱怨和冷酷无情的指责。

想要分开对父母的爱，和对父母某些行为的不满真的太难了。

而我想，这也是所谓"父母等着孩子的道谢，孩子却在等着父母的一句道歉"悖论的根本原因之一。

太多父母只看到自己对孩子的爱与付出，却对这些爱里那些有刺的部分视而不见。

而太多孩子对父母有意见又不知道如何表达，只好靠沉默、逃避或变本加厉的叛逆，来表示自己的不满。

"我都已经这么烦了，你就不能不这样了吗？"类似这样的话我们虽说不出口，却希望父母能懂我们。

而陈海贤老师对这种模式有句精准的描述——所有关系的沟通，本质上都是一个隐性的角色分配过程。

当我们在等待父母懂得我们，等待他们察觉到我们的痛苦，从而改变自己的时候，我们就永远都把自己放在一个被动的、长不大的小孩子的位置。

只有小孩子会为了自己想要的东西哭闹，成年人要想办法解决问题。

我们在等待父母道歉的心态，其实还隐藏着另一层语言：我是不可能幸福起来的，除非你先改变。

我很喜欢苏珊·福沃德教授的《原生家庭》，里面讲到了一个走出这种怪圈的有效方法——用非辩护性的语言来跟父母摊牌,告诉他们你的感受。

什么是非辩护性的语言呢?简单来讲,就是"不生气,不道歉,不抱怨"。

不生气,是摊牌之前组织好自己的语言,可以用写下来的方式理顺思绪逻辑,甚至可以提前演练一两遍,等到你能做到不吼不叫不哭不闹的时候再去摊牌。要时刻记得摊牌的宗旨,不是"我要证明你错了",而是"我想告诉你我的感受"。让别人理解你,永远是你的责任。

不道歉,是在父母表现出过激的反应,如"你就是个白眼狼""我不都是为你好"的时候,不要被带着跑,进入一个"父母和孩子到底谁对不起谁"的怪圈。告诉父母"我知道你觉得很难接受,但这的确是我的感觉"就足够了。

不抱怨,是永远不要用父母没做到的东西来否定他们给你的东西。那或许不是你想要的爱,那爱里或许有刺,但那也的确是他们真实给过你的东西。把行为和爱分开,把你的执念和现实分开。因为真正重要的从来不是对错,不是让谁改变,也从来不是道歉或者道谢。

要记得,你不过是想让每个人的每一天,都能好过一点点。

不带预设看他人，
不带人设做自己

在社交中，最让人难受的是什么？

我想对很多人来讲，99%人际关系中的痛苦，都跟"失望"有关。

一半的失望来自他人——你为什么这样对我？

一半的失望来自自身——为什么没有人喜欢我真实的样子？

焦虑、失望、自责，构成一个讨厌却自洽的螺旋，明明带着一颗想要跟人好好交往的心，却总是身不由己。

最近跟两个读者聊天，蛮有意思的。

第一个是刚工作了3个月的小姑娘，说自己在职场上受到了冷遇，一把辛酸泪。

入职第一天，老板给她指了个座位就走了，一天都没来搭理过她；

她前一天自己搬完家累到半死，第二天起晚了又遇到堵车，开会迟到了10分钟就被一通数落；

想要厚着脸皮加入下午茶闲聊，可她发起的话题别人不搭茬儿，别人聊的她又总是接不上。

她又气又委屈：职场生活太可怕了，跟我想象的一点儿也不一样。

几乎不用问，她想象中的职场一定是老板亲切、同事友好，对方每天要如班主任一样跟在后面问"你都会了吧"，还要像慈母般时时体谅她的心情。

期望值太高，失望就在所难免，哪怕她要处理的人际关系其实是最为简单的"客气有规矩"，她也觉得难，觉得苦。

于是，她把正常的距离看作是冷漠，把公私分明当作不好相处，把别人的不迁就当作是对自己的敌意。

带着这些预设的立场，一举一动都是焦虑，自然无法游刃有余。

类似"预设"的习惯，往往是让一个人陷入被动最常见的原因。

"觉得"舍友就该是朋友，别人只要表现出一点点疏远，自己的玻璃心就先碎一地。

"以为"别人都应该自觉像你对他们那样对你，只要别人不照做，自己就先生一肚子气。

"想着"我不说对方也该明白，直到被误解的时候，才发现百口莫辩。

所谓无限调低对他人的期待，其实并不是要"以最坏的恶意来揣摩他人"。那更像是一种不带任何预测和立场的接触：我不知道你是什么样的人，我不知道你会如何对我；让你理解我，是我的任务，所以才要有话直说,有话当面说,有话好好说。

不要寄希望于被照顾,被理解,被善待。而是要争取理解,互相照顾,证明自己是个值得被善待的人。

把管理关系的主动权握在自己手上,才是提高人际关系中幸福感的不二法门。

第二段聊天,来自一个还在上大学的女孩。

她说,开学的时候有个舍友向她要走了一盒笔芯,大概是用得顺了,前几天又向她伸手要。

她跟这位舍友关系平平,加上本能反感对方这种"反正你家开文具店,给我几根笔芯怎么了"的理直气壮,于是随便找了个借口,说自己带来的笔芯用完了,等下次有空回家再拿一点儿。

巧就巧在,当天晚上另一位不知情的舍友从她抽屉里取东西,恰好看到了一盒笔芯放在最外面,随口打趣她:"你买那么多笔芯当饭吃,是不?"

那个跟她要笔芯的舍友就在下铺,闻言探头一看,冷笑一声:"不想给就不想给,又不是什么值钱玩意儿,至于还要扯谎吗?"

她又尴尬又窘迫,明明自己才是有理的一方,却莫名其妙地变成了那个小气、自私的撒谎者。

可既然不愿意白给,完全可以用一句"你这么喜欢,那我进价给你好了,一盒15块"来堵住对方的嘴,何必偏要扯一句谎呢?

明明看不上这样的人,明明不稀罕这种关系,却偏偏要给自己立一个"脾气好,性格好,不计较"的人设。

以为戴上面具就可以扮演另一个形象,可每一次的往来都是对耐心和温情的无限碾压,等理智情感双双崩盘的那一刻,才发现不仅无法让自己尽兴,还往往得罪了别人。

《吸血鬼日记》里的 Damon 说得多好啊:

People see good, and they'll expect good from you.(人们看到了你好的一面,就会一直期待你是好的。)

我曾经跟一个女生搭档,做一个需要频繁出差去美国的项目。第一次出发前,办公室里认识的和不认识的人都跑来求代购。

我想了想,拒绝掉了大部分的请求——

因为装不下,所以带不了那些跟网购只差几十元,但极其占行李箱的纸尿裤;

因为不想每次都被麻烦,所以带不了易耗品,如奶粉、婴幼儿辅食,以及去随便一家大型超市都能在货架上找到的进口巧克力。

因为没时间,也带不了那种需要专门弄退税的高档化妆品和奢侈品包。

我可以帮忙代购的是最新款的电子产品、营养品,性价比非常可观,体积不大，更换频率也不会太高。

我跟那个女孩在机场碰面，我一个26寸的箱子，她两个28寸的，一见面她就愁眉苦脸地跟我抱怨，说清单记了几十条，光是想买齐都得耗费不少工夫，自己得先贴钱，还要被千叮咛万嘱咐"一定要多找几家，找最便宜的哦"。

"那你为什么不告诉他们带不了？"我问。

她摆出一个无奈的表情："人家都开口了，我也不好意思说。"

可方便之门一旦打开，就再没了关上的可能。有的人不光要自己买，就连家里七大姑八大姨的需求也托付给她，直到有次因为冗长的清关手续错过了转机，她才痛定思痛地拒绝代购的要求。

可他们又是怎么说她的呢？不是"你辛苦了""给你添麻烦了""谢谢你帮了那么多次忙"，而是"你上次都帮×××带了，这次为什么不帮我"。

在人际关系里，最可怕的从来都不是一开始的拒绝与得罪，而是被满足了太多次之后，又突如其来的失望。这样的失望常常会引发彻头彻尾的否定，无论你做过多少好事，从人设崩塌的那一瞬间起，你就只能是个骗子。

任何长久的相处，都一定是以"真实"为基础的。

能接受别人做别人，也允许自己做自己。

不要预设别人会如何对你，不要去设定任何不属于自己的人设。

大学期间除了学习，
还应该做什么？

随便打开一个网站，你都不难看到各种跟"社交"相关的困惑。

应该为了别人改变自己吗？如果是，应该改变到什么程度？

内向敏感的人是不是天生不适合社交活动？

别人说了让我不爽的话，很想反击，又不知道是不是反应过度小题大做。

很多人会求助于微博或知乎，希望得到一个能解决困惑的答案，但很多时候，社交都关于情境而非理论。你听过一千遍要克服羞怯，却还是很容易因为别人打量的眼神敲起退堂鼓，知道该守好交往的底线，不轻易妥协或迁就，底线到底在哪里却不是任何一个"别人"能教给你的事。

相比起试卷上的成绩，社交更像是一门需要摸爬滚打才能习得的技艺，如果一定要选一个时间开始练习，我想，大学或许是一个人练习去社交的最佳时期。

收到过一个大二小姑娘的来信，她在一所985高校读书，3个学期了还是很难跟大家打成一片,除了老师强行分组的任务之外,她做什么都是一个人。

一个人打水吃饭,一个人上课,一个人去自习室,一个人逛街买换季的衣服。

孤独感在所难免,但她却觉得自己已经慢慢习惯。

她并不是个善于跟人交往的人,人一多就紧张,窘迫得手脚都没处放。不知道如何挑起话题,更不知道该如何轻松自如地接话,普通的八卦她觉得无聊,而她喜欢的话题,比如诗歌、文学等,又很少有人愿意聊。

比起跟舍友窝在宿舍看剧、聊天,她更喜欢一个人去图书馆看看书,或者坐在操场边听英语。她甚至还有个听上去无比正确的理由:大学作为最宝贵的学习期,不应该把精力放在拉关系、交朋友上,就应该要好好学习,拿奖证明自己的实力。

我想,这样的困惑并不止她一个人有。

我们生活在一个信息爆炸又无比便捷的时代。闲的时候有微博、今日头条、抖音,它们所带来的各种层出不穷的资讯可以占满你的每一分钟;需要帮助的时候有知乎、搜狗、百度和各种各样的攻略帖,就连排队或占座这种人情小事也能轻松花钱搞定。

明明可以一个人过得很好,干吗还要勉强自己迎合他人呢?

因此，与人交往也从一堂"怎么做"的实操课，变成了一道"为什么"的哲学题。

为什么我不能按照自己想要的方式生活？为什么我要考虑别人的感受？为什么我要对明明不那么喜欢的人笑脸相迎？

很多人都是带着这些别扭走上职场，才意识到不会处理关系有多吃亏。

因为不善于求助，埋头苦干两个礼拜不如人家一通电话；

因为不善于汇报，辛苦了半年的业绩被别人拿去邀功；

因为不愿意跟人打交道，总是下意识地回避更高和更好的机会，一边心有不甘，一边又不敢为自己争取。

没有人能永远逃开社交，大学与职场唯一不同的是，从你一脚踏进职场的那天起，就不再有人真正愿意了解你。

每天短短的8小时，你所展示出来的就是你的全部，没人会在意你沉默背后的体贴，也没人愿意透过你的刀子嘴去找一颗豆腐心。

这也是我认为大学是最好的社交试炼场的原因。

大学里的同学来自五湖四海，差不多的认知水平，没有太多利益牵绊，7×24小时朝夕相处。无论喜不喜欢，谁也没办法太轻易摆脱谁，在无法逃离彼此的时候，你往往能得到最多的宽容、耐心和支持。你可以反应慢，可以紧张，甚至可以犯点儿傻，只要你没扯掉那根友好的触角，就依然能有被接纳的机会。

他们会自行从你身上挖掘出很多你自己也不知道的美好品质,"呆萌好可爱""低调有实力""很好的倾诉对象",等等等等。

这种积极的正向反馈,对不那么会社交,不那么容易对人打开心扉的人恰好就是最佳的机会,让你在改变自己的时候,可以不那么痛。让你不至于浑浑噩噩地走向了职场,吃了哑巴亏之后才感慨"社会怎么这么难,他人怎么这么坏"。

如何跟人沟通,如何展示自己,如何建立合作关系,如何实现共赢,而不是互相扯后腿,这些并不仅仅是大学期间的任务,而是要用很多年,甚至一生来解开的谜题。

问题从来都不是"要不要在大学期间经营人脉",而是"既然必须经营人脉,要不要从大学就开始"。

不是所有经营都是溜须拍马,更不是所有花在社交上的时间都是浪费与牺牲。

在一次又一次勉强自己加入别人的对话中,你会明白该用什么样的态度应对自己并不擅长的话题;

在一次又一次的麻烦他人和被麻烦中,你会了解如何保持欠与还的平衡。

在人情复杂如旋涡的社团里,你会学习如何争取自己想要的东西。

重要的不是"要不要社交",而是你知不知道"社交时我想要的是什么"。

你可以在别人看剧的时候去图书馆学习,但没必要表现出"众人皆醉我独醒"的清高,茶余饭后、睡觉前跟舍友聊几句剧情,不会耽误你任何事。

你可以不会说,不爱说,但千万别因为怕自己的缺点被人看穿,就索性装出一副"我就不爱搭理你们"的不屑模样,微笑总是会的吧,说"一起去打水吧"总是会的吧。

一个人的致命伤从来不是因为做得不够好,而是由于对自己的缺点视而不见,甚至沾沾自喜。

大学期间
该和什么样的人交朋友

收到一位读者的私信,她在信息里感慨大学里交不到好朋友。

她说,自己很想交一些水平比自己高的朋友,毕竟"一个人身边最亲近的5个朋友的平均水平,就代表了他的水平"。可认识的大神们几乎都是每天天不亮就去了图书馆,神龙见首不见尾,想套个近乎都无从下手。

参加竞赛和演讲比赛也认识了一些外校的同学,但因为不在一个学校,平时交流仅限于微信,一个月也见不上一次面,更别说联络感情了。

舍友关系虽然还不错,但仅限于聊八卦和日常琐事,有关未来的种种,她们说得最多的就是"走着看呗"和"我不知道",跟她一样迷茫与浑浑噩噩,不仅帮不到她,还常常在她想要去图书馆拼一把的时候用零食和综艺节目诱惑她,拖她后腿。

她沮丧地问我:"不是说大学是最好的社交场吗?为什么想要交到一个好朋友那么难?"

社交网络那么发达了,只要你愿意,有无数个社群能让你从中选择跟自己志同道合的人,哪怕这个人远在天边,微信等即时通信工具也能让你几乎无须花费任何成本,就能跟对方交换动态。

为什么在社交如此便捷的今天,依然会有不少人跟这个小姑娘一样,认为交到好朋友是一件很困难的事情呢?我想,或许是在"想要跟什么样的人做朋友"的问题上,我们内心的答案常常是千篇一律的相似——能玩到一起的;性格好的;交心的;愿意帮我的;旗鼓相当的;正能量的;有能力合作,甚至能推自己一把的……

有时候,我们甚至会把自己缺少的特质投射到"理想的朋友"身上,只要遇到的人无法满足我们条条框框的要求,我们就会认定他不是朋友。是舍友,是同学,是搭档,是熟人,但就是不够做朋友。

心底深处那个最神圣的朋友宝座始终虚位以待,又因为迟迟没人能拿下这个宝座而生出自我怀疑:我是个很糟糕的人吗?为什么偏偏是我交不到朋友?

我想起自己上大学的时候,曾经跟一个学霸女孩关系很好,我们不同班也不同宿舍,在一次演讲比赛中结识,无论寒暑雨雪,每天早上都会一起去天台念英语,下了课就一起去图书馆,一起聊未来的生活与工作,参加各种比赛也总是一起组队。

女生之间,陪伴永远是最容易产生情谊的互动,更因为有一份势均力敌的惺惺相惜而将对方引为知己,我一度以为她就是我最理想的朋友,直到后来因为一件小事我们之间生了嫌隙。

真的是小事，从自习室到校门口，最多不过5分钟的路程，我在外面实习回不来，打电话给她，让她帮我取下快递，她在电话里回绝我："不好意思，我这会儿正在做一套真题，你问问别人吧。"

本来就不是什么"非她不可"的难题，我又打电话给舍友，舍友毫不犹疑地答应，立刻就换了衣服下楼替我拿回了包裹。

可我还是觉得难过。

我几乎所有的时间都跟她在一起，自问倾心相待，平时也亲亲热热，可她却连"取快递"这样的小事都不愿意为我做。

我几乎是恶狠狠地把她从"朋友"的宝座上拉下来，贴上了另一个略显冰冷的标签——学伴。

但我也是在很多年之后才想通这件事，与你是谁无关，与你交往的是谁无关，真正在作怪的，是自己不切实际的期望而已。

人在人际关系上所有的烦恼，归根结底都是对对方抱有不切实际的幻想，不单单是爱情，友情和亲情有时也是一样。

希望对方陪你哭陪你痛，对你所有苦恼都感同身受，就不能同时指望她冷静果决，在你遇到两难的时候帮你出主意；

希望对方陪你逛街、陪你看剧、陪你买衣服，就不能要求对方能力超群，在关键时刻带你飞翔；

希望对方是个上进心巨强,且能带你走向康庄大道的学霸,就不能指望对方愿意去帮你做些打水、带饭、取快递的小事。

没有任何一个人,能成为你想象中"全能的朋友"。

社会学家莎思塔·尼尔森(Shasta Nelson)这样解释扩大社交圈的必要:我们总是有许许多多的需求要被满足。扩大社交圈,可以让满足需求的任务被分散在更多不同的人的身上,也降低了对特定某一个人的不合理、超负荷期待。

而"一个人身边最亲近的5个朋友的平均水平,就代表了他的水平",也不仅仅不是单向比较,更像是一种叠加。你身边不同的5个朋友拼凑起来,才能成为一个完整的你。

你需要一个陪伴者,性格相投,三观一致,一起去踩校门口新开的馆子,一起讲悄悄话,一起去春游。

你需要一个激励者,能够消灭你的颓丧,让你愿意从游戏、韩剧和被窝中解脱出来,去打磨更好的自己。

你需要一个合作者,跟你势均力敌、旗鼓相当,在你做正事的时候,她是你最给力的合作伙伴,也是你最好的助力。

你需要一个引导者,她要比你强一点儿,看得远一点儿,当你陷入迷茫而无法脱身时,她能给你提供一条破局之路,帮你找到最佳选择。

你还需要一个"被你照顾"的朋友,她寄托着你的善意与悲悯,在帮她出主意、想办法的时候你也能理清自己的思路。

去不同的地方找这些朋友，比如观察班里哪位同学的作业质量比较高，态度比较认真，跟对方成为合作者；比如在高年级的学长、学姐中找引导者；比如跟舍友结成相互陪伴的关系。

送你热汤的朋友，无法送你未来。不要希冀从任何一个人身上得到全部的友谊，这才是友谊的全部。

如何跟霸道总裁式领导打交道

《中餐厅》第三季热播的时候，我收到了这样一封邮件：

我现在的领导简直就是黄晓明的翻版。他总是强迫我们按照他的方式执行，有次还因为有同事提出反对意见而当场翻脸，结果是十次有六次都证明他的决策是有问题的。

比如，去年我要去南京开发一个新客户，可他偏说一个女孩子不安全，必须两个人一起去，但大家当时都很忙，一耽搁就是两个礼拜，等我们到了，发现客户已经与公司的竞争对手签约了，一笔大单就这么泡汤了。

类似的事情还有很多，每次出事了他都跟我们道歉，还会在董事长面前把罪责都揽在自己身上。但不管怎么承认错误，下次该怎么样还怎么样。我知道他真的不是什么坏人，去年年底效益不好，他把自己的一部分业绩让出来给部门发了奖金。可我们是销售部门，平时主要就靠提成吃饭，钱包真的经不起他这么折腾。

每天都想换工作，但公司的其他方面她又很喜欢，不想只因为看不惯领导就辞职，更不想在办公室当着大伙儿的面跟领导闹翻。

我想起《中餐厅》里秦海璐的一句话，精确地描述了霸道总裁式领导的心理活动：他先想到的是自己要面子，然后才会想到要给别人面子。

如果你的领导也是这一类型，那你应该很清楚他身上的标签：看重面子多于权威本身，强硬得不够彻底，不够自信也不算自私，勇于认错，但不懂改错。

跟这样的上司沟通，你就需要把重点从"跟他说什么"转移到"什么时候跟他说"和"如何跟他说"上。

如何跟"霸道总裁"式的老板相处，你可以尝试以下3点：

一、顺毛捋，先肯定再补充。

很多人的沟通习惯是，在自己掌握的信息更全更准的时候，会直截了当地否定对方。我一向提倡在职场中沟通要简洁明了，但对付这样的老板不行，你得换一种思路。

直接否定对方的思路是：你有一栋楼，我比你的更高更好，把你的拆了吧，别浪费时间。

而先肯定再补充的思路是：你有一栋楼，但看起来好像不太稳，我帮你修补。

这就是沟通中更高级的建构法，作为说话的人，你不一定能察觉到太大区别，但如果你是听话的那一方，谁一上来就想否定你，谁想跟你好好沟通，听完对方的表达后早已了然于胸。

改变一下对话的思路，可以有效卸下霸道总裁的心理防线，当他把跟你争辩、否定你的那部分精力拿出来，思考你补充的对不对时，你就已经成功了三分之一。

拿这位读者的老板为例，他说一个女人出差不安全，你就不要跟他硬刚，说我是女汉子我不怕。可以向他请示一下："我刚好有个朋友想去南京玩，交通、旅游的费用她都自己付，你看能不能批准让她跟我蹭住一间客房？"

这不也解决了他所谓的安全问题了吗？你的目的只是说服他让你去，至于到底带没带人，霸道总裁式领导不需要知道。

二、私下说，书面说。

永远不要当着其他同事的面否定霸道总裁式领导，哪怕是补充意见也最好不要提。否则，你或许会得到同事的支持，但你一定会成为领导心中的黑名单中的头号人物。

要知道，在正常的公司结构中（综艺节目不算），只要老板够刚，在没有重大疏漏的前提下，哪怕有10个下属一起反对他也没有用。权力和资源都在人家手里，哪怕所有人都觉得你对，你还是不占理。

职场中最傻的行为之一，就是想要团结同事一起对抗老板。尤其是对于霸道总裁式领导，在场的人越多，他的戒备心也就越强。在对方全力戒备的时候，无论你说什么都是错。

一个讨巧的方式是，把领导带出他的主场，一起喝杯咖啡啦，在天台上透个风啦，假装在电梯间偶遇啦，在办公区之外，他掌控感不强的地方，你更容易达到目的。

等你用建构法友好地跟老板达成了共识，记得发一封邮件给他，记录一下你们的谈话，当然也不要忘了在邮件中附上一句总结：多亏老板帮我理顺了思路，那我就照您说的执行了。

至于是不是他说的，有几分是他说的，偷梁换柱到什么程度，你自己知道就好。

对于霸道总裁式领导来讲，你都已经"照他说的做"了，他关注的重点就不再是如何反驳你、教育你，而是如何帮你把事情做好。

三、抢在领导之前复盘。

霸道总裁式领导不怕认错，更不怕道歉，这也让他们成为最难被指责的一类人。人家都已经说自己错了，你作为下属还能怎样？一条条把领导的罪状列出来昭告天下吗？除非你明天就离职，否则请尽早打消这个想法。

也正是因为这道理大家都懂，霸道总裁式领导的自我检讨常常都是以和稀泥告终，永远只有道歉而没有改正的行为，到了下一次，还是跟前一次一样。

所以你要争取抢先一步，在领导开始自我批评之前先完成复盘，明确告诉领导，我觉得问题是什么。当然，复盘里所有对领导的指控，都要委婉地表达成对自己的指责。

还拿这位读者的事为例子，不是去晚了而导致丢了客户吗？

你复盘的时候就可以写：我对时间的把控不敏感，没有意识到竞争这么激烈，导致丢失了最宝贵的签单时间，下次我一定会再跟得紧一点儿。同时，我也没有跟领导把这个客户的重要性讲清楚，下次一定会提前做好书面沟通。

霸道总裁式领导虽然霸道，但他并不傻，调配资源和分析客户等级不是你靠一己之力就能完成的事情，你的行动方案，是为了让老板明白他需要怎么配合你。

把需要改正的点落到实处，而不仅仅停留在"我错了，我的锅"，才会有改变的可能。

最后，补充一句重要的心法：你的目的是"说服他"，而不是"战胜他"，凡事适可而止，争取到自己想要的东西就行。毕竟，谁来上班是以改造老板为己任呢？

有了这精神头儿，好好赚钱才更重要。

年轻人
如何升级自己的社交圈

有次跟朋友一起做线下活动,活动结束之后,一个大学生模样的男孩把我拦住,压低声音说他想问我一个问题。

我至今清楚地记得他的样子,不单单是因为他的提问,还有将他在大夏天里包裹得严严实实的帽子和口罩。他一边跟我说话,一边小心翼翼地左顾右盼,像是怕被什么人抓个正着。

直到我跟着他去了另一层楼的咖啡馆,他才松一口气。

他是附近一所高校大二的学生,跟同学一起来参加活动,本来想在问答环节就举手提问,但又怕同学觉得自己功利。

他说,自己只是一所普通三本大学的学生,特别不喜欢身边的环境,班里自习从来都只有三五个人,剩下的人都宅在宿舍里不是追剧就是打游戏,考试前突击两天,给老师送送礼物只求低分通过。

他跟班里同学关系不错,但并不满足于这个日常吃喝玩乐的圈子,平时常常找机会参加一些校外的活动,志愿服务、演讲比赛、歌唱比赛等。只要有机会,就一个比赛都不落下。但因为他的水平有限,在别人眼里总是小透明。

他问我:"像我这样很普通的,没有什么资源和资本可以拿来交换的人,有没有什么办法能接触到更厉害的群体,并跟他们成为真正意义上的朋友,而不仅仅是朋友圈的点赞之交呢?"

我答应为他提供"朋友圈升级"攻略,希望下面这4点也能帮到你。

一、你可以不够强,但一定要有用。

从上学时候的"哇,他雅思8分啊"到工作之后的"天哪,他的PPT怎么能做得那么好",惊叹之余,我们在接触比自己更优秀的人时,会本能地有点儿自惭形秽。

这种愧疚和自责常常会让人陷入一个误区,那就是:我只有跟他一样优秀了,才有资格做他的朋友。

于是拿着单词书死磕,报了一个又一个PPT的培训课,进展甚微又忍不住感慨:大神真是高不可攀啊。

但事实上,友谊的成分只有三分相似,剩下的七分应该是互补,一个雅思8分的学霸最需要的并不是另一个8分的学霸。就像《请回答1988》里的天才少年阿泽,他身边最好的朋友们是看起来"普通平庸"的双门洞邻居们,而不是其他棋手。

走近一个人最好的理由并不是"我跟你一样强",而是"我能帮到你"。

你独特的价值，不是在别人已经领先的山头上疯狂追赶，而是另辟蹊径，打出一片属于自己的地盘。

你英语好，我数学不错；你善于演讲，我擅长分析。即便是遇到最极端的等级差，比如对方已经是企业的老总，事业有成，资源丰富，而你只是一介穷学生，你也可以大方地跟对方聊聊你对行业的看法与理解。

再厉害的人也不是全知全能的，如果你能戳到某个他没有留意过的点，哪怕只是蜻蜓点水，也能贡献出自己的价值。

别担心自己身无长物，你的视野，就是你最宝贵的财富。

二、不亢很容易，不卑却很难。

不卑不亢是人际关系中最理想的状态，但当我们面对比自己更优秀的人时，常常只能做到后面两个字。

我在行业酒会上见过不少刚进入实习期的年轻人，永远用双手在接名片，无论前辈说什么都只顾点头"是是是"，恨不得当场拿纸笔记录下来。

有的人态度恭谨又谦卑，却很难给别人留下深刻印象。换位思考一下，你也很难记住某个只会夸你"好厉害"或是满口"对对对"的人吧。

会夸奖很重要，但任何一种需要长期交往的关系都离不开互动。因为互动不是附和，也不是称赞，而是分享。

而别人对你的信心，并不是凭空生出来的，而是你告诉他的。

要敞开自己，但别把自己放得太低。谦卑是强者的专利，不够强的人要努力证明自己。

三、不要玻璃心。

升级自己的朋友圈时，你可能时不时地会感觉自己"被冒犯"。

可能是在对方无意中反问"这你都没见过"，也可能是在对方用不容反驳的语气，告诉你一件事该怎样做的时候。

很多人升级的努力之所以失败，就在于一遇到类似的场景，自己的玻璃心就先碎一地，一下子就退回自己原本的舒适区——毕竟，在那里谁也没资格指点谁、嫌弃谁，谁也不比对方强多少。

但别这样。

音乐鬼才梁欢在《我说的不一定对》给出了他的对策：

你要分清让你不爽的是对方所表达的内容，还是他的态度？

如果对方表述的内容你听不懂，那是他们在装，还是仅仅因为你的学识不够？

如果对方表现出傲慢，他们是真的傲慢，还是你自己臆想出来的？

不要让你的努力，输给自己的猜测。

四、跟一些人社交，跟一些人做朋友。

想"跟一个人成为朋友"和想"跟这个人建立社交关系"是完全不同的两码事。后者可以靠经营，前者必须走心。

不是所有人都需要成为朋友。

对于那些你实在喜欢不起来，但又不得不维持关系的人，不妨用点套路。适当的变通，可以帮你获得自己想要的资源。

但也不是所有关系都能用"社交技巧"来维系。如果你想要把一段关系从"互利"变为"友谊"，你就需要付出更多时间，更多耐心，建立更深的了解，在欣赏对方某一点的同时，也要接纳你不喜欢的另一点。

在建立关系之前，你得明白自己想要的是什么。

预祝你能成功升级！

情商最低的行为，
就是一直说反话

前几天出去玩，在高铁上遇到一对夫妇。

夫妻俩看上去五六十岁的样子，开始还有说有笑地跟周围人搭话，不知从哪个话头开始，说到了男人开车太快的问题。

男人嘛，对自己开快车的行为总是有三分自豪，他笑嘻嘻地搪塞了女人几句，不出三个回合，女人就开始提高了音量：

"你就犟吧，反正你出了事我不管，是你自己作的！"

"别的事不见得干得多好，一天天就靠飙车来找存在感，你倒算男人！"

……

一句接一句，是那种非逼得男人当场立誓痛改前非的架势，我在对面实在坐不下去，于是假装接水，去车厢的另一边打了一个电话。

回来的时候正好遇到那个男人，他冲我硬挤出一丝笑容，神色中有那种被子女辈撞破了错事的尴尬和难堪。

我毫不怀疑，如果他手头正好有一辆车，他一定会飚出最快的速度。

刚刚女人耳提面命了半晌的"开慢点",都化成了催命的符咒,让他只想逃离。

女人一个人在座位上,一见我回来,她迫不及待地就要拉着我评理:"姑娘你说我说得对不对,这么大年龄了,一天还要跟年轻人抢道,让我怎么能放得下心?老胳膊老腿了,撞一下可不是开玩笑的,让我可怎么办?"

她眼眶发红,声音也低下来,显得柔弱又可怜,前一秒还是得理不饶人的女战神,下一秒就变成受了委屈的小白兔。

"明明是关心,为什么就不能好好说?"我差点儿说出这句话,最终又默默地咽了回去。

谁又不是这样呢?

总是用反话刺伤我们真正关心的人,却把柔软和脆弱展示给不相干的外人。

我的女友C,曾经跟我讲起过她的家庭。

她是家中独女,享受着无微不至的照顾,却拼了命地想要远走他乡,原因无他,不过是从小到大听过了太多父母的反话。

中学的时候,她考了第一名,高高兴兴地回家,爸爸说:"你这是瞎猫碰上了死耗子,就你这水平,怎么可能考第一?"

高考的时候她超常发挥,考上了一所非常好的学校,妈妈一边帮她收拾行李，一边唠叨："就你这个生活能力，还要去外地，你根本就不行。"

她刚毕业的时候做过一份工资不高但压力又超大的工作，爸妈来看她，一边心疼地给她塞满了整个冰箱，一边数落她："你看你这么折腾，每个月也不过这一点儿钱，还没我们退休的人拿的多……"

她把男朋友带回家，父母偷偷叮嘱她："你看你，要长相没长相，要能力没能力，还能找到这么好的男朋友，一定要好好地跟人家处。"

她父母一直想不通她坚持留在外地的原因，当她抱怨自己受到伤害时，他们比她还委屈："我还不是为你好吗？这些话除了最亲的人，谁还会告诉你？"

可他们或许不明白，正像我们所有人都不明白的那样。

很多时候恰恰是因为以爱之名，伤害才更多了一层。

一个人在用尽全力去抵御那些带刺的反话的同时，根本就无法分出精力去确认那些话背后的深深埋藏的爱意。

女友C说："我知道他们说我工资低，说我没本事，是想说他们可以永远做我的退路，但他们不明白，他们是我宁可去死，也不会选择的那条路。"

好好说句话，为什么就那么难。

我很喜欢意大利电影《美丽人生》，讲的是一个犹太家庭的故事。

德国纳粹在大肆屠杀犹太人,男主圭多一家被抓进了集中营,连他5岁的儿子约舒亚也没能例外。

集中营里弥漫着死亡的味道,人人都愁眉苦脸,圭多却笑着告诉孩子这是一场游戏,只要遵守规则,就能得到一辆真正的坦克。

"不能哭,要躲起来,除非爸爸叫你,否则不要答应。"

在这场残酷的生存游戏中,约舒亚始终开开心心地盼着自己的坦克,眼看就要熬到结尾,圭多让约舒亚躲在柜子里,告诉他明天就是最后的捉迷藏,只要别出声、别动就能赢得最后的奖励。

但是,圭多却在去营救妻子的路上被德军发现,在被枪杀的前一刻,经过约舒亚的藏身之处时,圭多还是像之前那样,笑嘻嘻的,踢着正步向前走去,为自己善意的谎言画上了最圆满的一笔。

约舒亚不知道自己经历的是怎样一场浩劫,但那又有什么关系呢?

生命还长,但童年只有一次。当盟军的坦克开进来时,他从柜子里钻出来,还是一脸天真懵懂的微笑。

5岁的孩子,并不是什么都不懂的年纪。

圭多大可以用威胁,用警告,用"乱跑你会死的"来让约舒亚听话,他的世界已经是一片漆黑,让他看到这种黑,提防这种黑,又有何不好?

可万幸他没有。

他不忍心成为儿子生命中哪怕是轻如鸿毛的负累,10年,20年,30年,从集中营中活下来的约舒亚只要想起父亲,想到的全都是快乐和微笑。

我想,圭多大概是从一开始,就没有想着要约舒亚"如何活着",他想要他学会的,是"如何生活"。

他用语言把地狱变成乐园,而那些快乐,才是支撑一个人好好活着最大的力量。毕竟,人不是因为活着而活着,而是因为幸福才爱上生活。

真正聪明的人，
都不跟人性较劲儿

周末跟朋友出去玩，从一个小姑娘那儿听到了一件让人哭笑不得的事。

她跟男友异地长跑3年，感情一直很好，她对这段感情本来信心满满，却耐不住公司老大姐们的耳旁风：

"你男朋友多好啊，可得看紧点，没女人盯着，男人根本管不住自己。"

"你没见现在的小姑娘多主动啊，见个差不多的就往上凑，你可要当心。"

"就是就是，你俩好几个月才见一面，你知道他每天都在干吗吗？"

她开始的时候并不在意，总是哈哈一笑打岔掩过，可被洗脑的时间一长，自己也难免开始疑神疑鬼，她男友的公司加班频繁，办公室男男女女一起吃夜宵本是常事，他也从不避她，常常一边聚餐一边跟她视频。

他堂堂正正，可她疑心生暗鬼，那个长头发的女孩是不是离他太近了？那个马尾姑娘为什么要冲他笑？那个拍着他肩的短发妹子是真哥们儿还是心机妹？

这样无端的猜疑，无论如何都无法开口问，于是她注册了一个微信小号，头像是从网上找来的一张热辣美照，对男友发送了好友申请：嘻嘻，交个朋友吧。

第一天，没通过，第二天，也没通过。她不死心地再次发送了好友申请。

这次秒过了，而他回复的第一句话让她无比安心：我有女朋友了。

可事情还远远没有结束，她用这个小号极尽温柔体贴之能事，想尽方法跟他聊天，逗他开心，他也从一开始的爱搭不理到有消息必回，甚至有时还会主动道一句晚安。

就这样断断续续地聊了好几个月，有天晚上她借着聊天的余温发问：约吗？

他久久没有回复，当她正准备长舒一口气时微信响了：约。

她大哭一夜，哭着闹着要他给个说法，两人吵了起来，她在气头上一不小心说漏了小号也是自己的，男友听完直接挂断了电话，微信也拉黑了她。

她又委屈又愤怒，气的是明明错在他，他却不解释、不道歉；难过的是，自己3年的爱情长跑还是没能经得住考验。

我在知乎上看到过这样一段话：之所以不要去考验人性，是因为所有人都只关注"人性崩塌"的那一瞬间，而没有人关注它之前"坚强承压"的分分秒秒。

更何况,她那量身定做的考验,还是来自最知根知底的自己。每一言每一行都投其所好,一边反复撩拨着,一边要求他不动心,真的很难。

我并不是在为那个男生辩护,只是替她觉得不值。不是因为他的背叛,也不是因为她的试探,只可惜她费了九牛二虎之力去缠斗的,本就是人性最深处的缺点。

他爱她再深,他也是个人。生而为人的那些欲望、那些软弱和动摇,他亦无法免俗。

我的一位朋友,前段时间在某一爆雷的P2P平台上亏得血本无归。事情传开来,我们都蛮惊讶的,他学金融专业出身,对各种投资理财也了解颇多,对那些收益率到了夸张的34%、明显是骗局的返利平台,不可能没有一点儿警惕。

要知道,就连股神巴菲特的伯克希尔公司,在业界以从未失手的投资闻名,股票的年化收益率也不过20%左右。

可是就连我这样的小白都能看懂的局,他偏偏栽在其中,说起缘由,他先是一声苦笑,接着说:"知道这个平台迟早撑不住,只是没想到是现在。不是看不懂,只是舍不得。想薅一把羊毛再走,薅完一把还想薅一把。想着看到风头不对就及时抽身,没想到意外来得那么突然。"

真的是没想到吗?

天有不测风云,人有旦夕祸福,是我们耳熟能详的老话,更何况是一个本来就靠骗局维持的，入不敷出的平台？

不过是思绪上的清明，抵抗不了人性的贪婪而已。

理智像是滑丝的螺丝帽，总在那个叫贪婪的坎儿上卡住：再来一次，再来一次，你可以获得的更多。

不然你以为那些在赌桌上输红了眼的人，是如何一步步越陷越深的？

当财富来得太快又太轻松，很少有人能够抵御住这样的诱惑，你会忍不住地去想，万一自己就是那个幸运儿呢。

于是才会拿出全部身家，来赌一个希望渺茫的万一。

1971年，斯坦福大学的菲利普·津巴多教授做过这样一个心理学实验。

他在大学的地下室搭建了一所模拟监狱，征集了24名志愿者，将他们分成两组，一组扮演看守，一组扮演囚犯，用14天的时间模拟真实的监狱环境。

这些志愿者事先并不相识，也没有人给扮演看守的志愿者提供培训，他们被告知可以按照自己的想法来维持监狱的秩序。在实验的第一天，看守们就为了树立自己的权威，对囚犯们进行了体罚。

被无故体罚的囚犯自然不服，于是冲突急速加剧，看守们用灭火器喷射囚犯，扒掉他们的衣服，尽情地羞辱他们，甚至不让犯人上厕所，还不让他们洗澡，让各种复杂难闻的气味充斥在牢房里。

这甚至还不是全部，看守们甚至会在半夜对囚犯施虐，使用各种龌龊的手段折磨他们，好像与他们有什么解不开的血海深仇。

这个实验进行到第6天的时候，由于律师的介入而告终，多名囚犯出现了精神崩溃的现象，而清醒过来的看守们，也不敢相信他们居然会那样残忍地对待那些清白无辜的陌生人。

监狱这个地方可以最大限度地释放人性中的恶，那些歹毒残忍的恶念原本被我们的教养和社会的法规压抑着，一旦失去了束缚，就会成为最可怕的野兽。

那些志愿者在实验之前，也都是身体健康、神志清醒的普通人啊。

一个好人距离魔鬼，也不过只隔着6天的距离。

人性的缺点无法根除，而最保险的做法并不是不断地挑衅、测验，而是尽量让自己远离它。

别高估自己的心智，也别低估情境的影响力，你所谓的自持，可能只是面临的诱惑还不够。

向上吧，去站到更清白干净的地方去，去结识那些能将你拉出泥潭的朋友。

你也只有一辈子，去活出自己的精彩，别总是跟人性的缺点较劲儿。

"低自尊星人"
自救指南

最近收到不少读者的留言，有关各种的"没自信时刻"——

刚入学就被舍友抢占了床铺，明明很不甘心，却还是好声好气地说了句"随你"。

有同事每天拜托自己带咖啡，但从来不付钱。一个月加起来是笔不小的开支，很想拒绝，却总是开不了口；

26岁的女孩为心仪的岗位准备了很久，临到头儿却莫名地退缩了，连简历都没敢投，因为她想到万一竞争失败了会被同事嘲笑；

被男神表白的女生惊大于喜，满脑子都是：他喜欢我什么呢？我根本配不上他，他那么好。

看上去毫无关联的几件事，归根结底都与一个人的自尊和自信有关。

自尊是我们对于自我的核心信念，它看起来似乎是对自我状态的客观描述，但更多时候，它其实是人基于过往经历给自己的判断。如果这些经历总体上来说是负面的，那么你的自我评价也很有可能是负面的。

我不行，我不配，我不敢，我一定会失败，我不能拒绝他，我害怕得罪人。这些负面的自我评价不断累积，就会固化为"低自尊人格"，表现为：

不敢与人发生冲突，不敢接受本属于自己的东西，连被夸奖都觉得难受，该争取的时候退缩，该拒绝的时候忍着，觉得自己一无是处，总是本能地想讨好他人。

"低自尊星人"如何自救？请收下这3条建议。

一、不要解决情绪，去解决问题。

我收到过很多读者的私信，大多数人的落脚点都在情绪本身上，如：

我该看什么书才能摆脱低自尊；我该怎么做好心理建设；怎么才能不那么焦虑。

迫不及待地想要搬开情绪的大石头，好像没有了这些负面情绪今后的人生便都是坦途。

但生活并不是一场一劳永逸的期末考试，它在乎的不是你那一瞬间的卷面分，而是你所有状态的累积总和。

你可以点上一盘檀香念两句"如雾亦如电"，可下一秒还是得应付波诡云谲的办公室政治。

你可以读完100本的心理学书籍给自己灌鸡汤，可第二天舍友把烟灰弄到你的床上，你还是不好意思提醒对方。所有针对情绪问题的措施充其量只是缓释，它无法让负面情绪消失，也无法让刺激你产生负面情绪的人或事消失。

所以，不要一上来就向"我要摆脱低自尊"这么大的情绪课题挑战，把你想要的改变，细化到行动的最小处。如，带着微笑拒绝，先开口承认"我有点儿紧张"，开会的时候坐到前排，每天发现自己的一个小优点并写在本子上。

带着你的低自尊，练习成为你想成为的人。那才是解决情绪问题的终极疗法。

自尊的基础是自信，自信的基础是能力，能力的基础是经验，而经验的基础是尝试。只有从尝试开始，你才有可能改写对自我根深蒂固的认知。（尝试→经验→能力→自信→自尊）

鸡汤给不了你的底气，行动都能。

二、重构你给大脑的指令。

人的大脑有一个很有意思的特点，即它无法处理任何负面的指令。

你可以试着读一下下面这两句话：

想绿色的辣椒，不要想红色的辣椒；想白色的蝴蝶，不要想黑色的天鹅。

无论语言上是否允许，你的大脑在想到那些"要"的同时，也一定会自动地想到那些"不要"的东西，你的禁止越大声，它想的也就越多，越细。

这就是你常常一遍遍告诉自己"不要尿""不要紧张""不要再受窝囊气"，却还是会陷在困境里无法自拔的原因。

越是强调，就越是重复，想要打破这个循环，你就需要有意识地用正面的词语来重构给大脑的指令，如：

把"我不想再讨好别人了"改成"我要学会拒绝"；

把"我不想再自卑下去了"改成"我要主动对别人微笑"。

前者只能提醒你的处境有多惨，后者才指向具体的行动。

划重点：替换你所有的"不"。

三、挺直腰杆，保持微笑。

2009年，斯坦福的脑神经科学家做过这样一个有趣又奇葩的实验：

他们找了两组志愿者，随机分组之后，一组的任务是把高尔夫球钉夹在眉毛中间，另一组的任务是用牙齿叼着一根铅笔，然后分别记录两组成员的情绪走向和脑电波频率。

实验的结果震惊了整个心理学界：

夹高尔夫球钉的那一组因为必须皱着眉头，情绪走向偏低，脑电波活动也随之减缓，而咬着铅笔的那一组，因为表情更接近于微笑，情绪普遍比较高涨，脑电波也更为活跃。

为什么仅仅是假笑，就能让人真的感到开心呢？

当我们看、听、读，甚至想到任何不好的事情时，我们会"体验"这样的经历。这些反应不光出现在大脑中，也延伸到我们的面部表情和姿势上。

面部表情和身体的姿态也会告诉大脑我们的感受。因此，当你弯腰驼背、板着脸缩在角落里时，就很容易感到焦虑和畏惧；但当你挺直腰背、面带微笑地站立或者坐着时，哪怕什么也不做，自信水平也会自然上升。

改变不了情绪，改变不了行动，那就先从改变表情和姿态开始。让自己看上去自信一点，你真的就会自信一点。

学会相信自己，才是自爱和自尊的前提。

最后，战胜低自尊是一个漫长而复杂的任务，不要期待任何一篇文章、一本书能帮你解决问题，更不要试图用一两个月脱胎换骨。

不要停，但也不要急。